杨武能译
德语文学经典

茵梦湖
施笃姆诗意小说选

〔德〕特奥多尔·施笃姆 著

杨武能 译

商务印书馆

图书在版编目（CIP）数据

茵梦湖：施笃姆诗意小说选 /（德）特奥多尔·施笃姆著；杨武能译. —北京：商务印书馆，2023
（杨武能译德语文学经典）
ISBN 978-7-100-21939-6

Ⅰ.①茵… Ⅱ.①特…②杨… Ⅲ.①中篇小说—小说集—德国—近代 Ⅳ.①I516.44

中国版本图书馆CIP数据核字（2022）第255664号

权利保留，侵权必究。

杨武能译德语文学经典
茵梦湖
——施笃姆诗意小说选
〔德〕特奥多尔·施笃姆 著
杨武能 译

商 务 印 书 馆 出 版
（北京王府井大街36号 邮政编码100710）
商 务 印 书 馆 发 行
北京艺辉伊航图文有限公司印刷
ISBN 978 - 7 - 100 - 21939 - 6

2023年3月第1版	开本 880×1230 1/32
2023年3月北京第1次印刷	印张 18½

定价：79.00元

序一

《杨武能译德语文学经典》序

王 蒙

熟知杨武能的同行专家称誉他为学者、作家、翻译家"三位一体",眼前这二十多卷《杨武能译德语文学经典》收德语文学经典翻译,足以成为这一评价实实在在的证明。身为大学教授和博士生导师的杨武能,尽管他本人早就主张翻译家同时应该是学者和作家,并且身体力行,长期以来确实是研究、创作和翻译相得益彰,却仍然首先自视为一名文学翻译工作者,感到自豪的也主要是他的译作数十年来一直受到读者的喜爱和出版界的重视。搞文学工作的人一生能出版皇皇二十多卷的著作已属不多,翻译家能出二十多卷的个人文集在中国更是破天荒的事。首先就因为这件事意义非凡,我几经考虑权衡,同意替这套翻译家的文集作序。

至于杨教授为数众多的译著何以长久而广泛地受到喜爱和重视,专家和读者多有评说,无须我再发议论了。我只想讲自己也曾经做过些翻译,深知译事之难之苦,因此对翻译家始终心怀同情和敬意。

还得说说我与杨教授个人之间的交往或者讲情缘,它是我写这篇序的又一个原因,实际上还是更直接和具体的原因。

前排左一为中国作家协会副主席冯牧，左五为中宣部副部长周扬，左七为对外文委主任林林；二排左三为王蒙，左五为德国大诗人恩岑斯贝格；三排左二为杨武能

陪德国作家游览十三陵

《杨武能译德语文学经典》序 | iii

1980年，我奉中国作家协会指派，全程陪同一个德国作家访问团，其时还在中国社会科学院跟冯至先生念研究生的杨武能正好被借调来当翻译。可能这是访问我国的第一个联邦德国作家代表团吧，所以受到了格外的重视。周扬、夏衍、巴金、曹禺等先后出面接待，我和当时的小杨则陪着一帮德国作家访问、交流、观光，从北京到上海，从上海到杭州；到了杭州，记得是住在毛主席下榻过的花家山宾馆里。

一路上，中德两国作家的交流内容广泛、深入，小杨翻译则不只称职，而且可以说出色，给德国作家和我们留下了深刻印象。我和他当时都还年轻，十多天下来接触和交谈不少，彼此便有所了解。后来尽管难得见面，却通过几次信，偶尔还互赠著作，也就是仍然彼此关注，始终未断联系。比如我就注意到他一度担任四川外语学院的副院长，在任期间发起和主持了我国外语

2018年，中国现代文学馆马识途百岁书法展，老哥儿俩最近的一次喜相逢

界的第一次大型国际学术研讨会；知道他因为对中德文化交流贡献卓著，获得过德国国家功勋奖章和歌德金质奖章等奖励；知道他前些年在广西师范大学出版社出版《杨武能译文集》，成为我国健在的翻译家出版十卷以上大型个人译文集的第一人，如此等等。不妨讲，我有幸见证了杨武能从一名研究生和小字辈成长为著名译家、学者、教授和博导的漫长过程。

杨教授说，像我这么对他知根知底且尚能提笔为文的"前辈"，可惜已经不多，所以一定要把为文集写序的重任托付给我。我呢，勉为其难，却不能负其所托，为了那数十年前我们还算年轻的时候结下的珍贵情谊！

序二

文学经典翻译与翻译文学经典

许　钧*

近读乔治·斯坦纳的《巴别塔之后——语言与翻译面面观》，书中有这么一段话："为了接近古人，得到精确的回响，每一代人都会出于这种强烈的冲动重译经典，所以每一代人都会用语言构筑起与自己相谐的过去。"[①]重译经典，在我看来，绝不仅仅是为了接近古人、构筑过去，而更是赋予古人以新的生命。文学经典的重译，就其根本意义而言，是文学经典重构与生成的过程。我一直认为，一部好的文学作品，一定呼唤翻译，呼唤着"被赋予生命的解读"。没有阐释与翻译，作品的生命便会枯萎。是翻译，不断拓展作品生命的空间，延续作品生命的时间。以此观照商务印书馆即将推出的《杨武能译德语文学经典》，我想向德语文学经典新生命在中国的创造者、杰出的翻译家杨武能先生致以崇高的敬意。

---

* 浙江大学文科资深教授，中华译学馆馆长。

① 斯坦纳.巴别塔之后——语言与翻译面面观［M］.孟醒，译.杭州：浙江大学出版社，2020：34.

一个杰出的翻译家，需要具有发现经典的眼光。我和杨武能先生相识已经快35个年头了。1987年，我在南京大学读研究生，主攻文学翻译与研究，那时杨武能先生因为重译了郭沫若先生翻译过的《少年维特之烦恼》，在国内文学翻译界声名鹊起，影响很大。时年5月，南京大学召开中国首届研究生翻译研讨会，南京大学研究生翻译学会让我与杨武能先生联系，我便向他发出了诚挚的邀请，恭请他出席研讨会做主旨报告，指导后学。那次报告的具体内容我已经记不清了，但我永远忘不了在会议期间的交谈中他叮嘱我的一句话："做文学翻译，要选择经典作家。"选择，意味着目光与立场。梁启超曾在《变法通议》中专辟一章，详论翻译，把译书提高到"强国第一义"的地位。而就译书本

1985年，南京大学召开中国首届研究生翻译研讨会，我和杨先生及会议主办者合影于南京大学大门前。中间者为杨先生

身,他明确指出:"故今日而言译书,当首立三义:一曰,择当译之本;二曰,定公译之例;三曰,养能译之才。"梁启超所言"择当译之本",便是"译什么书"的问题。他把"择当译之本"列为译书三义之首义,可以说是抓住了译事之根本。回望杨武能先生60余个春秋的文学翻译历程,我们发现,从一开始他就把"择当译之本"当成其翻译人生的起点与基点。选择经典,首先要对何为经典有深刻的理解。文学经典,是靠阅读、阐释与翻译不断生成的。一个好的翻译家,不仅要对经典有自己独到的理解与领悟,更要在准确把握原文意义的基础上,把原文的精神与风貌生动地表现出来,让文学经典成为翻译经典。60余年来,杨武能先生翻译了近千万字的德语文学作品,无论是古典主义的《浮士德》、浪漫主义的《格林童话全集》、现实主义的《茵梦湖》,还是现代主义的《魔山》,每一部都堪称双重的经典:文学的经典与翻译的经典。首创性的翻译,是一种发现;成功的重译,是一种超越。我曾在多个场合说过,翻译,是历史的奇遇。一部好的作品,能遇到像杨先生这样好的译家,那是作家的幸运,也是读者的幸运。

一个杰出的翻译家,需要具有创造的能力。发现经典、选择经典是文学翻译的起点,而要让原作在异域获得新的生命,则需要译者付出创造性的劳动。莫言在诺贝尔奖颁奖典礼上发表感言时说:"我还要感谢那些把我的作品翻译成世界很多语言的翻译家们,没有他们创造性的劳动,文学只是各种语言的文学,正是有了他们的劳动,文学才可以成为世界的文学。"创造性,是翻

1985年《译林》创刊5周年招待会上,与杨先生及诗人兼翻译家赵瑞蕻合影,左二为杨先生

译应具有的一种精神,也是历代译家所追求的一种境界。杨武能先生深谙翻译之道,他知道,一部文学佳作要在异域重生,需要翻译家发挥主体性,不仅译经典,更要还它以经典。早在1990年,他就撰写了《文学翻译与翻译文学:兼论翻译即阐释》一文,在文中明确区分了文学翻译与翻译文学的概念,指出:"要成为翻译文学,译本就必须和原著一样,具备文学一样的美质和特性,也即除了传递信息和完成交际任务,还要具备诸如审美功能、教育感化功能等多种功能,在可以实际把握的语言文字背后,还会有丰富的言外之意,弦外之音,以及意境、意象等难以言传、只可意会的玄妙的东西。"[①]基于这样的认识,他对文

---

① 杨武能.译翁译话[M].杭州:浙江大学出版社,2020:279.

学翻译应达到的高度有着自觉和积极的追求。他认为,"面对复杂、繁难、意蕴丰富、情志流动变换的原文",译者不能"消极地、机械地转换和传达或者反映",应该主动"深入地发掘、发扬和揭示"。为此,他调遣各种可能,去创造性地重现《少年维特的烦恼》中蕴含的多重情致与格调,传达《魔山》独特的哲理性与思辨性,"再现大师所表达的丰富深刻的思想、精神、感受、再创杰作所散发的巨大强烈的艺术魅力"(见《译翁译话》第82页)。

一个优秀的翻译家,应该具有不懈求真的精神。杨武能先生译文学经典有一个明确的目标,就是要"创造传之久远的、能纳入本民族文学宝库的翻译文学,要创造美的翻译和美玉、美文"(见《译翁译话》第19页)。文学翻译,要具有文学性,具有审美特质,具有美的感染力。作为一个优秀的翻译家,杨武能先生清醒地知道,当下的文学翻译界对于"美"的认识存在着不少误区,甚至有的把翻译之"美"简单地等同于辞藻华丽。他强调说明:"我翻译理念中的'美',指的是尽可能充分、完美地再创原著所拥有的种种文学美质。而非译者随心所欲地想怎么美就怎么美,更不是眼下一些人津津乐道的所谓的'唯美'。"(见《译翁译话》第19页)换言之,追求翻译之美,在于追求翻译之真,需要有求真的精神。再现美,首先要把握原作的美学价值与审美特征,为此必须对原作有深刻的理解。杨武能先生在文学翻译中始终秉承科学求真的精神,对拟译的文本、作家有深入的研究、不懈的探索,坚持在把握原文的精神、风格与特质的基础上再现原作之美,以达到形神兼备。翻译与研究互动,求真与求美融通,构成了杨武能先生文学翻译的一大特色,也因此铸就了杨武能先生翻译的伦理品格。

发现经典、阐释经典、再创经典,这便是杨武能先生的文学翻译之道。杨武能先生的译文,数量之巨、涉及流派之多、品质之高、影响之广,难有与之比肩者。开风气之先,以翻译不断拓展思想疆域的商务印书馆陆续推出《杨武能译德语文学经典》,这在中国的文学翻译出版史上是件大事,可喜可贺。在《杨武能译德语文学经典》即将与读者见面之际,杨先生嘱我写序,我欣然从命。一是因为我们有特殊的校友之情,在南京大学建校110周年之际,我曾写过一篇文章,题目叫《一直引着我前行——我心中的杰出校友杨武能先生》,对这位前辈校友,我心存感激:

2018年,中国翻译史上的大事件:中华译学馆成立!照片中前排左一为唐闻生,左三为杨先生,左二为本人

在我的翻译与翻译研究之路上，在我前行的每一个重要的路段，在我收获的每一个重要的时刻，都有他留下的指引的闪光。南京大学有幸有杨武能先生这样杰出的校友，他的杰出不仅仅在于他卓越的学术建树、他在国际日耳曼学界广泛的影响，更在于他在与后学的交往中所体现出的一种榜样的力量。二是因为我深知这是一份重托：前辈的文学翻译之路，需要一代代新人继续走下去；前辈的翻译精神，需要后辈继承与发扬。让我们从阅读《杨武能译德语文学经典》开始，追随杨武能先生，以我们用心的细读和深刻的领悟，参与经典的重构，让外国文学经典在中国的新生命之花更加灿烂。

2021年8月1日于南京黄埔花园

自序

天时·地利·人和
成就译翁"一世书不尽的传奇"

我应约写过一篇《我的外语生涯》[①]，回顾自己半个多世纪学外语、教外语、担任外语学院领导，以及使用外语做学术研究和进行国际文化交流的点滴往事和心得，以庆祝中国共产党成立100周年。这回我再写一文介绍我的翻译生涯，作为即将面世的《杨武能译德语文学经典》的自序。

60多年以外语为生存手段，教书和学术研究是我的本职工作，说多重要有多重要；然而，我毕生心心念念的却是文学翻译，梦寐以求的是成为一名文学翻译家兼作家，文学翻译才是我真正的志趣、爱好和事业。眼前这套《杨武能译德语文学经典》，乃我60多年心血的结晶。它犹如一棵树冠如盖的巨树，树上结满了鲜艳夺目、滋味鲜美、营养丰富的果实；它长在一片土壤肥美、风调雨顺的大园子里。这座历史悠久的名园叫：商务印书馆！

---

① 选自：王定华，杨丹.人类命运的回响——中国共产党外语教育100年［M］.北京：外语教学与研究出版社，2021.

开编新闻发布会上,巴蜀译翁杨武能分享从译60多年的经历与感悟

"译协影子会长"、译林出版社老社长李景端,一口气举出译翁创下的15项第一[1]

小子我从译之路漫长、曲折、坎坷,且不乏传奇色彩[2]。浙江

---

[1] 除了李景端,还有中国译协常务副会长黄友义先生和中华译学馆馆长许钧教授做了长篇视频致辞。

[2] 凤凰卫视2021年做了一期总题名为《译者人生》的专访,经"译协影子会长"李景端推荐,老朽被访了差不多一个星期,因为"他的故事多"。

大学出版社2020年出版的《译翁译话》、四川文艺出版社2017年出版的《译海逐梦录》和湖北教育出版社2000年出版的《圆梦初记》,都详述了我做文学翻译的经历和心路历程,这篇序文只摘取几个最奇异的片段,侧重说说我当文学搬运工一个多甲子的心得和感悟。一个多甲子啊,有几人熬得过……①

走投无路的选择

巴蜀译翁杨武能生于抗日战争全面爆发第二年的1938年,11年后新中国诞生时刚小学毕业。尽管当工人的父亲领着我跑遍山城重庆的包括教会学校在内的一所所中学,还是没能为他的儿子争取到升学的机会。失学了,12岁的小崽儿白天在大街上卷纸烟卖,晚上却步行几里路去人民公园的文化馆上夜校,混在一帮胡子拉碴的大叔大伯中学文化,学政治常识,学讲从猿到人道理的进化论。是父亲基因强大,我自幼便倾心于读书上学。

眼看我要跟父亲一样当学徒工

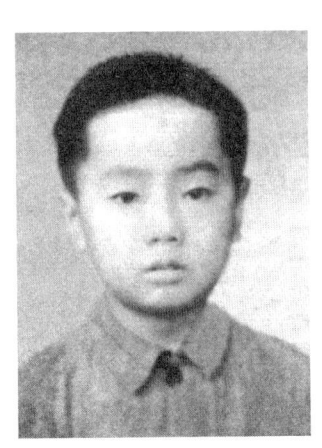

农民的孙子、工人的儿子,儿时的巴蜀译翁杨武能

---

① 一个多甲子从我得到李文俊、张佩芬提携,在《世界文学》发表译作算起,此前的小打小闹就不算啦。

重庆育才学校学生

了，突然喜从天降：第二年秋天，在父亲有幸成为其联络员的地下党帮助下，我"考取了"人民教育家陶行知创办的育才学校，进了重庆解放初唯一一所不收学费还管饭的学校！

在育才，我不仅圆了求学梦，还懂得了做人的道理。老师告诉我们要早日成才服务社会，还讲我们的目标就是实现电气化。于是我立志当一名电气工程师，梦想去建设想象中的三峡水电站。

毕业40年后回母校拜谒陶行知老校长

谁料，初中毕业时，一纸体检报告判定我先天色弱，不能学理工，只能学文，梦想随即破灭。1953年我转到重庆一中念高中，还苦闷彷徨了一年多,其间曾梦想学音乐当二胡演奏家或者歌唱家,结果也惨遭失败。后幸得语文老师王晓岑和俄语老师许文戎启迪、引导,才在走投无路的情况下选学外语,确立了先做翻译家再当作家的圆梦路线。

1956年秋天,一辆接新生的无篷卡车把我拉到北温泉背后的山坡上,进了西南俄文专科学校。凭着在育才、一中打下的坚实的俄语基础,我半年便学完一年的课程跳到了二年级。

高中学生杨武能

重庆一中毕业照(前排右一为王晓岑老师,右二为潘作刚老师,右四为唐珣季老师,右五为甘道铭校长,右六为刘锡琨副校长,右七为张富文老师,右八为陈尊德老师,右九为团委书记方延惠,右十为许安本老师,三排右三为我)

西南俄专，1957年元旦　　　　　与同班同学刘扬体等游北温泉公园

因祸得福出夔门

眼看还有一年就要提前毕业，领工资孝敬父母，改善穷困的家庭生活，谁知天有不测风云：牢不可破的中苏友谊破裂了，学俄语的人面临"僧多粥少"的窘境。于是我被迫东出夔门，顺江而下，转到千里之外的南京大学读日耳曼学，也就是德国语言文学，从此跟德语和德国文化结下不解之缘。这一做梦也没想到的挫折，事后证明跟因视力缺陷不能学理工才学外语一样，又是因祸得福。

须知单科性的西南俄专，无论是硬件还是软件，都远远无法与老牌综合性

南京大学学子

大学南京大学相比。而今忆起在南大五年的学习生活，尽管远在异乡靠吃助学金过活的穷小子受了不少苦，仍感觉如鱼得水般地畅

天时·地利·人和　成就译翁"一世书不尽的传奇"　｜　xix

同班同学秋游中山陵，前排左三为挚友舒雨

本人是那个穿破裤子的裁判，注意：补丁是自己一针一针缝上去的

快，因为有了实现理想的条件和可能嘛。

　　要说南大学习条件优越，仅举一个例子为证：

　　搞文学翻译，原文书籍的获得和从中挑选出有价值的作品，实乃第一件大事；没有可供翻译的原文，真叫"巧妇难为无米之炊"。作为南大学子，我身在福中。师生加在一起不过百人的德语专业，拥有自己的原文图书馆不说，还对师生一律开架借阅。图书馆的藏书装满了西南大楼底层的两间大教室，整个一座敞着大门的知识宝库，我呢，好似不经意就走进了童话里的宝山。

更神奇的是，这宝山也有个"小矮人"守护！别看此人个头矮小，却神通广大，不仅对自己掌管的宝藏了如指掌，而且尽职尽责，开放时间总是坚守在自己的位置上，对师生的提问一一给予解答。从二年级下学期起，我几乎每周都得到这"小老头儿"的服务和帮助。起初我只是感叹、庆幸自己进入的这所大学真是个藏龙卧虎之地！日后才得知这位其貌不扬、言行谨慎的老先生，竟然是我国日耳曼学宗师之一的大学者、大作家陈铨。

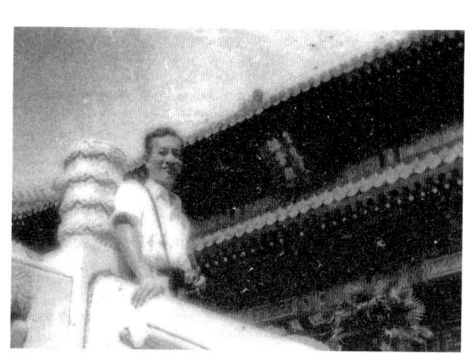

风华正茂的叶逢植老师

1982年陪叶老师走海德堡哲人之路

不过我在南大的文学翻译领路人并非陈铨，而是叶逢植。20世纪五六十年代，叶老师尚未跻身外文系学子崇拜的何如教授、张威廉教授等大翻译家之列。不过,我们班的同学仍十分钦慕他,对他在《世界文学》发表的译作,如席勒的叙事诗《伊璧库斯的仙鹤》和广播剧《人质》等津津乐道,引以为荣。

正是受叶老师影响,我才上二年级就尝试搞翻译,也就是当年为人所不齿的"种自留地"。1959年春天,《人民日报》发表了我翻译的非洲民间童话《为什么谁都有一丁点儿聪明?》,对我而言不啻翻译生涯中掘到的"第一桶金"。巴掌大的译文给了初试身手的小子我莫大鼓舞,以至一发而不可收,继续在小小的"自留地"上挖呀,挖呀,挖个不止,全然不顾有可能戴上"资产阶级名利思想严重"和"走白专道路"的帽子。

真叫幸运啊,才华横溢又循循善诱的叶老师在一、二年级教我德语和德语文学。在他手下,我不只打下了坚实的语言基础,还得到从事文学翻译的鼓励和指点,因此在那个物质和精神都极度匮乏的困难年代,我们之间建立起了相濡以沫的深厚情谊。

小译者发表习作的大刊物

可怜，待分配的肺痨书生！

《译翁译话》第一辑《译坛杂忆》，详述了鄙人"种自留地"拿稿费改善自己和父母经济生活，以及后来在叶老师指引下在《世界文学》刊发德语文学经典翻译习作的情况。想当年，中国发表文学翻译作品的期刊，仅有鲁迅创刊、茅盾主编的《世界文学》一家，未出茅庐的大学生杨武能竟一年三中标，实在不易。

南大德文专业1962年毕业照（前排右五为学生们敬爱的郭影秋校长，右四为系主任商承祖，右三为张威廉教授，右二为林尔康老师，右一为马君玉老师；二排右一为帅哥关群，右二为"痨病鬼"，右三为刘大方，右四为贾慧蝶，右五为张淑娴，右六为小三姐曹雨，右七为团支书曹志慕，右八为志愿军大哥何平谷，右九为王志清大哥，右十为"二胡"潘振亚，右十一为班长张复祥；后排左一为秦祖镒，左二为张春富，左三为杨明，左四为篮球健将陈达，左五为沈祖芳，左六为林尧清，左七为张至德，左八为马明远，左九为华宗德）

就这样，还在大学时代，我连跑带跳冲上了译坛，可也为此付出了沉重代价：毕业前一年，我患了肺结核，住进了郭影秋任校长的南大在金银街5号专为学生设立的疗养所。

1962年秋天毕业却因病不得分配，我寂寞、痛苦地在舒雨的陪伴下①等待了几个月，才勉强回到由西南俄专发展成的四川外语学院报到。

毕业后头两年我还在《世界文学》发表了《普劳图斯在修女院中》和《一片绿叶》等德语古典名著的翻译。

谁料好景不长，1965年中国唯一一家外国文学刊物《世界文学》停刊了，接着就是十年"文革"，我的文学翻译梦遂成泡影，身心堕入了黑暗而漫长的冬夜。

否极泰来说"文革"

译翁对"文革"深恶痛绝，它不但粉碎了我做文学翻译家的美梦，还给年纪轻轻的小教员我扣上"反动学术权威"的帽子，仅仅因为我译过几篇古典名作而已。我父亲更惨，莫名其妙地就从革命群众变成"历史反革命"，被勒令到长寿湖学习改造，儿子自然也被划入了"黑五类"另册。业务再好，教学再努力，我当个小小教研室主任前边也得加个"代"字，真是倒霉到了极

---

① 舒雨，我的南大同班同学。身为老舍先生的三女儿，她身份显赫，生活优裕，却偏偏青睐我这个四川"小瘪三"。《译海逐梦录》里有一篇《小三姐》，写她为什么会陪我待分配，以及我在长江边上与她洒泪分别的情景。

1978年冬天，在导师冯至温暖的书房

1982年秋第一次到德国出席学术会议，会后随恩师冯至、叶逢植游览慕尼黑

点，憋屈到了极点！

正是太憋气、太受气，我才忍无可忍，才在1978年以40岁的大龄破釜沉舟：已经获得的讲师头衔不要了，抛下即将生第二个孩子的弱妻和尚年幼的女儿，愤而投考中国社会科学院冯至教授的研究生！

结果呢，我鲤鱼跳龙门，摇身一变成了歌德学者，成了"翰林院黄埔一期"[①]的一员！

若不是"文革"逼我铤而走险，十有八九小子我还是一名德语教员，充其量也就能奋斗进黄永玉老爷子所谓"满街走"的教授队列。

"文化大革命"把偌大

---

① "翰林院"系中国社会科学院研究生院当年的谑称。1978年恢复研究生制度，在"人才难得的呼喊声中"，许多被"文革"耽误、埋没的知识精英蜂拥进了社科院研究生院，在温济泽老院长的操持下，它的"黄埔一期"真出了不少将帅之才。

一个中国生生变成了文化荒漠。浩劫过后接着是文化饥渴，小子我生逢其时，交了好运，在人民文学出版社孙绳武和绿原前辈帮助下翻译出版了《少年维特的烦恼》，恰如灾荒年推到市场上一大筐新烤出来的面包，"饥民"们一阵疯抢，借着前辈郭老的余威，小子暴得大名！随后译作、著作便一本接一本上市喽。

时也，命也！

《少年维特的烦恼》部分杨译本（包括捐赠了稿费的盲文本）

经过这场浩劫，党和政府毅然拨乱反正，实行改革开放，为中华腾飞打下了坚实基础，小平同志居功至伟。我家里摆着两尊伟人铜像：一尊为毛泽东，一尊为邓小平！

祸兮福兮忆抗战
——亲爱的"下江人"

我出生在抗日战争全面爆发的第二年，依稀记得大人抱着我躲警报的情景，刚懂一点点事就切齿痛恨日本鬼子狂轰滥炸我的家园，永世不忘国家民族的深仇大恨！

抗战期间，陪都重庆经济文化空前繁荣，小小年纪的我同样受益匪浅。这里我讲一个非亲历者体会不到的例子：

抗战时期逃难到大后方的有许多"下江人"，也就是江浙、京沪乃至东三省的上层人士和文化精英。抗战期间，难民们受到四川的庇护、款待，对包括重庆在内的第二故乡四川怀有深深的感恩之情。前不久我读到叶逢植老师的一部未刊德语回忆录，说他们从四川回南京后自然形成了一个讲四川话的小圈子，大家都以到过四川为荣，彼此格外亲切。我长大后浪迹南京、北京，涉足文坛遇到许多恩人贵人，从恩师冯至先生到挚友老舍的三女儿舒雨和她的丈夫潘武一，从亦师亦友的译坛领路人叶逢植到忘年之交英语兼德语翻译家傅惟慈，从高风亮节的诗人、翻译家兼编辑家绿原到作家、翻译家冯亦代，等等。这些在我从译和治学路上扶持、提携我，有恩于我的人，他们的一个

冯亦代三不老胡同听风楼中的座上客

鲁迅文学奖翻译奖评议组组长绿原和他的组员杨武能

共同点便是饮过川江水的"下江人"。我忍不住要述说自己这一特殊经历、感受,因为老头子不讲,再过一些年恐怕没有谁会再知道和再想起讲这些亲爱的"下江人"啦!

京城有巴蜀游子的两个落脚点:一个在舒雨、潘武一灯市西口的家中,一个在傅惟慈四根柏胡同的小院里。左一为傅教授的儿女亲家叶君健

人生路漫长曲折,祸福无常,祸福相倚。鄢翁60多年的译著生涯,每每印证此理。多有"山重水复疑无路"的困顿迷茫,绝望挣扎,接着总会"柳暗花明又一村",眼前豁然开朗,心中欣幸欢悦。此时此刻此情此景,每一个不惧艰险、不懈奋进的追求者,都会像浮士德博士一样喊出:你真美啊,请停一停!

鄢翁咬牙在从译之路上奔波、跋涉,一次次跌倒了再爬起来,方有今日之光景。但柳暗花明和跌倒了再爬起来,打拼出新的局面,没有幸逢一位位恩人、贵人,那是不可能的!

格林童话助我"返老还童"

回眸一个多甲子的文学翻译生涯,无论如何也不能不说说译林出版社和它1993年推出的《格林童话全集》。而今,杨译格林童话在读者中的影响,已经超过杨译《少年维特的烦恼》和《浮士德》,为我赢得的老少粉丝数以亿计。不仅如此,《格林童话全集》帮助我"返老还童",使我这棵翻译"老树"在风风雨雨半世纪之后又发出了"新枝"。这个情况,当然早已为业内注意到,于是我慢慢被视为译介少儿作品的好手,因此收到了各式各样的约请。

2007年,经儿童文学理论家王泉根教授推荐,我应邀担任湖南少年儿童出版社"全球儿童文学典藏书系"的"翻译专家委员会委员",不但接受组织德语作品翻译的委托,自己也承担和完成了《七个小矮人后传》和《胡桃夹子》等几本小书的翻译。书虽说单薄,跟我已出版的大多数译著相比微不足道,却是我进入新的年龄段即70岁后的第一批成果,不但使我重温了20年前翻译《格林童话》的美妙滋味,还认识到为孩子们干活儿的非凡意义。不再做翻译的决心动摇了,我开始考虑在保持健康的前提下,力所能及地再为孩子们做点事。

恩德此书被誉为德语文学的现代经典,貌似童书,却有点《浮士德》《西游记》的味道

2010年，以出版少儿读物享有盛誉的二十一世纪出版社找到远在德国的我，约我翻译德国当代著名儿童文学作家普罗斯勒的《大帽子小精灵霍柏》与《霍柏和他的朋友毛球儿》。为考验该社诚意，我提出相当高的签约条件，不想他们慨然应允，这就使我再也脱不了手。两本小书交稿后，他们又请我重译已故当代德国儿童文学大师米切尔·恩德的代表作《永远讲不完的故事》和Momo。我查了资料，发现这两本书的旧译不但广为流传，而且译者都是熟人，因此颇感为难。我把疑虑告诉了联系人，得到的回答却是请我重译一事已经过慎重考虑，决定系由社长张秋林本人做出，只因他喜欢我的译笔①。思考再三，几经踌躇，我终于决定接受约请，理由是应该以广大小读者的接受为重，以大师恩德杰作的传播为重，而不能太在乎个人的得或失②。

如同Momo，此书是批判后工业社会的生态小说

我为二十一世纪出版社翻译的童书很多，这里只展示《永远

---

① 前些年，秋林曾代表台湾地区某出版社约我译恩德的《如意潘趣酒》。

② Momo在20世纪八九十年代就有中译本，我印象最深的是译林出版社资深编辑赵燮生的《莫莫》，因为燮生邀我为它写过序。二十一世纪出版社的重译本《毛毛》也许译名取得巧，结果后来居上。我重译了Momo，尽管煞费苦心把译名变成了《嫫嫫》，还是未能免掉麻烦和困扰。不过这只是一点点不值一提的鸡毛蒜皮，革命航船仍然乘风破浪，也就是得大于失，反倒加快了"返老还童"的进程。

讲不完的故事》和《如意潘趣酒》的封面。

再说我的"返老还童",为此我由衷感谢在激烈的争夺中与我签订"格林兄弟"作品出版合同的李景端[①],还有责任编辑施梓云,没有这位称职"保姆"养育、呵护,"孩子"不会长得如此健壮可爱,这么有出息!很自然地,译林出版社和李、施两位都成了本翁的好朋友。

欣慰自豪一二三

我从译半个多世纪真没少经历痛苦磨难,但更多的是师友的教诲、帮助,恩人贵人的扶持、提携,因而有了一些可堪欣慰、自豪的成绩,在此略述一二。

其一,毕生所译几乎全是名著佳作,尤以古典杰作居多。翻译古典名著很难避免重译。重译亦称复译,复译之必要已为业界公认,问题只在质量和效果。重译者做到了推陈出新、更上层楼,有利于原著进一步传播,有利于读者更好地接受,价值就不容否认和低估,就不一定比新译或所谓"原创性翻译"来得差。具体说到我重译的歌德代表作《浮士德》《少年维特的烦恼》《迷娘曲——歌德诗选》《歌德谈话录》,以及《阴谋与爱情》《海涅抒情诗选》《茵梦湖》和《格林童话全集》等,事实

[①] 他一听说漓江出版社也属意我的《格林童话》译稿,立马从南京奔到我成都的家中,和我签了出版合同。

表明都得到了同行专家的赞赏,出版界和读书界的欢迎。例如《少年维特的烦恼》入选了人民文学出版社、作家出版社以及商务印书馆等权威大社"名著名译"丛书,《浮士德》被藏入国家领导人的书柜,《格林童话全集》成为教育部推荐的中学生"新课标"选本。

除了重译,译翁也有不少首译的作品,较重要的如托马斯·曼70多万字的巨著《魔山》,黑塞的长篇小说《纳尔齐斯与歌尔德蒙》,海泽的中篇集《特雷庇姑娘》,迈耶尔的中篇集《圣者》,以及霍夫曼、克莱斯特等的许多中短名篇,还有米切尔·恩德的现代经典童话《如意潘趣酒》等,加在一起不但数量可观,也同样受到读者欢迎、同行肯定。

《魔山》等经典名著部分译本

其二,鄙翁尽管痴迷于文学翻译实践,却不只顾埋头译述,做一个吭哧吭哧的"搬运工",也对文学翻译做过不少理论思考,对它的性质、意义、标准以及从事此道的人必须具备的条件和修养等,形成了有个人见解且言之成理、立论有据的理念,或者勉强也算理论。老朽自视为译学研究舞台上的"票友",却有同行谬赞吾为"文学翻译家中的思想者"。

说起文学翻译理论,一言以蔽之,我特别重视"文学"二字。早在20世纪80年代,区区就强调优秀的译文必须富有与原著尽可能贴近的种种文学元素和美质,也就是在读者审美鉴赏的显微镜下,译文本身也必须是文学,即翻译文学。而这一点,即文学翻译除去正确和达意之外,还必须富有与原文近乎一样的文学美质,正是文学翻译的难点和据以区别于他种翻译的特质。

德国人称纯文学(即Belletristik)为"美的文学"(schöne Literatur),我想不妨也称文学翻译为"美的翻译",或曰"艺术的翻译"。使自己的译作成为"美的翻译",成为"美玉"、美文,成为翻译文学,是我半个多世纪翻译生涯的不变追求。

为避免误解,我必须强调:翻译理念中的"美",指的是尽可能充分、完美地再创原著所拥有的种种文学美质,而非译者随心所欲地想怎么美就怎么美,更不是眼下一些人津津乐道的所谓"唯美"和为美而美。

要创造传之久远的、能纳入本民族文学宝库的翻译文学,要创造美的翻译、美文、"美玉",必须充分发挥翻译家的主观能动性和创造精神。因此我赞成说文学翻译是艺术再创造;因此我认为,翻译家理所当然地应当是文学翻译的主体,也事实上是主体。

其三,我践行了早年提出的文学翻译家必须同时是学者和作家的理念，几十年来努力追寻季羡林、戈宝权、傅雷等译界前辈的足迹，把研究、翻译、创作紧密结合起来，让它们相辅相成、相得益彰，在完成教师本职工作之余，翻译、研究、创作齐头并进，在三个方面都取得了或大或小的成绩，出版的译著、论著和创作总计约40部。即使仅仅作为翻译家，我在学者和作家朋友面前当也不自惭形秽。其他理由不说了，只讲我译著的读者数量以千万计，而一部名著佳译流传数十年甚至更加长远，可以影响一代又一代人，这难道不值得自豪吗？

还值得一说的是，几十年来我积极参加国内外翻译界的活动，不甘于做一个把自己关在屋子里爬格子的书呆子和匠人。有机会向前辈和国内外同行学习，我获益匪浅。

社科院众多大儒中我最亲近戈宝权。1987年他应邀出席四川翻译文学学会成立大会，会后偕夫人梁培兰做客我在四川外语学院的寒舍，与我妻子王荫祺和次女杨熹合影。我受他影响，也涉猎中外文化关系研究

我读研时去北大听过田德望先生的课,他待我很好。我参评教授时,他写推荐多有美言,是我视为表率的德语和意大利语翻译大家

1985年,我参加了在烟台举行的全国中青年文学翻译经验交流会

也是1985年,出席《译林》杂志创刊五周年纪念会,我拜识了一大批前辈名家。

三排右一为周珏良，右二为毕朔望，右三为杨岂深，右四为吴富恒，右五为戈宝权，右六为汤永宽，右七为屠珍，右八为梅绍武；中排左一为吴富恒夫人陆凡，左二为董乐山；前排左一为东道主，左二为陈冠商，左三为杨武能，左四为郭继德，左五为施咸荣

1992年珠海白藤湖，我出席海峡两岸文学翻译研讨会，欣逢自称半个四川人的"下江人"余光中先生，与他一见如故。

乡愁诗人与我的忘年之交

在白藤湖，我还拜识了王佐良、齐邦媛和金圣华等译界名宿。

图为李文俊、方平、董衡巽和小杨（时年54岁）

2004年任欧洲译协驻会翻译家

1999年歌德诞辰250周年，我受聘赴魏玛"《浮士德》翻译工场"打工，作为唯一中国代表与来自全世界的《浮士德》翻译家切磋译艺。"工场"关门后又应邀赴艾尔福特开更大的世界歌德翻译家研讨会。

在欧洲译协与诺奖得主君特·格拉斯相谈甚欢

遗憾的是，当今中国，翻译家在文艺界和学术界没有受到足够的重视：即使是经典译著，在高校通常也不算科研成果，翻译的稿酬标准也远低于创作。对此，翻译家们心怀愤懑却无能为力，不少人因此失望、自卑。译翁却不但不自卑，心中还充满自豪，反倒为自己是一名有成就、有作为、有影响的文学翻译家自豪！

夫唱妇随，在欧洲译协驻会翻译家居住的小别墅门前

在艾尔福特的世界歌德翻译家研讨会做报告

2018年荣获"翻译文化终身成就奖",这是巴蜀译翁在国内得到的最高奖项

我不是傅雷，我是巴蜀译翁，巴蜀译翁！

近些年，有媒体报道称老朽为"德语界的傅雷"：

2013年6月27日，中国网河南频道报道"德语界傅雷"杨武能荣获歌德金质奖章；《成都商报》说什么"德语界的傅雷"川大教授杨武能获得了"翻译诺贝尔奖"；2018年，又有报道说80高龄的杨武能"拿下了"翻译文化终身成就奖，称誉他为"德语界的傅雷"，云云。不只某些媒体，严谨的学术界也偶有拿我跟傅雷相提并论者。

傅雷先生（1908—1966）是中国翻译文学史上的一座丰碑，我走上文学翻译道路就是中学时代受了先生和汝龙、丽尼等前辈的影响，傅雷更是我从译之路上的向导乃至偶像。我说我不是傅雷，没有丝毫贬低他的意思，相反我对先生十分崇敬和感激。我所以坚称自己不是傅雷，因为我就是我，我跟傅雷有太多的不同。多数的不同不言自明，只有一点必须要强调，因为影响大而深远：

傅雷比我早生30年，58岁不幸去世；同成长在新中国，虽也历经坎坷，却在和平环境里幸福地多劳作了数十年的译翁，不可同日而语！译翁施展的时间和空间远远大于傅雷前辈，能创造和贡献的自然应该更多更大。至于是不是真的更多更大，则有待评说。

感恩故乡，感恩祖国

2018年年届耄耋，我突发奇想，给自己取了个号或曰笔名：巴蜀译翁。

一辈子混迹文坛，我用过的笔名不少，大多随用随弃，但这"巴蜀译翁"将一直用下去。它不只蕴含着我对故乡无尽的感恩之情，还另有一层含义！

我出生在山城重庆较场口十八梯下厚慈街，从小爬坡上坎，忍受火炉炙烤熔炼，练就了强健的筋骨、刚毅的性格。天府四川的文学沃土养育我茁壮生长，我自幼崇拜李白、杜甫、苏东坡，尤其是苏东坡！我生而为重庆人，重庆人就是四川人；我一辈子都为自己是四川人而自豪，为自己是李白、杜甫、苏东坡、郭沫若、巴金的同乡、后辈而自豪。没想到行政区划的

苏东坡，译翁奉他为古代中国的歌德[①]

[①] 2000年法国《世界报》评选出1001—2000年间的"千年英雄"，全世界入选者12人，中国也是亚洲入选的唯一一位就是苏东坡。

变化，有一天我突然不是四川人了！我实在难过，想起杜甫草堂、武侯祠、三苏祠就难过！我取"巴蜀译翁"这个名号，是要表明自己对四川—重庆人这个身份的忠诚。

得意忘形 "引吭高歌"

杨武能著译文献馆（巴蜀译翁文献馆）开馆展。左一为四川大学文学院院长曹顺庆，左二为重庆市作协主席冉冉，左四为著名翻译家刘荣跃，左五为华裔德籍著名歌德研究家顾正祥

我2008年从川大退休旅居德国，2014年送重病的妻子回重庆就医；2015年，重庆图书馆成立了杨武能著译文献馆。三年后，我逮住建立成渝双城经济圈和巴蜀文旅走廊的机会，赶快将它正名为"巴蜀译翁文献馆"，以舒缓心中的伤痛！

据我所知还没有为一个"文化苦力"建有巴蜀译翁文献馆这般高规格、大体量的个人文献馆的先例。

重庆武隆的世界自然遗产地仙女山还建有一座巴蜀译翁亭，实属少见。

这一馆一亭的意义和未来，还活着的译翁本人不便说，也说不清楚，只感觉这是故乡对区区无尽的爱，厚重得不能承受的爱，所以，巴蜀译翁这个笔名对我之要紧、珍贵，胜过父亲按字辈给我取的本名！

再看巴蜀译翁亭的柱子上，有一副楹联：

上联　浮士德格林童话魔山　永远讲不完的故事

下联　翻译家歌德学者作家　一世书不尽的传奇

组成上联的是我四部代表译著的题名，下联是我的主要身份以及一生的重大建树。

戈宝权评郭沫若说：郭老即使只翻译了一部《浮士德》，就很了不起。巴蜀译翁成功译介的经典多得多！

说主要身份，意味着还有其他身份略而未表。说一说幸得冯至先生亲传的歌德学者吧，译翁是荣获国际歌德研究最高奖"歌德金质奖章"唯一中国学人，其他似乎不用再说。只有作家这个身份，译翁还须努力夯实它。

重庆武隆仙女山巴蜀译翁亭揭幕，出席仪式者除主持仪式的县委领导和川渝文化名流，还有来自德国、美国、澳大利亚、日本、马来西亚等国的华裔作家和文艺家。他们经由小女杨悦组织来世界自然遗产地武隆仙女山采风，其中不乏周励这样的大作家[①]，却自谦为译翁的粉丝（张晓辉　摄）

译翁信心满满，只要坚守"生命在于创造，创造为了奉献"这个座右铭，一旦得到缪斯女神眷顾，诗的闸门就会大开。他有翻译家超强的笔力和得自书里书外的人生体验，可以讲的故事多着呢！仔细想想，真是每一部重要译著背后都有精彩故事呢，也就难怪李景端在提议凤凰卫视来专访我时讲：他的故事多！

"一世书不尽的传奇"？好大一个牛皮！

不是牛皮是事实！

[①] 代表作为《曼哈顿的中国女人》《亲吻世界——曼哈顿手记》。更令译翁钦佩的是，她还是一位极地旅行家，著有多部旅游探险记。

新中国成立前四川有句民谚："养儿不用教，西秀黔彭走一遭！"说的是四川这几个地方极度苦寒，娇生惯养的娃娃只要去那里走一走，看一看，就会知道生活艰难，不懂事的就会懂事。我祖父杨代金是彭水（现武隆）大娄山上的贫苦农民，他儿子我爸跑到重庆城当了电灯工人，他孙子我巴蜀译翁现如今成了享誉海内外的翻译家、学者、作家还有教授、博导、大学副校长，您说传奇不传奇？

若问哪个（怎么）会出现这样的传奇？回答：天时、地利、人和呗！

欲知究竟，劳驾到重庆沙坪坝凤天路106号，去逛逛重庆图书馆的巴蜀译翁文献馆。您一进文献馆大门，就会看见屏风上写着答案。

巴蜀译翁文献馆门厅处屏风

看样子传奇还不算完，尽管译翁已经八十有三。须知他的座右铭是"生命在于创造,创造为了奉献",在有生之年,他还要继续创造,继续奉献,也就是生命不息,奋斗不止!在光辉灿烂的新时代,译翁有一个梦:老头儿梦见自己"年富力强",变成了新的自己,正铆足劲儿,要创造一个个新的传奇……

民族复兴大业美好、光荣、伟大,本翁啷个能不参与,不投入其中呢?!

结语:没有共产党缔造新中国,就没有巴蜀译翁!没有父母养育、亲属支持[①]、师长教导、友朋帮衬、贵人提携,就没有巴蜀译翁!故而译翁在中国共产党成立100周年之际开始结集出版自己60余载心血的结晶《杨武能译德语文学经典》,把它献给我的人民、我的国家,把它献给我的亲戚朋友,献给我的母校育才、一中、俄专、南大、社科院研究生院,以及德国洪堡基金会(Alexander von Humboldt-Stiftung),献给我在中国和德国的老师、同学,最后,还献给支持、厚爱译翁的千万读者、粉丝,老的少的粉丝!

德国大文豪、大思想家歌德说:我们都是"集体性人物"!意即我们生命中包括父母、亲属、师长、同学、同事、同行的许许多多人有意无意地影响了我们,从正面或者反面帮助、促成我们的成长、发展,造就了我们,最终决定了我们成为什么样的人。不能不说明,写在纸上的都是美好、阳光、正面的人和事;

---

① 必须感谢我的家人,特别是我的妻子王荫祺。她与我志同道合、同甘共苦三十五载,精心养育两个女儿,多方面为我分劳分忧,不只生活中给我无微不至的照顾,还参与我多部作品的翻译工作。在《译翁情话》里,将对她述说很多很多。

可在现实生活中，译翁跟所有人一样也遭遇过阴暗和丑陋，但那些阴暗和丑陋也磨炼、激励了我，最终成就了我，同样是我的塑造者！

茫茫人海，天高地阔，万类霜天竞自由！少了哪一类都不行，少了哪一物种世界都不会如此多姿多彩，生活都不会如此美好、幸福，译翁都不会活得如此有滋有味！多谢啦，一切从正面或反面促成、造就我的人，译翁感激你们哟，爱你们哟！

2021年12月于山城重庆图书馆巴蜀译翁文献馆

目 录

译序：施笃姆的诗意小说及其在中国的影响 …………………… 1

小 说

玛尔特和她的钟 ……………………………………… 3
茵梦湖 ……………………………………………… 11
一片绿叶 …………………………………………… 49
苹果熟了的时候 …………………………………… 68
迟开的玫瑰 ………………………………………… 74
她来自大洋彼岸 …………………………………… 87
燕 语 ……………………………………………… 137
三色紫罗兰 ………………………………………… 182
木偶戏子波勒 ……………………………………… 218
默不作声的音乐家 ………………………………… 279
普赛奇 ……………………………………………… 317
白马骑者 …………………………………………… 356

附：抒情诗选

十月之歌 ···································· 495

圣诞之歌 ···································· 497

边　城 ······································ 498

白玫瑰 ······································ 500

再　次 ······································ 503

时辰已到 ···································· 504

我清楚感觉到生命在流逝 ···················· 506

女性的手 ···································· 508

月　光 ······································ 509

定　律 ······································ 511

小女友 ······································ 512

谁曾生活在爱的怀抱中 ······················ 513

请合上我的眼帘 ····························· 514

命　名 ······································ 515

复活节 ······································ 516

慰　藉 ······································ 518

四十岁生日 ·································· 519

无　眠 ······································ 520

茵梦湖 ······································ 521

· 译序 ·

施笃姆的诗意小说及其在中国的影响

德国19世纪的小说家特奥多尔·施笃姆（Theodor Storm，1817—1888），按照文学史的传统观点，在前，他不如克莱斯特、凯勒"杰出"，在后，他不如冯塔纳、托马斯·曼"伟大"，可是，施笃姆实际受欢迎的程度却超过了他们所有的人。这种情况在我们中国特别明显，施笃姆无疑是自"五四"以来最受喜爱、最富影响的外国作家之一，而克莱斯特等的作品在长时间内却鲜为人知。

施笃姆尽管很受欢迎，我们对他也只是翻译得多，谈不上有什么深入的研究。施笃姆究竟是怎样一位作家？他的创作有哪些特点？他的作品何以在我国特别为人喜爱？本文意在对这些问题进行初步探索。

一、德国的诗意现实主义与施笃姆的诗意小说

1840—1890年，是德语文学史上所谓的诗意现实主义

（Poetischer Realismus）时期。这个时期的许多德语作家，包括施笃姆在内，在前既不同于着意描写人生的"夜的方面"的浪漫派，也不同于以"倾向文学"自行标榜的青年德意志派，在后同样有别于对社会生活进行琐碎而机械的摹写的自然主义者。他们面向的是人生和现实，但由于受着德国社会发展迟缓和资产阶级政治上软弱乏力的局限，其中的多数人都只能客观反映自己所接触到的那一小部分现实，有意无意地回避重大的社会政治题材，力图从平凡的事物中寻找、发掘出所谓诗意，而缺少远大的眼光和抱负。按照当时一些理论家的主张，即使在极其贫乏的日常生活中也存在一个个富有诗意的因素或瞬息（einzelne Momente von poetischm Interesse），作家就应将注意力限制和集中于这些因素和瞬息上，从而再现平庸的社会现象中某个诗意的方面（eine poetische seite）。

诗意现实主义的作家们在不同程度上实现了这些主张，创作出了大量优秀的作品。这些作品，虽然多数回避了时代和社会的重大斗争，接触的生活面相对狭窄，但在局部却并不都缺乏反映现实的深度，而且在写作艺术方面刻意求工，因此富有巨大的表现力和强烈的感染力。这一时期的作家们大多擅长写抒情诗和中短篇小说，而以后者的成就更为突出，更受世人重视。

在德语中短篇小说的发展史上，此时形成了一个空前的高峰。作为当时兴起于整个欧洲的现实主义潮流中的一条支脉，德国诗意现实主义自有其不可忽视的特长和成就，产生了像凯勒、施笃姆、迈耶尔等有世界影响的作家。

译序：施笃姆的诗意小说及其在中国的影响 | 3

特奥多尔·施笃姆出身律师家庭，故乡胡苏姆（Husum）是如小说《燕语》所描写的那么一座濒临北海的"灰色小城"。他早年在柏林等地学习法律，毕业后回故乡开了一间律师事务所，同时热心致力于搜集整理家乡的童话、传说、格言和民歌。1853年，不甘忍受丹麦占领者压迫的他到普鲁士过了十多年颠沛流离的生活。1864年，丹麦人被赶走[①]，施笃姆回故乡当了地方行政长官，三年后改任初级法院法官。由于不满俾斯麦的"强盗政策"和"无耻的容克统治"，他于1880年提前退休，潜心从事写作，直至逝世。

施笃姆作为诗意现实主义的一位杰出代表，这一流派的特长以及弱点，都鲜明而集中地体现在他的创作里。他以写抒情诗开始其创作，1853年出版了《诗集》。他的诗歌大多描写宁静和谐的家庭生活，歌颂故乡美好的大自然，格调清新、优美而富于民歌风。他在创作中深受歌德、海涅、艾辛多夫和默里克的影响，自认为是继承了德语诗歌优良传统的"最后一位抒情诗人"。在他逝世十年后，冯塔纳也曾说过："作为抒情诗人，他至少也属于歌德之后产生的三四个佼佼者之列。"[②]

尽管如此，施笃姆一生的主要建树仍在中短篇小说方面。

[①] 1848年，丹麦国王弗里德利希七世宣布吞并胡苏姆所在的石勒苏益格-荷尔斯泰因，引发了丹麦和德国之间的第一次战争。战事于1850年以丹麦获胜结束。1863年，丹麦通过宪法正式将该地区并入自己的版图，引发第二次与德国的战争，结果战败。

[②] 参见 Hartmut Vinçon: *Storm*, Rowohlt Verlag, 1980, S. 174。

1847—1888年的四十余年中，他创作的小说共五十篇，论数量不算很大，但其中却不乏名篇佳作。今天，施笃姆之依旧享有世界声誉，主要也归功于他的《茵梦湖》《燕语》《木偶戏子波勒》《双影人》和《白马骑者》等脍炙人口的中短篇小说。

写到此，我们自然会提出问题：施笃姆的小说，具体来讲有哪些特点？它们之所以成为佳作，长期以来受到各国读者喜爱，所凭借的究竟是什么？

根据前文所述作家的境遇变迁和思想发展，我们一般将他的小说创作划分为早中晚三个时期。但是，在这三个时期之间，一些贯穿始终的共同特点却非常明显。

先说作品的思想内容。和多数诗意现实主义作家一样，施笃姆在创作中也有意无意地回避时代与社会的重大斗争，而致力于从平凡人的平凡生活中去寻找所谓诗意。他的小说写的大多是恋爱、婚姻和家庭生活，主人公也不外乎市民、大学生、手工匠人、农民这样一些普通人。

显然是自觉不自觉地受了"文艺为政治服务"这一教条以及"题材决定论"的影响，我们过去评价施笃姆，几乎都无例外地将他的作品"多半局限在个人生活和家庭的范围内，没有接触到当时重大的社会和政治问题"判定为作家的缺点，并以此为依据，草率且匆忙地得出施笃姆不够深刻、不够经典的结论。中外文学史的无数事例证明，这样做是不正确的。须知作品是否深刻、经典，并不取决于作家写什么，而取于他怎样写。

在对施笃姆的主要作品及其流传情况做比较认真的研究之

后，笔者认为，他之多写恋爱、婚姻、家庭生活这一类题材，也许倒恰恰是他获得众多读者喜爱的原因。这类题材固然平凡，为读者所司空见惯，因此不易写好，但是只要写好了，就能打动各个时代和不同民族的千千万万读者的心，因为恋爱、婚姻和家庭问题，毋庸讳言具有超时代、越国界的普遍意义，易于为广大读者所理解和接受。而整个看来，施笃姆的创作无疑是成功的，在反映社会人生方面达到了相当的深度。笔者这样讲有以下两点理由：

一则，施笃姆以恋爱、婚姻和家庭题材写出了社会变迁，反映了时代风貌。这在那些社会生活背景较为广阔的代表作，如《茵梦湖》《在大学里》《木偶戏子波勒》《基尔希父子》《双影人》和《白马骑者》中，是十分清楚的。它们要么反映了在封建宗法制社会向资本主义社会过渡时期人与人关系的转变，要么写出了新旧思想的斗争。也正因此，这类作品过去比较受我们重视。

二则，即使在一些看似仅仅写个人生活、家庭关系的作品中，施笃姆也对伦理、道德、人性以及人生意义和家庭教育等问题进行了深入的探讨，赋予了作品较为丰富的内涵。这类作品如《迟开的玫瑰》《燕语》《三色紫罗兰》《默不作声的音乐家》和《忏悔》等，同样也有深刻的意义。

除去上述两类小说，施笃姆的的确确也写过一些只能算生活场景速写的小短篇，但整体而论，他的创作实在是很好地反映了19世纪后半期的德国社会特别是某些偏远地区的社会风貌。他的一篇篇杰作，不啻德国宗法制社会在资本主义冲击下解体时的一幅幅生动而精彩的风情画。过去,我们常常嫌它们的情调低沉、灰暗,但这是作者所处的时代和环境所必然造成的,正好反映了1848年革命失败后的社会现实和一般知识分子的心理状态。我们没有理由以今天的标准去苛求生活在19世纪的德国作家。

不过,在肯定其思想意义的时候,需要特别强调,施笃姆的中短篇小说之所以广为流传,受到不同时代和不同民族的万千读者的喜爱,之所以今天还受到我们的重视,主要原因却不在于思想内涵,而在于它们突出的艺术成就,在于它们鲜明独特和优美动人的艺术风格。

以风格而论,我们大致可以以1870年为界线,将施笃姆的小说创作分成前后两个时期。前期作品以《茵梦湖》为代表,重在意境的创造、气氛的渲染和缠绵悱恻的情感的书写,而往往缺少连贯鲜明的情节、严整紧密的结构和激烈紧张的矛盾冲突。例如,《茵梦湖》只是借助主人公的一些并无直接关联的回忆片段,把他不幸的恋爱经历大致告诉了我们,大异于传统小说的线性结构,倒与快节奏的现代电影的蒙太奇手法有几分近似,然而情感的抒发却既含蓄又浓烈。早期其他作品,如《一片绿叶》和《迟开的玫瑰》等,同样也说不上有多少情节,而只是一篇篇意境深远、情感深沉的抒情散文,一首首耐人寻味、感人肺腑的抒情诗。

后期作品则以《双影人》《白马骑者》为代表,重在人物个性的刻画,结构谨严而富有戏剧性,故事情节曲折有致,细节描写委婉动人。

但不论是前期还是后期，施笃姆的成功之作几乎都具有一个共同的特点，那就是它们始终像笼上一层作者故乡的北海之滨常有的轻雾似的，弥漫着一种凄清柔美的诗意。不同的只是前者更多地像抒情诗，后者更多地像叙事诗罢了。例如，晚期的《双影人》(1886)以深情的笔触，叙述了一个失业者不幸的一生，让小说里的那位林务官听了也禁不住发出感叹："真正是一首诗啊。"而施笃姆临死前完成的最后一篇小说《白马骑者》，于整个德语近代文学也称得上是杰作、名篇。它虽不像《茵梦湖》和《燕语》那样写得缠绵悱恻，但更注重情节的铺排、气氛的烘托、人物性格的塑造以及内心的揭示，从整体上看更富有故事性乃至戏剧性，同时也不乏诗意，因此仍可以视为一部成功的叙事长诗。

施笃姆小说极富诗意这个特点可谓有目共睹，有口皆碑。俄国大作家屠格涅夫在读完《她来自大洋彼岸》(1865)之后写信给作者说："您的小说真是细腻优美到了极点，围绕着燕妮这个人物，弥漫着一种十分特殊的诗一般的馥郁之气。写见到维纳斯石像那个夜晚的片段，可算一件小小的杰作。"与施笃姆同期而稍后的德国大作家海泽，给了他的整个创作这样的评论："为了简单明白地指出特奥多尔·施笃姆小说的特点，我不知道还有比称它们是一位抒情诗人写的小说更好的说法了。"[①]

施笃姆怎么能够将小说写得如此富有诗意呢？

除了他本身是一位抒情诗人，有着诗人的禀赋，因而笔端常

---

① 参见 Hartmut Vinçon: *Storm*, Rowohlt Verlag, 1980, S. 174。

常流露出充沛、热烈的诗情外,笔者以为还有以下原因。

首先,施笃姆写的常常都是亲身经历,即他自己所能接触到的那一部分现实。例如,《茵梦湖》中的伊丽莎白和《她来自大洋彼岸》中的燕妮,都是他年轻时所热恋过的一个叫贝尔塔的姑娘的化身;而《默不作声的音乐家》,拿施笃姆自己的话来讲,更"产生于我自己心灵的最神圣的深处,这默默无声的乐师便是我疼爱的儿子"。再则,故事发生的地点大多在北海之滨。那在不少小说(如《燕语》《双影人》)中都洋溢着的恋乡之情,正是热爱故土并曾长期流落他乡的施笃姆本人的心境的写照。感情是诗歌的生命,施笃姆的成功之作无不写得情深意切,诗意便也油然而生。

其次,同样重要的是施笃姆努力实践了在平凡的现实中寻找、发掘诗意的主张,并坚信作家只要有足够的功力,用中短篇小说这种形式同样能创造出"最高的诗意"(das Hoechste der Poesie)。因此,他一生致力于中短篇的创作,而谢绝朋友的劝诱写任何长篇。他在自己的作品中写的常常是善良的人,平凡而普通的人;写的常常是他们的美好情感,诸如爱情、友谊以及对故乡家园的思念和热爱等。可也正由于平凡、普通,我们读来便感到熟悉、亲切;正由于善良、美好,我们不知不觉地便会产生共鸣,受到感染。加之施笃姆确实功力深厚,我们每读完他的一篇杰作,心中自然便会涌起那种读完一首好诗后的微醺乃至陶醉的感觉和审美体验。

最后,不可忽视的是,施笃姆在艺术上造诣高深,而且精益求精。他语言朴素优美,写景状物生动自然,尤善于以景物烘托气氛,创造意境,常常能做到情景交融、以景寄情。他对夜晚、大海、森林的描写最为出色。他惯于用花木禽鸟作思想感情的象征,如《茵梦湖》用白色的睡莲象征可望而不可即的幸福,《双影人》用不惧寒霜的忍冬花象征忠贞不渝的爱情,而《燕语》中那一声声燕子的啁啾,更把主人公苦苦思念故乡亲人的情怀渲染得淋漓尽致。

还有,施笃姆经常采用回忆倒叙的写法,让主人公面对读者,直抒胸臆。他惯于也善于在故事中嵌进富有北德地方色彩的民歌、民谣以及情感炽烈的诗句,如《茵梦湖》中的"依着妈妈的心愿/我另选了位夫婿/从前所爱的一切/如今得统统忘记/我真不愿意",以及《燕语》结尾处的"当我归来的时候,当我归来的时候/一切皆已成空……",等等。这些都不独对小说的主题思想起了画龙点睛的作用,还增添了诗的气氛。

上述种种,便使得施笃姆的成功之作充满了诗情画意。总之,施笃姆不愧为德语文学中独有的所谓诗意现实主义的杰出代表。他的作品的的确确可以被称为诗意小说。在德语中短篇小说乃至世界中短篇小说之林中,施笃姆的作品不但耐看、好看,且自有其鲜明的个性和特色;正因为耐看、好看又富有特色,它们便得以长期流传,而且今天仍然受到人们的重视。

二、施笃姆在中国

在我国,施笃姆长期以来受到广大读者的喜爱,其热烈的程度甚至使某些德国朋友大为惊讶。施笃姆在中国的接受问题，自然就引起中德两国不少学者的注意，而弄清楚这个问题，又最好是从他的代表作《茵梦湖》谈起。

《茵梦湖》译本知多少

《茵梦湖》的译本数目，过去一般都估计在六七个，其实，包括港台地区在内，我所知道的译本总数已达二十二种[①]，而且很可能还有遗漏。在我国老少皆知、影响深远的长篇小说《少年维特的烦恼》，译本的数量也不过如此。说来凑巧，它的第一个译本与《维特》一样，同样出自郭沫若之手。不同的是它系合译，但问世的时间却比《维特》早一年，即在1921年7月1日由上海泰东图书局初版，可以认为是大翻译家郭沫若一生译事活动的第一个重要成果。译本前还附有郁达夫的序。这个本子随后由不同的出版社一版再版，单"泰东"一家，至1931年11月就印了十四版之多，足见多么受欢迎。关于翻译此书的情况，郭沫若在《创造十年》中做了生动的回忆。

继郭译之后，紧接着又出了唐性天（1922）、朱偰（1927）、张友松（1930）、孙锡鸿（1932）、王翔（1933）、施瑛（1936）、梁遇春（1940）以及巴金（1943）等的重译本，也都产生了一定的影响。巴金的译本收在文化生活出版社印行的《迟开的蔷薇》

---

① 详见 Wolfgang Bauer 等编著的索引 *German Impact on Modern Chinese Intellectual History*，由 Franz Steiner Verlag 出版。

一书中，1943年9月初版。他在为此书作的后记中写道：

> 十年前学习德文时，曾背诵过斯托姆（Theodor Storm，1817—1888）的《迟开的蔷薇》，后来又读了他的《蜂湖》。《蜂湖》的中译本（即郭沫若先生译的《茵梦湖》）倒是二十年前在老家里读过的。
>
> 我不曾写斯托姆的文章，不过我喜欢他的文笔。大前年在上海时我买过一部他的全集。我非常宝贵它，我有空就拿出它来翻读。虽然我至今还没有把德文念好，可是为了学着读德文书，我也曾翻译过几篇斯托姆的小说。
>
> 今年在朋友处借到一本斯托姆的《夏日的故事》，晚间写文章写倦了时，便拿出来随意朗读，有时也动笔翻译几段，过了几个月居然把里面的《蜂湖》译完了，此外还译了几篇较短的作品。
>
> 现在选出《蜂湖》等三篇来，编成一本小小的集子。我不想把它介绍给广大的读者。不过对一些劳瘁的心灵，这清丽的文笔，简朴的结构，纯真的感情也许可以给少许安慰吧。

在这段引文中，巴金不只谈了译《茵梦湖》的前后情况，而且回顾了自己与施笃姆之间有过的种种关系（关于这个问题后文将详细论及）。巴金的译本是出得比较晚的，可是影响却相当大，不但1949年之前多次重版，1966年香港南华书店还重排过；1978

年又收进了上海文艺出版社编印的三卷本《外国短篇小说》中，在当时刚打倒"四人帮"不久还闹着精神饥荒的中国赢得了大量读者。前年，作为迄今为止的最后和最年轻的译者，我应约重译《茵梦湖》。在工作的过程中，我仍从巴老四十年前的旧译文里得到不少启示。

在我们中国，是否还有哪一篇外国短篇小说像《茵梦湖》这样一译再译，而且同时拥有像郭沫若、巴金、梁遇春等这样一些大名鼎鼎的译者呢？以笔者的孤陋寡闻，的确还不知道。

《茵梦湖》与《意门湖》之争

译本多了，译家之间必然会在原文的理解、译文的表达以及保持原著的风格等问题上产生分歧，而且一般地讲，重译者总是自认为胜过先前的译者，于是乎便引起争论。唐弢著《书话》中有一篇题为《茵梦湖》的短文，可使我们窥见当年热闹情景之一斑，兹摘引于后：

> 郭沫若精德文，又曾与钱君匋合译过德国施笃谟原著《茵梦湖》一册……《茵梦湖》有誉于世，我早年读此，倍受感动，印象之深，不下于《少年维特之烦恼》。这本书有多种译本：商务印书馆有唐性天译本，书名作《意门湖》；开明书店有朱偰译本，书名作《漪溟湖》。朱偰在序文里指出唐译语句滞重，不堪卒读，"实逊似郭译"。但郭译也有错误，并指出可以商榷之处凡十五条。最后，北新书局又有

英汉对照本，为罗牧所译，序文中对郭钱合译之译文施以攻击，谓不可信。早期译者常持此种态度，实则所据原文不同，罗译既系英汉对照，根据英文本转译，实难据为信史。

说到分歧和争论产生的原因，唐弢先生指出的一点当然是对的。不过，除此之外，更重要的恐怕还是译者所持翻译标准的不同，而且毋庸讳言，有时恐怕也存在门户之见乃至文人相轻、同行相嫉习气的影响。例如朱偰的译文根据的也是德文本，但他在序文中列举的郭译"可以商榷之处凡十五条"，笔者在一一做了研究以后发现至少有两条，原本是郭译的更深刻、更正确，表达更自然、更顺达。

当年围绕着《茵梦湖》的论争，从好的方面看，反映了文坛思想的活跃，不存在或较少存在对名人只能捧场不能批判的情况。再者，就郭沫若译《茵梦湖》与唐性天译《意门湖》两者的译文和书名孰优孰劣这个问题，在创造社的郭沫若、郁达夫与文学研究会的沈雁冰、郑振铎这些文坛大将之间，展开了激烈的争论，以今天的眼光衡量，就更具有文学史的意义了。郭沫若于1922年6月22日写了《批判〈意门湖〉译本及其他》[①]，同年9月1日，沈雁冰便在《时事新报》副刊《文学旬刊》上以《半斤八两》相驳斥，接着郭沫若又在《创造季刊》第一卷第三期作了《反响之反响》，如此你来我往，很持续了一段时间。

---

① 载《创造季刊》第一卷第二期。

今天，我们断断没有就这个论争评判是非曲直的必要，只不过郭译优于唐译，看来倒是事实。朱偰在其《漪溟湖》译序也说唐译"语句滞重……实逊似郭译；郭译文句颇流丽，意味亦深长，可说是译品中不可多得的文章"。至于书名，《茵梦湖》更胜《意门湖》远矣。"茵梦湖"三字很能激起读者的联想，很富有诗意，完全符合原著的意趣和格调，也就难怪能经住时间的考验。在半个世纪后的今天，《茵梦湖》已经成为定译，并将随着作品本身而流传下去，虽然在现实生活里并不真的有一个茵梦湖，但自"五四"以来，它却在我国万千痴情男女的梦中时时漾起涟漪。

从《茵梦湖》到《林中》

《茵梦湖》这篇小说计分为十段，每段有一个小标题，第三段的标题叫"林中"。1925年创造社作家周全平出版了一部中篇小说，也题名《林中》（收入《梦里的微笑》）。这《林中》与"林中"之间有没有什么联系呢？肯定地回答：有。这联系不仅仅限于两个标题的雷同，而且存在于两篇小说的内容、形式以至于情调之间。

周全平的小说也分成一个小段一个小段，只不过比《茵梦湖》多两段而已，其各段的标题与内容梗概如下：

林中：湖、山、森林的描写，一幅晚秋景象。

薄暮：一位贫病交加的老人坐在林中墓畔回忆往事，

"那时他底失神的目光,渐渐射到那荒凉的坟墓上。忽然,干枯的眼眶里放出一缕垂灭的回光……一场美丽的多趣的命运底游戏,便在惨淡悲凉的秋夜的森林中开展出来了"。

童时:仙舟、露萍青梅竹马,"天天聚着,已经亲热得像一对小夫妻了"。

姑母家:露萍十二岁时与仙舟分手,十八岁时重逢仙舟已是"娇憨玲珑"的少女,但随即被后母许配给了有钱的表兄李某。

湖畔:仙舟、露萍互诉衷肠。

秋雨:露萍发出控诉:"那新来的,李先生家底世兄,已把我底幻梦刺破……煊赫的豪富的贵公子在礼教底假面下夺去了我底所有。啊!残酷的礼教夺去我底所有。"

他乡:元宵节,漂泊异乡的仙舟接到表兄来信,知露萍已嫁李家。

佳节:俱乐部里,唱曲女子受贵公子欺侮,仙舟抱不平。

月夜:仙舟遇唱曲女子,听她唱:"人无呀千日好/花无百日红/做一日和尚撞一日钟/钟钟撞虚空……"

姑母家:重逢被休弃了的露萍。

微笑:诀别,以心相许。远方传来山农的歌声……

薄暮:老人独坐林中,回忆往事。

任何一个对《茵梦湖》这篇小说有几分了解的人都不难发

现，周全平的《林中》与它真是太相像了。这不仅表现在主题思想、故事情节、表现手法、篇章结构等大的方面，就连那一个个小标题和许多的细节也是一样；不同的只是《林中》的故事产生于"五四"时代的中国，因此加上了一些中国和时代的特色。但是，反对包办婚姻和封建礼教的主题思想直接由主人公口中道出来，整个情调气氛更加愁惨凄凉，以及用元宵节代替圣诞节，用俱乐部代替市政厅地窖酒店，用唱曲女子代替吉卜赛女郎，用山农的歌声代替牧童的歌声，用"人无呀千日好/花无百日红/做一日和尚撞一日钟/钟钟撞虚空……"代替"今朝啊，今朝/我是如此美丽/明朝，唉，明朝/一切都将逝去……"。诸如此类的改变与差异，都未能掩盖反倒是更加清楚地揭示了一个事实：周全平的《林中》确系《茵梦湖》的仿作。

从《茵梦湖》到《林中》，这个突出的事例，进一步证明了施笃姆的《茵梦湖》在我国有巨大而深远的影响：它不只译本众多，为广大读者所喜爱，不只受到我国一些新文学奠基人的青睐，在现代文学史上留下了多而有趣的记录，而且具体、直接地影响到了作家的创作。

施笃姆在中国何以特别受欢迎？

除去《茵梦湖》，施笃姆的其他杰作，如《白马骑者》《淹死的人》《木偶戏子波勒》《在大学里》《双影人》以及《燕语》等，在我国同样早已有多种译本，同样受到不同时期的万千读者的喜爱。而且，与施笃姆有过关系，思想与创作受过他启迪的中国作家，恐怕也绝不止一个周全平。就说巴金吧，他1923年以前就读了郭沫若译的《茵梦湖》，十年后学德文时又读了原文，还背诵过《迟开的蔷薇》；1940年在上海买了一部施笃姆全集，"非常宝贵它"，"有空就拿出它来翻读"；1943年更将《迟开的蔷薇》等自己特别喜欢的几篇翻译出来，编成集子出版。整整打了二十多年交道，又如此地"宝贵"、喜爱，能不受到潜移默化的影响么？尽管我对巴金的了解十分肤浅，却也隐隐感到他的创作与施笃姆的创作之间不无某些相似之处，有关专家要是深入研究，必然会有所发现。总之，整体而论，施笃姆无疑是在我国最受欢迎的外国作家之一，现在的问题只是，这位生活和创作于19世纪的德国小说家，何以能赢得我们现代的中国读者乃至作家的心呢？

为回答这个问题，首先让我们来看一看几位前辈作家对施笃姆的评价：

郁达夫十分欣赏施笃姆的小说，并译过一篇《马尔戴和她的钟》，他称施笃姆为"一流不朽作家"（见《闲书·查尔的百年诞辰》）。

唐性天赞施笃姆的文笔"简练老当，并没有刻意求工的气味，却是描写情景，栩栩如生，真到了自然佳妙的境界"（《意门湖》译序）。

李珠认为《双影人》"述工人约翰之一生，精密生动，其描写生活恋爱与社会环境之矛盾苦闷可谓优美艺术之标本"（《恋爱与社会》小序）。

巴金称施笃姆的小说文笔"清丽"，结构"简朴"，感情"纯真",说它们可以安慰"劳瘁的心灵"(《迟开的蔷薇》后记)。

朱偰说《茵梦湖》"长于'外'的描写,于自然方面,风景方面,可谓补前者(笔者注:指中文小说)之所不逮;而感情的深挚,思想的高超,尤可与《红楼梦》并驾齐驱,有过之无不及"(《漪溟湖》译本序)。

以上这些前辈对施笃姆的评价,除去朱偰将《茵梦湖》与《红楼梦》相提并论失之牵强,言过其实,其他的都相当中肯,尤其是巴金所指出的文笔清丽、结构简朴、感情纯真三点,更可谓十分恰切。他们的共同之处在于强调施笃姆的高度艺术成就,这刚好印证了笔者在本文第一部分的论点,即施笃姆之所以为施笃姆,施笃姆的中短篇小说之所以广为流传,受到不同时代和不同民族的万千读者的喜爱,主要原因乃是他那"鲜明独特和优美动人的艺术风格"。事实上,我国不少读者也确因那种特有的艺术美和诗意而特别醉心于施笃姆。

除此之外,还有一个重要原因,那就是就题材内容和主题思想而言,施笃姆的创作主要反映了封建宗法制社会的解体以及向资本主义社会的过渡,而我国在"五四"以后也处于变动的阶段。施笃姆在小说中所提出的不管是家庭伦理道德问题还是社会经济政治问题,也正好是我国的现实问题,特别容易为我们的读者所关心和理解。例如,他那以反对包办婚姻为主题的《茵梦湖》,就正好道出了一代在封建礼教压迫下渴望恋爱自由的青年男女的心声,因此能广为流传,并为他的作品在我国赢得了巨大的声誉。过去我们在谈到施笃姆的局限时常说,他的小说大多写得缠绵悱恻，小资产阶级的情调很重，这无疑是事实。这里可以进一步指出，正是这种情调吸引了相当多的读者，特别是1949年前的读者。因为我国1949年前的读书界，显然是以小资产阶级知识分子为多数。也可以认为，我们的整个精神气质和思想情趣，即西方人所谓的Mentalität，以及我们的文化水准——这些当然又是由我国的历史传统和社会发展所决定了的——都使我们容易接受施笃姆以及与施笃姆相类的作家，喜爱《茵梦湖》《燕语》《木偶戏子波勒》一类的作品。

小　说

玛尔特和她的钟

上中学的最后几年,我寄宿在城里一幢小小的市民住宅里。房主一家的父母和众多兄弟姐妹全都不在了,只剩下一个上了年纪却尚未出嫁的女儿。父母亲和两个哥哥已经去世,姐妹中除去最小的一个嫁的是本地的一名医生,其余全跟着自己的丈夫去了外地。这样,父母留下的宅子里就只剩下玛尔特,孤零零的一个人,靠着出租家里过去的住房,还有就是一点微薄的养老金艰难度日;只有在礼拜天,她才能吃上一顿像样的午餐。然而对此老处女并不在乎,她在物质生活方面的要求几乎等于零。既出自信念,也考虑到小市民家庭境况的拮据,她父亲让所有子女都受到严格的节俭教育,结果就是玛尔特对眼下的窘境安之若素。

在青年时代,玛尔特只上过一般的学校,可她凭着头脑敏捷、性格沉稳,再加上在寂寞的晚年勤于思索,等到我认识她的时候,她的文化修养已提高到一个对于女性——具体来讲,对于市民阶层的妇女——而言很不一般的水平。诚然,她说起话来并非总是合乎语法,尽管她经常专心地阅读,特别爱读历史著作和诗歌,不过对于读过的东西,她却多半能做出自己的正确判断,独立地分辨出哪是好哪是坏，这可就很少有人能办到啦。那时默里克的《画家诺尔顿》①刚刚出版，一读便给她留下了很深的印象，她因此反反复复地阅读；开始是从头读到尾，后来就喜欢哪部分读哪部分。书中塑造的人物于她已成为独立自主的生命，他们的行为不再受到作品结构的约束。她常常一思考便好几个小时，希望想明白，到底怎样才能免除那许多如此可爱的人即将遭遇的噩运。

孤身独处的玛尔特内心并不觉得寂寞无聊，只不过时不时地也可能产生一点外在生命的虚度之感；她需要一个人，一个她能为他工作，一个她能给予关爱的人。她没有任何亲朋好友，于是便把这可嘉的激情倾注到自己的一期期房客身上；而我，就在她那里感受到了不少的关怀和慈爱。她酷爱鲜花，尤其是素白的花，白花中又以那普通常见的为最；而后面这点，在我看来乃是她知足、认命的典型表现。每当侄儿侄女们给她送来采自自家花园的头一捧雪钟花和雪片莲，她一年中的第一个喜庆日子就到啦。随即从橱柜里取出一只瓷制的小提篮儿，插在里边的鲜花在玛尔特的精心照料下，将一连几个礼拜装点着她那小小的屋子。

自打父母去世，玛尔特在身边就很少见到人；特别是漫长的冬季的夜晚，她几乎总是独自一人度过。这样，那活跃而富有创造性的想象力，那对她来说极具个人特征的想象力，似乎便赋予了周围的家具什物以生命和意识。好像是她把自己灵魂的一些碎

---

① 默里克（Morike, 1804—1875），德国浪漫主义诗人兼小说家，长篇小说《画家诺尔顿》为其主要代表作。

片借给了屋里的那些老家私，使它们获得了与她交谈的能力。这样的交谈，自然多半都是无声的，可也正因如此反倒更加亲切诚挚，不会发生什么误解。她的纺车，她的褐色雕花靠背椅，都是些古怪稀罕的玩意儿，常常会生出些特异透顶的念头，而有一台老式座钟尤其如此。这钟还是五十多年前她父亲生前在阿姆斯特丹的旧货市场上淘来的，买的时候就已经成了老古董。这家伙的模样自然很是稀罕：在已经发黄的刻度盘的两侧，各紧靠着一张长发垂挂的海妖面孔，这面孔是用白铁皮剪成后再上色做的；刻度盘下面的部分被带鳞片的鱼身子围着，鱼身上还残留着镀金的痕迹；指针似乎做成了蝎子尾巴的样子。年深日久，估计齿轮机械已经磨损，所以钟摆发出的响声既沉浊又不均匀，而且摆锤时不时地还会突然掉下来几英寸。

这只钟是它的女主人最健谈的伙伴，而且不只谈，还参与她所有的思考。每当玛尔特感到孤独，孤独得即将堕入沉思的时候，它的钟摆便嘀嗒嘀嗒地响起来，越响越带劲儿，越响越厉害。这响声不让她有片刻的安宁，一声一声地直接穿透进她的思想里去，直到她终于不得不站起来。——这时候，阳光正温暖地照进她的玻璃窗，窗台上的丁香花正吐放着甜美的芳香，窗外的天空正掠过一群呢喃歌唱的燕儿。周围的世界待她多么亲切啊，她不能不又变得心情愉快起来。

可那只钟啊，它也真有自己的脑子：它年迈力衰了，已不大情愿适应新的时代，因此往往在本该敲十二响的时候偏偏只敲六响；反过来有时候又敲个没了没完，像是想要将功补过，直敲到玛尔特过来把钟锤从链条上拿掉。最稀罕的是有时候它该敲却敲不响了,接着只听齿轮间传出一阵阵"吱吱嘎嘎"的声音,可钟锤就是抬不起来。这样的情况大多出现在深更半夜。玛尔特每次都会醒来,都会下床去帮助解除老钟的困厄,而且不达目的绝不休止,哪怕是在滴水成冰的严冬,哪怕夜晚漆黑。随后她才重新上床,开始东想西想,要弄明白这钟为什么唤醒她,问自己是不是有啥白天该做的事忘记了,问自己这一天是不是过得真正问心无愧。

眼下又到了圣诞节。由于大雪阻断了交通,圣诞夜我是在一位多子女的朋友家度过的。圣诞树早已点亮,孩子们已欢呼雀跃着冲进关闭了很久的圣诞室,随后我们又吃了必不可少的鲤鱼,喝了红葡萄酒;没有落下任何传统的仪式和节目。第二天早上我踏进玛尔特的房间,按老习惯向她祝贺节日。她坐在那儿,胳膊肘支在桌上,像是久已停下了手中的活计。

"昨儿个晚上,您是怎样过的圣诞夜呢?"我问。

她瞅着地板,回答:"在家里。"

"在家里?怎么没跟您的侄儿们在一块儿?"

"唉,"她说,"自打十年前的昨天我母亲在眼前的这张床上过世以后,圣诞夜我就再没出过门。昨儿个我姐姐确曾派人来请我,在天黑时我也真想过要去她那里,可是——那只老钟这时又怪响起来,早不响晚不响,好像一个劲儿地在说:别去喽,别去喽!你想在那儿干什么?你的圣诞夜不该去那里过呐!"

这样,她便留在了家里的这间小屋里。儿时,她曾在这儿玩要；后来，她曾在这儿替父母合上眼睛；现在，那只老钟跟当初完全一样，仍在那儿嘀嗒嘀嗒个不停。只是眼下，在它已如愿以偿，玛尔特把已经取出来的节日礼服重新锁进了柜子以后，它发出的嘀嗒声却轻了下来，而且越来越轻，越来越微弱，到最后竟一点儿也听不见了。——玛尔特呢，又可以不受打扰，独自去回忆自己一生经历的一个个圣诞夜的情景了：

她父亲坐在那张褐色的雕花靠背椅里，头上戴着细绒便帽，身穿黑色的节日礼服，一向严厉的眼睛今天也变得和蔼而慈祥；毕竟是圣诞节喽——唉，是许多许多年以前的圣诞节！尽管当时桌上并没有大放光明的圣诞树——这只有富人们可以享受，却点着两支粗大的蜡烛，把小屋子照得异常明亮，害得经过许可从黑暗的前厅走进来的孩子们都不得不用手挡住眼睛。随后他们走到桌子跟前，观看圣婴给他们带来的礼物，但要按照这个家庭的规矩——既不显得急躁，也不雀跃欢呼。自然没有昂贵的玩具喽，不，连便宜的玩具也没有，而净是些有用和必需之物，一件衣服、一双鞋子、一块小黑板、一册歌本以及诸如此类的东西。可尽管这样，得到了小黑板和新歌本的孩子们仍然感到幸福，接下来便一个跟着一个去吻父亲的手。他老人家呢，仍旧坐在自己的靠背椅里，心满意足地微笑着接受孩子们的感谢。头顶上束着小方巾的母亲满脸温柔慈爱，亲手给孩子们系上新围裙，在新黑板上写了些数字和字母给他们模仿。只不过母亲的时间实在很少，必须下厨房去烤苹果饼了。要知道，对于孩子们来说，那才是圣诞夜的主要礼物，不烤不成啊。这当儿，父亲翻开了新歌本，用他那洪亮的嗓音唱起来："满怀喜悦，赞美上帝！"孩子们全都识谱，也跟着合唱："满怀喜悦，赞美上帝！"他们就一直这么站在父亲的靠背椅周围，把整首歌唱完。只有在歌唱的间歇，才听得见母亲在厨房操作和苹果饼在锅子里发出的吱吱声。

嘀嗒，嘀嗒！老钟又叫开了。嘀嗒，嘀嗒！它越叫越来劲儿，越叫越揪心！玛尔特猛然站了起来，她四周几乎已经一片黑暗，唯有窗外的雪地上躺着一点暗淡的月影。除了那钟摆的响动，房子里一派死寂。没有孩子们在小屋里歌唱，没有火焰在厨房中发出毕毕剥剥的响声。这宅子里留下的就只有她孤零零一个人，其他人通通走了，通通走了。可这老钟它到底又想告诉玛尔特什么呢？——啊，它是提醒她快十一点啦！另一个圣诞夜的情景蓦然间出现在玛尔特的记忆中，唉！完完全全是另一个样子啊。在许多许多年以后：

父亲和兄弟们已经死了，姐妹们也都出了嫁，只有母亲单独和玛尔特留了下来。她早已接管父亲在褐色雕花靠背椅里的位子，把那些家庭琐事统统移交给了自己的女儿，因为父亲一死她就小病不断，和蔼的面容一天比一天苍白，慈祥的目光一天比一天惨淡，到头来只好成天卧病在床。这样子过了三个礼拜，便又到了圣诞夜。玛尔特坐在病榻旁倾听着似睡非睡的母亲的呼吸。屋子里死寂一片，只有老钟嘀嗒嘀嗒地走着。这时已经快十一点了，母亲突然睁开眼来，想要水喝。

"玛尔特，"她说，"一等开春，要是我体力……能够恢复，咱们就去看……你的姐姐汉娜。刚才我在梦中，见到了她的……那些娃娃。你呀，在这家里太寂寞喽。"

母亲压根儿给忘了，汉娜姐姐的孩子们全已在去年深秋夭折；玛尔特也不提醒她，只是默默地点点头，握住母亲变瘦削了的手。这当儿钟敲了十一点。

眼下它也正敲十一点，只不过声音是那样地轻，好像来自非常非常遥远的远方。

这当口玛尔特听见一声沉浊的呼吸，她想，母亲又要睡啦，于是便悄悄坐在那里，一动不动，仍然把母亲的手握在手里，临了自己也堕入了似睡非睡的状态。如此过去了大约一个小时，钟突然敲起了十二点。蜡烛已经燃尽，明亮的月光照射进窗户中来，埋在枕中的母亲的面容显得异常苍白。玛尔特握着的她的手已经冰凉。她放开她冰冷的手，在母亲的遗体旁坐了一整夜。

而今玛尔特又这样坐在同一间小屋里，回忆着往事。那只老钟嘀嘀嗒嗒地走着,声音时而响亮,时而低沉。这个家庭发生的事情它都知道,都一块儿经历过。它帮助玛尔特回忆过去的一切,回忆起她的痛苦,回忆起她那些小小的欢乐。

玛尔特那孤寂的小屋是不是仍然令人感到惬意?这我不知道。离我住在她家已经过去许多许多年,而且她那座小城与我的故乡又相隔遥远。——那种通常珍惜生命的人们不敢说的话,玛尔特总是径直而大声地讲出来,例如她常说:"我从来不曾生过病。我呀,肯定会活很久很久。"

她这个自信要是没有错,我写的这篇东西要是能落进她的小屋,她在读的时候但愿还想得起我来。那只老钟会帮助她回忆的,它可是什么都一清二楚。

茵梦湖

老　人

　　晚秋的一天午后，从城外倾斜的大道上漫步走下来一位衣冠楚楚的老人，看样子是散完步准备回家去；他穿的那双眼下不再时兴的带银扣的鞋上，已经扑满了尘土。他腋下夹着一条细长的金头藤手杖，神态安详自如，时而瞅瞅周围的风景，时而望望面前山下静卧在落日余晖中的城市。他满头银发，奇怪的是一双眼睛却依然黑黝黝的，恰似那业已逝去的青春韶华，如今全都躲藏在了他的这双眼睛里。他看上去颇像个异乡人，过往的行人很少有谁跟他打招呼，虽然他们常常情不自禁地要注视一下老人那双严肃的眼睛。终于，他在一幢带三角墙的高大楼房前停下来，掉头再望望下边的城市，然后就跨进门厅里去了。门铃响过以后，房里能看清门厅的一个窥视孔后的绿色帘子拉开了，出现了一张老妇人的脸。老人举起手杖来向她致意。"怎么还不点灯？"他讲话微带南方口音。女管家放下了窥视孔上的布帘。老人走进宽敞的过道，来到一间在四壁的大橡木柜中摆着各式瓷花瓶的客厅，穿过一道正对面的门，进入一条小走廊，这儿有一道狭窄的楼梯，通到后楼的卧室去。他慢慢儿爬上楼，打开一扇房门，走进一间不大不小的房间。房中舒适而宁静，有一面墙几乎全让书架给遮住了，另一面墙上则挂着一幅幅人像画和风景画；一张铺了绿色台布的桌子上，随意摊着几本翻开了的书；桌子前面，立着一把配有红绒坐垫的古朴、笨重的扶手椅。——老人把帽子和手杖放到屋角里，然后就在扶手椅中坐下来，一只手握着另一只手，像是散步走累了，想要休息休息。——他这么坐着，天便渐渐黑了。终于，月光透过玻璃射进屋来，落在墙头的油画上。明亮的月光缓缓移动，老人的眼睛也跟着一点一点转过去。这当儿，月光正好照着一幅嵌在很朴素的黑色框子里的小画像。"伊丽莎白！"老人温柔地轻轻唤了一声，唤声刚出口，他所处的时代就变了——他又回到了自己的少年时代。

儿　时

转眼间，向他跑过来一个模样可爱的小姑娘。她叫伊丽莎白，看上去五岁光景，他自己的年龄则比她大一倍。小姑娘脖子上围着条红绸巾，把她那双褐色的眼睛衬托得更加好看。

"莱因哈德，"她嚷着，"咱们放假啦！放假啦！今天一整天不上学，明天也不上学。"

莱因哈德把已经夹在胳膊底下的石板飞快地往门后一搁，两个孩子随即冲进房前的花园，穿过园门，奔到野外的草地上去了。这突如其来的假日真令他俩喜出望外。莱因哈德在伊丽莎白的帮助下，已用草皮在这里搭起一间小屋子，他俩打算在里边度过夏天的黄昏，不过目前还缺少坐的板凳。莱因哈德马上动手干起来，钉子、榔头和必需的木板反正是准备好了的。其间，伊丽莎白却顺着土堤走去，一边走一边捡野锦葵环形的种子，把它们兜在自己的围裙中，以备将来串成项链什么的。莱因哈德尽管敲弯了不少钉子，到底还是把板凳做出来了。当他大功告成后跑到外边阳光灿烂的草地上时，小姑娘已经走在离他远远的草地的另一端。

"伊丽莎白！"他喊，"伊丽莎白！"女孩应声跑来，头上的鬈发在风中飘动。"快，"他说，"咱们的房子已经全部完工啦。瞧你跑得多热，赶快进去，咱们可以坐在新板凳上。我要给你讲个故事。"

两人随即钻进小屋，坐在刚钉成的凳子上。伊丽莎白从围裙中掏出锦葵籽来，把它们穿在长长的线上。莱因哈德于是讲起了故事：

"从前，有三个纺纱女……"

"嗨，"伊丽莎白打断他，"我都已经背熟啦，你可别讲来讲去总是这个故事哟。"

莱因哈德不得不丢开三个纺纱女的故事，讲起一个被扔进狮穴中的可怜人的故事来。

"……这时候已经是夜里，"他讲，"你知道吗？四周漆黑漆黑的，狮子也都睡觉了。可不时地，它们在睡梦里打着呵欠，还吐出红红的舌头。那个人吓得直哆嗦，以为是快天亮啦。这当儿，他周围突然一下变得亮堂堂的，抬头一瞅，一位天使站在他面前。天使对他招招手，然后就照直走进岩石中去了。"①

伊丽莎白专心致志地听着。"一位天使？"她问，"他该有翅膀的吧？"

"这只不过是个故事，"莱因哈德回答，"实际上压根儿没有什么天使。"

"啊，呸，莱因哈德！"女孩说，同时呆呆地望着他的脸。当莱因哈德不高兴地瞪她一眼以后，她又怯生生地问："干吗他们总这么讲呢？妈妈，阿姨，还有在学校里？"

"这个我不知道。"他回答。

"可你说，"伊丽莎白又问，"狮子是不是也没有呢？"

"狮子？有没有狮子？有，在印度。那儿的异教祭师把它们拴在车子前头，驾着它们拉的车穿过沙漠。等我长大了，我要亲自去看看。那儿比咱们这里美好不止一千倍，那儿根本没冬天。你也得跟我一块儿去。你愿意吗？"

"愿意，"伊丽莎白回答，"可妈妈也得一块儿去，还有你的妈妈。"

"不行，"莱因哈德说，"那时候她们太老了，不能跟着去。"

"可我是不许单独出门的呀！"

"他们会许可的。你那时已真正做了我的妻子，其他人再不

---

① 见《圣经》之《旧约·但以理书》。

能命令你什么了。"

"可我妈妈会哭的呀!"

"我们还会回来嘛,"莱因哈德着起急来,"你干脆点说,愿不愿意跟我去?不去我一个人去,去了再不回来啦。"

小姑娘差点儿没哭出声。"别这么生气呀,"她说,"我跟你到印度去就是了。"

莱因哈德高兴得忘乎所以,一把抓住女孩的双手,拽着她飞跑到了草地上。"到印度去喽!到印度去喽!"他一边唱,一边拉着小女孩转圈,使她脖子上的红绸巾飘扬起来。唱着转着,他突然放开小姑娘的手,一本正经地说:"不行,去不了,你没有勇气。"

"伊丽莎白!莱因哈德!"这当儿从园门边传来家里人的唤声。

"这儿呐!这儿呐!"孩子们边回答,边手拉着手朝家中跑去。

林　中

两个孩子就这么在一起生活。他觉得她常常太安静,她觉得他常常太急躁,但也正因此,便谁都离不开谁,课余的时间几乎总在一道玩儿,冬天在两家母亲并不宽敞的房中,夏天在田野上和树林里。有一次,伊丽莎白遭到老师的责骂,站在一旁的莱因哈德气得把石板猛地扔到桌上,想把老师的怒气引到自己身上来。老师没注意到他这一举动。可这一来,莱因哈德再也不认真听地理课了,反倒在课堂上写了一首长长的诗。他在诗中把自己比作一只年轻的雄鹰,把教员比作一只灰老鸦,伊丽莎白则是一只白色的鸽子。雄鹰发誓一旦翅膀长硬了,定要向灰老鸦报仇雪恨。年轻的诗人眼含热泪,在自己的想象里成了一位非常非常高尚的人。回到家中,便找出一个羊皮面精装的小本子来,在里边雪白雪白的头几页上,工工整整地抄下了自己写的第一首诗。不久,他转到另一所学校,和那里年龄相仿的男孩子结下了新的友谊,但这并未影响他跟伊丽莎白的关系。从过去给她一讲再讲的童话中,现在他动手把那些她最喜欢的写下来,写着写着经常很希望把自己的某个想法也添加进去,只是不知道为什么总是不能如愿以偿,于是只好怎么听来的就怎么写上。写好后送给伊丽莎白,伊丽莎白则将它们珍藏在自己那只小柜子的一个抽屉里。晚上,她常常当着他的面把这些故事念给自己的母亲听。莱因哈德在一旁听着,心中感到莫大的快慰。

　　七年过去了。莱因哈德为了升学就要离开故乡。伊丽莎白没法设想,她从此有一段时间将完全见不到莱因哈德。使她高兴的是,他有一天对她讲,他将像从前一样为她把童话写下来,附在给母亲的信里寄给她;她呢,也得回信告诉他她是否喜欢它们。动身的日子眼看到了,可在这之前,羊皮面精装的小本子里又增加了一些诗,只不过这些对伊丽莎白仍是个秘密,虽说这个本子是由于她才存在,那渐渐已写满半本的诗中的大部分都是因为她才产生的。

6月里,在莱因哈德离家的前一天,亲友们决定再聚会聚会,组织了一次到附近森林中去的郊游。大伙先乘一小时车到了林子边上,然后从车上搬下装食物的篮子,继续步行前进。首先得穿越一片枞树林,林中空气清凉,光线曚昽,地上撒满了细细的枞针。走了约莫半小时,便出了幽暗的枞林,来到一片爽朗开阔的山毛榉林中。这儿的一切都是明亮的,翠绿的,从繁密的枝叶间不时投射下来一道道阳光。在人们的头顶上,一只小松鼠不停地从一根树枝跳到另一根树枝。在一处旷地上,古老的榉树的树冠长拢来,形成了一个绿叶拼成的透明的穹顶,大伙便停在下边。伊丽莎白的母亲揭开一个装食物的篮子,一位老先生自告奋勇充当司粮官。

　　"你们全给我过来,孩子们!"他喊道,"好好记住我要给你们讲的话。现在你们每人分到两块面包,当作早餐。黄油留在家里了,作料必须自己去找。林子里草莓多的是,当然喽,只对能找到它们的人而言。谁笨拙无能,就只好啃光面包。生活中到处都一样。你们明白我的意思吗?"

　　"明白了!"年轻人齐声回答。

　　"好!"老先生说,"可是,你们瞧,我下面还有呐。咱们老年人在一生中已经奔波得够了,现在就留在家里,就是说留在这儿的几棵大树下,削削马铃薯,生起火来,摆好餐桌,等到十二点再煮煮鸡蛋。为此你们每人都得把自己采的莓子分一半出来给我们,这样我们也好享用一点饭后水果。喏,各奔东西,老老实实把你们的收获带回来吧!"

年轻人扮出各式各样的调皮样儿。

"等等！"老先生再一次嚷起来，"我大概用不着对你们讲：谁要是啥也没找到，谁便啥也不用交。不过你们的小脑瓜儿得给我好好记住，这样他也甭想从咱们老年人这儿再得到什么啦。喏，今天这一天你们受的教诲已经够多了，要是你们再能找到草莓，那日子就算过得不错。"

年轻的人们也感到受的教训够多了，已开始成双成对地离开。

"走，伊丽莎白，"莱因哈德说，"我知道有个地方草莓挺多，绝不能让你啃光面包。"

伊丽莎白把草帽上的绿缎带结拢来，挎在手腕上。

"好了，走吧，"她说，"这就是咱们的篮子。"

两人随即走进树林，越走越远，越走越深。四周潮湿而幽暗，不见一线阳光，不闻一点声响，只在头顶上看不见的空中，偶尔传来几声鹰隼的鸣叫。接着面前又出现一片密不通行的丛莽，莱因哈德不得不走在前头开路，这儿折断一根乱枝，那儿挪开一条野藤。一会儿他却听见伊丽莎白在背后唤他的名字，便回过头去。"莱因哈德！"她喊，"等等我呀，莱因哈德！"莱因哈德看不见她，定睛望去，才发现她还远远地在和一些小树纠缠不清，她那稚嫩的小脑瓜儿，只勉强高出丛生的羊齿植物一丁点儿。他只好退回去，把她从乱糟糟的荆棘和灌木丛里领出来，到了一片林中旷地上。这儿开着一朵朵寂寞的野花，花间有一只只蓝色的蝴蝶在翩翩飞舞。莱因哈德从她涨红的小脸上抹开汗湿的头发，想给她戴上草帽，伊丽莎白却不肯。后来，他请求她，她终于还是同意他给她戴上了。

"可是，你的草莓究竟在哪儿呢？"临了，她停下来深深喘了一口气，问道。

"从前它们就长在这儿，"莱因哈德回答，"也许是癞蛤蟆占了咱们的先，要不就是黄鼠狼或者小山精什么的。"

"准是，"伊丽莎白说，"叶子都还在这里嘛，只是千万别提小山精。走吧，我还一点儿不累，咱们继续找好啦。"

在他们面前横着一条小溪，小溪对面又是森林。莱因哈德把伊丽莎白抱起来，涉水到了对岸。然后走了一会儿，两人又出了阴森的密林，来到一片林中空地上。

"这儿准有草莓，"姑娘说，"连空气也香甜香甜的。"

两人在阳光明媚的草地上寻找起来，然而什么也没找着。

"没有，"莱因哈德说，"那只是野草散发出的香味。"

地上到处间杂地生长着一丛丛覆盆子和冬青，它们之间的空隙又被艾蒿和绿色的浅草填补起来，充满在空气里的浓烈的芳香是艾蒿发出的。

"真安静呀，"伊丽莎白说，"其他的人呢，他们在哪儿？"

莱因哈德压根儿没想往回走。"等等，看一下风从哪儿吹来的。"说着，他把手举到空中，然而并没刮风。

"别作声，"伊丽莎白说，"我好像听见他们在讲话。朝那边喊一下吧。"

莱因哈德把手罩在嘴上，喊道："喂，到这儿来呀！"——

"这儿来呀!"那边应着。

"他们答话了!"伊丽莎白高兴得拍起手来。

"没,连个影儿也没有,那只是回声。"

伊丽莎白抓住他的手。"我怕!"她说。

"别——"莱因哈德告诉她,"压根儿没啥好怕的。这里美极了!坐到那边的树荫下去,让咱们歇一歇。咱们一定能找到其他人。"

伊丽莎白坐到一棵枝叶扶疏的山毛榉的树荫下,侧耳谛听着四方。莱因哈德也在离她几步远的一个树墩上坐下来,默默地望着姑娘。太阳当头照着,正是中午最热的时候。一些青色的小蝇振翅停在空中,给日光照射得发出金色的闪光;包围着它们的是一片细柔的嗡嗡嘤嘤,时不时地也从密林深处传来啄木鸟叩击树干的咚咚声,以及生长在森林里的其他鸟儿的鸣啭。

"听!"小伙子说。

"在我们背后。听见了?这会儿已是中午。"

"那么城市也就在咱们后面,只要朝着这个方向一直走,准能碰到其他人。"

两人踏上归途,草莓不准备再找了,伊丽莎白已经很疲倦了。终于,从树木间传来大伙儿的欢声笑语,不多时又看到铺在地上当餐桌的耀眼的白布单,只见上边堆着的草莓多不胜计。老先生上衣扣眼里塞着一条餐巾,正一边继续对小年轻们发表道德演说,一边使劲儿地切一块烤肉。

"瞧,赶鸭子的回来啦。"年轻人发现莱因哈德和伊丽莎白从林中姗姗来迟,齐声嚷道。

"请吧!"老先生冲他俩喊,"把手巾里的和帽子里的都抖出来,倒出来!让大伙儿瞧瞧,你俩找到些什么。"

"找到了饥饿和口渴!"莱因哈德回答。

"要是仅只这些,"老先生冲他们举起满满一碗烤肉来,说道,"那只好留下让你俩自己享受喽。你们清楚咱们的协议,这儿是不养活游手好闲的人的。"话虽如此,他到底还是经不起人家的再三恳求。接着便开饭了,大伙儿一边吃,一边欣赏着从杜松子丛中送来的画眉的歌唱。

这一天便如此过去了。——话说回来,莱因哈德还是找着了一点儿什么,虽然不是草莓,却也生长在林中。回到家,他便在自己那精致的本子里写道:

此处山丘之旁,

风息静寂无声;

巨树低垂长臂,

姑娘安坐绿荫。

姑娘坐在草丛,

碧草吐放芳馨;

青蝇嘤嘤飞舞,

纱翼闪闪晶莹。

森林多么静穆,

姑娘多么聪颖；
棕发沐浴日光，
熠熠如同鎏金。

远方杜鹃欢唱，
我如大梦初醒；
她有金色美眸，
何似林中女神。

这样，她便不再仅仅是一个受他保护的小女孩；对他来说，她已成为他正青春焕发的生命中一切美妙迷人的情感的化身。

姑娘亭亭立路旁

圣诞节到了。还在下午，莱因哈德和几位大学生一起，坐在市政厅地窖酒店一张古老的橡木桌旁。墙上的灯点着了，地窖中已变得光线昏暗。但是客人们都不大花钱，几名侍者只好倚靠墙柱闲立着。在屋角里，坐着一个拉提琴的老人和一个弹八弦琴的模样俊俏的吉卜赛女郎。他们把乐器抱在怀中，也没精打采地望着前方出神。

从大学生们坐的桌旁传来拔香槟瓶塞的响声。"喝吧，我的波西米亚宝贝儿！"一个阔公子模样的年轻人把满满一杯酒递到姑娘唇边，大声说。

"我不想喝。"姑娘回答,仍坐着一动不动。

"那就唱支歌好啦!"阔公子嚷道,同时扔了一枚银币在她怀中。姑娘慢慢举起手来梳理自己的黑发,老人则凑到她耳旁嘀咕着什么。只见她将头一昂,把下巴支在了八弦琴上。

"为这号人我不唱。"她说。

莱因哈德端起一杯酒站起来,走到她跟前。

"你想干什么?"姑娘倔强地问。

"想看看你的眼睛。"

"我的眼睛跟你有什么相干?"

莱因哈德目光灼灼地俯视着她,道:"我清楚,它们是不诚实的!"

姑娘手托着腮,警惕地打量着他。

莱因哈德举杯到嘴边。"为了你这美丽的、造孽的眼睛!"他说,说罢喝了一口酒。

姑娘笑了,猛地转过头来。"给我!"她说,黑色的美目直视着莱因哈德的眼睛,慢慢饮尽了剩在杯中的酒。随后她便拨出一个和弦,用低婉深情的嗓音唱道:

今朝啊,今朝
我是如此美丽;
明朝,唉,明朝
一切都将逝去!

> 此刻啊，此刻
> 你仍然属于我；
> 死亡，唉，死亡
> 将带给我以孤寂！

提琴师正奏出快速的结尾，大学生们的桌旁又来了一个人。

"莱因哈德，"他说，"我刚才去约你，你已经走了。你可知道，圣婴已降临到你屋里啦。"

"圣婴？"莱因哈德问，"他才不会到我那儿去哩。"

"瞧你说的！你满屋子都已充满枞树枝和姜汁饼的香味。"

莱因哈德放下手中的酒杯，抓起帽子。

"你要干什么？"姑娘问。

"我去去就来。"

姑娘皱起了额头。"留下吧！"她柔声恳求，亲切地望着他。

莱因哈德犹豫不决。"不能啊。"他说。

吉卜赛女郎娇笑着用脚尖踢了踢他。

"去！"她说，"你也不中用，你们全都不中用！"

当她转过身去时，莱因哈德已慢慢登上地窖的台阶。

街上暮色苍茫，冬天的寒冷空气使他灼热的额头感到分外凉爽。从这儿那儿的窗户里投射出来圣诞树明亮的光辉，时时还可听见屋子里吹小笛子和小喇叭的声音，其间夹杂着孩子们的欢笑。成群的流浪儿从一幢房前跑到另一幢房前，要不就爬到台阶的栏杆上去，偷看一下窗户里边那些他们享受不到的美好的一切。有时一扇房门会突然打开,斥骂之声顿时驱赶着这些小小的不速之客,使他们从明亮的房前逃进黑暗的胡同里去。在另一所房子里可能正唱着一支古老的圣诞夜之歌,歌声中分明也有少女清脆的嗓音。莱因哈德却充耳不闻,只匆匆从一条街走到另一条街,眼前的一切全一晃而过。走近宿舍,天已完全黑了;他磕磕绊绊地爬上楼梯,跨进自己的房间。迎面扑来一股甜香,就跟圣诞夜走进母亲布置起来的屋子时一样,立刻在他心中勾起一缕乡情。他手颤抖着点亮灯,一眼瞧见桌上摆着一个大大的包裹,从包裹里滚出来了他十分熟悉的过节吃的棕色姜饼,其中几个上面还用糖汁浇着他名字的头一个字母。除了伊丽莎白,又有谁会这样做呢!接着又发现一个装着精致的绣花衬衫的小包,包里还有一些手巾和袖口,最后是母亲和伊丽莎白的几封信。伊丽莎白写道:

  这些美丽的糖字大概会告诉你,是谁帮着做这些姜饼的,为你绣袖口的也是同一个人。我们这儿的圣诞夜将变得非常冷清,妈妈总在九点半钟就把纺车抬到屋角里去了。今年冬天你不在家真寂寞得很哩。你送给我的那只梅花雀,它上个星期天也死了。我哭得很伤心,我可是一直很好地照料着它的啊。下午,一当日光照着它的笼子,这小鸟便唱起歌来。你知道,在它唱得太起劲儿的时候,妈妈常常在笼子上挡一块布,使它不再吱声。这一下房间里更安静了。只有你的老朋友埃利希现在不时来看我们。记得你有一次说过,他这人就像他身上那件褐色外套。每当他跨进门来,我都不由得想起你这句话,真是太可笑了。可你千万别把它告诉我妈妈,她很可能不高兴的。——猜猜看,我送给你妈妈的圣诞礼物是什么?猜不着吧?是我自己!埃利希给我画了一张炭精像。我没法子,已在他面前坐了三次,每次整整一个钟头。这么让一个陌生人盯着自己的脸瞧啊,瞧啊,真叫我烦透了。我本不乐意这样做,可妈妈她老唠叨个没完,说什么这会使好心的魏尔纳太太高兴得要命的。

可你没有守信用啊,莱因哈德。你没有寄童话给我。我常对你母亲埋怨你,她听了总说,你现在事情多得很,顾不上这种儿戏啦。但我还是不相信,我想一定另有原因。

接着,莱因哈德又读母亲的信,两封信都读完了,便重新慢慢叠起来,放在一边。这当儿,一股强烈的乡愁袭扰着他,使他在房中来来回回踱了好半天,嘴里低声嘀咕着,临了含含糊糊地吟出了下面这首诗:

> 他几乎心醉神迷,
> 不识何处是归宿;
> 姑娘亭亭立路旁,
> 召唤他回归故土!

随后他走到写字台前,拿了一点钱又来到街上。街上这时已安静多了，圣诞树的灯光已经熄灭，流浪儿也不再成群结队地跑来跑去。夜风一阵阵地卷过空寂的街巷，老老少少都在自己的家中团聚。圣诞夜的第二阶段开始了。

莱因哈德走到市政厅地窖酒店附近，听见从下边传来吉卜赛女郎的歌声和提琴的伴奏声。这时地窖的门"咣当"响了一下，一个人影步履蹒跚地顺着宽大的、灯光暗淡的石阶爬上来。莱因哈德闪进珠宝店。他在店里选购了一个小小的红珊瑚十字架，然后循原路而归。

在离宿舍不远的地方，他看见一个衣衫褴褛的小女孩站在一幢楼房的大门前，正拼命想打开那扇门。"要我帮助你吗？"他问。小女孩不吱声，只是放掉了沉重的门把手。莱因哈德已经替她把门打开，但又说："不行，人家会赶你出来的。跟我走！我给你吃圣诞节的姜饼。"说完便重新把门关上，牵起小女孩的手。小女孩也静悄悄地跟着他，来到他房中。

他出门时没吹灭的灯仍然亮着。"这儿，给你姜饼。"他说，随手把自己宝藏的一半都倒进了小女孩的围裙里，只是舍不得给她任何一个浇着糖字的，"现在回家去吧，分一些给你母亲。"小女孩怯生生地仰望着他。这么和善的先生在她看来真是少见，使她完全不知所措。莱因哈德拉开门，端着灯为她照亮楼梯，小家伙于是带着姜饼迅速奔下楼，像只鸟儿似的飞回家去了。

莱因哈德拨旺壁炉中的柴火，把已经积满灰尘的墨水瓶放到桌子上，然后坐下写信，写给他母亲，写给伊丽莎白，写了整整一个通宵。剩下的圣诞节姜饼搁在他旁边一动未动，可是伊丽莎白缝的袖头却扣上了，跟他那件白色粗绒外套配起来再合适不过。他就这么坐着写呀写呀，直写到冬日的阳光照在结着冰花的玻璃窗上，从他对面的镜子里映出一张苍白而严肃的面孔来。

还　乡

　　复活节到来时，莱因哈德回到了故乡。返家的第二天一早，他便去看伊丽莎白。"瞧你长得多大了啊！"他对笑吟吟地迎着自己跑来的姑娘说。妩媚苗条的少女脸唰地红了，却没有讲什么。他握住她伸出来表示欢迎的手，她也轻轻地企图抽回去。他莫名其妙地望着她，过去她可从来不像这样啊，仿佛他俩之间变得有些生疏了似的。他在家里已住了一些时候，而且每天都上她那儿去，但情况仍未改变。每当他俩单独待在一起，谈话就常常中断，使莱因哈德觉得怪难受的，只好想方设法硬着头皮找些话来说。为了假期里有个消遣，他便把自己上大学头几个月勤奋学得的植物学知识搬出来，教给伊丽莎白。伊丽莎白从小习惯了对他言听计从，加之本身也挺好学的，便高高兴兴地跟着学起来。如今他俩每周都要去田野或荒原远足几次，中午背回来一个个装满花草的绿色标本箱，几小时后，莱因哈德再上伊丽莎白家，和她一块儿对共同采集来的标本进行分类整理。

　　一天下午，莱因哈德又跨进她房里来，准备和她一起整理标本。这当儿，伊丽莎白站在窗前，把一些新鲜的繁缕草搭在一只他从未见过的镀金鸟笼上去。笼里蹲着一只金丝雀，一边拍打着双翅，一边叽叽喳喳地从伊丽莎白的指头间啄草。当初，莱因哈德的那只鸟也曾挂在这里。

"该不是我可怜的梅花雀死后变成一只金丝鸟了吧？"他兴致勃勃地问。

"梅花雀没这本领，"坐在扶手椅里纺线的母亲说，"它是您的朋友埃利希今天中午派人从他庄园里特地为伊丽莎白送来的。"

"从哪个庄园？"

"您还不知道？"

"一个月前，埃利希已把父亲在茵梦湖畔的第二个庄园继承过来啦，您不知道？"

"这您可压根儿没向我提过。"

"嘿，"伊丽莎白的母亲说，"您自己不也是一句没问过您这位朋友的情况吗？真是个又可爱又懂事的年轻人啊。"

母亲出房准备咖啡去了，伊丽莎白背对着莱因哈德，继续在那儿给她的鸟建凉亭。"对不起，请等一会儿，"她说，"马上就好。"莱因哈德一改旧习，没有回答，她惊讶地扭过头来。突然，从他的眼睛里流露出某种她从不曾见过的苦恼。

"你不舒服吗，莱因哈德？"她走近他，问。

"我？"他也神不守舍地问，两眼茫然地盯着她的眼睛。

"瞧你这闷闷不乐的样子。"

"伊丽莎白，"他说，"我讨厌这只黄鸟。"

伊丽莎白怔怔地望着他，不明白是怎么回事。"你这人真怪。"她说。

他抓住她的双手,她任他抓着。母亲马上又进来了。

喝过咖啡,母亲仍坐下来纺线。莱因哈德和伊丽莎白则走进隔壁房间整理他们的标本去了。两人先数花蕊,并小心翼翼地把叶片和花瓣展开,然后从每种花中挑两朵来压在一部对开本的大书中,让它们慢慢变干。那是个阳光灿烂的午后,四周一派宁静,能听见的只有隔壁房中母亲摇动纺车的嗡嗡声,以及莱因哈德压低了的声音,他要么告诉伊丽莎白某种植物所属的门类,要么纠正她的拉丁文植物名称的发音。

"这一来我就只缺铃兰一种了。"将全部采集到的植物分门别类整理好以后,伊丽莎白说。

莱因哈德从口袋里掏出个羊皮封面的白色小本子,说:"这儿有枝铃兰,给你。"说着就把那朵半干的花儿从本子里取出来。

伊丽莎白发现本子一页页全写满了字,便问:"你又在编童话了吗?"

"不是童话。"他回答,把本子递给她。

本子里净是诗,大多数都长不过一页。伊丽莎白一页一页地翻着,像是仅仅在读标题似的:《当她被教师责骂的时候》《他们在林中迷了路》《复活节讲的童话》《当她第一次写信给我》等,几乎全是这样一些标题。莱因哈德留心审视着她,发现她翻着翻着,爽朗的小脸上便泛起一片片红晕,到最后整个脸庞都变得通红通红了。他想看看她的眼睛,伊丽莎白却头也不抬,默默地把本子放到他面前。

"可别就这样还我呀!"他说。

她从标本箱中抽出一枝棕色的花。"我把你最喜欢的花放进去。"她说,同时把本子递到他手里。

很快到了寒假的最后一天,接着就是莱因哈德动身的早晨。伊丽莎白得到母亲的允许,送她的朋友到离家几条街以外的驿车站去。他们走到大门口,莱因哈德便伸出胳膊来给伊丽莎白挽着,他就这样默默无言地走在苗条的姑娘身边。离目的地渐渐近了,长时间的分别即在眼前,他心里也越来越感到必须对她讲一件事——一件与他未来生活的全部价值和全部幸福紧密相关的事,可他就是想不出那一句能使他获得解脱的话。他害怕起来,脚步越放越慢。

"你会迟到的,"伊丽莎白说,"圣母教堂的钟已经打过十点了。"

可他还是快不起来。终于,他好不容易结结巴巴地开了口:

"伊丽莎白,你将有两年见不着我啦,当我再回来时,你还会像现在一样喜欢我吗?"

她点点头,亲切地望着他。

"我还替你辩护过哩。"她停了一会儿说。

"替我辩护过?在谁面前?"

"在我妈妈面前。昨天你走以后,我们谈了你很久。她说你不如从前好了。"

莱因哈德沉默了半晌,然后握住她的手,郑重地注视着她那孩子般的眼睛,说:"我还跟从前一样好,相信我吧!你相信吗,伊丽莎白?"

"嗯。"她应着。随后,他放开她的手,加快步伐,走过最后一条街。分别的时刻越来越近,他的脸色也越来越开朗,脚步快得姑娘几乎跟不上。

"你怎么啦,莱因哈德?"她问。

"我有一个秘密,一个美好的秘密!"他目光炯炯地望着她说,"两年后,等我再回来时,你就会知道的。"

说话间,他们已走到驿车旁,时间刚好还够。莱因哈德再一次拉着姑娘的手。"再见了!"他说,"多加保重,伊丽莎白。别忘了我啊!"

姑娘摇摇头。"再见!"她说。莱因哈德上了车,马就开始走动。

当驿车辘辘地转过街角的时候,他最后一次看了看姑娘可爱的身影,看见她正慢慢地走回家去。

一封信

差不多在两年后的一天晚上,莱因哈德坐在灯前,桌上堆着许许多多的纸和书。他正等一位朋友来和他一起做功课。这时有人上楼来了。"请进!"——原来是房东太太。"有您一封信,魏尔纳先生!"说完她就走了。

莱因哈德从上次回家以后就没再写信给伊丽莎白,从伊丽莎白那儿也从未收到过信。这封信也不是她来的,信上是他母亲的笔迹。莱因哈德拆开信来开始念,马上就念到下面一段:

在你这样的年龄，我亲爱的孩子，真是一年跟一年都不一样，因为青年时代绝不会变得贫乏单调的。我们这里也起了些变化，要是我一向对你了解得不错，你乍一听见想必会难过的。昨天，埃利希到底还是得到了伊丽莎白的同意。近三个月来，他已两次向她求婚，两次都遭到拒绝。伊丽莎白一直下不了决心，可她现在毕竟还是这么做了。她仍然非常非常年轻啊。婚礼很快就要举行，到时候她母亲也要跟他们一块儿搬走。

茵梦湖

又过了许多年。一个暖和的春天的下午，在一条倾斜的洒满树荫的林间小道上，漫步走下来一位面色黝黑、健康结实的年轻人。他那一对严肃的灰眼睛急切地张望远方，像是期待着这条单调的小路能发生变化，而这变化却迟迟不肯到来似的。终于，从坡下慢慢爬上来一辆大车。

"喂！老乡，"旅行者大声招呼走在车旁的农民，"这是到茵梦湖去的路吗？"

"没错儿，一直走。"农民回答，同时提了提头上的圆帽子。

"离这里还远吗？"

"先生，您已到了跟前。不消半袋烟的工夫，您就走近湖边了。东家的住宅紧挨在湖边上。"

农民赶着车过去了，旅行者加快脚步，匆匆从树林中穿过。一刻钟后，左手边的树荫突然消失了，小路绕上一座山坡，坡前长着一些树梢差点跟坡顶一般高的百年老橡树，越过树梢再往前看，便是一个豁然开朗、阳光明媚的天地。脚下远远地躺着一片湖水，宁静，湛蓝，四周几乎全让阳光朗照的绿树包围着，树林只在一个地方留着豁口，展现出背后远远的一带青山。正对面的绿色树林中间，像撒上了雪似的一片洁白，那是果树正在开花。在高高的湖岸上，耸立着一座别墅，白墙红瓦，给绿叶衬着显得格外悦目。一只鹳鸟从烟囱上飞起来，在湖面上慢慢盘旋。

"茵梦湖！"旅行者失声呼唤。仿佛已经到了目的地似的，他一动不动地站着，视线越过脚下的树梢，久久眺望对岸那在平明如镜的湖水中轻轻晃动着别墅倒影的地方。后来，他突然又开始前进。

现在道路陡直地通向山下，下边的橡树很快又投下绿荫，但同时也把面前的湖给遮住了，只偶尔在树枝的空隙里，才能看见一点水光。不一会儿，又登上一座缓坡，两边的树林一下子退去了，取而代之的是一个个牵满葡萄藤的小丘，夹道两边还有一些开了花的果树；只见成群的蜜蜂在花间钻来钻去，嘤嘤嗡嗡。一个穿着棕色大衣的很有气派的男子迎面走来，快到旅行者面前时突然挥动帽子，声音洪亮地叫道：

"欢迎，欢迎，莱因哈德，好朋友！欢迎你到我们茵梦湖的庄上来！"

"你好，埃利希，感谢你来迎接我！"对方回答。

接着两人就走到一块儿，相互握手。

"可这真是你吗？"埃利希在细细地端详了老同学那严肃的面孔后说。

"当然是我，埃利希。你还是老样子，只不过看上去比先前更加快活就是了。"

一听这话，埃利希笑逐颜开，模样显得越发快活。"是的，亲爱的莱因哈德，"他一边说，一边又握了握老朋友的手，"你知道，在上次分手以后，我就办成了那件大事。"随后他搓着手，兴高采烈地嚷道："这将是一个意外！她想不到你会来，万万想不到！"

"一个意外？"莱因哈德问，"对谁是个意外？"

"伊丽莎白呀。"

"伊丽莎白！怎么，你还没告诉她我要来吗？"

"一个字也没告诉，亲爱的莱因哈德。她想不到你会来，她母亲也想不到你会来。我完全是偷偷写信邀请你的，这样她将更加喜出望外。你了解，我这人总有一些自己的主意。"

莱因哈德沉思起来，越走近别墅，他也越觉得呼吸困难。路左边的葡萄园不见了，变成了一片很大的菜圃，一直延伸到湖岸边。鹳鸟已经落到地上，正在菜畦间大模大样地踅来踅去。"嘘！"埃利希喝道，同时拍着手，"这长脚杆的埃及佬，它又来偷我的豌豆尖啦！"鹳鸟不慌不忙地飞去，落在菜圃尽头一幢新建的房子上。这幢房子的墙壁全让人工编结的桃树和杏树枝条给盖住了。

"那是酿酒房,"埃利希说,"是我两年前才盖的。农庄的房子先父已添盖成了,住宅更是在我祖父手上建好的。如此一点一点地继续增加嘛。"

说话间,两人已走到一块大空场上。空场两边是农庄的房子,前面则为庄主的住宅,住宅两翼紧接两道高高的院墙,院墙背后耸立着一排排枝叶繁茂的紫杉,这儿那儿还有一树树盛开的丁香从墙头探出脑袋。一些在烈日下干活的满脸热汗的汉子走过空场,向两位朋友行礼问安。埃利希则一会儿向这个发发指示,一会儿向那个问问情况。随后他们走到住宅前,跨进一道高敞凉爽的走廊,在走廊尽头再转入左边一条光线暗一点的过道。在这儿埃利希打开一扇门,两人便进了一间宽大的花厅。花厅两侧相对着的窗户上都爬满藤萝,使厅里充满一片朦胧的绿意。正中两扇高大的玻璃门却敞开着,不但引进来春天充足的阳光,而且能让人观赏前面的花园。只见园内布置着一座座圆形的花坛,矗立着一排排高高的树篱,中间伸展着一条笔直的大路,顺着这条路望去,就能看见湖水和对面更远处的树林。两个朋友一跨进厅中,迎面便拂来一股芳香扑鼻的和风。

在花厅门前的阳台上,坐着一位身着白裙、身材仍如少女的夫人。她站起身,迎着他俩走来,可半道上却像脚下生了根似的站住了,两眼呆呆地、一眨不眨地盯着客人。他微笑着向她伸过手去。

"莱因哈德!"她叫起来,"莱因哈德!我的上帝,真是你!我们可有好久不见了!"

"是的,好久不见了。"他应着,除此再说不出话。他一听见她的声音,心上就感到一阵隐隐的疼痛;再抬眼看她,她仍那么亭亭地立在他的面前,几年前在故乡对她道再见的时候,她不也是这个样子吗?

埃利希停在厅门旁,眉飞色舞。

"喏,伊丽莎白,怎么样?"他说,"想不到吧!永远也想不到吧!"

伊丽莎白亲切地望着他。"你太好了,埃利希!"她说。

他温柔地握着妻子的小手。"这会儿咱们总算把他给逮住啦,"埃利希说,"咱们不会马上放他走的。他在外面流浪得太久了,咱们要让他重新习惯自己的故乡。你瞧,模样这么高雅,简直叫人认不出来喽。"

伊丽莎白羞怯地瞟了莱因哈德的脸一眼。"只是我们好久不在一起的缘故。"莱因哈德说。

这当儿,伊丽莎白的母亲胳臂上挎着个装钥匙的小篮子,来到厅中。

"魏尔纳先生!"她发现莱因哈德后说,"哎呀,真想不到,稀客稀客。"

接着,便一问一答,顺利地寒暄开了。母女俩坐下来做她们的针线活儿,莱因哈德享用着为他准备的饮料,埃利希点燃他那只结实的海泡石烟斗,一边坐在客人身旁吐烟圈儿,一边和他谈话。

第二天,莱因哈德便由埃利希领着各处走走,去看了田地、葡萄园、忽布①园以及酿酒房。一切都管理得井井有条，在地头和酿酒锅旁工作的人们，都有着健康和满意的脸色。中午全家总聚在花厅里，其他时间则看主人的闲与忙，也或多或少地共同度过。只有晚饭前的几个钟头和上午，莱因哈德才待在房间里工作。多年来，他致力于搜集所能搜集到的民间歌谣，如今他正着手整理自己的珍藏，并打算尽可能在附近一带再采集一些，使其更加丰富。——伊丽莎白不论何时总是那么温柔、亲切，埃利希始终如一的关怀，使她报以一种近乎谦卑的感激。莱因哈德有时也不免想，像伊丽莎白以前那样活泼的小女孩，似乎不应该变成这么一位沉静的妻子。

从到庄上的第二天起，莱因哈德傍晚总要沿着湖滨散步。湖滨的小路刚好紧贴在花园下边，在花园尽头一个突出的墙堵上，高高的白桦树下立着一条长凳。伊丽莎白的母亲唤它作"黄昏凳"，因为那地方正对着西边，黄昏时分她们常坐在那儿看落日。一天傍晚，莱因哈德沿湖滨小路散步回来，突然遭到阵雨袭击，急急忙忙躲到湖边上的一株菩提树下，但大颗大颗的雨点很快穿过叶簇，淋得他一身透湿。他索性走进雨中，继续循原路而回。天完全黑了，雨下得也越来越密。在快到"黄昏凳"的当儿，他觉得在斑驳闪亮的白桦树干中间，有一个白衣女子的身影依稀可辨。那女子一动不动地站着，走近一点，莱因哈德似乎看出她的脸是朝着他的，好像正在等候什么人。他相信这是伊丽莎白。可

---

① 忽布的果穗可用来酿造啤酒。

当他加快脚步,想赶到她跟前,然后和她一起穿过花园回房去时,她却慢慢转过身,消失在了黑暗的小径中。他感到莫名其妙,可又有些生伊丽莎白的气,不过,他也怀疑这是否就是她。他没勇气问伊丽莎白,是的,他甚至在回屋时没穿过花厅,生怕看见她从通花园的门走进来。

依着妈妈的心愿

几天以后的傍晚,全家人又跟往常这时候一样聚在花厅里。厅门大大地敞开着,夕阳已经沉落到湖对岸的树林后面,天马上就要黑了。

大伙儿请求莱因哈德,要他念一念今天下午刚从一位住在乡下的朋友那儿收到的那几首民歌。于是他走回房去,不一会儿就拿来了个一页一页都抄写得挺整洁的纸卷儿。

大伙儿坐到桌旁,伊丽莎白坐在莱因哈德身边。

"咱们碰运气吧,"他说,"我自己都还没念过哩。"

伊丽莎白打开了纸卷儿。"这儿有谱,"她说,"因此你得唱,莱因哈德。"

莱因哈德一上来念了几首提罗尔山区的民谣,念着念着,不时也哼出几节诙谐的曲调。所有人的兴致都渐渐高起来。

"这些歌是谁作的呢,这样美?"伊丽莎白问。

"哎,"埃利希说,"一听不就听出来了嘛,还不是小裁缝、小理发匠,以及诸如此类的乐天的下等人。"

莱因哈德却讲："它们压根儿不是作的。它们自行生长，从空中掉下来，像游丝一般飞过大地，飞到这儿，飞到那儿，成千上万个地方的人都在同时唱着它们。在这些歌谣中我们能够找到我们自己的经历和痛苦，仿佛我们大家都参加了它们的编写似的。"

他抽出另一页来念道："我站在高高的山上……"①

"我会这首歌！"伊丽莎白嚷起来，"唱吧，莱因哈德，我来和你。"接着，他们便唱起来。这首歌的曲调是如此神奇，叫你简直不相信是出自人们的思想。伊丽莎白以自己微带沙哑的女低音，为莱因哈德的男高音伴唱。

母亲坐在一旁起劲儿地做着针线。埃利希两手握在一起，凝神听着。歌声停住了，莱因哈德默默地把歌词放到一边。蓦然间，从湖边传来一阵牛群的铃铛声，打破了黄昏的寂静。大伙儿不由得侧耳细听，便听见一个牧童用清亮的嗓音唱道：

我站在高高的山上，
眼望着深深的谷底……

莱因哈德莞尔一笑："你们听见了吧？就是这么口口相传啊。"

"在这一带常常听见有人唱。"伊丽莎白说。

"不错，"埃利希说，"是牧童卡斯帕尔，他赶着牛群回家

---

① 这首古老的民歌名为《修女》，讲一贫苦女子不能嫁给自己心爱的伯爵，便在修道院中度过余生的故事。

来了。"

他们还倾听了一会儿，直到铃铛声消失在山丘上的农场背后。

"这是些古老的曲调，"莱因哈德说，"它们沉睡在密林深处，上帝知道是谁把它们找出来的。"

说罢，他又另外抽出一页。

天色更加暗了，只在湖对岸的树梢上，还挂着一片泡沫状的红霞。莱因哈德展开纸，伊丽莎白伸手按住纸的一头，也跟着看那歌词。只听莱因哈德念道：

依着妈妈的心愿，
我另选了位夫婿；
从前所爱的一切，
如今得统统忘记；
我真不愿意！

怪只怪我的妈妈，
是她铸成了大错；
从前的一身清白，
如今只留下罪过。
叫我怎奈何！

用我的骄傲欢乐，

>换来了痛苦烦恼；
>唉，要是没出这事，
>唉，纵使乞食荒郊，
>也比今日好！

念着念着，莱因哈德感觉那纸微微颤抖起来。他刚念完，伊丽莎白已经轻轻推开身后的椅子，一言未发便走到花园里去了。母亲的目光紧随着她。埃利希想要跟出去，丈母娘却说："伊丽莎白在外面有事。"这样就遮掩过去了。

外边园子里和湖面上的暮色渐渐合拢，夜蛾子嗡嗡地从敞开的门前飞过，花草的芳香一阵浓似一阵地灌进厅中。从湖上飘来一片蛙鸣，窗下的一只夜莺放开了歌喉，花园深处有另一只在与它应和。月亮也从树后探出脸儿来了。莱因哈德久久凝视着幽径间伊丽莎白的倩影悄然隐去的地方，最后，他卷起稿纸，向在座的两位道了别，便穿过房子来到湖边。

树林静悄悄地立着，给湖面投下大片的阴影，湖心却洒着朦胧昏黄的月光。时不时地，林中发出一点儿飒飒的颤动声，可这不是风，而是夏夜的嘘息。莱因哈德向湖滨走去，突然在离岸投一石远的湖面上，瞧见一朵白色的睡莲。他顿时心血来潮，想到近旁去看个仔细，便脱掉衣服，走进湖中。湖水很浅，锋利的水草和石块割痛了他的脚，他老走不到可以游泳的深处。后来，他脚下突然一下踩空了，湖水扯着漩涡在他头上合拢来。过了好半天，他才重新浮出水面。他摆动手脚游了一圈，直到弄清入水的方向。很快，他又发现了那睡莲，见它孤孤单单地躺卧在巨大光滑的叶子中间。他慢慢向前游去，偶尔把手臂抬出了水面，往下滴落的水珠便在月光中闪闪发亮。可他觉得，他和睡莲之间的距离老是没变似的。回头看时，夜霭中的湖岸却更加朦朦胧胧。可他仍不罢休，便更加使劲儿地往前游去。终于，他游到了离睡莲很近的地方，可以辨清月光下的银白色花瓣了。但与此同时，他却感到自己陷进了一张网里，的确是有光溜溜的草藤从湖底浮起来，缠住了他赤裸的手脚。四顾茫茫一片黑水，身后又蓦地听见一声鱼跃，他顿时感到忐忑不安，便拼命扯掉缠在身上的水草，气喘吁吁地急急游回岸边。从岸边回头再看那睡莲，见它仍和先前一样，远远地、孤独地躺卧在黑黝黝的水面上。他穿好衣服，慢慢走回房去。在经过花厅时，发现埃利希和他岳母正在做明天出门去办事的准备。

"这么晚您到什么地方去了？"老太太大声问他。

"我？"他应着，"我打算去看看睡莲，结果一无所获。"

"这可又叫人莫名其妙了不是！"埃利希说，"你跟睡莲有一丁点儿关系吗？"

"我曾经了解它，"莱因哈德回答，"可那已是好久好久以前的事。"

伊丽莎白

第二天下午，莱因哈德和伊丽莎白一道去湖对面散步，一会儿穿过树林,一会儿走在高高的伸入湖中的堤岸上。伊丽莎白受埃利希委托,在他和母亲外出期间陪莱因哈德去观赏周围的美景,尤其是要让他从对岸看看庄园的气派。眼下他俩正从一处走到另一处。伊丽莎白终于走累了,便坐在一棵枝叶婆娑的大树下;莱因哈德站在对面,背靠着一根树干。这当儿,蓦地从密林深处传来杜鹃的啼叫,莱因哈德心中猛然一惊:此情此景当初不已有过吗?他望着她异样地笑了。"咱们去采草莓好吗?"他问。

"还不到采草莓的时候。"她回答。

"可这时候也离得不远了呀。"

伊丽莎白摇摇头,缄默无言。随后她站起身,两人又继续漫步。她这么走在他身旁,他的眼睛总一次又一次地转过来瞅着她。她的步态太轻盈啦,整个人宛如被衣裙托着往前飘去似的,他情不自禁地常常落后一步,以便把她的美姿全部摄入眼帘。终于,他们走到一片长满野草的空地上,眼前的视界变得十分开阔了。莱因哈德不停地采摘着地上生长的野花,一次,当他再抬起头来时,脸上突然流露出剧烈的痛楚。

"认识这种花吗?"他冷不丁地问。

伊丽莎白不解地望着他。"这是石楠,过去我常常在林子里采它。"她回答。

"我在家里有一个旧本子,"他说,"我曾经在里边写下各式各样的诗句,可我已好久不再这样做啦。在这个本子中间,也夹着一朵石楠花,不过是朵已经枯萎了的花。你知道又是谁把它送给我的吗?"

她无声地点点头,眼睛却垂下去,一动不动地凝视着他拿在手里的那朵野花。两人就这么站了很久很久。当她再抬起眼来望他时,他发现她的两眼噙满泪水。

"伊丽莎白,"他说,"在那一带青山后面,留下了咱们的青春。可如今它到哪儿去了呢?"

两人都不再言语,只默默地、肩并肩地向着湖边走去。空气变得闷热起来,西天升起一片黑云。"雷雨快来了。"伊丽莎白说,同时加快步伐。莱因哈德不出声地点点头,两人便沿着湖岸疾走,直到他们的船前。

渡湖时,伊丽莎白把一只手抚在船舷上。莱因哈德一边划桨,一边偷看她。她的目光却避开莱因哈德,茫然望着远方。莱因哈德的视线于是滑下来,停在她那只手上,这只苍白的小手,向他泄露了她的脸不肯告诉他的秘密。在这手上,他看见了隐痛造成的轻微抽搐,这样的抽搐,经常在不眠的深夜,出现在扪着自己伤痛的心口的一只只纤纤素手上。伊丽莎白感觉出他在看她的手,便慢慢地让手滑到了舷外的水中。

回到庄上,他们在住宅前看见一辆磨刀人的小车。一个披着满头黑色鬈发的汉子用力踏动砂轮,嘴里哼着一支吉卜赛人的曲调。一只拴在链子上的狗躺在一旁喘着粗气。门廊上站着个衣衫褴褛的女孩子,凄凄惶惶的神情,模样儿原本挺俊,她伸出手向伊丽莎白讨钱。

莱因哈德刚掏衣袋,伊丽莎白已抢在头里,急急忙忙把自己钱包中的一切全倒在了讨饭姑娘摊开的手中,然后飞快转身走了。莱因哈德只听见她抽噎着，跑上了楼。

他想上前拦住她，但一转念，停在了楼梯口。穷姑娘仍站在那里，手拿着布施的钱发呆。

"你还想要什么？"莱因哈德问。

她猛一哆嗦，忙说："不，什么也不要了。"说完就慢慢走出门去，只是脑袋仍转过来，一双眼睛傻愣愣地望着他。他喊出一个名字，但姑娘已经听不见了。她垂着头，双臂抱在胸前走过院子，下坡去了。

死亡，唉，死亡，
将带给我以孤寂！

一支古老的歌又在他耳中震响，他几乎停止了呼吸，过了一会儿，他便转身回房去了。

他坐下来工作，可是思想集中不起来。他努力了一个小时仍不成功，便走到楼下的起居室里。室内空无一人，只有一片朦胧、阴凉的绿意。在伊丽莎白做针线的小几上，放着她下午戴过的那条红围巾。他拿起围巾来，心中顿觉一阵痛楚，又赶快把它放回去。他心慌意乱，不觉走到湖边，解开小船，划着船到了对岸，把他刚才和伊丽莎白一块儿走过的路全部重新走了一遍。等他再回家时，天已经黑了。他在院子里碰见车夫，车夫正牵着拉车的马上草地去，出门办事的两位刚刚到家。跨进走廊，他听见埃利希在花厅中来回踱着。他没进厅去见埃利希，只在外边悄悄站了片刻，便轻手轻脚地走上楼梯，回房去了。他在房中靠窗的扶手椅中坐下来，极力想象自己是在听楼下园中紫杉篱间那只夜莺的鸣啭，实际听见的却只有自己的心跳。楼下所有的人都已安寝，夜也如流水般逝去，只是他不觉得。他就这么坐了好几个钟头，临了才站起来，把上身探出敞开的窗户。夜露在密叶间滴答着，夜莺已停止歌唱。渐渐地，东方出现一片黄色的光晕，驱开了夜空中的墨蓝。一股清风随之起来，吹拂着莱因哈德灼热的前额。就在这时，第一只云雀欢叫着，跃上了太空。——莱因哈德猛地转身走到桌边，用手摸索铅笔。铅笔摸到了，他便坐下去，在一张白纸上写了几行字。写完，他取过帽子和手杖，轻轻拉开房门，留下那张字条，下楼去了。——屋子里还到处是一片朦胧昏暗，家里养的大猫在草褥上伸着懒腰，莱因哈德下意识地伸过手去，猫便把自己的背耸起来。不过，外边院子里的麻雀已在枝头叽叽喳喳叫开了，告诉大家，黑夜已经遁去。突然，他听见楼上一扇门开了，接着便有谁从楼梯上下来了，他一抬头，伊丽莎白已站在面前。她一只手抚着莱因哈德的胳膊，嘴唇翕动了几下，却无半点声音。

"你不会再来了，"她终于说，"我知道的，别骗我，你永远不会再来了。"

"永远不会。"他说。她垂下手，再也说不出任何话。他穿过走廊，到了门口再一次转过身来。她呆若木鸡般站在原地，两眼失神地紧盯着他。他跨前一步，朝她伸出双臂，但突然又猛一扭身，出门去了。——外面的世界已静卧在朗朗晨光中，挂在蜘蛛网里的露珠给朝阳照着，晶莹闪亮。他头也不回地快步往前赶去，那座宁静的庄园便渐渐落在后面，展现在他眼前的是一个辽阔广大的世界。

老　人

月光不再照进玻璃窗，屋里暗起来了，可老人依旧坐在扶手椅中，手握着手，呆呆地凝视着前方。渐渐地，在他眼前，那包围着他的黑暗化成了一个宽阔幽深的大湖，黑黝黝的湖水一浪一浪向前涌去，越涌越低，越涌越远。在最远最远那道几乎为老人目力所不及的水波上，在一些很大很宽的叶子中间，孤零零地漂浮着一朵洁白的睡莲……

房门开了，一道亮光射进屋中。"您来得正好，布莉基特，"老人说，"请把灯放在桌上吧。"

随后，他把椅子也移到桌前，拿起一本摊开的书，专心致志地研究起他年轻时就已下过功夫的学问来。

一片绿叶

这是个纪念册之类的旧簿子，但狭长狭长的却又像本祈祷书，书里粗糙的纸页都已经泛黄了。当他来到某小城上中学的时候，他就请城里的订书匠做了这个本子，以后便随身携带着，走南闯北地到过不少地方。本子里时而是诗，时而是日记，全都系受到外界的某种刺激或者出于内心的冲动而写成的。在日记里，他本人喜欢以第三者的身份出现，也许是为了如实地描写不致伤着他那个"我"，也许——我是这样想的——他感到有必要运用他的想象，以填补经历中的某些空白。记的大多是些无甚深意的小故事，或者甚至连小故事也说不上：一次月夜的漫步，一次父母花园中的小憩，常常就是全部的内容；而诗里呢，就更是有许多生硬粗糙以至于押错韵的地方。可是，由于我爱他，只要他许可，我还是喜欢经常翻阅这些诗和日记。

如今，他又把它藏在背囊里，带到前线的战壕里来了。它在黑夜的战斗里陪着他，也成了战争的参加者。在它的最后几页上，画满了掩体和碉堡。

我们的连驻守在第一道防线上。眼下，我们又躺在自己那间小土屋里。尽管外面下着雨,里头仍然十分干燥。

他掏出擦枪布来,准备擦掉枪上的锈迹;我则坐在背囊上,仔细读着他的全集,也就是作为我们战地图书馆全部藏书的那本样子十分古怪的日记。尽管我已经翻阅过不少遍,但每遍都能在里面发现一些过去忽略了的新东西。这次也是一样,我的眼睛被夹在里头的一片榉树叶子吸引住了。树叶旁边写着一首诗:

夏天的一绿叶,
旅途中我将它采摘,
让它将来帮我回忆,
那夜莺的歌喉多么甜美,
那可爱的树林青翠欲滴。

"叶子都已变成棕色的了。"我说。

他摇摇头:"先读读后面一页吧。"

我翻过来,念道:

看样子是个大学生,或者是位年轻的大夫,在横过草原的小路上走着。那支他用皮带挎在肩上的步枪,似乎使他越来越感到沉重。他一边走,一边不时地把枪从肩上取下来拿在手里,或者从一个肩上换到另一个肩上。他脱掉了帽子,午后的太阳把他的头发晒得发烫。在他周围,到处是6月里草原上繁生的各种小动物,全都生气勃勃,有的跑到他的脚前，有的在乱草丛中爬着，闪着光，或在他眼前成群地飞旋，一步不舍地紧跟着他。草原上开满了野花，空气里弥漫着各种各样芬芳的气息。

这时候，那旅人停住脚步，瞭望着这向四面延伸出去的无际的草原。草原上布满闪闪发亮的红色斑点，显得凝滞而单调。只是在他前面不远的地方，有一带绿色的树林，树林的边缘上，一缕白色的炊烟袅袅升入蓝天。这，就是一切。

在他身旁，小路的边上，有一个爬满了草莓藤、丛生着野蔷薇的小土冈——一座野坟，这里的原野上有很多。他登上土冈，从上面再一次眺望那无边的原野，但除了树林边上有间孤零零的土屋——适才看见的炊烟就是从它的屋顶上升起的——就什么也看不见了。他从坚硬的泥地里拔起一丛野草，注视着上面星星一般的小花，然后，他卸下肩上的步枪，在温暖的草丛中躺下来，一只手托着头，眼睛出神地凝视着远方，直到他的思想像轻烟一般，慢慢在那灼热的、微微颤抖的空气里飘散开去，飘散开去。

现在，那伴随他来到这里的自己的脚步声也沉寂下来了，他听得见的，只是草原远处蝗虫的唧唧声，围绕着花萼的蜂儿们的嗡嘤，以及从望不到的高处传下来的草原百灵的鸣啭。于是，那无法克制的夏日的疲倦战胜了他。他仿佛觉得，眼前有一群蓝色的蝴蝶上下翻飞，同时空中有一道道玫瑰色的光线照射着他。石楠花的清香，宛如一抹轻云，覆盖了他的眼睛。

夏风拂过草原，吹醒了一条在离他不远处的尘土里晒太阳的小蛇。它伸展开盘蜷着的身体，慢慢儿滑过坚硬的泥地。野草擦着它带鳞的身躯，发出簌簌的声音。睡着的人转过头来，似醒非醒地望着从他头边溜过的那条蛇儿的小眼睛。他想抬起手来，然而不能；那小生物目不转睛地盯着他。他就这样躺着，在清醒与入梦之间。终于，仿佛隔着一层纱幕似的，他看见一个模糊的少女的身影朝他走来。她几乎还是个孩子，但身体十分结实，金色的头发编成了两条粗大的辫子。她拨开草蔓，在他旁边坐了下来。这时那条小蛇的眼睛离开了他，不见了；他再也看不见什么，接着就做起梦来。梦境里，他重又成了小时候经常装扮的那个童话里的汉斯，为拯救中了魔法的公主，此时正躺在蛇洞跟前。蛇从洞里爬了出来，唱道："灰色的小脸儿，啊，我这条小蛇真可怜！"

他吻了那蛇，接着，奇迹发生了。美丽的公主把他搂在怀里，可是——奇怪得很——她的头上竟梳着两条金黄的辫子，身上也穿着只有乡下姑娘才穿的那种紧身背心。

姑娘两手抱着膝头，一动不动地眺望着草原远方。周围一片静寂，只听得见睡觉的人的呼吸，偶尔从空中或沼泽地里传来的一两声鸟叫，和绿毯似的无际的青草在微风中摇动时发出的一片柔和的沙沙声。就这样过了一段时间，后来，她向他俯下身去，长长的辫子落在他的脸上。他睁开眼，看见一张年轻的脸在自己头上晃动，但仍然像在梦里似的，他说：

"公主，你的眼睛真蓝呀！"

"非常非常蓝！"姑娘说，"我母亲的眼睛就是这样的！"

"你的母亲？——你真有母亲？"

"你这人真傻！"姑娘从地上跳了起来，"我怎么会没有母亲？只是她在几个礼拜前和村长结婚了，所以我才跟我爷爷住在一起。"

这时候，他才完全清醒过来。

"我迷路了，"他说，"在自己的故乡迷路了。你得帮我找到路，你——你叫什么来着？"

"蕾齐娜！"她说。

"蕾齐娜！……我叫加布列尔！"

姑娘张大了眼睛。

"不，不是那位加布列尔天使！"[①]

"你别笑！"姑娘说，"关于他，我知道得比你更清楚！"

"清楚得多哩。这么说，你准是一位教书先生的小孙女啰？"

"我爸爸是教师，"她说，"他在去年就过世了。"

两人沉默了一会儿，随后，加布列尔站起身来，对她

---

① 小说主人公与基督教信仰中的天使长同名。

说,他必须在明天天亮之前赶回小河对岸的城里去。她用手指指前面的树林,说:"我和爷爷就住在那儿,你可以先和我们一起吃晚饭,然后我再给你指路。"

加布列尔对这个建议表示满意以后,她就离开小径踏上草地,朝树林的方向走去。年轻人的目光不由自主地跟着她的两只脚,它们是那么轻捷、那么稳当地跨过草丛,每迈一步,都把藏在前面野草里的蟋蟀惊得蹦了起来。就这样,他们在那像金色丝网一般洒布在野草尖儿上的阳光中走着。微风拂过草原,像呼吸一样暖洋洋的,使他们周围越发充满了野花的香味。这时已经听得见树林里花鸡的啼叫,还有野鸽子在高大的榉树顶上胆怯的扑翅声。加布列尔一边想着他将去的地方,一边唱起歌来:

树林和草原,

静躺在阳光里。

我们热爱和平,

但和平不是天赐的,

必须在斗争中争取。

战争开始了,

出发的时刻已经来临。

让我们步伐整齐地走上战场,

为保卫我们的祖国,

献出自己的生命。

再见了，亲爱的母亲！
战鼓召唤着我们，
激动着我们心灵。
然而在我的心的深处，
同时却响起德国摇篮曲的声音。

"战争？"蕾齐娜停住脚步，回过头来问唱歌的加布列尔。

加布列尔点点头。

"请你别对爷爷提起这个，"她说，"他不会相信的。"

"那你呢？"加布列尔问，"你是不是也不相信呢？"

"我吗？——战争跟我们女孩子有什么关系呢？"

年轻人再没有说什么，两人一言不发地继续往前走着。眼前，山毛榉和橡树叶簇的轮廓，已经清楚地从模糊一片的树林里显露出来。不多时，他们就走在篱笆外边的树荫下，一直走到了园篱的门前。这儿已是草原尽头，午后的阳光里，立着一间小小的土屋。低矮的茅草屋顶上，有一只小猫在晒太阳，见他们到来，便从屋顶跳到地上，然后把身子在半开着的门边擦着，发出呜呜的叫声。他们走进一间窄小的前屋，屋里的四壁上挂满了空着的蜂房和一些种菜的用具。蕾齐娜打开靠墙角的一扇门，加布列尔从她肩上望进去，里面是一个小小的房间，但除了一座黑森林造的旧式有摆钟[①]，以及在火炉的铜球上嬉戏的阳光，房里就什么也没有了。

"我们到院子里去吧。"姑娘说。

加布列尔把枪倚在墙角，然后和她一起走进窗外的菜园。一跨出门，他们就到了一棵高大樱桃树的叶底下，樱桃树的枝干一直伸到了屋顶上面。窄窄的菜畦之间，一条笔直的小径穿过园子，然后再通向一片不大的草坪；在这草坪当中，又有四四方方的一小块被榉树枝条编的短篱隔了开来。篱门非常矮，虽然关着，加布列尔仍然能从上面望过去，看清里面的情形。走近了，他看见对面的叶墙上，在树荫的半明半暗之中，挂着一个木制的蜂房，蜂房上整齐地叠着两行草编的蜂巢。旁边的矮凳上，坐着一个当地农民打扮的老年人，阳光照着他完全白了的头发。一个绳子编的护脸具、空篮子和其他一些养蜂的用具，搁在他旁边的地上。他手里拿着根草茎，好像正在细细地观察。定睛望去，加布列尔才发现草茎四周爬满了蜜蜂，而其中有一些正从叶片爬到老人的手掌上去。

"是你爷爷？"他问姑娘。

"算起来，他该是我的曾祖父了，"她回答说，"已经老得没法想象。"

她拉开门。

[①] 德国的黑森林地区以产玩具和木钟著称。

"是你吗,蕾齐娜?"老人问。

"是我,爷爷。"

"蜂王昨天又无缘无故地哼了一个晚上,所以今天一早我又得守着它。"他说,同时转过头来,望见了来人,"只管请进吧,年轻的先生,你只管进来好啦,蜂儿今天已经停止采蜜了。"

加布列尔走进篱笆里去。蕾齐娜拾起地上的空篮子和其他不再需要的东西,送回房间里。老人轻轻拂去了手上的蜜蜂,说:

"蜂儿也跟人一样懂事的,你对它们只要有耐心就行。"

然后,他把草茎放在蜂巢前面的草地上,向加布列尔伸出手来。

他让加布列尔坐在他旁边的凳子上,随即对他聊起自己养蜂的事来:他从小就爱养蜂,眼前这座短篱,还是他七十多年前建的;后来,他就靠养蜂,靠蜂儿们带给他的上帝的恩赐,维持着一家的生计。随后,老人又讲到了他的儿女和他的孙子,以及孙子的孩子们,然而与此同时,他却一刻也没忘记提到他的蜂儿。——老人的话语,就像一股潺潺的细流。随着他娓娓的讲述,一代人的宁静生活接着另一代人的宁静生活,便慢慢地展现出来。加布列尔把头托在手掌里,一边听,一边看着此时还三三两两地从叶墙那边飞过来的蜜蜂。从园子那边的房间里不时传来开门关门的声音。间或,也有一只小花雀钻过叶丛,用好奇的眼光朝他窥视。就这样过了好一会儿，姑娘重又从外面走了进来。她用手肘倚着门，悄悄地听祖父的故事。她那少女鲜艳的脸儿衬在叶簇中，看上去就像一幅嵌着绿色框子的动人图画。

空气里的骚动渐渐平息下来，绿色的短篱中已是一片阴影。加布列尔朝姑娘望了望，老人呢，仍旧慢吞吞地讲着。自然，他有时也记错了时间，把儿子的事当成孙子的讲，又把孙子的事说成是重孙的事。这时姑娘就插进来说："您弄错了，爷爷，那是我舅舅；您现在讲的是我母亲。"可老人却严厉地回答："他们的事我全记得，我的记忆还没有坏到这步田地。"

终于，天气开始转凉了，老人才站起身来。"咱们进屋里去吧，"他说，"天黑啦，蜂儿都已经回窝去了。"

于是，他们一起走出短篱，老人小心翼翼地给那扇小篱门上了闩。

当他们走进房间的时候，只有屋梁上还剩着一点点夕阳的余晖，恋恋不舍地未曾离去。窗台上，紫罗兰已经散发着晚来更加浓郁的芳香。一张铺着粗桌布的桌子，放在两扇窗子之间，桌面上，摆着切得整整齐齐的黑面包片、黄色的奶油和盛着鲜牛奶的玻璃杯。老人在临窗的一张靠椅里坐下来，请加布列尔也在他对面的一条凳子上入座。蕾齐娜呢，则走进走出地张罗着。

他们一同吃着简单的晚餐，加布列尔不时地透过小窗朝园子里张望。老人戴上眼镜，用刀尖从牛奶里挑出一只小虫子来,轻轻放在桌子上面。

"还会飞起来的,"他说,"我们必须帮助那些在患难中的生命。"

好几次,加布列尔听见窗前的樱桃树里有些什么响声。现在他往外看去,正好看见有两只灵巧的小脚在树枝间不见了,接着,有两三只鸟儿呱呱地叫着飞出了园子。远处,大约是从树林子里,传来了斧头砍树干的单调声响。

"到其他村子大概很远吧?"他问。

"总有将近一小时路程。"老人回答,"全靠上帝的安排!自从她母亲改嫁以后,这小姑娘就和我住在一起。"他用手指指着门上的一块搁板,搁板上,除了一些零碎东西,还放着一堆保护得很好的书。"全是她爸爸留给她的,"老人说,"可是,她生来不是读书的种子,在家里一会儿也静不下来。只有礼拜六晚上,那讨饭的小弗里茨来的时候,她才能安安静静地和他蹲在火炉后边,听他讲女巫的故事,一讲开就没个完。"

这当儿,姑娘走了进来,把围裙里的一堆红樱桃倒在桌子上。

"鸫鸟又从林子里飞来了!"她说。

"你应该把这些小偷关起来才是。"加布列尔瞥见窗框上挂着一个空鸟笼,就这么说了,但姑娘却暗暗使眼色制止他。老人拿着刀子,威胁地向她比画着。

"她是个小无赖。她每次都放跑了它们。"他说。

加布列尔望着姑娘。她笑了,脸儿同时红起来。当她发现加布列尔仍然盯着她的时候,就用手抓起她那金黄色的辫子,放在牙齿中间咬着,跑出了房门。加布列尔听见她在外面关门的声音。

"就跟她爸爸一样,成天乐呵呵的。"老人说,同时把身子靠到椅背上。

天色逐渐暗下来,窗前的树木给房间里投下了浓黑的阴影。加布列尔就告诉老人,他明儿一早就得赶回城里去,同时请老人给他指路。

"月亮就快出来啦,"老人说,"那才是夜里赶路最好的时候。"

他们又聊了一会儿。天色越来越暗,老人渐渐不作声,只是透过昏暗的玻璃窗,凝视着园子。对着宁静安详的老人,加布列尔自己也无言了——在越来越充满小屋的深沉暮色中,他只能模模糊糊地看见老人。这样,房间里就更加寂静,只有墙上那只老钟,还在絮絮叨叨地说个不停。

过了很久,仍不见蕾齐娜回来,而月亮却已在园子背后升起来了。加布列尔站起身,准备去向姑娘辞行。他走进菜园,可是哪里也不见姑娘的影子。蓦地,在豆畦中间,传出了一点窸窸窣窣的声音。在那儿,他找到了她。在她旁边的地上,放着一个小篮子,已经装了半篮豆荚。

"不早了,蕾齐娜,"他说,一边钻过藤蔓向她走去,"我得马上动身,我想在太阳出来之前赶到城里。"

蕾齐娜头也不抬地继续摘着。

"真的不太远。"她说,一边弯下身子,去摘那些靠近地面长着的豆萁间的荚儿。

"这么说,你也常到那边去啰?"加布列尔问。

"我?——不,我是不走那么远的。我总共只出过一次门。我爸爸有个妹妹在北边,我们坐了整整一天车。可是我不喜欢那儿,人家说话我不懂,而且一开口总爱打听:你是哪里的人呀?"

"可你一人在这儿也寂寞吧,成天守着个老爷子!"

她点点头。

"村子后面热闹一些!我妈妈和村长也常跟爷爷讲,可他就是不愿意离开这儿。他说,村子里房子挨着房子,怪闷气的。"

加布列尔坐在她身边,帮她摘豆荚。蕾齐娜不时地抖动篮子,篮子里眼看就装不下了。夜色越来越浓,他们摸索着摘下几乎已经看不见的豆荚。豆荚一次又一次地从塞得满满的篮子边儿滑出来,但他们仍不停止,继续慢慢地、入了迷似的摘着。蓦然间,加布列尔听见一个巨大的响声,那么低沉,就像从地里钻出来的一样。他脚下的大地也几乎感觉不出地轻轻颤动了起来。加布列尔把耳朵侧向地面,倾听着。突然,又一下,再一下。城里出了什么事情,竟在深更半夜里打起炮来?蕾齐娜却好像什么也没听见,她略微抬起头来,说:"村子里的钟打十点啦。"

加布列尔猛地跳起来，一种难以忍受的若有所失的感觉攫住了他，眼前这个无忧无虑的宁静环境，他再也待不下去了。

"蕾齐娜，我走了，"他提高声音说，"但愿我能再来！"

姑娘迅速地仰起头来望着他。黑暗中，他看见她那两只明亮晶莹的大眼睛。

这当儿，他们听见老人的脚步声顺着菜园的小径走来。加布列尔迎上前去，向他道谢，告诉他，自己要走了。可是，当老人准备再一次告诉他该走的路的时候，蕾齐娜却站起身来，平静地说：

"不用了，爷爷，我送他到河边去。"

老人点点头，把手伸给加布列尔，可是随后又拉住他的枪——好几次，在房间里，他就注意地瞅了瞅它——要他等一等，然后狡猾地微笑着说："咱们会再见的，年轻的先生，您一定能再来——要么明天，要么后天。"

说完，他踱到门底下，加布列尔就跟着蕾齐娜穿过院子。他们走到了草坪上，月光直射着他们的脸。一条小径通过院子。院子里声息全无，只有一只夜蛾子，在蜜蜂们沉睡的王国里嗡嗡地飞着。在他们前面千来步的地方，就是那个黑幽幽的、神秘的树林。当他们走到潮湿的、一直铺洒到草地上的阴影边时，加布列尔看见有一架用松树干做的短梯子，从矮树丛中通到一片林地上。他们拨开树枝，爬上梯子，进入树林里面。他们沿着一条朦胧夜霭中几乎看不见的小路,紧挨着树林的边缘斜行着,透过稀疏的小树和灌木丛,能看见树林外月色中的草地。蕾齐娜在前面开路。月影穿过树杈,洒在黑色的叶片上,宛如一滴滴明亮晶莹的水珠。不时有一线亮光射着姑娘的头,使它一下子从黑暗中显现出来,但很快就又在黑暗里消失了。加布列尔一声不响地跟着她,听到她的脚踩着隔年落叶发出的沙沙声,还有甲虫们钻咬树皮的声音。没有一丝儿风,只有树叶与树叶摩擦,发出一些轻微到几乎听不见的爆裂声。走了一程,忽然从树林的黑暗处蹿出一个什么东西,在他们旁边跑着。加布列尔看见它那两只忽闪忽闪的眼睛,问:

"那是什么?"

一头小鹿跳到路上。"那是我们的朋友!"姑娘喊着,箭也似的在小路上跑远了,小鹿跟着她奔去。

加布列尔站住了,身子靠在一根树干上。他听见灌木丛中发出窸窸窣窣的声音,他听见姑娘拍手,然后,一切都消失在远方了。四周静了下来,只有那夏夜的神秘音乐,在他的耳朵里变得越来越清晰。他屏住呼吸,倾听着,倾听那千百种微妙的音响,时隐时现,此起彼伏,一会儿飞到不可思议的远方,一会儿又近在眼前。他想象不出,这如此美妙的流逝着的究竟是那些穿过树林向草地奔去的清清泉水呢,还是这黑夜本身。此刻,在他的脑海里,离家那天早晨和母亲告别时的情景,似乎已是遥远的往事。

姑娘终于回来了。她把手搭在加布列尔的枪上,说:

"小鹿很听话,我们还经常一起赛跑呢!"

枪带的碰击声使他清醒过来。

"走吧,蕾齐娜,给我指路!"他说。

蕾齐娜沉默了一会儿,然后顺从了客人的要求,从他们刚才走的小径上转下来,横插进树林里去。树林里没有任何人行的道路,地上爬满了树根,不时绊住旅人的脚。长得矮一些的树枝,一会儿打在他脸上,一会儿挂住他的枪。树林里黑沉沉的,姑娘在里头跑惯了,很敏捷地穿行在枝杈间,一会儿,加布列尔连她的影子都见不着了。只有当他突然让看不见的刺扎着,忍不住发出一声叫喊时,他才听见她在前面幸灾乐祸的笑声。终于,她停了下来,把手伸给掉在后面的加布列尔。他们这么继续走着,从远处,传来了扑哧扑哧的声音。加布列尔聆听着。

"是小船,"她说,"渡口就在下面。"

果然,划桨的声音不久就更加清楚起来,接着,浓密的树木也稀疏了,他们能自由地望出去,看清躺在他们脚下的月色中的大地那柔和的轮廓。草地上盖满了银灰色的露珠,通向渡口的小路宛如一道黑色的丝线。月光反射形成的桥梁在水面上轻轻颤动着,划离对岸的小船魅影般闯进这一片亮光之中。加布列尔向彼岸眺望,但看见的只是烟霭朦胧。

"不远了,"姑娘从加布列尔手中抽回自己的手,说,"过了草地就是河边,你不会再走错的。"

他们还站在树影里,然而,在弥漫在树林中的皎洁月光映照下，他把她的整个身形以及她的一举一动，都看得清清楚楚。她那金黄的辫子，为着赶路方便，已像花环一样盘在头上。这时，在加布列尔眼中，她变得那样妩媚纯洁，那样高贵尊严，她指着外面月光照射的地方，告诉他该如何走，他这时禁不住目不转睛地将她凝望。

"姑娘，再见了！"他说，同时把手伸给她。

可她却退了一步，犹豫不决地问：

"请你再告诉我……为了什么，你必须打仗啊？"

"为什么？你难道不知道吗，蕾齐娜？"

她摇摇头。

"爷爷从来不谈这个。"她说，孩子般地仰起头来望着他。

默默地看着她那一双大眼睛，加布列尔茫然了。突然，他身旁矮树丛中的树叶沙沙响着，一只夜莺在里面唱起来了。她站在他面前，一动不动，连呼吸也细微到几乎觉察不出的程度。只有在她的眼睛里，在某个深不可测的地方，她那心灵还在激动着。加布列尔弄不明白，她干吗要这样紧盯着他。

"你讲呀！"她终于说。

加布列尔伸手抓住挂在头顶上的一根枝条，摘下了一片绿叶。

"就为了这块土地，"他说，"为了你，为了这片树林，为了这儿不出现陌生的东西，为了你不听陌生的语言，为了使这里的一切永远像它现在的样子，像它应该是的样子，同时也为了我们生活着，能够呼吸到纯洁、甜美、神圣的故乡的空气。"

姑娘用手摸了摸头，好像骤然间打了一个寒噤似的。

"去吧！"她轻轻地说，"祝你晚安！"

"晚安！——可是，我将来到什么地方找你呢？"

她用手搂住了他的脖子，说："我将永远留在这个地方。"

他吻了她。

"晚安，蕾齐娜！"

她松开了搂着他脖子的手。加布列尔踏进了外面的月光中。当他走到草地的尽头时，他再一次回过头来。他仿佛看见，在他们刚才分手的黑幽幽的林影中，仍一动不动地站着姑娘那稚气、可爱的身影。

我合上本子，抬起头来望着土屋外面灰色的天空。加布列尔朝我走来，把那管擦得乌亮的枪靠在我肩上。枪支光闪闪的，似乎正对我眨着眼睛。可我呢，却只顾想着适才读过的故事，问加布列尔：

"那么这片枯叶到底表示什么呢？"

"瞧你又来了！"他嚷起来，"不，它是碧绿碧绿的，就跟6月里的树叶一样！"

"你大概以后就再没有去过吧？"

"第一百一十三页!"他微笑了。

于是,我又在那旧簿子里翻起来。——还是诗!

第一百一十三页

在那绿草如茵的原野上,
还像童话中一般,弥漫着皎洁的月光;
在月光下的幢幢树影里,
还站着我那心爱的姑娘;
梦境中,我重又踏上了
穿过沼泽和原野的道路——
她仍在林边的小径上踯躅,
永远不愿来到这尘嚣的世上。

"可是,如果她终究来了呢?"我说。

"那咱们就要给咱们的枪上好子弹!因为这表明,树林和它那美好的一切,都已经落在敌人的手里。"

苹果熟了的时候

夜半,月亮刚刚从板栅后列队站着的一排高高的菩提树后升起来,透过果树的梢头,照在对面一所小楼的后墙上,照在下边一块用矮篱同园子隔开来的小小的石砌院坝上。楼里低矮的小窗后的白色帘子,给月光一照显得越发明晃晃的。这当儿,仿佛有一只小手探进窗帘中间,轻轻地把帘子分开了。接着,窗前突然出现一个少女的身影。她头上包着一块白头巾,正举起一只小小的女式手表对着月光,像在仔细观察表上指针的移动。这时远处的钟楼正好敲十一点三刻。

楼下,花园灌木丛之间的小径和草坪上,晦暝幽暗,万籁俱寂,只有蹲在李子树上的一只黄鼠狼,在嚓嚓嚓嚓地吃它的晚餐,用尖爪搔得树皮发出窸窸窣窣的声音。可蓦地,它警觉地扬起了腮帮:园外的板栅上,哧的一声响,一个大脑袋便探了出来。黄鼠狼一下跳到地上,在房屋之间消失不见了,从园外却慢慢翻进来一个矮墩墩的小男孩。

李子树对面,离板栅不远,立着一棵不十分高的苹果树;眼下果子正好熟了,满满地挂在枝头,枝丫差点儿没给压折。小家伙想必很了解这棵树，只见他一边踮起脚尖绕着它转圈，一边笑眯眯地冲它点脑袋。然后，他一动不动地站了一会儿，竖起耳朵听了听周围，便从身上解下一只大口袋来，拿着口袋小心翼翼地开始爬树。不多时，他已蹲在树杈间，苹果也就一个接着一个以快而均匀的节奏，跑进了他的口袋里。

可冷不丁儿，一只苹果不留神掉到地上，一滚滚进几步开外的一丛小树下，而在树下一个非常非常幽僻的角落，却立着一张小石桌和一条长石凳。在这条石凳上，小家伙可万万没想到，此刻竟胳膊肘支着桌面，纹丝不动地坐着一个年轻人。苹果碰到他的脚，吓得他一跃而起。他定了定神，才蹑手蹑脚地钻出树丛，走上小径。抬头望去，他发现月光里一根果实累累的树枝先轻轻颤动一下，紧接着便摇晃起来，越摇越厉害，越摇越厉害，随之又见一只手伸进月光中，摘下一个苹果后又缩回幽暗的叶丛里。

站在下边的年轻人悄悄溜到树底，终于看清了那个像一条黑色大土蚕似的攀附在树干上的小偷。年轻人尽管留着两撇小胡子，穿了件饰有波浪形凹边的狩猎外套，却很难说是否是个猎人，只不过，此刻他必定心血来潮，突然生出了打猎的兴致。只见他屏住呼吸，手伸进树枝，轻轻地，却牢牢地一把捏住了那只悬在树干边的无力反抗的脚脖子，好像他在园中等了半夜，仅仅为的是逮住苹果树上这个小偷似的。脚脖子哆嗦一下，上边摘苹果的活儿便停止了，可谁也没开一声腔。小家伙的脚拼命往上缩，年轻的猎手则牢牢抓住不放。这么相持了好一会儿工夫，小男孩终于讨起饶来。

"好先生!"

"小鬼头!"

"可谁叫它们整个夏天都冲篱笆外边瞅呢!"

"等着吧,等我来惩治惩治你!"年轻人说着便往上伸手,揪住了小家伙的裤脚。"怎么这样粗啊!"他说。

"还是曼彻斯特①的呢,好先生!"

猎人从口袋里掏出一把小刀,设法用空着的手打开了它。当小男孩听见小刀啪的一声弹开来时,便做出要往下爬的架势。可年轻人却制止了他。"别动!"他厉声道,"你这么悬着对我正合适!"

小家伙像是完全抓了瞎。"我的上帝啊!"他说,"这裤子可是我师父的呀!——难道您就没根棍子什么的吗?亲爱的先生,您可以单独和我算账嘛!这样会更有意思一些,简直称得上一种运动。我师父就常讲,这跟骑着马遛弯儿似的,对身体有好处!"

然而,猎手还是割了一刀。在小男孩感到凉飕飕的小刀贴着他的肉一下滑过去的当口,装得鼓鼓的口袋便从手中掉到了地上。年轻人则把割下来的布片揣进了自己的背心口袋里。"喏,这下你好下来啦!"他说。

谁料却没有回音。一秒钟又一秒钟地过去了,小家伙仍然不下树。原来,正当下边在割他裤子的一刹那,他在上边突然

---

① 英国工业城市,曾以棉纺织业出名。

发现,对面房子里有一扇小窗慢慢开了,从窗里伸出一只小小的脚来。小家伙清清楚楚地看见那脚上的白袜子在月光下闪亮,跟着便在院子中出现了一个少女的身姿。她用手把着敞开的窗扇站了一会儿,然后才走到矮篱门边,向幽暗的园中探过来半个身子。

为了看清这一切,小家伙伸长了脖子。看着看着,他脑瓜儿里像是有了主意,只见他嘴巴一直咧开到了耳根,又开双腿稳稳站在两棵树相对着的枝丫上,一只手捏拢割破了的裤子。

"喂,快点呀!"年轻人催他。

"很快。"小家伙回答。

"可是,"小家伙一边应着,一边啃了一口苹果,连树下的猎手也听见他牙床相磨的声音,"可是,我偏偏是个鞋匠呀!"

"你要不是鞋匠又怎么着?"

"我要是个裁缝就好了,那我便可以自己把裤子上的破洞补好。"他说罢,又大嚼起他的苹果来。

年轻人在自己口袋中摸索铜毫子,但摸到的只是一枚两塔勒[①]的大银币。他本已打算抽出手来,这时却清清楚楚地听见下边花园的篱笆门吱嘎响了一声。远处教堂的钟正好敲响十二点。年轻人猛然一惊。"傻瓜!"他嘀咕着,拍了一下自己的额头,随后又把手伸进口袋,同时和气地说:

"看样子你是个穷人家的孩子吧?"

---

① 塔勒(Taler),德国古银币名。

"这您知道，"小家伙回答，"没啥不是辛辛苦苦挣来的啊。"

"接住，请人替你把裤子补一下！"年轻人说着便把银币扔上去。小家伙伸手接住，凑着月光翻来覆去检查了一通，然后狡黠地笑着把它揣进了口袋里。

在长着苹果树的土坛旁是条长长的小径，小径上响起了细碎的脚步声和衣裙扫过沙地的窸窣声。猎人咬紧嘴唇，下定决心要用暴力把小鬼头拽下来，但那一位却谨慎小心地早把脚缩上去了，一只接着一只，让年轻人白费脑筋。

"听见了吗？"他气急败坏地说，"你可以走啦！"

"当然，"小家伙回答，"只要拿到了口袋！"

"口袋？"

"它刚才从我手里滑下去喽。"

"这跟我有什么关系？"

"喏，好先生，您刚巧站在下边嘛！"

年轻人弯下腰去拾袋子，提了一下重又放回地上。

"您只管猛劲儿往上扔呀，"小家伙说，"我准能接住的！"

猎人绝望地瞅了树上一眼，只见那矮墩墩的黑色身躯叉开腿站在树枝上，毫不动弹。前面的细碎步履声越来越近，越来越急，他便赶紧跑到小径上去。

还没等他看清楚，姑娘已经扑到他的脖子上。

"埃利希！"

"上帝保佑，别出声！"他捂住她的嘴，用手指指树上。她怔怔地盯着他，可他根本顾不上解释，只用双手推着她进了小树林。

"小鬼头，该死的！——当心下次别碰在我手里！"说着，他一把拎起地上那沉甸甸的口袋，哼哧哼哧地举到头顶上。

"是的，是的！"小家伙说，同时从年轻人手中接过袋子，"怪不得这么沉，都红透了嘛！"接着，他从衣袋中拽出一根短带子，用牙齿咬住袋口，腾出手来将带子打成活扣，紧紧扎在袋口上，然后再把口袋往肩上一搭，搭好后又仔仔细细做了一番调整，把胸前和背后的负担分配得不多不少，刚刚合适。等这件事也令他满意地完成了，他才抓住头顶上一根横着的树枝，用两手抱着使劲儿地摇起来。

"有贼啊！贼偷苹果啦！"小家伙扯开嗓门喊着，熟透了的苹果顿时噼里啪啦掉了一地。

他脚下的小树林中传出一阵喊喊喳喳的响动，一个女孩子尖叫了一声，花园的篱笆门随之咣地一响。当小家伙再一次伸长脖子往外张望时，只看见小窗户正好关上，白袜子消失在了窗里。

转瞬间，小家伙已分开两腿骑在花园尽头的板栅上，眼睛巡视着大路，看见他那位新相识撒开双腿，逃进了园外的月亮地里。与此同时，他把手插进衣袋，捻弄着他那枚银币，吃吃地暗笑起来，直笑得他背上的苹果都跳起了舞。末了，等主人全家都拎着棍子提着灯在花园中奔来跑去时，他才悄悄溜下板栅，大摇大摆地横过大路，走进旁边的一座园子里去了，那儿便是他的家。

迟开的玫瑰

  我客居在德国北方某市近郊一位朋友的庄园里。我俩曾共同度过青年时代的大部分时光,直至青春将逝,各人有了各人的职业,才分道扬镳,各奔东西。在彼此不曾见面的二十年内,他创建起一家大商号,成了这家商号的总裁;我却让时事逼得远走他乡,并且永远待在了那里。而今,我终于又回到故乡来了。

  朋友的妻子在此之前我没有见过。——她已不再年轻,然而举手投足仍像少女一般轻盈敏捷,安详的目光仍跟孩子似的清澈明亮。而且我很快发现,这两个人相互体贴入微,恰如一对新婚夫妇。早上她穿戴整洁,走进餐厅,眼睛首先搜寻的总是他,恰是想向他的眼睛发出无声的询问,她这样打扮可合他的意。接下来,他额头上深深的皱纹一下子消失了,他随即握住她伸过去的手,好似她刚刚才把她的手和终身交给他似的。有时他坐在自己书房的办公桌前,她则从起居室或者前边的花园走进来,默默无声地坐到他的身旁;有时她也会悄悄蹑到他的椅子背后,将手轻轻搭在他的肩上,仿佛要他相信,她在他的身边,她为他而存在。

10月里一个晴朗的午后，我的朋友办完他的商务，刚刚从城里回来了。我俩坐在房前宽阔的露台上，一边聊着往昔岁月，一边目光越过下面的花园和前方紧接着的绿草地，眺望东海海湾的暗蓝色海水，以及海湾对面缓坡上的山毛榉林；这时节，榉树的叶子已经开始泛黄了。这整个画面以及头顶上深秋季节的蔚蓝晴空，都嵌在露台两侧挺立着的参天白杨中间，活像镶着个巨大的黑色画框。

朋友的妻子牵着她最小的女儿从花厅敞开的双扇门中走进来，打我们面前经过时面带着文静的微笑。她不想介入我们的过去，那跟她完全不相干。眼下，她伫立在露台边上，手里抱着孩子，目送着一艘从眼前驶过的汽船。已经好一会儿，四周的岑寂让汽船的轮机声给打破了。在蔚蓝色天穹的映衬下，她高挑的身材和高贵的头形看上去格外分明。

我俩的谈话中断了，目光可能都情不自禁地追随着她。我无意识地伸出了手，想去取摆在面前大理石桌上的水晶盘中的葡萄。

"事情注定了这么发展，"我终于重新拾起话头，道，"我，一度甚至做过栗子和樱桃仁买卖，结果成了一个文化人；而你——念文科中学六年级时写的那些个悲剧，现在跑到哪里去了呢？"

"意大利式的簿记，"他微笑着回答，"是一剂克服文学癖好的猛药。尽管如此，为了让它生效，我还不得不添加上坚强的毅力。"

他用自己那双深色的眸子盯着我，目光仍流露出青年时代所具有的坚毅个性。

"可能够吃力的吧?"我说。

"吃力?"他慢慢地重复着,"我所付出的代价,也许少得不能再少了。"说时他朝自己的妻子送去温情脉脉的一瞥,满含着占有喜悦的一瞥,就好像他刚刚才得到这个爱人似的。

我不由得想起来此第一天的一件小事。当时我跨进朋友的书房,一眼就发现他的写字台旁挂着一位美丽少女的肖像。那是一幅油画,色彩明快鲜亮,形象生气勃勃。我问画的是谁,鲁道夫便回答:"是我妻子的画像。""也就是说,"他补充道,"是那个随即成了我未婚妻,后来做了我妻子的女孩。像最初是画来送给爷爷奶奶的,最后又作为遗产回到了她自己手里。"说着他踱到了画像跟前,我呢,则在脑子里把这青春焕发的容颜,和我还只是匆匆瞥见的主妇的面容做着对比。过了一会儿,当我再注意到他时,发现他脸上分明流露着一丝隐痛,一种发自内心的、我在这个家住得越久越无法解释的表情。要知道,这位少女而今已经属于他。她健康地活着,而且——看来是这样——现在仍使他感到幸福。

这当口,我们面前那美丽、安详的身影离开露台,走到下边的花园中去了,我呢也不怕碰着人家尚未痊愈的伤口,没法再管住自己的嘴巴,便将适才的发现径直抖搂了出来。

"到底怎么回事,鲁道夫?"我边说边抓住自己青年时代的朋友的手,"告诉我吧,要是你办得到!"

他再次望了望下边的花园,在花园后面的草地上,已经冉冉升起了暮霭。接着，鲁道夫抹开额前平直的头发，用我曾经十分熟悉的诚挚声调讲起来：

"没谁做什么亏心事，也没发生任何不幸，我现在就可以告诉你——把这种事能形诸言语的部分统统告诉你。你那会儿从我的信里已经了解，十五年前，我在自己父母家里认识了我的妻子。她来访问我的妹妹，她跟她是游泳时在咱们西海中的岛屿上偶然碰在了一起。我当时正处于事业最艰苦和最折磨人的阶段。一个出资建造我们商号用房的合伙人突然逃之夭夭，所缺的资金必须在最短期限内另行筹集，加以填补。再加上这时我计划创办轮船航运公司也招来邻里妒忌，因此不断碰到新设置的障碍。在紧张的工作中熬过了一天，晚来就需要得到同情和鼓励，就需要有一个心灵的休憩地。这两样，我都在妹妹年轻的女友那儿找到了。傍晚在父母家的花园里，我俩来回漫步在女贞树的篱笆之间，我的打算和我的忧虑便成了谈话的内容。她不只善于倾听，还理解一切。你来此第一天就赞赏过她为人朴实、稳重，在当时她已表现出这些品格。还有年轻人的敢作敢为精神，她同样不缺少。记得有一天傍晚，我和两个姑娘面对面坐在凉亭里古老的石桌旁。那天白天，我真是什么祸事全降临了，一瞬间完全心灰意懒，竟叫了起来：'完啦，我已经精疲力竭！'她没有搭腔，却默默用手支着下巴，用近乎愤怒和惊愕的目光瞅着我，瞅了有好一会儿。随后她把头转向我妹妹，笑了笑说：'你瞧瞧！他自己已经不再相信自己！'她说得确实不错，在接下来的几个礼拜，我已感到有足够的能力。终于，几乎是理所当然的,她把自己的手交给了我;我呢,也紧紧握住了它不再放开。

"别人常对我说起她的美貌,这我也注意到了。过去我从未想过这事,后来同样也没有再想。她就这样成了我的妻子,成了我日常生活的伴侣,而我在生活中,每天总会遇上需要解决的新难题。你应该回忆得起来——当时我经常给你写信——从此我怎样摆脱了一个麻烦又遇上新的麻烦。我当时有种感觉,好像一切全靠了她。她似乎遇事总知道该干什么,她似乎能听懂事物无声的语言,就像童话里的那个金姑娘,在经过林子时能够听见树木发出的喊声:'摇摇树干,摇摇树干,我们这些苹果全都已经熟啦!'[①]没过几年,我已有能力买下这座庄园,并且进行装修,以满足自己不多的心愿。但是,随着好运的光顾,业务也日渐增多起来,不是我支配它们,而是它们支配我,让我陷入了一个接一个连环套似的网络,整个的心力全投进去了,一天又一天地只做着这件事。"

我的朋友停止了讲述,他那个最大的十二岁的女儿从屋子里来到我们跟前,问她妈妈到什么地方去了。鲁道夫抱起了她,侧耳朝下边的花园倾听。花园围墙的旁边,玻璃暖房的白色屋脊高耸在灌木丛的顶上。从暖房里传来小妹妹的笑声,其间也不时能听见妈妈诓哄小家伙的声音。

"快去,燕妮!"鲁道夫微笑着说,"有两只大无花果熟了,

[①] 故事出自格林童话中的《霍勒太太》。

你们可以摘走!"

小姑娘点点头,离开父亲,跑下台阶,越过铺展在露台下边的草地,消失在一旁的灌木丛中。

父亲目送了她一会儿,然后继续往下讲:

"那是春天里一个礼拜天的午后,这个我们刚让她去了母亲那里的苗条小姑娘还不满半岁,这儿露台边上那间花厅当时刚刚刷过漆,春天的阳光照着地面,穿过敞开的双扇厅门,飘进来才露头的新叶和蓓蕾的芬芳。我坐在沙发上,拿起了一本书。很久很久了,我已经不再看这样的玩意儿。我不知道,当时是想起了咱们曾经热衷的古德语研究呢,或者我只是打算叫自己相信,除了城里那些有幽暗四壁的狭小账房,我在这外边还有另外一片天地。我翻开的是戈特弗里德大师的《特里斯坦》[①]。正对面的窗前,离我不远坐着我正在做女红的妻子,我俩的孩子则睡在隔壁房间的摇篮中。周围一派宁静,没有任何事物来打搅我,于是我便跟随特里斯坦和伊索尔德,开始了他俩的海上旅行。

"帆船破浪前行。寂静的正午时分,伊索尔德独自坐在甲板上。夏风吹拂着她金色的秀发,她眼里却充满了泪水:她思念自己的家乡,她害怕去到异域,怕去那儿与一位白了头的老国王成婚。特里斯坦上前安慰她,她却赶走了人家;她恨这个男人,因

[①] 戈特弗里德·冯·施特拉斯堡(Gottfried von Strassburg)是12—13世纪用中古高地德语写作的史诗诗人,《特里斯坦》为其代表作。

为他杀死了她的叔叔莫罗特。空气变得闷热,她口渴了。船舱里随意地摆着一瓶药酒,原本是为点燃伊索尔德心中对老新郎的爱火而准备的。一名年轻的侍女叫道:'瞧,这儿有酒呐!'特里斯坦于是不经意地把它递给了王后。

> 她迟疑地饮了口酒,心中十分难受,
> 随即递给他酒杯;他也喝了个够。

"接下来老诗人开始施展魔法,我们和男女主人公一道经历着内心的绝望和渴慕,体验着他们既不愿相爱却不得不相爱,既相信自己仍然自由又担心自己真会获得自由的矛盾心情。甜美的诗句如涌泉般不可阻遏,富有魔力的音调叫人神迷心醉。那对年轻又貌美的情侣历历如在目前,我好像亲眼看见他俩双双倚靠着船舷,极目远眺大海,为的只是看不见自己的双手已经悄悄地握在一起。两人尽管都完全让对方给迷住了,口里却像无心似的说着不相干的事情,诸如水呀,雾呀,空气呀,海洋呀。

"古代的这位大师简直就把酒杯递到了读者的鼻子跟前,从杯中飘出来的酒香也开始对我产生魔力。受到诗歌的感染,我内心迄今在现实生活中一直沉睡着的某些情感,突然涌动起来了。那是另外一个我迄今还不曾认识的世界,现在它把自己无情的法则强加给了特里斯坦和伊索尔德。而诗人自己,诚如他在史诗一开头所宣告的,也愿与这个世界一道沉沦毁灭,一道繁荣昌盛。

"我从书本抬起头来望着自己的妻子。那时候,我的朋友啊,她的脸颊仍有青春的鲜艳。透过玻璃窗,白杨树的新叶把影子投到她的额上,轻轻地摇来又摇去;她呢,仍低着头做自己的女红。难道她不也一样美,就像'那爱情之笔所绘成的伊索尔德'吗?难道那盛满爱药的酒杯不只是个象征,真的必须饮了那神秘的酒浆才能获得这令人痴狂的甜蜜吗?

"这当儿,隔壁房里的孩子醒了。年轻的母亲站起身,放下了手中的活计,可在穿过大厅的时候,她用美丽、活泼的眼睛瞅了瞅我,示意我跟着她去。

"我忍不住莞尔一笑。'你还想要什么哟?'我轻声自言自语,同时合上了那有魔力的古书。这时妻子已经走回来,把孩子递给了我;冲着春日明亮的阳光,小家伙使劲儿睁开睡迷糊了的大眼睛。

"我和她之间仍然保留着一如既往的平静。一年复一年地过去了,随着时光的流逝,我身边的美丽少妇渐渐已芳华不再,可我没有察觉,对所有一切,诸如她可爱的脸庞如何悄悄失去了青春的柔和轮廓,她金黄的卷发如何消退了缎子般的光泽,我统统都有眼无珠。只是对她的精神品格,我却越来越清楚,我明白无误地感到它们日渐稳定,因此对她也越来越敬重。

"三年前我们生了第二个女儿——听!她们都在暖房里,她正在跟她姐姐辩论来着!

"这期间,我的事情渐渐变得容易了。营业已走上正轨,有些业务可以委托给别人去做了。我的生活终于为其他事物赢得了空间。必需的生计既然已可从容应对，人与生俱来的对美的渴求便苏醒了。我把花园培植成了眼下的样子，并让人在下面新辟了一个玫瑰园——你已经听说，在百花之中她最爱玫瑰。第二年，在玫瑰园背后，又建起了一个宽敞的凉亭。亭中镶木地板的图案、座椅以及一应家具的式样，我都是请一位建筑师朋友绘的图纸，然后才安排一些能工巧匠照着图纸定做。高大的窗户齐腰挂着浅灰色丝织窗帘，亭内的光线因此温馨又柔和。在这花园的静谧中，我平生第一次连贯和不受打扰地读完了那些古老而不朽的史诗，从《奥德赛》到《尼伯龙根之歌》。我大声朗读，因为她坐在我身旁倾听。时常是听着听着，她勤快的双手不知不觉便停止了干活。还有家庭音乐也没被忘记，虽然我在生活中无暇从事任何艺术，我的妻子却擅长唱歌，也曾时常乐意在我和孩子们面前一展歌喉。而今还招引来一些同好，于是在我们周围，不知不觉间便结合起了一个志同道合的圈子。

"如此已到了去年6月我满四十岁的日子。清晨的朝阳唤醒了我，除我之外，所有人全都还在睡梦里。我穿好衣服，走过静悄悄的宅第，到了外边的露台上。露台底下的草地还躺在浓浓的阴影里，唯有树梢和花厅的金色顶子在朝阳中闪闪发亮。对面远方的海面上飘浮着白雾，只见一根桅杆的尖儿突兀地在上边摇摇晃晃，时隐时现。我慢慢走进下面的花园，浑身充溢着清晨纯净无尘的甜美感觉。我脚步轻轻，生怕会将白昼惊醒。

"昨天晚上我又不经意翻开了戈特弗里德大师的《特里斯坦》，一读就读得入了迷。那是诗人的妙笔给这部古典作品写下的结尾部分。

"促发爱情的魔酒继续发挥作用。美丽的王后跟国王的甥儿特里斯坦彼此相爱,难舍难分。老国王怒不可遏,终于放逐了这对造孽男女,可诗人却给了自己忐忑的心以抚慰,把他宠爱的人儿双双带进远离人间的荒漠。再没有密探能跟踪他俩。艳阳高照,野草吐放着清香,无垠的荒野里唯有她跟他。四周围森林飒飒有声,群鸟在看不见的高空一个劲儿啭鸣歌唱。在晚霞映照下,他俩穿过草地,走向淙淙作响的清泉。他俩坐在泉边的一棵菩提树下,回首眺望那他俩今夜将一同安寝的岩洞。第二天朝阳初升,他们便骑马越过带露的原野,走向狩猎地。他俩并辔而行,手执弓弩,伊索尔德的金色长发飘飞在特里斯坦的肩上。

"沐浴着清晨宁静的空气,诗中的情景像做梦似的一幕一幕在我眼前浮现。不知不觉,时间已慢慢往前推移。温暖的阳光照着花园的石阶,露珠从树叶上不断滴落,花香一阵阵向四周弥漫,接着空气里也开始出现昆虫世界的细微响动。我体验着自然界充盈的生气,突然受到一股青春年少之感的侵袭,仿佛那生命的秘密还在前边等待我去开启。我脚步迈得更快也更有力,下意识伸出手臂,从长在路旁草丛中的灌木上摘下一条开花的树枝。花厅里边,一张张圈椅仍像昨晚我们离开时那样摆放着。顺着关闭了的护窗板,露水正簌簌地往下流淌。我从阶梯下边的藏匿处掏出钥匙,打开厅门,让早晨的气息进入。随后我退了回去,在经过暖房时拉了拉仍紧锁着的房门,过了一会儿便穿过花厅进了我妻子的起居间。此时房屋内仍无丝毫动静，所有的角落都弥漫着清晨的宁静。然而一股沁人心脾的蔷薇清香，透露了离此不远已为祝贺生日做了装饰的消息。我推开办公室的门，目光落在一幅椭圆形的油画上，油画依靠我的写字台立着。那是一位少女真人大小的侧面头像，在沉重的镀金相框顶上，果然挂着一串由盛开的百叶玫瑰编成的红色花环。少女的头微微仰着，闪亮的金发好似刚刚用手轻轻往后拂过，半启的朱唇显露出青春年少的风发意气。

"我屏息伫立，目不转睛地望着那青春美丽的面孔。我生怕被它发现自己近在跟前，好像一不留神出口大气，一切便会随着花香飘散。这双笑意盈盈的年轻眼睛，它们眺望的定然是一个充满春日阳光的世界。我不由得低下了头颅。她——她本该就是那位王后呀。和她一起，我本来也可以逃进荒漠，逃进那人人都心向往之的寂寥境界……"

鲁道夫抓住了我的手。

"那么她为何又没成为王后呢？——你见过那幅画。我看到的那位少女，并非出自一位画家的想象，也不是什么金发的女王伊索尔德，也许世界上压根儿就不存在伊索尔德。我眼前的这张脸庞属于一个活人，一个个性鲜明的活人，她就是许多年以前把终身托付给我的那个女子，就是现在仍生活在我身旁的那个女人。

"我重新抬起了头，它深深地吸引着我；我全身心充满对美的饥渴，突然想起了一首古老歌谣的开头：

哦，青春，哦，玫瑰盛开的美好季节！

"当年她在我父母家里经常唱这首歌。我冲画像伸出手臂，好似她能以当初的模样回到现实中来，好似这芳华正茂的甜美人儿不是已经永远属于往昔。

"悔恨与渴慕撕碎了我的心。可是蓦地，一种确凿无疑的、无法言表的幸福感觉攫住了我。她，那个一度即为这画中人的女子，她本人还活着呀，她就在近旁不是！我现在，我即刻便能够与她在一起。

"我离开书房，我寻找她，可她已经不在屋子里。我奔进花园，见她在下边的露台上朝我走来。她笑吟吟地瞅着我，像是想在我眼中读出我见到她为我编制的生日花环的欣喜。可我已急不可待，一言未发便抓住她的手，把她领到了花园里。——当时她穿着雪白的晨衣，走在我身旁仍如少女一般窈窕轻盈，一双眼睛沉静又惊疑地瞅着我，手儿轻轻地、柔顺地任我牵着，我实在没法再等待，立刻诚恳地跪倒在她跟前。我生命的所有激情一下子全部苏醒了，全部像滚滚的潮水一样冲向了她，那么汹涌澎湃，不可阻遏。"

鲁道夫沉默了片刻，然后凝望着远方天边即将消逝的晚霞残照，嗓音低沉地说：

"就这样，我最后也端起了爱情的酒杯，尽情地、狠狠地饮了一口。迟是迟啦——不过呢，还不太迟！"

我俩默默地并排坐着,夜幕徐徐降临。花园中万籁俱寂,只是下边的凉亭里已经上灯,灯光透过灌木丛照射了过来。这时响起了风琴奏出的和弦,随后一位女低音浑厚的歌声回荡在夜空:

哦,青春,哦,玫瑰盛开的美好季节!

她来自大洋彼岸

行李收拾好了，可房里并未因此变得舒服些，我的表兄，一位年轻的建筑师，两天来就住在旅馆的这间房里。他眼下正像个无聊地消磨时光的人一样，口里衔着他的雪茄，默默地在那儿踱来踱去。那是一个温暖的9月之夜，敞开着的窗外星光灿烂。在下边的街道上，大城市的喧嚣声和辚辚的车声俱已静息，只有从远远的港口飘来夜风戏弄船上的旗帜和缆绳所发出的猎猎声。

"啥时候起程，阿弗雷德？"我问。

"送我上船的小艇三点开。"

"你不想再睡几个小时吗？"

他摇摇头。

"那就让我留下陪你吧。我的瞌睡明天在回家去的车里补。要是你愿意，给我讲讲——她的事！关于她，我压根儿不了解啊。告诉我，这一切是怎么发生的。"

阿弗雷德关上窗户，拧高灯芯，使房里变得亮堂起来。

"坐下耐心地听吧，"他说，"我要把一切都告诉你。"

我俩面对面坐下来后，阿弗雷德开始讲道："我和她一起生活在我父母家里时，我还是个十二岁的孩子。她呢，可能还小几岁。当时，她父亲还在西印度群岛①中的某一座岛屿上。在那儿，他凭着自己的运气和机灵，在相当短的时间里就从一个毫无资产的商人一变而成了富有的种植园主。几年前，他已经把自己的女儿送回德国，好让她学习他家乡的习俗和礼节。谁知她一直念书的那所寄宿学校却因女主持的逝世而解散了，在找到新的寄宿学校以前，只好把她托给我的父母照管。还在见到她本人之前很久，我的脑袋里已经充满了种种有关她的幻想，特别是现在我母亲真的在自己和父亲的寝室旁边为她准备起一间小屋来时，情况更是这样。要知道，小姑娘身上存在着一个秘密，倒不仅仅因为她来自世界的另外一个角落，是一位种植园主的闺女。这些种植园主，我在我的图画书里看见的都是既有钱得要命又凶残得可怕的——而且我还不知道，她母亲并不是她父亲的妻子。关于这个女人的情况，我无从进一步了解。因此，我最爱把她想象成一个好看的黑女人，皮肤就像乌檀木，发间绕着一串串珍珠，胳臂上戴着亮锃锃的银镯子。

"终于，在2月里的一个傍晚，一辆马车停在了我家门外的台阶前。车上先下来一个白头发的小老头儿，他是一家与她父亲交好的商号里的伙计，受了东家的差遣，把小姑娘送给她的新监护人。他跟着就从车上抱下来一个让无数的帔巾和斗篷包裹得严严

---

① 指拉丁美洲。欧洲人在地理大发现时把西半球的拉丁美洲误认作了东半球的印度，后来干脆称它为西印度群岛。

实实的小人儿，牵着她郑重其事地走进我家里，简短而得体地讲了几句话，就把小姑娘托付给了参议老爷和参议夫人。可当她揭开面纱的一刹那，我是多么吃惊啊！她的皮肤不是黑色的，甚至连棕色也不是，在我看来，她甚至比我认识的任何一个小姑娘还更加白皙。我仿佛现在仍能看见，在母亲替她脱下镶着皮毛边饰的旅行斗篷的当儿，她如何睁着一双大眼睛，东瞅瞅，西看看。帽子和手套也摘去了，玲珑娇小的身躯整个儿从复杂臃肿的旅途装束中剥了出来，她终于以本来面目站在那儿，把手伸向我的母亲，微微有些踌躇地说：'你就是我的姑妈吗？'

"我母亲抚开垂在她额头上的漆黑漆黑的发卷儿，把她搂在怀中亲吻。这时我惊讶地发现，小姑娘对这样的爱抚反应极为热烈。接着母亲把我也拽过去。

"'这是我的儿子！'她说，'你好生瞧瞧他，燕妮。他模样儿挺俊的，只是性子太野了。这下子正好，有个小姑娘做他的游伴。'

"燕妮转过头来，把手伸给我，与此同时却向我投来如此狡黠的一瞥，好像想告诉我：'你好，朋友，咱们会合得来的！'

"接下来的几天已表明情况果真如此。对于这么个娇小轻灵的女孩子，没有一棵树太高，没有一处墙头太危险。她几乎总是和我们男孩在一块儿玩，而且在我们不知不觉间就成了大家的头儿，主要倒不是因为她的勇敢，而是因为她的美丽。在她的带动下，我才经常真叫闹翻了天，以致我父亲被吵得从书房中跑出来，用严厉的命令终止我们全部的开心乐事。燕妮和我父亲一直无法亲近，而和我母亲的关系却越来越亲密。父亲不懂得和小孩子打交道，在看着这个奇特的小女孩时，他的目光中似乎总带着疑虑。同样，燕妮也未能赢得约瑟芬姑妈的欢心，这位可敬而又颇为严厉的老处女，她督促我们完成学校作业的那个古板劲儿够叫人讨厌的。可是燕妮仍然没让她的巨大权威给镇住，相反倒很快对她开展了一场持久的游击战。可敬的姑妈从此不管走到哪儿，都随时得谨防踩上恶作剧的'地雷'，不是自己给吓一跳，就是引得人家哈哈笑。

"不过，燕妮干的也不仅是这种调皮捣蛋的事，我们还能在一起聊天。她知道各式各样的童话和故事，一讲起来就眉飞色舞，热烈地打着手势。这些童话和故事多数恐怕都是在寄宿学校听来的，但也有一些我相信还是产生在她那从前的故乡。因此，每当黄昏时分，人们经常可以在通往阁楼的楼梯上，或者在巨大的旅行箱里，在晦暗的光线中，发现我和她坐在一起。我们所待的地方越秘密，童话中所有那些奇异而可爱的形象，那些中了魔法的巨人，那位白雪公主，那个霍勒太太，他们就越加活生生地出现在我们的眼前。这种对于隐蔽的讲故事场所的酷爱，促使我们去不断发现新的藏身之地。是的，我记得我们最后选中了一只大空桶，就在离父亲的书房不远的打包间里。每天傍晚我补习完功课回来，一有可能就跟燕妮一起蹲在这个无比神圣的地方。我事先替自己的小提灯找了些蜡烛头，现在把灯放在膝头间，从桶内把搭在头顶上的一块大盖板重新拉严实，这一来两人就像坐在了一间与世隔绝的小房间里似的。晚上去找我父亲的人从旁边经过，听见桶里有叽叽咕咕的声音，没准还发现从桶内射出来的一线线亮光，就总爱去问寝室对面的那位老书记。可我们的老先生也说不清楚怎么会有这等怪事。直等到我们的蜡烛头点完了，或者听见女仆在大门口叫我们，我们才像两只黄鼠狼似的从桶里悄悄爬出来，赶在父亲离开书房之前，溜回自己的卧室去。

"只是关于她的父母亲，尤其是她的母亲，我们却从来没有谈过，仅仅一个礼拜天的早上是例外。当时我和小朋友们玩着'官兵捉强盗'的游戏。在我家住宅的旁边，花园的背后，从我祖父在世时起就立着一片空厂房，附带着许多黑暗的地窖和斗室，以及层层叠叠垒上去的小阁楼。其余的强盗早都在这迷宫中钻得不知去向。唯有我——我自然也是他们一伙的——还站在花园中犹豫不决。我想着燕妮，她往常总一块儿玩，而且在爬房顶和翻铁门时从不落在最彪悍的强盗后面，可今天约瑟芬姑妈硬把她按在座位上写作文，我知道她坐在里边的那间小屋的窗户正好朝着花园。这当口，我一边听见院子外边的大门口，官兵的首领正在对自己的部下训话，一边蹑手蹑脚地贴着围墙绕到房子跟前，在一丛迎春花的掩护下，探着脑袋朝燕妮房中窥视。

"只见她坐在作文本前边，一只胳膊肘撑在桌面上。然而，她看上去心不在焉，一只手埋在头上黑色的鬈发中，另一只手已将可怜的鹅毛笔在桌上捣得稀烂。在她的文具旁边，摆着约瑟芬姑妈的那个我们十分熟悉的银针盒，再过去一点，则摆着一块归我所有的大磁铁。突然，在她似乎无聊得要命地让目光往前一扫的一刹那，从她那黑色的眸子里射出来一道喜悦的光辉，把这两样东西好好用一下的某种想法看来已在她的小脑瓜里形成了。魂不守舍的怠惰一变而为专心致志的工作。她把约瑟芬姑妈的银针盒里的宝贝兜底儿倒在桌子上，然后在那儿，像个美丽的小妖精似的，一双眼睛又黑又亮，仿佛她已预先品尝到了恶作剧的快乐，看见那老处女把自己这些地道的英国针从盒子里取出来时，发现它们竟谜一般地纠结成了一团，又是惊讶，又是气恼。当她越来越带劲儿地干她那幸灾乐祸的勾当的时候，她的小脸上不断地泛起忍俊不禁的笑意，以至于雪白光洁的米牙也从红红的嘴唇中绽露了出来。

"我轻轻敲了敲窗户，要晓得，院子里已经响起官兵出发的号角声。燕妮怔了一下，可一认出是自己的伙伴时，她就冲我点了点头，赶紧把那乱七八糟的一堆放回到了约瑟芬姑妈的银针盒里。随后，她把黑发掠到耳朵后面，踮着脚尖跂到我面前。

"'燕妮，'我悄声说，'咱们玩"官兵捉强盗"！'

"她小心地推开窗：'谁装强盗，阿弗雷德？'

"'我和你，其他的早已藏好啦。'

"'等一等！'她立刻悄悄溜回去，推上了通往起居室的房门的插销。'回见，约瑟芬姑妈！'她迅速回到窗口，轻轻一跳就站在了花园里。

"那是一个美丽的春日，花园和院子里都阳光灿烂。一株株把枝丫高高地铺开在屋顶上的老梨树缀满了白色的小花，花间的嫩叶则泛着绿色的亮光，然而在底下的小丛林中，枝丫间才稀稀落落地吐出绿色叶片，燕妮的白裙子很可能使我们暴露。我抓住她的手，拽着她钻过树丛，紧贴着墙根往前走，在听见前面一幢厂房的过道上已响起官兵的脚步声的危急关头，我俩便穿过一道园门，溜进了靠里边的那所附属建筑。在它最高一层的阁楼上，就修建着我的鸽舍。等站在了半明不暗的楼梯上，我们才算舒了一口气，我们侥幸地逃脱了。于是我们继续往上爬，先上了第一层阁楼，然后又上了第二层阁楼。燕妮在前边，我几乎跟不上她。我感到很惊讶——这我现在还记得——她那双灵巧的小脚在我面前走得稳稳当当的，几乎没有一点声音，简直就像飞上那无数的梯级一样。在爬上最高一层阁楼后，我们便小心翼翼地把吊门放下来，并且把一根上帝才知道怎么会躺在这偏僻阁楼上的又粗又长的圆木滚过去，压在门上。霎时间，我们听见了旁边鸽舍中的鸽群飞进飞出的振翅声。随后，我俩一道在圆木上坐下来，燕妮用手托着自己的小脑袋，黑色的鬈发垂到了脸上。

"'累了吧，燕妮？'我问。

"她抓起我的手，把它按在她的胸口上。

"'你看看，跳得多厉害！'她说。

"这当儿，我无意间瞅了瞅她那抓住我的白而细长的手指，蓦然觉得有什么与我平常看见的不一样，但又不知道究竟是什么。我思索着，终于看明白了。她指甲根部的那些个小小的半月形，不像我们其他人似的更鲜明一些，而是呈淡蓝色，比其余部分更暗。我当时尚未从书本里得知，这往往是美洲国家那些十分漂亮的贱民的一个特征，即便在她们的血管中仅仅只有一滴黑奴的血液。眼下它令我迷惑不解，目光像被吸住了似的无法移开。

"终于,她可能也发现了,因为她问我:'干吗老盯着人家的手瞧?'

"我恍然省悟,让她问得很不好意思。

"'你自己看!'我说,把她的手指头全部并排起来,使那些原本是粉红色的指甲盖看上去就像一串莹洁的珍珠似的。

"她不明白我的意思。

"'你这儿这些小月亮怎么会是黑的?'我又说。

"她仔细地端详着自己的手,并与我伸过去的手进行对比。

"'我不晓得,'她随后回答,'在圣克洛克斯岛上的人全这样。我的母亲还要黑得多,我想。'

"此时我们听见,从楼下的某一处地窖中,远远地传来了可能是'强盗'与'官兵'进行格斗的喧闹声,不过离我们的藏匿所还有相当的距离。我的思想转到了另一个方向。

"'干吗你不待在自己母亲身边呢?'我问。

"她又把小脑袋撑在手上。

"'我想,人家要我学点东西。'她淡漠地回答。

"'难道在那儿就什么也不能学?'

"她摇摇头。

"'爸爸说,那儿的人讲话土极了。'

"我们的阁楼里突然安静得要命,光线也变得朦朦胧胧的,几扇小窗全让蜘蛛网给遮住了,只从面前揭去了一块瓦的屋顶上透进来少许阳光,而且仅仅是在那棵大梨树繁茂的枝叶容许它通过的情况下是这样。燕妮默默地坐在我的旁边,我端详着她的小脸，这脸非常白皙，只是在眼睛下边，有一点异样的暗影。

"冷不丁儿，她动了动嘴唇，自顾自地大声笑起来。我忍不住也跟着笑了，可马上问她：'你笑什么来着？'

"'它很不喜欢爸爸！'

"'谁呢？'

"'妈妈的长尾巴猴子呗！'

"'你爸爸对它不好吗？'

"'好！——我不知道——他每次上我们家去，它都偷他衬衣褶襞中的钻石别针！'

"'你爸爸不和你们住在一起？'

"她摇摇脑袋。

"'他经常只是夜里才来，他住在城里的一幢大房子里。是妈妈告诉我的，我没有去过那儿。'

"'这样！——那么你们又住在哪儿呢，你和你妈妈？'

"'我们住的地方也挺美。在城外，房子周围是一片花园，高高的，在大海湾上边，门前是一条有许多圆柱的长廊。我和妈妈常常坐在那里，我们看得见所有从海上驶来的船。'她沉默了一会儿。'啊，她真美，我的妈妈！'她骄傲地说。然后她放低语调，几乎是哀伤地补充了一句：'她额头上的黑色发卷儿真是再漂亮不过了！'话刚出口，小姑娘已伤心地哭起来了。

"过了一会儿，我们听见楼下响起杂沓的脚步声和'官兵'们吹铁皮喇叭的声音。他们像是停在了第一层阁楼的楼梯口，正在商量主意。我跳起来，东瞅西瞅。我们没有考虑到，这儿毫无退路。

"'咱们必须抵抗,'我低声说,'咱们给包围啦。'

"燕妮飞快擦干泪水。

"'还没有,阿弗雷德!'说时她指了指屋顶上那个窟窿,'你得从这儿爬出去,然后抱住老梨树溜到花园里。'

"'这不行,我不能丢下你!'

"'嚯!'她高叫一声,'我才不会叫他们逮住哩。'边说边仰起头去望着屋顶下那个最黑暗的角落。'快,帮我一把!我要爬到顶上那根横梁上头去,然后我就可以看见他们怎样在底下奔来奔去了!'

"这主意挺棒。没过几秒钟,她就在我的帮助下,攀着一根根桁木往上翻,最后终于骑在了黑洞洞的屋脊下边那根最高最高的小横梁上。

"'瞅得见我吗?'当我又站在地上后,她大声问。

"'喂,我瞅见你的白手啦。'

"'还瞅得见?'

"'不,什么也瞅不见了。'

"'那么快,快离开!'

"然而屋顶上的窟窿太小。我再拔掉一块大瓦,硬把身子挤过去,要知道来缉拿'强盗'的'官兵'已经大声吆喝着冲到了吊门下,我听见那根沉重的圆木已经在动了。

"我已不记得是怎么搞的,可是刚一爬到外边,我就感觉脚下的屋瓦在往下掉,我的身体也滑动起来,树枝击打着我的脸,四周响起一片噼里啪啦的声音，幸好我在越来越快地往下掉的当口，抓住了一根树枝，我就挂在这根树枝上急速下沉。与此同时，便有不少屋瓦打我身边飞过，摔碎在花园中的地上。终于，我也重重地一下子着了地，随后就几乎是人事不省地躺着不动了。

"当我抬起眼时，看见在我头顶上的花枝间有一对因为惊恐而张得大大的眼，还有那美丽的小姑娘的黑色发卷。她把半个身子都探到了破烂的屋顶外，从上面俯瞰着我。为了向她表示我还活着，或者说更主要的是为了表示我的勇敢，我拼足劲儿冲她大笑了两声。可当我随后一转头，便瞅见了我父亲严厉的面孔。他两眼紧盯着我，看样子更多的是气恼，而不是担心。约瑟芬姑妈也远远地出现了，在她那吓得僵住了的手里，拿着永远都少不了的编织活计。我直到今天还不明白，燕妮怎么会那么快就从楼上来到了我们身边。她一下扑到我身上，开始把耷拉在我脸上和太阳穴上的头发抹开，可这时父亲却猛地伸过手来，像是要将我从地上拽起的样子，没想到燕妮竟腾地一下跳了上去。

"'你，'她吼叫着，小身躯整个都挺直了，'不许碰他！'她把捏得紧紧的小拳头伸到父亲的面前，眼睛里边像要喷出火来似的。

"父亲往后倒退了一步，习惯地闭紧了嘴唇，把双手背在背后，一转身径自回书房去了，一边走一边在嘴里叽咕些什么。我恍惚听见，他好像说了句：'绝不能这样下去。'

"这当口，母亲也来到花园里，燕妮飞快向她奔去。我看见慈祥的妇人如何把她激动得不住哆嗦的小身躯紧紧搂在胸前，轻声安慰着她，说了些什么我却没有听见。

"打这天起——我如此认为——在我俩心中不自觉地产生了一种难舍难分、相依为命的感情。这就播下了一粒种子，这粒种子虽然沉睡了许多年，但后来在月光下却开出童话般的蓝色花朵，这花朵的芳馨眼下还令我心醉神迷。

"叫我怎样给你描述那些个琐碎而难以捉摸的小事呢！在接下来的一些天，每当要吃午饭，父亲命令我去拉铃叫女仆的时候，他的话还没来得及完全说出口，燕妮肯定就已经抓住了铃绳。她这样做只不过为了不让我一瘸一拐地走去，这会使大家又想起那天的倒霉事。

"然而好景不长，坏消息传来：已为燕妮找到一所新的寄宿学校，分别的日子就要到了。我还记得清清楚楚，我坐在我们的老梨树上，心里说不清是怀着悲哀还是恼恨，一个接一个地把那些尚未成熟的梨子从枝头拽下来，向着邻居阁楼上那些无辜的窗户掷去，直到脚下窸窸窣窣的声音引起我的注意为止。低头一瞅，看见燕妮身穿中国南京产的黄棉布的旅行斗篷，正一根树枝又一根树枝地向着我爬上来了。到了上边，她用一条胳臂搂着树干，随后从衣袋里掏出一枚小小的戒指来，把它套在我的手上。她一语不发，只是用她那双大眼睛极其哀伤地望着我。我这个懂事又不懂事的傻小子，一切都随她的便。我的手指经戒指一装饰好看多了。可是等我穿过宅子，赶到大门口，马车已经跑远。我只看见一条白色的小手绢，在朝留在后面的我们频频挥动。

"这下子我才突然感到惘然若失,盯着自己手上的小小纪念品出了神。那是只镶嵌着玳瑁的金戒指——我当时不知道,燕妮是把自己手头最珍贵的东西赠给我了。"

阿弗雷德在讲故事时已把雪茄放到一边。

"你不抽烟,"他说,"可我不能看着你这么傻坐着,你得有点什么消遣的东西才是。"说着,他打开一只放在旅行箱旁边的盛酒瓶的匣子。转眼间,我手里已端着一只磨花玻璃杯,杯中香气四溢。

"阿利坎特[①]的葡萄酒!"阿弗雷德说,"这儿还有用麝香草包起来的无花果!我了解,你像那位原始医学的发明者[②]一样,喜欢吃甜美可口的东西。这是燕妮的父亲送的礼物。当我几天前离开他时,他把它们为我亲手打了在行李里。"

"可你没有讲到你哥哥。"当阿弗雷德重新坐到我身旁时,我向他指出。

"我哥哥汉斯当时在一所离家很远的农艺学校里念书,可他后来也认识了燕妮,"阿弗雷德回答,"因为他的妻子和燕妮同在一所寄宿学校里待过,燕妮在中学毕业后留在了那儿。我自己呢,是十年后才见到了她。

"那是在去年的6月里。你知道,我当时替某位富有的伯爵夫人在她的村子里建了一座小聚会厅,到头来却染上了在那地

[①] 濒临地中海的西班牙省份,以盛产葡萄酒著称。
[②] 似指古希腊医学家希波克拉底(约前460—约前370)。

方开始流行的伤寒病。我得到很好的护理,然而却远离故乡,生着两条瘦骨嶙峋的长胳臂的那位老兄①巴不得将我抓去。我父亲那会儿留在家中由约瑟芬姑妈照顾,我母亲则住在我哥哥的庄园里,她自己也病倒了,只好忍痛把照护儿子的事托付给别人。现在眼看着我们两人都快痊愈了,我打算再过几天就踏上归程。哥哥的庄园我还不曾去过。它是他临结婚前才从某人的遗产中买下来的。此人的祖先是位富有的法国流亡者,据说不只邸宅是他建的,而且邸宅周围的巨大园林也是按照安德烈·勒诺特尔②的风格布置起来的。母亲来信称,这片园林的一大部分,即所谓林苑,眼下尚完好无损,甚至于那些以路易十五宫里的美女当模特的优美雕像,还像着了魔似的静静地立在这儿那儿的水池前、幽径边,被高高的树墙所隔离和掩藏着。

"眼看就要动身了,我生性开朗的嫂子又寄来一封信。'你来了,'她写道,'咱们就可以一块儿读读儿童故事。我有一些生动的插图,其中一幅上画着个强盗未婚妻,美丽白皙的小脸,头发乌黑乌黑。她垂头丧气地坐在那儿,凝视着自己右手的无名指,因为这指头上曾经戴过一枚戒指,她把它送给某个不忠实的"强盗"了。'我拿着这封信,腾地一下跳起身,在自己的行李中东翻西翻,终于翻出那个我保存各式各样小珍宝的象牙匣儿来。燕妮的戒指也在里边。它上边拴着一条黑缎带,因为在那次分别后

---

① 指死神。
② 安德烈·勒诺特尔(1613—1700),法国园林风格的创始人。

的头一段时间,我自然是十分秘密地将它戴在胸前。后来它又跑到小匣子里和其他宝贝在一起了。这匣子我也是早就有了的。现在我又做了小时候曾经做过的事,仿佛非这样不可似的。我自我解嘲似的笑了笑,把戒指重新挂在脖子上。"

"你在回去时不要怕绕那一点儿弯路!"阿弗雷德中断了自己的回忆,"那座庄园离此不过半英里①。再说,汉斯告诉我,你早就答应了去看他们。你将会发现,它的的确确如我母亲信里写的一样。

"去年6月里的一天午后,我终于离开烈日暴晒下的公路,驶进了通往庄园的林荫道里,道旁耸立着一色的栗子树。不一会儿,马车果然停在了一幢宫殿似的邸宅前,建筑风格是所谓的五斗橱式,层层叠叠的装饰显得有些臃肿,不过突出而分明的轮廓和富于立体感的浮雕都给人留下强烈的印象,在我心中唤起了对那个已经逝去的伟大而辉煌的时代的记忆。汉斯和他的格蕾特在台阶上迎接我。当我们穿过宽大的过厅时,他们示意我讲话轻一些,因为这会儿母亲还在睡午觉。

"我们走进一间正对着大门的敞亮的大厅,通过厅后两扇洞开着的门,到了外边的露台上。台下伸展着一大片草坪,无论从哪个方向,都要高声喊叫,声音才传得到另一面。绿茵之间到处都生长着一丛丛茂盛的玫瑰,有高茎的,有矮茎的,眼下都正好争妍斗艳,盛开怒放,空气中充溢着馥郁的香气。草地背后是

---

① 1英里约等于1.6千米。1英尺约等于0.3米。——编注

一片小丛林，它和草坪一样都显然是新近才培植的。但从此再往前，在已经相当远的地方，则耸现出故主人所布置的林苑，高高的树墙，修剪得齐齐整整。花园本身多宽阔，林苑就有多宽阔。这一切都在午后灿烂的阳光辉耀下，展现在我的眼前。

"'咱们这乐园怎么样？'年轻的嫂子问。

"'叫我还有什么好说的呢，格蕾特？——你丈夫拥有这座庄园多久了？'

"'我想到上个月已经两年了吧。'

"'怎么咱们讲求实际的庄园主竟容忍如此浪费土地呢？'

"'嗨，哪儿的话，可别摆出只有你一个人才懂得什么叫诗意的架势啊！'

"我哥哥笑了起来，道：'不过他说得对，格蕾特！——事情嘛是这样的，阿弗雷德，我没有权利动这些美好的东西，契约上明明白白地写着。'

"'感谢上帝！'

"'我才不哩。在一片小池塘中还站着尊维纳斯，地道的路易十五时代的款式。本来我可以拿它卖一大笔钱，可是——就像刚才说过的！'

"这当口格蕾特突然抓住我的手。

"'快看！'她大声说。

"在我身后的门槛上，站着一位穿着白纱裙的少女，我一眼就认出来是谁：仍然是西印度群岛的庄园主的女儿那双显得异样的眼睛，只是黑色的鬈发不再执拗地纷披在头上，而已经盘成一个光亮的髻子，这髻子大得几乎快叫她那柔嫩的脖子承受不住似的。

"我迎着她走去，但还没来得及开口，我的性格豪爽的嫂子已经插到我俩中间。

"'等一等！'她朗声道，'我在你们的嘴上已经看见"您"啊、"燕妮小姐"啊，以及一切诸如此类的称呼，这就破坏了咱们的家庭气氛。因此先想想那株老梨树吧！'

"燕妮用一只手捂女朋友的嘴，另一只已伸给了我。

"'欢迎你，阿弗雷德！'她说。

"我已有许多年没听见她的声音了，正因此，她那和当初完全一样的呼唤我名字的特殊语调更深深打动了我。

"'谢谢你，燕妮，'我回答，'你声音听起来还完全跟小时候一样，不过，你想必也是很久没有叫过这个名字了吧。'

"'我再没碰见过其他的阿弗雷德，'她答道，'而你呢，又总是躲着我。'

"我还未来得及答复她这指责，格蕾特已强行把我俩拆开了。

"'行啦行啦，'她嚷道，'喏，燕妮，你去帮我烧咖啡，要晓得他是远道而来的，再说母亲马上也会醒了。'

"说话间，母亲果然已跨进门来，和她的重逢使我的心大为震动。她原以为再也见不着自己的儿子了，眼下便把我紧紧搂在怀里，亲吻着我，不断地抚摸我的双颊，就像我还是个孩子似的。随后，我站起身来，准备领母亲到一把扶手椅跟前去，却一眼看见燕妮靠在一个柜子上，脸色苍白，热泪盈眶。当我们打她面前走过时,她身子猛一哆嗦,端在手里的一只瓷碗便掉到地上,摔了个粉碎。

"'啊,请原谅,原谅我,亲爱的格蕾特!'她叫出声来,同时抱住自己的朋友。

"格蕾特温柔地领着她出房去了。

"我哥哥微微一笑。

"'怎么一下子就激动成这模样!'他说。

"'她太富于同情心了,汉斯!'我母亲慈祥地望着她的背影,说道。

"格蕾特回到了房间。

"'咱们让她独个儿待一会儿,'她说,'这可怜的孩子本来心情就不平静。她父亲写了信来,他最近几天就会到这里,然后要她跟他一道上皮尔蒙特①去。'

"这时我才知道,那位阔绰的庄园主迄今无所事事,有心在去温泉浴场休养以后搬进一座新造的宅邸,并让他的女儿充当女主人的角色。——格蕾特看来对他不怎么友好。

"'他算是燕妮的父亲,'她说,'可是——啊,我真恨他,真恨这个手一伸就可以为自己的女儿花几千几万,然而他对她的人格却一丝一毫也不尊重的家伙。是的,汉斯,'她继续说,这时她的丈夫温柔地抚摩着她金黄色的头发,像是想平息妻子的怒气似的,'你只要读一读他通常给燕妮回的那些信中的任何一封就

---

① 德国著名的温泉疗养地。

够了，至少，我是无法将它们与收据发票什么的区分开。'

"我母亲握着年轻嫂子的双手。

"'喏喏，咱们的格蕾特也激动了。'她说，'我认识这个男人，就是说，在早些年。可他后来不得不跟艰难的生活做斗争，这样一来，某些在我们其他人是温暖的感情，在他那里就变成冷冰冰的了。——情况看来经常就是这样。'

"随后，我们坐到一起。应我的亲人们的要求，我再一次讲述了我已在信中向他们报告过的一切。这时燕妮也回到房里，悄悄地坐在格蕾特身边。

"晚上，在做了亲切的长谈之后，汉斯把我领进了楼上的卧室。他走了，我躺在床上久久不能入睡，但心里却感到恬适惬意。要知道，在窗前的花园中，夜莺正放开歌喉，在小树林里婉转啼鸣。

"我醒来时，房间已为夏日的晨光所照亮。一种身体康复和生命充实之感，像暖流似的融贯我的全身，在我几乎是从未经历过的。我穿好衣服，推开窗户，窗下如茵的草坪还披着朝露，迎面则飘来玫瑰的芳香，新鲜而带着清晨的凉意。我的怀表指示着六点，离共进早餐还有一小时。我再一次环视房中，据格蕾特打趣地悄悄地告诉我，在我到来之前这儿曾是我那'强盗'未婚妻的秘居。果真不假，在我拉开来的一只梳妆盒的抽屉里，躺着一小块玫瑰色的绸子，绸子中紧紧缠着一束乌亮乌亮的长发，我好不容易才把它解了出来而没有扯坏。接着，我在床头的搁板上又发现一些写着燕妮的名字的书，便开始翻起来。第一本是年轻女孩子都有的那种纪念册,里边抄满了各式各样的诗句,内容大都很平淡。然而在平淡之中也有不平淡的,正如苜蓿地里藏着带刺的蓟草。映入我眼帘的第一棵蓟草就是:

> 我是一朵玫瑰,请快将我采摘;
> 我的根儿裸露,饱经风雨侵害。
> 不,别碰我啊,不,请你走开;
> 我不是一朵花,不是一朵玫瑰。
> 风抓住我,我的裙儿乱飘乱舞;
> 啊,我只是个无家没娘的女孩。

"在最后一句下边画了两道着重线,在纪念册里同样意思的诗行还有好多好多。

"我放下纪念册,拿起另一本书。我大吃一惊,手中翻开来的竟是西尔菲德的《种植园主生活纪事》,而且恰恰是绘声绘色地描写那些有色女人的部分。这些优美的生灵,作者几乎不完全承认她们是人,但又把她们描绘得那么富有魅力,简直成了诱使外来的欧洲移民堕落的妖精。在这本书里,有些地方也画上了铅笔道,而且常常画得非常重,以致书页都破损了。我蓦然想起许多年前曾与小燕妮进行过的那次谈话,当初她轻松愉快地保存在自己幻想中的一切,如今都势必打上了深深的痛苦的印记了吧。

"我站起来,眺望窗外,这时她正在下边的碎石路上漫步。她仍像昨天一样穿着条白纱裙。在那些日子里,除了白纱裙,我就未见她穿过别的什么衣服。

"一会儿,我也到了下边的花园里。她走在我面前的一条宽宽的石径上。石径从露台开始,绕着草坪转了一圈。她走得很快,手里提着用绸带系着的草帽荡来荡去,内心似乎挺不平静。我停下来,目送着她。等她不久又走回来时,我便迎上前去。

"'请原谅,要是我打扰你的话,'我说,'我没有忘记小燕妮,可我更急于认识大燕妮。'

"她马上用她那乌黑的眼睛凝视着我。

"'可这变化是很不幸的啊,阿弗雷德!'她回答。

"'我希望压根儿没有变化。昨天你已经暴露自己:你仍然完全是从前那个情感热烈的小燕妮,我甚至觉得你黑色的头发又会从髻子里跳出来,变成儿时一样的那么多小卷卷儿,披散在额头上。而且,'我继续说,'让我告诉你吧,你那同情心的下意识流露,使我多么感动啊。'

"'我不明白你的意思。'她说。

"'喏,燕妮,在我母亲拥抱她的儿子的当儿,你手里的瓷碗掉了,这不是同情心又是什么呢?'

"'这不是同情心,阿弗雷德。你把我想得太好了。'

"'那究竟是什么呢?'我问。

"'是嫉妒。'她冷冷地说。

"'你讲什么哟,燕妮?'

"她不再吭声,可在我俩肩并肩继续向前走去时,我发现她用自己洁白的牙齿紧紧咬着红色的嘴唇。接着,她再也控制不住自己。

"'唉,'她大声道,'你不理解,你还没失去母亲!而且——啊,失去的是一个仍然活在世上的母亲!——我一想到自己曾经是她的孩子,我的脑袋就感到晕眩。要知道,她现在仿佛只生存在我脚底下的深渊里面。不管我怎么不断地拼命想啊,想啊,我都再不能从遗忘的混沌中把她那美丽的脸庞唤出来。我唯一还看得见的就是她那苗条可爱的身躯,看见她跪在我的小床旁边,嘴里哼着一支奇异的歌,用温柔的黑天鹅绒一般的眼睛望着我,直至我再也抵抗不住睡梦的袭击。'

"她默然了。我们重又朝房前走去,却见我的嫂子站在露台上,正用手绢向我们挥动。我抓住了姑娘的手。

"'你觉得不认识我了吗,燕妮?'我问。

"'认识,阿弗雷德,而且对于我来说,这乃是一种幸福。'

"我们登上露台,格蕾特冲我们晃动着食指,笑嘻嘻地吓唬我们。

"'要是二位还需要人间的饮食的话,'她说,'那就马上给我到茶桌旁边去!'说着她便把我们赶进了大厅。在厅中,我们看见母亲已经在和自己的大儿子谈话。此时此地,在如此亲切的气氛中,适才还紧紧笼罩在燕妮年轻的脸上的阴影散了,或者说它们至少已经从表面上消退,消退到不可见的内心深处。

"午后,我找到机会和燕妮一起回忆我们共同读过的那些儿童故事,她又爽朗而开心地笑了。不止一次,我试图将话题从我的母亲身上引到她的母亲身上,她都要么闷声不响,要么扯起别的什么来。

"后来,暑气消减了,我哥哥便叫我们和他妻子一块儿到大草坪上去打羽毛球。这是他礼拜天的一项消遣,因此严格坚持进行,不肯稍有懈怠。他让人搬了一把圈椅到露台上,以便母亲坐在那儿观看。

"说起打球,燕妮真叫在行。她那一双敏慧的大眼睛紧盯球,两只脚在草坪上时前时后,时左时右,轻盈得就像飞一样。接着,在恰到好处的一刹那,她一挥手臂,球拍就击中迅速下降的球,使它又像长了翅膀似的飞回到空中。有一次,她打得高兴,甚至忘情地把球扔了出去,并且大声喊叫起来:'它飞了,它飞了!追上去,追上去!'边喊边冲过草坪,手指头还在头顶上弹得嗒嗒响,像是招呼什么人似的。或者,当她弯下腰去救球,或者,当球被我哥哥有力的手臂一下子击到了她的身后时,你真得看一看,她那满头乌丝的脑袋如何飞快地往后一仰,柔软的腰肢也跟着美丽的头颅的摆动而轻捷地转了过去。我的眼睛让她完全给吸引住了,在这些有力而又优美的动作中,有点什么东西使人不知不觉地想到处于自然状态的原野。我好心的嫂子看来也为这野性完全倾倒了。趁燕妮还在追逐球时,她跑到我跟前来,咬着我的耳朵说道:'瞧见她啦,阿弗雷德?你该是睁着眼睛的吧?'

"'嘿,我眼睛睁得才大呢,格蕾特!'我回答。

"她听了,瞅着我再亲切不过地笑了笑,神秘地说:'她呀,我只给一个人,听好了,在全世界只给唯一的一个人!'

"这当口母亲却已在叫我们,对我们说:'够了,孩子们!

燕妮随即蹲在老太太脚边。她抚摩着姑娘发烫的脸颊,唤她作她的'宝贝儿心肝'。

"晚饭后,大吊灯已经点亮,母亲已回房安息,我则陪着两位年轻女子坐在大厅中朦朦胧胧的一角的一张沙发上。我哥哥到自己房中处理某些急务去了。通露台的两扇门敞开着,晚风阵阵吹送进来,抬眼望去,在黑魆魆的树林顶上的深蓝色夜空中,已经是繁星点点。

"格蕾特和燕妮沉浸在对她们寄宿学校生活的回忆中,两人谈得津津有味。我呢,只需要在一旁听着。我们这么坐了好长时间。可是,当格蕾特喊出'啊,那时候真幸福'的瞬间,燕妮便默默地垂下了头。她把头垂得如此低,我甚至看见了她那闪亮的乌发中间的头路。

"随后,她站起身,朝着敞开的厅门走去,在门口停了下来。这当儿,我哥哥把嫂子唤到隔壁房间去了,我于是踱到燕妮身边。厅外的花园已经被如水的月光笼罩着,空气里充满了馥郁的清香。在朦胧的草地上,这儿那儿都有一朵玫瑰对着正在升起的月亮仰起脸儿,看上去熠熠生辉。在小树林背后,林苑的一部分高高的叶墙呈现出淡蓝色,而通到那儿去的一条条小径却是黑沉沉的,显得十分神秘。燕妮也好,我也好,谁都不想讲话。这么静静地待在她身旁,望着外边引人无限遐思的月夜,我心里异常甜蜜。

"只有一次,我说:'我觉得你身上少了一件东西,你那可爱的调皮捣蛋劲儿到哪儿去了呢?'

"她回答：'是啊，阿弗雷德！'——从她的声调中，我听出她在笑——'要是约瑟芬姑妈在这儿就好啦！那没准儿，'——她的语气突然变得严肃起来——'我会以另外的方式来动我的脑筋的。'

"我无言以对。和昨晚一样，远远近近都有夜莺在鸣啭。在它们停止歌唱的一瞬间，四周是如此静，我简直觉得听见了露珠从星群中掉下来，滴落在玫瑰上的声音似的。我不知道这么待了多久。冷不丁儿，燕妮挺直了身子，说：'晚安，阿弗雷德！'说着，把手伸给了我。

"我真想留住她，可是只说了：'再给我一只手！——不，这儿，给我左手握！'

"'已经给你握了。干吗非得左手？'

"'干吗吗，燕妮？——这样我就不需要把它给别人了。'

"燕妮已经离去，但在玫瑰丛中，一只只夜莺仍在不断地歌唱。

"那些像珍珠串一般美好的日子中断了，接下来的一天至少对于我是黯淡无光的，因为，燕妮一不在身边，我就只能是这样。她说过，她早就决定要去邻近的一个庄园做客。她一大早就乘从我哥哥的庄园前经过的驿车上那儿去了，说好要晚上很晚才回来。

"上午，在母亲房里，我与她静静地交换思想，谈自己未来的打算，如此把时间消磨了过去。下午，我跟着哥哥去看了田畴、草场、旷野和泥灰坑。然后，格蕾特给我讲了他们有趣的订婚的历史。随着夜色渐渐地浓起来,我的心越来越不平静,亲人们讲的话已经没心思听了。——母亲回卧室去以后,我便倚着敞开的厅门,站在与燕妮昨晚并肩站过的地方。放眼望去,越过草坪,只见丛林背后,林苑的树墙远远地立在淡蓝色的月光中,烟笼雾罩,缥缈神秘。由于一些偶然的原因,我至今还未到林苑中去过,眼下,它那些浓黑的阴影比昨晚还要强烈地吸引着我,而正是在这些阴影的映衬下,通往其中的路径历历可辨。我恍惚感觉到,在那叶与影的迷宫里,定然藏着这夏夜最甜美的秘密。我回首厅中,看是否有谁注意我。随后,我轻轻步下露台,到了园内。月亮刚刚从橡树和栗子树的树冠后爬上来,还照不到它们的东边。我绕过草坪,走的正好是那完全笼罩着阴影的一侧。我在路边顺手摘下一朵玫瑰,它湿漉漉的,已经带着露水。我进了房子对面的小树林。石径在灌木丛的小草坪中弯弯曲曲,显然没依任何规则。黑暗中,这儿那儿,还有一丛丛白色的迎春花闪现出来。一会儿以后,我踏上了一条横在我跟前的宽宽的大道。大道的另一侧,在月光中,就耸立着那古老的园林艺术所造就的树墙,明朗而又端庄。我伫立、翘首,每一片叶子都看得分明,从那叶簇中,时不时地还有一只大甲虫或夜蛾飞到月夜中来,在我头顶上嗡嗡盘旋。正对着我,有一条小路通进林苑深处,是否就是刚才诱使我走下露台,到它的阴影中去的那一条,我已无法断定,因为树林挡住了我的视线,背后的邸宅已经看不见了。

"我走在寂无人迹的小径上,心中时时涌起梦一般的恐惧,好似我已将返回的路径迷失。立在两旁的树墙又密又高,我像与世隔绝,能看见的仅仅还有头顶上的一小块苍穹。在两条道路的交会处,每每是一片小小的开阔地,走在那儿,我总不免顿生错觉,仿佛从对面的幽径中,随时可能有一位纤腰广裙、扑着发粉的美人儿,与一位1750年的时髦哥儿手挽着手,款步来到月亮地里。然而四周仍旧是一派岑寂,只有夜风偶尔穿过叶簇,发出低声的叹息。

"走过几条纵横交错的小路以后,我来到一片水池边上。从我立足的地方望去,水池大约长一百步,宽五十步,与四周包围着它的树墙仅仅为一条宽宽的石径和岸上零零落落的大树所隔开。幽深的水面上,这儿那儿都是泛着白光的睡莲。睡莲之间,水池中央,在一个刚刚高出水面的基座上,孤独地、静静地站着大理石的维纳斯像。四周鸦雀无声。我沿着湖岸走去,直到面对面站在离雕像尽可能近的地方。这显然是路易十五时代最美的艺术作品之一。维纳斯伸出一只赤裸的脚,使它悬在贴近水面的空中,像是立刻要浸进去的样子。与此同时,她一只手撑在岩石上,一只手捏着胸前已经解开的衣襟。从我站的地方看不清她的脸,她把头扭到了后面,像是想在赤身裸体地跳进水波之前,搞清楚有没有讨厌的偷看者。

"雕像的动作情态是如此逼真,加之它的下半部隐藏在阴影中,大理石的雪肩却在月光温柔的抚摸下熠熠闪光,我真的就觉得我业已偷偷进入了一片禁止凡人涉足的圣地的深处。在我背后的树墙边立着张木头靠椅,我坐在上边,久久地凝望着那美丽的女神像。不知是动作中有某种相似之处呢,还是这美丽的形象拨动了我的心弦,望着望着,我禁不住一次次地想到燕妮。

"终于,我站起身来,继续信步走去,在一条条幽径中胡乱转了好长的时间。距我刚才离开的水池不远,在一处生长着低矮的灌木丛的场地上,我发现一个大理石的基座上还留着第二尊雕像的残肢。那是一只肌肉发达的男性的脚,很可能曾经属于一位独眼巨人。要真这样,我那位当语言学家的表兄的话就有道理,据说他曾把方才那尊大理石像解释为一位水泽女神,她为了躲避这个粗野的神之子的狂热追求,正想逃进海洋里去。

"那尊雕像在我眼前活了起来。到底是水泽女神或是爱神维纳斯,我渴望自己去解决这个疑问,因此,我打算退回到刚才的那个地方去,更加冷静地进行观察。谁料我走来走去老半天,就是到不了刚才的水池边。终于,在从一条小路折进一条宽宽的林荫道时,我在它的尽头处看见了粼粼的水光。过了一会儿,我相信我又站在曾经站过的岸边上了。奇怪的是,我竟然还是走错路了。我简直不再相信自己的眼睛:在池塘的中央,尽管那基座还突出在水面上,尽管朵朵睡莲仍如方才一样在幽深的池水间泛着白光,但立在那儿的大理石神像却不知去向。我莫名其妙,呆呆地瞪着那空座子出了神。过了好一阵,我才抬起眼来朝水池对面的远处望去,蓦地却看见在那高高的树墙的阴影中有一个白衣女郎的身影。她将身子倚在池畔的一棵树上,像是低头凝视着水中。眼下她想必是动了动,因为尽管仍然完全处于阴影里,月光却已在她白色的衣裙上嬉戏跳跃。这是怎么回事?是古代传说中的神仙又出来巡行了吗?如此一个夜晚的确有这种可能。在白色的睡莲之间，倒映着天上的点点繁星。叶簇中，露珠滴滴答答往下掉。从临着池畔的树上，时不时地更有一滴落进了水中，发出悦耳的声响。从远远的花园中，还送来一声声夜莺的鸣啭。我沿着阴影中的一侧绕过池塘。等我走得近了，那白衣女神方才抬起头来，而面对着我的竟然是燕妮那美丽白皙的脸庞，让月光辉映得如此明亮，我连她那红唇之间泛着蓝光的皓齿也看得清清楚楚。

"'是你，燕妮！'我失声喊出来。

"'嗯，阿弗雷德！'她回答，同时向我迎上来。

"'你怎么到这儿来了？'

"'我是在花园的后门下的车。'

"'我本来想，'我低声说，'该是那边那位女神从座位上走下来了吧。'

"'她也许早已走下来了，或者说倒下去了，我在那儿从未见过她。'

"'可我一刻钟前还看见她的呀！'

"她摇摇头。'你刚才是在那边的另一片池塘边上，眼下石像还站在那里。这儿没有女神，阿弗雷德，这儿只有一个渴望得到帮助的可怜的人儿。'

"'你，燕妮，需要帮助？'

"她连连点着头。

"'要是你，要是你像你昨天对我讲的那样，还真的相信自己是了解我的话，那你就说出来，你需要的究竟是什么？'

"'钱。'她回答。

"'你——钱,燕妮!'我惊异地打量着这位大富豪家的小姐。

"'别问我用来干什么,'她说,'你很快自会知道。'说完,她从袋里掏出手绢,从手绢中取出一件首饰。当她把这首饰伸到月光中的刹那,我看见它闪闪发亮,原来是一些精工镶嵌在一起的绿宝石。'我没机会卖掉它,'她说,'你愿意明天去为我试一试吗?'我迟疑了一下,她赶紧又道:'不是一件礼物甚或遗物,我当初是省下自己的零花钱买到它的。'

"'可是,燕妮,'我忍不住问她,'你干吗不找你的父亲想办法呢?'

"她摇摇头。

"'我想,'我继续说,'他对你的关心是挺多的。'

"'不错,阿弗雷德,他为我花的钱——是挺多!'她的声音里饱含怨恨,激动地接着说,'这个人,我不能去求他。'

"她倒退一步,坐在我们身后树墙边的长椅上,然后低下头去,将脸埋在双手里。

"'完全有必要吗?'我问。

"她抬起头来望着我,几乎是神情庄重地说:'我必须用它去尽一桩神圣的义务。'

"'除此别无他法了吗?'

"'我想没有。'

"'那把首饰给我。'

"她递过来,我内心极不愿意地接到手里。燕妮将身子默默地靠回到椅背上,一抹月华映照着她放在怀里的纤纤玉手,我重又像多年前一样,发现了她指甲盖上那些蓝色的小新月。我不知道,我何以会如此大吃一惊,一双眼睛就像中了魔法似的定住了。燕妮察觉以后,把手悄悄缩回到了阴影中。

"'我对你还有一个请求,阿弗雷德!'她说。

"'只管讲吧,燕妮!'

"她把头微微侧向旁边,开始道:'一些年前,咱俩还是小孩,我在与你告别时曾送过一枚小小的戒指给你。你还记得起来吗?'

"'你怎么能怀疑呢?'

"'这颗没有价值的小钻石,'她继续说,'你要是很珍视它,至今还保存着的话,那就请你把它退还给我!'

"'如果你想要回去,'我回答,声音里不无一点恼怒,'那我也没权再占有它。'

"'你误解我了,阿弗雷德!'她大声说,'唉,这是我母亲给我的唯一的纪念品啊!'

"我已经把系在缎带上的戒指从围巾底下拽出来。

"'这儿,燕妮,可是——原谅我,我心里仍然很难过!'

"她站起身。我看见,在她美丽的面庞上掠过一片淡淡的红云。可随后,像出于下意识的冲动似的,她向戒指伸过手来,将它抓住。我呢,也克制不住自己的感情,把戒指紧紧捏着不放。

"'不久前,'我说,'它仅仅还只能勾起我对童年时代的小女

伴的怀念。而今情况变了,从我生活在此地的第一天起,它对我的重要性与日俱增。'

"我默然了,她望着我,看来我的话令她深为悲痛。

"'别对我说这样的话,阿弗雷德。'她道。

"我不管她说什么,抓住了她的手,她也让我把它握着。

"'拿去,戒指,'我说,'可是燕妮,为此你得把自己的手给我!'①

"她慢慢地摇着头。

"'一个有色女人的手。'她嗓音喑哑了。

"'你的手,燕妮。其他一切与我们有什么关系!'

"她站着一动不动,只有她那仍然被我握着的手在颤抖,使我感到她还有活气。

"'我知道,我是很美的,'她后来说,'美得令人迷醉,就像我们人类之源——那罪孽一样。可是,阿弗雷德,我却不想迷惑你。'

"话虽如此,当我默默地向她伸出双臂时,她突然扑到我的胸前,用手紧紧搂住了我的脖子。她抬起头来望着我,一双又大又亮的眼睛深不可测。

"'是的,燕妮,'说话时,我觉得仿佛有一股寒气从树林中吹出来,直透我的骨髓,'是的,你美得令人迷醉。那曾经扰乱人们的心,使他们忘记自己过去所爱的一切的魔女,也不比你更

---

① 意即托付终身,与人订婚。

美。没准儿你就是魔女本身吧。在这样的良夜里,你来世上巡行,只是为了赐予那些仍信仰你的人们以幸福。——不,不,别离开我的怀抱。我知道得很清楚,你跟我一样是人,一样为你自身的魅力所困扰,在它面前一样无能为力。还有,像那吹过林梢的夜风一样,你也会玉碎香销,杳无踪迹。不过,别诅咒那使我俩相互拥抱在一起的神秘的力量。就算我们在这儿是不由自主地接受了未来生活的基础,它将要承受的大厦却仍然掌握在咱们自己手里。'

"我把她的手从我脖子上轻轻拉下来,用一条胳臂搂住她的腰。随后,我扯掉缎带,把戒指套在她的食指上。她像个安静的孩子似的偎依着,任我带领着向前走去。不多时,我们走到了另一片池塘边,那尊维纳斯女神果真依然立在一朵朵白色的睡莲中间,此刻我更加确信,我搂在臂膀中的是一个凡间的女子。

"几经踌躇,我们终于还是离开了那些树影幢幢的幽径,走进小树林中,从小树林出来,又到了房子对面的旷地上。草坪对面,穿过那两扇敞开着的厅门,我们看见我的哥哥嫂嫂正在明亮的厅中踱来踱去,好像密谈着什么似的。

"还没等我明白过来,燕妮一弯腰挣脱了我的搂抱,但同样飞快地,她一下又抓住了我的手。

"'你要做答应了我的事,阿弗雷德,'她说,'而其他一切,'她声音低得几乎听不见地补充道,'都忘掉吧!'

"格蕾特走到敞开的厅门边,冲着黑夜大喊:'燕妮,阿弗雷德,是你们吗?'

"这时燕妮急切地请求我：'别提我的事，对你母亲也别提，咱们不应叫她们不痛快。'

"'可我不懂你的意思，燕妮。'

"她只使劲儿地捏我的手。然后，她离开我，奔上露台，站在格蕾特身边。当我们走进大厅时，格蕾特摇着脑袋，把我俩打量了又打量。

"第二天一大早，我就骑马进城去，实践自己的诺言。在城里，我分别找了两个珠宝商给首饰估价。它值不少钱，而我当时的钱包正好很充实，因此可以替燕妮把首饰自行保管起来，用我随身带来的现款调换了一些价值相当的金币给她。事情办妥以后，我还在美丽的港口里溜达了一会儿。在港外的泊船处，一片金色的光雾中，能看见远远地停着一艘大船。一位海员告诉我，这艘双桅帆船待发，即将驶往西印度群岛。

"'驶往她的故乡！'我心里嘀咕，这一来我便十分想念她，心情再也平静不下去，赶紧踏上了归途。

"将近中午，我跨进大厅。厅中阒无一人，但看门外，却见燕妮和一位瘦削的上了几分年纪的男人站在花园里，离大厅有相当的距离。接着，他颇为庄重地把胳臂伸给她，领着她朝房子走来。走近了，我方才看出这男人的头发差不多全白了，但在清癯的脸上，一双眼睛咄咄逼人。脑袋的简捷歪动也表明，他已习惯发号施令。白色的围巾和衬衫皱襞中的大钻石别针，似乎都理所当然地是他身上的一个组成部分。我立刻就知道，他是燕妮的父亲，那位阔绰的庄园主，我自己迄今尚未谋面的远房表舅。不过,尽管如此,他眼下这模样却和我孩提时代的想象完全吻合。此刻我听见了他那异样的嗓音,他对自己女儿讲的话短促有力,我听不懂讲的什么意思;燕妮呢,也是只听不答。

"我感到自己没有立刻与他见面的精神准备,便赶在他父女俩登上露台之前离开大厅,到楼上去了。燕妮的卧室门开着,我走进去,按照约定把用首饰换来的钱放在房门上方的壁橱里。然后,我退回自己的房间,既激动又疲倦地倒在沙发上。

"约莫才过了几分钟,我就听见楼梯上响起脚步声,接着有两个人从我房前经过,走进隔壁大屋子去了。正对着我的座位,有一扇沟通两间屋子的门。这门眼下虽然关死了,但上边却是一面玻璃窗,在背面挂着一块白帘子。

"我从声音听出来,走进隔壁房中的是燕妮父女,虽说他们可能站在房里的另一端,我一点听不明白他们在谈些什么。我正打算悄悄离开,这时他们却走过来了,而清楚地传到我耳际的头几句话,就对我产生了奇异的影响。我把其他一切统统忘记了,只能一动不动地坐在原来的位置上。

"'不,你不能留在那儿!'我听见燕妮的父亲道,语调仍如刚才讲话那样急促。

"'为什么呢?'燕妮问。

"这时我听见他来来去去地踱了好几圈,然后静静地站住了。

"'你既然非要我说不可,'他回答,'那就听好了。由于你母亲的血统关系,你永远也别想进入你父亲的社会。'

"'也由于我自己的血统的关系,'燕妮补充说,'这我了解。'

"'你了解？谁给你讲这些事的？'

"'谁也没有，我自己从书里读到的。'

"'喏，既然如此，你就知道我为何一定要送你到欧洲来。我想，你应该感激我才是。'

"'是的，'她说，'就像我要感激你让我生下来一样。'

"她父亲没有回答，但是一扇窗户被推开了，从声音判断，他是把脑袋伸到窗外，在十分激动地清着嗓子。燕妮背靠在两间屋子之间的门上，透过挂着白帘子的下玻璃窗，看得见她脑袋的影子，听得见她裙子的窸窣声。

"过了片刻，她父亲像是又退回到了房间中央。

"'我为你做了能做的一切，'他又开始说，'你自然从未表示过任何违抗我意志的愿望，不过我也不了解，你还能有什么愿望。'

"燕妮站直身子，向他慢慢跨出一步。

"'我的母亲在什么地方？'她问。

"'你的母亲，燕妮！'老头子失声叫喊出来，仿佛他准备好了回答一切问题，就是想不到女儿会问这个女人，'你自个儿也知道，她还活着，她得到了照顾。'

"'可是，'姑娘毫不留情地追逼着，'在你的大房子、新房子建成和布置好以后，你有过接她上这边来跟咱们生活在一起的打算吗？'

"我听见老头子脚步沉重地在大屋子里走上走下，随后再次来到了女儿跟前。

"'你还是个孩子,燕妮,'他压低了嗓门,语调却变得严厉起来,'你不解那边,不了解你出生的那个国家的情况,再说你也不需要去了解。'这时候,老商人像是突然沉湎在对往事的回忆中似的,继续说:'她真美得令人难以置信啊,那个女人,难以置信!她就那么躺在吊床上轻轻地摇啊摇,在杧果树宽大的绿叶丛中穿着一身白色的衣裙,头顶着热带明净的蓝天,脚下是阳光灿烂的港湾,特别是当她和她的鸟儿们嬉戏的时候,或是朗声笑着把一个个金球抛到空中的时候!可是你千万别听她讲话,她那张漂亮的小嘴儿说着黑人的粗劣语言,哇啦啦的,跟个学语的孩子差不多。那个女人,燕妮,不能跟你生活在一起,如果你想成为你现在已成为的这种人的话。'

"燕妮又把身子倚在门上。

"'为这个,'她说,'你就把一位母亲的孩子给抢走了。她大声哭叫,啊,她大声哭叫,当你把我从她怀抱中夺过来,走上跳板抱进船舱的时候!而这哭叫声,就是我听见自己母亲发出的最后的声音。有好长时间我把这声音给忘记了,因为我是个没头脑的孩子。上帝宽恕我!而今每天夜里我的耳畔都响起这声音。是谁给了你权利,用我母亲的痛苦来作为换取我的未来的代价!'我透过窗帘看见,她讲到这里将身子挺得笔直。

"当父亲的那位像是抓住了她的手。

"'你要明白,燕妮,'他说,'我只能在你和她之间做出选择——而你是我的女儿。'

"说最后这句话时那温柔而慈爱的声调,似乎对女儿仍未产生影响。

"'你没有回答我的问题,'她说,'那付出代价的,既非你,也非我。必须将它偿还给她,趁现在还来得及。回答我——是或者不是,我的母亲将和我们一起住在那所新居里吗?'

"'不,燕妮,这不可能。'

"随着这话出现了一片死寂。在接下来的几分钟里,姑娘的内心活动如何,神态举动中表现了怎样的情绪,我都无从得知。

"'我还有一个请求。'她终于又开了口。

"'尽管讲吧,燕妮,'她父亲急忙答应,'尽管讲吧。其他一切全成啊,只要我力所能及!'

"'那么我请求你,'燕妮说,'当你去皮尔蒙特疗养时,允许我留在这儿,我朋友家里。'

"父亲沉吟了一会儿,然后回答:'如果你不认为陪伴你自己的父亲更合适的话,那我也没什么好说的。'

"燕妮没搭理,只是问:'我现在可以走了吗?'

"'要是你再没话对我讲的话,我也一块儿下楼去。'

"接着,门开了,我听见他们的脚步声在外边的走廊中渐渐移向楼梯——我自己一直待在房间里,直到被叫下楼去吃午饭为止。

"在哥哥把我介绍给燕妮的父亲时,他用眼睛迅速地将我打量了一下。我感到,我这个人已经让他做了大致差不多的估价。接下来他问我学过些什么,到过哪些地方,我的专业知识在家乡有无机会派上用场,颇有些老师考学生的架势。末了,我也受到很客气的邀请,一等他从温泉疗养地回来,就前往他的新居,以便对它发表一些行家的意见。从这个男人的外表,已经丝毫察觉不出适才在他和他的女儿之间发生的事的痕迹。

"吃饭时,他坐在我母亲身边,专心一意地与她聊着天,当母亲把话题引到他们共同度过的青春年华时,他甚至还会说说笑话。他提醒我母亲,他们曾不止一次地在故乡城里的音乐厅里跳舞,而且在音乐厅的壁毯上,有一个真人大小的胖胖的小爱神。

"'那些年轻的女士们,'他说,'在他面前是如此害羞,以至于跳舞的行列在那儿总是出现一个缺口。'

"'可您,表哥,'我母亲应道,'却总是热衷把您的小姐领到那个堕落的神道跟前去,一而再,再而三。'

"只见他殷勤有礼地对我母亲鞠了一躬。

"'我知道呀,表妹,'他说,'您和我在一起跳时,也并不怕他呀。'

"我看见,在听着这几句话时,我母亲那至今风韵犹存的面颊上掠过了一片红晕,便不禁想,难道他俩当年也曾和现在他们的孩子一样互相倾慕过吗?就连刚才一直漠不关心地坐着,一点儿东西没吃的燕妮,这时也抬起了眼睑,也许她从未听自己的父亲讲过如此轻松愉快的事吧。她父亲呢,则压根儿不跟坐在对面的女儿说一句话,而是又和我哥哥扯起交际场中的种种趣事。过后,在喝咖啡时,我却听见他对我母亲讲:'承您的孩子们的好意,燕妮将在这儿继续待一段时间。我明天独自动身。我们认识已经多年,尊敬的表妹,您有机会不妨给她讲讲咱们在一块儿的那些日子。过不多久她就要陪一个老头生活,在这之前让她了解一下他年轻时的样子,也许有好处。'他一边与他青年时代的女友握手,一边站起来补充了一句:'要这样,您就算帮了我的大忙啦,表妹。'

"一天过去了,我始终没有机会单独碰见燕妮,她显然有意躲着我。格蕾特也多半在外边忙着家务。

"第二天早上,在我们的客人动身后,格蕾特来到花园里走到我身边,她将双臂抱在胸前,冲我笑了笑,然后深深地叹了口气说:'这下又只剩下咱们自己啦!'

"我立刻惊讶地得知,燕妮当天上午就要进城去耽搁许多日子,为了和她父亲的女管家一起在新居里进行鬼晓得的什么布置。

"当燕妮一身旅行装束朝我走来时,我正孤零零地站在露台上。她把手伸给我,我却为她竟忍心现在离开我而生她的气。

"'为什么要对我这样,燕妮?'我问,'难道那些事就这么急?'

"她摇摇头,一双大眼睛安详地望着我。从她的眼神中,我只能讲,流露出一种崇高的热诚。

"'你还是要走吗?'我又问,'而且正好在现在?'

"'我不愿欺骗你,阿弗雷德,'她说,'并非你想象的那样,我是必须走,没有别的办法。'

"'那我每天都进城来帮助你。'

"她显然吓了一跳。

"'不，不，'她大声说，'你不能这样做！'

"'为什么呢？'

"'我不知道，别问我！——啊，相信我的话吧！'

"'你是不信赖我吗，燕妮？'

"她哀叫一声，我从未听见过这么惨痛的声音。随后她向我伸出胳臂来，全不顾会有谁看见，就像上次在夜色的掩护下一样，如今在光天化日之中我又把她搂在自己怀里。

"'既然这样就别待得太久！'我请求说。

"'我父亲盼我回去，我在这儿的时间不长了。'

"她默不作声，我低头望着她那美丽而苍白的脸庞。她紧闭着双目，脑袋靠在我肩上，像是想在此歇息歇息。

"只这么待了一会儿，她便挣脱身子。接着我们绕到了屋子正面，那儿已停着一辆马车。她上车以后，我还听我的母亲拉着她的手说：'别哭了呀，孩子！瞧你哭得心都碎了似的！'

"接下来的那些日子尽管阳光明媚，对我来说却是黯淡无光的。幸好我哥哥让我替他设计一幢管理大楼，这把我忙得气都喘不过来。须知，要把那些实用方面的要求与我不肯忽视的艺术价值结合起来，绝非轻而易举的事。他常常抓起铅笔，在我那绘得很精美的设计图中央狠心地来上一道，我们争论来争论去，最后甚至只好把两位女士叫出来做评判。

"记得是燕妮走后的第四天，我正坐在自己房里干这件工作。可这一天却干得很不顺利，我归罪于手里那支可怜的鸭嘴笔，便站起来，准备去提箱里另取一支。我将箱里的衣服抱了出来，这时便拾到一个小小的纸包。上面写着'燕妮留赠'几个字,包里裹着前不久我才套在她指头上的那枚玳瑁戒指,戒指上还缠着一束黑缎子似的秀发。

"我的第一感觉是又惊又喜,仿佛自己又到了爱人身边,可紧接着,便有一种莫名的忧虑涌上心头。我把那张纸翻来覆去地细看,然而不见任何一点字迹或者记号。

"我企图继续工作,但是不成,便走到下边的客厅里,在那儿碰见哥哥和嫂子正在谈燕妮。

"'瞧瞧她那双眼睛!'我正在进门时听见格蕾特说。

"她丈夫似乎故意与她唱反调,用玩笑的口吻说:'怎么,你不是认为这双带野性的眼睛不漂亮吗?'

"'你说带野性!而且不漂亮?——诚然,你是对的,它们太漂亮啦,以至于遭到了别人的非议。而这个嘛……'她欲言又止,同时抬起头来望着自己魁梧的丈夫,嘴角挂着怜悯的笑意。

"'这个怎么样,格蕾特?'

"'并非别的什么,而是反抗的开始。坦白说吧,汉斯,你已经感觉到她对你是危险的了!'

"'不错,如果我没你的话!'

"'噢,有我也一样。'

"他笑起来,把双手伸给妻子。

"'快抓牢它们,'他说,'这样,再漂亮的魔鬼也别想诱惑我了。'

"然而他妻子不信这一套。

"'魔鬼在你们男人自己心里！'她说，'到底怎么回事儿，你现在总爱找那纯洁无邪的孩子的碴儿，过去你对她可是够有骑士风度的呀。'

"'过去是的，格蕾特，不错。但她现在变啦！'他沉吟了一儿，'我几乎说不出口来，可事情千真万确。她身上的商人女儿的本性表现出来了——她已经变得非常悭吝。'

"'悭吝！'格蕾特失声道，'这太可悲了！燕妮，她从前在寄宿学校只因受到严令禁止，才没有把自己身上的衣服都扒下来送给人！'

"'她如今不再白送人衣服了，'我哥哥回答，'她把它们卖给收破烂儿的，而且我要告诉你，她讨起价来一点儿不含糊。'

"我留心倾听着，没有介入谈话，但听到最后一句突然大吃一惊，明白了是怎么回事。我迅速下定决心。

"'可以用一用你的马吗，汉斯？'我问。

"'当然可以，你想上哪儿去？'

"'进城。'

"格蕾特走到了我跟前。

"'怎么，已经忍耐不下去了吗，阿弗雷德？'

"'不，格蕾特！'

"'喏，代我问候燕妮，或者，把她给咱们领回来更好些！'

"我什么也没再讲，只是立即跃上马鞍，一个钟头以后就到了城里，到了燕妮的父亲的新居所在的那条街上。这条街我很熟悉，很容易就找到了他们的宅子，在几次拉铃以后，漂亮的宅门

开了。一个老妇人走出来,我向她打听燕妮小姐,她干巴巴地回答:'小姐不在这里。'

"'不在这里?'我重复道。可能是我在听到这个回答时露出了惊愕之色吧,老太太于是反问我叫什么名字。当她得知我是谁和从何处来以后,更是不耐烦地加了一句:'您怎么还来问我?小姐不是第二天就回你们那儿去了吗?'

"我不再理睬老太太,迅速穿过一条街又一条街,最后到了码头上。夕阳已经西下,港口外的泊船处让晚霞给洒上了一片紫红色的光。前几天那艘双桅帆船曾停在这儿,眼下已经没有一点儿踪影。我设法和闲立在周围的工人们攀谈,从他们口里打听出船和船主的名字,知道三天前船已出海走了。更多的情况他们也不清楚,只是把船主的下榻处告诉了我。我立即去那地方,在那儿了解到,有一位黑头发的年轻漂亮的女士也上了船。接着我又赶到船主的账房间,在那儿偶然碰上了他的老会计,可他也帮不了我更多的忙,因为旅客的事完全归船长管。

"我回到旅馆,让人备好马。黑马急速地奔驰在回家的路上,超过了我哥哥可能允许的速度。夜色已浓,天空中彤云密布。夜风在黑暗中呼呼地从我身边刮过,我的思绪也风驰云涌。就像一片幻影一样,我在眼前时时看见那艘载着她远去的帆船,只那么一丁点儿,在茫茫的大海上飘飘摇摇,周围是黑沉沉的夜,下边是张着大口的无底深渊。终于,从面前的树影中闪射出了庄园的灯光。

"我发现家里人人都伤心难过,惊惶不安。原来燕妮来了封信,从'伊丽莎白'号双桅帆船上发出的。她走了,到大洋彼岸她母亲身边去了,如她曾经对我讲过的。她在信里也写道,她是为了去完成一桩神圣的义务。她以最诚挚、最甜蜜的话语,请求大伙儿原谅她。信里没提到我的名字,但我早已暗中得到了她的问候。她也没有提到她的父亲。

"第二天,我和哥哥又一块儿进城去,但只是为了使自己确信已经没法再赶上'伊丽莎白'号了。

"我没跟哥哥回家,而是径直去了皮尔蒙特。到那儿不多会儿,我就站在燕妮的父亲面前,向他报告他女儿出逃的消息。我原来想象会看见老头儿在我面前昏厥,谁知从他的眼睛里却并未流露出悲痛,而是闪电般地射出勃然大怒的火焰。他放在桌子上的拳头攥得紧紧的,青筋毕现,嘴里同时一叠连声地咒骂着自己的女儿。

"'让她该上哪儿就上哪儿去好啦!'他吼叫着,'这个贱种是好不了的,真该死,我竟有过妄想!'

"可过了一会儿,他突然不吭声了,坐下去,把脑袋埋在手里,自言自语似的又说了起来:'我在这里讲些什么哟!她是我的亲骨肉。还有我的罪孽,孩子有什么错!她想要找自己的母亲。'说着,他伸出双臂,眼睛呆视前方,大声喊叫道:'啊,燕妮,我的女儿,我的孩子,我害得你好苦!'他像是忘记了我在面前,我呢,也不去打扰他。'我们都是人啊,'他接着说,'你应该原谅我才是,可我不知道该怎样对你讲,结果我们就各走各的路了。'

"这当口,我大起胆子使他注意到我,告诉他,我和燕妮已经相爱。一听这话,精神颓丧的老人像抓住了一根救命稻草似的,恳求我替他把他的孩子找回来。

"还有什么好多讲的呢!第二天我便又登上旅程,不过行前他给了我一封信,是他当天夜里写给他女儿的。而且请相信我,这次不再是一纸收据。愤怒和温情,怨恨和宽容,这些跟我与他坐在一起的那个长夜里从他口中交替吐露出来的一样,现在在这封信里全有。"

"余下的情况,"阿弗雷德结束了他的故事,"你已经知道了。眼下我就站在这儿,带着她父亲的许诺和全权委托,一等起锚的钟一响,就出发去做迎接自己未婚妻的航行。"

我和阿弗雷德一块儿又待了约莫一个钟头,随后塔楼上的钟敲三点,搬运夫便来把他的行李送到了下边的码头上。

我送我的年轻朋友上船。夜里的空气凉飕飕的,强劲的东风激荡着海水,把小艇在栈桥上摔打得砰砰直响。阿弗雷德跨上船帮,将手伸给了我。

"不是吗,阿弗雷德,"我用说笑来掩饰临别的伤感,说,"要么和燕妮一道,要么永远不回来?"

"不,不!"他大声回答,这时小艇已经向黑夜驶去。"和燕妮一道,可一定回来!"

那一夜以后已过了半年多,我仍然没有到城外的庄园里去。眼下,正当5月的熏风开始吹送进我敞开的窗户中来时,人家又对我发出了新的邀请,这次我不打算再让主人失望。在我面前躺着两封信,都是从圣克洛克斯岛的克里斯蒂安市发出的,其中燕妮写给阿弗雷德那封,由于收信人不在,由他的嫂子代拆了。信里写道:

我找到了我的母亲,没有费多少力气,因为她在港口附近开着一家大客栈。她还很漂亮,精力也挺旺盛,可在她的脸上——虽然它的轮廓我还认识,我却已找不到多年来渴望一见的那些神情。我必须告诉你一切,阿弗雷德,情况与我想象的完全两样。我害怕这个女人,一想起在第一天吃午饭时她把我——她的女儿介绍给一大帮男人的情景,我就不寒而栗。介绍完了,她又操着一种所有通用语言混合起来的杂拌儿语言,大声地、得意地吹嘘自己年轻时的经历。这一切,都在暗中咬噬着我的心,对我来说讳莫如深。旅客和食客多半为有色人,而其中一个有钱的混血儿,看来又居于左右全局的地位。他对我母亲的那个亲热劲儿,叫我的脸上直发烧。就是这个人,就是这个像狗一般龇牙咧嘴的人,阿弗雷德,要求我嫁给他,而且我母亲自己也逼我这样做,一会儿用几乎把我憋死的狂热的亲吻和抚爱逼我,一会儿又在大庭广众面前声嘶力竭地对我进行斥骂和威胁。我常常禁不住望着这个女人的脸发呆,像是神经已经错乱。我觉得,我看到的是一副面具,必须扯下它,才能看见那张在我童年时曾俯视过我的美丽的脸;仿佛在扯下面具以后,我也将重新听到那曾经伴我入睡的像蜜蜂的嗡嘤一般甜美的声音。啊,这儿围绕着我的一切真是可怕！一大早，由于我的卧室朝着码头一面，工人和搬运夫的吆喝声便吵醒了我。你们在那边的人不了解这种声音，它像嗥叫，像咆哮，听见它，我就浑身哆嗦，只好把头埋在枕头里。要知道，在这片土地上我自己就是他们的同类，身上流着与他们一样的血液，那血统关系就像一根链条，从他们身上一环一环地通到我身上。我父亲是对的。可是……我一正视面前的深渊，我就头晕目眩。我渴望投进你的怀抱：快来救救我啊，阿弗雷德，快来吧！

救星离得已经不远，另一封信是阿弗雷德写给他嫂子的，发出的日期只晚几天。他踏上旅途时的乐观信念，也帮助他在大洋彼岸取得了胜利。

"还在船上，"他写道，"人家就告诉了我燕妮的母亲的住处。在我进屋时，到门厅里来迎着我的第一个人正是燕妮自己。她高兴地叫着，投进了我的怀抱。自此以后，我也对她母亲有了足够的认识。她是个丰腴的女人，仍然漂漂亮亮的，穿着一身窸窣作响的花绸裙忙来忙去，操着一种不可思议的语言，不管是对客人还是对仆佣，时而柔声细气，时而嘶声狂叫。谈起燕妮的父亲，她仍怀着感激和尊敬，称他是一位'好心的绅士'，由于他的慷慨大方，她才过上了今天的舒服日子。她无论如何也想不到要离开自己生长的岛屿，更别提去跟自己女儿那高贵的父亲结婚。她在这儿适得其所，舒服自在。而燕妮，必定是大失所望，她挣断了与旧大陆的一切联系，梦想来解除自己母亲的苦难，然而却没有找到这样的苦难,只找到了一群低俗的人,在这群人中是不会有那种高贵的苦难的。尽管如此,女儿的到来却使这快活的女人喜出望外。她经常当着我的面,以一种狂暴的——我想说是原始的热情,对她的女儿百般爱抚。由于她想拿女儿去客人面前炫耀,就不断变着法儿打扮她。燕妮为了不穿母亲替她挑选的那些火红刺眼的衣服,真是费了九牛二虎之力。不仅如此,她还为燕妮在店里的客人中挑选了一个有钱的男人做丈夫。在这个人身上,我感到他还激荡着足够多的此地那种罪恶的血液,而且为了促成其事,她已经认真着手准备。就在这时我插了进来,那位'好心的绅士'的意志和权威使一切问题都再容易不过地得到了解决。

"我清楚地体会到,燕妮在迎接我时发出的不只是一声欣喜的叫喊,更是一声得救的欢呼。这样也好,她是得先体验一下,因为像眼下这样,她才能真正属于我。只有她不再回首过去,不再怀念过去的家,才能嫁给一个男子,让这个男子骄傲而幸福地和她一起建立起一个新的家庭,看着他的子孙后代从她的怀中诞生、繁衍。须知,我是在我们结婚的当天给你写这封信的啊。

"在结婚的宴席上,殷勤而好动的老板娘穿着闪闪发光的绿绸裙,往来穿梭地周旋在她的老主顾中间,为自己有一个漂亮迷人的女儿而无比骄傲,为她的女婿——我不能否认——也感到骄傲。她同时操着三种语言,用一些叫你无法相信的措辞,为新人一次次祝酒。这一切的一切,你们要能看见就好啦!我们希望一开春就来你们那里。而你,格蕾特,以你对我们的友情,想必不会心生嫉妒,如果我私下告诉你,燕妮刚才悄悄对我讲:'喏,阿弗雷德，帮助我，让我回到父亲那儿去吧！'"

这两封信是附在汉斯夫妇的邀请信后边的。"您来吧，"格蕾特用女性的秀丽笔迹写道，"燕妮的父亲已在这儿，阿弗雷德的父母今天就到，甚至约瑟芬姑妈也会光临，虽说她对于一个在小时候就那样肆无忌惮地糟蹋英国缝衣针的姑娘不时地还会表示一些疑虑。我们已从自己的冬居迁回到明朗的花厅中。透过两扇大开的厅门，从草地上飘来5月百合的芳香。在对面的林苑中，立着维纳斯的水池业已让紫罗兰镶上了蓝边。"

紧跟着是我朋友汉斯的有力的笔迹："双桅帆船'伊丽莎白'号上个礼拜天已经驶过里斯本，燕妮和阿弗雷德就在船上，过不了几天他们便会抵达此间，因为已经刮起的顺风，将把他俩和他俩的幸福一块儿带到我们身边。"

燕　语[1]

　　那只是一座外貌平庸的小城，我的故乡。它坐落在一片树木不生的海滨平原上，房屋古老而且幽暗。尽管如此，我却始终认为它是一个惬意的地方，而且有两种人们看来是神圣的鸟儿，显然也和我的想法一样。夏日云淡天高，城市上空总盘旋着一只只鹳鸟[2]，它们在下面的屋脊上，筑起了自己的窝；4月南风初拂，燕子必定也随着飞回城里，邻里们便相互传告：它们又回来了，它们又回来了。眼下正好是燕子归巢的季节。在我窗前的花园中，绽放出了头几朵紫罗兰；在那对面的园篱上，已经停着一只燕子，又在呢喃着，唱着它们那支古老的歌：

　　　　当我告别的时候，当我告别的时候……[3]

------

[1]　这篇小说原名《在圣乔治养老院里》。
[2]　一种长喙长脚的大鸟，按德国老百姓的迷信说法，是和燕子一样能保家宅安宁的吉祥鸟。
[3]　这是德国诗人吕克特（1788—1866）的《青春之忆》一诗中的句子。

越听这支歌，我就越想念一位久已不在人间的女子，对于她，我永远怀着感激之情，为了我少年时代度过的一些美好时光。

我在想象中沿着长街走去，一直到了城边上的圣乔治养老院。和德国北部多数稍微像个样子的城市一样，我们城里也是有所养老院的。它现在的那幢房子，是16世纪时我们的一位公爵所造；后来在急公好义的市民们的资助下，渐渐发展成一所有相当财力的慈善机构，为那些一生饱经忧患的人们提供了一个颇为舒适的栖身之地，使他们能在获得永久的安息之前，最后过上一些宁静的日子。

养老院的一边毗连着圣乔治公墓，当年最初的一批宗教改革家就曾在这公墓高大的菩提树下布过道；另一边则是一座院子，以及一个与院子紧挨着的小小花园。小时候，我常看见修女们到园中采摘礼拜日做弥撒用的鲜花。从外面的大路上走进院子里去，必须先穿过两面哥特式大山墙下的一条黑洞洞的门道；进院子后再穿过一道道小门，才能到房子内部，也就是那间宽敞的礼拜堂以及养老者的卧室。

儿时，我常走进那黑洞洞的门道里去，因为早在我记事之前，圣玛利亚大教堂便因有倒塌的危险而被拆掉了，多年来教友们都是在圣乔治养老院的礼拜堂里做弥撒。

夏天礼拜日的清晨，我常常滞留在院子里，不肯走进礼拜堂去。这时院里静悄悄的，充满了从旁边花园中飘来的芳香，随着节令的变化，要么是桂竹，要么是丁香，要么是木樨草的馥郁的气息。不过，这不是我小时候喜欢上教堂去的唯一原因。经常地，特别是我起身比较早的礼拜日，我便要走向院子的最里边，朝楼上一堵被旭日映红的窗户张望。在那儿，有一对燕子为自己筑起了巢。那些窗户中有一扇总是敞开着的，每当在石块铺的路上响起我的脚步声，便会有一个头发灰白的女人探出脑袋来，亲切地朝下面的我点头致意。她的头发从中间分得匀匀的，上面还压着一顶雪白的小软帽。

"早上好，汉森！"我一见她便喊道。我们孩子们从来都只用她这个姓来叫自己这位年老的女友。我们几乎不知道，她曾经还用过"阿格妮丝"这样一个悦耳动听的名字。想当初，她的蓝眼睛还美丽动人，如今已经灰白的头发那时还金黄金黄的，这个名字想必于她是再适合不过了吧。她在我祖母家当过多年用人，后来，大概在我十二岁那年，她便作为一位对本城有过贡献的市民的女儿被收容进了养老院。从此，这个对我们孩子们来说最为重要的角色，便从祖母家中销声匿迹了。要知道，汉森任何时候总能找一些有趣的事让我们干，我们也总是不知不觉地就跟着干得入了迷。她为我妹妹剪布娃娃的新衣服的纸样，她让我捏着铅笔按她的要求写各式各样的花体字，或者照着她收藏的眼下很少见的图片画出一座古老的教堂来。只是过了许久，我才留意到她在和我们的相处中有一点特别的情况，就是她从来也没有给我们讲过一篇童话或传说什么的，虽然我们那个地方的民间传说非常非常丰富。而且，每当别人要讲，她就赶紧加以制止，好像这是毫无意义甚至有害的事似的。然而，尽管如此，她却绝不是一个冷冰冰的、缺少想象力的人。相反，没有一种小动物是她不喜欢的。她特别喜欢燕子，在保护它们的窝免遭我祖母的扫帚侵害这点上，她是很成功的。祖母有着荷兰人一般的洁癖，恨透了这些小小的不速之客。此外，汉森对燕子的习性似乎还进行过很仔细的研究。记得有一次，我在院子里的石砌地上捡了一只燕子，看模样已经没有一丝儿活气，便送到汉森那儿去。

"美丽的小鸟快死啦。"我说，一边难过地抚摸着燕子铁灰色的羽毛，可汉森却摇了摇头表示不同意。

"它吗？"汉森问，"它可是鸟中的皇后哩，只要一回到自由的空中就会好的！准是给一只老鹰吓得掉在了地上，它光凭自己的长翅膀是飞不起来啦。"

随后我们便走进了花园，小燕子一动不动地躺在我的手心里，用一对褐色的大眼睛瞅着我。

"喏，这会儿抛它到空中去吧！"汉森高声说。

我吃惊地看见，那只瞧上去了无生气的燕儿，从我手掌中给抛出去以后，果真跟人的思想一般迅捷地展开双翅，发出清脆的鸣声，箭也似的飞向蔚蓝的晴空。

"你要到塔上去看它飞才好哩，"汉森说，"我是讲那座老教堂的钟楼，也只有它还配得上这个称呼啊。"说完，她叹息了一声，摸了摸我的脸蛋，就回到房中干她干惯的事去了。

"汉森干吗叹气呢？"我心里纳闷。直到许多年以后，我才得到了这个问题的答案，并且是从一个我当时完全不认识的人口中得到的。

汉森如今是退休了，但她的燕儿们找得着她，我们孩子们也找得着她。礼拜天早上，每当我在弥撒开始前走进这位老处女洁净的房间中的时候，她总是穿得周周正正地坐着唱赞美诗了。我要是想在她身边的沙发凳上坐下来，她便会说：

"哎，干吗坐这儿？这儿可瞧不见燕子呀！"说着她就把窗台上的一盆牛耳草或者丁香花搬开，让我坐到窗下的一把圈椅中去。"可你别把手这么挥来舞去的啊，"她笑容满面地补充说，"像你这样年轻活泼的小伙伴，它们不是天天见得到的。"

接下去，我便静悄悄地坐着，看那些矫健的鸟儿在阳光中飞舞、筑巢、哺育雏鸟，而同时，汉森却坐在我对面，讲着过去年代的事：我曾祖父家中的各种庆典，传统的射击比赛会上的游行，以及——她喜欢的话题——老教堂中富丽堂皇的壁画和圣坛什么的。她讲啊讲，一直讲到从教堂那边传来了管风琴的声音。这时她才站起来，和我并排穿过又窄又长的走廊，只从两侧房门上边挂着帘子的小气窗射进来一点光线，走廊里因此十分晦暗。偶尔，这些房门碰巧开了一扇，在这阳光突然划破黑暗的几秒钟里，我便看见一些穿戴古怪的老头老太太，蹒跚地在廊子上走着。他们中的多数，恐怕还在我出世之前，就从城里的公共生活中退出去了。这当儿，我很想问这问那，可是在做弥撒的路上，汉森和她的老伙伴们就顺着一道后楼梯走到下面养老者的席位上去了。我则爬到楼上唱诗班的旁边，盯着管风琴转动的簧片，做起自己的梦来。一会儿，神父登上了布道坛，可我坦白讲，他那想必是头头是道的说教，传到我耳鼓里时往往已变成来自遥远海岸的单调涛声，因为在楼下正对着我的地方，挂着一张真人大小的画像，画的是一个年老的布道者，生着一头卷曲的黑色长发，上髭修剪成很奇怪的样子，常常吸引了我的全部注意力。他大睁着一对忧郁的黑眼睛，仿佛在那个充满圣迹和女巫之类迷信的沉闷世界里，盼望着一个新时代的到来，并且不停地对我讲述着我故乡过去的故事，跟记载在编年史里的一模一样，一直讲到某个凶残的强盗骑士的最后一次暴行。事后，强盗骑士的受害者葬在老教堂中，墓碑上刻下了记述这件事的铭文。不用说，在最后管风琴奏起"上帝保佑我们离开"的当口，我便偷偷地先溜了出去，否则我年老的女友考起我刚才布道的内容来，那可不是好玩儿的。

汉森从来不提自己的往事，在我已经当了几年大学生以后，有一年回家度假，才破天荒第一次听她谈了谈她的过去。

那是在4月里她过六十五岁生日的时候。和往年一样，我那天也给她送去了生日礼物：我祖母按例赏她的两枚金币，以及我们兄妹赠给她的一些小玩意儿。她招待我喝了一小杯玛拉加酒，在节日里她的壁橱中总准备着这种酒。我们先聊了一会儿，然后我便请她领我到我早就想去看看的典礼厅中。几个世纪以来，养老院的院长在年终结算以后，都要在那儿大开筵席，以示庆贺。汉森同意了我的请求，我俩便并肩穿过黑暗的走廊，向礼拜堂后面的典礼厅走去。在下后楼梯时我滑了一下，跟跄着蹿下了最后几级。这当儿，底楼的一扇门呼地一下打开了，门里探出一个恐怕有九十岁的男人的秃脑袋来。他嘟嘟囔囔地咒骂了几句，鼓起一对玻璃球似的眼睛死死瞪着我们，直到我们走到了教堂里边。

我很清楚这家伙，养老院的老头儿老太都管他叫"看得见幽灵的人"，因为他们说，他真的能"瞅见什么来着"。

"他那对眼睛真怕人啊。"我在穿过教堂时说。

汉森却回答："他根本看不到你，他能瞧见的，只是他自己过去荒唐、罪恶的生活。"

"可是，"我开玩笑地反驳道，"他却能看见那边角落里的棺材打开了，本来躺在里面的死鬼又跟活人似的在你们中间游来荡去哩。"

"那都是些捕风捉影的事儿，孩子，他眼下再害不了人啦。"汉森又加了句，"本来，他是没资格进养老院的，虽然他也在法官手下混过一阵差事。我们其他人可都是先证明了自己是清清白白的市民以后，才被接受下来的啊。"

说话间，我们已从管事人手里要到钥匙，顺着楼梯走到上面的典礼厅去。那是一间并不特别宽敞的屋子，天花板也低低的。在一面墙边，我们看见一座钟，是某个死在院里的老婆婆的遗物。在对面墙上，挂着一幅真人大小的画像，画的是一个穿着朴素的红色短袄的男人。除此而外，室内别无装饰。

"他就是建造这座养老院的仁慈的公爵，"汉森说，"人们受着他的恩惠，却不像他生前希望的那样怀念他。"

"可你还记着他呀，汉森。"

她目光和蔼地望着我。

"是的，孩子，"她说，"我这人生性就这样，我是很难忘记什么的。"

朝向大路和公墓的那堵墙上，有一排窗户，上面用铅框嵌着一块一块不大的玻璃，每块玻璃上都用黑颜料烧了一个名字，全出自一些我们熟知的有声望的市民家庭，名字下边还写着说明，诸如"本城有名的食品商，卒于……"，这最后便是相应的年份。

"你瞧，这是你的曾祖父啊。"汉森指着一块玻璃说，"他老人家我也不会忘记，我父亲向他学过手艺，后来还常去请教他，受他的帮助。可惜到了我们最困难的年头，他老人家已合了眼。"

我读着另一个名字："利波留斯·米夏埃尔·汉森，食品商，卒于1799年。"

"这是我父亲！"汉森道。

"你父亲？那你怎么会……"

"你想必是问，我既然是个有声望的人家的闺女，怎么又会当了半辈子用人，对吗？"

"我是问，到底出了什么事，使你家遭到了不幸？"

汉森在一张老式的皮扶手椅上坐下来。"没有发生什么特别的事，孩子，"她说，"那是在1807年，大陆实行封锁①的时候。那年头，骗子们都发了财，老实人却遭了殃。我父亲就是个老实人，他把这好名声一直带进了坟墓里。"汉森沉默了一会儿，然后继续道："我还记得很清楚，有一次他和我从商民街经过，他

---

① 1806年，拿破仑为把英国排斥于欧洲市场之外而开始采取的措施。

指着一幢眼下已不存在的古老房子叫我看。'好好记住,'他对我说,'1579年,那次复活节后的第三个礼拜天发生大火灾时,虔诚的商人迈因克·格拉韦莱就住在这里。当火头逼近他家的时候,他便拿着尺子和秤跑到街心来,向上帝发出哀告。他说要是自己什么时候明知故犯,蓄意损害过邻人的哪怕一点点利益,那就请上帝把他的房子烧光吧。结果呢,大火跳过了他的家,周围的一切却被化为灰烬。''你瞧,孩子,'我父亲继续往下讲,一边把双手伸向苍穹,'我也可以这么做,而上帝的惩罚同样会跳过咱们的家。'"汉森注视着我的脸,说:"一个人可不能自鸣得意啊。"然后她说:"你如今够大了,我可以把这些事告诉你,等我不在人世时,你必须知道我是怎样一个人。我父亲有个弱点,他很迷信。由于这个弱点,他在那些极端困难的日子干了一件事,使他的心也碎了,从那以后,他就再不能讲那位虔诚的商人的故事了。

"在我们家的隔壁住着一个木匠师傅。他和他的妻子双双早逝以后,我父亲做了他们留下的儿子的监护人。哈勒——那男孩就叫这个弗里斯兰①的名字,很喜欢念书,当时已在我们的拉丁语学校里读五年级。可是,双亲留下的钱不够供他深造,他只好学干自己父亲的手艺。后来出了师,他出去漫游了两年,回到城里又在一位师傅的店里当了一段时间伙计,没多久全城都知道他做精细活儿特别在行。我们两人是一块儿长大的,他还在当学徒

---

① 荷兰北部边境省份,靠近德国。

时便常常从自己过去的同学那儿借书来念给我听。你知道,我家住在市集广场上正对市政厅的那栋凸出来的房子里,在那儿的花园中现在还生长着一株高大的榉树。我俩常常就坐在这株榉树下念书,头顶上的绿色花丛中却不住地有蜂儿在嗡嗡嘤嘤!——他漫游回来后情况也没变,仍然经常上我家来。一句话,孩子,我俩相爱了,而且也并不希望保密。

"我的母亲已经过世,至于我父亲对此怎么想,或者说是否想过,我永远也不得而知。何况当时我俩的关系,也还未发展到需要郑重其事地订婚的程度。

"在一个初春的早晨,我去到花园里,园中的番红花和黄色的毛茛花都已含苞待放,周围的一切全充满青春的活力和朝气,只有我心情郁悒——我父亲的忧愁也压迫着我。尽管他从不对我讲他营业上的事,我也感觉得出来,情况在越来越快地恶化。最近几个月,我看见市政厅的差役来他写字间的次数更加勤了。来人走后,我父亲便把自己关在房里,几小时几小时地不露面。有几次吃午饭,他竟一口菜不尝便站起来走了。到最后那个礼拜,他把纸牌在自己面前摆来摆去,摆了一个通宵。我装作开玩笑似的,随便问他到底想卜什么吉凶,他却总是一声不响地挥挥手,打发我走开,然后干巴巴地说一声'晚安',就回自己房间去了。

"这一切都使我心情沉重,我的注意力全集中在家里的事情上了,对外面春光明媚的世界毫无所知。就在这时,我突然听见从城外的沼泽地里传来了百灵鸟的歌唱。你是知道的,孩子,一个人的心在青年时代是如此轻盈,就连一只很小很小的鸟儿也可以带着它飞上天去。我的心情马上变了，仿佛忧愁全都烟消云散，未来充满了阳光，仿佛我只需抬脚走去，一切都会称心如意。我还记得，我怎样跪在花坛旁边，满怀欣喜地观察着一个个花蕾、一片片破土而出的嫩绿色小草。我当时也想到了哈勒，而且我后来相信，我就只想到了他。这当儿，花园的门开了，我一抬头，看见朝着我走来的正是哈勒。

"也是百灵鸟使他变得这么快活的吗？他那样子看上去真叫喜洋洋。

"'早上好，阿格妮丝，'他高声说，'你知道有件新鲜事吗？'

"'准是件喜事吧，哈勒？'

"'差不离儿，不然还会有什么呢！告诉你，我打算自己开业当师傅啦，就在不久以后。'你可以想象，孩子，我是如何吃惊哟！我马上就在心里嘀咕：我的上帝，他现在也需要一位师傅娘子啊！

"我当时的样子可能傻愣愣的，所以哈勒便问我：'你有什么想法吗，阿格妮丝？'

"'我吗，哈勒？我想没有。'我回答，'我只觉得，这风刮得凉飕飕的。'我显然是在撒谎，但上帝就这么安排，叫我们在这种情况下说不出对方希望听到的话来。

"'我可是有哩，'哈勒说，'我觉得自己眼下还缺少一件最最重要的东西！'

"我沉默着，一言不答。哈勒他默默地在我旁边走了一会儿，然后突然问：'你知不知道，阿格妮丝，过去是否有过一个商人的

女儿嫁给一个木匠的儿子这种情况？'

"我抬起头来，他用自己那双善良的褐色眼睛恳求地望着我，我于是把手伸给他，用和他同样的口气说：

"'我想现在会第一次有这种事吧。'

"'阿格妮丝，'哈勒嚷起来，'可人家会说什么呢？'

"'这我不知道，哈勒。不过，商人的女儿要是变穷了呢？'

"'穷有什么关系，阿格妮丝？'他兴高采烈地拉住我的手，'难道又年轻又美丽，还不够吗？'

"那真是我幸福的一天！春光明媚，我俩手拉手地走着，尽管我们默默无言，天空中却有成百只的百灵鸟在放开歌喉，发出鸣啭。不知不觉间，我们走到了正对住宅的一排接骨木树墙下。在那儿，有一口很深的水井，我把身子探过木板井栏，朝井底张望。

"'瞧那下边的水闪闪发亮哩！'

"幸福使人心胸开阔，哈勒便想逗着我玩。

"'水吗？'他道，'那底下发亮的是金子啊！'

"'你难道不晓得，在你家这口井里埋着宝藏吗？'他接着说，'你好生瞧瞧，在井底上坐着一个穿灰色衣服的侏儒，头戴一顶三角帽，他就是那宝藏的看守，这闪闪发光的，只是他手中擎的一盏灯罢了。'

"父亲的窘况突然闪过我心头。这当儿，哈勒却拾起一块石子来，扔下井去，但过了半晌，才从下面发出一声重浊的回音。

"'听见了吗，阿格妮丝？'他说，'砸到那宝箱上啦。'

"'哈勒,别瞎叨叨好不好!'我嚷起来,'瞧你这傻模样儿!'

"'我只是人家怎么说我就怎么说呗!'他回答。

"可是他的话引起我的好奇,同时也许还希望真能获得地下的宝藏,使一切苦难得到结束啊。

"'你这话是从哪儿听来的?'我再一次问,'我可从来不曾听说过。'

"哈勒笑嘻嘻地望着我说:'叫我怎么说呢!反正不是汉斯就是孔兹呗①,但追根到底,我想还是那个无赖,那个所谓会造金子的人说起来的。'

"'会造金子的人说的?'这当儿我想起了许许多多的事情。这个所谓会造金子的人,原本是个堕落的游民,他自称能祈福消灾,为人畜念咒治病,并且有其他种种神秘的本领。靠着这些本领,他在当时一班轻信的人们中赚了大钱。他也是眼下人们称作'看得见幽灵的人'的那家伙。今天的这个称呼跟当年那个一样,他都当之无愧。还是说当年吧。在最后几天,由于我刚巧在外屋做什么事,就看见他好几次进了我父亲的写字间。他每次都态度卑怯地问:'汉森先生在家吗?'可又不等我回答,便神色惶恐地从我身边溜过去。有一次,他在里边待了足足一个小时,他临走前我听见了父亲开写字台的熟悉的声音,然后还仿佛听见钱币

---

① 汉斯和孔兹是德国男人常用的名字,常用来泛指这个那个,犹如我们的张三李四。

在叮叮当当响。这一切，眼下我才明白是怎么回事儿。

"哈勒碰了碰我。

"'阿格妮丝，你在做梦吗？'他大声问，'要不就是在想那宝藏？'

"唉，哈勒不了解我父亲的处境多么困难，现在在他的脑子里，只有自己那美好的未来，而我呢，也是他这未来的一部分。他抓住我的双手，兴冲冲地喊道：'咱们不需要什么宝藏，阿格妮丝。你父亲替我把那份小小的遗产要到手了，这就足够我买一间房子，开一家木工作坊。''至于其他的一切，'他笑眯眯地补充道，'就由这双并不太笨的手去张罗吧！'

"哈勒的话里充满了希望，我却无言以对，心里只记挂着那个宝藏和会造金子的人。我胸口直憋得慌，但不知压迫着它的是一个疯狂的希望呢，还是对迫在眉睫的灾祸的预感。也许我已经预感到，不久之后我终身的幸福都要掉进这口井里去了吧。

"第二天，我应一个在附近乡下做牧师的亲戚的请求，去帮助护理他们生病的小孩。可我到那里以后心中始终惴惴不安。近几天来，父亲又特别沉默，特别烦躁，我看见他一个人在花园里奔来奔去，临了又立在井边，瞪着井里出神。我担心起来，怕他会戕害自己。到第三天，我又想起他迫不及待地催我离家的情形，因此到了晚上，心中就更加不安。约莫十点钟光景，月亮升起来了，我便请求我表兄当晚送我回城去。他再三劝我放心，结果仍然没用，只好去套了车。当马车停在我家门口时，钟楼上正好敲十二点。看来家里人都已入睡，我敲了好久的门，才听见里边拔掉插销的声音。一个睡在楼下门厅旁边的学徒来为我开了大门。家中一切如常。

"'先生在家吗?'我问。

"'先生十点钟就上床睡了。'他回答。

"我这才心情轻松地走回自己楼上的卧室去,卧室里的窗户正对着花园。窗外月色皎洁,我没有点灯,走到窗户跟前。月儿挂在接骨木树墙的梢头,尚未抽叶的枝丫清晰地显现在夜空中。我的思绪随目光越出地平线,飞到了伟大仁慈的主身边,向他倾诉着自己的全部忧虑。可瞧,就在我准备退回房中去的当儿,蓦地发现从树影下的井口中射出来一道红光,井边上的草丛和顶上的树杈都像在金色的火焰中熠熠闪亮,历历可见。一阵迷信的恐怖攫住了我,我想到了那个坐在井中的灰衣侏儒手里的蜡烛。可当我再定睛去看,便发现井壁上靠着一架梯子。诚然,从我房里望去,只能看见它的顶端。然而就在这一刹那,我听见从井底发出一声喊叫,接着又是一阵扑通扑通的声响,以及混浊不清的话语声。亮光突然灭了,我随即清清楚楚地听见有人顺着梯子一级一级地爬上来。

"我对幽灵的恐惧消失了,代之而来的是为父亲感到的无以名状的担忧。我膝头哆嗦着,走到他在我隔壁的卧室里去。我小心翼翼地撩开他床前的帐幔,只见月光照着一对空空的枕头,父亲那可怜的头颅,怕是很久以来便未曾在这枕上找到过安宁了吧。今夜它们躺在那儿,根本未被他碰过。我顺着楼梯走到通花园的门边,心里怕得要命,但门已落锁,钥匙也拔去了。我转进厨房，点起灯来，随后又走进写字间去，那里的窗户同样也是朝着花园的。我在窗前站了好一会儿，眼睛盯住窗外，不知所措。我听见接骨木树丛中有脚步声，却什么也分辨不出来，因为月色尽管很好，树后的板栅仍然洒下了一片黑沉沉的阴影。这当儿，我听见有人从外面开园门的声音，接着，写字间的门开了，我的父亲走进来了。我现在已很老了，可当时的一幕却仍历历在目。父亲灰白的长发滴着水和汗，平素保持得干干净净的衣服上到处沾着绿色的泥污。

"他一看见我，身子猛地哆嗦了一下。

"'怎么搞的！为何这时候就跑回来了？'他粗声粗气地问。

"'是表兄打发我回来的，爸爸！'

"'半夜三更？他可不该这样哟！'

"我注视着父亲。他低着头，一动不动地站在那儿。

"'我老提心吊胆，'我说，'老觉得家里离不开我，我必须回到你身边来。'

"老人瘫倒在一把椅子里，双手蒙着脸。

"'回你房间去吧，'他喃喃道，'我希望一个人待着。'

"可是我没有走。'让我陪着你吧。'我低声说。

"然而，我父亲并未听见我说的话，他抬起头来，仿佛倾听着窗外的什么动静。突然，他一跃而起。

"'别出声！'他嚷道，'你听见没有？'同时张大了眼睛瞪着我。

"我走到窗边，朝外望去。花园中一片死寂，只有夜风吹动接骨木树的枝杈发出的相互碰击的声音。

"'我什么也听不见!'我回答。

"我父亲仍然伫立着,恰似正听着什么使他心中充满恐怖的音响。

"'我觉得这并不是罪过,'他自言自语说,'并不是什么作孽的行为,更何况,这井至少到目前为止还在我家里呢。'随后,他便向我转过脸来。'我知道,孩子,你不相信这个,'他说,'可它却千真万确。我用幸运棒去探过三次,都证明我花高价换来的信息毫无差错,在咱们家的井里的确藏着一批珍宝,是瑞典人打来时①埋下的。我为什么不可以把它起出来呢!所以我们堵住泉眼,淘干了井水,今天夜里便动手挖起来了。'

"'我们?'我问,'还有谁?'

"'他只是城里一个会干这种事的人。'

"'你莫不是说那个会造金子的家伙吧?他可不是个好帮手呀!'

"'用幸运棒探宝一点也不犯罪吧,孩子!'

"'可那些搞这种鬼把戏的人,他们都是些骗子啊!'

"我父亲又坐到椅子上,茫然无措地瞪着前方。临了,他摇了摇头,说道:

"'镐头已碰在上面发出了响声,可这会儿,却出了点怪事。'

---

① 在1700—1721年的北方战争中,瑞典王国的部队曾占领过作者的故乡胡苏姆城。

他停了停，然后继续说，'十八年前，你母亲去世了。在她知道自己就要离开我们的时候，突然痛哭不止，一直到死神使她长眠过去。这哭声啊，就是我从你母亲口中最后听见的声音。'他又沉默了半晌，随后却欲言又止，像是害怕听见自己的声音似的。'今天夜里，在镐头碰响宝箱的一刹那，我十八年来又第一次听见了你母亲的哭声。它不只像这些年那样回响在我的耳畔，而且从我脚下、从地里传了出来。人家说在掘宝时不能讲话，可我觉得那镐头就像挖到了你过世的母亲的心里去了似的。我大叫一声，灯便灭了。喏——你瞧，'他声音低沉地补了句，'这下一切又全都没影儿了。'

"我跪到父亲脚边，用手抱住他的颈项。

"'我已经不是小孩子了，'我说，'让我们相依为命吧，爸爸。我清楚，咱们家里遭到了不幸。'

"父亲一言不发，却把汗涔涔的额头靠在我肩上，这是他平生第一次从自己的孩子身上寻找支持。我们这么坐了多久，我不知道。我只感到，我的脸颊上沾满了热泪，沾满了从我父亲的老眼中涌流出来的热泪。我抱住了他。

"'别哭啊，爸爸，'我恳求着，'贫穷我们也是可以熬过去的。'

"他用颤抖的手抚摸着我的头发，声音是那样低，那样低，叫我几乎没听清楚他说些什么。

"'贫穷吗，孩子，倒可以忍受，可债务却不成啊！'

"从那时起，小伙子，我家的日子就难过了。可另一方面，那又是我一生中得到了最大安慰的时期，就算我现在到了晚年，我还是这么认为啊。因为，我第一次能对自己的父亲尽我做女儿的孝心。从此，我成了他最宝贵的财富，再过一阵，我简直就成了他在世上唯一可以视为是自己的东西的事物了。我陪伴父亲坐着，泪水偷偷地往肚里吞，听着他向我倾诉自己的苦衷。我这时才知道，父亲已濒于破产，而破产对他来说还不是最可怕的。在一个失眠的夜里，他在床上辗转反侧，怎么也找不到摆脱困境的出路。这时候，那个关于我家井中宝藏的传说，又浮现在他的脑海里。自此，它便紧紧追逐着我父亲。白天翻开账簿，他神思恍惚；夜里睡在床上，也梦魂不安。梦中，他看见从幽暗的井中射出来万道金光，一起身，他便忍不住一次又一次跑到井边去，望着那神秘莫测的深渊发呆。临了，他又去向那个邪恶的人求助。那坏蛋才不肯马上答应哩，而是又狠狠敲了他一笔竹杠，说是为了做什么准备。我可怜的父亲让人牵着鼻子走，交了一笔钱，又交一笔钱。到头来，梦中的金子吞掉了手头实在的金子，更糟糕的是，这钱还不是我父亲自己的，而是哈勒这个被监护人托他代为保管的遗产。我们合计来合计去，也想不出有什么东西可以拿给哈勒作抵偿。我们没有可以资助自己的亲戚，你的祖父当时又已不在人世，到最后，我们自己对自己承认，在这个世界上是无路可走了。

"灯灭了，我把头靠在父亲的胸口上，手放在他的手心里，久久地坐在黑暗中。我和父亲后来还谈了些什么知心话，到今天我已记不起来了。在这之前，我父亲在我眼中是个绝无过失的完人，就跟上帝一般，那天夜里，他却告诉我他做了一件事，一件一定会被世人看作是犯罪的事。然而，也就在此时此刻，我却感到自己胸中对他产生了一种从未有过的神圣感情。窗外天幕上的星星渐渐苍白了，接骨木树丛中已有一只小鸟儿开始唱歌，第一抹晨曦投射进了我们朦胧的房中。我父亲站起来，走到放着一大沓账簿的写字台旁边。墙上那幅真人大小的画像上的祖父，头戴假发，身穿浅黄色短袖马甲，似乎正用严厉的目光俯视着自己的儿子。

"'我要再算算，'父亲说，'要是结果还是老样子，'他跟请求宽恕似的瞅了瞅祖父的画像，迟疑地加上一句，'那我的下一步就难了，因为我不得不去求上帝和世人怜悯我。'

"我按他的希望离开了写字间，不久房子里也有了人声，天已大亮了。我做完了必须做的事，走进花园，再从后门到了街上。哈勒每天早晨去他当时干活儿的工场，总要打这儿经过。

"我不需要等多久，钟一敲六点，就看见他来了。

"'哈勒，等一等！'我说，同时招手让他跟我进花园里去。

"他惊异地望着我，可能从我脸上已看出不幸来了吧。我把他拉到园子的一个角落里，握着他的手，好半天吐不出一个字来。临了，我还是一五一十地告诉了他，然后求他说：

"'我父亲要来找你，你可别对他太狠呀。'

"哈勒顿时脸色苍白，眼神也变得叫我害怕起来。他也许只是完全绝望了。

"'哈勒，哈勒，你该不会把老人怎么样吧？'

"'绝不会怎么样,'他说,'只是我必须马上离开此地。'

"我吓了一跳。'干吗呢?'我结结巴巴地问。

"'我不能再看见你父亲。'

"'你会原谅他的,对吧,哈勒?'

"'会,阿格妮丝,我欠他的,比他欠我的还多啊。尽管这样——没必要让他在我面前低下他白发的头。再说,'他像顺便加了一句似的,'再说,我觉得眼下也还不是自己能当师傅的时候。'

"我听了什么也没讲,我只看见,我俩那昨天伸手就可摸到的幸福,如今已消失在渺茫的远方。可是又毫无办法,看来哈勒准备走的便是最好的出路。

"'你留心别让你父亲今天来找我就是了,'他回答,'到明天早上,我便会料理好这儿的一切,别为我难过伤心,我会很容易找到一个安身之处的。'

"说完这些话,我们便分了手。两人都心事重重,再也谈不下去。"

讲故事的老处女停了片刻,然后又说:

"第二天早上,我又见了他一次,以后,就再没见着,在我整个漫长的一生中,也再没见着。"

她把头耷拉在胸前,两手暗暗在怀中绞扭着,以此克制内心的哀痛。从前,这哀痛时时侵袭那个金发少女的心,今天,它仍使眼前这老处女衰朽的身躯战栗不已啊。

不过,她这么垂头丧气的并没多久,一会儿,她便强打起精神,从椅子里站起来走到窗前去了。

"我有什么好抱怨的呢!"她用手指着那块烧有她父亲名字的玻璃说,"这个人吃的苦比我多。让我还是再讲讲他的事吧。

"哈勒走了,他写了一封诚恳的信向我父亲告别,从此两人再也没有见面。不久,人家对我父亲采取了最后的法律手段,决定当即公开宣布他破产。

"从前,我们城里发布通告的流行办法,不像今天这样在教堂里由牧师在讲道之后代念,而是在市政厅敞开的窗口上,由市府的秘书当众高声宣读,而在这之前,钟楼上将鸣小钟半小时。我家正好住在市政厅对面,所以每当钟声响起,便看见小孩子们和一班游手好闲的人聚到市政厅的窗下,或者站在市政厅地窖酒馆前的台阶上。宣布一个人破产的方式也是如此,所以久而久之人们便把这做法本身也当成了一件坏事,使'敲某某人的钟'变成了一句咒骂人的俗语。过去我自己有时也漫不经心地去听听,可现在,一想到那钟声就不寒而栗,生怕它会给我本已一蹶不振的父亲以心灵上的痛击。

"他悄悄告诉我,他已就这事请求一位要好的市参议向市长疏通。这位市参议是一位好心肠的牛皮匠,向我父亲打包票说,这次宣布他破产时一定不敲钟。可我却从可靠的方面打听到,这张包票靠不住。因此,我一方面既让父亲继续相信这无害的谎言,另一方面却极力劝说他到那天和我去做一次短暂的旅行,到乡下的一位亲戚家里去。然而父亲苦笑了笑,回答说,他在自己的船完全沉没之前绝不离开。忧惧之中,我突然想起我家的拱顶地窖最里边隔出的那间小库房来,在那里头,是从来听不见钟声的。我便据此情况定下一个计策,而且也成功地说动了父亲,让他和我一起去开一张库存的存货清单,日后好使法院的人来点收财产时的那个难堪的手续简短一些。

"当那可悲的时刻到来时,我和父亲早已在地窖中做起自己的工作来了。父亲将货物归类,我则就着灯光把他口授的数字写在一张纸上。有几次,我似乎听见远远地传来了嗡嗡的钟声,便故意提高嗓门讲这讲那,直弄得木桶和货箱推来搬去发出巨响,把所有从外界侵入的声音都吞噬掉。事情看来十分顺利,我父亲也干得异常专心。可谁知突然之间,我听见外面地窖的门开了。我已记不起为了什么事,我们的老女仆来叫我,而随之传进来的,是一阵阵清脆的钟声。我父亲侧耳听着,他手中的货箱掉到了地上。

"'这耻辱的钟声啊!'他长叹一声,便无力地倚靠在墙上,'真一点也逃不脱啊!'但转眼间,我还没来得及讲一句话,他便站起身,冲出库房,沿着楼梯嗵嗵嗵地跑到地窖外面去了。我随即也跑上去,起先在写字间里没寻着他,最后到起坐间里才发现他正两手相握着站在大开着的窗前。这当儿钟声停了,对面是晨光朗照的市政厅,有三扇窗户被推了开来,市府的差役把一个个红绒坐垫放在靠窗的长椅上;同时,市政厅前那些石阶的铁栏杆上,已经爬满一大群半大的顽童。我父亲呆呆立着,两眼紧张地盯着对面。我轻言细语地想劝他走开,可他不听我的。

"'你甭管,孩子,'他说,'这事跟我有关,我必须听听。'

"这样,他留了下来。一会儿,头戴扑了白粉的假发的市府老秘书出现在当中的一扇窗前,当他旁边的两位市议员在红绒垫上把身子靠好以后,他便拉长自己那尖嗓子,宣读起他双手捧在眼前的判决书来。在春日的宁静气氛中,一字一句都清清楚楚地灌进了我们的耳鼓。当父亲听见自己的名字和姓氏回荡在市集广场上空的一刹那,我看见他的身子猛地震动了一下。可他仍然坚持着听完了,然后便从口袋里掏出他那只祖传的金表放到了桌上。

"'它也属于抵押品,'父亲说,'锁进钱箱去吧,明天好一块儿加封。'

"第二天,法院来人查封财产,父亲已起不了床,他夜里中风了。几个月后,我们住的宅子也卖了。我用一辆从医院借来的轮椅,把父亲推到了郊外新租下的一间小房中。在那儿,他还活了九年,这个瘫痪了的身心交瘁的人。他在身体好时也帮人写写算算,但主要的家用却要靠我这双手去挣。不过后来,他倒是怀着上帝一定会怜悯他的坚强信念,在我的怀抱里平平静静地死去了。他死后,我到了一些好人的家里,也就是令祖父府上。"

我年老的女友不再吱声,我却想到了哈勒。

"这么说,"我问她,"你后来从未得到一点你那位年轻朋友的消息啰?"

"一点儿没有,孩子。"她回答。

"你知道吗,汉森,"我说,"我不喜欢你那个哈勒,他这人说话不算话!"

她把手搭在我的胳膊上。"你可不能这么讲，孩子。我了解他这人，再说除去死亡以外，还有另外一些事情也可能叫人身不由己啊。好啦，咱们回房去吧，你的帽子还在那儿，马上就该吃午饭了。"

我们锁上那空荡荡的典礼厅，循来路往回走。这次那个瞅得见幽灵的人没开门，我们只听见他在门里边的沙土地上一拖一拖的踱步声。

我们回到房中，上午的太阳仍有最后一束光辉射进窗户里来。汉森拉开一个小橱子的抽屉，取出一只桃花心木的匣儿。匣儿的式样虽然老旧，却打磨得光光的，兴许是小木匠早年送给她的一件生日礼物吧。

"这个也得让你瞧瞧。"她边说边开匣儿。匣儿中藏着一叠有价证券，持有者的名字全都是"哈勒·延森"，本城已故木工师傅哈勒·克里斯蒂安·延森之子。然而，证券签发的日期又都不早于最近十年。

"你怎么得到这些证券的？"我问。

她莞尔一笑："我又没白给人家干活儿嘛。"

"可签的全不是你的名字呀？"

"那是因为我父亲欠了人家的债，我来代他还呗。再说，我的遗物和所有死在这儿的人一样，都要归养老院的，所以我当即就请人把这些证券签上了哈勒·延森的名字。"在把匣儿重新锁进橱子之前，汉森把它放在手上掂了掂。

"宝藏是重新积攒起来啦，"她说，"可幸福呢，那包含在宝藏中的幸福呢？孩子，却一去不复返。"

汉森说这话时，窗外正飞过一群欢叫的燕子。接着，又有两只扑扑地飞到窗前，叽叽喳喳叫着，落在了窗框上。这是我今年春天看见的头一批燕子。

"你听见那些小贺客了吗，汉森？"我高声喊道，"它们正赶你过生日的时候飞回来啦！"

汉森只点了点头。她那双仍然很美丽的蓝眼睛，凄凄惶惶地望着那些唱歌的小朋友。随后，她双手抚着我的胳膊，慈祥地说："去吧，孩子。我感谢大家，感谢他们想到了我。可眼下，我希望一个人待着。"

许多年过去了。一次，在去德国中部旅行后返归故里的途中，我碰见了一个人。那会儿蒸汽时代已经到来。在某个大火车站上，一位白发老人走进了一直只有我独自坐着的车厢小间。他从送行者手中接过一只手提箱，把它推到座位下面，客客气气地说了一句"这回咱们算同路啦"，便坐在了我对面的位子上。他讲话时，嘴角周围与褐色的眼睛里都现出善良的神气，我简直想称这是一种很招人好感的神气，使你禁不住想要和他倾心交谈。他外表整洁，那褐色的呢外套和雪白的领巾尤为显眼；他态度文雅，更令我产生与他亲近的愿望。所以没过一会儿，我俩便开诚相见，彼此诉说起自己的家世来。他告诉我，他是一个钢琴制造师，住在施瓦本邦的一个中等城市里。但我感到奇怪，我这旅伴虽操一口南德方言，可我刚才在他手提箱上看见的却是"延森"

这个姓，而据我所知，这是一个只在北德人中才有的姓氏。

我把自己的想法告诉他，他笑了一笑。

"也许我差不多已变成施瓦本人了吧。"他说，"到眼下，我住在这个好客的地方已经四十年啦。在这四十年中，我还从来没离开过哩。可我的故乡却在北方，所以才有这个姓。"接着，他便说出他出生的那座城市的名字，而且正好就是我的故乡。

"这么讲，我们真是老乡喽，"我叫道，"我也是那儿出生的，眼下正准备回去哩。"

老人拉住我的手，亲亲热热地端详起我的面孔来。

"仁慈的主安排得太好了，太好了，"他说，"如果您高兴，咱俩可以同路到底。我打算去的也是咱们的故乡。我希望在那儿和一个人见面——要是上帝允许的话。"

我愉快地接受了这个建议。

下了火车后，我们前面还有五英里的路，便马上换乘舒适的弹簧马车。正值秋高气爽，我们便把车篷推到了后面。故乡的景物慢慢显现出来，森林消失了。不久，路边上的土埂连同长在上面的树篱也不见了，眼前展开一片没有树木的辽阔平原。我的旅伴凝望着前方，静静地一言不发。

"这样地无边无际，我已经不习惯了啊，"他突然开了口，"你不管朝哪边望去，都似乎望不到头。"说完，又默不作声了。我也不去打搅他。

路程已走了大约一半，公路在穿过一座小村子以后又伸进了旷野里，这时我发觉老人向前探出脑袋，像是在努力搜寻什么似的。接着，他又把手搭在眼睛上挡住阳光，明显变得焦躁不安起来。

"我原本视力还挺好的，"他终于开了口，"可这会儿再怎么用劲儿，也瞅不见城里的钟楼。年轻时漫游归来，我总是从这儿首先向它问好啊。"

"您记错了吧，"我应道，"那座矮小的钟楼在这么远的地方是看不见的。"

"矮小的钟楼！"老人几乎是生气地嚷道，"它可是几世纪以来就作为水手们辨别航向的标志，几海里以外都看得清清楚楚呐！"

这一讲，我才恍然大悟。

"噢，原来您说的是老教堂的那座钟楼，"我犹豫地说，"它在四十年前就给拆掉了。"

老人瞪大两眼瞅着我，好像我在瞎扯似的。

"老教堂给拆掉了——四十年前！我的主啊，我在异乡待了多么久哟，竟从来没有得到过任何一点消息！"

他两手握在一起，灰心丧气地缩在角落里，过了半晌才说："从眼下算起，差不多五十年以前，我就在那座如今仅仅留在我记忆中的美丽的钟楼上，向一个人许下了和她再见的诺言。我这次千里迢迢地赶来，就为了找她啊。我现在想对您，要是您愿意听的话，讲一讲我的那段生活。对我希望找的这个人，您没准儿能提供一点儿线索吧。"

我使老人确信我是同情他的，于是，正当我们的车夫在中午温暖的阳光中打着盹儿,马车的轮子慢慢地从沙土地上辗过的时候,老人便讲起了他的故事。

"我年轻时原本希望成为一位学者,可由于父母早亡,留下的钱不够供我念书,我便只好重操父业,也就是说当了木匠。早在我漫游外乡给人当伙计的时候,我已有心选个地方定居下来,因为我多少还有点儿资金,在卖掉父亲的老屋时获得了相当一笔钱,足够使我自己开业。然而,我每次仍旧回到了故乡,为着一个年轻的金发少女的缘故。——我不相信,我多会儿还见过像她那样的蓝色眼睛。她有一个女朋友曾经打趣她说:'阿格妮丝,我真想把你眼里的紫罗兰给摘出来啊!'她这话我永远不曾忘记。"

老人沉默了,两眼凝视着前方,好像又看到了他年轻时见过的那对紫罗兰般美丽的眸子。这当儿,我几乎是无意识地、旁若无人地从嘴里念出了我那位在圣乔治养老院中的老朋友的名字,可老人又开始讲起来了。

"她是一位商人——我的监护人的闺女。我俩自幼一块儿长大。她父亲早年丧妻,她便受着父亲的严格管教,生活相当寂寞,因此她对自己唯一的小伙伴越来越眷恋。在我漫游回来以后,我俩私下好得差不多订了婚,并且已经商量妥了,我就在故乡开业。谁知在这节骨眼儿上出了意外,我那小小的财产全丢了。我只好又离开故乡。

"动身前一天,阿格妮丝答应当晚到她家花园后的路上来与我话别。我准时到了那里,阿格妮丝却不见来。我站在园篱外的接骨木树影下，倾听着，期待着，结果却是一场空。我当时不能进她父亲的房子里去，并不是因为我们发生了纠葛，相反我倒相信，他是会爽爽快快地把女儿许配给我的，因为他相当器重我，本身又并非一个多么傲慢的人。我不进去另有原因，我希望忘记它，现在就不提了吧。当时的情形我还记忆犹新。那是一个黑沉沉的4月的晚上，刮着大风，屋顶上的风信标发出的响声使我产生错觉，我以为听见了熟悉的开门声，结果却不见人出来。我仍旧久久地把身子倚在园篱上，眼睛仰望着空中飘过的乌云，临了儿，只得心情沉重地离去。

"我夜不能寐，第二天清晨，当我从自己的小屋里下楼来向房东道别时，钟楼上才刚敲五点。狭窄而坑坑洼洼的街道上还一片昏暗，到处都是冬天留下来的泥泞。城市仿佛仍在梦中。我不想碰见任何一张熟悉的面孔，因此才这么孤独地、哀伤地上了路。可正在我朝教堂公墓方向转过去的当儿，一道强烈的曙光破云而出。古老的市立药房的下半部连同药房的狮子招牌虽然还被街里的雾霭所笼罩，它上面部分的山墙尖顶却已一下子沐浴在春阳之中。就在我抬头仰望的当口，长空中响起了一声悠扬的号角，接着又是一声，又是一声，恰似在向世界的远方发出呼唤。

"我走进教堂公墓，仰望高耸的钟楼塔尖，却见打钟人站在瞭望台上，手里握着一把长号。我现在明白了，头一批燕子已经归来，老雅各布正吹号欢迎它们，同时向全城居民宣布，春天已经回到人间。因他这份辛劳，老雅各布将可以免费在市政厅酒窖喝一杯葡萄酒，并从市长那儿得到一个崭新的银币作为犒赏。我认识雅各布，从前常到他的钟楼上去。起初，我还是个少年，上那儿去是为了放自己的鸽子，后来，便是同阿格妮丝一块儿去，因为老打钟人有个小孙女，阿格妮丝做了她的教母，经常得关心和照顾小家伙。有一年圣诞节，我甚至帮着她把一整棵圣诞树拖到了高高的钟楼上。

"这当儿，那熟悉的大橡树门敞开着，我便情不自禁地走进去了。在突然包围着我的黑暗中，我很慢很慢地登上楼梯，楼梯走完，便手攀窄窄的简易梯级往上爬。四周一片岑寂，只有楼上的大钟在不停走着，发出嘎啦嘎啦的响声。我记得很清楚，我那会儿很讨厌这个死东西，真恨不得在经过它旁边时扭住它的铁轮子，不让它再走下去。这当儿，我听见雅各布从上面爬下来了，一边好像在对一个孩子讲话，叫孩子要小心走好。我冲黑暗中叫了一声'早上好'，问他是否带着小梅塔。

"'是你吗，哈勒？'老人应着，'当然，当然，她也得一块儿去见见市长先生。'

"祖孙俩终于到了我头顶上，我便退到旁边的墙凹里，让他们下去。雅各布见我一身旅行装束，惊叫了一声：

"'怎么，哈勒？瞧你又是手杖又是雨帽的上咱钟楼来，该不会又要出远门了吧？'

"'是的，雅各布，'我回答，'我只希望不要走太久就好啦。'

"'可我压根儿想不到你会这样！'老人嘟囔道，'喏，既然非走不可，那就走吧。眼下燕子已经归来，正是外出漫游的最好时光，难为你临走还上这儿来。'

"'再见吧,雅各布!'我说,'当你又看见我在阳光照耀下走进城门来的时候,你可别忘了像今儿早上欢迎归来的燕子那样,吹起号角来欢迎我啊!'

"老人一边跟我握手,一边抱起他的小孙女。

"'没问题,哈勒师傅!'他笑呵呵地大声回答,每当开玩笑时,他总这么称呼我。我正准备转身下楼去,他又加了一句:'怎么,你不想听阿格妮丝对你道一声一路平安吗?在上面,人家一早就来啦!她还是那样爱这些燕子啊。'

"我恐怕从来也没那么快地爬上这最后几级危险得要命的楼梯了,心剧烈地跳着,气也差点儿喘不过来。可当我到了瞭望台上时,前面一下子出现耀眼的蓝天,我便身不由己地愣住了,目光越过了铁栏杆。我看见在自己脚下很深很深的地方,我的故乡静静地躺着,城中已呈现出一派春意。在一片屋顶的海洋中,这儿那儿挺立着一棵棵高大的樱桃树,让温暖的春风一吹,便已繁花满枝。在市政厅小钟楼的对面,有一座山字形屋顶,它底下便是我那监护人的家。我眺望着他家的花园和园后的道路,心中充满了离愁别恨,情不自禁地长叹了一声。这当儿,我蓦地觉得有谁拉住了我的手,抬头一看,身边站着阿格妮丝。

"'哈勒,'她说,'你到底来了啊!'说时她脸上漾起了幸福的微笑。

"'我没想到会在这儿见到你,'我回答,'可我马上就得离开,你干吗昨晚上让我空等呢?'

"这一问,她脸上的笑意全然消失了。

"'我当时不能来,哈勒,我父亲不让我抽身。过后我跑进花园中,可你已走了,我等你,你没再来。所以今儿一早,我便爬到钟楼上——我心想,我总该目送着你走出城门去吧。'

"我当时前途茫茫,但心里总算有个计划。从前我在一家钢琴厂里干过,眼下又希望找一个同样的工作,挣些钱,往后自己也开一家制造钢琴的作坊。那年头,这种乐器正开始大兴其时。我把计划告诉了姑娘,并讲了我最先打算去的地方。

"她身子俯在铁栏上,怅惘地望着渺茫无际的天空。半响,她慢慢地转过头来,声音低低地说:

"'哈勒,别走吧,哈勒!'

"我望着她答不出话来,她又高声喊道:'不,别听我的,我是个孩子,自己也不知道自己说了些什么。'

"晨风吹散了她那金色的发辫,把它吹到了她耐心地仰望着的我的脸上。

"'咱们必须等待,'我说,'眼下幸福存在于遥远的远方,我要碰碰运气,看能不能找它回来。我不会写信给你,只要时候到了,我自己会回来的。'

"她用她那对大眼睛望了我好一会儿,然后握住我的手。

"'我等着你,'她语气坚决地说,'愿上帝保佑你一路平安,哈勒!'

"可我并没有马上走。眼前这托着我俩的钟楼,是如此孤单地耸立在蓝天中,只有那一只只铁青色的翅膀在晨曦中微微闪光的燕子,在空气和光的海洋中游弋。我久久地握着她的手,心里觉得自己仿佛可以不走了，仿佛我俩，她和我，这时业已摆脱了人世间的一切苦恼。然而时光催人，我们脚下的巨钟轰鸣着，告诉我们一刻钟又过去。钟声还在塔身周围缭绕，蓦地，一只燕子飞过来，翅膀几乎擦到我们身上，毫无畏惧地在我们伸手就可抓着的栏杆沿上停下来。在我们像中了魔似的盯着它那闪闪发亮的小眼睛的当儿，小家伙突然放开喉咙，望着天空唱开了春歌。阿格妮丝一头扑进我的怀里。

"'别忘了回来啊！'她喊着。刹那间，那只鸟儿便一振翅飞走了……

"我已想不起，我是怎样从那黑洞洞的钟楼里走下来，到了平地上的。在城门前，我又驻足在大路边，回首仰望。在那阳光朗照的高高的钟楼上，我清楚地辨出了她那可爱的身姿。我觉得她远远地探身出了栏杆，不禁失声惊叫起来。可她呢，仍然一动不动地站在那里。

"终于，我转过身，沿着大路快步走去，再也没回头。"

老人沉默了片刻，然后说道："她白等了我一场啊，我自此再没有回去。——我这就把事情的缘由告诉您。

"最初我在维也纳找到了工作，那儿有最好的钢琴厂。一年半以后，我从维也纳到了威腾堡，也就是眼下我定居的地方。我厂里一个工友的哥哥当时住在这儿，人家曾托他帮忙介绍一个可靠的伙计去。我去的这家的主人，当时还是一对年轻夫妇。作坊虽很小，师傅却是一个和气且能干的人。在他手下，我很快便学到了更多的手艺，而在大厂子里，人家却总让我干些零碎活计。

我卖力地干着，并把在维也纳积攒的一些经验也用上了，因此不久后便博得了两位好人的信赖。特别令他们喜欢的是，我在工余还教他们的两个男孩中大的那个学德语。没过多久，小的那个男孩也开始学起来。这时，我已不仅教他们语法，还设法弄来一些书，常常从书中念各式各样有趣且带知识性的故事给他们听。这一来，两个孩子都很依恋我。一年以后，我独立造出了第一架音色异常优美的钢琴。这成了全家的大喜事，就像是他们的一位最亲的亲人完成了自己的杰作似的。可我呢，却想到自己该回家啦。

"谁料想，我年轻的师傅这时却病倒了。感冒终于转成肺炎，但病根可能早已在身体里埋下了。作坊的营业自然归我照管，这一来我便脱身不得。我和这家人结下了越来越亲密的友谊，对他们目前的处境深感忧虑。全家大小和睦而勤劳，可屋里却住进来了一个凶恶的第三者，善良的人们怎么赶它，它也不肯出去。在任何一个阳光暂时照不到的角落，病人都看见它蹲着——这家伙就是忧愁本身。'快拿扫帚来扫它出去，'我常常对我的朋友说，'我会帮助你的，马丁！'这时候，他多半会握住我的手，苍白的脸上掠过一丝凄苦的笑意，但过不了多久，他又会在所有的东西上看见黑色的蜘蛛网。

"可悲的是，这并非纯属幻想。他用以开办作坊的资金，原本就嫌少了一些。且不说头几年，他净雇到一些拆烂污的人，吃了不少的亏。就说制成品的销售吧，也嫌太慢，再加上如今又来个一病不起。临了，我一个人不仅要为全家的生计操心，而且还必须安慰几个健康的人。师傅没多久便下不了床,每当我和孩子们坐在他的床沿上,他们就抓住我的手不放。病人则像是体力越衰竭,精神倒越活跃似的。他的头靠在枕头上苦思冥想,谋划着将来的事情。有几次,他感到死亡临近的恐怖,陡然一下坐起来,大喊大叫:'我不能死!我不想死!'但接着,他又合起掌来,低声道:'主啊,主啊,如果你要我死,我也愿意!'

"解脱的时刻终于到来,我们全都聚在他的床前。他对我表示了感谢,并一一与我们诀别。可后来,他像突然发现面前有什么可怕的东西,便猛地一把将自己的老婆和两个儿子揽到身边去保护起来,眼神凄惨地望着他们,发出大声的悲叹。我于是劝他:'别再发愁,马丁,把他们托付给上帝吧!'

"可他却绝望地回答:'哈勒,哈勒,这已经不是忧愁,而是贫困本身!它马上就会从我的尸体上爬过来。我的老婆,啊,还有我可爱的孩子,他们都将逃不脱贫困的魔爪啊!'

"人在临终时的情形是很特别的,我不知道您是否知道这一层,年轻的朋友。当时,我便答应我那奄奄一息的师傅,我要一直留在他的妻儿身边,直至这个使他咽不下气的幽灵再也不能侵害他们。我的话一出口,死神马上溜进了房间。马丁手一伸,我还当他想和我握手哩,谁知却是让那个看不见的上帝的使者攫住了。我还没来得及碰着他的手,我年轻的师傅已经一命呜呼。"

我的旅伴脱下帽子,放在怀中。正午温暖的微风吹动着他的白发,他默默无声地坐了好一会儿,像是在哀悼他那早已亡故的友人。我不由得想起我的老汉森有一次对我讲过的话:"除去死亡之外，还有另外一些使人身不由己的事情哩。"然而，这使活着的人不能见面的仍是死亡啊。很显然，我对坐在自己旁边的这个人是谁已经一清二楚了。半晌，老人才慢慢戴上帽子，继续讲他的故事。

"我遵守了自己的诺言，"他说，"可我在许下这个诺言的同时，却把另一个诺言给毁啦。情况很快表明比我一直想的还糟得多。丈夫死后没几个月，老婆又生了第三个孩子，一个女儿，这在当时的情况下，真是旧愁之上添新愁。我尽了最大的努力，可一年年过去了，境况仍不见好转。我不只尽心竭力，而且把自己几年来的积蓄也填进去用掉了，却还是没能战胜贫困这个幽灵。我清醒地看到，只要把我换成任何一个稍微不那么忠实细心的人，这归我保护的无依无靠的一家子便毁啦。

"自然，我常常干着干着活儿也想起家来，阵阵乡愁便会咬噬我的心。不止一次，我自己手里的凿子停住了还不知道，直到好心的主妇来叫我才猛然一惊，回过神儿来。要知道，我的心那时已飞回故乡，耳际正响着另一个女子的声音。梦中，我常看见自己故乡城里的大钟楼：开始时是在阳光朗照下，周围飞着成群的燕子；后来再做梦时，却看见它黑乎乎的兀立在苍穹之下，被狂风暴雨袭击着，眼看就要倒了似的，耳边还听见大钟在一个劲儿地敲响、敲响。但不管开始也罢，后来也罢，阿格妮丝总是俯身在瞭望台的栏杆上，仍穿着为我送别那天穿过的天蓝色裙子，只是已经破烂不堪，一片一片地在风中不停飘动。'燕子何时再归来呢？'我听见她在呼唤。我听出这分明就是她的声音，然而在狂风吹打中,它听起来是何等凄惨哟!——每当天蒙蒙亮,我从梦中醒来,多半都会听见有几只燕子在我窗前的屋檐上呢喃。头几年,碰上这种情况,我总要撑起头来谛听,一直听到我的整个心田让乡愁给塞满;到后来,我就再也受不了啦,不止一次地拉开窗户,把那些唧啾个没完没了的可爱鸟儿轰跑。

"就在这么一个早晨,我突然宣布现在我必须走了,现在终于到了该考虑考虑自己的生活的时候。我的话刚一说完,两个男孩顿时大哭大叫;他们的母亲则一言不发,只一下子把女儿塞进我的怀里,这娃娃马上也伸出小胳膊来,把我的脖子紧紧抱住。我心疼这些孩子们啊,亲爱的先生,我丢不下他们。于是想,'好,我再留一年吧!'这样,我与自己的青年时代之间形成的鸿沟便越来越深,到最后,过去的一切都似乎再也不可企及,恰如一些不堪回首的旧梦。终于,我应已成年的孩子们的请求,和他们的母亲,这个长期以来以我为唯一依靠的女人结了婚。当时我已经四十开外。

"可谁想到,这一来我心里却产生了奇异的变化。从前,我对这女人始终很有好感,且她的为人确实很好,可眼下,在她和我结成终身伴侣之后,我心里却讨厌起她来了。岂止讨厌,简直可以说是越来越恨她,我常常得花很大的力气才能掩饰住自己的这种感情。我们人就是这样啊,我在心里把由于自身的软弱才发生的事情一股脑儿全怪在了她头上。后来,上帝使我经受了一次试探,从而挽救了我。

"那是盛夏里的一个星期日,我们全家出去郊游,到住着一家亲戚的邻近的山村里去。两个儿子领着小妹妹走在头里,把我们老两口丢在后面。孩子们的欢声笑语已消失在前面的树林中,我妻子便提议带我走一条她熟悉的山路。这条路从采石坑边上插过去,没准儿在上大路时我们还能赶在孩子们前边哩。

"'我和马丁谈恋爱时来过这里,'在我们转进旁边的枞树林时,她说,'再往前不远,我们那会儿还采到过一种深蓝色的花。我真想知道,眼下那儿是不是还有啊。'

"不多时,我们旁边长着树木的路便走完了。眼前的一条小路一边紧贴悬崖的边沿,一边依傍着一道长满黑莓和其他灌木的斜坡。我妻子精神抖擞地在前边走,我慢慢地跟在后面,马上又沉湎在自己的白日梦中。故乡在我的意识里犹如一个失去了的乐园,我冥思苦想,却怎么也想不出一条回到乐园中去的路。我仿佛透过一层纱幕才依稀看见眼前临着采石坑一边的路上长满了深蓝色的小花,我妻子正一次一次地弯下腰去摘着。这一切跟我又有什么关系呢!蓦地,我听见一声惊叫,抬头一看,我妻子的双手正在空中乱抓,同时她脚下的乱石却松动了,有的已经哗啦哗啦滚到峡谷中去了。在她脚下十步开外,便是一道陡直的深渊!

"我像瘫痪了似的站着,耳际响起一个声音:'别过去,让她摔死好了,这样你就脱身啦!'——然而,上帝帮助了我。只一闪念间,我便奔到她身旁,豁出自己的性命,在悬崖边上抓着她的手,侥幸把她拖了上来。

"'哈勒啊,我的好哈勒,'她哭喊着,'是你这手又一次把我从深渊旁边拖开,救了我的命!'

"她这几句热乎乎的话撞击着我的心扉。以往那些年,我对自己的过去从未吐露过一个字。开始时是由于年轻,羞于把自己神圣的感情告诉他人,后来则出自一种无意识地想掩盖自己内心矛盾的需要。可这当儿,我突然渴望毫无保留地把一切都讲出来,于是便坐在悬崖边上,向我刚才还希望她葬身崖下的妻子掏出了自己的心。就连刚刚那一闪念,我也不曾对她隐瞒。她听了泪如雨下,既哭我,也哭她自己,但更加痛惜的,却是阿格妮丝。

"'哈勒,哈勒,'她唤着我的名字,把头贴在我的心口上,'这个情况我不知道啊,可眼下已后悔莫及,而谁又能免除我们的罪孽呀!'

"这一来反倒是我去安慰她了。直到几小时后,我们才进了村,孩子们早已望眼欲穿了。从此,我那善良正直的妻子便成了我最知心的朋友,我俩之间再也不存在什么秘密了。这样又过了许多年,渐渐地,我妻子似乎已忘了我给她和她的孩子们的好处都是牺牲了另一个人的幸福换来的;而我自己的内心,也比以前平静多了。只有到了春天燕子归巢的季节,或者往后黄昏来临的时候,群鸟都已投林,唯有燕子仍对着布满晚霞的天空歌唱,我才会旧病复发,耳畔又不断响起那可爱的声音:'别忘了回来哟!'

"今年的一天傍晚,就出现了这样的情况。当时我坐在家门前的一条长凳上,看着夕阳在葡萄山上慢慢往下沉。我二儿子的小女儿爬到我身上来了,她玩累了,想在爷爷怀里舒舒服服地待一会儿。没过多久,她便闭上了眼睛,同时晚霞也已从天边散去。可是,在旁边邻家的屋檐上,却有一只孤燕蹲在暮色中,在啾啾唧唧地轻声啼叫,活像诉说着对往昔的回忆。

"这当儿,我妻子走出房来。她在我身边不出声地站了好半晌,我都一直没有看见她。当我终于抬起头来时,她便温柔地问:'老爷子,你怎么啦?'

"我没有回答,苍茫的暮色中,只听得见从旁边传来的声声燕语。她于是又问:'又是为了那燕子的缘故吧?'

"'你知道就是了,老婆子,'我说,'你可是一直都很体谅我的啊。'

"可实际呢,我还并不完全了解她,她对我的好心还不止于此啊。她用双手抚着我的肩。

"'你觉得怎么样?'她大声问,同时用一双善良的老眼盯着我,'我觉得咱们现在可以了结这件事啦。你一定得去会会你的阿格妮丝,要不然你就是进了坟墓,在我身边也得不到安宁啊!'

"我让她这建议差点儿吓呆了,正想表示异议,她却又说:'听上帝安排吧!'于是,我照办了,所以眼下才能回故乡来。不过,当我们的马车驶进城门的时候,老雅各布恐怕不会再吹号角欢迎我了吧。"

我的旅伴不吱声了,可我再也缄默不下去,心里太激动了。

"我知道您,"我说,"我非常了解您啊,哈勒·延森。还有阿格妮丝我也认识,她在我祖母家里生活过许多年。对我来说,她就跟我的祖母一般亲近。我从她本人口中知道了一切,包括您刚才不曾讲出来的那些事情。"

老人合起掌来。

"伟大仁慈的主啊!"他说,"这么说她还活着哕!"

我万万没有料到,我竟唤起了一个只有在阴间才能满足的希望。我只回答:"她了解自己青年时代的朋友,从来不曾怨恨过他。"

接下去,我便讲了汉森的境况。他凝神屏息地听着,贪婪地从我嘴唇上攫走每一个字。

这当儿,车夫唰地抽了一个响鞭,我故乡那个平顶的矮钟楼出现在了地平线上。我举起手来朝那儿指去,老人却一把抓住我的手。

"我年轻的朋友,"他说,"这即将到来的时刻,已叫我发起抖来了啊!"

不多时,我们的马车便辚辚地驶在了城里的石砌街道上。其时秋光正好,路上行人很多。我是城里土生土长的孩子,又正值远行归来,所以一路上不断有人亲亲热热地和我打招呼。但对我身边这位陌生的老人呢,他们充其量投以惊讶或者好奇的一瞥罢了。终于,我们在客栈前停了车。我打算今天就在这儿和我的旅伴分手,因为他希望第一次他能独自上圣乔治养老院去。

几分钟后,我踏进家门,立刻便给父母和兄弟姊妹们团团围住。

"大家都好吗?"我头一句话就问。

"你瞧，大伙儿都很健康不是，"我母亲回答，"只不过——有一个人你再也见不着了。"

"汉森！"我叫起来。须知除她以外，我还能想到谁呢！母亲点了点头。

"可你干吗这么吃惊，孩子？她已经到时候了，今天早晨，她安安静静地在我的怀里睡过去啦。"

我三言两语地讲了我带来了什么人，大伙儿大为震惊，呆呆地立着，我却连衣服也没换便离开了家。我现在不能把老人独自丢下啊。我先赶到客栈，一打听，他已出去了，便顺着大道直奔圣乔治养老院。

到了那儿，我发现那个瞅得见幽灵的人站在院门前的大道中间，心想死神没准儿也讨厌这个家伙吧。只见此人两手反背在背上，脚下晃晃悠悠，仰着脑袋，眼睛从帽檐底下直勾勾地瞪着一面山墙。我循着他的视线望去，看见在最顶层的楼梯上以及悬挂在墙隙里的巨钟上，都密密麻麻地停满了燕子；同时，有的还三三两两地在绕着这一大群伙伴飞来飞去，一忽儿腾起在空中，一忽儿又唧唧叫着、啁啾着，飞回到老地方来；也有的像带来了新伙伴，新来者马上便努力在墙沿上为自己找一个位子。

不知不觉间，我被这景象吸引住了。我看出，它们是在做远行的准备，对于燕子们来说，故乡已经不够温暖了。我旁边的老头儿从头上摘下帽子，捏在手中挥来挥去。

"嘘——嘶！"他吃喝道，"你们给我快滚，你们这些鬼崽子！"

墙上的一幕还继续演了好一会儿，可是后来突然之间，所有的燕子都像给旋风卷去似的，一下子陡直地飞上天空，转瞬间便在蓝天里消失得无影无踪了。

瞅得见幽灵的人还站在那里，口中念念有词，不知叽咕些什么，我却穿过黑黝黝的门洞，走进了养老院的庭院。汉森房前的一扇窗户还跟往常一样敞开着，旁边的燕子窝仍在。我迟疑地爬上楼梯，推开她的房门。只见我的老友汉森静静地、安详地躺在床上，覆盖着她身体的白布揭开了一半。我那位旅伴坐在她的床边上，两眼越过死者的尸体，直直地凝视着对面一无所有的墙壁。我看得清楚，他那痴呆的目光是努力想越过一道深不可测的宽宽的鸿沟，在这鸿沟的另一边，是他青年时代那可望而不可即的美梦，如今正迅速地、不可挽回地化作烟雾散去。

我装作身边没有他这个人似的，自顾自地坐到敞开的窗前的一把椅子里，观察起那个空燕窝来。如今雏燕已经凌空，窝里还看得见的只是那些曾经保护过它们的草茎和羽毛而已。当我再回首房中时，发现老人的头正俯在死者的头上。他像神经错乱了似的，正仔细端详着那个躺在他面前的人的干瘪的老脸。这张脸上的表情是死一般的严厉。

"哪怕只能看看这双眼睛也好啊！"他喃喃道，"可上帝把它们给合上了。"

随后，他像必须证实死者就是他要找的人似的，把垂在她脑袋两边的夏布上的灰白光亮的头发抓起一绺来，在手指间抚弄来抚弄去。

"我们来晚了,哈勒·延森。"我痛心地说。

他扬起脸来,点了点头。

"晚了,晚了五十年,"他应道,"而她的一生,也就这么完了。"说罢,他慢慢站起身,用夏布把死者安详的面孔重新盖上。

透过窗户吹来阵阵秋风,我仿佛听见,从燕群飞过的遥远的天际飘来了它们那支古老歌曲的最后几句:

当我归来的时候,当我归来的时候,
一切皆已成空……

三色紫罗兰①

宽敞的宅子里悄无声息,然而就在走廊上面,也感觉有一束束鲜花芳香扑鼻。正对通往二楼的宽阔楼梯的是一道双开门。这时候,从门外走进来一个穿戴整洁的老女仆。她反手推开了房门,神情显得既庄重又得意,一双灰色的眼睛扫视着四周的墙壁,像是想最后再检查一下是否真已做到一尘不染。终于,她满意地点点头,目光落在了那架英国造老式室内座钟上。适才,这钟又叮叮当当地响了一次。

"已经七点半!"老妇人喃喃着,"教授先生信上讲,一打八点老爷他们就到家啦!"

说着她伸手从衣袋里掏出一大串钥匙,走进了楼梯后面的房间。室内于是又悄无声息,只有那老座钟长长的钟摆发出的声音,响彻宽阔的走廊,一直送到了上边的楼梯间里。透过楼门上方的窗户,一抹夕阳照射进来,辉耀在钟罩上边的三个镀金球

---

① 小说原题为 Viola tricolor,意指一种堇科的草本花卉,直译为三色堇。这种色彩丰富的花卉在德国民间还叫 Stiefmütterchen,即"小继母"或"继母花";在我们这儿则俗称为蝴蝶花、鬼脸花。

顶上。

随后上边传来细碎、轻柔的脚步声，一个十岁光景的小姑娘出现在了楼梯口。她也穿戴得跟过节似的干干净净，红白相间的衣裙，正好配上她黑褐色的脸蛋儿和乌黑油亮的发辫。她胳膊肘支着楼梯扶手，小脑袋又撑在胳膊上，如此慢慢儿地往下滑，同时黝黑的眼睛盯着对面房门，神情像在做梦。

小姑娘站在过道上侧耳细听，一会儿以后才轻轻推开房门，钻过沉重的帷幔溜进了房中。房间很深，两扇窗户又正对着一条夹在高楼之间的小巷子，这时房里便已经光线晦暗。只是在旁边的沙发上方，由深绿色的丝绒墙衣衬托着，有一面威尼斯式样的镜子闪着银光。沙发前的茶几上立着只大理石花瓶，瓶中插着一束鲜艳的玫瑰。房内寂然无声，镜子的任务似乎仅在映照出鲜花的倩影。不过没等多久，镜框中也映出了那女孩的黑发小脑瓜。只见她踮着脚尖从柔软的地毯上蹑过来，纤细的手指已经急急伸进花束，眼睛却飞快地朝身后的房门瞅去。终于，她从花束中抽出来一枝半开的玫瑰，却没留意到花茎上面有刺，一滴鲜红的血液沁出了手指，她急忙用嘴去吸吮——生怕鲜血会掉到珍贵的花地毯上面。随后她手里擎着偷摘来的玫瑰，像进来时一样又轻手轻脚地钻过门帘，到了外边的过道上。她在那儿又倾听了片刻，随即便飞快跑上刚才下来的那道楼梯，上楼后再穿过一条走廊，一直跑到了尽头的那扇房门跟前。她没有立刻去按门把手，而是先将目光投到窗户外面，只见夕照之中，燕儿们正上下飞翔，穿梭往来。

眼前是她父亲的书房，平素父亲不在的时候，她是不会进来的。眼下四周全立着装满书的高大柜子，她一个人孤独地面对着这些书柜，心里怀着敬畏。就在她反手关上房门的当口，左手边的一扇窗户底下突然传来一阵响亮的犬吠声。小姑娘严肃的脸上掠过一丝笑意，迅速奔到窗口向外张望。窗下铺展着一座大花园，一片一片的草坪，一丛丛、一行行的灌木。可她那四条腿的朋友像是已经跑到别处去了，小姑娘不管怎么搜寻张望，仍旧不见它的踪迹。渐渐地，她脸上好似又罩上了阴影。她进屋来原本为的是别的事情，这会儿尼罗跟她有什么关系呢！

正对着她适才走进来的房门，屋里还有一扇向西开的窗户。窗边靠墙摆着一张大书案，摆放的位置正好让光线落在桌前坐着的人手上。书案上面，一位文博学家必备的器械、物件应有尽有——古希腊罗马的青铜小雕像和陶瓶陶罐、古代神庙和民居建筑的模型，以及从往昔的瓦砾废墟中逃脱出来的其他东西，几乎占据了整个桌面。只是在书案的上方，像是从春天的蔚蓝色空气中幻化出来的一样，挂着一个年轻女子真人大小的肖像。她开朗的额头上盘着金黄色的发辫，恰似戴了一顶王冠，人便越显得青春焕发。当初，在她还那么面带着微笑立在这所宅第的大门前迎候客人到来的时候，朋友们便不由得想起了"优雅娴静"这个过时的形容词。眼下，她这墙上的画像仍有着一双孩子般天真无邪的蓝眼睛，目光仍然是那样的温柔、娴雅，只是嘴角边上挂着一丝忧郁，这在她生前从未有人见过。也正因此，画家当时曾挨了骂，可后来，她去世了，大家却觉得这样画正好合适。

黑头发的小姑娘脚步轻轻地走过去，两眼紧盯着画像，目光中饱含热烈的渴慕。

"母亲，我的母亲！"她低声呼唤，嗓音却如此殷切，好像就要扑进母亲的怀里。

美丽的少妇一如既往，仍纹丝不动地从墙上俯视着她；她呢，却像只小猫，敏捷地翻越过书案前的扶手椅，爬上书案，站在画像跟前，倔强地翘起嘴唇，双手颤抖着努力把偷摘来的玫瑰插在金色画框的底边后面。花插牢了，她很快爬下来，用她的手绢细心地擦去了书案面子上的脚印。

可是，刚才她生怕跨进这间屋子，这会儿却怎么也不愿离开了。她已经朝房门走出好几步，却又回转身来，书案旁那扇朝西开的窗户好像对她施放着魔力。

那下边也有一片花园，确切地说是一个废园。面积自然很小，在一些个没让杂乱疯长的灌木遮掩的地方，看得见四周的高高围墙。围墙边上，正对着窗户，有一座苇秆盖顶的敞亭，已经显得破败。亭子前面立着一张花园椅，可差不多已被野葡萄的绿色藤蔓给遮盖起来了。正对着敞亭，想必当初曾生长过一片花茎高长的玫瑰，可如今，花茎垂挂在褪了色的花撑木上，像枯萎的稻草，而在底下，由无数的玫瑰花瓣掩蔽着，生长出来一丛丛的百叶蔷薇，又把落叶散布在了四周的小草上。

小姑娘把臂肘支撑在窗台上，两手托着腮，满含思念的眼睛俯瞰窗外。

对面的苇顶敞亭间有两只燕子飞进飞出，想必已经在里边给自己筑好了巢。别的鸟儿都归巢歇息了,只在已经凋谢了的金链花的树梢头,还有一只红胸脯的鸟儿正纵情歌唱,黑色的小眼睛紧紧盯着自己的小宝宝。

"尼茜,你跑哪儿去了?"一个老妇人嗓音温柔地说,同时慈爱地抚摸着女孩的脑袋。老女仆不知啥时候进了屋,小姑娘转过头来望着她,样子显得疲惫。

"安妮,"女孩说,"要是能让我再到外婆的园子里去一次,只是一次,那有多好啊!"

老妇人没有回答,她只是闭紧嘴唇,像是思考似的点了几下脑袋。"来,来!"她随后说,"瞧你像什么样子!他们马上就到家啦,你的爸爸和你的新妈妈!"说着便把小姑娘拽到怀中,抚平她的头发,扯一扯她的衣服。"别,别,尼茜宝贝!你不许哭!听说她是个好女人,而且挺漂亮。尼茜,你可是喜欢见到漂亮人物的啊!"

说话间,大路上响起一辆马车驶近的辚辚声。小姑娘哆嗦了一下,老妇人却抓住她的手,拽着她很快走出了房间。她俩来得正是时候,看见了马车到达的情景,两名使女已经打开大门迎候在那里。

老妇人像是说得不错。一位四十岁光景的男士——严肃的神色很容易看出是尼茜的父亲,从车里抱下来一个年轻漂亮的女子。她的头发和眼睛也黑黝黝的,黑得几乎跟那个她就要做她继母的小姑娘一个样。是的,粗粗一看,简直会当她是女孩的亲生母亲,如果她不是显得太年轻的话。她和蔼地打着招呼,眼睛却在四处搜寻，可她丈夫很快就把她领进屋子了，在那里，她受到了芬芳馥郁的玫瑰花香的迎接。

"我们将共同生活在这儿，"他说，同时按着她的肩，硬让她坐在一张软椅里，"先别离开这个房间，得在这儿，得在你的新家好好休息休息！"

她热诚地仰望着他："可你呢——你不愿待在我身边吗？"

"我这就去把咱们家最最珍贵的宝贝给你带来。"

"好的，好的，鲁多尔夫，你的阿格尼丝！她刚才在哪儿啊？"

说着丈夫已经离开了房间。适才，在他们到家那会儿，尼茜藏到老安妮身后去了，可这没能逃过他做父亲的眼睛。此刻，他发现女儿站在外边的过道上，怅然若失的样子，便一把将她高高抱起，一直抱回到了房间里。

"这儿，你的尼茜！"他边说边把孩子放到她漂亮继母脚下的地毯上，随后便走出房间，装着还有事要办的样子，其实有意让母女俩单独待在一块儿。

尼茜慢慢站起来，站在年轻女人面前一声不响。两人都心中无数，都盯着对方的眼睛审视。当继母这位多半觉得主动热情乃理所应当，所以到底还是拉住小姑娘的手，严肃地说：

"你知道的，阿格尼丝，我现在是你的母亲了，让咱们俩相亲相爱不好吗？"

尼茜眼睛凝视着旁边，过了一会儿才怯生生地问：

"可是我可以叫你妈妈吗？"

"当然可以，阿格尼丝，你想怎么叫就怎么叫，妈妈也好，母亲也好，只要你喜欢！"

小姑娘尴尬地仰望着她，困窘地回答："我叫妈妈好些！"

年轻妇人迅速地瞅瞅她，黑色的眼睛紧盯着孩子更加黝黑的眼睛。"妈妈？可干吗不叫母亲呢？"

"我的母亲死了。"尼茜低声回答。

下意识地，年轻妇人推了孩子一把，可立即又把她拉回来，重新紧紧拥抱在胸前。

"尼茜，"她说，"母亲和妈妈可是一码事啊！"

可尼茜一言不答，已经死去的那位夫人，她是永远只叫她母亲的。

谈话结束了。男主人回到房里，发现小女儿让年轻的妻子抱在怀中，脸上露出了满意的微笑。

"现在走吧，"他快活地说，同时向妻子伸过手去，"你是这个家的女主人，请你去视察视察所有的房间！"

于是夫妇俩手挽手往前走，走过了底楼的所有屋子，走过了厨房和地窖，随后又登上宽阔的楼梯，来到一间大厅，再走进楼梯两侧房门都开向走廊的大大小小的房间。

暮色已经降临，年轻的妻子越来越沉地垂挂在丈夫的臂弯上。她感觉，几乎是每打开一扇房门，肩上就增加了一副担子，在应对愉快地滔滔不绝的丈夫时便越发寡言少语。两人终于站在书房门外，这时候丈夫也沉默下来，并把默默靠在他肩上的美丽头颅抬起来望着他自己。

"你怎么啦,伊尼丝?"他说,"你不高兴!"

"哦,哪里,我高兴来着!"

"那来吧!"

他打开房门,迎面送来柔和的亮光。落日正停在小小废园的灌木丛背后,金色的夕阳透过朝西的窗户照射到了室内。——就在金色的夕晖里,死者的美丽画像从墙上俯视着来人,在它淡金色画框的底边上面,一朵鲜红的玫瑰宛如炽烈燃烧的火焰。

年轻妇人下意识地伸手护住心口,两眼盯住那生动而甜美的画像,默默无言。可这时丈夫的胳臂已经紧紧搂住了她。

"她曾经是我的幸福,"他说,"你现在成为我的幸福吧!"

伊尼丝点点头,却默不作声,呼吸急促。唉,这死者还活着啊,对于她俩来讲,这同一所房子里可是没有足够的空间!

跟刚才尼茜在房里时一样,此刻从北边的大花园里又传来响亮的犬吠声。

年轻妇人被丈夫用温柔的手牵着,领到了朝北开的窗户跟前。"你瞧瞧下面!"他道。

在下边园子里,围着大草坪铺有一条小径,小径上蹲着只纽芬兰长毛犬;尼茜站在面前,正用她的一条黑色发辫绕着狗鼻子画圆圈,圈儿越画越小,越画越小。最后狗一仰脑袋吠叫起来,尼茜乐得笑了,又重新开始她的游戏。

看着这幼稚的举动,当父亲的也不禁莞尔一笑,只是在一旁的年轻妻子笑意全无,丈夫脸上因此好像也掠过了一片乌云。"设若她是她的生母!"他暗想,可说出口来的却是,"那是咱们的尼罗，它你也得认识一下，伊尼丝，这家伙跟尼茜是好朋友。别看它块头儿那么大，却让她套起来拉洋娃娃车。"

妻子抬头仰望丈夫。"这儿事情真多，"她有些心不在焉地说，"我要都能对付就好啦！"

"伊尼丝，你在做梦啊！咱俩和那孩子，这个家很小很小，小得不可能再小了。"

"不可能？"她有气无声地重复着，目光追随着正带领狗围着草坪疯跑的小姑娘，接着却突然惊恐地仰望丈夫，用胳臂搂住了丈夫的脖子，请求道，"抱紧我，帮帮我！我感觉很难很难啊。"

过去了一个礼拜又一个礼拜，一个月又一个月。年轻妻子的担忧看样子并未成为现实，在她的操持下，家务运行自然而有序。她性情随和，气度高雅，下人们都乐于听她指挥，就连外面来的人也感觉这家的主人现在又有了一位掌管内务的般配妻子。自然喽，在目光更尖锐的丈夫看来并不是这样，他看得再清楚不过了，她处置起家中的事情来像个与己无关的外人：她就像个恪尽职守的替代者，所以办起事来只能格外谨慎小心。时常她还会激动地投入他的怀抱，仿佛需要以此确认她真属于他，他也属于她。这种情况，不可能叫富有经验的丈夫安心啊。

还有跟尼茜，她也没能建立更亲密的关系。一个内心的声音——爱与智慧的声音——要求年轻的妇人和小姑娘谈谈她的母亲。自继母进门以后，她对生母的殷切思念不但保持了下来，而且变得更加固执了。可是，说心里话，情况正是如此！那幅挂在丈夫书房中的美丽画像——就连她本人不也避免瞅见吗？她确实下过几次决心，也曾双手把小姑娘拥在怀里，可接下来却哑口无言了，她的嘴唇不听使唤；而尼茜呢，面对如此亲热的举动，一开始黑眼睛发射出喜悦的光辉，可随后却难过地走开了。说来稀罕，她心里渴望获得这位漂亮妇人的爱——是啊，跟小孩子通常那样，她甚至暗中在恳求得到这爱。可是她却缺少那个称呼，那个原本是开启任何亲切交谈的钥匙的称呼；这个可以用，那个不可以用——她就这么犹豫不决。

这最后一道障碍，伊尼丝也感觉到了。由于这道障碍似乎最容易消除，所以她的思虑便反反复复地回到了这一点上。

一天下午，在起居室里，她就这么坐在丈夫身边，两眼凝视着吱吱吱唱着从茶炊中冒出来的水蒸气。

鲁多尔夫刚读完报纸，抓住了她的手。"你太安静，伊尼丝，今儿个你连一次都没有打扰我！"

"我是该跟你说点什么了。"她犹犹豫豫地应着，同时从他的手里把手抽了出来。

"那就快说吧！"

可她还是沉默了一会儿。

"鲁多尔夫，"她终于开了口，"让你女儿叫我母亲吧！"

"难道她没叫吗？"

妻子摇摇头，给他讲了刚到那天的情况。

丈夫静静地听着，随后他道："以孩子眼前的处境，这是她的心灵无意识地寻找到的一条出路。难道我们不想尝试尝试它，并心怀感激么？"

年轻的妻子没有直接回答,只是说:"如此一来,孩子永远不会亲近我了。"

丈夫想再次握住她的手,可她却把手抽了回去。

"伊尼丝,"他说,"别强求自然拒绝给予的任何东西,别指望尼茜是你的女儿,也别要求你是她的生母!"

伊尼丝的眼泪夺眶而出。"可是,我应该做她的母亲呀!"她真可谓声情激烈。

"做她的母亲?不,伊尼丝,你不要做她的母亲。"

"那到底要我做什么呢,鲁多尔夫?"

要是现在她就能理解对此问题的最合理的回答,那她自己也会给出回答。他感觉到了这点,便若有所思地望着她的眼睛,好似必须在她眼里寻找出答案。

她误解了他的沉默,说:"承认吧,对我的问题你不知道怎么回答!"

"哦,伊尼丝!"丈夫高声道,"要是你怀里能先抱上一个自己的骨肉,该多好!"

伊尼丝打了个拒斥的手势,她丈夫却说:"时候自会到来的,到那时你会感到你眼里迸发出的欣喜,怎么唤醒你孩子脸上的第一丝笑意,怎么把他幼小的心灵吸引向你。——面对尼茜,曾经也有一双眼睛迸射出欣喜之光,后来她便用自己的小胳膊搂住俯向自己的脖子,并且喊出了'母亲!'——别生她的气哟,如果她不能再这样称呼世界上的任何女人!"

伊尼丝差不多充耳不闻,她的思想只顾钻牛角尖。"如果你能说'她不是你的孩子',那你为什么又不讲'你不是我的妻子呢?'"

事情就是这样,他的那些理由与她何干!

他把她拉到身边,努力宽慰她;她亲吻他,泪眼汪汪地望着他,可这对她又有什么用。

鲁多尔夫离开以后,她走到了大花园中。跨进园子时,她看见尼茜,发现她手里拿着一册课本,正绕着大草坪散步,可她避开了尼茜,走上旁边一条穿过灌木丛的沿着围墙的路。

仅只是抬头扬眉时的匆匆一瞥,继母那漂亮眼睛里的忧伤之情却未能逃过女孩的注意。像是让磁铁吸引一样,她一边继续学习自己的功课,口中念念有词,一边也慢慢走上了围墙边上这条路。

这当口,伊尼丝正站在高墙当中的一扇园门前,园门上爬满开着淡紫色花朵的藤蔓植物,让人几乎看不见了。她目光失神落魄地在上面停了一会儿,接着便打算继续自己静静地漫步,这时却瞅见小姑娘正迎面朝她走来。

她于是站住脚,问:"这门通什么地方,尼茜?"

"通向外婆的园子!"

"外婆的园子?——你的外公外婆不是早死了吗?"

"是的,很早很早。"

"那么,那园子现在属于谁呢?"

"我们呗!"小姑娘回答,口气好像理所当然。

伊尼丝把美丽的脑袋俯向那藤蔓植物,开始扭动门上的铁把手。尼茜默默站在一旁,似乎在等待她的努力获得成功。

"它可是给锁死啦!"年轻的继母大声说,说着放开了把手,抽出手绢来擦拭指头上的铁锈,"就是从你父亲书房的窗户看得见的那个荒芜园子吗?"

小姑娘点点头。

"你听,鸟儿们在那边唱得多带劲儿!"

这期间,老女仆跨进了花园。她听见两人在围墙边说话的声音,便急急忙忙赶过来报信:"家里来客人了。"

伊尼丝慈爱地抚摸着尼茜的脸颊,边走边讲:"你父亲这个园丁当得不好,咱们俩必须插插手,弄出个样子来。"

一到房里,鲁多尔夫就向她迎过来。

"你知道,今晚缪勒四重奏组登台表演,"他说,"大夫一家已经来了,要对咱们中断了听音乐会的罪孽发出警告。"

夫妇俩来到客厅里招呼来客,随即开始了有关音乐的热烈长谈。接着还必须料理一些家务事,荒芜的园子今天就暂时给忘到了脑后。

晚上听音乐会。——那些已故的大师,海顿和莫扎特,已经依次从听众面前走过,眼下贝多芬C小调弦乐四重奏的最后一个和弦正发着余响,宽广的大厅里一派余音绕梁的静穆气氛,然而急切的听众已经忍耐不住,厅里这时便响起了杂乱的交谈声。

鲁多尔夫站在自己年轻妻子的座位旁。"演奏结束了,伊尼丝,"他弯下身子对她说,"或者你仍在聆听什么?"

伊尼丝似乎仍坐在那里倾听,两眼盯着演奏的台子,台上只立着空空的谱架。这时她把手伸给丈夫，说："咱们回家去吧，鲁多尔夫。"边说边站起身。

在厅门边，他们被自己的家庭医生和医生太太给叫住了，这两位是伊尼丝目前唯一交往比较密切的人。

"喏，"大夫心满意足的样子，冲他俩点点头说，"不过，你们得跟我们走，顺路不是？在这样的享受之后，不能不在一起聚一聚啊。"

鲁多尔夫本已准备高高兴兴地表示赞同，却感觉衣袖给轻轻地拽了拽，看见妻子正仰脸望着他，眼神流露着急切的恳求。他很理解她，便开玩笑说："我听候上级决定。"

于是伊尼丝以改天晚上再聚为推托，既坚决回绝了很难对付的大夫，又给了人家一点安慰。

在大夫家门前与她的朋友道了别，伊尼丝才如释重负地舒了一口长气。

"今晚是什么使你讨厌咱们亲爱的大夫一家？"鲁多尔夫问。

她紧紧依偎在丈夫的怀里。"什么也没有，"她回答，"可今晚上已经如此美好，我这会儿必须单独和你待在一起。"

夫妇俩加快了回家的脚步。

"瞧啊，"丈夫说，"楼下起居室里已经亮灯，咱们的老安妮马上会摆好喝茶的桌子。你是对的，在自己家确实还是比在别人那里要好。"

她只点了点头，同时悄悄地捏了捏丈夫的手。随后他俩便回到家中，兴高采烈地推开起居室的房门，把窗帘都拉到了边上。

桌上一度摆放插那些玫瑰的花瓶的地方，眼下立着一盏很大的青铜灯，灯光映照着一个黑头发的小脑袋。孩子已经睡着了，脑袋瓜儿枕在两条细瘦的胳膊上。胳膊下面微微露出一本图画书的几个角。

年轻的妻子站在门口呆住了：她刚才的意识中完全没有这个孩子。一丝丝失望的酸楚，掠过了她美丽的嘴唇。"你啊，尼茜！"在丈夫把她完全领进屋以后，她终于说了出来，"你到底还待在这儿干啥哟？"

尼茜醒了，一下跳起来。"我想等你们呗。"她说，说时微微笑着，用手擦拭眯缝着的眼睛。

"安妮真是不对，你早该上床睡觉啦。"

伊尼丝背转身子，走到了窗户边，她感到自己已经热泪盈眶。一团乱麻似的苦涩感觉，搅乱了她的心胸。思乡之情，自我怜悯，对自己心爱的丈夫的孩子缺少爱怜的悔恨，这一切一切，她自己也不知道怎么现在全都涌上了心头。可是——带着痛苦给予的快感和委屈，她又自己告诉自己——问题就在于她的婚姻缺少青春气息，她自己毕竟还很年轻啊！

当她转过身来，房里已经不见其他人。她曾欣喜期待的美好时刻，到哪儿去了呢？她没有想想，是她自己吓跑了它啊。

孩子儿乎是怀着惊恐，目睹了刚才自己无法理解的一幕，她现在由父亲领着，悄悄走出房间去了。

"得有耐心！"鲁多尔夫搂着尼茜的肩膀走上楼梯，同时自己告诉自己"她还很年轻"。他同样这么说，只是心里的想法有些差异。

一系列的想法和计划，浮现在他的脑海中。他机械地推开了尼茜和安妮的卧室门，老太太已经在等着小姑娘回屋就寝。鲁多尔夫吻了吻女儿，说："我将代替你向妈妈道晚安。"随即就想下楼去妻子那儿，可半道上却转了方向，跨进了走廊尽头自己的书房。

书案上面立着一盏小小的青铜台灯，这灯乃古城庞贝出土，他是新近才购得，并已尝试着灌入了灯油。现在他把灯拿下来，点亮了再放回原处，也就是他亡妻的画像下面，接着又把书案上一只插着花的玻璃瓶移到了灯旁。他几乎是无心地做着这一切，好像只是必须找点事儿干，事实上却思绪连绵，心潮汹涌。随后他走到旁边的窗前，把两扇窗户都推开了。

天空彤云密布，月光照射不下来。小小废园中那些杂乱疯长的灌木，变成了黑乎乎的一堆一堆，一片一片，只在一些黑色的塔松之间，有一条通往苇顶敞亭的小径，铺在上面的白色小石子还闪着点点微光。

凝望着窗外寂静的夜色，这男子的幻觉中出现了一个可爱的倩影，一个不再属于人间的倩影。他见她漫步在园中的小径上，自己好像也正走在她的身边。

"让我对你的思念，帮助我更加坚定地去爱她吧。"他说。可死者未予回答，却低下了她那白皙、美丽的头颅，在她身边，他感觉到甜蜜的惊怵，却听不见她的话语。

突然他回过神来，明白他只是独自一人站在上面。他相信前妻的死千真万确，她活着的时光已然一去不返，可是，她父母的园子还和当初一样躺在窗下。他曾经从书本中抬起头来，透过窗户，最初看见的是园中有一个还不满五岁的小女孩。小女孩梳着金黄色的辫子，是她扰乱了这严肃男子的思路，令他越来越心猿意马，直至她最后跨进这个家门成为主妇，把一切都偿还给了他，而且比取走的更多更多。跟随她来到家中的是幸福的岁月，欢乐的、创造的岁月。后来，她的父母早逝，住宅给卖掉了，她却把小花园保留下来，并且在隔墙上开出一道门，把它跟他们家的大花园连接在了一起。就在当时，这道园门也让垂挂在上面的藤萝——她任其蔓生滋长的藤萝——给掩盖得几乎看不见了；因为穿过这道门，他们便进入了自己夏日生活中最隐蔽、私密的所在，即使是来家里的朋友，也难得有机会涉足其间。还有那间苇顶敞亭，他曾经在窗口偷窥自己在里边做作业的心上人，那时她正值青春年少。而今在这位金黄头发的母亲脚下，已坐着一个生有一对沉思的黑眼睛的小姑娘。他现在停下工作往窗外一瞥，看见的就是这么一幅人生完满幸福的美景。然而死神已经悄然做出选择。那是6月头上的一些日子，人们把病入膏肓的主妇的床铺从隔壁卧室抬出来，放到了她丈夫的书房中，她还想再呼吸呼吸花园的气息——他们那幸福乐园通过大开的窗户送进来的气息。丈夫的书案移到了角落里，现在他一门心思全都在妻子身上。——眼下，窗外春光无比明媚，有一棵樱桃树更繁花似雪。一阵下意识的冲动，使他把妻子轻飘飘的身躯从被褥中抱起来，抱着她走到了窗户边上。"哦，你再瞧一瞧！这世界有多美啊！"

可她只轻轻摇了摇头,说:"我再也看不见了。"

没过一会儿,他便发觉妻子虽仍在低语,却已口齿不清,不知所云。生命的火焰越来越微弱,越来越微弱,只有嘴唇还在痛苦地抽搐,还在为求生而艰难地喘息和呻吟。然而气息越来越细微,越来越细微,最后仅仅剩下了蜜蜂低吟一般恬静的声音。临了,从大张着的眼里再次闪现出蓝色光芒,接着便是宁静的安息。

"晚安,玛丽!"——可她已经听不见。

又过一天,无声无息地,高贵的躯体已经入棺,停放在了楼下光线晦暝的大厅里。家里的用人们都放轻了脚步,他则待在里边的一间房里,站在由老安妮牵着的小女儿身边。

"尼茜,"老太太说,"你不害怕对吧?"

孩子受到庄严的死亡气氛感染,回答说:"不,安妮,我在祈祷。"

接下来便是他允许自己最后带她去小花园散了一次步。按照两人的意愿,既未请牧师,也不鸣丧钟,而只是把出殡的时刻选在了神圣的清晨,当头几只百灵鸟刚刚飞上蓝天的时候。

这已过去了,可他仍拥有因为她而有的悲痛,虽说眼睛看不见了,却感到她仍然与他生活在一起。然而不知不觉地,这种情况也消失了。他经常怀着恐惧寻觅她,却已越来越难将她找到。而今这座宅子才真正让他感觉空寂荒漠、冷清可怕,屋角里更是从未有过地晦暝阴暗,周围的一切对他都变得极其异样:哪里都不见她的踪影……

月亮从云堆里钻了出来，照亮了下边荒芜的庭园。鲁多尔夫仍站在老地方，头靠在十字形的窗棂上，可在他眼里，窗外已是空漠一片。

这当口，他身后的门开了，走进来一个虽说形象模糊却显然漂亮的女子。

她衣裙的窸窣声传到了他耳边，他转过头来，定睛将她审视。

"伊尼丝！"他唤道。口里尽管喊她，却没有迎上前去。

她也停住了脚步。"你这是怎么啦，鲁多尔夫？我吓着你了吗？"

他摇摇头，努力冲她笑一笑。"走，"他说，"让咱们到下边去。"

可正当他想拉住她的手，她的目光却落在给灯光照亮了的画像上，落在了摆在旁边的鲜花上。她神色为之一变，像是突然醒悟过来。"你这儿活像个教堂哩。"她说，语气冷冰冰的，几乎带着敌意。

他明白了一切。"哦，伊尼丝，"他叫道，"在你的心中，死者不也同样是神圣的吗？"

"死者！对谁他们又不该是神圣的呢？可是，鲁多尔夫，"说着她把他拉到了窗户边，这时候，她双手颤抖，黑色的眼睛激动得闪闪发光，"你说吧，既然现在我已成为你的妻子，你干吗还老把这园子锁着，不让人跨进去一步？"

她手指着废园深处，在那些个塔松之间，白色的铺路石子闪着幽光，一只夜蛾子正从上边飞过去。

鲁多尔夫默默地向下看。"那是一座坟墓，伊尼丝，"他终于说，"或者是一片往昔之园，如果你更喜欢这称呼它。"

可她却紧盯着他："这我比你清楚，鲁多尔夫！那是你和她一起待过的地方，在那白色的小径上你俩还一道散步，因为她没有死。刚才，就是现在这会儿，你还和她在一起，并且向她抱怨我，抱怨你现在的妻子。这可是不忠啊，鲁多尔夫，你用对死者的忆念破坏与我的婚姻！"

他默默地搂住伊尼丝，半带强迫地把她从窗口领开。随后他从书案上取来一盏灯，将灯高高地举在画像跟前。"伊尼丝，你只瞧她一眼好吗？"

于是，面对死者那一双俯视着自己的善良无邪的眼睛，伊尼丝泪如泉涌。"哦，鲁多尔夫，我觉得，我会是一个坏妻子！"

"别哭得这么伤心，"丈夫说，"我也做得不对，不过你对我也该有耐心啊！"说罢，他拉开书案的一只抽屉，取出一把钥匙来塞在她手上。"把那个园子再打开吧，伊尼丝！——毫无疑问，第一个踏进园中的是你的双脚，我则会因此感到幸福。说不准，她的灵魂会在园里与你相逢，会用她温柔的眼睛久久将你注视，直到你伸出自己的双臂，给予她姐妹般的亲切拥抱！"

钥匙放在伊尼丝摊开的手上，她一直目不转睛地盯着它。

"喏，伊尼丝，你不想要我给你的东西吗？"

她摇了摇头。

"现在还不，鲁多尔夫，我还不能啊，过些时候吧——过些时候，然后我们一块儿进园子里去。"说时她抬起美丽的眼睛来望着他，带着恳求的目光，同时静静地把钥匙放到了桌子上。

一粒种子已经撒到地里，但要发芽还得等很长时间。

眼下是11月。伊尼丝终于不再怀疑，她也将成为自己孩子的母亲。不过伴随着这一意识带来的欣喜，她心中马上萌生出另一种令她感到压抑的情绪。这情绪朦朦胧胧，像个不祥的预感，跟条毒蛇似的在她面前渐渐直立了起来。她企图吓跑它，逃离它，为此而寻求家里所有神灵的保护，可那蛇却紧追不舍，时刻都会出现，并且越来越强大和厉害。对于这本已拥有一个成熟生命的家庭，难道她不仅仅是个外来的侵入者么？——什么二婚！难道真有这回事情？第一次也即唯一的一次婚姻，不是必须维持到双方都死去么？不只到死去！还更加久远，一直延续到绵绵无尽的永恒！果真要是这样呢？——热血冲上了她的脑袋，她用最严酷的话语责骂自己，把自己撕咬得体无完肤。她亲生的孩子，一个入侵者，一个累赘，一个野种，在自己父亲的家里！

她坐立不安，神不守舍，独自忍受着因为年轻无知才经历的苦与乐，身边那个原本最有权与她苦乐与共的男人，每当他怀着担忧和疑问将她注视，她都总是闭紧嘴唇，像是怕得要死。

在夫妇俩共同的卧室里，厚厚的窗帘放了下来，只是透过当中窄窄的缝隙，射进来一条月光。伊尼丝冥思苦想，辗转反侧，好不容易才终于睡着，可马上便开始做梦。她现在明白了，她不能留在这儿，她必须离开这个家，她只想带走一小包衣物，然后就远远地离开——去她自己母亲那里,永永远远不再回来!从那个花园跑出去,一排松树形成的花园后墙中间有一道小门,出了门就是广阔天地。她衣袋里有开园门的钥匙,她要离开这儿——立刻离开这儿。

月影继续移动,从床铺中间移动到了枕头上,淡淡的月华正好照亮她整个秀美的脸庞。突然,她坐了起来,悄悄地溜下床铺,赤着脚套上了摆在床跟前的鞋子。眼下她穿着白睡衣立在卧室中央,胸前垂着两条长长的辫子——夜间她总喜欢把黑色的秀发扎成这个样。只是平素显得轻盈舒展的身躯好像萎缩了,似乎在她身上还压着沉重的睡梦。她伸出双手,摸索着向前移动脚步,穿过房间,却什么也没有拿,既未拿衣物小包,也未拿钥匙。当手摸到放在椅子上的丈夫的衣服,她才犹豫了一下,仿佛转瞬之间有另一种想法在她心头占了上风。可是紧接着,她便脚步轻轻地、神情端庄地出了房门,下了楼梯。随后楼下过道通庭院的大门门锁咔嚓一响,一阵清凉的夜风扑面袭来,吹动了搭在她胸前的黑色发辫。

不知不觉间她已穿过那座黑暗的树林,然而这时从背后的密林传来一片树枝断裂的脆响——跟踪追赶的人近了。蓦地面前耸立起一道大门,她伸出两只纤手拼命推呀推,终于推开了一扇门,面前展现出一片望不到边际的荒原。可是突然间,眼前出现了一群群黑色的大狗,正一起奋力向着她冲来。狗们喘着气,口里吐出红红的舌头,狂吠声越来越近,越来越响亮。

这当口,她眯缝着的眼睛睁开来,于是她慢慢看清了眼前的情况。她发现,自己正站在那座大花园里面,一只手还抓着那铁栅门的把手。夜风戏弄着她轻薄的睡衣,大门旁耸立着一排菩提树,一阵夜风扫过,树上黄叶纷纷飘落。可那边是什么呀?——从那边的枞树林中,跟适才她觉得听到过的一样,传出一只狗的吠声,她听得清清楚楚。有什么东西从枯枝中间蹿了出来。她突然感到死的恐惧。"啊,尼罗,"她道,"真是尼罗。"

可她跟这条黑色看家狗从未套过近乎啊,在她的下意识里,这条现实的看门狗和梦中的那些恶犬融为了一体。眼下,她看见尼罗从草坪的另一边狂跳猛跑,直奔她而来。可到了跟前,它却伏在地上,开始舔她赤裸的脚,嘴里明白无误地发着快活的呜呜声。就在这时,庭院那边也有脚步声传来,转瞬之间,丈夫的臂膀已经将她搂住,她也放心大胆地把头倚靠在了丈夫的胸脯上。

是狗的吠叫声唤醒了鲁多尔夫,他猛然一惊,发现身边床上已空空荡荡。突然,一片幽暗的湖水闪现在他的脑海。这幽暗的湖泊坐落在一条通往田野的小路旁,被一丛丛茂密的赤杨树围绕着,离他家花园不过一英里路光景。几天以前,他曾和伊尼丝站在绿色的湖岸上,看见她一直走到了下边的小船跟前,把一块刚才拾起的石头扔进了深深的湖水。"快回来啊,伊尼丝!"他大喊,"那儿不安全。"可她却站在原地一动不动,忧郁的眼睛死死盯着黑色湖面上慢慢漾起的涟漪。当丈夫终于搂住了她,把她从岸边带走时,她问:"多半深不见底吧?"

鲁多尔夫冲下楼梯,奔进庭院,同时脑海里飞快地闪过适才的那一幕。——当时他俩也是从花园走出去的,现在他又在这里找到了她，发现她几乎什么也没穿，美丽的发辫已让一直从树上往下滴的夜露给打湿了。

刚才他奔下楼时匆匆往身上披了一条毛呢毯子，现在便把妻子裹在呢毯中。"伊尼丝，"他的心怦怦狂跳，喘着粗气吼道，"这是干什么呀？你怎么跑到这儿来啦？"

伊尼丝吓得缩成一团。

"我不知道，鲁多尔夫——我想离开——我做梦来着。哦，鲁多尔夫，想必梦到了什么可怕的事情！"

"你做梦？真的，你梦游！"他重复道，如释重负地深深呼了一口气。

妻子只点点头，温顺得像个孩子似的让丈夫领进房子，回到了卧室。

到了这儿，他才从怀里温柔地放开她。她同时说："你闷声不响，肯定生气了吧？"

"我怎么会生气，伊尼丝！我是替你担心。你以前就这么梦游过吗？"

一开始她摇了摇头，但很快想了想说："是的——有一次，只是没有梦见什么可怕的事情！"

他走到窗前拉开窗帘，让月光洒满了整个屋子。

"我得瞧着你的脸，"他说着把妻子拉到床沿上，自己则坐在了旁边，"现在你肯给我说说，当初你梦见的是什么高兴的事儿吗？你不用大声讲，在这样柔和的光线里，再轻的声音也会送进耳朵。"

她把头靠在他胸脯上,眼睛仰望着他。

"你想知道我就告诉你,"她想了想说,"那是我十三岁生日的时候,我相信,我完全迷上了那个婴儿,那个小耶稣基督,对我的洋娃娃全然不屑一顾啦。"

"迷上了小耶稣,伊尼丝?"

"是的,鲁多尔夫,"她更实在地躺在他臂弯里,像是想歇息歇息,"我母亲送了我一张画,画的是圣母玛利亚抱着小耶稣。画配了很漂亮的框子,挂在起居室里我的小桌子上方。"

"我知道,"丈夫说,"它现在还挂在那儿,你母亲想留着它,作为对小伊尼丝的纪念。"

"哦,我亲爱的母亲啊!"

他把她搂得更紧,然后说:"可以继续给我讲吗,伊尼丝?"

"好的!可是我害臊,鲁多尔夫!"随后她轻轻地、迟迟疑疑地往下讲,"那些天我的眼里只有小耶稣,就连午后小伙伴们来家玩儿的时候也一样。我偷偷溜到画像前,隔着玻璃吻他的小嘴儿。我完全觉得他是活的,我要能像画上的圣母一样抱抱他,该有多好!"她沉默了,她说最后几句话的嗓音,低得活像在耳语。

"后来呢,伊尼丝?"丈夫问,"可你干吗讲得如此压抑!"

"不,不,鲁多尔夫!可是——当天夜里,我必定也梦游了,因为第二天早上,他们发现我抱着画像沉睡在床上,脑袋底下是压碎了的玻璃。"

有片刻之久,室内一片死寂。

"可眼下呢？"他深情地注视着她的眼睛，满怀期待地问，"今晚又是什么原因使你离开我的身边，跑到了黑夜里去？"

"眼下吗，鲁多尔夫？"他感到她浑身都在战栗，便突然搂住她的脖子；她呢，则嗓音低沉得像耳语似的，怯生生地嘀咕了几句叫他莫明其妙的话。

"伊尼丝啊，伊尼丝！"他喊道，同时双手捧起了她美丽的脑袋。

"哦，鲁多尔夫！让我死吧，可是别抛弃咱们的孩子！"

鲁多尔夫跪在她的脚下，亲吻她的双手。他没在意她那阴郁的话语，只听见了它们传递的喜讯，心上的乌云顿时全部散尽。他满怀希望地仰望着妻子，柔声地说：

"从此必定一切都会好起来！"

时间继续前进，可黑暗势力还没完全被征服。只是不得已的，伊尼丝把尼茜儿时穿过用过的一些东西整理了出来，也没少往默默地赶着缝制的小帽子、小衣服上掉眼泪。

就连尼茜也已经发觉，有什么不寻常的事情正在酝酿之中。在二楼朝向大花园的一侧，有一个以前一直存放她玩具的房间，现在突然给锁死了。她透过锁孔往里窥视，发现房中朦朦胧胧，景象安静庄严。她的玩具厨房被移到了过道上，她再让老安妮帮着搬上顶楼去，可在那儿却怎么也找不到她那撑着一把绿绸伞的摇篮啦，而从她记事起，她的摇篮就是摆在这阁楼斜顶的窗户底下的。她开始好奇地窥视家里的旮旮旯旯。

"干吗走来走去，像个视察员？"老安妮问。

"可不是吗，安妮，可我的摇篮到底去哪儿啦？"

老太太盯住她狡黠地微笑着。"你觉得怎么样，"她问，"要是鹳鸟再给你衔来一个小弟弟？"

尼茜瞠目结舌，感到这说法有损已经十一岁的她的尊严。"鹳鸟？"她鄙夷地说。

"当然啰，尼茜。"

"你一定别跟我讲这话，安妮。只有小娃娃才相信，可我清楚，那是些蠢话。"

"是吗？你要真的更聪明，人尖尖儿小姐，那就请你告诉我，如果不是鹳鸟衔来了婴儿，那千万年来他们到底又是从哪儿来的？"

"从亲爱的上帝那儿呗，"尼茜慷慨激昂地回答，"他们一下子就来啦。"

"快些饶了我！"老太太嚷道，"而今眼下的小大人儿真叫机灵！不过尼茜，你说得对，你多半知道亲爱的上帝已经解除鹳鸟的职务，而我呢，也就相信他独自就干得了。——喏，反正吧，如果一下子有了个小弟弟，或者你更希望是个小妹妹，你会高兴是吧，尼茜乖乖？"

老太太坐到一只旅行箱上，尼茜站在她跟前，绷着的小脸儿上露出了笑意，可马上又像陷入了沉思。

"喏，尼茜乖乖，"老太太追问，"你会高兴吗，小乖乖？"

"会的，安妮，"她终于回答，"我大概更喜欢小妹妹，爸爸肯定也会喜欢，可是……"

"喏，尼茜，你还可是什么？"

"可是，"小姑娘重复道，随后又思考了一会儿才说，"那娃娃会没有母亲呀！"

"什么话？"老太太吓得叫起来，吃力地从箱子上站起，"那孩子怎么会没有母亲！你太有学问啦，尼茜，走，咱们下楼去！——你听见了？已经打两点！现在快上学去吧！"

春天的头几场风暴已经围着宅第咆哮，临产的时辰近了。

伊尼丝想："如果我熬不过来，他将来是不是也会想念我呢？"

她目光畏葸地走过那房间的门前，它无声地迎候着她和她未来的命运，脚步放轻了，似乎生怕惊醒房里的什么。

家里终于诞生一个婴儿，诞生了第二个女孩。嫩绿的枝条从外边敲打着窗户，可躺在房里的年轻母亲脸色苍白，面目全非。面颊已经失去阳光照射后的温暖色泽，眼里却火烧火燎，消耗着她体内的活力。鲁多尔夫坐在床边，手握着她的小手。

这时，她艰难地把头转向摇篮，摇篮由老安妮照护着，摆在屋子的另一边。"鲁多尔夫，"伊尼丝有气无声地说，"我还有一个请求！"

"还有一个，伊尼丝？可我却有许多要求你的哩！"

妻子忧郁地望着丈夫，但只一秒钟之久，随后她的目光又飞向了摇篮。"你知道，"她说，说时呼吸越来越沉重，"我没有画像！你一直坚持，只能请一位大师来完成。我们等不到大师啦。

你可以请一位摄影师来，鲁多尔夫，这样简单一点。不过——我的孩子，她不会再认识我，但她必须知道自己的母亲长什么样。"

"再等一等！"丈夫说，努力使声调显示出勇气，"你现在会太激动，等一等，等你脸颊丰满些再照吧！"

她用两手抚摸自己摊在被盖上的黑亮黑亮的长发，目光却近乎疯狂地满屋子搜寻。

"要面镜子！"她靠着枕头坐直身体，说道，"给我一面镜子！"

鲁多尔夫想要阻止，可老女仆已经取来一面小圆镜放在床上。产妇急忙抓起来匆匆一瞥，神色立刻惊恐异常。她拿一块布擦了擦镜面，结果仍旧一样。她盯着镜子里自己憔悴的病容，只感觉它越来越陌生，越来越陌生。

"这是谁呀？"她突然叫起来，"我不是这样子！——哦，我的上帝！我的孩子没有母亲的画像，没有母亲的留影！"

她放下镜子，用消瘦的双手蒙住了面孔。

这时候一点儿哭声传到了她耳畔。不是她的孩子在哭，小家伙懵然无知，躺在摇篮里睡着了，是尼茜神不知鬼不觉地溜了进来，站在屋子中央忧心忡忡地望着继母，同时咬着嘴唇在那儿嘤嘤啜泣。

伊尼丝发现了她。"是你在哭吗，尼茜？"她问。

小姑娘没有回答。

"你为什么哭啊，尼茜？"她加强语气问。

小姑娘神情更加阴郁。"为了我的母亲！"从她的小嘴里近乎执拗地吐出来这么一句。

产妇愣了愣，随即却从床上伸过来双臂，小姑娘也情不自禁地向她走近，她便猛地一把抱住了她。"噢，尼茜，别忘了你的母亲啊！"

于是两条小胳膊也搂住她的脖子，传进她耳里的是唏嘘一样的、唯有她能理解的细语声："我亲爱的、甜蜜的妈妈呀！"

"我是你亲爱的妈妈吗，尼茜？"

尼茜不回答，只是冲着枕头猛点脑袋。

"那么，尼茜，"产妇亲切而庄严地低声道，"也别忘了我！哦，我真不喜欢被人遗忘！"

鲁多尔夫一动不动地旁观着这一幕，生怕打扰了她们，心里既害怕得要命，又暗暗在欢呼，不过占上风的仍旧是害怕。伊尼丝倒回到枕头上，没有再讲话，突然睡着了。

尼茜悄悄离开了床边，跪在小妹妹的摇篮前，惊讶莫名地观察着从被子里伸起来的小手儿。当那红红的小脸儿扭动着，发出人类细微而无助的声音，她的眼睛更欣喜得直放光彩。鲁多尔夫走过来，将手爱抚地搭在女儿的头上，女儿转过头来，吻了吻父亲另一只手，然后重又望着自己的小妹妹。

又过了几个时辰。室外中午阳光灿烂，室内窗帘拉得更加严实。鲁多尔夫在自己爱妻的产床旁已经坐了很久，心里怀着莫名的期待。一些个思想和情景来而复去，他不愿正视它们，任其自生自灭。眼下这境况他曾经经历过一回，心里油然生出不祥之感，仿佛他已是活第二次了。他又看见那棵黑色的死亡之树耸立起来，把他整个的家都笼罩在枝叶的阴影中。他充满恐惧地瞅了瞅产妇，可她却睡得挺安详，胸脯随着平稳的呼吸一起一伏。窗前一棵鲜花盛开的丁香树上，一只小鸟儿唱个没完。他无心听小鸟歌唱，只努力驱赶眼下包围着他的种种妄念痴想。

午后大夫来了。他向产妇探下身去，拉起她一只透着温暖潮气的手。鲁多尔夫紧张地盯住他这朋友的脸，发现他好像受到了意外的惊愕。

"别担心我！"鲁多尔夫说，"全告诉我吧！"

可大夫只握了握他的手。

"有救！"——这是他记住的唯一的话。他又听见了小鸟儿在鸣唱，整个生机又潮涌般恢复过来。"有救啦！"在无眠的长夜，他已担心会失去她，早晨的情感冲动，他也以为必定会毁了他妻子，可如今：

> 她又即将恢复健康，
> 生命之树欣欣向荣！

这两句诗蕴含着他整个的幸福感觉，像音乐一样一直在他耳畔萦绕回响。

产妇继续酣睡，他也一直坐在她身边。只是静静的室内此时已经弥漫着朦胧的灯光，室外不再送来鸟鸣，而是呼呼地刮着夜风；有时风一下子掠过窗前，发出就像连续拨动竖琴的声响，还有柔嫩的枝条在轻轻击打着玻璃窗。

"伊尼丝！"他柔声呼唤，"伊尼丝！"他忍不住要不断呼唤她的名字。

突然，伊尼丝睁开了双眼，长久地、紧紧地盯着他，好似她的灵魂曾处于沉睡状态，现在才不得不努力恢复清醒，回到他身边来了。

"你，鲁多尔夫？"她终于开了口，"我又一次苏醒转来啦！"

鲁多尔夫望着她，把她的模样看得没个够。"伊尼丝，"他说，嗓音听上去几乎显得卑怯，"我坐在这儿已经好几个钟头，脑袋上顶着沉重的负荷，也就是咱们的幸福。伊尼丝，帮帮我，减轻一下我的负担吧！"

"鲁多尔夫！……"她猛地一下坐了起来。

"你会活下去的，伊尼丝！"

"谁这么说来着？"

"你的大夫，我的朋友。我知道，他没有撒谎。"

"活着！哦，我的上帝！活着！——为了我的孩子！为了你！"好像她突然恢复了记忆，用双手搂着丈夫的脖子，把嘴凑到了他的耳边，"也为了你的……为了你们的……我们的尼茜！"她悄声说。随后她松开丈夫的脖子，抓住他的双手，对他温柔地、情意绵绵地说："好轻松啊！我想不明白，以前怎么一切都那么沉重！"她边说边冲他点脑袋。"瞧着吧，鲁多尔夫，咱们的好日子到啦！不过——"她昂起头来，眼睛紧紧靠着他的眼睛，"我必须了解你的过去，你必须把你的幸福往事通通告诉我！还有，鲁多尔夫，你那张珍贵的画像，它必须挂在我俩共同的房间，当你给我讲述往事的时候，她必须在场！"

丈夫望着妻子，神情幸福而又甜蜜。

"是的，伊尼丝，该让她在场！"

"还有尼茜！我将会把你给我讲的她母亲的故事，再讲给她听——只讲适合于她年龄的，鲁多尔夫，只讲……"

鲁多尔夫只好默默点头。

"尼茜在哪儿？"她接着问，"我还想吻吻她，祝她晚安呐！"

"她睡了，伊尼丝，"丈夫说，并用手温柔地抚摸妻子的额头，"这会儿已经半夜！"

"半夜！那你也得马上睡觉！可是我——别笑话我，鲁多尔夫——我却饿了，必须吃东西！然后呢，吃完东西呢，把摇篮推到床前来，紧靠着床，鲁多尔夫！然后我也会再睡一会儿，我感觉，我肯定，你可以安安心心地走啦。"

丈夫不肯走。

"我得先高兴高兴！"他说。

"怎么个高兴法儿？"

"是啊，伊尼丝，一种全新的享受：我想看着你吃东西！"

"你呀！"

高高兴兴地享受完了，他才跟老女仆一起把摇篮抬到了床边。

"喏，晚安！我感觉，我得好好睡个大觉，一直睡到咱俩大喜的日子！"

妻子却面带幸福的微笑,指了指婴儿。

很快便一派宁静,但伸展在屋顶上的已不是死亡之树的枝叶,而是催人入眠的红色罂粟花在远方的金色麦田里轻轻点着头。还有就是即将到来的丰收。

又是玫瑰飘香的季节。——在大花园宽阔的道路上,停放着一辆滑稽的车驾。显而易见,尼罗升迁啦,它拉的已不是玩偶车车儿,而是被套在了一辆真正的童车前,耐心地站在那儿待命;尼茜则拽紧了它大脑袋上的最后一条带子。老安妮弯下腰去撑车上的遮阳伞,并且理了理婴儿睡的褥子。这个家庭的小女儿,眼下还没取名字,大张着眼睛躺在童车中。

"吁——,嚯——,老尼罗!"尼茜这时已经吆喝开了,小小的车队于是开始行进,完成它每天的巡游。

鲁多尔夫,还有挂在他臂弯上那个比任何时候都漂亮的伊尼丝,他俩从旁观望着这快活的一行。这时候,他们终于自己走自己的路了,穿过沿着围墙生长的灌木丛,一会儿便站在了始终紧锁着的园门前。门上不再有藤蔓一垂到地,而是在前边搭了一个棚架,好让人穿过阴凉的叶廊走到门前去。在那荒无人迹的废园里面,有许多小鸟儿欢唱和鸣。夫妇俩聆听了一会儿,随后伊尼丝便用小手转动钥匙,锁闩随之咔嗒一声弹回去了。园中的鸟群扑棱棱地惊飞起来,接着又一片寂静。门只开了一巴掌宽,里边让茂密的藤萝给网住了。伊尼丝使出了浑身气力,门背后虽也咔嚓咔嚓作响,门却仍然网住开不了。

"得你来!"伊尼丝终于说,同时微微笑着,精疲力竭地仰望着丈夫。

男人有力的手大打开园门,随即又把扯断了的藤蔓小心地扔到了两旁。

这时候,在灿烂的阳光下,白石子铺的小径荧光闪烁,可他俩还是脚步轻轻地走在上面,穿过了墨绿色的塔松,活像仍旧在那可怕的月夜里一样。途经从野草丛中探出头来的千百朵艳丽的玫瑰和百叶蔷薇,在小径的尽头,他们走到了破败的苇顶敞亭底下。在敞亭前面,那张花园椅眼下已整个让野葡萄藤给封起来了。跟去年夏日天一样,亭内有一只燕子筑了巢。小家伙在他俩头顶飞出飞进,全然无所畏惧。

还说什么呢?——而今,这儿对于伊尼丝也已成了神圣之地。不时地,他俩沉默无言,只是在馥郁的空气中,听得见昆虫们嬉戏的嗡嗡声。许多年前,鲁多尔夫就曾听见同样的声音,永远一个样的声音。人都会死去,这些小小音乐家,它们是不是永远活着呢?

"鲁多尔夫,我有个发现!"伊尼丝又开了口,"你拿掉我名字的头一个字母,把它放到最后边去!它念出来成了什么?"

"尼茜!"丈夫笑吟吟地说,"真巧。"

"你瞧!"她继续说,"这样尼茜原本用的是我的名字。公平合理,现在我的孩子不该用她母亲的名字起名么?——玛利亚!听起来这么美,这么温柔。你知道,孩子听你用怎样的名字叫她们,可不是无关紧要的啊!"

丈夫沉默了片刻。

"咱们别拿这种事闹着玩儿！"他最后说，同时诚挚地盯着妻子的眼睛，"不，伊尼丝，你也别把我可爱的小女儿的模样，重复画在她的形象上。我不想我女儿叫玛利亚，也不想她——跟你母亲希望你的那样——叫伊尼丝！对我来说，这世界上只有一个伊尼丝，永远不再有第二个。"过了一会儿，他又加上一句："现在你会不会说，你嫁了个顽固丈夫呢？"

"不，鲁多尔夫，只不过呢，你是尼茜真正的父亲！"

"那你呢，伊尼丝？"

"拿出耐心来，我一定会成为你真正的妻子！只是……"

"怎么还有只是？"

"不是恶意的，鲁多尔夫！只是，有朝一日时候到了——要知道总会有结束的一天，当我们全都到了那个你不相信的地方，但是也许总有希望的吧，她比咱俩先去了，接下来……"说着她站起身，抱住丈夫的脖子，"别丢下我，鲁多尔夫！想都别想，我不会放掉你的！"

他紧紧搂着她，说道："让咱们做眼前最最要紧的事，一个人能够教自己和别人的最好的事吧。"

"那是什么事呢？"她问。

"生活，伊尼丝，尽可能美好和长久地生活！"

这时从园门那边传来孩子们的声音——一些细微得不成语言却沁人心脾的音响，还有尼茜有力的嗓门儿响亮地吼出的"吁——！""嚯——！"。在忠实的尼罗的牵引下，由老女仆安妮照护着，这个家庭的未来正欢快地驶进往昔的园子。

木偶戏子波勒

小时候,我的车工活儿做得呱呱叫,而且在这上头花的工夫也许还多了一点,以致影响了学习成绩,因为至少有一次,副校长在发还我那并非毫无错误的作业时,突然莫名其妙地问了一句:你没准儿又是车了一颗缝衣机上的螺丝什么的,准备送给妹妹作为生日礼物吧。不过在这件事上,我还是得多于失。由于学做车工,我结识了一位不平凡的人。此人即是精车工兼机械师保罗·保罗森,他也是咱们这座城市的市民代表。我父亲不管看见我做什么,都要求我做得像个样子。应他的请求,保罗·保罗森师傅便教会了我做那些小玩意儿所必需的手艺。

保罗森知识广博,不仅在他那个小小的行业中为人称道,对手工业未来的发展也具有远见,因此眼下在宣布又发现了什么新的科学真理的时候,我常常就会突然想起:这不是你的老保罗森早在四十年前就说过的吗?

我很快赢得了保罗森师傅的好感。除了规定的学习时间,我有时晚上去看他,他也非常高兴。随后我们要么坐在作坊里,要么夏天——须知我俩一直交往了好多年——就坐在他家小园子里那棵大菩提树下的长凳上。从我俩的谈话中，或者更确切地说，从我这位大朋友对我讲的话中，我学到了许多东西，想到了许多东西。尽管这些东西在生活中是如此重要，但我后来甚至在高中课本中也找不到一点踪迹。

论原籍保罗森是弗里斯兰人，他的长相很好地体现出了这个部族的特点：在不甚稠密的金黄色头发底下，长着一个深思的额头和一双聪慧的蓝眼睛。由于父亲的遗传影响，他的口音仍带一些故乡语言的柔美，柔美得跟歌声一般悦耳动听。

这位北国男子的太太却肤色黝黑，娇小玲珑，说话也带着明显的南方口音。关于这个女人，我母亲总爱讲，她那对黑眼睛简直可以把湖水烧干，要知道她年轻那会儿才真叫美哩！莫看她如今头发里已经掺进了一些银丝，当年的风韵却并未完全丧失。也许是出于年轻人爱美的天性吧，我很快就情不自禁地抓住一切机会，在某些细小的事情上为她效劳，以便赢取她的好感。

"瞧这个小家伙，"遇上这种情况，她多半会对丈夫说，"你该不会吃醋吧，保罗？"

保罗听了微微一笑。然而，妻子的打趣话和丈夫的微笑，都清楚地表明他俩心照不宣，知道彼此是如何紧紧地心贴着心。

他们除了一个当时在外地的儿子，便没有别的小孩。也许部分是出于这个缘故，老两口才这么喜欢我吧。特别是保罗森太太，她还一而再再而三地要我相信，我长的这个滑稽的小鼻头儿，和她的约瑟夫真是太像啦。我不想隐瞒，她还会做一种非常对我口味但除她以外城里谁都不知道怎么做的面食，并且还时不时地邀请我上她家吃饭去。——这样，保罗森师傅家对我的吸引力就够大啦。我父亲呢，也乐于看见我跟这位好样儿的市民来往。"可注意别叫人家讨厌！"这就是他有时会想起提醒我的唯一的话。然而我相信，我的朋友从来也不觉得我去的次数太多，因而并不感到厌烦。

一天，城里一位老先生在我家做客，家里人于是把一件我新近车制的、的确相当成功的作品拿出来请他看。

当老先生表示赞赏的时候，我父亲便告诉他，我可是在保罗森师傅家里当学徒，已差不多快一年了。

"哦，哦，"老先生应着，"在木偶戏子波勒家里！"

我从未听说自己的朋友有这样一个绰号，就问它是什么意思，也不考虑这样做是否有些唐突。

可老先生只是狡黠地笑了笑，不肯做出任何解释。

紧接着的一个礼拜天，我被保罗森夫妇邀请去吃晚饭，共同庆祝他们的结婚纪念日。时值盛夏，我动身又很早，走到时女主人还在厨房里张罗着，于是保罗森便领我走进花园，跟我一块儿坐在了那棵大菩提树下的长凳上。这时我想起了"木偶戏子波勒"这个绰号，它在我脑子里不断闪现，弄得我几乎无法回答师傅的问话。终于，他批评起我的心不在焉来，态度可以说相当严厉，于是我只好硬着头皮问他，他那个绰号是什么意思啊。

谁知师傅一听大为生气。"谁教你说这蠢话的？"他嚷叫着从座位上跳起来。然而，我还没来得及答话，他又已经坐在我的旁边。"得了，得了！"他沉思着说，"其实啊，生活给予我的，就数它最最宝贵了。让我讲给你听吧，咱们大概还有时间。

"我是在这所房子和这座花园里长大的，从前，我勤劳的父母亲就住在这里，希望我的儿子将来也住在这里！——我当孩子的时代已经过去很久很久了，但当时的有些事情对于我还历历如在眼前，就像一幅幅用彩笔描绘的图画一样。

"记得当时在我家的大门旁放着一张白色的小长椅，靠背和扶手都是绿色的木条拼成的。坐在椅子上，顺着长街望去，一边看得见靠底下的礼拜堂，另一边则可一直望到城外的庄稼地。夏日黄昏，我的父母劳累了一天就来这儿坐一坐，休息休息，而在这之前，长凳多半为我所占据，好让我在户外的清新空气中一边完成学校的作业，一边东张西望，欣赏那令人神清气爽的景色。

"有一天午后，我也坐在那儿——我还记得清清楚楚，那是在9月里刚刚开完我们米迦勒节的大年市以后，正在做数学老师布置的代数练习。这时我却发现顺着长街，从坡底下爬上来一辆奇怪的车子。那是一辆有两个轮子的架子车，由一匹野性的小马驹拉着，车上载了两口很大的箱子，箱子中间坐着个金黄色头发的女人，块头大大的，脸上木无表情，旁边还有一个九岁光景的小女孩，生着满头黑发的小脑袋活泼地、不住地转来转去；车旁走着一个身材矮小、目光愉快的汉子，他手握缰绳，黑色的短发从绿色的鸭舌帽底下伸出来，就像一柄柄利剑。

"挂在马脖子底下的小铃铛丁零丁零地响着，他们就这么慢慢走过来了。等走到咱们家的门口，马车却突然站住了。

"'喂，孩子，'车上的女人朝着我大声问，'裁缝住的客栈在什么地方？'

"我手里的笔已经停了好半天，这时我赶紧跳起来，跑到车子旁边。'喏，就在你们跟前。'我说的同时指着那幢面前有棵修剪成四方形的菩提树的老房子。这所房子你知道，它眼下还立在对面。

"大箱子中间那个娇小的女孩站起来，从褪了色的斗篷的兜头下探出小脑袋，一双大眼睛注意地打量着站在车下的我。可那汉子只嘟囔了一句'坐下别动，丫头！'和'谢谢你，孩子！'，随后就给他的小马一鞭，把车赶到我指给他们的那所房子前面去了。与此同时，那位系着一条绿围裙的胖胖的客栈老板，已经迎着他走来。

"我自然清楚，来人并不属于这家同业公会客栈理当接待的客人，可事实上也常常有其他更使我喜欢的人们，上它那儿来投宿。——这在我今天想来，似乎有损裁缝这一受人尊重的行业的体面。在对面的三楼，那儿如今冲着大街的仍是一些木头圆孔，而没有装玻璃窗，从前就一直住的是形形色色的街头乐师、走绳艺人或者驯兽师，全是些到咱们城里来跑江湖卖艺的。

"可不是吗，第二天早上，当我站在自己楼上房间的窗前，正准备背上书包的时候，对面的一扇木板窗推开了，那个长着利剑似的黑色短发的矮个子男人探出脑袋，在新鲜空气中舒展着双臂。随后他转过脸去对着身后黑洞洞的房间，我于是听见他喊：'丽赛！丽赛！'接着，从他的腋下就钻出来一张红扑扑的小脸蛋，周围纷披着黑色的头发，长长的有如马鬃一般。父亲抬起手来指了指我这边，一面笑一面扯她那黑缎子似的头发。我听不明白他对她说了些什么，想来不外乎是：'你瞧瞧他，丽赛！还认识吗，就是昨天那个小男孩？可怜的傻瓜哟，他马上就得背上书包上学去啦！你真是个幸福的小丫头，只需让咱们的褐色小马驹拉着，在全国各地游来逛去！'——至少，小姑娘是满怀同情地瞅着我。在我鼓起勇气向她友好地点头致意时，她也点了点小脑瓜儿，神情十分严肃。

"很快女孩的父亲就缩回脑袋，消失在了他那阁楼的房间里。高大的金发女人代替他走到窗前，一把抓住小女孩的脑袋瓜儿，开始替她梳头。这件事似乎静悄悄地就完成了，其实丽赛显然是不敢吭声，虽然有几次当梳子滑到她颈项里去的时候，她那红红的小嘴儿都噘了起来。只有一次，她抬起胳膊把一根长长的头发扔到窗外的菩提树上方，让它在晨风中慢慢飘去。我在窗口看得见它闪闪发亮，因为朝阳穿过秋雾，正照射着对面客栈的上半部分。

"日光也射进了刚才还黑沉沉的阁楼中。我现在已清楚看见那汉子坐在一处光线晦暗的屋角里的桌子前，手上仿佛有什么金子银子似的东西在熠熠闪亮，过一会儿却又变成了一张鼻子大得出奇的小脸。可是不管我怎么使劲儿地瞧啊，瞧啊，还是弄不明白他摆弄的到底是些啥玩意儿。突然，我听见扑通一声，像有根木头橛子被扔进箱子里去似的，那汉子随即站立起来，从另一个窗洞探出身子，向着街上张望。

"这期间,女人已经给那黑头发的小姑娘穿上一件褪了色的红衣裳,把她的辫子像顶花冠似的盘在圆圆的小脑袋上。

"我仍然一个劲儿地望着对面,心想:'她没准儿还会点点头呐。'

"'保罗,保罗!'我突然听见母亲的声音在楼下的屋子里叫起来。

"'听见啦,妈妈!'

"我身子一个哆嗦,着实给吓了一跳。

"'喏,'她大声道,'要迟到了,数学教员会狠狠罚你的!早已打过七点,难道你不晓得?'

"我乒乒乓乓地冲下楼去。

"然而我真幸运,正赶上数学教员今天收获梨子,半个学校的同学都集合在他的果园里,用手和嘴在为他帮忙哩。直到九点钟,大伙儿才汗流满面地坐到位子上,高高兴兴地拿出了石板和代数书。

"十一点钟,我口袋让梨子塞得胀鼓鼓地从校园里跑出来,正碰上城里那位胖胖的喊话人从前面走过。他用钥匙敲打着一只亮锃锃的铜盆,扯起他那啤酒嗓门儿高声喊道:'机械师兼木偶戏艺人约瑟夫·滕德勒先生,昨天从首府慕尼黑莅临本城,今晚特在打靶场大厅做首场表演。演出的剧目是:普法尔兹伯爵西格弗里特和圣女格诺维娃。四幕木偶剧,附有伴唱!'

"喊完他清了清嗓子,又神气活现地迈步朝着与我回家相反的方向走去。我跟在背后从一条街走到另一条街,为的就是多听几次那令人欢欣鼓舞的通告。要晓得，我还从来没有看过戏，更别提木偶戏。——当我终于转身往家里走的时候，蓦地发现有一件小红衣服朝我移动过来。果不其然，真是那个演木偶戏的小姑娘。她尽管衣服褪了色，但在我眼里仍像童话里的人物似的，身上裹着美丽的光辉。

"我大起胆子与她搭讪，问：'你是去散步吗，丽赛？'

"她用黑眼睛瞅着我，带着疑虑的神气。

"'散步？'她拖长音调重复着我的问话，'嘿，你呀——真叫聪明！'

"'那你到底上哪儿去呢？'

"'上卖布的那儿去呗！'

"'你想给自己扯一件新衣服吗？'我又问，真够傻气的不是。

"她大笑起来：'去！别逗了！——不是的，我只想买点零头布！'

"'买零头布，丽赛？'

"'当然呐！给木偶做衣服只要零头布就够了，这样费不了多少钱！'

"我脑子里突然闪过一个好主意。当时，我的一位老伯伯在城里的市集广场边开着一家布店，他的那位老店员是我的好朋友。

"'跟我走吧，'我勇敢地说，'包你一个钱不花，丽赛！'

"'真的吗？'她还问了一句，随后我俩就跑到市集广场，进了我伯伯开的布店。老加布列尔像往常一样穿着灰白色长袍，站在柜台背后。等我说明了来意，他就好心地翻出来一大堆布头，堆放在柜台上。

"'瞧，那鲜红的多漂亮！'丽赛说，一边冲着一块法国印花布点着脑袋，非常想要的样子。

"'你用得着吗？'加布列尔问。

"'那还用说！为了今天晚上的演出，还得给西格弗里特骑士裁一件新马甲呀。'

"'可是还得绲边呐。'老爷子说。随即拿来各种金银花边的头子，以及一小块一小块的绿色、黄色绸缎和丝带，最后再添上一块相当大的棕色天鹅绒。'尽管拿去吧，孩子！'加布列尔说，'这个可以拿去做你格诺维娃的皮袍子，要是旧的那件已经褪色了的话！'说着，老爷子就把那一大堆漂漂亮亮的东西捆成一包，塞在小姑娘的腋下。

"'真的不要钱吗？'丽赛惶惑地问。

"'不，一点不要。'

"她眉开眼笑了。'谢谢，谢谢你，好人！啊，爸爸见了才叫高兴喽！'

"丽赛腋下挟着小包袱，我俩手牵着手，离开了布店。到了我家附近，她便放开我，穿过大街，向着裁缝公会的旅店奔去，跑得头上的黑色发辫也飞起来拖在了颈后。

"吃过午饭，我站在家门前，心怦怦跳着，考虑是否可以去向父亲要钱买门票，以便今天就去看首场演出。说实话，能站在廊子上看我已经满足啦,那里的儿童票只要两先令。这当口,在我还没拿定主意之前,丽赛就从街对面朝我飞跑过来了。'爸爸给的!'她说。我还没弄清楚是怎么回事,她又跑了。可是在我的手心里,已捏着一张红色戏票,上面印着几个大字:头等座位。

"我一抬头,看见那个矮小的黑头发汉子也在对面顶楼的窗洞里向我挥舞双臂。我朝他点点头,心想,这些个木偶戏艺人,他们可真是些和蔼可亲的人啊!

"'不错,今天晚上,'我自言自语,'今天晚上——头等座位!'

"你知道咱们南大街的那个打靶场吧,当年它的大门上还画着一个英俊的真人般大小的射手,头戴羽毛帽,手执长管枪,只不过当时那老房子比现在更加破败。射击协会仅剩下三个会员,几个世纪以来老公爵们所赠送的银杯、盛火药的兽角容器以及其他的奖品已一点一点被变卖掉了。还有你知道的那座一直延伸到人行道的大花园,也出租给人家了,成了养绵羊和山羊的牧地。一幢三层楼房子,既无任何人居住,也没派什么用场,年深月久,风吹雨打,在周围新建的房舍的衬托下真显得破烂不堪。只有在那间占据着整个顶楼、刷成了白色的凄凉的大厅中,偶尔才有过往的大力士或魔术师来表演表演他们的技艺。每逢这种时候,下边画着射手形象的大门便会嘎嘎嘎嘎地推开来。

"天慢慢黑了。可越到后来麻烦越多,因为一直要挨到开锣前五分钟,父亲才准许我离开。他说,锻炼锻炼耐心是必要的嘛，这样我到了戏园子里，才会老老实实地待着。

"我终于赶到了打靶场。大门敞开着，各种各样的人都往里涌。那年头儿，大伙儿还乐于去寻这种小开心，因为去汉堡路程太遥远，能去见大世面以致瞧不起家乡这些小玩意儿的人毕竟不多。——我爬完橡木旋梯，一眼瞧见丽赛的母亲正坐在大厅门口收票。我亲亲热热地走到她身边，心想她一定会像个老朋友似的招呼我，谁料她木呆呆地坐着，一声不吭地伸手接过了我的票，仿佛我跟她们家丝毫没有关系似的。我怀着颇有点受了委屈的心情走进大厅，厅内一片嘈杂，等着看表演的人们都压低了嗓门在聊天，城里的乐师也领着三个伙计在演奏。我的眼睛首先注意到的是大厅前边挂在乐队席上方那一面红帷幕。帷幕中央画着一张金色的七弦琴，琴的上方交叉地立着两支长号，而当时尤其令我觉得稀罕的是，在长号的嘴子上还各挂着一个面具，这边一个阴沉沉的，那边一个笑呵呵的，但眼睛都只有两个洞。——最前面三排已经坐满了，我挤到第四条长凳上，在那儿发现有我一个同学坐在自己父母亲旁边。在我们身后，座位便逐渐高上去，直到最后那条只卖站票的所谓廊子，离地板差不多已足有一人高。那里似乎已经客满，我看不十分清楚，因为只在两边墙壁上挂着的白铁罐中点着不多几支油脂烛，光线微弱，加之粗笨的木橡顶棚也使厅内变得异常幽暗。我的邻座要给我讲一件发生在学校里的趣闻，我不明白，他怎么还有心思去想这档子事。我眼睛看见的，只有那在舞台和乐池的灯光照耀下显得十分庄严的幕布。这当儿，它轻轻颤动起来，幕后那个神秘世界业已开始活动。又过了一瞬,蓦地传出一声清脆的锣响,观众席上的嘈杂声戛然而止,帷幕随即迅速升了起来。——我只往舞台上一瞅,时光仿佛就倒退了一千年。我看见一座有着望楼和吊桥的中世纪城堡,两个一英尺高的小人儿站在院子当中,激动地说着话。一个小人儿蓄着黑胡子,头戴饰有羽毛的银盔,身披绣金斗篷,下身穿着条红裤子,这就是普法尔兹伯爵西格弗里特。他正要去征讨信奉异教的摩尔人,因此吩咐身穿蓝色绣金短袄站在一旁的年轻管家戈洛,要他留在城堡中保护伯爵夫人格诺维娃。可是不忠心的戈洛装模作样,好似拼命反对自己的好主人单枪匹马去投入这场恶战。他俩在争论时不住地转动脑袋,胳臂也一下一下地猛甩猛挥。这时吊桥外边传来一阵微弱的、拖长的喇叭声,接着,美丽的格诺维娃便穿着天蓝色长裙从望楼后奔了出来,一下子抱住了自己丈夫的肩膀:'啊,我最最心爱的西格弗里特,但愿残暴的异教徒别杀了你!'可是她毫无办法。喇叭声再次传来,伯爵挺直身子,威严地跨过吊桥,离开了院子。外面一支队伍开拔的声音清楚可闻。如今刁恶的戈洛已成为城堡的主宰。

"戏继续演着,以下的故事跟你在书里读到的一个样。——我坐在板凳上一动也不动,完全给迷住了。木偶们的那些稀罕举动,那些就像真是从它们嘴里发出来的纤细而嘶哑的声音,所有这一切都赋予了这些小小的人儿神秘的生命,赋予了它们那紧紧吸引着我双眼的磁石般的力量。

"第二幕更加精彩!在城堡里的仆人中间出现了一个穿黄布褂子的老兄,名字叫卡斯佩尔。如果说这小子还不算活蹦乱跳的话,那就永远不会有什么东西是活蹦乱跳的了。他不住地逗着乐子,观众笑得连大厅都抖动起来。他的鼻子大得像条香肠,中间必定还装着关节,因为在他发出愚蠢而滑稽的大笑的时候,那鼻头还会左右摆动,仿佛自个儿也乐得不可开交似的。同时,他的嘴巴也张得很大,下巴颏碰得咔嗒咔嗒直响,就像一只老猫头鹰在打呼噜一样。常常只听一声'来哉',他便已经跳到了舞台上。然后他转向观众,先只用他的大拇指与观众攀谈。他这大拇指意味深长地转来转去,好像真的在讲:'这儿没有,那儿没有;你得不着,你啥也没有!'临了再加上他那对斜视的眼睛,真是太富有诱惑力了,以致不多会儿工夫,全场的观众也一个个变成了瞟眼儿。我更让这可爱的家伙完全给迷住了。

"戏终于收场,我又坐在家里的起居室里,不声不响地吃着我的好妈妈重新替我热好的烤肉。父亲坐在靠椅上,抽着他那每晚必抽的烟斗。'喏,孩子,'他开了腔,'它们跟活人一样吗?'

"'我不知道,爸爸。'我一边继续在碗里舀一边说,我的脑子还完全乱糟糟的。

"他若有所悟地微笑着,盯着我看了好一会儿。'听着,保罗,'他随后说,'你不能常进戏园子,闹不好,那些木偶最后也会跟你一块儿进学校去的。'

"父亲的话不是没有道理。在接下来的两天中,我的代数练习退步得很厉害,以致数学教员警告说,要把我从第一名上降下来。可不,当我脑子里想着写'$a + b = x - c$'的时候,耳畔却听到美丽的格诺维娃那小鸟啁啾般纤细的声音：'啊，我最最心爱的西格弗里特，但愿残暴的异教徒别杀了你！'有一回——幸好没谁瞧见——我甚至在石板上写成了'x+格诺维娃'。一次，半夜三更，在卧室里冷不丁儿一声震天响的'来哉'，穿着黄布大褂的可爱的卡斯佩尔便一个箭步跳到了我床上，他把两条胳臂撑在我脑袋左右的枕头上，俯下身来冲着我狂笑：'哈哈，我的好兄弟！哈哈，我最亲爱的兄弟！'笑着笑着，他就用那长长的红鼻子来啄我自己的鼻子，我便醒了过来。自然我也立刻明白，那只是一个梦。

"我把这一切全憋在心里，在家里不敢提木偶戏一个字。谁知到了紧接着的礼拜天，喊话人又走街串巷，一边敲着铜盆一边高声宣告：'今天晚上在打靶场，公演四幕木偶戏《浮士德博士下地狱》啊！'这下可再也憋不住了，就像猫儿围着热粥转一样，我不声不响地在父亲身边踅来踅去，终于，他理解了我那痴呆的目光。

"'保罗，'他道，'看你心里不滴出血来才怪哩，也许治你病的最好办法就是让你看个够。'说着，他便把手伸进背心口袋，掏了两个先令出来给我。

"我立刻跑出家门，到了街上才明白过来，离戏开演还有整整八个钟头，够我等的呢。不过我仍然跑到花园后面的人行道上，站在打靶场敞开着门的牧地前，接着仿佛受到什么东西的吸引，不知不觉便走了进去。没准儿有几个木偶正从楼上的窗口往外张望吧，我想，要知道戏台就摆在房子的后墙边啊。不过，我还得先穿过牧地的凸起部分，那儿长满了茂密的菩提树和栗子树。我心里有点害怕，正在那里踟蹰不前，突然一头拴在旁边的大公羊往我背上猛抵一下，我便往前踉跄了约二十步。看啊，我一看四周，已经站在大树底下了。

"那是个阴晦的秋日，一片片黄叶已经从树上飘落下来，在我头顶上的空中，一群向海上飞去的水鸟在发出鸣叫。周围看不见一个人影，听不见一点声响。我慢慢穿过野草凄迷的小径，来到一片隔在园子和楼房间的石砌院坝上。院坝并不宽。——真的！那楼上果然有两扇朝着院子的大窗户，可是，在那些用铅条嵌起来的小小的玻璃窗背后，却黑洞洞的啥也没有，一个木偶都看不见。我站了一会儿，在周围的一片寂静中，不禁心惊胆战起来。

"这当口，我发现沉重的院门突然从里面推开了一掌宽，与此同时，一个小小的黑头发的脑袋也从门缝中探了出来。

"'丽赛！'我失声叫道。

"她张大黑黝黝的眼睛望着我。

"'上帝保佑！'她说，'我真不知道外边喊喊喳喳的是什么东西！可你到底是怎么进来的呢？'

"'我吗？我在溜达着玩儿，丽赛！可你告诉我，你们现在是不是已经在演戏？'

"她笑眯眯地摇了摇头。

"'可是，你们又在这儿干吗呢？'我继续追问，同时越过院坝朝着她走去。

"'我等我爸爸,'她回答,'他回旅馆取绳子和钉子去了,他在做今晚上演出的准备。'

"'就你独个儿在这里吗,丽赛?'

"'啊不,你不是也在这儿吗!'

"'我是问,'我说,'你的母亲在不在楼上?'

"不,她的母亲坐在旅馆里补木偶的衣服,只有丽赛独个儿在这里。

"'听好了,'我又开始说,'请你帮个忙。在你们的木偶中有一个叫卡斯佩尔的,我非常想在近处看看它。'

"'你说那个小丑吗?'丽赛问,好像考虑了一会儿,'喏,行啊,只是得快一些,要不爸爸就回来啦!'

"说着我们就走进楼里,跑上陡斜的旋转楼梯。大厅里黑得几乎什么都看不见,开向院子的窗户全让戏台给遮着了,只是这儿那儿地从幕布的缝隙中射进来一条条光线。

"'来!'丽赛招呼我,同时把挂在侧面墙边的一条当挡子的睡毯撩上去。我们往里一钻,我就已经站在那神奇的殿堂前了。可是,从背后看去,在大白天里,这儿显得是那样寒酸:仅仅是一个用木板条钉成的框子,上面垂着一块块色彩斑驳的布片,而它便是圣女格诺维娃向我展示她自己的一生并使我神往陶醉的舞台。

"然而我抱怨得太早了,那儿,在布景和墙壁之间绷着的一根铁丝上,挂着两个漂亮的木偶。由于它们是背朝着我,我没有认出来是谁。

"'其他木偶在哪儿,丽赛?'我问,真巴不得一下子看见整个班子。

"'在这个箱子里,'丽赛回答,举起小拳头敲了敲一口放在角落上的大木箱,'那边的两个已经穿戴好了,过去好好瞧瞧吧,他也在那儿,你的朋友卡斯佩尔!'

"果真不错,就是卡斯佩尔。

"'今晚上他又要演出吗?'我问。

"'当然要演,每天晚上都少不了他!'

"我抱着胳膊,站在那儿端详着我亲爱的无所不能的小丑。只见他由七根线系着,吊在铁丝上晃晃荡荡,脑袋耷拉在胸前,大眼睛盯着地板,红鼻头儿伸长着,就像个宽宽的鸟喙。

"'卡斯佩尔呀卡斯佩尔,'我自顾自地说,'瞧你吊在那儿多么可怜。'

"蓦地,他像是在回答我似的:'等着瞧吧,好兄弟,今晚上咱们瞧!'

"是我自己在脑子里嘀咕呢,还是卡斯佩尔真对我这么说了呢,我不知道。

"我转过脸来,丽赛已经不在跟前,她准是跑到了大门口,监视父亲是不是已经走回来啦。——这当儿,我听见她在大厅门边喊:'喂,可别动我的木偶啊!'

"说得是——可叫我怎么能不动呢!我轻手轻脚地爬上旁边的一条长凳,开始一根一根地扯起那些线来。先是下巴颏啪啦啪啦动了,接着胳臂便举了起来,临了那根神奇的大拇指也开始灵巧地转来转去。这玩意儿一点儿不困难,我压根儿没想到演木偶戏竟这么容易。只不过胳臂仅仅能一前一后地动,而在新近演过的戏里,卡斯佩尔显然曾经把胳臂向两边伸。是的,他甚至还用它们抱住过脑袋呐!我于是猛地拽所有的线,还企图用手掰弯他的胳臂,但是不成。掰着掰着,木偶的体内忽然咔嗒一声。'且慢!'我想,'快快住手吧!我这样会闯祸的!'

"我轻轻地从凳子上爬下来,同时已听见丽赛走回大厅的声音。

"'快点儿,快点儿!'她一边叫喊一边拽着我穿过黑暗的场子,向外面的旋梯走去。'我原本是不该放你进来的,'她继续说,'管他呢,这下你该高兴了吧!'

"我想起刚才那咔嗒一声。'嗨,没什么事儿!'我自己安慰着自己,跑下旋梯,穿过后门,到了外边。

"总算搞清楚了,卡斯佩尔不过是个真正的木偶,可是丽赛——她的口音多么动听!她马上就亲亲热热地领我上去看了她的木偶!诚然,她自己告诉我,她是瞒着父亲这样做的,这不完全对头。不过,就算不光彩,我还是得承认:这样的偷偷摸摸我心里并非不喜欢啊,相反,它倒使事情别有一番滋味儿。我想,当我穿过园子里的菩提树和栗子树,重新向着人行道慢慢溜去时,脸上一定带着洋洋得意的微笑。

"我尽管转着这样一些自我陶醉的念头,可时不时地耳朵里仍响起那木偶身体里发出的咔嗒一声。一整天,我想尽了办法,也没能使时时从我内心中发出的这个声音安静下来。

"钟已经打了七点。今天是礼拜天晚上,打靶场内更加座无虚席。这次我是站在离地板五码高的后边,站在只花了两个先令的廊子上。白铁罩子里的油脂烛发着光,城里的乐师和伙计拉起了小提琴,帷幕徐徐地升上去。

"台上出现一间屋顶有穹隆的哥特式房间。浮士德博士身穿黑色长袍,坐在一本翻开的大书前。他苦苦抱怨,他所有的学问都没有用处,他衣裳破旧,负债累累,因此只好去找地狱里的魔鬼寻求帮助。

"'是谁在呼唤我?'从左边的穹顶上传来一个可怕的声音。

"'浮士德,浮士德,别听他的!'从右边传来另一个温柔的声音。

"然而浮士德与魔鬼立下了誓约。

"'可悲啊,可悲啊,你这可怜的灵魂!'天使的叹息声轻得像微风,而同时,左边却响起咯咯咯的狂笑,笑声响彻了整个大厅。

"这当口,有谁敲起门来。

"'请原谅,老师!'浮士德的弟子瓦格纳走进了屋子。他请求允许他雇一个帮手干那些粗笨的家务事,以便能更专心地学习。'有一个叫卡斯佩尔的年轻人前来应征,'他说,'看样子人挺不错。'

"浮士德和蔼地点点头,回答:'很好,亲爱的瓦格纳,我同意你的请求。'说罢,师徒二人便一起下了场。

"只听一声'来哉!'——果然是他。卡斯佩尔一步跳到台子上，背上的行囊直打战。

"'感谢上帝，'我心里想，'他还是好好儿的，还跟上个礼拜天在美丽的格诺维娃城堡中一样地欢蹦乱跳！'说也稀罕，上午我在脑子里还当他只是个不怎么样的木头人，可现在他一句台词刚出口，又恢复了全部的魔力。

"他在房间里一个劲儿地走来走去。'要是我亲爱的爸爸现在看见我，'他大声说，'他老人家才叫乐哩。他总是告诉我："卡斯佩尔啊，好好干，要有出息！"——瞧，这会儿我不是有出息了吗？我一扔就会把我的东西扔出老远去！'说着，他做出一个要使劲扔背囊的样子，背囊倒确实顺着提线迅速飞到了穹顶上，可卡斯佩尔的两条胳臂却仍然紧紧贴着身子，不管怎么抽风似的抖来抖去，始终还是抬不起一点儿来。

"卡斯佩尔不声不响地呆住了。——舞台背后骚动起来，传出来压低了的、急促的谈话声。演出显然中断了。

"我的心停止了跳动：报应来了不是！我恨不得逃走，可又感到羞耻。要是丽赛因为我受到打骂怎么办！

"突然，卡斯佩尔开始在舞台上哀号起来，脑袋和胳臂都软塌塌地耷拉着。瓦格纳学士重新出现在台子上，问他干吗这么大哭大叫。

"'哎哟，我的牙齿，我的牙齿！'卡斯佩尔嚷嚷着。

"'好朋友，'瓦格纳说，'让我瞧瞧你的嘴巴！'

"当他抓住卡斯佩尔的大鼻子，把头凑到他上下颌骨之间去的时候，浮士德博士也重新进屋来了。

"'对不起,老师,'瓦格纳说,'我不能雇用这个年轻人,必须马上送他到医院去!'

"'那是家酒馆吗?'卡斯佩尔问。

"'不,好朋友,'瓦格纳回答,'那是屠宰场,在那儿人家将替你把智齿从肉里拔出来,这样你的痛苦也就解除啦。'

"'唉,亲爱的上帝,'卡斯佩尔哀叫着,'我这个可怜虫怎么这样倒霉呀!您说智齿吗,学士先生?咱们家可还从来没谁有过这玩意儿!如此说来,咱这卡斯佩尔家族算是完喽?'

"'反正,我的朋友,一个有智齿的用人我绝对不能要,'瓦格纳说,'智齿这东西只有我们学者才配长。可你还有个侄儿,他也到我这儿来谋过差事。也许,'他转过脸去冲着浮士德博士,'请阁下容我……'

"浮士德博士威严地把头一转。

"'你爱怎么办就怎么办吧,亲爱的瓦格纳,'他说,'可别用这等鸡毛蒜皮的事情来烦我,我要钻研我的魔术!'

"'听听,伙计,'一个在我前面趴在栏杆上的小裁缝对旁边的人说,'这可是戏里没有的呀,我熟悉这出戏,前不久在塞弗尔斯村才看过。'

"另一个却只回答:'别出声,就你聪明!'说时还戳了他肋巴骨一下。

"说话间,卡斯佩尔第二已经出现在舞台上。他和他生病的叔叔像得简直分不清谁是谁,说起话来的腔调也一模一样,只不过他缺少那个灵活的大拇指,大鼻头里边似乎也没有关节。

"戏又顺利地演下去，我心上的大石头也落了地，不多会儿，我便忘记了周围的一切。魔鬼梅菲斯特穿着火红的斗篷，额头上长着犄角，出现在了房中，浮士德正用自己的血，在与他签订罪恶的誓约：'你必须给我当二十四年仆人，然后我就把身体和灵魂都给你。'

"接着，他俩便裹在魔鬼的奇异斗篷里，飞到空中去了。为卡斯佩尔从天上掉下来一只长着蝙蝠翅膀的大蟾蜍。'要我骑上这地狱里的麻雀去帕尔玛①吗？'他大声问。那畜生颤颤巍巍地点了点脑袋，于是他骑上去，飞到空中追赶先走的两位去了。

"我紧贴厅堂后面的墙根儿站着，视线越过面前的所有脑袋，看得还更加清楚。幕布再次升起，戏已演到最后一幕。

"限期终于满了。浮士德与卡斯佩尔双双回到了故乡。卡斯佩尔已当上更夫，他在黑暗的街道上逡巡着，高声地报着时辰：

> 列位君子听我说，
> 我的老婆揍了我；
> 可得当心那班娘儿们啊，
> 十二点啰！十二点啰！

"远远地传来了子夜的钟声。浮士德跟跟跄跄地走上舞台，他企图祈祷，但喉咙里只能发出阵阵哀号，牙齿相互磕打着。忽

---

① 帕尔玛是意大利的城市。

听空中响起一个雷鸣般的呼声：

Fauste, Fauste, in aeternum damnatus es!①

"正当三个浑身黑毛的魔鬼在火雨中从天而降，前来捉拿可怜的浮士德的一刹那，我觉得自己脚下的一块木板动了动。我弯下腰去，准备把它挪好，却听见下面的黑窟窿里似乎有什么响声，侧耳细听，竟像是一个孩子在哀哀啜泣。

"'丽赛！'我脑子里一闪，'有可能是丽赛！'我所干的坏事又整个像块大石头似的压在了心上，现在哪儿还顾得上浮士德博士和他下不下地狱哟！

"我怀着一颗狂跳的心，从观众中间挤过去，从侧面爬下了看台。我很快钻到看台下的空洞里边，顺着墙根站直身子往前摸去。因为几乎毫无光线，我到处都碰着支在里边的木条木柱。

"'丽赛！'我呼唤着。

"那刚才还能听见的啜泣突然一下子没有了。在最靠里的一个角落里，我发现有什么东西在蠕动。我摸索着继续朝前走，果然——她坐在那里，身体蜷成一团，脑袋埋在怀中。

"'丽赛，'我又问，'你怎么啦？你说句话呀！'

"她微微抬起头来。'叫我说什么呢！'她道，'你自个儿清楚，是你把小丑给拧坏了。'

---

① 拉丁文：浮士德，浮士德，你已永劫不复！

"'是的,丽赛,'我垂头丧气地回答,'我相信是我弄坏了他。'

"'嘿,你呀!——我不是告诉过你吗!'

"'是的,丽赛,现在我该怎么办?'

"'喏,啥也别办!'

"'那结果会怎样呢?'

"'喏,不怎么样!'说完她开始大声痛哭起来,'可是等我回到家……回到家我就会……会挨鞭子!'

"'你挨鞭子,丽赛!'我觉得这下子完了,'你父亲真这么凶吗?'

"'唉,我爸爸可好啦!'她抽泣着说。

"那么是她母亲!啊,我真恨这个板着面孔坐在售票口的女人,恨得简直要发狂!

"这时从戏台那边传来卡斯佩尔第二的喊声:'戏演完啦!玛格丽特,咱俩最后来跳个舞吧!'就在同一刹那,我们头顶上便响起杂沓凌乱的脚步声,人们乒乒乓乓地爬下看台,向着出口涌去。走在最后的是城里的乐师和他的伙计们,我听见他的大提琴撞在墙上发出的嗡嗡声。随后便慢慢安静下来,只有在前边的舞台上,滕德勒夫妇还在谈话和忙碌。一会儿他俩也走进观众席,似乎先吹熄了乐台上的灯,又在吹两边墙壁上的灯,大厅里越来越黑。

"'能知道丽赛在哪儿就好啦!'我听见滕德勒先生大声地冲在对面吹灯的妻子说。

"'她还会去哪儿!'妻子嚷嚷着回答他,'这个犟东西,还不是跑回旅馆去了呗!'

"'老婆,'男人又说,'你对孩子也太粗暴了,她的心还那么嫩弱!'

"'这叫什么话!'女人叫起来,'她就该受惩罚嘛。她明明知道,那个奇妙的木偶还是我故去的父亲传下来的!你永远也甭想再修好它,而第二个卡斯佩尔只能勉强代替一下!'

"争吵声在空荡荡的大厅里回响着。我也蹲到丽赛旁边;我俩手拉着手,一点声息也不出,就像两只小老鼠。

"'这是我的报应,'刚好站在我们头顶上的女人又嚷开了,'为什么我要容忍你今晚上又演出亵渎上帝的戏呢!我天堂里的父亲最后几年再也不演它了啊!'

"'得,得,蕾瑟尔!'滕德勒先生从对面喊,'你父亲是个怪人。这出戏一直很叫座,再说,我看对于世上那许多不信神的人也是一个教训和警示!'

"'但咱们就演今天这最后一次,从此别再跟我多废话!'女人回答。

"滕德勒先生不作声了。整个大厅似乎只有一盏灯亮着,夫妻二人慢慢朝着出口走去。

"'丽赛,'我悄声说,'咱们会被关在里面哩。'

"'随他去!'她回答,'我没有办法,我不想走!'

"'那我也留下!'

"'可你的爸爸妈妈……'

"'我要陪着你!'

"大厅的门碰上了,随后是下楼梯的声音,再后来我们就听见他们在外面街上如何锁死大门。

"我们仍然坐着。我们就这么一句话不讲地呆呆坐了约莫一刻钟。幸好这时我突然想起,我口袋里还有两块夹腊肠的面包,是我在来的路上用死乞白赖向我母亲要来的一个先令买的,后来看戏看得入了迷给完全忘记了。我塞了一块在丽赛的小手里,她一声不响地接着,好像理所当然该我张罗夜宵似的。我们吃了一会儿,随后就啥也没有了。我站起来说:'让我们到舞台后边去吧,那儿会亮一些。我想,外面一定有月亮!'丽赛温顺地任由我牵着,穿过那些横七竖八的板条,走到了大厅里。

"我们钻进挡子后边的舞台,就看见了从花园中射进窗户里来的明亮月光。

"在上午只挂着两个木偶的那条铁丝上,我看见今晚登场的全班人马。那儿挂着脸颊瘦削苍白的浮士德博士、额头上长着犄角的梅菲斯特、三个黑毛小鬼,在生着翅膀的蟾蜍旁边还有两位卡斯佩尔。在惨白的月光中,他们全都纹丝不动,我觉得简直就像一些死尸。幸亏头号卡斯佩尔的大鼻子又耷拉到了胸脯上,不然,我相信他一定会拿眼睛恶狠狠地瞪着我的。

"丽赛和我无所事事地在戏台子上东站站,西爬爬,这样过了一会儿,我俩又肩并肩地趴在了窗台上。——变天啦,一堆乌云升起来,就要遮住空中的月亮,下面的园子里,看得见无数的叶子从树上纷纷飘落。

"'瞧,'丽赛若有所思地说,'乌云飘过来了!我慈爱的老姑妈不能再从天上看下边啦!'

"'哪个老姑妈,丽赛?'我问。

"'在她死以前,我曾住在她家里。'

"我们重新凝视着外面的黑夜。风刮向我们的楼房,窜进并不怎么严实的小窗,原本静静挂在后面铁丝上的木偶开始噼里啪啦地碰响起来。我不由掉头一看,只见木偶们在风中一个个摇头晃脑,僵直的小胳膊腿儿乱舞乱挥。冷不丁的,受了伤的卡斯佩尔一扬脑袋,用两只白眼儿死死地盯着我,于是我心里嘀咕,还是避到旁边去吧。

"离窗口不远,在布景挡着看不见那些乱跳乱舞的木偶们的地方,立着一口大箱子,箱盖开着,上面胡乱扔着一些毛毯,估计是用来裹木偶的。

"当我朝着箱子走去时,听见丽赛在窗口长长地打了一个呵欠。

"'困了吗,丽赛?'我问。

"'啊不,'她回答,同时把小胳膊紧紧抱在一起,'只是有些冷!'

"真的,这空荡荡的大厅是冷起来了,我也感到凉飕飕的。'过来!'我说,'咱们把毯子裹在身上。'

"丽赛马上站在我旁边,温顺地任我把她裹在一条毛毯里,临了看上去就像一只大蝶蛹,只是上边还露出一个极其可爱的小脸蛋儿。'我想,'她说,一对疲倦的大眼睛直盯着我,'我们可

以爬进箱子里去，里边暖和！'

"我明白这个道理，与荒凉冷清的大厅比较起来，那儿甚至是个僻静宜人的所在，简直就像间小密室。我们两个可怜的小傻瓜很快就用毯子包裹严实，紧紧相偎着坐在大箱子里，背和脚都抵在箱壁上。远远地，我们听见沉重的厅门的门枢在嘎嘎直叫；可在这儿，我们却既安全又舒适。

"'还冷吗，丽赛？'我问。

"'一点儿也不了！'

"她把自己的小脑袋靠在我肩膀上，已经闭上眼睛。'我的好爸爸在做什么呢？……'她嘴里还喃喃着。随后，我从她平匀的呼吸听出来，她睡着了。

"从我的位置，可以透过一扇窗户顶上的几块玻璃看到楼外。月亮又从刚才遮挡着它的云幕后边浮游出来了，慈祥的老姑妈重新可以从天空俯瞰人间。我想，她准是很喜欢这么做的吧。一道月华照在静静靠在我脸颊旁的那张小脸儿上，漆黑的睫毛宛如镶在面颊上的丝制花边，红红的嘴儿轻轻地呼吸着，只是时不时地还从胸中发出一两声短促的抽泣，就连这也很快就没有了。天上的老姑妈的目光是何等温柔啊。

"我一丝儿也不敢动弹。我想：'要是丽赛是我妹妹，能够一直留在我身边，那该多美哟！'要知道我没有姊妹，如果说，我对哥哥弟弟还不怎么想要的话，我可是常常幻想和一个妹妹在一起生活的情景。真不理解我的那些同学，他们真有了姐姐妹妹，竟然还能跟她们吵嘴打架。

"我想必就这么胡思乱想着,终于也睡着了。我现在还记得,我做了怎样一些荒诞不经的梦。我仿佛坐在大厅中央,两边墙壁燃着油脂烛,观众席上却空空如也,除我以外再没有一个人。在我的头顶上,木椽顶棚的下边,卡斯佩尔骑着地狱里的麻雀飞来飞去,一声接一声地喊叫着:'坏哥哥!坏哥哥!'或者用哭丧的声音呼唤:'我的胳膊哟!我的胳膊哟!'

"蓦地,我头顶上响起的一阵笑声把我惊醒了。也许,使我醒来的还有那突然射着我眼睛的亮光吧。

"'喏,瞧瞧好一个鸟窝!'我听见父亲的嗓音说。随后,他又稍显严厉地吼了一声:'快给我出来吧,孩子!'

"一听这样的吼声,平素我总情不自禁地会站起来的。我竭力睁开眼睛,发现父亲和滕德勒夫妇站在箱子跟前,滕德勒先生手上拎着盏明亮的马灯。我挣扎着想站起来,但是不成,仍然酣睡着的丽赛妨碍着我,把她小身躯的整个重量都压在了我的胸脯上。然而,当一双骨节粗大的手伸过来准备抱她出去时,我一眼看清俯在我们上边的乃是滕德勒太太那生硬的面孔,我又猛地抱住我的小朋友,差点儿没把那女人头上戴的意大利旧草帽给拽下来。

"'好小子,好小子!'她连声嚷着,往后退了一步。我呢,则从箱子里爬出来,简单明了、无所顾忌地讲了今天上午发生的事情。

"'既如此,滕德勒太太,'我父亲等我讲完以后说,同时做了一个很通情达理的手势,'您大概会允许我单独来和我儿子了

结这桩事了吧。'

"'好的，好的！'我急不可待地叫起来，仿佛他是答应给我什么最好玩儿的东西似的。

"这时候丽赛也醒了，已被她父亲抱在怀中。我看见，她用小胳臂搂着父亲的脖子，一会儿凑近他耳朵急急忙忙地说些什么，一会儿温柔地望着他的眼睛，一会儿又下保证似的点着头。紧接着，木偶戏艺人也拉住我父亲的手。

"'亲爱的先生，'他说，'孩子们已经相互说情，丽赛她妈，你也并不是那么铁石心肠！这件事咱们就算了吧！'

"滕德勒太太藏在大草帽底下的脸仍然无动于衷。

"'你自己会瞧见，没有卡斯佩尔你怎么混得下去！'她气势汹汹地瞪了丈夫一眼说。

"我望着父亲的脸，看见他高兴地挤了挤眼睛，于是放下心来，知道风暴即将过去。我父亲进而答应，明天将为修理那个受伤的木偶而显一显自己的身手。这时滕德勒太太的意大利草帽甚至也可爱地动起来了。我呢，也就更加放心，我们两家都已经太平无事了。

"很快，我们便行走在黑暗的大街上，滕德勒先生拎着灯在前面开道，我们两个孩子手拉着手，紧跟着大人。

"临了，'晚安，保罗！啊，我真想睡觉！'说完，丽赛就跑开了。我压根儿没有发现，我们已经走到家门口。

"第二天中午我放学回来，在我家的作坊里碰见了滕德勒先生和他的小女儿。

"'嘿，师兄，'我父亲一边检查木偶的内部结构，一边对木偶艺人说，'要是咱们两个机械师一块儿还修不好这家伙，那就太糟糕啦。'

"'对吗，爸爸，'丽赛大声说，'要是修好了，妈妈也就不会再抱怨。'

"滕德勒先生轻轻抚摸着女儿黑色的头发，然后转过脸来望着我父亲，听他解释打算如何修理木偶。

"'唉，亲爱的先生，'他说，'我并非什么机械师，这个称号只是我连同木偶一起承继下来的。论职业，我原本不过是贝希特加登的一名木刻匠。可已故的岳父——您大概听说过他——却是著名的木偶戏艺人盖塞布莱希特，我老婆蕾瑟尔至今仍以有这位父亲为荣哩。卡斯佩尔身体里的机关就是他造的，我不过刻了一下面孔而已。'

"'嗨，嗨，滕德勒先生，'我父亲也说，'这个就已经是艺术。而且——请你讲一讲，当我儿子干的蠢事突然在演出中间暴露出来时，你们怎么可能一下子就想出了补救的办法。'

"谈话开始令我感到有些尴尬了。可忽然，滕德勒先生善良的脸上闪烁着木偶戏艺人所有的机智的光辉。

"'是的，亲爱的先生，'他说，'为了应付这种情况，我们总是准备着一些噱头。就说这家伙，他也有个侄儿，就是卡斯佩尔第二，声音和他一模一样！'

"这期间，我已扯了扯丽赛的衣服，领着她顺顺当当地溜进了咱们家的花园里。我和她就坐在眼下也替咱俩遮着阴凉的菩提树下,只是当时那边那些花坛里没有开红色的丁香花。不过我清楚地记得,那是在一个阳光灿烂的9月的午后。我的母亲也从厨房里走过来,开始和木偶戏艺人的小姑娘搭话。要知道,我妈妈也是有自己的一点儿好奇心的。

"她问小姑娘叫什么名字,是不是一直就这么从一个市镇流浪到另一个市镇。——嗯,她叫丽赛。这个其实我已对妈妈讲过好多遍啦。——这是她的第一次旅行,因此嘛,她的标准德语还讲得不怎么好。——她是不是念过书呢?——当然当然,她念过书,不过做针线却是跟她的老姑妈学来的。老姑妈也有这么个花园,她们也曾坐在花园中的长凳上。现在呢,却只能跟母亲学,她母亲可严厉啦!

"我母亲赞许地点点头。——她又问丽赛她的父母亲大概打算在此地停多久呢?——嗯,这她可不知道,这得由她的母亲来决定。一般嘛,在每个地方多半待四个礼拜。——喔,那么,她是不是也备有继续旅行用的暖和的大衣呢?要知道,这么坐在敞篷车上,10月里就已经很冷了呀。——喏,丽赛回答,大衣她已有一件,不过挺薄挺薄的,所以在来的路上她已感到冻得够呛。

"我可是看出来,我母亲早已等着听这句话。她于是道:'听我讲,小丽赛!我在柜子里挂着一件挺好的大衣,还是我当大姑娘那会儿穿过的,现在我的身材已没当时苗条啦,再说我也没有女儿,没法改出来给她穿。赶明儿你就来吧,丽赛,它会使你有一件暖暖和和的大衣的。'

"丽赛高兴得脸蛋儿通红,转眼间已吻了吻我母亲的手,搞得我母亲反倒十分不好意思起来。你知道，我们这地方的人不大懂得那一套愚蠢的礼节！幸好这时两个男人从作坊里走来了。

"'这回算是有救啦，'我父亲大声说，'不过……'他举起食指来朝我点了点，表示警告，我受的惩罚也就结束了。

"我高高兴兴地跑回屋里，依照母亲的吩咐取来她的大披巾，用它仔仔细细地把刚出院的卡斯佩尔包裹起来，免得街上的孩子们再像他来时那样大呼小叫地跟在旁边跑。他们这样做虽然是出于好心，可对木偶的康复仍然不利啊。随后，丽赛抱着木偶，滕德勒先生牵着丽赛，在千恩万谢之后，父女俩便顺着大街朝打靶场走去。

"接着便开始了一段对孩子们来说是最最幸福的时期。丽赛不只是第二天下午，而是一连好多天都上我家里来。她固执地请求了又请求，直到我母亲终于同意她参加缝制自己的新大衣。虽然交给她做的都是一些无所谓的活儿，可母亲说小孩子就该锻炼锻炼。有几次我也坐到她们旁边，给丽赛读一本父亲在拍卖场上买来的魏森的《儿童之友》。她还从来不知道有这么有趣的书，听得高兴极了。'真有意思！'或者'嘿，世界上竟有这等事！'她一边听一边常常发出惊叹，做针线的手便停在了怀里。有时她也仰起头来，用一双聪明的大眼睛望着我，说：'是啊，这些故事真不知编得有多好！'

"我仿佛今天还能听见她的嗓音。"

讲故事的人沉默了。在他那富有男性美的脸上，洋溢着一种宁静而幸福的表情，好似他方才所讲的一切虽已成为往事，却并未消逝。

过了一会儿，他又讲起来：

"我的功课在那一段时间是做得再好不过了，因为我感觉到父亲的眼睛比以往更加严厉地监视着我，我只能以更加努力为代价，才能换得与这些木偶戏艺人交往的权利。

"'是些可敬的人啊，这滕德勒一家！'一次我听见父亲说，'裁缝旅店的老板今天腾给了他们一间更像样的房间，他们每天早上都准时清账。只是那老头子说，他们订的饮食却少得可怜。——而这个嘛，'我父亲补充说，'却使我比旅店老板更喜欢他们。他们可能在省钱以备急需，其他的流浪艺人可不是这样。'

"我多高兴听见人家称赞我的这些朋友们呀！是的，他们都是我的朋友，就连滕德勒太太现在也从她那意大利大草帽底下亲切地向我点头，每当我晚上从她的售票口旁边——我已不需要票——溜进大厅里去的时候。每天中午我放学回来跑得才叫快呢！我知道，在家里一定能碰见小丽赛，她要么在母亲厨房里帮着做些这样那样的小事，要么坐在花园里的长凳上读书或者做针线什么的。不久，我也把她争取过来当了我的帮手。在我觉得已经把事情的奥妙了解得差不多以后，便决心一不做二不休，也要建立一个自己的木偶剧团。首先，我开始雕刻木偶。滕德勒先生的小眼睛里闪着善良而俏皮的光芒，在挑选木料和雕刻刀法方面给了我指点与帮助。没过多久，从一块木头橛子里确确实实也诞生出一个卡斯佩尔似的大鼻子。然而，那小丑穿的黄布大褂我却很不感兴趣，因此，丽赛必须用又去找老加布列尔要来的碎布头儿缝制成各式各样的绲金镶银的小斗篷、小短袄，以备将来让上帝知道的其他木偶穿戴。老亨利也时不时地从作坊里来我们这儿看看。他衔着一根短烟袋，是我父亲的伙计，从我记事之日起就在我们家里了。他从我手里夺过刻刀，三下两下就使这儿那儿有了点样子。可是我想入非非，甚至对滕德勒那个顶呱呱的卡斯佩尔也不感到满足，我还要创造一些崭新的东西。我为我的木偶想出三个从未有过的、灵活至极的关节，使它的下巴能左右摇摆、耳朵能来回移动、下嘴唇能上下开合。嗨，要不是它最后由于关节太多而未出世就早早夭折了的话，准会是个闻所未闻的大好佬哩。而且非常遗憾，不论是普法尔兹伯爵西格弗里特，还是木偶戏中的任何别的英雄，都未能经我之手得到愉快的新生。对于我来说，比较成功的是建造了一个地下室。天气冷的日子，我和丽赛就坐在里边的小板凳上；借着从装在头顶上的一块玻璃透进来的微光，我给她念魏森的《儿童之友》中的故事。这些故事，她真是百听不厌呀。同学们因此讥讽我，骂我是女孩子的奴隶，怪我老跟木偶戏子的女儿混在一起而不再和他们玩耍。我才不管他们哩。我知道，他们这么讲只是出于嫉妒，可有时把我惹急了，我也会很勇敢地挥起拳头来的。

"然而生活里的任何事情都有个期限。滕德勒一家的全部剧目已经演完，打靶场的木偶戏台拆掉了，他们又做好了继续上路的准备。

"于是，在10月里一个刮大风的午后，我就站在城外一处高高的土丘上，目光哀戚地一会儿瞅瞅那向东通往一片荒凉旷野的宽阔沙石路，一会儿充满期待地回首张望，瞧瞧那在低洼地中烟笼雾罩着的城市。瞧着瞧着，一辆小小的敞篷车就驶过来了，车上放着两口高高的箱子，车辕前套着一匹活泼的棕色小马。这次滕德勒先生坐在前面的一块木板上，他身后是穿着暖和的新大衣的丽赛，丽赛旁边是她母亲。我在客栈门前已经和他们告过别，可随后我又赶在前面跑到了城外，以便看看他们所有的人，并且已经得到父亲同意，准备把那本魏森的《儿童之友》送给丽赛作为留念。此外，我还用自己节省下来的零花钱为她买了一包饼干。

"'等等，等等！'我高叫着冲下土丘。

"滕德勒先生拽住缰绳，那棕色小马便站住了。我把自己小小的礼品给丽赛递到车上去，她把它们放到了旁边的座位上。可是，当我与她一句话也说不出来，只把四只手紧紧地握在一起时，一刹那，我们两个可怜的孩子便哇的一声哭出来了。这当口，滕德勒先生却猛一挥鞭。

"'别了，孩子！要乖乖的，代我感谢你的爸爸妈妈！'

"'再见！再见！'丽赛大声喊着。小马开始迈步，它脖子底下的铃儿又叮当叮当响了起来，同时我感觉到她的小手从我手里滑出去了。就这样，他们又继续漂泊，在那广阔而遥远的世界上。

"我重新爬上路旁的高丘，目不转睛地遥望着在滚滚尘土中驶去的小车。铃儿的叮当声越来越弱。有一会儿，我还看见在木箱中间有一块白色的头巾在飘动。最后，一切都渐渐消失在了灰色的秋雾里。这当儿,一种像死的恐怖似的感觉突然压在我心上:你再也见不到她啦,再也见不到!

"'丽赛!丽赛!'我大声喊叫起来。

"可是毫无用处。也许是由于转弯的缘故吧,那个在雾气中浮动的小黑点完全从我视线里消失了,这时我便疯了似的顺着大路拼命追去。狂风刮掉了我头上的帽子,靴筒里也灌满了沙土,我跑啊跑啊,可是能见到的只有连一棵树也不生的荒凉旷野,以及罩在旷野上的阴冷的、灰蒙蒙的天空。

"薄暮时分,当我终于回到家里时,我的感觉是城里的人仿佛已全部死绝。这,就是我平生所尝到的第一次离别的滋味。

"此后的一些年,每当秋天又到来,每当候鸟又飞过我们城市的花园上空,每当对面裁缝旅店跟前的那些菩提树又开始飘下黄叶,这时节我便会常常坐在我家门外的长凳上,心里巴望着:那辆由棕色小马拉的敞篷车终于又会像当初一样,顺着大街,丁零丁零地从下边爬上来了吧。

"然而我白白地等待,丽赛啊,她没有回来。

"十二年过去了。像当时的许多手艺人的儿子一样,我先在数学专科学校结了业,然后又在正规中学读完三年级,末了就回家给自己的父亲当了徒弟。这段时间,我一边学手艺,一边还读了不少好书。现在,又经过了三年的漫游,我终于落脚在德国中部的一座城市里。城里的人笃信天主教,在信仰这个问题上,他们是一点不懂得开玩笑的。当他们唱着赞美诗、举着圣像在街上游行过来的时候，你要不自动脱下帽子，他们就会给你把帽子打脱。除此之外，他们倒都是些好人。我帮工的师娘是位寡妇，她的儿子也在外地干活儿，为的是取得行会规定的漫游三年的资格，将来好申请当师傅。我在这个家里过得挺不错，她希望人家在外地怎么待她儿子，她就怎么待我。不久，我们相互之间已如此信任，营业几乎全掌管在我的手里。——如今，我们的约瑟夫又在她儿子店中帮工。他写信来讲，老太太经常如此娇惯他，就像祖母对自己嫡亲的孙儿一样。

"喏，在一个礼拜天的午后，我和师娘坐在起居室里。起居室的窗户正对着前面一所大监狱的正门。那是在1月里，气温表降到了零下二十度，外面街上一个人也没有。不时还从附近的山里刮来呼呼的寒风，把小冰块卷得在铺着石块的街面上乱滚，同时发出咔啦咔啦的声音。

"'这会儿能坐在暖和的房间里，喝杯热咖啡是够惬意的。'师娘说，同时给我满满地斟了第二杯热咖啡。

"我踱向窗口。我的思想已飞回故乡，但不是飞到我的亲人身旁，我在那儿已没有亲人，我已尝够了生离死别的滋味。我的母亲还容我最后亲手替她老人家合上了眼睛，几个礼拜前我的父亲也去世了，可是当时相隔遥远，我甚至没能回去替他老人家送葬。只不过，父亲的工场还等着游子去接管，虽说老亨利还健在，并且得到行会师傅们的同意，可以把营业继续维持一段时间。再说我自己又答应过师娘，要再坚持几个礼拜，等她的儿子回来了才走。然而我的内心再也得不到平静，父亲的新坟不容我继续滞留在异地。

"从街对面传来厉声的呵斥，打断了我的思路。我抬起头，看见监狱的铁门开了一点点，看守那张肺痨病人似的脸从门缝中探了出来。他正举起拳头，吓唬一个年轻女子。这女子似乎不顾一切，拼命想挤进那平常令人望而生畏的房子里去。

"'准是有个亲人关在里边，'师娘从她的靠椅上同样看清了眼前的一幕，说，'可对面那老坏蛋没有心肝。'

"'他只不过是尽他的职责罢了。'我说，脑子里仍然想着自己的心事。

"'这样的职责咱可不想尽。'师娘顶了我一句，几乎有些生气地倒在椅背上。

"这时候，对面监狱的门已经关死，那个年轻女子肩上只披着一件短翘翘的小大衣，头上裹着一块黑头巾，正沿着结了冰的街道慢慢走去。师娘和我都待在自己的位子上，默然无语。我相信——要知道我现在也动了恻隐之心——我们两个都感到必须给人家一点帮助，只是又不知道该怎么办才好。

"我正准备离开窗口，那女子又从街上走回来了。她停在监狱门前，一只脚已经犹犹豫豫地踏到了连接着门槛的石阶上。可随后她一扭头，我便看见一张年轻的脸，一对黑色的眼睛。这眼睛正带着孤苦无告的神色，扫视着空无一人的街道，她似乎到底还是鼓不起勇气再去对抗那狱吏的气势汹汹的拳头。慢吞吞地，她又朝前走了，一边走一边还不住地回过头来看那紧闭着的大门，显而易见，连她自己也不知该走向何方。当她转过监狱的墙角，折进通往上边那座教堂前的小街时，我情不自禁地摘下门后挂钩上的帽子，跟着她追去。

"'嗯，嗯，保罗森，这样做就对啦！'我好心的师娘说，'只管去吧，我这就来热咖啡！'

"我走出房子，外面真是冷得要命，周围死气沉沉。在大路尽头处耸峙着的山峰上，黑压压一片枞树林俯视着城市，看上去煞是可怕。大多数房屋的窗上都结着冰凌，要知道，并非所有人都像我师娘那样，在家里存着大堆大堆的木柴啊。——我顺着小街走向教堂广场，在那儿的大木头十字架跟前结了冰的土地上，跪着那个年轻女子。她低垂着脑袋，双手叠在怀中。我沉默无语地走过去，当她抬起头来仰望着耶稣基督血污的脸时，我才说：'请原谅，我打断了您的祷告。可您大概不是本地人吧？'

"她只点了点头，没有改变姿势。

"'我想帮助您，'我又开了口，'您只管告诉我，您打算上哪儿去？'

"'我也不知道该上哪儿去。'她嗓音喑哑地说，说完又低下了头。

"'可再过一小时天就黑了，这样的鬼天气，您是不能再待在大街上的！'

"'仁慈的主会帮助我。'我听见她低声说。

"'是的，是的，'我提高了嗓门，'我差不多相信，我就是他派来帮助您的！'

"仿佛是我响亮的嗓音惊醒了她，只见她站起身来，迟疑地走向我。她伸长脖子,脸慢慢地朝我的脸靠近,两道目光盯在我脸上,恰像用它们把我定住了似的。

"'保罗!'她突然大叫一声,就如从心底里发出来了纵情的欢呼,'保罗!是的是的,是仁慈的主派你来帮助我的!'

"我真叫有眼无珠啊!我竟又见到了她,我儿时的玩伴,那个演木偶戏的小丽赛!自然,她眼下已成长为一位窈窕美丽的少女,在她童年时总是笑吟吟的脸上,最初的欢乐的光辉消逝了,如今只留下深深的愁苦。

"'你是怎么一个人到这儿来的?'我问,'出了什么事?你的父亲在哪里?'

"'在监狱里头,保罗。'

"'你父亲,那个善良的人!——不过先跟我走,我在此地一位厚道的太太家里当帮工,她知道你,我常常对她讲你的事。'

"接着,我们手拉着手,就像儿时一样,向着我好心的师娘家走去,她从窗户里已经看见我们。

"'这就是丽赛!'我在跨进房间时大声说,'您想想,师娘,丽赛啊!'

"好心的老太婆在胸前合起掌来。

"'仁慈的圣母玛利亚啊,保佑我们吧!丽赛!——原来她长这个样子!可是,'她继续说,'你和那个老坏蛋有什么关系?'她抬起手来指着对面的监狱:'保罗森可是告诉过我,你是诚实人家的孩子呀!'

"不过话音未落,她早拉着姑娘进了里屋,把她按在靠椅上坐下，在丽赛开始回答她问话的时候，就已经把一杯热腾腾的咖啡递到姑娘嘴边。

"'快喝点儿，'她说，'先定定神，瞧你的小手都完全冻僵啦。'

"丽赛只得先喝，在喝的时候两颗晶莹的泪珠滴到了杯子里，随后老太太才允许她讲话。

"现在她已不像当初和适才孤苦无告时那样讲家乡的土话，家乡话的影响在她已所剩不多。她父母亲尽管没再到咱们北部的滨海地区来，却多半仍然滞留在德国中部一带。几年前，她母亲已经死了。'别抛下你的父亲啊！'她临终时还凑着女儿的耳朵嘱咐，'他那颗心好得像个孩子，在这个世界上是混不下去的！'

"回忆到这儿丽赛又痛哭起来。老太太重新替她斟满咖啡，想以此止住她的眼泪，她却一点儿不肯喝。过了好一会儿，她才能继续往下讲。

"母亲死后，她的第一个任务就是接替死者，跟父亲学习在木偶戏中扮演女角。这期间，还得张罗着为母亲举行葬礼，做头一批的安魂弥撒。事毕，父女二人便抛下亲人的新坟，重新踏上旅途，照常去全国各地演他们的木偶戏：《失踪了的儿子》《圣女格诺维娃》以及其他剧目。

"昨天，他们就这么走进了一座有教堂的大村子，在那儿做午间休息。父女二人吃过简单的午餐以后，滕德勒就倒在桌边一条硬邦邦的长凳上，酣睡了半个钟头。丽赛这时则在外边喂他们的马。过了一会儿，他们又身上裹着毛毯，冒着酷寒，重新上了路。

"'可我们还没走多远,'丽赛讲道,'从后面村子里就赶来一个骑马的警察,冲着我们大喊大叫,说是酒店老板柜台里的一包钱被人偷走了,而当时唯有我那无辜的父亲在房里!唉,我们远离故乡,没有亲友,缺少体面,又谁都不认识我们!'

"'孩子,孩子,'师娘说,同时向我招手示意,'快别讲这些造罪的话!'

"可是我没吭声,丽赛的抱怨并非没有道理。——他们不得不返回村里,马车和车上装的东西全给村长扣下了,老滕德勒还奉命跟随骑马的警察步行到城里投案去。尽管警察一再驱赶她,丽赛仍远远地跟在后面,满以为至少可以陪父亲蹲蹲大牢,直到仁慈的上帝使真相大白。谁料人家却认为她没有嫌疑,监狱的看守理所当然地把这硬往里钻的姑娘拒之门外,说她压根儿没有在他那所房子里栖身的权利。

"丽赛仍然想不通,她说,这个惩罚比真正的小偷将来肯定会受到的所有惩罚都重。但是她马上又补充说,她也并不希望小偷受到多么严重的惩罚,只要她善良的父亲的冤屈能够昭雪就成。唉,他多半是熬不过来了呀!

"我突然想起,无论对于对面那个监狱老看守,或是对于刑事检察官先生,我都是个少不了的人:他们一个靠我替他修纺纱机,一个靠我替他磨那把宝贝折叠刀。通过前者,我至少可以去探视关在牢里的人;在后者面前,我至少可以为滕德勒先生出个担保,也许还能促使他加快案子的办理。我请求丽赛忍耐忍耐,自己随即动身到对面的监狱去。

"害痨病的老狱吏正在大骂那些无耻的娘儿们，说她们总是没完没了地要求去牢里看自己的贼丈夫或贼老子。可我不准他这么称呼我的老朋友，除非法院'依照法律'加给他这样的称呼，而且我敢保证，此事绝不会发生。终于，在你一言我一语地争论一阵以后，我们才一块儿爬上宽大的楼梯，到了楼上。

"在这所古老的监狱里，空气似乎也被囚禁起来了，我一踏进长长的走廊，迎面便扑来一股浊气。走廊两边是门挨着门的单人牢房。在差不多到了顶头的那扇门前，我们停了下来。狱吏抖搂着一大把钥匙，想要找出需要的一把。门嘎嘎响着开了，我们跨了进去。

"在牢房中央，背冲着我们，站着一个瘦小的男人。只见他仰着头，仿佛正在仰望那透过墙上高高的窗孔俯视着他的一角愁惨的苍天。在他的脑袋上，我立刻认出了像短剑般兀立着的头发，只不过它们也像外边的自然界一样，已经一片雪白。我们进门时，小个子男人转过了身来。

"'您大概不认识我了吧，滕德勒先生。'我问。

"他不经意地瞅了瞅我。'不，亲爱的先生，'他回答，'非常抱歉。'

"我说出自己故乡的名字，然后道：'我就是那个淘气鬼，当时拧坏了您奇妙的卡斯佩尔！'

"'啊，没关系，一点没关系！'他尴尬地应着，样子十分谦卑，'我早已忘记了。'

"显然,他没有留神听我的话,只是机械地动着嘴唇,像在自顾自地讲着别的什么。

"我告诉他,我刚才碰见了他的丽赛,这下子他才瞪大两眼望着我。

"'感谢上帝!感谢上帝!'他边说边合起掌来,'是的,是的,小丽赛和小保罗,你俩那会儿一道玩过来着!——小保罗!您就是小保罗?啊,我完全相信,那活泼的孩子的善良的小脸儿还没有变!'他激动地点着脑袋,头上短剑般的白发也颤动起来。'不错不错,我们再没到你们那儿的海边去。当初还是好时光,我的老婆,伟大的盖塞布莱希特的闺女还和我在一起!"约瑟夫,"她总是讲,"人脑袋上要是也有根提线,你就会对付他们啦!"——要是她今天还活着,人家就不会关我进监狱了。仁慈的主哟,我可不是贼呀,保罗森先生!'

"看守在掩着的门前的走廊里踱来踱去,已经哗哗哗地把钥匙串摇过几次了。我极力安慰老人,要他在过堂时提出让我做证,须知我在此地是颇有点儿声誉的。

"我一跨进师娘房间,老太太就冲我嚷起来:'她是个犟丫头,保罗森,我拿她简直没办法。我给她腾过夜的房间,她却非走不可,非要去乞丐收容所或上帝知道的其他什么地方!'

"我问丽赛,她有没有带身份证。

"'主啊,身份证已经叫村长给收去了!'

"'那没有哪个旅店老板会让你进门的,'我说,'这你自己也清楚。'

"她当然清楚。师娘于是拉着她的手,高高兴兴地摇着说:'我琢磨,你该是有自己的头脑的。这个小伙子已经详详细细地告诉我,你们曾经怎样一块儿蹲在箱子里。我才不会这么轻易让你从我家中走掉哩!'

"丽赛困窘地低着脑袋,接着却又性急地、刨根问底地向我打听她父亲的情况。我详细告诉了她,然后向师娘要了几样卧具,再加上自己用的一点,一齐亲自送到对面的牢房中去——事先我已得到看守的允许。这样,在夜幕降临的时刻,我们就能祝福自己待在冷清的牢房中的老朋友,祝他躺在温暖的被窝里,枕着世界上最软的枕头,也睡上一个香甜的好觉。

"第二天上午,我正准备出门去见刑事检察官先生,监狱看守趿拉着早晨穿的拖鞋就朝着我走来。

"'您对了,保罗森,'他用他那中气不足的嗓音说,'这人的确不是贼,真正的贼他们刚刚送来了。今天就会释放您那老头子。'

"果然,几小时后,监狱的大门打开了,老滕德勒被看守喊口令般的声音驱赶着,走到了我们跟前。正是摆午饭的时候,因此师娘在他也坐上桌子以前怎么也安静不下来,但是不管师娘怎么使劲儿劝他,他对那些上好的饮食几乎碰都没碰。他仍旧寡言少语,坐在女儿身边就像心不在焉似的,只是时不时地,我发现他抓起她的手来轻轻地抚摸着。就在此时,门外传来一阵铃儿的叮当声,我对这声音是太熟悉了,听着它,我又回到了遥远遥远的童年。

"'丽赛!'我柔声道。

"'嗯,保罗,我听见啦。'

"转眼我俩已站在门外。看啊,它沿着大街慢慢爬上来了,那辆载着两口高高的箱子的小马车,就像我曾在故乡无数次盼望的那样。一个年轻的庄稼汉走在车旁,手执缰绳和马鞭,只不过,那铃铛如今已挂在一匹白色的小马驹脖子上。

"'棕色小马哪儿去了?'我问丽赛。

"'棕色小马,'丽赛回答,'它有一天倒在了车前,父亲立刻去村里请来了兽医,可它再也没能够站起来。'说时,泪水从她的眼里掉了下来。

"'怎么啦,丽赛?'我说,'现在不是一切又都好了吗?'

"她摇摇头。'我不放心我父亲!他那么不声不响,怕是受不了这样的耻辱啊。'

"丽赛以她忠实的女儿的眼睛看得不错。他俩一在小客栈里安顿下来,老人就开始在做继续上路的打算——他现在不愿再在此地抛头露脸,谁料这当口却患了寒热病起不来床了。我们不得不马上请来医生,然而病却拖了很久。我担心他们会陷入困境,便把自己的积蓄拿出来帮助丽赛,可她却说:'你的帮助我乐于接受,不过别担心,我们还没拮据到这步田地。'

"我无计可施,只好满足于与她轮流在夜里守护病人,或在晚上他感觉稍好时坐在病榻旁陪他个一时半会儿。

"如此的,我还乡的日期便临近了,心情也随之越来越沉重,甚至看见丽赛我就感到难过,她不是很快又要跟随父亲流浪到广阔、遥远的世界上去了吗？要是他们有个故乡多好！将来叫我到何处去寻找他们呢，如果我想带给他们一个问候和消息的话！我想到了我们第一次离别后的十二年，难道又要熬过长长的十二年才能再见，或者到头来永生永世都再也见不到了吗？

"'请代我问候你的家庭，当你回到了故乡，'临别的那天晚上，丽赛送我到门口说，'我眼前还看见那所房子，那门前的长凳，那园中的菩提树。啊，我永远不会忘记它们。在这个世界上，我再没有找到过那样可爱的地方了！'

"'唉，丽赛，'我说，'现在哪儿还有我的家哟！人去屋空，满目凄凉啊！'

"丽赛没有回答，只让我握着她的手，用自己善良的眼睛望着我。

"蓦然间，我仿佛听见了我母亲的声音：'抓住这只手带她回去，这样你就又有家啦！'

"我果真抓紧丽赛的手，说：'跟我一块儿回去吧，丽赛，让咱俩共同努力，在那现在无人居住的家中开始一种新的生活、美好的生活，就跟那两位你热爱的人所过的生活一个样！'

"'保罗，'她大声说，'你是什么意思？我不明白你的话。'

"可是，她的手却在我手中剧烈颤抖，我只得恳求她：'啊，丽赛，理解我吧！'

"她沉默了片刻，然后说：'我不能离开我的父亲，保罗。'

"'一定让他跟咱们一块儿去，丽赛！在后屋，那儿空着两个房间，他可以居住和工作。老亨利的卧室就在旁边。'

"她点点头。

"'可是保罗,咱们是流浪艺人,你的那些老乡们会怎么讲呢!'

"'他们会大讲特讲,丽赛!'

"'难道你不害怕吗?'

"我只笑了笑。

"'喏,'丽赛说,嗓音清脆得像银铃似的,'要是你都害怕的话,那我更该怕死喽!'

"'这么说,你也是乐意的啰?'

"'嗯,保罗,如果我这个都不乐意,'她冲我摇着她那黝黑的脑袋,'那,那我永远不会再乐意什么了!'"

"孩子,"讲故事的人转开话题,道,"你只有再长好几岁,才会慢慢明白,姑娘的一双黑眼睛在说这些话时将怎样望着你!"

"不错,不错,"我心里想,"特别是那样一双能把湖水烧干的眼睛!"

"喏,不是吗,"保罗森又开始说,"现在你也肯定知道,谁是丽赛了吧?"

"保罗森太太!"我回答,"好像我没有先见之明似的!可她讲话总还带点南方口音,细细的眉毛底下一双眼睛仍旧漆黑漆黑的啊。"

我的大朋友笑起来,我却暗自决定,在回房去时要好好注意一下保罗森太太,看还能不能在她身上认出那个演木偶戏的丽赛来。

"可是,"我问,"那位滕德勒老先生又到哪儿去了呢?"

"我亲爱的孩子,他已去了我们大家最终都要去的地方,"我的朋友回答,"在那边的绿色墓地里,他与我们的老亨利并排安息在一起。不过,随他进坟墓的还有另外一位,是我童年时代的一个小朋友。我很乐意给你讲,只是咱们得再走开点儿,我妻子有可能正好来找咱们,而这件事我不愿让她再听见。"

保罗森站起来,我们于是信步走去,来到了花园背后的环城林荫道上。我们只遇见很少的人,眼下已是晚祷的时候。

"你瞧,孩子,"保罗森又开始讲他的故事,"老滕德勒当时对我和丽赛的婚约非常满意,他怀念和他相识的我的双亲,他对我也怀着信任。再说,老艺人也已厌倦了流浪生活。是的,自从他感到有让人混同于那帮堕落下流的游民无赖的危险,他心里便越来越渴望有个安定的家。我好心的师娘对婚事却表示不赞成,她担心,一个四处流浪的木偶戏艺人的女儿即便再愿意,也成不了一个有根有基的手工业者般配的妻子。——喏,如今我的师娘早已不这么想啦。

"一个礼拜以后,我就回到了这里,从山区回到了海边,回到了自己的故乡。我和老亨利狠抓了一下营业,同时为约瑟夫老爹布置好了后屋中那两间空着的房间。又过了两个礼拜,正值园子里的春花开始飘香的时节,从下面街上便传来了铃儿的叮当声。'师傅,'老亨利叫着,'他们来啦!他们来啦!'接着,那辆载着两口高高的木箱的小马车，便站在了我家门前。丽赛来了，约瑟夫·滕德勒老爹也来了，两人都眉开眼笑，满脸红光。整个的木偶戏行头都跟着他们一起搬进了我家，因为有过明确的协议，这些东西必须陪伴约瑟夫度过晚年。反之，小马车不几天就被卖掉了。

"随后我们举行了婚礼，不过气氛冷冷清清，我们在城里再没其他亲戚，只有我的老同学——码头总监在场做证婚人。丽赛和她的父母一样信奉天主教，可是我们从未想到这会对我们的婚姻有妨碍。头几年她大约还去过邻近的城市做复活节的忏悔——在那儿有个天主教教区，你是知道的，到了后来，她就只向自己的丈夫吐露自己的心事了。

"新婚后的第一个早上，约瑟夫老爹放了两只口袋在我面前的桌子上，大的一只里装的是哈尔茨矿区铸的银币，小的一只里装的是克莱姆尼茨地方铸的金元。

"'你从来没问起过，保罗，'老爷子说，'可咱们丽赛也并非穷得连一点陪嫁都没有哇！再说，我反正也用不着了。'

"这就是我父亲当初曾经说过的积蓄，眼下，在他儿子重新开业的节骨眼儿上，这钱来得正是时候。自然，我岳父是把自己的全部财产都交出来了，从此就指望着孩子们的关照。不过尽管如此，他仍旧闲不住，重新找出了自己的刻刀，在作坊里帮着干些活儿。

"木偶们连同全套的舞台道具，都存放在厢房顶楼的一个储藏室里。只有礼拜天下午，他才一会儿把这个一会儿把那个拿进他的小房间，整理它们的提线呀、关节呀，擦拭擦拭呀，或者把什么地方修理修理。这时候，老亨利常常衔着短烟袋站在旁边，听他讲木偶的故事，而木偶们差不多又是个个都有自己特殊的遭遇的。可不是嘛，现在已经知道，那个雕刻得十分可爱的卡斯佩尔，当初在丽赛的爸爸向妈妈求婚的时候还为自己年轻的制作者充当过媒人哩。为了使某些场面更加生动具体，老爷子讲着讲着就动起提线来，我和丽赛往往也站在院坝中，透过葡萄藤遮掩着的窗户往房里窥视，可里边的两个老小孩儿多半会玩得忘乎所以，非得等我们情不自禁地鼓起掌来，才会发现我们这些观众的存在。

"过了一年，约瑟夫老爹又找到了别的事干，他把整个花园都管了起来，栽花种树，收获果实。礼拜天，他总穿得干干净净的，在花坛间踱来踱去，一会儿修剪蔷薇丛，一会儿给丁香和紫罗兰绑上亲手削制的小撑木。

"我们生活得和和美美、心满意足，我的营业也一天好过一天。对于我们的婚事，故乡的好人们热热闹闹地谈论了几个礼拜。可是正由于众口一词，都认为我这样做是发了疯，没有一个持不同意见，便失去了火上浇油的对立面，谈着谈着也就没劲了。

"接着又是冬天，约瑟夫老爹在礼拜日重新从顶楼的储藏室里把他的木偶们搬了下来。我曾想，往后的一些年头，他就会这么安安静静地在时而种种花草时而玩玩木偶之中度过去了吧。不料有一天早上，我正一个人坐在起居室吃早餐，老人家却表情异常严肃地走了进来。

"'女婿,'他用手一连挠了好多次他那短剑般竖立着的白发,终于尴尬地说,'我可不能老是这么眼睁睁地在你们家白吃饭呀!'

"我闹不清他的意图何在,但仍问他为什么会产生这样的想法,他不是也在作坊中帮忙吗?我的营业现在有了更多盈利,不也主要是因为他在我婚后那天早上交给我的钱产生了利息吗?

"他摇摇头,说这一切都不够,何况那笔小小财产的一部分还是他当初在我们城里赚的呢。眼下行头还在,所有的剧目也仍然记在他的脑子里。

"我这才明白过来,是那个老木偶戏艺人不让他安静,他已不能仅仅满足于只有他的朋友老亨利这么一个观众,而必须再次在聚集起来的众人面前演出他的节目。

"我努力劝阻他,可他老是不肯罢休。我和丽赛商量,临了到底不得不依了他。老头子自然最希望的是丽赛仍像婚前一样在剧中演女角,但是我和丽赛商量好,装作听不懂他的暗示。要知道,对于一位市民和手工业师傅的妻子来说,那是万万不行的。

"幸好——或者你也可以说'不幸',当时城里有一个名声挺不错的女人,她曾经在剧团里提过词,所以对这档子事并非毫无经验。这个因为腰身伛偻而被人叫作'驼背丽丝'的女人,马上接受了我们的聘请。紧跟着,每当夜晚和礼拜天的下午,约瑟夫老爹的小窗前,老木偶艺人便站在从天花板上挂下来的景片之间,真的与驼背丽丝一幕幕地排起戏来了。每次排练后他总是说,'驼背丽丝'这个娘儿们机灵极了,甚至丽赛也学得不如她快,只是她唱起歌来不怎么样,瓮声瓮气的,嗓子总是提不高,要演必须唱歌的美丽的苏姗娜就别扭。

"终于确定了公演日期。这次一切都要尽可能讲究点,场子不再是打靶场,而是过米迦勒节时举行中学生演讲比赛的市政厅。礼拜五下午,我们的好市民在打开自己刚收到的小小周报时,一则大字广告就会跳进他们的眼帘:

明日,星期六晚上七时,在市政厅,机械师约瑟夫·滕德勒亲自演出带歌唱的四幕木偶剧《美丽的苏姗娜》。

"然而,当时生活在我们城里的,已不是我童年时代那些善良而充满好奇的青年了。这期间已经历过所谓哥萨克的冬天①,在手工业学徒中间滋长了一种恶劣的、放荡不羁的习气,就连当年那些可敬的市民中的木偶戏爱好者,如今也已把心思用到别的事情上去了。尽管这样,要是没有那个黑铁匠和他的儿子们在场,一切也许仍然会顺顺当当。"

我问保罗森:"黑铁匠是谁?我怎么在城里从未听人谈起过这个人呢?"

"这我相信,"保罗森回答,"黑铁匠几年前已经死在收容所里了,不过当时他还和我一样当师傅来着。要说呢,人倒不笨,

---

① 指1813年冬天。当时由于哥萨克军队的入侵而引发了骚乱和饥馑。

就是工作和生活一样都吊儿郎当，白天挣的钱晚上便喝酒打牌全部花干净。他对我的父亲已经有仇，不光因为父亲的买主比他多得多，还因为他俩年轻时曾在一块儿学徒，他由于对我父亲搞的恶作剧而被师傅开除了。从那年夏天起，他就加倍恨我，因为城里新开了一家织布厂，尽管他拼命拉生意，修配纺织机的工作还是交给了我一个人。自此，他和他的两个儿子便不放过任何发泄自己怨恨的机会，对我进行种种挑衅。说起他那两个儿子，他们在他那儿学徒，干起坏事来甚至赛过了自己的老子。可我当时却没有心思去顾及这号人。

"演出的晚上到来了。我在家里还有些账册需要整理，所发生的事情是事后听我妻子和老亨利讲的。他们俩陪着我岳父一起上市政厅去了。

"前排的座位上几乎完全没有人，中间也坐得稀稀落落，只在最后的廊子上才人头挨着人头。当演出面对着这样一些观众开始以后，一上来一切倒也正常。丽丝记住了自己的台词，念起来顺顺溜溜。可随后却来了那支倒霉的歌子！不管她怎么卖力使劲，也没能使嗓音变得柔和一点；正如约瑟夫老爹先前所说，她唱得真是瓮声瓮气的。突然廊子上有人大叫一声：'唱高一点儿啊，"驼背丽丝"！唱高点儿！唱高点儿！'当丽丝听从人家的呼喊，拼命去爬那无法达到的高音阶时，大厅中更爆发出阵阵狂笑。

"台上的演出停止了，从布景中间传出来老木偶戏艺人颤抖的喊声：'先生们，我求诸位静一静！静一静！'

"与此同时，提在他手里正与美丽的苏姗娜配戏的卡斯佩尔，就像得了痉挛症似的把自己灵巧的鼻子不住地甩来甩去。

"于是又引起哄堂大笑。

"'欢迎卡斯佩尔唱歌!'

"'唱俄国歌!唱《漂亮的敏卡,我得走啦》!'

"'卡斯佩尔万岁!'

"'不行,要卡斯佩尔的闺女唱歌!'

"'是吗,想得妙!她如今已当上老板娘,再不干这营生啦!'

"这么闹了好一会儿。突然扔来一块大铺路石,不偏不倚地直冲着舞台飞去,一下子打中了卡斯佩尔的提线,小木偶从老艺人手中滑脱,掉到了地上。

"约瑟夫老爹已经忍无可忍,不顾'驼背丽丝'的恳求,爬到了演木偶戏的台子上,迎接他的是雷鸣般的掌声,笑声,跺脚声。也许,老人家把脑袋伸在布景中,两手狂挥乱舞,发泄着自己的义愤,那样子看上去确实是够滑稽的吧。

"在一片混乱之中,幕布突然落了下来,是老亨利降下了它。

"这时候,在家里算账的我也感到了某种不安。我并不是想说,我已预感着什么不幸,而只是心里忍不住要去看看我的亲人们。

"我正准备登上市政厅前的石阶,突然上面一大群人冲着我涌来,叫声笑声乱成一片。

"'乌拉!卡斯佩尔完蛋啦!洛特完蛋啦!好戏收场啦!'

"我抬眼望去,看见上面正是黑铁匠那个崽子的丑脸。一见我他们马上不吱声了,擦着我身边跑出门去。我心中已经明白,罪魁祸首是谁。

"到了上边,我发现大厅几乎空了。在后台,我的老岳父已完全瘫了似的倒在一把椅子上,手捂着脸。丽赛跪在他面前,见了我便慢慢地站起来,难过地望着我,问:'喏,你现在还有勇气吗,保罗?'

"可是还没等我回答,她已扑过来搂住我的脖子,想必是已经从我的目光中看出我仍然有勇气吧。

"'让咱们坚强地生活在一起,保罗!'她低声说。

"而你瞧,我们不是就凭勇气和诚实的劳动挺过来了吗?

"第二天,我们刚起床,就发现有人在我们的门上用粉笔写了'木偶戏子波勒'①这样几个字,显然是来嘲骂我们的,我却不动声色地把它给擦去了。后来,当它在公共场所又几次出现的时候,我便发出了坚决的警告。人们知道我是不会开玩笑的,从此也就不再吱声了。而今给你提起这个绰号的人,想必并没有什么恶意,所以我也不想知道他的名字。

"从那天晚上起,我们的约瑟夫老爹就成了另外一个人。我告诉他谁是罪魁祸首,说人家那么干与其说是冲着他,不如说是冲着我来的。但是没有用。在我们不知道的情况下,老爷子很快就把自己的全部木偶送到了一个公开拍卖场,它们一个个在孩子们和收破烂儿的女人的欢呼声中,很便宜地给卖掉了。他再不愿见到自己的木偶。可惜,他为此选择的办法却太糟糕了。一当

---

① 波勒,保罗这个名字的别称。

春天的阳光再次照进大街小巷,那些卖出去的木偶又一个接一个地从黑暗的内室跑到光天化日下来:这儿一个小姑娘抱着圣女格诺维娃坐在门槛上,那儿一个小男孩正在教浮士德博士骑他的黑猫;有一天,在打靶场附近的一个花园里,普法尔兹伯爵和那只地狱里的麻雀更并排挂在一棵樱桃树上,充当着吓雀儿的稻草人的角色。我们的老爹看见自己的那些宝贝真是难过得要命,最后几乎不再离开我们的家和园子一步。我看得出来,他对自己那么急急忙忙地卖掉木偶已经感到内疚,于是便设法把它们中的这个那个赎了回来,交还给他,然而他并未因此感到高兴:整个班子反正已经毁啦。不过,够奇怪的,尽管费尽九牛二虎之力,我却再也打听不出那个在所有木偶中最最珍贵的宝贝儿,那个绝妙的卡斯佩尔,藏到哪个角落里去了。而没有他,全世界的木偶又算得了啥!

"很快,另一出更严肃的戏剧也落了幕。我们的老爹肺病复发,眼看已经危在旦夕。他躺在病榻上,非常耐心地对我们任何细小的关照都满怀感激。

"'是啊,是啊,'他微笑着说,高高兴兴地抬起眼来望着天花板,好像能透过它看到那个遥远的彼岸世界一样,'一点不错,我是从来不会与世人打交道,可到了天上和天使们在一块儿,总会好一些的。至少,无论如何,丽赛,我也能在那里找到你的母亲。'

"孩子般善良的老人死了,我和丽赛都为失去他而非常难过。老亨利没过几年也步了他的后尘。在他还独自活在世上时,每逢礼拜天下午便漫无目的地走来走去,仿佛想找什么人却又总是找不着似的。

"我们用岳父在园子里亲手种的花朵把他的棺木盖起来,花环多到大大增加了灵柩的重量。人们把他的棺木抬到公墓里,那儿靠近围墙已挖好一个墓穴。在棺木放下去后,我们的老牧师就走到墓穴边上,讲了一番安慰和祝愿的话。老牧师一直是先父母忠实的朋友和顾问,我的坚信礼就是他主持的,丽赛和我结婚也是请他行的婚礼。墓地周围黑压压地站满了人,仿佛一位老木偶戏艺人的葬礼也一定有什么特别的热闹好瞧。事实上,也的确发生了一点特别的情况,只不过知者不多,仅有我们站在近旁的人才发现了罢了。当老牧师按照风俗操起准备好的铁锹,铲了第一锹土往下扔的一刹那,从离开家门就一直靠在我胳膊上的丽赛突然痉挛般抓住了我的手。土掉在棺木上发出咚咚的响声。'你是泥土所捏成!'牧师刚刚才念出这么一句词儿,我就看见越过众人的头顶,从围墙边上朝我们飞来一个什么东西。我一开始以为是只小鸟,可它却很快地往下沉,刚好落到了墓穴里。由于我站在稍微高一点的土堆上,一转头正好瞅见黑铁匠的一个儿子在公墓的围墙后边蜷下身去,随后便逃跑了。我突然明白发生了什么事。丽赛在我旁边尖叫一声,老牧师再次举起的铁锹也滞留在了空中。我往墓穴中一瞧,便证实了自己的猜想:在棺木顶上,在鲜花和土块之间,坐着部分身子已经让土盖住了的他,坐着我童年时代的老朋友卡斯佩尔,那位小小的滑稽大王!不过他眼下的样子一点儿不可笑,而是悲哀地把大鼻子垂在胸脯上,还举起那条拇指十分灵活的胳膊来指着天空,仿佛要向世人宣告,在世间所有的木偶戏演完以后，那天上就有另一出戏要开场啦。

"这一切我也只是在一瞬间看见的，牧师的第二锹土跟着就倒了下去：'所以你应该再变成泥土！'当土块从棺木上滚下时，卡斯佩尔也从花堆中掉进坑底，让泥土掩埋起来了。

"随后，在铲下最后一锹土时，牧师念出了令人感到安慰的祝愿：'愿你能从泥土里获得再生！'念完'我们的圣女'，人们纷纷散去，这时老牧师才走到一直还呆呆望着墓坑出神的我和丽赛面前。

"'有人没安好心，'他说，同时亲切地拉住了我们的手，'让我们以自己的方式来看待这件事吧！诚如你们对我讲的，死者在自己年轻的时候雕成功这个小小的人儿，并用他为自己争取到美满的婚姻，后来在自己的一生中，他都用他去使那些工作之余来看戏的人们愉快开心，有时还让这个小丑嘴里说出令上帝和世人一样爱听的至理名言。我自己就曾看过他的演出，在你们还是孩子的时候。现在尽管让这小小的杰作随他的大师去吧，这正应了咱们《圣经》上的话！你俩可以放心，好人都能从自己的辛劳中得到安宁。'

"这样，我们便心情宁静地回到了家里，但从此就像再也见不到自己善良的父亲约瑟夫一样，我们也没再见到绝妙的卡斯佩尔。"

"这一切，"我的朋友停了一会儿说，"都使我们非常难过，但是我们两个年纪轻轻，并未因此就死去。不久以后，我们的小约瑟夫也出世了，我们便有了一个美满幸福的家庭所必需的一切。年复一年,只有那个黑铁匠的大儿子还使我回忆起这些往事。如今他成了一个永远到处流浪的帮工,破衣烂衫,潦倒堕落,靠同行业的师傅按行会规定给予他这种人的施舍过活,在经过我家时也同样每次都要进来乞讨。"

我的朋友不再作声,眼睛盯着墓地上那些大树背后的晚霞出了神。我呢,却早已看见保罗森太太那张亲切的面庞正探出我们又重新靠近的花园门,在朝我俩张望。当我们向她走去时,她大声道:"我真想不通!你俩有什么事要商量这么久?快进屋吧!上帝的恩赐已经摆上桌子,码头总监也早等着了,还有约瑟夫和他的老师娘来的信!——可你干吗这么瞅着我,孩子?"

师傅微微一笑。

"我把有些秘密告诉他了,老婆子。他现在想看看,你是否真的还是那个演木偶戏的小丽赛!"

"嗯,当然是!"她回答,同时含情脉脉地瞅了瞅自己的丈夫,"好好瞧瞧吧,孩子!要是你瞧不出来,这儿的这个人——他可知道得太清楚啦!"

师傅默默地伸过胳膊去搂住她。随后大伙儿就进屋去,庆祝他俩的结婚纪念日。

他们真是些极好的人啊,保罗森和他那演木偶戏的丽赛!

默不作声的音乐家

是的，就是那位老乐师！他的名字叫克里斯蒂安·瓦伦廷。有不少个黄昏，正当我在自己的炉火跟前想入非非的时候，他那裹着件破旧黑呢外套的瘦削身躯也晃晃悠悠地来到了我面前。之后，跟我在此地默默无声地、心不在焉地接待的所有其他顾客一样，他又渐渐从我的视野里消失，重新隐没到他刚才从里边浮现出来的浓雾中去了。这时候，我心中常常感到一些震颤，好似我必须伸出手去抓住他，对他讲一句充满温情的话，使他在归途中不再感到过分寂寞和孤单。

在德国北方的一座城市里，我们两人不相闻问地一起生活了许多年。这个生着一头稀疏的金发和两只淡蓝色眼睛的瘦小男人，在经过我面前时，我常常视而不见，直到有一天我在一家旧书店里碰见了他，从此开始了我们的友谊。我们两人都收藏图书，虽然各自按各自的方式。那天我跨进书店的店堂，发现他手里正捧着豪夫的《李希滕施坦》[①]的插图本；他身子靠在柜台上，

[①] 威廉·豪夫（Wilhelm Hauff，1802—1827），德国作家，以创作童话小说著称，《李希滕施坦》是他的一部长篇小说。

看上去正读得津津有味。

尽管这样，他还是抬起头来招呼我；我呢，作为回答，也说了句："您正在读的可是本好书啊。"

"确实！"他注视着我，淡蓝色的眼睛一下子亮了，一脸纯真的孩子般的笑意，给他那平素并不怎么好看的面孔增添了美丽的光彩。"您也喜欢这本书吗？我很高兴，它，我可是百读不厌啊！"

我们于是交谈起来。我告诉他，我去年到过书里写的那个地方，很高兴地在作者颂扬的那个古堡旁边的一处岩头上看见了他本人的一座半身像，但是他一点儿也不满意。

"就一座半身像？"他说，"像这样的人物，完全应该塑座全身像嘛！您在嗤笑我？"接着，他用同样谦逊和气的语气补充了一句："当然当然，我的情趣也可能不是很高的。"

后来，我对他有了进一步的了解，他的情趣绝不能说低。不过，正如他在音乐方面仍然喜欢的是海顿和莫扎特，他在文学方面爱好的也只是乌兰的明朗得像春天一般的诗歌，或者还有霍尔蒂的宁静得像墓园一般的诗作。通常，我发现在他的桌上翻开着的，都是这样的作品。

如此过了一段时间，再在旧书店里甚或只是在街上不期而遇，我俩便总要边遛边聊地走上一段。于是我知道了他在本城，也是他的故乡，以当钢琴教师为生，不过来上课的只是些中产阶级人家或者清寒的公务员家庭的孩子。他也并不隐讳，他的收入仅够他租住着一间简陋的房间。这房间在城外不远处一位染坊老板的宅子里,他住在那里已经好多年了。

"嘿嘿!"他说,"这对于一个老单身汉来说已经挺好,可不能胡思乱想喽!要是不经常让洗漂的布给挡着,从我的窗户望出去,就可以看见那片美丽的绿色草坪啦。小时候,我帮家里的女用人搬沉重的布篮子去漂染房,就在那草坪上玩儿过。当年人家常从一棵苹果树上摇果子下来给我吃,而今那树还仍然立在原处哩。"

的确,一天下午,我和他一块儿散完步走进他的家,发现那间小屋子也真不坏。草坪上正好没有晾布片,一派绿意直映窗中。在沙发背后的墙上挂着两幅莱辛[1]的著名风景画,他告诉我这是他父亲留下的遗物。在打开着的保养很好的钢琴上方,由一个扎得很密的千日红花环围绕着,挂着一幅侧面女头像,用粉笔画的,画法颇见功力。我站在前面仔细观赏着,这时他走过来,几乎是怯生生地开口道:

"我不能不告诉您,也许您很难相信,这张高贵的脸曾属于我亲爱的母亲,然而事实确实如此。"

"我很乐于相信!"我回答。要知道他这时站在我的面前,脸上又像我经常看见的那样闪耀着亲切的光辉。

他好似猜到了我的想法,又加了一句:"您要能看见她微笑该多好,而这画,却是死的!"

随后,我们谈起他最心爱的作曲家。他像向我做解释似的,

---

[1] 卡尔·莱辛(Karl Lessing,1808—1880),德国风景画家。

在琴键上不时地弹奏几下,一会儿是这个乐章,一会儿又是另一个乐章,可当我请他继续往下弹时,他却显得挺尴尬,极力设法规避。临了,我变得急躁起来,他才战战兢兢地道:

"啊,别这么要求我,我已经多年没弹啦。"

"可这儿!"我指着翻开在谱架上的《四季》①的总谱,说,"这样的东西您的学生是弹不了的吧。"

他连连点头。

"是的,是的,可它,我也只是读读而已。在不间断的基础训练中必须有这样的东西——真了不起啊,一个人竟能写出所有这一切来!"他一边讲,一边兴奋地在那本大谱子里翻来翻去。

待了一会儿,我告辞出来,在外面看见他的房门上用圆形胶水纸贴着一张小纸条,纸条上以瘦长瘦长的音符抄着莫扎特一首赞美诗中的几小节谱子。后来,在我反复去看望他时,发现这张纸条不断更新,抄在上边的要么是某位作家的语录——多数情况是如此,要么是某一部古典乐曲中的几个小节。有一次,我问起他这个稀罕的举动时,他脸上又漾起了那孩子般纯真爽朗的笑意。

"当你疲倦地回到自己的蜗居时,这不是一个很好的问候吗!"他诚恳憨厚地说。

我们已如此交往了相当长的时间,但对他的身世我并未得到更多的了解。一个秋天的傍晚,借着刚刚点燃的街灯的亮光,我

---

① 此处的《四季》指奥地利古典作曲家海顿(Haydn,1732—1809)作的圣乐。

看见他从一所大宅子的门道中走了出来。在一天紧张的工作之后,我也只是想上街来溜达溜达,散一散心,所以便叫住他;他呢,一认出我也亲切地点了点头。

"打啥时候起您竟在议长家里授起课来啦,亲爱的朋友?"我问。

他笑了。

"我?您大概是在开玩笑!不,他家的课是莱比锡来的那位年轻博士在上。您是认识他的呀,一位卓越的音乐家!新近他给我示范着弹了一个多小时。我向您担保,他是一个非常杰出的年轻人!"

"对他,您已经了解得这么清楚?"我笑嘻嘻地问。

"噢不,也就这些,不过,这样一位音乐家必定也是个好人!"

对此没有什么可反驳的。

"您可以和我一块儿走走吗?"我问。

他点点头,随即便跟我顺着大街走下去。

"我刚才上完了我的最后一堂课,"他说,"给住在后院那个教员的女儿上完了最后一堂课。她也有一颗金子般的心,也是个音乐天才。"

"可您干吗不让孩子们上您住处去呢?它离此地也不远呀。"

他笑着直摇头。

"不,不,咱不能提出这个要求!不过她当然也去过的,只是现在她刚刚生过一场大病。她已经开始练习莫扎特的作品,而且天生一副好嗓子！不过谈这个眼下还太早，因为她才十三岁。"

"这么说，您也教声乐喽？"我问，"要这样，您就是本城唯一的声乐行家了！"

"嘿，上帝保佑！"他回答，"只不过对于她，由于她父亲请不起真正的大行家，我也倒乐意尝试尝试，要是上帝假我以天年的话。从前，我曾和一位唱得倒了嗓子的老歌星住在同一幢公寓里。她在莫扎特时代演过角色，甚至还为向大师本人表示感谢而演唱过。而今，她那副可怜的老嗓子自然不比吱吱嘎嘎的门枢更好听。是的，一个莽撞的小姑娘，她是我当初的房东的女儿。"他压低嗓门又加了一句："这冒失鬼甚至宣称，她那嗓子难听得就像咱们公寓里的公鸡叫一样。她总叫好心的老太太'卡特琳娜夫人'，可卡特琳娜夫人的确懂得什么叫唱歌。而我跟她两人，也真正一块儿排演了不少次可怕的二重唱。她一唱起来永远都没个够，我呢，久而久之，便了解了她的整个演唱方法。'注意了，Monsieur Valentin（意大利语：瓦伦廷先生）！'她总是说，同时跷起脚尖，把一只手的手指尖插在她那通常并不怎么干净的带面网的软帽里，'那位伟大的 Maestro（意大利语：大师）就要求这样！'说罢，从她那条干瘪的老嗓门儿里便会迸出莫扎特某一咏叹调的几句花腔来，真是准确异常，音调婉转自如得常常出人意料。要是在她看来我学得不错，她就会从口袋里掏出自己那个水晶小糖盒来，里面总是装得满满的，用自己枯瘦的手指拈一块薄荷糖塞进我嘴里。愿上帝赐给她安宁，我这位年老的女友！谁知道呢！从老太太这最后的努力中，也许还有一个年轻人会得到某些好处，因为，"——说时他用手指敲敲自己的额头——"我把它们全藏在了这里边，那位不朽的大师教给他那年轻女歌星的全部歌唱技巧。"

我的朋友不吭声了，我于是又说："您还从来没给我讲过您的青年时代哩。在您父母家里也有人搞音乐吧？"

"当然，"他回答，"要不，我怎么会成为音乐家？"

"仅仅因为这个吗，好朋友？您这话我可不相信。"

"喏，喏，也可能搞音乐是我真正的天职，然而，我的脑力真是差得要命。啊，您想象不出来，它常常是如何妨碍我！当我第一次在乡村教堂里听见管风琴的演奏时，竟哇的一声哭了起来，大人们怎么哄我也哄不住。这并非由于音乐的力量，要知道，在我头顶上冷不丁儿响起的门铃声，也会产生同样的效果，这是由于我自己的可怜的脑袋瓜儿还在我是个小孩子时就表现得那样迟钝。"他停了半刻，我听见他连声叹气，像是想克制住内心的悲哀似的。

"我的父亲，"过了一会儿，他又说，"他对这些事一点儿不懂。他是个办事严谨的人，在城里当律师，富有威望，业务繁忙。还在十二岁时，我便死了母亲，从此单独和父亲生活在一起，比我年长的哥哥姐姐都已经离开了家。父亲除了他的卷宗和一批精选的历史书——这些书不论他怎么督促我，我仍读不进去，便只有一个爱好，即音乐。是的，恐怕可以说，我主要就是由他教会的。也许，由另一个人来教会好一点。请您别误解我的意思！对于他充满着慈爱地付出的许多辛劳，我心里始终铭记着,并且对他怀着感激之情。不过,每当我脑袋不好使的时候,他却很容易不耐烦,很容易发脾气,可这只会使我完全晕头转向。想当初,我吃的苦头真叫不少啊。今天我自然明白了,责任也不在他,以他那样的聪明机敏,的确无法理解我这里边是怎么回事。在他看来,我身上有着天生的惰性,唯有猛烈地摇撼,才能使我清醒。然而有一天——我眼看就要行坚信礼了——他到底明白了过来。啊,我的好父亲,这一天的情况我永世不会忘记!"他把两条胳臂伸向前方,随后又慢慢沉下,继续说:"记得我们是坐在起居室里的钢琴前,练习克莱门蒂的四手联弹奏鸣曲。在头一天晚上,我念和声学里很困难的一章,一直念到深夜,因此如我已故的母亲总爱说的那样,第二天'脑袋瓜儿就变小了'。弹到奏鸣曲中的《回旋曲》,我的脑子已经昏昏然,指头的动作也就一错再错。只听这时我父亲一声大喝:'怎么搞的?你已经弹了二十遍了呀!'他把谱子猛地掀了回去,我们又从头开始弹《回旋曲》。然而没有用,我老是在那个讨厌的地方卡住。父亲腾地一下跳起身,推开了身后的椅子。——我不知道在其他家庭里情况怎么样,我父亲尽管脾气十分急躁,我却从来没有挨过打。他当时很可能心上还有别的什么不痛快的事,须知我差不多已经不再是个孩子,他仍然发了那么大的火。

"谱子从谱架上掉到了地上,我默默地将它们拾起来。我双颊发烧,胸部憋闷,仿佛血液将要从嘴里往外涌一样。可是我仍然坐直身子,把颤抖的两手抚在琴键上。我父亲也重新坐到我旁边,没有讲一句话,没有交换一下眼色,我们又继续弹起那奏鸣曲来。我现在仍记得很清楚，我后来还经常问自己，是不是那巨大的痛苦创造了奇迹，使我的力量在短时间里苏醒了呢？——突然，我弹得是那么轻松愉快，仿佛谱子自动转变成了曲调，键盘上压根儿不再存在需要我这笨拙的手指去敲击白键和黑键似的。

"'你瞧瞧，'我父亲说，'只要你愿意！'

"奏鸣曲弹完了，由于这次异常成功，父亲随即又放了另一个乐谱在架子上，让我单独弹。一开始我也勇气十足，可是，由于父亲没有一起弹，而是站在一旁紧紧地盯着我，我很快就心慌意乱了，虽然竭力想保持那突然降临到我身上的自信心，可还是白费劲儿。没准儿这产生于痛苦之中的奇迹，它压根儿就撑不了多久吧！我重新又像处在云雾包围中，旧有的恐惧涌上了心头，思绪却迅速飘散，宛如一群飞鸟，已经消失在了离我远远的灰色的空际。

"我弹不下去了。'别打我，父亲，'我叫起来，用两只手顶着他的胸部，'我缺少点什么，我脑子里缺少点什么，我没有办法！'

"我仰面望着父亲，见他那么严厉地瞪着我，我想我可能已经面如死灰了吧，我本来就很少有血色啊。

"'你再自个儿弹弹吧！'他平静地说，说完就离开了我。我听见他朝自己在楼上的房间走去。

"然而我无法再弹。一股我从未体验过的绝望情绪向我袭来，伴着一些自我怜悯。我不禁神思恍惚，失魂落魄。在钢琴对面，挂着您新近在我房里见过的那张我母亲的画像。我现在还记得，我将双手伸向它，懵懂幼稚地呼唤着：'啊，帮帮我吧，母亲！我亲爱的母亲啊，帮帮我吧！'随后我把头埋在双手里，伤心地痛哭起来。

"这么坐了多久，我已经不记得了。我早已听见外面过道里有脚步声，但是仍然一动不动，尽管我知道，前边房子里除我以外再没有任何人。终于，外面有人敲起门来，我才走过去开了门。是一个我认识的手艺人，找我父亲想谈点业务。

"'您病了吗，少爷？'他问。

"我摇摇头，说：'我去问一下，看成不成。'

"我跨进父亲的房间时，他正站在一个大书架前。往常，我总见到他要么把这本或那本书抽出来，要么在一本书中翻阅着，要么把书放回到原来的位置上去，然而今天不一样，他把一条胳膊肘撑在搁板上，用手掌捂住了眼睛。

"'爸爸！'我轻轻唤了一声。

"'什么事，孩子？'

"'有人想找你谈话。'

"他没有回答，把捂着眼睛的手放下来，同时轻声唤着我的名字。

"转瞬间，我便偎依在我父亲的怀里，这在我一生中是破天荒的一次。我感到他想对我讲什么，然而他只是轻轻地抚摩我的头，用恳求的目光俯视着我。'我可怜的孩子！我亲爱的孩子！'他嘴里能吐出的话语，就只这么多。我合上眼，觉得仿佛生活中的一切困苦从此都不能将我侵害。尽管我母亲已经死了，我却总是忘记一切人都会死，一切东西都会变。

"从那以后，我还在家里度过了一段幸福的时光。父亲再不曾对我发过火，待我的慈爱温柔可以与任何母亲媲美。接着，春天也来了，春光是那么秀丽和明媚，是我有生以来从未见到过的。在市区背后的灌木林和城垣之间，有一片荒地，那儿曾经是一个花房，如今已完全没人管理。从前在那儿栽培了许多花草，现在能见到的只有紫罗兰，春天一到，它们小小的花儿便已盛开。即使后来，在灌木林中的荆棘地上撒满了雪白的小花，抑或群芳俱已凋谢，小树丛中仅仅还只有红雀儿和黄雀儿在窜来窜去，我也经常去那里。我长时间地躺在草中，周围是如此静谧、肃穆，能听见的唯有树声和鸟语。然而，我从未见过这个地方有像那一年春天那么美。蜜蜂也跟我一样，早早地就来到了野外。千万朵从茂草和苔藓中探出小脑袋来的紫罗兰，汇成一片蓝色的光雾，蜂儿们在雾中穿梭游动，嘤嘤嗡嗡，听在耳里宛如优美的音乐。我摘了满满一手帕的紫罗兰，在这花香馥郁和阳光灿烂的境界里，我仿佛已成了一个享受着极乐的圣者。我坐在草中，掏出一小段身上总带着的绳子，像小姑娘似的动手编了一个花环。在我头顶上的蓝天里，一只百灵鸟放开了歌喉，尽情歌唱。'你可爱而美好的主的世界啊！'我这么想着，想着，竟情不自禁地作起诗来。诚然，那只不过是用一些陈旧的韵律表现一些幼稚的思想，可是我在吟咏着它们的时候，心里却非常非常快活。

"回到家，我把花环挂在父亲房里。我现在还记得很清楚，当时获得了对他尽这些小小义务的允许，我真感到非常幸福。

"还必须讲一件事！后来，在父亲的遗物中，我发现了一个写着我名字的存折，里边有一大笔钱。从日期可以看出，第一笔款子他正是在那既不幸又幸福的一天存进去的。当我在父亲的遗嘱旁边见到这个存折的时候，心里真是大为震动。幸运的是，迄今我并不需要依靠他的帮助。"

我俩正好走出那些在谈话时无意选中的僻静胡同，重新转进了一条大街。这时候，我从旁偷偷打量这个渐入老境的男子，谁知他却突然把手搭在我的胳膊上，说：

"请您仔细瞧瞧这所住宅！从前，我父母在世时，我们就住在此地。房子是我们自己的，可在父亲死后不得不卖掉了。"

我抬起头来，看见楼上一长排宽大的窗户里灯火明亮。

"有一年，我本来有机会去里边上课，"他重新开了口，"可是我不愿伤自己的心，我怕什么时候在里边的楼梯上会碰上一个脸色苍白的少年、一个没出息的可怜人。"

他沉默了。

"您别这样讲！"我说，"我一直认为，和我们其他人比起来，您并不见得少一点幸福。"

"也是哩！"他颇有几分尴尬地回答，把头上的灰毡帽一连提了几次，"我也算幸福，也算幸福！我那不过是心血来潮罢了，平常我心里明白，人是不好胡思乱想的啊！"

我早已发现，最后这句口头禅在他无异于一根大门闩，用它可以把一切妄念和奢望统统关在外面。

一刻钟后,我们已待在我的房间里。他是应我的邀请,来分享我的晚餐的。当我忙着用酒精炉子烧一壶北方风味的调和酒的时候,他站在我的书架旁,带着明显的兴致观赏着我那一排漂亮的霍多维茨基①绘制插图的丛书。

"可是您缺一本呐!"他说,"附有长长的预订者名单的《毕尔格诗选》!能在那些古老高贵的名字中找到自己曾祖父的名字,真乃一件快事。您想必也能在里面找到您的先辈的名字。"他望着我,脸上带着诚挚的笑意。"这个诗选我凑巧有复本,您不想暂时从我那儿拿一本来瞧瞧吗?"

我感激地接受了他的提议。接着,我俩便并排坐在沙发上,面前摆着热气腾腾的酒杯。他没有碰我敬给他的雪茄,而是把我长长的烟斗要过去抽了起来。在试着呷了一口调和酒以后,他手里擎着酒杯,冲它点点头,说:"从前在家里,总是除夕的晚上喝这玩意儿。小时候有一次我甚至醉得够呛,此后许多年都对这种高尚的人造饮料抱着反感。可眼下——眼下又觉得很对口味儿!"他舒舒服服地喝了一大口,然后把酒杯搁在桌上。

我们抽着烟,谈着话,海阔天空、天南海北地谈着话。

"不,"他说,"那年头儿这些被称作音乐学院的玩意儿在咱们德国还没有。我被送到了一位出色的钢琴教师家里,跟着他老

---

① 霍多维茨基(Chodowiecki,1726—1801),德国画家兼铜版雕刻家,尤其擅长作书籍插图。

老实实地学了几年乐理和技巧。除我以外还有一个年轻人,他很快就搞到了宫廷钢琴师的头衔,可是,有时我坐在旁边听他演奏,心里忍不住老犯嘀咕:你,克里斯蒂安·瓦伦廷,只要——是的,只要你的手指和思想能够迅速协调动作,原本是会把这一切完成得更好的呀。"他把自己的拇指与小指叉开在桌面上远远地卡了几下,补充说:"您瞧,问题不在这儿,这样的手指完全符合要求。"

"也许,"我插断他的话头,"您是对自己要求过于严格了吧,粗心一些的人,从来不会感到手与脑之间有什么问题的。"

他摇摇头。

"那是另一回事。就算您说得对,我也不能自己进行控制。我在回故乡定居以前,曾在另一座城市里当过相当长时间的音乐教师。由于那儿的人没要求我开音乐会,我的工作也许还完成得不错。尽管当时到处一样,工资却十分微薄。可我仍然在几年中积攒了一小笔钱,以应将来的需要,不管是为了一个老单身汉的孤独的晚年,还是为了……"

他端起酒杯,一饮而尽。

"好,"他说,"这下我算喝出胆量来啦!我愿意把它讲给您听,我甚至觉得,我好像又可以给您弹弹我的莫扎特了似的!"

他抓住我的双手,苍白的脸颊微微泛起了红晕。

"当时我住在一位装订书籍的师傅家里,"他又开始说,"这人附带还开着一间旧书铺。啊,那会儿真让我搞到了不少好书!每当我捧着本古董书,像拾到了金珠宝贝似的爬上楼去时,如果还有谁笑话我的话,那便是订书匠的亲闺女了。姑娘有一个美丽的名字,叫作安娜。可她对书却不感兴趣,她喜欢的是唱歌,唱民歌和歌剧中的咏叹调。——上帝知道,她那对耳朵是从哪儿听来这一切的!而且,她还有一副好嗓子!住在同一所房子顶楼上的'卡特琳娜夫人'一直忿忿不平,这小丫头竟然不肯当她徒弟。'Monsieur Valentin!'一次,安娜在经她长时间规劝后仍对她嬉皮笑脸,她便大声向我抱怨,'您看这个丫头!幸福找上门来,她却用自己的小脚把它踹开。以后你会……是的,孩子,是的,人不知不觉就老啦!别看我眼下站在您面前是这个样子,我要愿意,当初本可以嫁位侯爵、公爵什么的哩!'

"'可我,'那小丫头却回答,'还可能嫁给一位王子!如果他坐着一辆金马车来,我就准备嫁给他。而您,卡特琳娜夫人,也能像我一样吗?'说完,她就唱起一支那种仅仅押韵而毫无意义的诙谐歌曲来,唱得婉转起伏,妙不可言,其流畅娴熟真令人难以置信。'您瞧,夫人,这叫天赋来着!'

"对于安娜这种傲慢的表现,老歌星多半不屑搭理。眼下她也是默默地裹紧头上的红色帔巾——这条帔巾即使在屋子里也从不离开她的肩膀,庄重地、鼻子翘得高高地向她自己的阁楼走去了。

"她走后,小安娜把双手往背上一背,在我跟前像只枝头上的小鸟似的颠一颠身子,扯开嗓门儿又唱起来:'施瓦本的小妞儿,巴伐利亚的小妞儿,唷嘿!'——这声唷嘿呀,真像只闪光的球儿似的飞到了空中!随后她用那双褐色的眼睛望着我,诚心

诚意地问：'这可真有意思，不是吗，瓦伦廷先生？'

"我们到了我的房间里，小安娜总是把晚饭给我送上来。我坐到钢琴旁。'接着唱吧，安娜！'我说。于是，在我的简单伴奏下，她唱完她那支歌，接下来便是第二支，第三支。我已记不清楚，安娜这么一支又一支地究竟还唱了多少动听而愚蠢的歌曲。我只记得，我是越听越没个够。——'不，真想不到，'可爱的姑娘嚷起来，'您怎么也会我所有这些歌曲呢？您可明白，瓦伦廷先生？我们唱得全楼都响啦，卡特琳娜夫人在楼上一定会用帔巾把自己整个儿给裹死的！'

"从那天起，在安娜的小脑袋里，我就成了个无所不能的音乐天才，而且久而久之，这种幼稚的崇拜也迷惑了我本人，使我变得十分自信起来。一次，她刚刚离开我，我就坐到钢琴旁，认认真真地估量自己究竟有多大的能耐。还有必要给您唠叨什么呢？那小姑娘，那小丫头，她突然之间占据了我的整个脑子。然而，这当口兴起歌咏协会①来了！"

"歌咏协会？"我惊异地问，同时利用这个间隙，为我朋友的杯里重新斟满能给人以活力的饮料。在我面前燃着蓝色火苗的酒精炉上，这饮料始终是滚烫滚烫的。

"很遗憾，是歌咏协会！"他回答，然后猛劲儿地抽着烟斗，喷出来一串大个大个的烟圈儿，"它们从来不对我的口味，永远只有男声在唱！这就像一年到头，年复一年，都净在低音键盘上

---

① 歌咏协会（Liedertafel）于1809年最先出现在柏林，其成员都是男子。

弹呀弹似的！而且还很快就跟啤酒馆的气味儿搅混在一起！——尽管这样，我却没法不接受指导新成立的歌咏协会的提议。那里面形形色色的人都有：手工业者、商人、公务员，甚至还有一个更夫。他之所以被吸收入会，不但因为他是个正派人，更因为他是位出色的男低音。这样做是对的，要知道对我来说，艺术是如此神圣，在它里边尘世的各种差别已没有任何意义。

"我必须承认，那时的练唱进行得既严肃又热烈。当一个声部试唱的时候，其他声部都静悄悄地站在那儿，把歌本规规矩矩地捧在鼻子前边，在脑子里默唱着自己的词儿。这样，我也成功地开过了两次冬季音乐会，然而，就在快开第三次的前几天，我们的第一男高音，一个能唱到高音B的稀世奇才，突然病倒了。这一来，我们辛辛苦苦练成功的好多个节目，都完全没法再演。

"我东奔西走，考虑寻找补救的办法，谁料小安娜早已为我做了决定：'让人把您的钢琴抬到大厅里去，您就自个儿弹点儿什么！您干吗只能把自己美好的音乐才能浪费在我这个傻丫头身上以及咱们楼上那位老太婆身上呢！'

"我虽然举起手指来吓唬她，但还是照她说的做了。

"我选择的曲目为莫扎特的《幻想奏鸣曲》，当时它还没有让无数的神童们弹滥。在上课前后的清晨和黄昏，我都坐在琴旁加紧练习。每当一个人把身心都沉浸到作品里的时候，我常常觉得看见了大师本人在对我点头称许，并且清清楚楚地听到了他的声音：'很好，很好，亲爱的瓦伦廷！我就是这么设想的，完全正确！'

"有一天，我刚弹完柔板，突然卡特琳娜夫人站在了房门口，从她那唱破了的女高音嗓子里发出尖厉的笑声，叫我听着十分讨厌。她继续笑着对我讲，刚才那些鼓励我的话语不是别人讲的，而是我自己扯开喉咙满怀激情地喊出来的。随后，她又用自己那戴满戒指的、瘦骨嶙峋的手拍拍我的脸颊，说道：'喏，喏，caro amico（意大利语：亲爱的朋友），大师尽管已经不在人世，他的女弟子却站在您面前，她要为您叫"Bravo, bravissimo"（意大利语：好，干得好）！不过眼下还有点儿问题！咱们得把它搞清楚。'

"于是，我重新弹起柔板；她呢，则站在我身后，轻声地指点着，解释着。您不会相信，在这个老妇人心中，竟蕴藏着如此丰富的音乐！——然而，一当她忍不住在大庭广众中发起歌瘾来时，听的人没有一个不是想笑得要命，唯独我从来没有这种感觉。她那只有独自一个人时方能发挥出来的艺术才华，使我心中充满了对她的怜悯——也不能说是怜悯，因为她不需要怜悯，而是在心中充满了一种莫名的恐惧。要知道，我通过这件事所看到的，几乎就是我自身的悲剧。——她自然压根儿想不到这一切，所以仍然披着她那飘飘的红帔巾，像个骄傲的女王似的站在屋子中央，扯开嗓门儿唱着她那些伟大的咏叹调。是的，我必须承认，每当我俩单独在一起时，我出于虚心求教的热忱，所听见的更多是她心灵的歌唱，而不是她那只破嗓子的歌唱。因此，她希望表达的，也是我很快就学会听出来的，在我看来几乎总是恰到好处。

"同样，在举行音乐会的前一天晚上，我也坐在钢琴旁，就像她的一个听话且专注的学生，甚至连从楼梯上传到我耳里来的细碎而熟悉的脚步声，也没能打扰我。是的，就连卡特琳娜夫人要蹑手蹑脚走进来的小安娜退出去的严厉手势，我也视而不见。——可是，小姑娘像被磁石吸住了一般，仍慢慢地向我靠近，不多会儿，她已胳臂抄在围裙里，身子倚在钢琴上，站在了我的旁边。我感到她正睁着一双褐色的大眼睛，一动不动地凝视着我。我满怀激情地继续弹奏着，弹完了，只听见安娜深深地叹了一口气。'真美啊！'她说，'我的上帝，瓦伦廷先生，您真了不起！'老太太把她那戴满戒指的手抚在我的头上，像是对我进行祝福：'亲爱的，您一定会获得伟大的成功啊！'话音未落，我嘴里已经塞进来一块薄荷糖。

"她们说得倒轻松！她们，一个是在崇拜中寻找自己的快乐的天真小女孩，一个是帮助我学习的心地纯善的老歌女，最后还有安娜那条身上现出黑花斑的小猎狗波利——我现在才发现这畜生也静悄悄地趴在门槛上，而这些，也许就是我所需要的听众。——可明儿个呢，明儿个却将面对众多的陌生人！

"诚然，还有一点我也可以放心：那位被请来试奏城里教堂的新管风琴的著名演奏家，他抵达的日期安排在我举行音乐会后的第二天。是的，我乐于承认，在使他推迟到达这件事上，我自己确实是要了一点小聪明的。

"第二天晚上，我在踏进音乐厅时，心情是比往常紧张一点。大厅给挤得满满的，甚至连好些女士也没能占到座位。不过我们用来开头的合唱,按照不太高的要求来说是非常成功,因为尽管男高音削弱了,我们仍然拥有足以令某些大歌咏协会羡慕的实力,特别是我们拥有守夜人和那位大胖子中学校长这一对厚实的男低音。哪儿声音显得单薄,哪儿出现了漏洞,他们就在哪儿填进去。大厅中掌声雷动,小城里歌唱的市民和聆听歌唱的市民休戚与共,心心相印。

"如此的,节目就慢慢进行到了莫扎特的《幻想奏鸣曲》。路德维希·贝格尔的优美歌曲《帕塞耶的旅客主人》唱完了,观众的喝彩声刚刚沉落下去,我便坐到了钢琴前边。大厅中随之鸦雀无声,一派期待的气氛。我深深地吸了两口气,翻开谱子。接着,我的目光越过谱架上沿,朝大厅内瞟了瞟,只见许许多多的面孔全都木然地望着我,使我心中油然生出了某种恐惧。幸好这当口,我也发现了小安娜那双褐色的明眸,只见它们睁得大大的,充满了喜悦。霎时间,在我的感觉中,那可怕的、长着无数个脑袋的巨灵,就变成了一个对我亲切而又温柔的小人儿。我于是勇敢地弹出一连串的和弦,宣告我的演奏已经开始。随后,'啊,神圣的大师,我要把它们,把你金子一般的乐音,送进人们的心坎!所有的人,所有的人都应该由于你而感到幸福啊!'这就是刹那间我脑子里掠过的思想。接着,我开始了我的莫扎特,首先是他那柔板。——我的确认为,我当时是弹得很棒的,因为充满我整个身心的没有任何别的东西,唯有作品本身的美,以及我想把自己理解这美的欢乐心情也传达给他人的强烈欲望。只可惜,我那位老教师从来不看演出,否则,我现在还认为,她是一定会称赞我的。

"我已经弹到小快板的最后一页,突然从观众席中这儿那儿地传来了耳语声。我大吃一惊:他们没有听!这全怪我,不可能怨莫扎特!在开始弹快板时,我已经感觉到不痛快。特别恼人的是在第二段,还有个地方我怎么练也没完全把握住。不过,我到底还是镇定了下来。有的人原本就只听得懂吹喇叭嘛,他们跟我不相干!使我分心的唯有一件事:那位大胖子校长在我弹奏的过程中不断地逼近我,不知安的是什么心。他要么是想来擦拭擦拭铜吊灯,让光线更多地落到我的琴键上,要么甚至打算替我翻谱纸,而这一点我是绝对不能容忍任何人来插手的。我加快速度弹完了第二面,免得他那胖手指早早地来动我的乐谱。果然奏了效,胖校长像中了邪似的站住不动了。我翻过了谱纸,充满勇气地向着那棘手的段落弹去。谁知就在这节骨眼儿上,我听见下面的厅门嘎啦响了一声,就忍不住抬了抬眼,只见所有听众都把脑袋转向了后边。重新响起一阵耳语,而且比前一次更厉害。我不知道为什么,只觉得呼吸也几乎停止了。冷不丁儿的,我听见耳畔传来一个清清楚楚的声音:'我原以为他明天才来哩,没想到他今天就到了,真是太好喽!'——这么说,他到底还是来了!对于我,这无异于当头一棒,打得我晕头转向。在这样一个人面前,在这样一位大艺术家面前,我还能演奏什么哟!——这会儿他可能站在或坐在下面的什么地方呢?他的两眼一定正从那千百张脸中,死死地盯着我;而眼下,我感到他正侧着耳朵,在捕捉着我所弹出的每一个音符吧!——恐怖的念头一个追着一个,从我脑子里闪过。我的指头突然麻痹了似的，可仍旧勉强又弹了几个小节，接着我的身心便整个堕入一种无可奈何的漠然状态，很奇怪地退回到了那久已逝去的年代。我一下子恍惚觉得，钢琴又摆在我父母起居室中的老位置上，我的父亲也突然站在我身旁，我呢，不是去叩击琴键，而是想要抓住他那似隐若现的大手。

"往下发生的事情我几乎不知道了。当我回过神来时，已经坐在舞台背后存衣间里的一把椅子上。我生病了——我觉得，我在存衣间里还这么念叨着。

"桌上燃着一支结着长长灯花的蜡烛，房间的四壁光线灰暗，周围是一堆堆黑乎乎的外套：整个景象够凄凉的啊。记得，我小时也曾经这么坐着，可还不像现在这样完全绝望；而且我感觉出，现在我的眼眶是干的。也不会有谁来敲门，对我说，我父亲叫我去了。是啊，我如今已是一个成年人。'我的可怜的孩子，我的亲爱的孩子！'——那曾经讲这话的人，他已经去世好久了啊！

"蓦地，从大厅方向传来嘈杂的人声。我不知道是自己刚才没有注意到呢，还是眼下才突然爆发出来的，反正一听见这声音，我身上便打了个寒战。它赶着我奔出房间，奔出大楼，光着脑袋，没穿大衣，头也不回地跑啊跑啊，跑到了大门外的街上。先穿过城里一条一条两旁长着古老菩提树的林荫道，再走上宽阔的光秃秃的公路，我一个劲儿地往前走去，漫无目标，不假思索，使我脑子发着高烧的只有对世界的恐惧，对人们的恐惧。

"在离城很远处有一条上山的大道,山顶上一侧临着一道壁陡的深谷,深谷中奔腾着一条湍急的溪流,水声一直在我耳畔鸣响。我记得很清楚,东边的天上挂着一钩残月,没有放出多少光明,但却清晰地呈现在黑沉沉的夜空中,大地上一片晦暗。我爬到山顶,发现临着深谷的一棵树下有一块大石头,也不知为什么便坐在了石头上面。时令还在3月初,我头顶上的树枝都光秃秃的,夜风一刮就相互撞击。时不时地,有一滴露水掉到我头发上,然后顺着我的脸颊,凉飕飕地滚下去了。可是在我背后的深渊里的潺潺的水声,永无休止,单调而反复,就像一支催眠曲,勾起人的睡意。

"我把头倚在潮湿的树干上,聆听着溪水诱人的曲调。'是啊,'我心想,'睡去吧!只要能睡去就是幸福啊!'与此同时,从深谷中也像有声音传上来,在对我发出呼唤:'啊,下边,下边有你凉爽的安息之地!'这呼唤渐渐和上了舒伯特甜蜜而哀伤的曲调,一阵紧似一阵地向我心头袭来。幸好这时候,我听见在远处响起了脚步声。我蓦地跳起,恍如大梦初醒。不,我可不是舒伯特歌里唱的那个多愁善感的磨坊小帮工,我是一个有作为的、讲求实际的善良人的儿子,我眼下还不应该想到那样的事!

"从城市方向传来的脚步声越发近了,除此之外,我还听出细碎的足音,像是有一只狗在奔跑似的。我不再怀疑,是她,以及陪伴着她的小猎犬波利。如此说来,在这个世界上,还有一颗心没有把我忘记!我激动得心都快从喉咙里蹦出来了似的,也不知是因为高兴还是出于害怕，害怕我该不会发生了错觉吧。然而这时，像从黑暗中射出的一道亮光，已经传来她可爱的嗓音：'瓦伦廷先生！是您在那儿吗，瓦伦廷先生？'

"我呢，很难为情地回答：'是我，安娜，就是我！可你怎么来这儿的？'

"她已经站在我面前，把手搭在我的胳臂上。'我……我在城里打听，人家说看见您出了城门。'

"'可这不是你好走的路啊，这么荒凉，还孤零零的一个人！'

"'我非常担心，您病了。我的上帝，您干吗不回家去呢？'

"'不，安娜，'我回答，'我没有病，说病只是撒谎。在处于困难境地或者害羞时，我们情不自禁地就会撒谎。我呢，只是做了一件上帝拒绝给我能力去做的事。'

"安娜用两条柔嫩的胳臂突然抱住了我的脖子，小脑袋靠在我的胸前，抽抽搭搭地哭了起来。

"'瞧您这模样儿！'她低声说，'帽子不戴，大衣也没穿！'

"'嗯，安娜……我大概忘记了，在走出来的时候。'

"听了这话，一双小胳膊把我抱得更紧了。在黑暗的旷野里，万籁俱寂。小狗也乖乖地趴在我们脚边。要是此刻有谁瞅见我们，他一定会以为我俩在这儿结下了终身之盟。其实呢，却仅仅是一次诀别。"

讲到这儿，沉静的男子凝视着他刚才端在手里的酒杯，好像他青春时期的旧梦，将从那杯底重新显现出来一样。——透过一扇敞天的窗扉，送进来一声从空中飞过的鸟儿的啼叫。

他抬起头来。

"听见了吗?"他说,"那天夜里也就是候鸟的这样一声啼叫,催我俩动身回家去。随后,一路上,我们始终手牵着手。

"第二天早上,卡特琳娜夫人自然从她上面的阁楼中来到了我房里。老太太激动得什么似的。'而且是在这些小城市的人面前!'她吼叫着,'不,Monsieur Valentin,您压根儿出不来台!您瞧,这样——当年我就是这样走上台去的!'说着,她一抖帔巾,便以一位女皇的姿态站在我的跟前。'我倒想看看,看谁敢来捏住我喉咙!甚至在咱们的大师面前,我也只有一点点哆嗦。'

"然而这能帮我什么忙呢!——加之当天我就得知,我的老同学也要来城里当音乐教师了。看来他的艺术生涯也并非一帆风顺,不过人家到底有我所缺少的东西。我心里明白,我非走不可啦。

"几天以后,安娜帮着我收拾好我那小小的箱子。从她的眼里,洒下了不少同情的眼泪,有的就滴落在我的旧书上。临了,反倒是我去安慰她。

"至于到何处去的问题,我未加考虑。这儿是我的故乡,虽说没家没宅,可在城外却有我双亲的墓地。——回到这儿以后,我把自己的家什从箱子中拣出来后才在我的乐谱底下发现了那个十分熟悉的水晶盒儿,盒子里边满满的都是薄荷糖。——好心的卡特琳娜夫人啊,她说什么还是把奖赏发给我了。"

"可时候不早了,"他突然站起身,从袋里掏出只大金表来看了看,说,"早已过了一般市民上床的时间!我那漂染匠房东,他老两口会怎么想呢？"

"可安娜，"我问，"她后来怎么样了？"

他正忙着把长烟袋挂到我刚才替他从那儿取下来的钩子上。随后，他转过身来，脸上重又漾起沉静的、孩子般的微笑，模样看上去俊了许多。

"安娜怎样了？"他重复着我的问题，"她变成一个高傲的少女总会变成的那样，变成了一位贤妻良母。当我们的卡特琳娜夫人从这个世界的舞台艰难地退下去时，安娜给了她所能希望的精心照顾，使她多少得到了一些安慰。后来她虽然没能嫁给一位王子——这点她还来得及向她那奄奄一息的女朋友认输，却仍然找到了一个善良的丈夫。夫妇俩搬来这座城市已经好些年，刚才，在您碰见我的那会儿，我就正好是从他们家里出来。"

"这么说，安娜就是您那心爱的学生的母亲喽？"

他点点头。

"不是吗，命运对我还挺不错？可是现在得向您道晚安了，别忘了来取毕尔格的诗！"他戴上自己灰色的礼帽，走了。

我把身子探出敞开的窗户，对他再大声道了一个"晚安"，看见他跨出楼门，然后目送着他，直到他穿过路灯暗淡的街道，最后消失在远处的黑暗中。

夜，一片静寂。在黑沉沉的大地和黑洞洞的天穹之间，人类酣睡着，带着他们不可解的命运之谜。

大约八天以后，我又走在前往漂染匠寓所的路上。还离得老远，我已听见从那里飘来的钢琴声。"嘿，"我暗忖道，"今天总算碰上他在满怀激情地弹他的莫扎特啦!"可是当我进了楼门,站在我朋友的房间的外面时,才听清里边弹的是舒伯特的即兴曲,而且并非出自一个男人之手。

"滑音,不是顿音!"这时响起了我朋友的语声。

可另一个稚嫩的、异常清亮的嗓音回答:"我知道,伯伯,可顿音在这儿不是好听得多吗!"

"唉,淘气鬼!"他又说,"等你自己写得出曲子的时候,你才可以爱怎么弹怎么弹。"

安静了一会儿,随后便是一串圆滑音。我仿佛清楚地看到,十根纤细的手指从键盘上飞快地掠过。

"好,再来一遍,看你是否已经有把握!"

于是又弹了一遍,弹得非常沉稳。

在我面前的门上,贴着一张显而易见是今天才换的新字条:

> 她康复了!叫我怎能不赞美上帝;
> 大地是这么美,这么
> 光明,就像天国里一样。
> 能在大地上行走,啊,真欢畅!

这节诗出自《万茨贝克信使报》,我很熟悉,只是我的朋友瓦伦廷这次做了点小小的窜改:老阿斯穆斯①在诗里本来只是讲

---

① 阿斯穆斯是德国诗人马蒂亚斯·克劳狄乌斯(Matthias Claudius,1740—1815)的笔名,他以此名主编《万茨贝克信使报》,引文摘自他的《病后》一诗。

他自己的病好了。

我这么想着,推开了房门,看见瓦伦廷身旁的钢琴前边坐着个小姑娘。她抬起头来用一双大眼睛注视着我,身上还满是孩子气。

我的朋友站起来,可爱地、这次也有几分尴尬地微笑着。

"我们新近的聚会您大概还觉得不错吧?"我把手伸给他,问。

"我?"他应道,"啊,太好啦!您觉得呢?我像是讲了许多话。您知道的,两个人面对面,酒又那么好!"他几乎是在窃窃私语,仿佛必须请求我原谅似的,而与此同时,淡蓝色的眼睛却望着我,流露出无法形容的诚挚感情。

"我相反,"我说,"我还不满意;您必须再给我讲讲!不过,"——我轻轻地补充说——"您给您这心爱的学生把课上完吧!准是她对不对!我呢,则趁这个空子去您书架上找毕尔格诗选。"

他连连点头。"我们就完了!"说着,又回到了他的学生身边。

我在他小小的藏书中搜寻着,很快就找到了两本霍多维茨基版的毕尔格诗选,从两本当中我随便替自己抽了一本出来。我欣赏着诗选的封面画,看见伟大的叙事谣曲诗人头披17世纪的蓬松鬈发,正在市集广场上唱歌弹琴。而与此同时,我耳畔回响着的却是舒伯特的即兴曲。一个端着咖啡具和糕点盘的女佣走进房来。

她把一块白色撒花台布铺在沙发茶几上，将端来的东西全部放整齐，两只蓝白色的咖啡盏很快便搁在了一把普伦茨劳产的彩釉陶壶旁边。然而一经瓦伦廷示意，女佣立刻送来第三只。这情况仍未逃出我的眼睛，虽然我的全部注意力都让写在小书白色扉页上的一首诗给吸引住了。诗句幼稚而带孩子气，可诗中却透露出一股像春天的呼吸一般的清新气息。

> 可爱而美丽的主的世界，
> 你照亮了我的心底！
> 我的心未像这样战栗，
> 当蓝色的光霭袅袅升起；
> 草地吐放出甜美的芳香，
> 百灵在高高的天空欢啼：
> "谁的心忠实、虔诚、纯洁，
> 谁就会一起唱我的歌曲！"
> 于是我兴高采烈地歌唱，
> 我知道，我的心善良又美丽！

我念了又念，原来就是那首吟咏开满了紫罗兰的草坪的小诗！整个瓦伦廷都在诗中，如我了解的那样，他小时候必定就是这样子的。

正想得出神，他本人已站在我面前，手里牵着那个苗条而略显苍白的小姑娘。她的一头褐发很有光泽。

"是的,"他说,"这就是我亲爱的玛丽。我们这是好久以来第一次重新一块儿度过礼拜天下午,而且,确确实实,您能来参加,这令我非常高兴,非常高兴!"

可是随后,当他看见我手里拿着写有诗的那本书时,脸突然像个小姑娘似的绯红了。

"请您拿另一本书吧,"他说,"我请求您,那一本的字迹要清楚得多。"

然而我坚持抓住不放。

"我不可以拿这本吗?还是您自己舍不得它?我看出来了,它是您童年时代的纪念。"

他差不多是感激地望着我,说:"您当真想要?真这样,它就算适得其所——再好不过!"

接着,我们三人便围坐在沙发的小几旁,喝礼拜日的咖啡。小姑娘斯斯文文地扮演着女主人的角色,一边不声不响地听我们谈话。

"对了,我的朋友,"我说,"还有一点您一定得告诉我,这褐色的饮料不是也助人谈兴吗?您那块紫罗兰盛开的草地后来怎么样了?春天的阳光是否还照着它,抑或它像许多美丽的所在一样,也已变成了马铃薯地?"

瓦伦廷脸上闪现出一丝得意的微笑,一丝甚至是有些狡黠的微笑。

"您看样子还不知道吧,"他说,"我骨子里是个胡乱花钱的人哩!"

"什么什么，我说朋友！"

"真的，真的！那片草地原本属于一个古怪的老头儿，后来却归了我，也就是说，我用白花花的银子把这块没用的地皮从他的遗产中买过来了。——你说不是吗，玛丽？"他冲自己心爱的学生点了点头，"咱俩了解它的价值，咱俩还知道，在谁过生日的时候一定得上那儿采紫罗兰！"

苗条的小姑娘这时把头靠在他的肩上，用胳臂搂住他的脖子。

"在妈妈过生日的时候，"她低声回答，"可离现在还远着呐，伯伯。"

"喏，喏，春天总会再来的嘛！"

"上帝保佑，瓦伦廷！"我说，"到那会儿允许我也一块儿去帮着扎花环吧！"

我话音未落，已向我伸过两只手来：一只细长、美丽、稚嫩，另一只——我知道它是一只忠诚的手。

我未能帮助扎花环，冬天还没有过完，生活就迫使我远远地离开了这座城市。此后，还有一回，通过一位共同的熟人，我得到了来自瓦伦廷的问候。还有几次，当春天到来的时候，我又想起了那盛开着紫罗兰的草地。再往后，就什么也没有了。渐渐地，那位默不作声的音乐家的形象已完全消失在另外一些奔趋到我眼前来的新形象后面。

差不多过了十年，一次，在旅途中，我到了德国中部一座相当大的城市。这座城市的乐团在远近一带都享有名声,不仅仅因为它本身的表演出色,还因为它的领导能够在财力相当有限的情况下,每次都为音乐会从外地请来一位杰出的音乐家。

时值深秋,我抵达时天色已晚。来火车站接我的是当地一位爱好音乐的朋友。一见面他就向我宣布,今晚上有一场器乐演奏会,我必须马上和他一块儿赶去,因为时间已经非常紧张了。我凭经验知道,对这样的热心人你是毫无办法的,于是把行李提单和途中使用的多余物品统统交给了一家旅馆的接客人,随后便坐上一辆出租马车,以双倍的车钱让它把我们飞快地送到那座我从前已经熟悉的"博物院"去。路上我还得知,今晚请来了一位年轻的女歌星,她不只在演唱古典歌曲方面堪称一绝,而且还有那种异乎寻常的怪脾气,就是总以某个完完全全不知名的人的弟子自居。

等我们赶到时,音乐会已经开始。我们不得不静候在紧闭的大厅门外,直到《赫布里顿序曲》的余音散尽,厅门才重新打开了。朋友塞了一张刚刚弄来的节目单在我外套的胸袋里,拉着我走进挤得满满的大厅,一眨眼工夫,也不知道怎么就给我们变出来了两个座位。我身旁坐着一位白发老绅士,线条细腻的脸上生着一双黑色的眼睛。"好,莫扎特!"他自言自语地嘀咕了一句,把手掌交叠着放到一块摊开在双膝上的黄绸子手帕上。

少顷,我正借着煤气灯的明亮光线观看大厅中色调朴素而雅致的墙壁,那位女歌星已经出现在舞台上。也不过是个皮肤白皙的姑娘，两边的太阳穴旁各拖一条深色的辫子。乐队奏出《唐璜》第二幕艾尔薇拉咏叹调的过门。只见她举起手中的谱纸来，唱道："In guali eccessi, o numi!（意大利语：多么罪过啊，天使！）"我立刻觉得，我一辈子还从未听见过如此既朴实无华又感人肺腑的歌声。旁边的老绅士不住地使劲点着脑袋。这真是能将世间的一切痛苦化为动听的声音的艺术！可不一会儿，像一切美好的事物一样，歌声终止了，正当我们侧耳倾听得如醉如痴的时候。

大厅中响起阵阵带着浓重地方口音的喝彩声，以及此起彼伏的掌声，可也并非所有的人都叫好。一个坐在我们前一排的年轻人转过他那梳得光光的头来，问我身旁的老绅士："你认为咋样，叔叔？嗓子很美，可有点特别，看来是自己练的！"

老绅士眯缝着眼睛盯住他。

"是吗，我的好侄儿，"他说，"你的耳朵真尖！"随后，他很有礼貌地对我转过身来，以近乎庄严的口气补充道："这才是莫扎特啊，跟我年轻时听过的一模一样！"

音乐会继续进行。

"现在是本地的乐团表演了！"朋友从另外一边咬着我的耳朵说。

果不其然，演出的是提琴四重奏，一位当代大师作的曲。可是尽管演奏者们技术老练，一丝不苟，却缺少艺术灵魂。观众席中已经出现倦怠和无目的的东张西望。我身旁年老的莫扎特崇拜者也已几次用黄绸手帕捂住嘴，把哈欠突然发作引起的痉挛克制了下去。终于,连那第三乐章,虽然是5/8节拍,也顺顺当当地从我们面前溜过去了。

演奏者们退了场,谱架也搬走了,然而观众席中的大多数人却坐着发愣;显然,他们不知道该对刚才的演奏表示什么态度。这当口,年轻的女歌唱家又登了台,手里拿着一小卷乐谱。她脸上带着狡黠的表情,仿佛充满了胜利的自信,我不由得生出了猜疑:她准是想用一首更加拿手的声乐曲,来彻底打垮刚才那种现代提琴康康舞①吧。

幸好我想错了。台上甚至没有伴奏的乐队,只有乐队指挥一个人坐在刚刚推到台口的大钢琴前面。他先奏出几个和弦,然后便开始弹奏既异常单纯又极其悦耳的前奏。整个大厅突然都像眉飞色舞起来了似的,接着便响起富于魅力的柔婉的歌声:

> 可爱而美丽的主的世界,
> 你照亮了我的心底!

可这是什么呀?我知道它,它从前不是曾经写在我那本毕尔格诗选的雪白扉页上吗?是的,它是我那位老乐师克里斯蒂安·瓦伦廷的诗句。我的上帝啊,我早已经把他给忘了!

由纯净的青春的嗓音托着,那歌声在整个大厅中回旋,我不禁百感交集。难道这曲调也是他自己谱的吗?——女歌者站在

---

① 康康舞(Cancan)是一种在19世纪末流行于西方舞台的舞步很快的舞蹈。

台上，下垂的手中捏着乐谱，在她年轻的脸上，洋溢着热情和挚爱。此刻，她用难以言表的甜美音调，唱出了最后的两句：

> 于是我兴高采烈地歌唱，
> 我知道，我的心善良又美丽！

她唱完了，大厅中鸦雀无声，可随后却爆发出暴风雨般的、经久不息的喝彩。旁边的老绅士不知啥时候抓住了我的手，眼下十分热烈地握着它。"唱出了真情！唱出了灵魂！"他摇晃着白发苍苍的脑袋说。我呢，赶紧从口袋里扯出节目单。果真不错，上面印着我老朋友的名字，而且在两个地方：首先是和年轻女歌星的大名并列在一起，她自称是他的学生；然后是作为作曲者，出现在刚才那首激动四座的歌曲的旁边。

我情不自禁地站起身来，回头四顾，好像一定能在观众厅中的什么地方找到他本人，发现他那苍老、可爱的面孔，以及那仍然挂在嘴角上的孩子般的微笑一样。——这是一个错觉，我的老朋友并未来听由他少年时代的诗句所化的歌声，如百灵鸣啭一般甜美的歌声！不过观众的脸上都洋溢着宁静的喜悦，而我自己呢，更像是跟着我们默不作声的大师去了他那紫罗兰盛开的草地上一样。

音乐会的剩余部分我没听多少。回到旅馆，躺在那可恨的床褥上怎么也感觉不对劲儿，一会儿就难过得像个钉在十字架上的人似的。只有那首歌曲的温柔可爱的音调，透过窗外咆哮着的10

月的风暴不断回响在我耳际，使我心中就像听着孩子的语声一般感到熨帖，直至我终于迷迷糊糊地睡去。睡梦中，那女歌手微显苍白的脸庞，总在我闭着的眼睛前边晃晃荡荡。——这么说，他终于如愿以偿啰！衰老的卡特琳娜夫人的全部艺术，又借着这个年轻人的银铃般的嗓音重新唱起来了！要知道，我一刻也不曾怀疑我是听谁在唱，虽然那个倍加可爱的女孩的模样儿我已经回忆不起来，而且我也从来不知道她姓什么。这里我也不准备说出这个姓，尽管它在当时曾为众口传诵，并且在音乐界的新老两派中引起过激烈的争论。只不过呢，也没过多久，它便被众多歌手的名字给淹没了。这些歌手都是在小范围内感受着自己的苦和乐，不怎么为人们所谈论。

第二天，我的第一念头自然就是去走访她，从她那儿打听我那几乎被遗忘的朋友的消息。然而，一些意想不到的事务的拖延，使我未能如愿。这时候，又是昨天那位坚决拉我去听音乐会、散场时却把我无情地撇在一边的朋友帮助了我。晚上在他家里，我碰到了她。

参加聚会的客人很多，我很快发现都是一些趣味高雅的音乐爱好者。昨天那位崇拜莫扎特的老绅士也在场，我自然和他亲切地握了手。

她本人就站在旁边，正与主人漂亮的小女儿亲切交谈。看得出来，后者刚才是把她当作崇拜的偶像来接待的。

在向女主人致意以后，我便由我的朋友介绍给了她。这时候，她把胳臂搭在小女孩的颈项上，把她轻轻搂了过去。她那审视的目光在我脸上停留了一刹那，接着便向我伸出手来。

"不错，"我说，"是您吧？我们曾经一块儿度过了一个礼拜天的午后？"

她含笑点头："我没有忘记！我的老朋友和老师还经常谈起您，特别是在春天到来的时候。您不是想和我们一道上他那开满紫罗兰的草地上去吗？"

"我觉得，"我压低嗓音说，"至少在昨天晚上，我跟您是去过了的。"

她向我投来亲切的一瞥。

"您也去了音乐会？啊，我太高兴了！"接下来是短时间的沉默。她呢，向仍然偎依在身旁的小姑娘俯下了身去。

"在节目单上，"我又提起话头，"您称自己为他的学生，这样与一位老教师分享荣誉，可不是一般女歌唱家所乐意的呀！"

她满脸通红，大声应道："啊，这个我没想过！我也不知道自己为什么这么做了，好像是理所当然的，好像他今天仍然在细心地指导着我。我太感激他了！"

"可他本人呢？"我问，"我们的瓦伦廷老师，他本人怎么看？"

女歌星用她那沉静的眼睛望着我。

"这也正是我想知道的啊，"她说，"可他早已不在这个世界上了。"

后来，年轻的女歌星我再也没见过。但愿她一些年前已经做了幸福的母亲。待到黄昏降临，一天的工作结束了，周围已充满夜的静谧气氛，这时她或许又会把钢琴打开来，给自己的孩子们唱她那久已故去的友人谱写的歌曲，她的歌声甜美得宛如百灵的鸣啭。

而这，也是对死者很好的纪念。

普赛奇

8月里的一天上午，阳光灿烂，可是气候却异常恶劣，西北风猛刮着，白沫翻涌的巨浪让狂风和怒潮驱赶着，冲进一直通到城市跟前的两道大堤中间的宽宽的海峡里。岸边上，相隔着一定的距离，拴着两只供游泳者小憩的木板搭成的筏子，这时筏子更是颠簸跳荡不已。城里的人们多半已在谈论即将到来的风暴，在海滨似乎意见也完全一致。须知那平常是如此热闹的浴场，今天已完全没有游客。只是在离城最远的那只木筏旁边，在一间匍匐在凸岸上的小棚屋跟前，立着管理浴场的老妇人那瘦骨嶙峋的身躯。她头上戴的大软缎帽已经褪了色，长长的带子在海风中猎猎飘动，她两只手紧紧地拽着身上的罗纱裙子。她无事可做，妇女和儿童们用的游泳帽和浴巾都安安静静地躺在棚屋内的格子里。

"我回家去吧，"她自言自语说，"这样的鬼天气谁都不会来了。"

她一把抓住飘到了眼睛上的帽带，顺着大堤朝城市的方向望去。一群拴在岸上的绵羊，被绳子尽力拽住，紧紧挤在一起，背冲着狂风，除此一无所见。——可是不然！在对面的堤上，走来了两个男子，此时正顺着大堤的外侧，下到根据游客们的组成情况而不得不留给男人们使用的另一只木筏边去。他们把随身带来的亚麻布浴巾举在脑袋上，让它们随风翻飞。他们年轻的嗓音、他们爽朗的笑声，都传不到老妇人跟前来。风从他们嘴边一下子就夺走了欢声笑语，向着城市的方向吹去。

"本来可以待在家里啊，"老妇人瞅见他俩消失在木筏子的一道门里，又嘟嘟囔囔地说，"可跟我不相干，我这就回家去！"她从腰里掏出一只假金壳的大怀表来，用手指指着表盘上的数字。"这样坏的天气只有一个人可能来，不过她来的时候已过了——马上就会持续涨潮半个小时，而这个人，她总是连第一次退潮也等不及的。"

老妇人已经抓住朝北开向大堤的栅屋门，准备关上，这时她最后朝城市的方向瞅了一眼，不禁立刻用双手捧住了脑袋。

"我的圣母玛利亚啊，"她叫起来，"简直叫人不敢相信！那儿来了一个女的，那就是她来啦！"

从通向城市的堤坝上走来的果然是个女人，不，是位姑娘，是的，简直还是个含苞待放的少女。冒着狂风和寒冷，她迅速地走近了。扁平的草帽早已从她头上刮落，她抓住带子将它提在手中。闪着金光的发髻让风吹散了，飘散在带着青春气息的脖子后面。她越走越快，黑色的眸子注视着远处。当她看见仍然站在棚屋前的老管理员那瘦削的身影时，便飞快地冲下堤坡，越过滩头，奔到了她的面前。

"卡蒂，"她叫着，"卡蒂，我直到现在才能来，我已经担心你回家去了呢！"

"是的，是的，"老妇人喃喃道，"只可惜我太傻了点儿！"

"你，卡蒂，别抱怨！"姑娘一边举起食指来威胁老妇人，一边温柔地望着她的眼睛。

"可是不成啊，小姐！"老妇人替姑娘把覆在前额上的金发抹到脑后，又说。

"这才叫好哩，卡蒂！今儿个此地既没有小娃娃，也没有老奶奶，今儿个我是这片浴场里唯一的女王，只有我以及头顶上飞翔的鸟儿！瞧那只银色的海鸥多么美呀！乌拉，卡蒂，真叫痛快！"

"是的，是的，小姐，连鸟儿们今天都飞到陆地上去了。"

"或者干脆讲，它们是让风给赶到那儿去了！可我，卡蒂，却不吃这一套！"

老婆婆满脸惊恐地瞪着她。"不过，孩子，你只瞧瞧，那筏子像个摇木马似的颠上簸下，而且过去的路已经淹在水下一脚深了！"

年轻的姑娘踮起脚尖，朝岸边望了望。"当然啦，"她快活地点点头说，"我必须在你的棚子里脱下鞋袜。"

她俩进去的那半间棚屋，此刻看起来倒是挺舒适的。自然，里边的墙壁也只是光木板，但正对着门摆了一张铺着彩色软垫的小卧榻，榻旁紧靠那些存放游泳救生器械的格子箱，立着一个木架，架上有棕色的咖啡壶、筒子、罐子和咖啡杯。中午的阳光透过朝向城市的小窗射进来，整个房间都显得温暖、明亮。

"嗯，"姑娘笑嘻嘻地冲着木架点了点脑袋说，"枢密顾问夫人、参事夫人和男爵夫人，她们兜里通通有开你的咖啡罐和糖罐的钥匙。瞧吧，它们面前现在自然是挂着锁的，我们这些人就别想好事儿啦，卡蒂。"

"可小姐，您在游泳后不是跟那三位老夫人不一样，一点儿咖啡也不喝吗？"

"是的，我是不喝，卡蒂，可你呢，你上哪儿去喝你那一杯呢？"

"我吗，小姐？我在家里有的是苦荬①，就连那牡猫都可以分到一份哩。"

然而少女却把手伸进自己的衣服的开口里，很快掏了两个小小的纸包出来放在木架下面的桌子上。"莫加②，"她说，"而且——焙制得好极啦！妈妈特意包好了带给你的，她清楚，今天你必定是专为我一个人守在这里的。喏，快点燃你的酒精炉子，煮你的咖啡去吧，还有你的牡猫，也请代我问候它！"

姑娘坐在沙发上，开始脱鞋和袜。老太太站在她面前，慈祥地看着她，但她没有说什么感激话，而只讲"您妈妈没有忘记我"，过了一会儿却问："可是，小姐，妈妈她同意您来吗？"

"妈妈同不同意我来？——妈妈可不像你这样是个胆小鬼！你真该害羞才是，卡蒂，白长这么大的个子！"

---

① 一种可焙制咖啡代用品的植物。
② 上等咖啡，原产于阿拉伯莫加城，故名。

"就算是吧,就算是吧,小姐,我不跟您争。可我永远不会忘记,我常常是怎样担惊受怕的,当我在您外祖父家里,在老市长家里当保姆的那会儿。您那妈妈呀——她不会见我的怪的——当初就跟小姐您现在完全一个样!"

姑娘已把自己赤裸的双脚蜷缩到沙发棱上,让它们舒舒服服地晒着温暖的阳光。

"再给我讲讲吧,卡蒂。"她说。

老太太挨着她在沙发上坐下来。"好,好,小姐。我已经给您讲过多少遍了。现在还经常看见她原来的模样儿。您那妈妈,我是想说那个八九岁的小丫头,头发也黄得跟小姐一样漂亮!"

"黄头发,卡蒂?——太感谢你啦!"

"不是黄头发吗,小姐?——喏,反正很漂亮是不是?"

"是的,卡蒂!不过妈妈的头发今天比我的漂亮得多,不是吗?她过去总是梳着两条长长的、大大的辫子,对不对?"

老妇人点点头:"当她跑跑跳跳的时候,它们飞起来才叫好看哩!"

"可是,卡蒂,难道她从来不规规矩矩地走路,就像我和其他人一样?"

"您是说就像小姐刚才冲下堤坡那样吗?"说着,老太太用自己粗硬的手掌抚摩着漂亮的少女的脑袋,姑娘抬起头来望着她,"是啊,是啊,真是太像啦!不过,有一次,有一天早晨,瞧她跳得还不够高!小丫头带着她的小椅子、小桌子,还有全部的布娃娃,坐在七英尺高的花园围墙上。墙边立着一株弯弯扭扭的老接骨木树，她又把自己的全部家什搬了上去，当然还有她自己。临了她就那么坐在上头，在当时刚刚开放的花朵中间，就像在凉亭里边似的。"

少女不再挑逗她的老朋友，这时她不只是小小的耳朵，还有那微微张开的嘴，以及那双黑黑的眼睛，都像在倾听着老妇人的故事。

"我当时是她妹妹的保姆，是你姨妈艾尔莎白的保姆，"老太太继续讲，"顺便当然也要照看一下您的妈妈，可是谁又能一直管住这个野丫头呢？再说那围墙在大花园的最下边，我们并不每天上那儿去。可今儿个，在玩得最痛快的当口，我们偏偏倒又去了。老市长还穿着他那花睡衣，头上戴着尖儿耷拉下来的睡帽。他一直是这么一位和和气气的先生。'走，卡蒂，'他说，'抱上艾尔莎白，我想让你们看看我在围墙边上种的毛茛去！'可我们看见了什么哟，小姐，我们看见了什么哟！"——姑娘点了点头。——"那小不点儿坐在足以摔断人脖子的围墙上，周围挂满了鲜花，就像个童话里的公主似的。她正用一柄小勺在手上端的一只小碗里搅着，然后把碗凑到嘴边，做出真在喝什么的样子，还神气十足地冲对面的大布娃娃点着小脑袋瓜儿，这布娃娃也坐在小桌子旁边的一张小藤椅里。我浑身一哆嗦，差点儿没把您的姨妈艾尔莎白掉到地上。市长先生毛发倒竖，睡帽也给顶了上去。他穿着自己的漂亮睡衣站在那儿，目瞪口呆，一声也不敢吭。她自己终于发现了我们。'啊，爸爸！——爸爸，还有你，卡蒂！'她惊异地说，非常可爱地扭过小脖子来望着我们。可她爸爸只是无声的一个劲儿向她招手。——'你这是做什么呀,亲爱的爸爸?要我下来,到你那儿来?马上,马上!可是接住,爸爸!'——我们还没看清楚,她就已经把自己的小杯子、小勺儿什么的通通扔给了市长先生。而他呢,一句话不说,只是尽可能地去接住那些玩意儿。随后,小桌子上空了,她才抱起布娃娃,像个踩钢丝的演员似的三脚两步地跨到花园的围墙上去。啊——上帝啊!我和市长先生还有你的艾尔莎白小姨妈一起叫起来。突然,那抱着大布娃娃的小淘气自个儿往下一纵身,端端正正地落在市长先生培植毛茛的花坛中间了!"

年轻姑娘的两只眼睛闪着光。

"你知道,卡蒂,"她说,"妈妈小时候肯定很招人喜欢的!我要是能见一见她当时的样子就好啦!——妈妈她眼下仍然很有魅力,并且年轻,卡蒂!我相信,她今儿个还能从围墙上跳下来呢!"

老太太直摇头:"瞧小姐您想些啥呀!不过,当初那小丫头的确是每天都会闹出点新鲜事儿来的!"

她正双手抱起膝头,准备继续往下讲,这时一股风掀开了棚屋的木门。一只水鸟长鸣着从屋前飞过。从下面的岸边传来海水激溅发出的哗啦哗啦声。

姑娘苗条的身躯冷不丁地跳了起来,站在老太太跟前。

"啊,你这骗人的卡蒂!"她大叫一声,同时恐吓地举起了拳头,"我现在才发现,你想用你的故事把我定在这儿,直到你的假金壳大怀表走到一字上,然后我就只好回家见妈妈去啦!可这次,卡蒂……"——她在老婆子面前姿态优雅地行了个屈膝礼,就已经跑出门去,挥动小胳臂在空中做起划水的动作来。

老婆婆也跟着跑到门外,惘然若失地望着她的表演。"看在老天爷分上,孩子!今儿个您不要游到筏子边去吧!"

"为什么不呢,卡蒂?你知道,我会游!告诉你吧,正是这样才有意思哩!"

鱼儿和鸟儿,

大风和大浪,

全是我的伙伴,

全陪着我游戏!

姑娘越过绿色的滩头地走向岸边,美丽的头颅转过去对着狂风,轻薄的裙子在赤裸的小腿上翻飞。

老太婆摇着脑袋走回棚屋中。她那小宝贝儿至少把鞋袜留在沙发前了。她把它们整齐地放到一旁,然后从一个长颈瓶中倒一些水在一只小铁锅里,点燃了酒精炉。

"那孩子今天大概也会喝一杯的。"她说,从木架上拿下一只棕色的小壶,把纸袋里的咖啡通过插在壶上的漏斗干干净净地抖进壶中。

可是她到底放心不下,就像只不知怎么竟孵出来一只小鸟的母鸡似的,把脑袋探出房门已经好多次,这会儿干脆跑到了岸边上。通向木筏的栈桥已被完全淹没了,摇摇晃晃的木板房似乎已与陆地没有任何联系。眼前是一片绿色的汹涌的海水。对面的滩头地被海浪吞没了,海岸在她眼中仅仅成了一条模模糊糊的绿色花边。

"小姐!"她呼叫着,"小姐!"

没有回答,风也许早把她的声音刮没了,可这时从筏子旁边传来一阵出水声。老太太于是满意地点点头,一步一步走回棚屋去了。

在对面第二只木筏上的大更衣间里,这期间,那两个青年男子也谈了许多话。生着一头褐色鬈发的大个儿是一位年轻的雕塑家,他三个月前才从意大利和希腊回到故乡,回到德国北部最大的那座城市。数天前,他又往北走了一段,来到这座滨海小城,以便再见到他的朋友,他和他一起在德国南方上大学时结下了最亲密的友谊。他们这次聚首的日子,还远远不够他俩相互报告自己别后的经历。他们的经历太丰富,要谈的话太多啦。

"你真的今天晚上就想离开吗?在我眼前唤起了这么多美好的幻象之后,又把我一人撇在我的公文堆中吗?"

年轻的艺术家望着自己的朋友,样子既像在微笑又像在沉思:"为什么你自己不拿起雕刀或者画笔来呢?现在接受自己命运的这一安排吧,就像你那家族的谱系必须接受你一样!"

"可这并不成为你今天必须离开我的理由呀!"

"我必须离开,恩斯特!我答应过我母亲,至迟今天早上便回到她身边去。再说,你是知道的,我的布伦希德[1]也使我不安。"说时他用手挠了挠自己褐色的鬈发,一双灰色的眼睛炯炯发光,额头皱了起来,仿佛又已开始聚精会神地工作似的。

"布伦希德!"另一位重复着,"我仍然想不通,你怎么偏偏会雕她!"

"你没准儿还会问,赫库芭[2]跟我有什么关系吧?——这我不知道,我相信,她有一天突然使我着了迷,但是……"

"但是,"他的朋友打断了他,"你必须在自己塑像的基座上刻一条注释!为什么去那么古老的时代寻找素材?仿佛不是任何时代的现实生活都有自己丰富的内容似的!"

"为什么?恩斯特呀!你说话的口气,几乎就像某位大批评家——我不知道他的名字——在谈伊默曼[3]的《特里斯坦和伊索尔德》似的。可时代与艺术家何干,是的,题材与他何干?——诚然,从我们凡人头顶上的天空中,必须降下能够启迪心智的闪电,而它所照亮的事物,对于能看见它的人便是有生命力的,即便它已变成了石头,酣眠在往昔的深深的墓穴里。"

说到此,年轻的艺术家的两眼兴奋得闪闪发光,就像对面

---

[1] 布伦希德(Brunhild)是德国13世纪民间史诗里的主人公之一。在北欧民歌和传说中,她有时也是倭丁神手下的女战神瓦尔库莱之一。

[2] 赫库芭(Hekuba),古希腊传说中的人物,是普里阿摩王之妻,赫克托耳、帕里斯和卡珊德拉之母。

[3] 伊默曼(Immermann,1796—1840),德国作家,《特里斯坦和伊索尔德》是他根据古代传说写的长篇叙事诗。

那位美丽的少女的眼睛,也因为充满对母亲的热爱而闪闪发光一样。

"咱们今天不必争论。"他的朋友说,亲切地抬起头来望着他。

"可——这闪电何时才能亮起来呢?"

"只要你虔诚并且敬仰诸神!然后就只需把重新苏醒的生命提升到光明的境界中,而且我想你也该承认,我曾经有过几次心明眼亮的时候,我的双手也是够坚强和圣洁的。可是问题正在于,"他继续说,同时他的朋友也用力握了握他的手,以增强他的自信,"我现在担心,我这次看得不正确,也许,我回故乡的时间还太短,北方可怕的瓦尔库莱还总是将古希腊欢乐熙攘的众神从我眼前赶跑,甚至从这北海的绿色浊浪中,我还看见时时浮现出奥德修斯的女救星洛科特亚①的形象。——饶了我吧,我再也对你讲不出什么道理来啦!"

说话间,他们已经脱掉了衣服,走到了外面的筏子边上,准备跳进海里去。

两位年轻人都一样英俊极了,只是相比之下,艺术家还略胜一筹,可惜除他俩以外没有另一位艺术家在跟前,要有,他就可以从这两个充满青春活力的体态中吸取足够的美,去完成自己未来的杰作。

他们被展现在眼前的辽阔汹涌的大海迷住了,一动不动地站

---

① 奥德修斯是古希腊史诗《奥德赛》中的主人公,洛科特亚是搭救他脱险的女海神。

在那儿。只见大海在阳光照耀下不断地澎湃着,喧腾着,一浪接一浪地滚滚而来,随后化成无数白色的泡沫。空中响彻狂风呼啸和大海激荡的喧闹声,不时还夹着一只只从面前掠过的水鸟的啼叫。一座巨大的浪峰猛地撞碎在两个年轻人站的木筏上,将水花溅了他们一身。

"嗬,它们已经等得不耐烦啦!"做公务员的那个青年说,"现在下吧,让咱们也像那些特里顿①一样,去漫游这绿色的水晶宫!"

可他的朋友,那位艺术家,却仍然望着远处,好似根本没听见他讲什么一样。

"你怎么啦,弗朗茨?"

"那儿!从妇女们用的木筏前边过来了!快瞧!"他举起胳臂,指着白浪滔滔的海面。

恩斯特发出一声惊叫:"像是,但并非水妖!"

"不,不,她正在海浪中绝望地挣扎!可惜,只有特里顿的老爸爸②一个人才有能征服大海的螺号!"

恩斯特做出想往下跳的神气,可他朋友的手更快地把他拽了回来。

"你别去,恩斯特!你知道,我游得比你好,而且一个人就够了。快跑去找棚屋旁边那个管理浴场的老妖婆,告诉她该告诉

---

① 特里顿(Triton),希腊神话中的小海神。
② 指海神波塞冬。

的一切！"

最后一句话刚出口，面前的海水已经高高地激溅起来，接着，在离木筏一丈多远的地方，浮上来艺术家生着褐色鬈发的脑袋。他用两条有力的胳臂拨开巨浪，向前迅速游去。在他眼前，唯有一片水光，熠熠生辉。他游不了几下就将胸部抬起来一次，锐利的目光同时掠过白浪翻滚的海面。

在离开他还相当远的地方，海浪正戏耍着美丽光亮的金发。一双小手尽管时不时地仍在抓那动荡的"水晶"，可同样已经受着海浪的摆布。一只海燕蓦然蹿进近旁的水里，接着又腾起来，嘲弄般地发出一声尖叫，便顺着风箭也似的飞过海面去了。

坐在噗噜噗噜叫着的咖啡炉前，老卡蒂很快又感到不安起来。暴风摇撼着棚屋的木板，经常从外面的空中传进来一声鸟儿的哀鸣，她在自己的木椅上再也坐不住了。她又走到外边，是的，她同样脱去自己的鞋袜，涉水来到了木筏上，眼下她站在那些小小的更衣间前，一会儿敲敲这间，一会儿敲敲那间。

"小姐！咳，亲爱的小姐，您倒是答应一声啊！"

然而没有回答，甚至里边连一点响动也听不见，只有海浪的唰唰声和哗哗声，单调地、不断地在她的耳畔响起。

她无可奈何地掉头朝岸上望去，不期然，看见一个男子正奔向她的棚屋，并且随即听到了他的喊声。

"卡蒂太太！卡蒂·武尔夫太太！"他迎着狂风大喊。

"这儿呢！上帝保佑，这儿！"老婆子急急忙忙地涉水跑过摇摇摆摆的栈桥，回到了岸上，"啊，我的上帝，原来是您，男爵先生！唉，那小姑娘，那小姑娘！"

他抓住她的胳臂，二话不说，一下子使她来了个大转身，然后用手指着远远的海面。

"那是另外那位先生？他在找小姑娘？"

年轻人点点头。

"大慈大悲的主啊！人不该背地里咒骂！我背地里咒骂了，男爵先生，当我瞧见你们两位从堤上走来的时候！不该背地里咒骂啊，不，永远不，永远不！"

男爵没有搭腔，他目不转睛地望着远处的海面。又过了几秒钟——这时海上传来了一声闷雷——他再次抓住老妇人的胳臂："现在瞧，卡蒂太太，那边！这会儿他不再寻找她了，他已经把她托在自己的手上了！"

老太婆大叫了一声。

眼前，那胸脯宽阔的游泳者的身躯从白浪汹涌的大海中显现了出来，没过一会儿，就可以看见他慢慢地然而也很沉稳地爬上了倾斜的海岸。在他怀里，靠着他的胸口，一动不动地躺着一个青春的躯体，这躯体尚未具有妇人家的丰满，却已经不像小姑娘那样瘦削，一个活生生的普赛奇①的形象，如果世间什么时候真的有过普赛奇的话。不过她那小小的脑袋往后耷拉着，一条胳臂了无生气地垂在旁边。——正午的太阳光从高空直射下来，照在

---

① 普赛奇（Psyche），古罗马神话中爱神阿摩尔的情人，其形象为一生着双翅的娇美少女。

两个熠熠生辉的人体上。

"就跟在神话里一般啊!"青年男爵屏息凝神地望着眼前的光景,喃喃地说,"可现在,卡蒂太太,快到岸边去,把姑娘接过来!我跑回城里请大夫,可能用得着他!"

他又急促、恳切地做了一番指示,告诉老妇人首先该干些什么,然后就急急忙忙地走了,连姑娘的名字也没来得及打听。

几分钟后,那个娇美的躯体便已躺在棚屋内的睡榻上,齐胸盖着老太婆的红帔巾,一副软瘫无力的可怜样儿。老婆子哆嗦着,强忍住大声的抽噎,站在姑娘面前。她刚取来一块亚麻毯子,正准备按照先是那位先生、后是这位先生的嘱咐,对这青春的躯体采取种种急救措施。只不过在动手前她再一次弯下腰去,想看看自己的小心肝儿的脸。

"卡蒂!"年轻姑娘的嘴唇唤出声来,年轻姑娘的眼睛也望着她,明亮而富有活力,"卡蒂,我并没有淹死!"

老婆子一下扑上去,热泪迸流地吻着姑娘的手、脸颊和胸部,一吻就没个够。

"啊,小姐,心肝宝贝儿,您想把我们给吓死啊,要没这位年轻的先生在⋯⋯我这个老傻瓜哟,我在背后还咒骂哩,当我看见他俩从堤上走来的时候!"

少女猛然向她伸出手来:"看在上帝分上,卡蒂,别说了!我不想知道他的名字,永远不想!"

"小姐,我自己也不知道他的名字哩,我从来不曾见过这位年轻的先生,他想必是从外地来的吧。"

年轻的姑娘坐起来,头倚在老太婆的手上,目光阴郁地凝视着前方。

"卡蒂,"她说,"卡蒂,我真希望,他已经死去!"

"孩子,孩子,"老婆子直嚷嚷,"快别造孽!——唉,小姐,他是个好青年啊,为了你甚至冒了生命危险!"

"生命危险!真的冒生命危险?——唉,我简直没想到!"

"喏,小姐,你们两人不是都可能淹死在海里吗?"

"两人!我们两人!"说着,她像在梦里似的合上了眼睛,可尽管这样,她仍瞥见一张俊美的苍白的脸,年轻男子的脸,在胆怯而温柔地俯视着她。

老妇人又拿起亚麻毯,开始拭干她湿淋淋的头发,不时还用自己那粗硬的手轻轻地抚摩姑娘雪白的额头。

"卡蒂,"姑娘重新开了口,"他不该死,不,但我该死!——啊,我可怜的妈妈!"这时泪水大颗大颗地从她合拢的眼睫毛中间挤了出来。"卡蒂!我没法感谢他!永远没法,永远!啊,我真不幸!"

"喏,"卡蒂欣慰地说,"这不需要您做,小姐,妈妈会料理好一切的。"

"妈妈!"姑娘叫了出来。

"我的主啊,小姐,这叫您害怕了吗?"

然而姑娘坐在那儿,赤裸的臂膀伸向前方,一副无助而娇媚的可怜样儿,这对于这穷老婆子的两只眼睛也有着巨大的魅力。

"妈妈!"她又唤了一声,"嗯,嗯,卡蒂,不能让她那样做，无论我怎么求她，她仍然会那样做的。——卡蒂，你永远不许对她讲。答应我，向我起誓，卡蒂！"她搂住了蹲在旁边的老妇人的脖子。

"好，好，小姐，只要您安安静静的，我就保持缄默，缄默得像座坟墓。"

"不，卡蒂，得好好向我起誓！讲'凭着主的名义，我愿保持缄默！'"

"好吧，小姐：凭着主的名义！其实，就是不起誓我也会什么都不讲的。"

"谢谢你，卡蒂奶奶！可是刚才还有一个人，不是吗？"

"嗯，小姐，是叫……"

"不，不，别讲他的名字，卡蒂！"她用自己冰冷的小手捂住了老太太的嘴，"我只要你讲，他是否认出了我，可不可能认出我？"

"我想不可能，小姐。当您从堤上来时，他和另一个年轻人已经在木筏上。后来他也隔您远远的，并且很快就回城里去了。"

姑娘点点头，倒回到卧榻的硬实的枕头上，像是想休息休息似的，把双手叠起来垫在脑后。

老太婆站起身。"我马上就回来，"她说，"我只是去告诉另一位先生，小姐好好儿的，咱们用不着大夫了。"

"可别忘了你说的话啊，卡蒂！"

"不会的，不会的，小姐，我起过誓嘛！"

老妇人过了一会儿走回来，发现她年轻的客人已经完全穿好衣服，正把一条白色的手巾包在脑袋上。然而好心的老太太不肯让姑娘就这样走，咖啡还热腾腾的，身上感到很冷的姑娘欣然饮了一杯。

"喏，"老太婆说，"要是小姐肯等一等的话，咱们可以一块儿走。"

然而小姐不想径直回城去，她打算走穿过围地的那条远路。

老婆子于是说："看在上帝分上，孩子，您怎么这样怕那位年轻的先生！他马上就会从木筏里出来，只要咱们稍等一会儿，他就准赶在咱们头里进城去了。"

谁知小姐还是不乐意。

"喏，"老太婆说，"那我就陪您一块儿走，我家里反正没谁等着，除了我的辛茨①。可辛茨也不等着我，它自个儿睡在炉子底下。您不能一个人走，要过那么多栈桥，从那么多牲口中钻过。"

然而姑娘仍旧不答应，她就是希望一个人走。

"卡蒂，好卡蒂！"她说，用她的小手抚摩着老妇人满是皱纹的脸，"那些牛不会把我怎么样的。你瞧，我浑身雪白，一块红布片都没有！"说着用一双小手扯扯她那夏天穿的薄纱裙，"再说，地面结结实实的，我很快便会穿过去，从背后溜进咱们家的花园。这一来，你瞧，谁都不曾看见我，除了你老卡蒂，而你——你又是起过誓的！"

老婆婆不住地摇脑袋。可姑娘已经跑出房门，像只受惊的

---

① 牡猫名。

小鸟儿似的飞快冲上铺着草皮的堤坡，随后又同样迅速地从里侧冲了下去。然而在下边她却站住了，仿佛感到这儿已经保险了似的，但是在她脸上，适才面对着老太婆还表现出来的执拗劲儿已完全见不到了。当她把沉思的小脑袋从胸前抬起来时，那一双眺望着身旁一望无际的围地的眼睛真的是异乎寻常地严肃。周围看不见多少东西，在远远近近地闪着光的水沟之间，广袤的绿色原野上只有这儿那儿地牧放着的小小牛群，以及从一块围地通向另一块围地的道道矮篱。这一切她经常看见，已经很熟悉了。眼下，她背向着城市，行进在那条从她右手边的条条水沟和左手边的高高堤坝之间穿过的小径上。由于风从西北方来，比靠海的一侧刮得更加厉害。草帽有次被刮掉了，飞到了堤坡上，她现在只好提在手里。她好几次不得不停住脚，把猛烈飘动的手巾在下巴底下扎得更牢。接着，她怯生生地回过头瞅身后，然而不见一个人影，只是头顶上不时地有一只海鸟朝着大陆飞去，或者一只老鹰怪叫着从沼泽地中腾起。

现在她面前出现了一片黑色的死水，数百年前海潮冲决堤坝，在这儿淤积了起来。然而眼下堤坝已从水塘边上退开了，海水激溅到了姑娘匆匆走过的小径上。两只灰色的鸭子在黑黝黝的深潭中央戏弄着水波，一眨眼又无声地潜到了水下。

在水潭后边，大堤便向西划了一个弧形，很快，从这儿开始便有一条长着青草的羊肠小道，穿过道道水沟直插围地的中央。走完这条小道，姑娘就只能翻过一道又一道矮篱，越过一块块沼泽向城市走去。这当儿，在下边大堤的开始处，她看见一个男人的身影，远远地，只有差不多一只小苍蝇那么大。

她似乎吓得猛一哆嗦，已经踏在矮篱旁边板桥上的脚又缩了回来，身子像站立不住似的抱住篱柱。她像只让暴风刮得失去了控制的鸟儿一般挂在那朽木上，嘴唇一动不动地张开着，只有两只黑色的眸子还有点儿生气，它们就如着了魔一样紧紧盯着远方的黑影，看见它慢慢地消失在城市的背景上。这时狂风从她娇嫩的唇边吹送了一声叹息到空漠的原野上，如此微弱、轻柔，宛若一颗花蕾绽开时发出的低吟一般。随后，她越过木板桥，犹如梦里似的朝前走去。时时撅着尾巴的公牛冲她跑来，可她视而不见，那些牲畜也只好站住，睁着大眼傻瞪着她，直到她走过去。

在对面的大堤上还站着一个人，只不过未引起姑娘的注意，尽管在正午明亮的天幕下，那人的身影显得十分高大。看得出是个女的，头顶上戴的是太太们大约在三十年前热衷过的那种大檐帽。

这顶帽子一动不动地停留在天边上，直到那白色的衣裙已经从围地中消失。

眼下又到了冬天。12月清晨的第一抹红霞挂在空中，把自己的光辉投射进一位艺术家曚昽晦暝的工作室。室内到处立着古希腊罗马雕像的复制品以及艺术家亲手创作的不多几件原件，在一面墙上挂着一些表现酒神出巡队伍的浮雕，另一面墙上挂着帕特农神庙内部的壁画。所有这一切大都还拖着深深的阴影，只有一位吹着笛子的牧神潘恩，脸颊已被朝霞映得红红的。在房门右边，从仍然笼罩在那儿的曚昽光线中突现出来一尊北方女战神瓦尔库莱的塑像，黑色黏土塑，巍然耸立着，比真人还要高大，一条胳臂发出警告似的指向天空，但仅仅只有上半身完成了，下半身还是一堆没有成形的黏土，使已塑成的部分看上去活像从岩石中长出来似的。这位在此以阴郁的目光俯视着那些欢快的古希腊形象的女性，多半是可怕的布伦希德。

一把钥匙在门外的插孔里转动了两下，是艺术家自己走进工作室里来了。他身材修长，年纪很轻，生着一头褐色的鬈发，灰色的眼睛炯炯有神。然而不管是别人的还是他自己的作品，今天似乎都吸引不了他的视线。他漠不关心地从它们旁边走过，迫不及待地抓起一封放在工作台的拆开了的信，随后往旁边的圈椅里一倒，便开始读起来。不过在这封他昨天已经读过不止一遍的信中，只有一部分为他所注意。

"亲爱的弗朗茨，"他今天又读道，"你可以相信我，我是信守了我们的誓约的。不论是对俗人还是教士，我都没有泄露你所做的事，我彻底扼杀了自己想要探听你搭救的女子是何许人和叫什么这一类的好奇心。是的，甚至有一天，谜底似乎近在眼前，我只需跨过一道花园篱笆，就可以揭开它了，但我仍咬紧牙关自己走自己的路，虽说不无犹豫。人家那方面也不声不响，就连我们那个管理浴场的老巫婆，她想必也中了什么魔法，嘴巴闭得紧紧的，就像打了七重封印似的。然而尽管如此，帷幕却在我一点没插手的情况下，在我面前自动地升起来了。

"在我们城里，有一位非常年轻的女士，大胆得像个男孩子，娇媚得像只蝴蝶。虽说是随同最后一季紫罗兰才离开教室进入社会,我们的小伙子中的不少人在闷热的夏夜却已经做起梦来,梦想在冬天的舞会上能够抓住她的翅膀,而我老老实实地承认——希望你也别生气——我自己也在这些大胆的梦想者之列。我们的老市长夫人——对此我偶有耳闻——把这个女儿简直当成上帝一样,经过周密的计算以后,她特意为她培植了一丛白色的菊花。今年运气真不错,白菊花刚好在举行舞会的前一天盛开了。可是在舞会上既见不到白菊花,也见不到那位金发仙女本人。没有穿着银色绣鞋的小脚踏进舞池,只有一班凡夫俗子的女儿们涨红着面孔乱跳一气,为艺术家的眼睛不屑一顾。

"事情就这么继续着。昨天的舞会仍然黯淡无光,只是像往常一样跳起了阵阵尘灰而已。据说,她只在一些很亲密的人的小圈子中露面,而我,很遗憾,却不属于这些圈子。是的,人家讲自从夏末以来她就不曾离开过母亲的住宅和花园。从某一天起,在大堤和海滩上,就少了一位非常年轻而勇敢的女游泳者。

"人们议论纷纷。一些说,她还在摇篮中就许配给了一位远方的表哥,这位表哥不喜欢她跳舞和游泳,前不久突然向未婚妻提出了自己的要求。另一些人干脆讲,她害了相思病。只有我,才清楚整个事情的前因后果、来龙去脉,就像遮挡着它的是一面透明的帷幕一样。

"不,不,别担心我会说出她的名字!我了解你啊。不能让哪怕仅仅一线强烈的日光射进你朦胧的幻想中,你的肉眼永远不应该看见她!这样你俩都感到安全,你保持着你艺术的清高,她保持着她处女的圣洁。这种圣洁——人心的矛盾真是一个解不开的谜啊！——你对我似乎也多有防范，其狂热程度已近乎自私。"

他不再往下念了，他让信从手中慢慢滑落，站起身来，倒背着手，走到了他那阴郁的北方的瓦尔库莱面前。不过此刻，这尊塑像对于他不过只是个背景而已。在这个背景上，他看见慢慢地显现出来另一个光明的形象。他徐缓地转过身去，走到窗口边。

他的住宅坐落在那座北德第一城的近郊，从那儿远眺，视野相当开阔，越过丛丛树篱和片片田畴，一直能看到眼下已完全淹没在火红的朝霞中的遥远的天边。一抹玫瑰色的霞光映照着年轻艺术家自身的脸庞，他一动不动地极目眺望，仿佛在那远远的地平线上，他正看见一点什么东西从他自己的内心深处无声地滋长出来，渐渐地，渐渐地获得了形象。

"可怜的普赛奇！"他自言自语说，"可怜的小蝴蝶！你竟敢离开自己的家园，离开百花盛开的草地，翩翩地飞到那遥远而陌生的海上去。不，弗朗茨！"这时仿佛他的目光已射进云霞深处，"别再欺骗自己，你再也隐瞒不下去了！普赛奇，那含苞待放的玫瑰一般的少女，那沉睡着的一切美的化身，那就是她本身！海浪是多么贪婪地吻着她呀！它们是怎样高兴地戏耍着她那蜻蜓羽翼般纤细的手臂呀！难道真的是我，用这两只胳臂把她从海中托起来的吗？"

他退回到屋子中间，双手下意识地从工作台上抓起一团柔软的黏土，随后又取来一根平放在旁边的小木棍。

"阿普琉斯①怎么讲那则优美的故事来着？——普赛奇，可怜的轻信的公主，向妒忌她的姐妹们透露了自己的秘密，说她的情人是个巨灵，只在月亮发出紫色光辉的夜晚才来与她幽会。在那些坏女人的唆使下，一天晚上她端着灯，藏着剑，来到了熟睡的情人床前，一下认出他竟是众天神中最最英俊的一位，惊喜得不禁哆嗦起来。小手里的灯晃动了，一滴滚油烫醒了酣眠的爱神阿摩尔，他愤怒地挣脱了公主柔弱的臂膀，飞到了空中。在一丛柏树梢头，他喝骂愚蠢的爱人，骂完便重新展开双翅，飞向看不见的太空。——啊，甜蜜的普赛奇！当你的眼睛在茫茫空际再也见不到他的时候，你耳畔突然响起潺潺的水声，于是你纵身一跳，投入河中，你想在冰冷的水下结束你那稚嫩的生命！

"然而河神惧怕比他更强大的甚至能灼干海水的爱神，便用自己的胳臂把你轻轻地托了起来，放到岸边开满鲜花的草地上。神不是常常变成人的形象吗？也许河神就变成了我的样子，我只不过在梦中，才觉得我是我自己。啊，甜蜜的普赛奇！我绝不把你交给任何天神！"

只是在自己的内心中，他无声地说了上面一席话。——外面的天边，朝霞已经消散，紧跟着壮丽的日出到来的是一个灰色的白天。那吹着笛子的牧神和其他所有塑像一样，这时都已沉浸在冬日苍穹下的凄冷光线中，只有艺术家自己的脸上仍留着一晕朝霞的红色余晖。适才，一幅幅五光十色的画面从他的眼前掠过。

---

① 阿普琉斯（Apuleius，约123—约170），古罗马作家。

然而，从所有这些画面中间，只有一个形象默默地、令人感动地凝视着他，仿佛恳求他赋予自己实体似的。他的双手一刻不停地工作着，那一堆不成形的黏土已经变成一位少女的小小的头颅。紧闭的双眼，丰满的微微张开的小嘴，都已历历可辨。

正午时分，冬日的阳光变得明亮一些了，这时房外有谁突然用一根指头轻轻敲起门来。他没有听见，耳朵和眼睛全沉湎到自己的作品中去了，他要使它脱离混沌，得见天光。

外面又轻轻敲了两下，随后门便推开了。一个老妇人跨进房来。

"我说弗朗茨，难道你完全不打算吃早饭吗？"

"啊，是你，妈妈！"年轻的艺术家腾地跳起，急忙抓住身边一块罩布，把他那刚雕成的作品盖上。

"怎么，不让我看吗，弗朗茨？你又开始了一件新作？往常你可没这样神秘啊。"

"嗯，妈妈，而且我感到，它才是我真正要雕的东西。也正因为如此，还不能让人看！您也一样，我亲爱的老妈妈！"

儿子搂住了妈妈的脖子。他就这么领她走出了工作室。她呢，则点点头，温柔地仰望着儿子的面孔。接着，母子二人走出舒适的起居室。在那里，早餐已经为他摆好老半天啦。

冬去春来，接着春天又逝去了，夏天也过完一半。城里的大街两旁，菩提树蒙着厚厚的灰尘，树叶差不多都干枯了。在这座城市里，大自然早早地收敛了自己的光彩，而艺术却将它辉煌的珍宝呈献了出来。那是一个艺术展览会之年，科学院大楼的大门已经为公众敞开好几个礼拜了。

在展出的雕塑作品中,一组半个真人大小的大理石像尤其引起不同年龄的观众的注意。作品表现的是一个头戴水草编的花冠的年轻河神,正从陡峭的河岸边爬上来,怀中抱着一位美貌惊人的少女。尽管她脑袋往后耷拉着,闭着眼睛,人们走到像前时都仿佛凝神倾听,好像随时都可能听见她重新苏醒过来,从充满青春活力的胸中吐出一声长长的叹息似的。在展品目录中,这组大理石雕像被题名为《普赛奇的获救》。

年纪尚轻的艺术家的名字为众人传诵着。在他的作品前,始终簇拥着一大堆赞赏者。那班好奇的人一有机会抓住他,便有问不完的问题。

"不是吗,最可敬的朋友,"一位上年纪的艺术保护者在展览厅门口挽住他的胳臂,亲热得叫他再也无法脱身,"这是一个您还待在罗马便已选中了的题材?可您又到哪儿去发现那个再可爱不过的少女头型的呢?"

对于这一个问题艺术家避而不答,对于第二个问题却高兴地说道:"我喜欢冬天在乡间闲逛。有一天,我看见奥林匹斯的帷幕突然飘起来了,就这样幸运地得以一窥山中的奥秘。"

老头子狡黠地望着他:"您想跟我绕圈子啊。喏喏——那一窥必定是很长的吧!"

年轻的艺术家摇了摇头。

"可是,亲爱的,您的眼神怎么突然之间变得那么忧郁了呢?"

"我？嗯，有可能——您知道，凡人窥视了神的容颜不会不受惩罚的呀。"

"是的，是的，您说得对！"老头儿这次暂且放过了他的猎物。

跟常有的情况一样，奉承话说完以后接着便会是吹毛求疵。人们发现雕像从整体来看还欠高雅，特别是普赛奇垂着的那条手臂显得有点太自然主义。

"可是，你们这些男人啊，你们难道真的一点看不出来？"一位站在像前以这类话为消遣的快活的女士眼里闪着光，大声说，"这条美丽的臂膀呀，它可才值得玩味哩！相信我，它有自己活生生的历史，这整个雕像乃是一座纪念碑，没准儿……"

"塑在一位爱人的坟头上？"

"说不定！谁知道呢！"

"啊，尊敬的夫人，您知道得更多，请您讲讲吧！"

"我啥也不知道，就算知道，这档子事儿也绝不会从任何女人口中泄露出来的！"

"那咱们的评论到此也就只好宣告结束！"

"我想是的！"

还有第三者耳闻这一对话。一位年轻的画家，咱们雕塑家的朋友，随即就来到他的工作室里一五一十地向他做了汇报。

雕塑家异常沉静地听着。他背靠窗口，抱着手臂，就像个做完工作安下心来歇口气的人一样。在房门旁边的一个角落里，立着仍然没有完成的威严的瓦尔库莱。在酒神欢乐的队伍边上，牧神还在吹他的笛子。朝阳照得室内亮堂堂的，可是见不到任何一件新作的影子。

"你还愿意听下去吗，弗朗茨？"画家问，"这样的胡说八道有的是。"

雕塑家微微点点头。

"那好，首先——为什么你那头戴花冠的河神与普赛奇一样，都年轻得令人惊讶？如果你舍弃这轻浮的少年，代之以一位拖着长长的水草胡须的老河神，还让十来只虾子螃蟹在他的胡子里爬上爬下，这样的对比不是会产生更加动人的效果，并保证我们那些正派而可爱的观众的感情不受刺激了吗？——你瞧瞧，弗朗茨，你这人的眼光是何等短浅，头脑是何等简单啊！"

雕塑家仍旧一言不答，却轻轻地哆嗦了一下。不论在最初构思的时候，还是末了赶着雕刻的时候，他都压根儿没有想到那可以是位老河神。河神的年轻形象对他来说简直就像现成地摆在面前似的。

"喏，听好，"画家接着说，"现在来了最后一张王牌。人家说那年轻的河神就是你自己！——不，不一定正好是你本身，但像你却一目了然！"

"你说什么？像我？"一直靠在窗台上的木头人突然变活了。他开始不安地在自己的工作室中奔来奔去，激烈地申辩着——是的，甚至从鼻子到眼睛，企图一点一点驳倒所谓相像的说法。

画家惊疑地望着他，说："你看来把这很当回事哩。"

雕塑家一听又默不作声了。

一会儿，使女送了一张订货单进来，他便急匆匆地问："没我的信吗？"

然而邮差尚未来过。

画家发现他俩之间今天怎么也谈不投机，很快便告辞了。留下来的这位又踱到窗前，透过枝叶间的空隙，眺望着田野。眼下地平线上没有冬天清晨的红霞，在夏末正午的烈日映照下，天空单调得一片白亮。

在脑子里，他重复着前几天与母亲进行的一次对话。

"你应该去旅行旅行，弗朗茨，"母亲说，"工作这么紧张，你太累啦。"

"嗯，嗯，妈妈，"他应道，"有可能。"

"你千万不要像以往一样，雕完这件马上又开始那件！"

"瞧您说的！我反倒觉得，要真能这样也许是再好不过了！"

母亲几乎有些不高兴了。

"你说些什么呀，弗朗茨！你这不是自相矛盾吗？"

"别操心，妈妈！我不会开始任何新的工作的。"

他说这话的语气是如此特别，矮小的妈妈不由得挽住了他的手，说："可是，我的孩子，你企图对我隐瞒什么吧！"

儿子深情地向她俯下身来，答道："难道我不是首先对你而不是对别的什么人揭开了我的普赛奇的罩布吗，妈妈？让她再继续遮盖着在这儿待一段时间，直到我弄清楚她是否已获得恰当的造型。如果没有……"他欲言又止，然而母亲的双臂已经将自己魁梧的儿子抱住。

"别忘了呀,你时时刻刻仍在你妈妈我的心窝中!"她拭干眼里的泪水,然后勇敢地抬起头来望着自己的儿子,"不过你还是必须旅行去,弗朗茨!你最好去看望你住在北海边上的那位朋友,他是个快活的人。他不是又来邀请你,催你快去吗?"

母亲无意间讲了一句使儿子大为震动的话,他没有回答她,他的心突然剧烈跳动起来,想答也无法答了。不过,就在当天傍晚,他向那北海之滨的城市发出了一封信。

今天该可以收到回信了。这当儿门又重新打开,果然是一封信。

"恩斯特来的!"他情不自禁地从压抑的胸中喊了出来。信封掉到了地上,一双眼睛贪婪地吞噬着朋友那熟悉的字迹。

"我清楚地知道,"年轻的公务员在信里说,"你会到我这儿来的。自从你的大理石雕像离开你安静的工作室,放到公众面前去展览以后,它就不再是'她',而和其余的所有雕像一样,仅仅只是你的艺术的一个创造。于是,你现在便向有生命的她伸出了你的双手。这一发展是如此自然,任何人都可以预先将它告诉你。

"你问能否在不被认出来的情况下接近她,当时海浪的力量——抑或还有别的什么力量——是否使她那双明亮的眼睛闭得紧紧的,这些谁又讲得清楚呢?你反正相信好啦!我要大声地向你道出你自己的那句格言:要虔诚并且尊敬众神。

"房间和朋友的手都已准备好迎接你!可是,弗朗茨,现在好好听着！你大概仍然很清楚，因为你自己也读过奥维德①是不是？在世界上的某一个地方，在土、气、水三者被分开来的山岭旁边，在一座孤零零的峰巅上，立着法玛②的铁房子。这幢房子有无数的入口，这些入口日日夜夜都敞开着。房子里边从来不会安静，没有任何一个角落是默默无声的。在所有厅堂的天花板上，都像有无数看不见的小蛇在迅速奔驰，老是窸窸窣窣的。房内永远有蹿进蹿出的声音在喧嚣，在轰鸣。再轻柔的耳语、再微弱的叹息，哪怕远在万里之遥，最终也会传到这里，在它鸣响的墙壁间反射来反射去，成倍地、成十倍地放大，最后送进世界贪婪的耳朵里。

"想必也是从法玛的铁房子中传来的吧，因为管浴场的老卡蒂不像是个多嘴多舌的女人。可是他们知道了，真的知道了。他们四处谈论，谁都在谈论。只有你的名字——也许当时大海的咆哮声把它给掩盖住了——似乎还未从那铁房子里传出来。人们用鼻子在空气中嗅来嗅去，耳朵伸得老长，几乎恢复了能够活动的原始状态，然而还是一无所获，真使我有理由幸灾乐祸，暗自高兴。

"不过，已有上百只笨拙的和阴险的手伸向你美丽的蝴蝶，妄图捋掉她翅膀上闪亮的光泽。

"在此情况下，她干脆腾身而起，远远飞去。可她到了什么

---

① 奥维德（Ovid，公元前43—17），古罗马作家，代表作为《变形记》。
② 法玛（Fama）是谣言的拟人形象，在奥维德《变形记》第十二卷中，就讲到它的铁房子。

地方,这点连对我,法玛至今都尚且不肯透露。"

母亲站在读信的儿子面前,注视着他激动的脸庞,已经有好一阵了。直到这时,他才慢慢地抬起眼来望着她。

"我将从展览会上撤回我的普赛奇,"他神情阴郁地说,"然后,妈妈,我就去旅行,但是不去北方的滨海城市。"

新的一天来到了。

他要去旅行,已经定下来。他感到一种独自待一段时间的需要,既离开母亲,也离开朋友。他想到了史普里森林,想到了静静地穿流林中的千百条小河。在那儿的绿荫下,他和自己的朋友,那位画家,曾经度过了一个美好的夏天。乘着一叶孤舟,在树冠如盖的赤杨的绿荫下行驶,穿过两岸絮语不断的芦苇,拨开水面上睡莲的宽阔的叶片,他是何等神清气爽、心旷神怡。他不知不觉间加快了脚步,向大街上蒙着尘土的菩提树下走去。明天,不,今天他已经可以动身。他只希望再去看一看自己的普赛奇,然后将撤回展品的其他种种手续交给一位热心的朋友去办。

太阳斜挂在天边。展览馆的大厅虽然全开了,通常人们来参观的时间却还没有到。只在楼上的绘画陈列室里,这幅那幅作品前面站着两三个外地来的参观者。在楼下陈列雕塑作品的大厅里,似乎一个人还没有。由于朝着西方,离窗口不远的院子中又长着一些枝繁叶茂的栗子树,室内光线不够充足,在这些高高的陈列厅里,仍然保持着一派未被搅扰的清晨的安谧气氛。那些大理石像便站在这岑寂的所在,显得是如此沉静、庄严、美丽。

可是不,这儿必定也已经来了一位参观者。在年轻的雕塑家随手关上入口的厅门的当儿，一阵轻轻的、小心翼翼的脚步声正好消失在三进大厅的最后一进中。虽然他熟悉这地方就像自己的家一般，但同样轻手轻脚起来，仿佛生怕一不当心，就会惊醒那在厅内打盹儿的回声似的。

在中厅中的一尊维纳斯像前，他停住了脚步。那美神从一只正好张开来的巨蚌里向外张望，第一次看见了世界和阳光。然而，他的目光尽管停留在丰腴的女神身上，却对某位沉醉于感官之乐的艺术家的这一造物视而不见。他自己恐怕也说不清楚，他为何停在了这个对于他是如此陌生的形象前。他自己的作品在旁边的后厅里。他来只是为了看一看，他无意间在这作品中可能泄露了自己多少秘密，也许还为了借着大理石的雕像向他那生活中的普赛奇再一次告别吧。可是蓦然间，他感到他的作品在这静谧的大厅中又活起来了，是的，穿过敞开的厅门，他确实听到那美丽的石像在呼吸。

并非错觉啊，从那里边的确传到他耳畔来了一声轻轻的怨诉。这样温柔的声音，他觉得平生只听见过一次，可那是一头牝鹿在大森林中发出来的。

他急步跨到门口，但没有再往前走。在厅内支撑着天花板的一根大石柱前，倚着一位姑娘，一位仍然如待放的花蕾般的少女，仿佛已经站立不稳似的，两眼正张得大大的，凝视着他的大理石群像。在姑娘身旁的地上，扔着一把阳伞、一顶凉帽。

这当儿，姑娘转过头来，两人的视线于是碰到了一起。刹那间，他们当中仿佛亮起来一道耀眼的闪电，那个望着他的姑娘，她那美丽的面庞也惊愕得活像变作了大理石。她微倾着苗条的身体，像是企图逃跑，可是仍垂着手，站在那儿动弹不得，只有两眼开始四处巡视，好像在寻找逃路。

白费力气！在那唯一出得去的门槛上，站着这个既英俊又可怕的男子。很久以来，她甚至在思想里也拼命想逃避他啊！他这会儿虽然也如她一般呆若木鸡，却已经向她伸出了自己的双臂。

她又大起胆子向他瞅了一眼，随后就像个绝望的孩子似的把脸埋在手里。她已经失掉了所有的勇气。

在决定生死的天平上，小小的指针继续摆动了一会儿，但也只是一会儿。

"普赛奇！甜蜜的金发普赛奇！"他的嘴唇颤动着，抓住姑娘的双手。

她头往后仰，一双美目像星星似的沉了下去。他不放过她，狂热地欢呼着抱起她来。他把嘴凑到她娇小的耳朵边，用欣喜得颤抖的嗓音，轻轻地说出了仅仅在远离她的情况下所考虑过的话："我再也不放你走，我绝不把你再交给任何天神！"

这时候姑娘的红唇也启开了。

"你要说：永远不！"她的声音传到他耳里像轻轻的嘘息，"不然，我今天就会害羞得死去的！"

"永远不！"他狂呼着，大厅的四壁间发出雷鸣般的回响，"只要我还活在这个人世上，永远不！"

"不对，你要说：生生死死永远不！"

"生生死死永远不！即使到了下界，在那些只能耳语的影子中间，我也愿和你在一起！"

他的目光停在仍然对他合着眼睑的甜蜜的脸庞上。这当儿，她轻轻地眨动了一下睫毛，先还犹犹豫豫的，随后就越来越信赖地注视着他。她可爱的脸上的表情也逐渐明朗开来。

他这么把她抱在怀中究竟有多久呢？——谁能说得清！一只从房外栗子树上飞下来的小鸟，噗地一下撞在玻璃窗上，给他们的耳际送来了第一声外界的声响。

他轻轻地把她放回地上，但仍用一条胳臂搂着她轻灵的身躯。

"可你！"他突然如大梦如初醒似的端详着她，"美丽的普赛奇呀，你怎么会刚好到这儿来了呢？难道幸福真的会自己从天而降吗？"

她羞怯地指了大理石像，同时把脑袋靠在他的胸口上。

"这组像，"她说，"他们讲它是所有雕像中顶美顶美的。"她的声音轻得叫人几乎听不见，他只好低下头去就近她的嘴，听她继续道："我必须在其他人到来以前单独看看它。我受着某种恐惧的驱赶……不，别问我！我也不知道究竟是什么！可我在这里感到很害怕。"

"其他什么人？"他问。

"其他和我一起来这儿的人，我的舅舅和妈妈。我跟他们先在楼上的绘画陈列室参观，随后一个人悄悄逃下来了。"

但是正说着，她那微微有些苍白的脸上又闪电似的掠过一丝旧日的高傲神气。"可你叫什么来着？"她大声问，"我的天，我甚至连你的名字还不知道哩！"

"可不，猜猜看！"

她摇着自己的小脑袋瓜，金色的头发掉在了前额上。"不，你先猜！"

"我？我有什么好猜的呢？"

"你有什么好猜的？活像人家连名字都没有一样！"

"可它我早知道了呀！"他把她搭在额前的秀发轻轻拢上去，"瞧那儿！那就是你呀！相信我吧，在这段漫长无边的时间里，我天天都在和你对话。"

姑娘的脸一下子变得通红，双手搂住青年的脖子，两眼正视着他的眼睛。"啊，太幸福了，原来你就是雕它的艺术家！"

青年抱住自己的爱人，第一次吻了少女的小嘴。然后，他俩相互很轻很轻地凑着耳朵把自己的姓名告诉了对方，仿佛这是什么秘密，连周围的那些石像也不得偷听。当她听到他的名字时，大声叫了出来："啊，真美！你简直不可能叫别的什么！"他呢，却仿佛在梦里似的呆呆望着她，完全不理解，她怎么竟叫"玛利亚"。

听见他说出自己的想法，她笑了，然后对他柔声道："老市长夫人还讲过，我是倒着受的洗。"

"受洗！"他不胜惊讶地重复着，"真稀罕，你还受过洗！"[①]

[①] 对于基督教徒来说，普赛奇是异教传说中的人物，因此不可能使用圣母玛利亚的名字，不可能接受洗礼。

她莫名其妙地望了他一会儿，随后他们便像幸福的孩子似的哈哈大笑起来。

不过此地眼下已不再只有他们俩。从入口处传来的脚步声越发近了，转眼间，中厅里已出现挽着胳臂的一男一女，男的已上了年纪，女的仍然挺美。

"您的女儿看来也不在这儿。"男的说，脸上露出不无忧虑的表情。

挎在他臂弯上的夫人嫣然一笑，说："你必须习惯她这独来独往的脾气，也许这会儿又让楼上的哪张画给迷住了吧。可那得救的普赛奇，她又在何处呢？"

她没有得到回答，因为就在这一瞬间，她的女儿已经扑到她的脖子上。

"她在这儿呢，妈妈，她就是您的女儿！啊，你俩请别生气，做我们的好舅舅和好妈妈吧！"姑娘的眼睛闪着光，张开嘴唇，喘着粗气。

"我的孩子！我的孩子！"

母亲想要安慰女儿，但同时又高兴地抓起她的双手，迫不及待地把她拽进了最后一进大厅。那儿，未婚夫正站在自己的作品跟前，默默地期待着。

在艺术家家里的工作室中，这时有一个矮小的老太太在那许多塑像和模型中踱来踱去。尽管她手里提着掸灰布，在周围的那些像上这儿掸一掸，那儿抹一抹，却不像真有什么事要做的样子。

终于，她在工作台旁的圈椅上坐下来，口中吐出一声轻轻的叹息。这样的叹息啊，是大孩子，甚至最好最好的孩子也会在母亲的心中引起的。老太太望着前不久立着儿子最后一件作品而今却空旷了的地方，若有所思。

走廊上响起脚步声和话语声，她还未能从深沉的思绪中挣脱出来，房门开处，已经跨进来两对男女。年纪较大的一对她完全不认识，而在这两人背后，那个臂弯上挎着个俊俏姑娘的青年——她的老眼不可能欺骗她——可正是她的儿子啊！

老太太晕头转向地站起来，此时那漂亮年轻的一对儿已经走近她，拉住了她的手。

"妈妈，"儿子说，"这就是我的秘密！虽然姑娘硬说自己叫玛利亚，但你一看就知道她是普赛奇，真正的普赛奇，我的普赛奇。通过她，而今我和我的作品都将活起来啦！"说着他兴高采烈地抬起头，望着面前那尊迟迟完不成的作品，继续道："还有你，瓦尔库莱，她也将使你解除魔魇！"

老太太这当儿却拉着普赛奇的一双小手，仔细地端详着她，惊异地端详着她，目光越来越亲切，深受震动的姑娘最后终于偎在慈母的怀中。

年轻的艺术家站在一旁，做梦似的歪着脑袋，他仿佛站在遥远的北海之滨，听着那惊涛骇浪的喧嚣。他的爱人看样子也跟随着他到了那里，因为她突然抬起头来，泪流满面地望着他，说："记住，一定得请管浴场的老卡蒂也来参加咱们的婚礼！"

这一下便打破了沉默，爆发出一阵幸福的、爽朗的笑声。牧神吹出的笛音变得十分嘹亮了。窗外的太阳辉煌灿烂，这太阳仍如荷马时代一样高悬空中，又一次照临一对年轻而幸福的情侣。

　　翌日清晨，随着第一班开向北方的火车，一封简短的报喜信便飞到了那大海之滨的古老城市。

白马骑者

我这儿打算讲的故事，还是半个多世纪前，我在我的太外婆斐得逊老参议夫人家里得知的。一天，我坐在她的扶手椅旁，专心一意地读一本蓝色硬纸封面装帧的杂志，记不清是莱比锡的什么"文摘"呢还是《汉堡帕普文摘》①。回想起那位八十开外的老太太不时伸出手来抚摩我这个曾孙的脑袋的情景，我现在还不禁感到阵阵寒栗。她自己和她的那个时代都早已进了坟墓。后来，我费了九牛二虎之力去寻找那份杂志，却始终没有找着，所以既不能担保自己讲的一定是事实，也不愿在有谁提出异议时站起来进行辩解。我能肯定地告诉诸位的只是，从那以后，尽管并没有任何外界的刺激在我心中唤起对它的回忆，我却再也忘不了这个故事。

19世纪30年代，10月里一个天气异常恶劣的午后——当初的讲故事人这么开始道——我骑着马行进在北弗里斯兰的一道海堤

---

① 帕普（J. J. C. Pappe）是 *Pappes Hamburger Lesefrüchte* 杂志的发行人和主编。

上。我走了已经一个多小时,可左边仍是一片辽阔无际、不见任何牲畜的荒凉沼泽;而右边呢,近在脚下就是波涛滚滚的大海。从堤上眺望,本来可以望见浅海中无数的大小岛屿,可眼下除去那不断咆哮着冲击堤岸并激溅起肮脏的水花来把我和我的马身上都浇湿的灰黄色浊浪以外,便什么也瞅不见了。浅海外边朦朦胧胧、迷迷茫茫,分不清何处是水,何处是天。尽管空中已升起半个月亮,却经常让飞驰的乌云给遮盖住。寒气凛冽,我的手冻木了,几乎抓不住缰绳。也难怪一群群让风暴驱赶着从海上飞回大陆来的海鸥和乌鸦,边飞边不住地发出嘎嘎嘎和呱呱呱的怪叫。暮色已经十分浓重,我连自己的坐骑的蹄子都不再能分辨。一路上没碰到任何一个人,能听见的唯有那些长长的翅膀差点擦着我和我忠心的牝马飞过的鸟儿的哀鸣,和着狂风的怒吼和大海的喧嚣。坦白说,我心中已不止一次地产生要找个安全地方避一避的渴望。

坏天气已持续了两天多。由于一位待我特别好的亲戚的挽留,我住在他靠近北海的农庄里,早过了归期。今天说什么我都不能再待下去了,城里还有事等着我去办。从那地方进城得往南走好几个小时,不管我表兄和他殷勤的妻子如何能说会道,不管他们自己栽培的佩里纳特种和格朗德·理查德种苹果如何鲜美可口,我还是在午后动了身。"瞧着吧,"我表兄站在大门口,冲着已经上路的我喊,"你走不到海边就会回头的,房间我们给你留着!"

果不其然,一眨眼空中便乌云密布,使我的周围昏黑一片;狂风号叫着,就像要把我连人带马推下堤坝去似的,我脑子里不由得一闪："别当傻瓜啦！还是回到你表哥那温暖舒适的家里去吧。"可紧接着我又想起，往回走的路比我离眼下的目的地还更远些呐。没奈何，我只好把大衣领子竖起来护住耳朵，硬着头皮往前赶去。

然而就在这当口，堤坝上迎面冲我蹿过来一个黑影。我一点声音也没听见，但在那残月投射下来的暗淡光线下，我越来越清楚地辨别出那是一个人。不一会儿，他已走到我跟前。我看见他骑着一匹马，一匹又瘦又高的白马。黑色的斗篷在他的肩膀上飘动。在与我擦身而过的一刹那，我只觉得在他那苍白的脸上直盯着我的是一对闪闪烁烁的眼睛。

这家伙是谁？他想干什么？——到这节骨眼儿上我才猛然想起，我既未听见马蹄声，也未听见马的粗重的呼吸，可那马和骑手是紧挨着我的身边走过去的啊！

我一边想着这件怪事，一边继续赶路，可还没等我多想一会儿，他又从背后赶了上来，在越过我走到前面去的当儿，我觉得他那飞起的斗篷好像还擦着了我。然而跟上次一样，也是无声无息地就走了过去。接着，我发现他在前边越走越远，越走越远，最后，我仿佛看见他的影子突然顺着堤坝的里侧走下去，消失不见了。

我稍一迟疑，然后也跟着赶过去。可到跟前一看，紧贴坝基只有一片闪着幽光的死水。那是海啸冲决堤坝以后，在坝内的沼泽地里留下来的一个水塘，大虽说不很大，深却是够深的。

由于有堤坝挡着海风，塘里的水纹丝不动，完全没有被那个骑白马的人搅过的迹象，我甚至连他的一点影子也看不见了。可是，我却看见了别的什么使我喜出望外的东西。原来在我前边，在坝内的淤积地上，有零零落落的几点灯火在向我眨着眼睛。它们像是从那些长条形的弗里斯兰式农家住宅中射出来的。这样的住宅，总是单独建在一座座或多或少高于平地的土丘上。而近在我的跟前，在内堤的半坡上，也坐落着一所同一类型的大房子。它朝南一面的房门右手边的所有窗户都灯火明亮。我看见窗里人影晃动，甚至觉得听见了他们说说笑笑的声音，虽然我耳畔仍有狂风在吼叫。我的马儿已自动顺着堤坝往下走，把我一直驮到了那所大房子门前。我一眼看出，这是一家酒店，因为在它窗前架有一根根横木，横木上挂着许多大铁环，是给来此停留的客人们拴牛拴马用的。

我把自己的马拴在一个铁环上，然后将它交给在门口迎接我的店伙计。

"这儿有什么聚会吗？"我向他打听。要知道，此刻我清清楚楚地听见从门内传来嘈杂的人声和酒杯相碰的叮当声。

"敢情是那档子事儿，"店伙计操着土话回答说（我后来才知道，这种德国土话与弗里斯兰语一起在本地已经流行一百多年了），"堤长跟委员们连带其他一些有关系的人通通都在！还不是为了那洪水！"我走进房去，只见窗前的一张长条形桌子旁边，围坐着十一二个男人。桌上放着个盛调和酒的大陶钵。一位器宇不凡的汉子看来是这次聚会的主持者。

我向大伙儿问了好，并请他们允许我和他们一起待一会儿，他们很客气地表示欢迎。

"诸位是在这儿守堤吧!"我开始跟领头的汉子搭讪,"外边天气太恶劣了,坝上怕是会出问题吧!"

"可不,"他回答,"只不过,我相信咱们东边这儿眼下还是安全的,但是另外那边就不保险了。那儿的堤坝多半还是照老样子筑的,咱们的主坝可是在上个世纪就已改建过啦。刚才咱们外面真是冻得慌,您想必也是一样吧。"他接着说:"不过,咱们还必须在这儿坚持几小时。我在堤上派了可靠的人,有情况他们就会来报告的。"

我还没来得及向老板订酒菜,一只冒着热气的酒杯已经推到我面前。我很快搞清楚,我旁边这位殷勤的人正是堤长。我俩攀谈起来,于是开始对他讲自己在堤上的奇遇。他听得十分专注,我突然发现,周围谈话的人全都不作声了。"白马骑者!"座中有谁失声叫了出来,这一下其余的人全都变得惊慌失色。

堤长站起来,对围桌而坐的人们说:"诸位别害怕,这并不单单是冲咱们来的。1817年,他们那边也出了问题,但愿这次他们已做好一切准备!"

到了这会儿我才有些毛骨悚然,忍不住问道:"请原谅!这白马骑者是怎么回事?"

在旁边的火炉背后,坐着一个矮小瘦削的人,脊背微微有些佝偻,穿着一件破旧的黑褂子,肩膀上已经洗得发了白。对其他人的交谈,此人不曾插过一句嘴,但他那几根稀疏的灰白头发底下,闪动着一对藏于黝黑睫毛下的眼睛,清楚地表明他坐在这儿不是为了打瞌睡。

堤长伸手指着他，提高了嗓门对我讲："这位是咱们的老师。在座的所有人当中，数他能给您讲得最精彩。不过只能按照他的方式，而不能像我家里的老管家婆安捷·福尔梅尔丝那样讲得活灵活现。"

"您又开玩笑，堤长，"从火炉背后传来教员有气无力的声音，"您怎么能把您那蠢婆娘和我扯在一起喽！"

"干吗不能呢，老师！"堤长回答，"那些老娘儿们把这类故事才叫记得清楚呢！"

"这倒不假！"小个子教员说，"看来咱们在这件事情上想法不完全一致。"说到这儿，他那清秀的脸上掠过一丝高傲的微笑。

"瞧见了吧，"堤长凑近我的耳朵悄声说，"他仍旧挺自负哩。他年轻时在大学里念过神学，只是由于一桩失败了的婚事，才留在故乡当了小学教员。"

这期间，教员已从火炉背后踱了出来，挨着我坐在长桌边上。

"讲吧，讲吧，老师。"在座的几个年轻一些的人同时叫着。

"也好，"老头子转过脸来对着我说，"我乐于从命，只不过呢，这个故事中有许多迷信的成分，要剔除可是非常不容易的。"

"千万别剔除，我求您，"我告诉他，"请只管放心，我自有区分真伪、辨别好歹的能力！"

老人冲我会心地笑了笑，说："好，我这就开始讲啦！

"在上世纪中叶，或者说得更确切一些，在1750年前后，此地曾经有过一位堤长。对于筑坝和修水闸一类的事情，他比一般的农民和地主要懂得多一些,但还远远不够,因为那些有学问的人写的有关书籍,他只读过很少一点点。他的知识都是自个儿琢磨出来的,而且是从小就开始这么做。您肯定听说过,先生,弗里斯兰人都长于算术,也许人家还对您讲过咱们法莱托大特村的汉斯·摩姆逊吧。这摩姆逊是个农民,却会造指南针、航海钟、望远镜和管风琴什么的。喏,后来那位堤长的父亲,他就是这么个人,只不过比较地不足道罢了。他有几小块薄田,种着油菜和豆子,也养了一头奶牛。秋天和春天,他常去地头比比量量;寒冬一到,当海上刮来的西北风把他的窗板摇得哗啦啦响的时候,他就坐在屋子里,不停地刻呀、凿呀。儿子多半也坐在旁边,常常放下正在读的课本或《圣经》,观察起父亲怎样测量和计算来。一旦看得出了神,他总把小手插在自己的满头金发里。一天晚上,他问父亲,为什么父亲刚刚写下来的那个算式就正好是这样,而不能是另一个样子,并且随即讲出了自己的想法。可父亲不知怎么回答他好,只得摇摇头说:'这个我对你讲不清楚,反正就得这样,是你自己错了。要是你一定想弄个明白,咱们阁楼上有一口木箱,箱子里有一本某个叫欧几里得的人写的书,明天你上去把它找出来读读好了!'

"第二天,年轻人果然爬上阁楼,很快找到了那本书,要知道,家里的书本来就不多嘛。可是,当他把书放到父亲面前的桌子上时,老头子笑了。原来这是一本荷兰文的欧几里得教程,而荷兰文虽说一半是德语,父子俩却谁也不懂。

"'可不,可不,'老头子说,'这本书还是我爸爸的哩,他老

人家读得懂。难道就连一本德国人写的都没有吗？'

"儿子是个话不多的人，他默默地望着父亲，只说了句：'没有。我就拿这本可以吗？'

"老头子点了点头，同时还拿出另一本破烂不堪的小书来。

"'还有这本？'儿子又问。

"'两本都拿去吧！'父亲特德·海因说，'它们不会对你有多少用处的。'

"这第二本书是一部简明荷兰语语法。小伙子得到它时冬天才开始不久，等到他家园子里的刺莓终于又成熟起来的时候，这本小册子已大大帮助了他，使他完全能读懂当时广为流行的欧几里得几何教程啦。"

"我不是不知道，先生，"教员中断了自己讲的故事，"人家说汉斯·摩姆逊也有过这样的经历。不过，早在摩姆逊诞生之前，我们这一带就已流传着豪克·海因，也就是那个男孩的故事了。您想必也了解，啥时候只要出现了一个了不起的人物，人家就把他的前人可能做过的一切，好也罢，歹也罢，一股脑儿统统加在他身上。

"当老头子发现，他儿子既不喜欢牛也不喜欢羊，对蚕豆开花这类使沼泽地的每一个农民都乐不可支的事情几乎视而不见时，心里就不免嘀咕开了：这么小小一块地，要说养活一个农民和他的小子还凑合，可要养一位半吊子学究跟他的仆人就不行喽，照此下去他自己不是也休想过好日子了吗？于是，他就把自己这个半大小子送到堤上去，让他和其他民工一起在那儿推小车，从复活节一直干到圣马丁节。'这样总可以叫他忘掉他那欧几里得了。'老头子自言自语说。

"小伙子果然推小车去了。可谁知他仍旧把欧几里得教程时时带在口袋里，别的民工都去吃早饭或晚饭了，他却坐在底朝天的小车上念他的书。秋天涨了潮，筑坝工程常常不得不停下来，这时他也不跟其他人一块儿回家去，而是双手抱着膝盖，几个小时几个小时地坐在临海一边的斜坡上，望着那舔舔坝壁草皮的浊浪出神。海潮越涨越高，最后冲刷到了他的脚，水沫溅到了他的脸上，他这才往上移一移，然后又照样坐在那里。他既听不见海浪的哗哗声，也听不见在他头顶和四周飞来飞去的海鸥和其他海鸟的啼叫；他同样不曾注意，鸟儿的翅膀经常差一点擦到了他，并用黑色的小眼睛对着他的眼睛瞧；他也看不见，茫茫无际、波涛汹涌的大海上，夜色已经慢慢铺展开来；他坐在那儿唯一看得见的，只有潮头不再上涨时一次又一次重重击打着同一块地方的浪花，看着它们如何终于把那陡峭坝壁上的草皮给冲刷掉了。

"这么凝视了很久很久以后，他要么慢慢地点点头，要么用手在空中画一条平缓的弧线，仿佛想给那海堤变出一面不怎么陡的斜坡似的。直到暮色四合，一切生物都在他眼前消失不见，他耳中仅剩下轰然作响的海潮声的时候，他才站起身来，穿着几乎湿透了的衣服走回家去。

"一天傍晚，当豪克这么走进父亲房中时，正在擦拭自己那些测量仪的老头子就发话了：'你在坝上搞什么鬼？不淹死你才怪哩，今儿个潮水涨得这么猛！'

"豪克执拗地望着他父亲。

"'听见没有？我说你会淹死的。'

"'听见了，'豪克回答，'可我并没有淹死！'

"'没淹死，'老头子失神地盯着他的脸，过了好久又嘀咕一句，'这回还没有而已。'

"'可是，'豪克接着说，'咱们的海堤压根儿不中用！'

"'什么什么，你说？'

"'我说海堤！'

"'海堤怎么啦？'

"'海堤压根儿不中用，爸爸！'豪克回答。

"老头子冲他一笑：'我说你是怎么回事，孩子？你可不是吕贝克那个神童啊！'

"小伙子却根本不搭他的茬儿。'临水的一边坝壁太陡，'他说，'要是海潮来得比以往更猛些，我们堤内的人也会淹死的！'

"老人从袋里掏出他的嚼烟，扯下一块来塞进嘴里。

"'今儿个你到底推了多少车土？'他没好气地问，因为他看出来，修堤坝这件工作并没使他儿子停止动脑筋。

"'不知道，爸爸，'豪克回答，'大概跟其他人差不多吧，有那么六七车。可是——堤坝一定得筑成另一个样子！'

"'喏，'老头子发出一声冷笑，'看样子你没准儿会当上堤长哩，到那时你再去重筑它吧！'

"'是的，爸爸！'儿子回答。

"父亲怔怔地望着他，喉头连连动了几下，临了自顾自地踱出门去了，他不知道该怎样回答他儿子才好。

"10月底，修堤的工作已经结束，可往北一直走到海边上去仍旧是豪克·海因最大的乐趣。万圣节前后，秋冬之间的大风暴多半开始咆哮了，弗里斯兰于是唉声叹气起来；唯有豪克·海因一个人像今天的小孩子盼圣诞节似的盼着这个讨厌的日子。每当潮水到来，你都准保能在最外边的堤坝上找到他，孤零零的一个人，不怕风再狂、雨再大。海鸥嘎嘎嘎叫着，潮水猛冲着坝壁，在退回去时把壁上的草皮整块整块地撕下来带回海里。这当儿，要是有谁在旁边就一定能听见豪克的狂笑。'你们全不中用，'他冲着咆哮的大海滨高叫，'就像人们也一点儿不中用一样！'当他终于离开荒凉的海滨，沿着堤坝走回家去时，天常常已完全黑了。随后，他那高挑的身子就出现在父亲那用芦秆盖的小屋前面，溜进低矮的房门，消失在了小屋里。

"有时他带回来一大捧黏土，进门后就坐在如今已对他听之任之的老头子旁边，凑着油脂烛暗淡的亮光捏出各式各样的堤坝模型，把它们放进水盆里面，试图造成给波浪冲打的样子；不然就取出他的石板，在上面画他所设想的堤坝临海一边的剖面图。

"他压根儿想不到去和他过去的同学玩一玩什么的，他们呢，对这个幻想家似乎也不感兴趣。冬天到了，严寒已经降临，他却仍然走到他往年在这个时候从来不曾去过的大堤上，直到堤外的浅海滩也让一望无垠的冰雪盖住。

"2月里，天气仍然非常寒冷，人们在紧靠外海的冻结的浅滩上，发现了一些被海水冲上来的死尸。把他们运回村时，有一个年轻女人在场，事后她对老海因唠叨起这件事。'你以为他们的样子还像人吗？'她高声道，'不，像海鬼！脑袋这么这么大！'她远远地分开两手来比画着，'黑得发紫，肿得像刚烤出来的面包！看上去已经让虾子给咬过，娃娃们一见就吓得尖叫起来！'

"对于老海因来说，这已不算什么新鲜事儿。

"'他们也许从11月就泡在海里了。'他不经意地应了一句。

"豪克一声不吭地站在旁边，可接下来，他一瞅着空子便溜到堤上去了。也说不清楚他是想再发现一些尸体呢，还是仅仅被那如今笼罩着海滩的恐怖气氛吸引。他一个劲儿地跑啊，跑啊，直跑到唯独能听见海风的呼啸和疾飞而过的大鸟的哀鸣的坝头，然后孤零零地站在那里。他左边，是大片空旷荒凉的沼泽地；右边，一望无际的海滩上，这儿那儿都闪动着浮冰的微光。那景象，叫人觉得整个世界都让一块白色的尸布给裹起来了似的。

"豪克站在高高的坝顶上，极目四望。死尸再也没有了，唯有浅海区的巨大浮冰，让底下看不见的潜流推拥着一起一落地波动。

"他只好回家去了。但过不了几天，他又在一个傍晚来到坝上。坝前浅滩的冰层已经迸裂，从裂隙中升起一团团水汽来。暮色苍茫中，水汽和雾霭奇妙地交织在一起，变成一面将整个海滩都笼罩住了的纱幕。豪克定睛看去，只见雾幕中有一些跟真人一般大小的黑影在来来回回移动，样子很是威严，可举止却怪异怕人，鼻子和颈项都长长的，走着走着突然跟小丑似的胡蹦乱跳起来：大个儿的跳到小个儿的身上，小个儿的也冲大个儿的撞去，最后都越长越高，越长越大，直至失去了任何形状。

"'这些家伙想干什么？它们该不是那些淹死了的人的灵魂吧？'豪克暗忖着。

"'嗬——伊！嗬——伊！'他拉开嗓门朝着夜雾朦胧的海滩喊叫，可滩上的黑影根本不理睬他，而是继续干着它们的奇怪勾当。

"蓦地，豪克脑子里出现了那些可怕的挪威海怪的形象。一个老船长曾经告诉他，挪威海怪脖子上没长脑袋，而是扛着一大团海草，然而他仍旧不肯离开，两腿像生了根似的定在坝顶上，目不转睛地注视着面前暮色中那一幕怪诞的滑稽剧。

"'想不到我们这儿也有你们这些鬼东西！可你们休想吓跑我！'豪克斩钉截铁地说。

"直到夜幕掩盖了一切，他才慢吞吞地走回家去。从他身后不断传来扑打翅膀的声音和刺耳的尖叫，可他既不回头也不加快脚步，所以很晚才走到家。据说，他从来没把这件事告诉他父亲或者别的什么人。直到许多年以后，在相同的季节和相同的时间，他带着一个上帝使其成了他累赘的傻女儿到堤坝上去，又看见在外边的海滩上出现了同样的情景，他才告诉她：那只是些苍鹭和乌鸦，它们在冰隙中叼鱼吃，让雾气笼罩着就显得又大又吓人，所以根本用不着害怕。"

"上帝知道，先生！"讲故事的教员又转了话题，"这世界上足以扰乱一个基督徒的虔诚心灵的怪事多着哩。不过豪克这小伙子既非笨蛋也非傻瓜。"

由于我对他最后的话未置一词，教员又打算继续往下讲。谁知这时在那些迄今一直静悄悄地听着，除去吞烟吐雾就无所事事的人们中间，突然出现了一阵骚动。先只有一两个人盯着窗口，接着几乎所有的人都把头转了过去。透过没挂帘子的窗户，可以看见飓风驱赶着彤云飞奔，窗外的天色时明时暗，而我也仿佛觉得，那个瘦长瘦长的人骑着他的白马打窗前一晃而过。

"等一等，老师！"堤长压低了嗓门。

"噢，您不用害怕，堤长！"讲故事的小老头儿回答，"我不曾得罪他，也没有理由得罪他。"说时抬起他那双机灵的小眼睛来瞅着堤长。

"好，好，"堤长应着，"那就让我再给你来杯酒吧。"

酒杯斟满了，听众们又全部转过大多是木无表情的面孔来望着他，他于是继续讲起来。

"就这么成天跟风啊水啊打交道，一个人在荒凉的海边上磨着光阴，豪克慢慢长成了一个又瘦又高的大小伙子。一年前他已行过坚信礼，随之性情就完全变了，而这变化说来又和一只白色的安哥拉老猫有关。这只猫是特琳·杨斯老婆子的儿子航海去西班牙时给她带回来的，后来他在海上出事死了。特琳住在村外大堤上的一所小屋子里。每逢老婆子在房里忙这忙那的时候，她这只模样古怪的雄猫总躺在屋门前晒太阳，眼睛追寻着一群群从空中飞过的野鸭子。豪克一走来，这雄猫就冲着他喵喵地叫，豪克也向它点点头，他俩都知道对方所希望的是什么。

"春季里有一天,豪克按照老习惯躺在大堤上离海水很近的地方,周围是海滩上常有的石竹和散发着香味的苦艾,太阳照在他身上暖洋洋的。前一天,他已到山丘上去捡了满满几口袋小卵石。如今是退潮时节,海滩都已裸露在外面,不断地有一些灰色的小水禽在滩上窜来窜去,一遇到这种情况,豪克便会突然掏出一块石头来扔它们。他从小就开始练习这种本领,所以多数时候都有一只被打中的鸟儿留在水坑里。可是他并不是每次总能去把它拾回来,豪克已经考虑过把那只雄猫带上,训练它像猎狗似的去叼回猎物。只不过,在海滩上,这儿那儿也还有结实的地方或者沙堆可以踏足,他因此仍然可以自己跑出去捡他的猎物。每一次,当他回村经过小屋门前时,蹲在那儿的猫都馋涎欲滴地对他叫个没完,直到豪克把猎取到的鸟儿扔一只给它。

"话说有一天,豪克又从海边走回家去,肩膀上搭着他的上衣,手里却只提了一只死鸟。这鸟的羽毛五颜六色的,跟缎子一般漂亮,而且闪着金属般的光泽,豪克也见所未见。雄猫发现他走来,又跟往常一样喵喵喵地叫开了。然而这次豪克舍不得用自己的猎物——它很可能是一只锦鸡哩——去满足那只馋猫。

"'下一次!'他冲那畜生嚷道,'今天的归我,明天的归你,这一只可不是好当猫食的!'

"谁料那老猫却步步紧逼过来,豪克站住脚瞪着它,手里提着自己的猎物,那猫也站住了,却举起一只爪子。看起来年轻人对他的猫朋友的脾气还未摸透,因为一当他背转身去准备离开,他便感到手中的猎物猛地一下子给拽掉了,同时有一只尖利的爪子插进了自己的肉里。一股野兽似的狂怒顿时使小伙子热血沸腾,他反手一把抓住那强盗的脖子,把它高高地举在空中,使劲地捏,捏得它眼珠子都从耸起的乱毛中突露了出来,全不顾这畜生有力的后爪已把他的胳臂抓得血肉模糊。'哎呀!'他大吼一声,把手捏得更紧,'我倒要看看,看咱俩谁坚持得更久一些!'

"突然,那只大猫的两只后爪变得软塌塌的了。豪克随即往回走了几步,把它扔在老婆子的屋门前。猫一点儿也不动弹,豪克才转过身走回家去。

"要知道,这只安哥拉老猫可是它主人的心肝宝贝儿啊。它是她的伙伴,是她那个水手儿子给她留下的唯一纪念。后来,他为了在风暴中帮助母亲抢收海菜,淹死在了附近的浅海里。豪克一边走,一边用手巾揩胳臂上的鲜血。他刚走出不到一百步,耳畔就听见从小屋传来的哭喊声。他转过身来,发现老婆子已哭倒在屋前的地上,拖在红头巾外的白发让风吹得乱飘乱飞。

"'该死啊!该死啊!'她举起一条细瘦的手臂冲着豪克,大声诅咒道,'让魔鬼把你抓了去!你这个成天在海边闲荡的废物,是你害死了它呀。你可知道你连给它舔尾巴都不够资格哩!'她扑在雄猫身上,扯起围裙来细心地擦着仍从猫嘴和猫鼻孔里往外淌的鲜血,擦完重又开始哭骂。

"'快骂够了吧?'豪克对她喊道,'骂够了就让我告诉你,我愿意赔你一只猫,一只以吃老鼠血为满足的猫!'

"说完,豪克转身走了,似乎把一切全抛在了脑后。事实上,那只死猫必定还搞得他心神不定,因为到了村口他并没有回家,而是沿着堤坝朝南边城市的方向又走了很久。

"这期间,特琳·杨斯老婆子也朝着同一方向从堤上赶了来。她怀里像抱婴儿似的小心翼翼地抱着一件用蓝格子旧枕套裹着的东西,白发在徐徐的春风中飘动着。

"'你抱的是什么哟,特琳大娘?'路上一个农民问她。

"'是比你的房子和田地更贵重的东西。'老婆子回答,然后又匆匆赶自己的路。当她看见老海因的家已近在脚下的时候,便转到大堤斜坡上的羊肠小路,径直往村中插下去。

"特德·海因老头正好站在家门口看天色,瞅见特琳老婆子气喘吁吁地停在他面前,把手杖头深深戳进泥中,便问:'你好,特琳!你那口袋里装着的是什么新鲜玩意儿?'

"'先进你屋里去,特德·海因!待会儿有你看的!'老婆子目光异样地瞪了瞪他。

"'那就请呗!'老头儿说。这蠢老婆子的目光他才不在乎哩。

"进屋以后,她又说道:'把你这只装烟草的旧匣子和笔呀纸呀的搬下桌子去。真不明白,你老有什么好写的。对了,现在再把桌子擦干净点儿!'

"老海因非常好奇,因此她要求什么就赶紧做什么。临了,老婆子才拎着蓝格子枕头套的两角一抖,把那只大死猫倒在了桌子上。

"'你这下瞧见啦!'她嚷道,'是你家豪克害死了它。'说完就伤心地哭起来,边哭边抚摸死猫厚厚的皮毛,把它的爪子并在一起，低下头，使自己的长鼻子靠在猫脑袋上，嘀嘀咕咕地凑着死猫的耳朵说一些温柔的话。

"特德·海因在一旁看着这情景，嘴里说：'怎么，是豪克打死了它？'他真不知该如何打发这个哭哭哀哀的老婆子。

"老婆子气呼呼地冲他点点头，嚷道：'是的，是的，上帝做证，是他干的好事！'说时便举起她那患风湿关节炎的弯弯扭扭的手来揩眼里的泪水。'没有孩子，没有任何有活气儿的东西！'她诉苦说，'你不是不知道，一过了万圣节我们老年人夜里躺在床上腿就冻得慌，就睡不踏实，耳边只听见西北风把窗板刮得哗啦哗啦响。我不高兴听这西北风，特德，要知道它是从那淹死我儿子的海边刮来的啊！'

"特德·海因点点头。老婆子抚摸着死猫的皮毛继续说：'可是这个宝贝儿，当我冬天坐在纺车旁干活儿的时候，它就来蹲在我脚跟前，用它那一双绿幽幽的眼睛瞅着我！当我觉得冷，它便钻进被窝里，你瞧，过不多会儿，它又会跳上床来，躺在我快冻僵的两条腿上。我俩挤在一起真叫暖和啊，就好像我那心肝宝贝儿还活着似的！'老太婆一边回忆，一边抬起头来望着站在桌旁的老特德，眼睛里闪着期待的目光，希望他能对自己的话表示赞同。

"谁知老头子却迟迟疑疑地说：'让我来给你出个主意吧。'他边说边朝自己的小钱柜走去，从抽屉中掏出一枚银币来，'喏，你说是豪克打死了你这畜生，我呢，知道你不会撒谎；拿着，这是一枚克里斯蒂安四世时代的老银币，拿去买一张硝过的羊羔皮来盖你的老腿！而且，我们的母猫很快要下崽，你还可以来把最大的一只挑去。这两下加在一块儿，总抵得上你那只老弱的安哥拉公猫了吧！现在你马上给我把这畜生拿走，带着它见你的鬼去，可是得管住你的舌头，别讲它在我这干净的桌子上躺过！'

"老婆子一边听，一边已伸手接过银币去揣在自己袍子底下的口袋里。随后她把死猫照旧塞进枕头套，扯起围裙角来擦了擦桌子上的血迹，朝着门外走去。

"'只是别忘了给我猫崽啊！'临出门，她还转过头来嘟囔了一句。

"过了一会儿，当老海因还在自己那狭小的房间里冲来撞去的时候，豪克跨进门来了。他把那只色彩斑斓的大鸟放到桌上，发现擦洗得雪白的桌面留下了清晰可辨的血迹，顺便似的问了一句：'怎么搞的？'

"'血！是你搞出来的血！'父亲站住了。

"小伙子面孔一下子火烧似的绯红：'这么说，特琳·杨斯带上她的死猫来过了？'

"父亲点点头：'你干吗给她把猫弄死了呢？'

"豪克卷起衣袖，露出血糊糊的胳臂。

"'就为这个，'他说，'这畜生想抢走我的鸟！'

"接下来老头子什么也没有讲，又开始在屋子里走来走去，走了好一会儿才站在儿子的面前，久久目光茫然地望着他。

"'猫的事我算已经了啦，'父亲最后说，'可是你瞧，豪克，这个茅屋太小太小喽，已经住不下两个主人了。——是时候了，

你得去找个活儿做做!'

"'好的,爸爸,'儿子回答,'这件事我也考虑过。'

"'为什么?'父亲问。

"'是啊,一个人要是没点正经事干干,心里头就闷得慌。'

"'是吗?'老头子又问,'原来你为这个弄死了那安哥拉老猫?亏你没干出更糟糕的事来!'

"'你说得对,爸爸。可我听说,堤长把他的小帮工给赶走了,这活儿我肯定能干下来!'

"老头子又在房里走开了,边走边吐混杂着嚼烟的黑色唾沫。

"'堤长是个大笨蛋,笨得就跟一只填饱了肚子的母鹅一样!他之所以能当堤长,就因为他的老子和老子的老子都是堤长,并且有那么二十九块地。每逢圣马丁节一到,该对修堤和建闸的费用进行结算了,他就用烤鹅、蜜酒和麦饼把村里的教员喂得饱饱的,然后坐在旁边看着人家画出一串又一串的数字,不时地点着脑袋发出赞叹说:"哎呀呀,老师您真会算!愿上帝保佑您!"可要是教员啥时候帮不了忙,或者不肯帮忙,那他就只得自己坐下来算,结果是写上又擦掉,擦掉又写上,急得他那个大笨脑袋瓜红通通的直冒热汗,眼珠子鼓得像玻璃球,仿佛他那仅有的一丁点儿聪明就要从眼中迸出来了似的。'

"儿子挺直身子站在父亲面前,对父亲的口才感到非常惊讶,他可是第一次听见他这么讲话啊。

"'是的,上帝保佑!'豪克说,'他确实挺蠢,不过他的闺女艾尔凯可是会算的呀!'

"父亲严厉地瞪着他。

"'嗯！我说豪克，'他嚷起来，'你了解艾尔凯这丫头吗？'

"'什么都不了解，爸爸，就只有教员对我讲过的这一点点。'

"老头子不再吱声，只是心事重重地把嘴里的嚼烟在两个腮帮之间顶过来顶过去。

"'这么说，'临了他又开了口，'你是觉得你可以在堤长家帮着算算账喽？'

"'正是这样，爸爸，我能行的。'儿子回答。他说这话时嘴角周围很严肃地抽动了一下。

"老头子直摇头，然而说道：'喏，我可无所谓，你就去试试你的运气好了！'

"'谢谢你，爸爸！'豪克说，同时朝着阁楼上自己睡觉的地方爬去。到了上边，他坐在床沿上久久地思索，父亲为什么要那么严厉地追问关于艾尔凯的事。诚然，他认识她，认识这个十八岁的身材苗条的姑娘。她长着一张黑黑的瓜子脸，鼻子高高的，一双眼睛显得十分倔强，两道浓眉几乎连在一起。可他还不曾跟她搭过一句话呀。喏，要真到老特德·福尔克尔兹家去了，他倒真想好好留意一下这个姑娘，看她究竟是怎么个人。而且他想马上就去，免得别的什么人把位置给抢了。是的，这会儿不是天还没完全黑吗？于是，他穿起礼拜天穿的干净上衣和他最好的靴子，高高兴兴地走出了家门。

"堤长的长条形住宅在一道高高的土冈上，屋前有一棵梣树。在村里，这棵树算是顶高顶高的了，所以老远就看得见。第一任堤长，即现在这位堤长的祖父，年轻的时候在宅门的东边曾种过这样一棵树，可头两次栽下去都枯死了，他于是在结婚的那天早上又栽下第三棵树苗。这棵树苗一天天地枝繁叶茂，长成了一株树冠如盖的大树，如今仍与往昔一样在不断吹拂着的海风中发出沙沙的喧闹。

"不多会儿，身躯瘦长的豪克已登上两边种着萝卜和圆白菜的高冈，看见堤长的闺女正闲立在自己家低矮的大门旁。在房门两边的墙上，各有一个铁环，是给骑马来访的客人拴马用的。姑娘一条细瘦的胳膊随随便便地垂着，另一条胳臂伸在背后，像是抓着墙上的铁环。她这么站在那儿，似乎正眺望着堤外的大海，看夕阳如何静静地沉入万顷波涛。一抹金色的余晖，正好照在姑娘黝黑的脸庞上。

"豪克放慢脚步，边走边想：'她可并不那么蠢啊！'

"到了冈上，他朝着她走去，同时说：'晚上好，艾尔凯！你这么眼睛睁得老大的在瞧什么呢？'

"'瞧那在这海边每天傍晚都会出现，但不总是能够叫你看见的景象。'姑娘回答，同时放开手中的铁环，使它在墙上碰出了当啷的响声。'有什么事吗，豪克·海因？'她问。

"'但愿别让你不高兴，'小伙子回答，'你父亲不是把他的小工辞掉了吗？所以，我想来你们家干活儿。'

"姑娘从头到脚地打量着他，说：

"'可瞧你这软弱无力的样子，豪克！——不过，对于我们来讲，一双机灵的眼睛比两条结实的胳膊更有用！'她一边说，一边用近乎沉郁的目光盯着豪克,可豪克一点儿都不示弱。

"'那么来吧,'姑娘最后说,'堤长在屋里,让我领你进去!'

"第二天,特德·海因领着儿子跨进堤长宽大的房间。房里的四壁都铺着瓷砖,这儿嵌成一艘鼓起风帆的大船或者一个在海边垂钓的渔夫,那儿嵌成一头躺在农舍前边反刍的公牛,反正都叫人赏心悦目。在这永久性的壁饰之间,有一张眼下关着门的嵌进墙壁里边的大床,一个壁橱,透过壁橱的玻璃门,可以看见各式各样的瓷餐具和银餐具。在通往里屋门边的墙凹里,摆着一只罩着玻璃的荷兰报时钟。

"身躯肥硕、看样子很容易中风的堤长,坐在长桌顶端一张铺着五颜六色软垫的圈椅里,一双大手叠在肚皮上,鼓着圆圆的眼睛,正心满意足地盯着面前擦得发亮的桌子上的一只瓷盘,盘中是一只吃剩的肥鸭的骨渣,旁边躺着叉子和刀子。

"'您好,堤长!'老海因发出问候。被问候的那位慢吞吞地转过脸来望着他。

"'是你吗,特德?'堤长应着,声音还显得油腻腻的,'坐下吧,亏你大老远跑来!'

"'可不是嘛,堤长,'海因老头说,同时便坐在主人对面靠墙根摆着的一条长凳上,'听说您生了您那个小工的气,并和我儿子说妥啦,让他顶替他的位置。'

"堤长点着头:'是的,是的,特德。可你说我又有什么气好生呢?我们这些沼泽地的农民,上帝保佑我们,是自有对付的办法啊！'他说时便操起摆在面前的餐刀，用刀背轻轻敲着那只可怜的鸭子的遗骸。'这是我最心爱的鸟儿，'他十分舒泰地笑了笑，'是我一手把它养起来的！'

"'我想，'老海因没听明白最后一句话，牛头不对马嘴地应付道，'那小子肯定把您的厩里搞得乱七八糟。'

"'乱七八糟？还用说，特德，真够乱糟糟的呐！那懒鬼不给牛犊饮水，自己却吃饱喝足了钻进草堆睡大觉，渴得满圈牲口一整夜地叫啊，叫啊，害得我第二天补了大半天瞌睡。这样子下去行吗？'

"'不行，堤长。可是换上我这小子，您就不用担心喽。'

"这当儿豪克站在门柱旁，两手插在衣袋里，正仰着脑袋观察对面的窗框。

"堤长抬起眼睛来瞅瞅他，点着头说：'是的，是的，特德，'然后又把脸转向老海因，'你的豪克不会妨碍我夜里休息的。村里的教员早告诉我，这孩子喜欢写写算算，不肯去蹲酒馆。'

"可豪克并没听见人家怎么谈他，这时候艾尔凯正好进屋来，手脚轻巧地收走了桌上的残渣剩骨，在经过他面前时漆黑的眸子还瞟了他一下，他的目光也不由自主地集中在了姑娘身上。'主耶稣知道，'豪克喃喃自语说，'她才一点不蠢呐！'

"姑娘出去后，堤长又开了口：'你知道，特德，上帝不肯赐我儿子啊！'

"'知道，堤长，可您别为这事难过，'老海因回答，'常言道，再旺盛的家族，到第三代也会衰落嘛。您的祖父，我们大家

还记得，他可是一位保全了乡里的好人啊！'

"堤长琢磨了半天，突然在扶手椅中坐直了身子，模样变得有些傻愣愣地问：'你这话是什么意思，特德·海因。我不正好就是第三代吗！'

"'可真是哩！毫无恶意，堤长，不过一句俗话罢了。'说时，瘦高个儿的特德盯着那位颇有身份的胖老头儿，目光中流露出一丝幸灾乐祸的神气。

"堤长不理睬他，说：'你可千万别听那些老娘儿们胡说八道，特德·海因。你只是不了解我的闺女艾尔凯罢了，她算起账来比我本人快三倍还不止哩！我只想告诉你，你的豪克除了在地头干干活儿，还可以在家里写写算算，这对他只会有好处而无妨害呀！'

"'是的，是的，他会这样，堤长，您老说得完全对！'老海因说。接下来，他开始对雇用合同讨价还价，把儿子昨晚没考虑到的几个条件加了进去，诸如，到秋天除去领几件亚麻汗衫以外，豪克还得回家里去帮八天忙，等等。堤长痛痛快快地把所有条件全答应了下来：豪克·海因看来正是他求之不得的人啊。

"'喏，上帝保佑你，孩子，'父子俩一跨出门，老海因就对儿子说，'但愿他能使你懂事起来！'

"豪克异常平静地回答：'你只管放心，爸爸，一切都会好的。'

"豪克说得确实不错，他在堤长家待了一些时候，对世界的了解，或者说对他周围那个小天地的了解，是清楚得多了。倘使他能像过去那样单靠自己的力量应付一切，而不曾显示出卓越的智慧来，他的日子恐怕还会更好过一些。因为在堤长家里有一个人，对这新来的小伙子他是看不顺眼的，此人就是大长工奥勒·彼得斯。彼得斯干活儿倒挺勤快，一张嘴却十分厉害。对于他来讲，先前那个懒惰但又蠢又壮实的小长工倒更合意一些，他可以不动声色地把大桶燕麦放到那小子的脊背上，随心所欲地把他呼来喝去。眼下这个豪克更加安静，但智力却胜他一等，大长工想以同样的方式对待他吗？没门儿！还有，这小子盯着他的那模样就够特别的。而大长工呢，也会找出一些对他那尚未长结实的身体有害的重活儿来让豪克干，并且说什么：'嘿，你要能看看尼斯那莽小子怎么干就好了，才叫容易哩！'遇上这种时候，豪克总咬紧牙关，虽说吃力，却好歹都把事情做完。幸好经常有艾尔凯，或者由她搬出她父亲来制止这样的情况发生。

"各位也许会问，是什么东西使这两个素不相识的人相互同情的呢？也许——他俩都是天生的数学爱好者，姑娘不忍心看见一个与自己有同样禀赋的人给粗活儿毁掉吧。

"过了圣马丁节就是冬天，各种各样的修堤筑坝工程都该结账了。这时候，大长工与小长工之间的矛盾仍然没有缓和。

"在5月里的一个傍晚，天气却仍像11月一样，从窗外传来海浪不断撞击着堤坝的声音。

"'喂，豪克，进屋来一下，'堤长唤小长工，'喏，这下你可以让我瞧瞧，看你究竟能不能算账啦！'

"'可是东家,'豪克用当地对主人的称呼唤了一声堤长,说,'奥勒让我先去喂牛犊哩!'

"'艾尔凯!'堤长敞开嗓门叫着,'你在哪儿呀,艾尔凯!——去告诉奥勒,叫他自己喂牛犊,豪克要在这儿核账!'

"艾尔凯急忙赶到厩舍里,把父亲的话对大长工重复了一遍,奥勒这时正在忙着收拾日间用过的马具。

"'让这个该诅咒的摇笔杆儿的长工见鬼去吧!'他抡起手中的马缰,朝身边的拴马桩上狠命地一抽,骂道。

"正要出厩门的艾尔凯仍然听见了他的话。

"'怎么样?'老堤长问跨进房来的女儿。

"'奥勒答应这就去喂。'艾尔凯咬了咬嘴唇,答道,随后就坐在豪克对面一张做工粗糙的木头椅子上。这样的椅子,是在冬天的晚上由家里人凑凑合合敲打成的。艾尔凯从抽屉里取出一只线袜来继续织着,白色的长袜上已织了一些红色的鸟儿,腿杆长长的,大概是鹭鸶或者鹳鸟吧。豪克坐在她对面,心思完全用到了账目上。堤长躺在自己的圈椅里,眯缝着眼睛,睡意蒙眬地瞅着豪克的笔。在豪克面前的桌子上,如堤长家一贯那样点着两支油脂烛,而那两扇用铅条加固了的窗户,里面既关严了,外面又装着护窗板,所以任随风在外边怎么狂啸,屋里都一个样。算着算着,豪克偶尔也抬起头来,朝那织着鸟花样的白袜子或者那张文静的小脸儿瞅一瞅。

"蓦地,扶手椅上响起一串串如雷的鼾声,两个年轻人忍不住交换一下眼色,相视微微一笑。接下来,鼾声不那么重了,屋里显得如此安静，能谈谈话儿倒也不错，只可惜豪克不知道谈什么好。

"终于，当姑娘把袜子提起来，露出整个鸟花样的时候，他才细声细气地朝桌子对面问了一句：'你这本领是从哪儿学的，艾尔凯？'

"'学什么来着？'姑娘反问。

"'织鸟儿呀。'豪克说。

"'这个吗？从住在堤上的特琳·杨斯那儿学的，她会的花样儿可多呐。从前，她在我祖母家里帮过工。'

"'可那会儿你恐怕还没有生出来吧？'豪克问。

"'我想是没有，不过，她此后还常到我们家里来。'

"'特琳她也喜欢鸟儿吗？'豪克问，'照我想她恐怕只跟猫打交道哩！'

"艾尔凯摇摇头：'她一向还养着鸭子并且卖鸭子啊！去年春天，你弄死了她的安哥拉老猫，她屋后鸭圈中的老鼠就翻天啦，眼下她正准备在屋子前面新砌一个圈。'

"'原来是这样，'豪克不由得轻轻抽了一口气，'怪不得她常到坡地上去搬黏土和石块！可这么一来，她不是要把路给挡了吗？——她有没有得到批准呢？'

"'不知道。'艾尔凯回答。然而豪克最后一句话说得太响，睡梦中的堤长吓得一下子坐了起来。

"'批准什么？'他问，同时鼓起眼睛一会儿瞪着豪克，一会儿瞪着艾尔凯，'见鬼，究竟要批准什么？'

"可当豪克对他讲清楚事情的原委,他便哈哈大笑,拍了拍豪克的肩膀说:'嗨,哪儿的话,堤内的大道宽着呐!上帝保佑,堤长才不管鸭圈鹅圈这样的小事!'

"听说自己曾使特琳老婆子和她的小鸭遭了鼠害,豪克心里挺不好受的,所以对修鸭圈的事就不想再讲了。

"'可是东家,'他过一会儿忍不住又开了口,'这么你占一点我占一点倒是挺惬意,您自己不肯过问,负责维护堤坝安全的专员却会不痛快的!'

"'什么什么?你这小年轻叨咕些什么?'堤长完全坐直了身子,艾尔凯也丢下手中的活计,一心一意地听他们讲话。

"'我说,东家,'豪克继续讲,'开春后您已经对堤坝进行过例行的巡视了,但尽管如此,彼得·杨森直到今天仍旧没把他新开的那块地上的梭叶草锄去,夏季一到又会有一群群的金翅雀来这儿欢蹦乱跳啦!还有,紧挨着,也不知是谁在靠外边的堤坡上掘了老大一个坑,天气好的时候总有数不清的小娃娃在里边打滚——但愿上帝保佑别发大水才好啊!'

"老堤长的一对眼睛越鼓越大。

"'而且还有……'豪克又说。

"'什么而且还有,小伙子!'堤长问,'难道你还没讲够?'从语气听得出来,小长工的话已叫堤长很不开心。

"'是的,东家,'豪克接着说,'您知道那个胖姑娘福莉娜,就是哈德尔斯委员的千金嘛,每次她去地头赶她父亲的马,只等她那肥腿一跨上老黄马的背上,就忽地一下顺着堤坝的斜坡往

上冲!'

"豪克这当儿才发现,艾尔凯用一双机灵的眼睛望着他,轻轻地摇着脑袋。

"他不作声了,但耳朵旁边却嗵的一声震响,原来是堤长朝桌子上猛击了一拳。

"'混账王八蛋!'他像野熊似的突然大吼一声,把豪克几乎吓呆了,'必须罚款!把这个胖女人给我记下来,豪克,非罚她的款不可!去年夏天,就是这丫头抓走了我三只鸭子!记呀,记呀,我说,'当他看见豪克还在迟疑,便重复道,'我甚至认为她抓走了四只!'

"'唉,爸爸,抓走你鸭子的是水獭,不是她!'艾尔凯插进来说。

"'一只大水獭?'老头子气呼呼地嚷着,'难道我连胖丫头福莉娜和大水獭都分不清!别管别管,豪克,四只鸭子——至于你还胡诌的什么草呀坑呀,我和总堤长老爷在我家用过早点后出去巡视时就经过了那些地方,压根儿没看见什么草和坑。你们两个啊!'他冲豪克和自己女儿意味深长地把头点了又点,'感谢上帝,他没让你们来当堤长!一个人嘛只有两只眼睛,可他得像有一百只眼睛似的事事留意!——把加固堤坝的开支找出来好好复核一下,豪克,那帮家伙经常总是算得很马虎!'

"说完,堤长又将自己笨重的身躯回到椅背上,在椅子里翻动了几下,很快又无忧无虑地睡着了。

"同样的情形在以后的一些晚上又重演过。豪克有一双锐利的眼睛，每当和老堤长坐在一块儿时，总不放过机会向他指出修堤工程中这样那样的疏忽和漏洞，而堤长呢，也不能老是闭着眼睛不看事实。如此一来二去，管理工作便有显著的起色。那些过去在老糊涂的鼻尖下肆意捣鬼的人，现在突然受到警诫，不好再偷懒耍滑、胡作非为了，于是都既惊讶又气愤地四处打听，这灾难是怎么发生的。大长工奥勒就抓住机会，把真情尽量地散布出去，使这伙人都来恨豪克和他负有罪责的父亲。而另外一部分没遭受打击或者对堤坝本身很关心的人呢，他们看见小伙子推着老堤长往前跑都喜笑颜开，打心眼儿里高兴。

"'可惜呀，'他们说，'这小子根基差了些，否则日后又会出一个过去那样的好堤长。他老子就这么几亩①地，不行啊！'

"当年秋天，县长兼总堤长老爷前来视察，特德·福尔克尔兹老堤长又请他到家里用早餐。

"'真的，堤长，'他在上上下下把老头儿打量过一通后说，'我真的想过，您比从前一下子年轻了好多。您这次提出的那些建议叫我很兴奋，要马上能全部办成就好了！'

"'一定办成，一定办成，尊敬的总堤长大人，'老头子笑呵呵地回答，'这种烤鹅肉吃了准增加力气！是啊，感谢上帝，我精力一直挺健旺的！'说时他在屋子里环视了一遍，看豪克有没

---

① 原文为Demat，据查是弗里斯兰省北部地区的计量单位，译者译为亩，更适应中国语境。——编注

有在场，然后便神情庄重地补充道：'我希望上帝会保佑我再这么好好地干他一些年。'

"'很好，亲爱的，'他的上司站起身来道，'让咱俩举起杯酒，祝您成功！'

"艾尔凯在旁边侍候他俩用早餐，当两只酒杯叮当一声碰在一起的时候，她偷偷笑着跑出了房门。随后，她从厨房端起一碗残渣剩菜，穿过马厩，来到大门外喂她的鸭和鸡。这当儿豪克正站在厩舍中，拿着一把草杈给那些因天气不佳被早早牵回来的奶牛上饲料。可是一见姑娘，他就把杈子插在了地上。

"'怎么样，艾尔凯！'他问。

"姑娘停下来，点点头：'不错，豪克，可惜你刚才不在里边！'

"'是吗？为什么呢，艾尔凯？'

"'总堤长老爷夸奖了你的东家！'

"'夸奖东家？这跟我有什么关系？'

"'不，我是说，夸奖了堤长！'

"年轻人的脸唰地一下通红。

"'我明白，'他说，'你还想讲什么！'

"'可别脸红啊，豪克，总堤长夸奖的，正是你自己啊！'

"豪克望着姑娘淡然一笑。

"'还有你呢，艾尔凯！'他说。

"可她摇摇头回答：'不，豪克，当我一个人做他助手的时候，我们不曾受过夸奖。我会的也不过是写写算算，而你却了解

本来该堤长自个儿了解的外边的一切，是你把我变成了个无用的人！'

"'这可不是我愿意的，艾尔凯，尤其对你，'豪克怯生生地说，同时把一个牛脑袋从面前推开，'来，红花，会让你吃够的，只是别连草杈都给我一起吞下去！'

"'你千万别以为，豪克，我因此有什么不高兴，'姑娘想了想说，'这本来就是男人的事嘛！'

"听了这话，小伙子突然向她伸出手来说：'敢拍拍手吗，艾尔凯？'

"姑娘的脸一下子绯红了。

"'干吗呢？我又没有撒谎！'她说。

"豪克正想回答，可她已经跑出圈门。豪克手握草杈呆呆站着，只听见门外一下子腾起一片咯咯咯嘎嘎嘎的鸡鸭乱叫声。

"在豪克当上长工后的第三年冬天，1月里人们庆祝一个在当地叫作'踩冰日'的节气。海风住了好些天，持续的严寒把一小块一小块土地间的塘沼和水沟都冻结起来，使堤内的地变成了水晶似的又硬又光的一大片，正好可以当滚球场。接着又轻轻刮了一天一夜东北风，这下就算万事齐备啦！去年，住在沼泽地东边坡地上的教堂村的人得了胜，今年接受邀请准备再来比个高低。参加比赛的双方各派出九名赛手，并且已从中推选出一位领队和几名联络员。所谓联络员的任务，就是在比赛发生争执时与对方交涉，因此总得选那些精于此道的人来充当，尤其喜欢选那种既头脑机灵又能说会道的小伙子。堤长家的那个大长工奥勒·彼得斯，他就算这种人中的头一个。

"'弟兄们只管豁出命去扔，'他说，'耍嘴皮子咱不当回事儿！'

"临比赛的头天晚上，一伙选手聚在坡上的小酒馆的厢房里，讨论决定是否接收几个最后才来申请参加比赛的人。在这几个人当中也有豪克。虽然豪克对自己的扔球技术很有信心，一开始却没有打算参加，他担心在队里地位显赫的奥勒·彼得斯会使自己遭到拒绝。他不愿意去碰这个钉子，可艾尔凯偏偏在最后一刻使他改变了主意。

"'他不敢这么干，豪克，'姑娘劝他说，'他只是个短工的儿子，你父亲却有牛有马，而且是全村最聪明的人！'

"'可是，他要真这么干了呢？'

"姑娘嫣然一笑，用她那黑黑的眼睛望着豪克。

"'那，他晚上想请东家小姐跳舞时就得当心点了！'她回答。这一来，豪克才勇敢地冲她点了点头。

"眼下一群想参加比赛的年轻人正站在教区小酒馆的门外，眼睛瞅着旁边耸立着的石砌教堂的塔尖，脚冻得不住地在地上踢踏。牧师养的鸽子不像夏天可以到地里找吃的，此刻都成群地从养活它们的农家仓房和草堆中飞回来，钻到了塔顶下的窝里。在西边的海面上，抹着一片金色的夕照。

"'明天的天气会好的！'小伙子中的一个说，同时很快地蹑起步来，'可真冷！真冷！'

"另一个小伙子看见鸽子都归巢了，便忍不住走进屋去，把耳朵贴在厢房的门上偷听。这当口，从房里正传出来七嘴八舌的议论声，堤长家的小长工也挤到了他身边。

"'听，豪克，'小伙子对他说，'他们正争论你哩！'接着，他俩便清清楚楚地听见奥勒·彼得斯扯开尖厉的嗓子嚷道：'不行，小长工这样的娃娃绝不能吸收！'

"'来，'小伙子拽着豪克的衣袖，把他拉得靠在门上，咬着耳朵说，'你在这儿可以听清楚，他们对你有多高的评价！'

"可豪克却挣脱身子，重新退到房中，大声说：'人家把咱们关在门外，就是不让咱们听嘛！'

"在大门外站着的另一个小伙子迎着豪克，对他讲：'我怕我的事情很不妙哩，我还不到十八岁。他们要是不让交洗礼证就好了！你，豪克，你的大长工准保把你给剔除！'

"'是的，剔掉了！'豪克怒吼一声，飞起一脚把路上的一块石头踢得老远，'不参加就不参加！'

"这时房间里吵得更加厉害，可接着便慢慢安静下来，站在屋外的小伙子又听见绕过教堂塔尖轻轻吹来的东北风的呼啸声。那个在门上偷听的人出来了，十八岁的小年轻赶紧问他：'谁被吸收了？'

"'这个！'他指着豪克说，'奥勒·彼得斯想把他说成个小娃娃，不够格，可其他所有人都反对。耶斯·汉森讲，他爸爸有牲口有地。"不错，有地，"奥勒·彼得斯反驳说，"可是只用十三辆小车就可以推走了。"临了，奥勒·亨森就站起来吼道："你们都静一静！我问你们，谁是咱村里最了不起的人，你们说说看！"这一下大伙儿全不吭声了，都像在动脑筋，随后一个声音嚷道:"还不是堤长呗!"接着其他许多声音也跟着嚷起来:"就是嘛,对我们来说当然是堤长!""那么,谁又是堤长呢?"奥勒·亨森又大声问,"你们可得好好想想啊!"——这当儿,有谁突然吃吃地笑了起来,接着又有个人跟着笑了,最后闹了个哄堂大笑。"喏,好,就请他进来吧,"奥勒·亨森说,"你们总不打算给堤长吃闭门羹吧!"我想,他们这会儿一定还在笑,可奥勒·彼得斯的声音却听不见了!'小伙子结束了自己的报告。

"就在同一瞬间,屋里的厢房门猛地拉开了。'豪克!豪克·海因!'一个愉快的喊声传到了寒冷的夜空中。

"豪克随即大步走进屋中,此刻,他关心的不再是谁是堤长这个问题。他脑子里翻腾起伏的思绪,恐怕在当时是谁也不会了解的。

"过了一会儿,在快走近东家住宅的时候,豪克看见艾尔凯一个人站在坡脚下。月亮已经升起,把它的光辉洒遍了蒙着一层白霜的广阔原野。

"'是你吗,艾尔凯!'小伙子问。

"姑娘点点头,立刻打听:'情况怎么样?他没敢吧?'

"'他才不敢!'

"'喏,后来呢?'

"'成,艾尔凯,明儿个我可以参加!'

"'晚安,豪克!'姑娘轻盈地跑上土丘,消失在房中。

"豪克慢慢地跟着走了上去。

"第二天下午,大堤东边宽广平展的野地上挤着黑压压一大片人群。人群一会儿静悄悄地站着不动,一会儿——当人丛中扔出来的木球两次滚过已被中午的太阳揭去白霜的地面以后——又一窝蜂地朝着球滚动的方向涌去,渐渐离身后那些低矮的长条形村舍越来越远了。双方的选手都站在场地中央,四周围着在附近一带居住的男男女女、老老少少。上了年纪的男人们穿着长袍,嘴里多半叼着根短烟袋,神色怪严肃的;妇女们包着头巾,穿着短袄,拖娃带崽的有的是。午后的斜阳透过细瘦稀疏的芦苇丛,照在人们身后结着冰的水沟里,反射出亮晶晶的闪光。天气冷得要命,可比赛却进行得很紧张,所有人的眼睛都紧跟着那飞快滚动的木球移动,要知道今天全村的荣誉都系挂在它身上啊。双方的联络员各自手执带铁尖头的木棍——沼地村的棍子是白色的,教堂村的是黑色的。在球停住不再滚动的地方,联络员便插上棍子作为标记;与此同时,人群中要么发出一片低声的赞叹,要么从对方的人口里响起阵阵讪笑。谁的木球首先滚到终点,他就为本队赢得了比赛的胜利。

"人们很少讲话,只有当扔出一个特别好的球时,年轻的男女观众才会欢呼起来,老年人中也许有谁从嘴里拔出烟斗,用它敲敲扔了好球的小伙子的肩膀,说几句夸奖的话,诸如'好样儿的,正如查哈里阿斯所说,你这一扔可以把老婆都扔出窗外去!'或者'你爸爸从前也扔得这么棒!愿上帝让他获得永生!'等。

"豪克第一次扔时运气不佳,在他甩开手臂,正要把球送出去的一刹那,太阳从一直遮住它的云层中突然探出头来,把强烈的光线直射到他眼睛上。木球没有滚出多远,就停在了水沟上的冰棱前。

"'不算数!不算数!重新扔过,豪克!'本队的同伴对他嚷。

"可对方的联络员跳出来表示反对:'怎么不算数!扔了就扔了嘛!'

"'奥勒!奥勒·彼得斯!'沼地村的小伙子们齐声叫起来,'奥勒在哪儿?见鬼,他藏到哪儿去了啊?'

"可奥勒就在跟前。只听他道:'嚷嚷什么!嚷嚷什么!豪克出问题了吧!我早料到了不是?'

"'咦,什么话!豪克一定得重扔,让我们瞧瞧,看你那张嘴到底有多厉害!'

"'咱这张嘴可管用啦!'奥勒大声回答,然后朝教堂村的联络员走去,东拉西扯地说开了。只不过,他的话一点不像平日似的有针有刺,咄咄逼人。艾尔凯皱着眉头站在他旁边,一双眼睛愤怒地瞪着他;只是她一句话也插不上,对于比赛妇女们毫无发言权。

"'你这叫乱弹琴呐,'对方的联络员冲奥勒嚷,'你大概神经不正常吧!什么太阳、月亮还有星星,它们对咱们可都一个样,而且一直在天上嘛!自己扔得糟糕,扔糟糕了的全得算数!'

"他俩又这么胡扯了一会儿,最后,由领头的做出裁决:豪克不得重扔。

"'继续加油啊！'教堂村的选手们欢呼。他们的联络员从地里拔出了黑木棍，被叫到号码的选手走到那个位置上，继续把球向前扔去。奥勒为看清比赛的情形，不得不打艾尔凯跟前经过。她趁机在他耳边嘀咕说：'你今天这是向着谁呀，竟跟丢了魂儿似的？'

"一听这话，奥勒顿时满脸恼怒，瞪着她忿忿地说：'向着你呗！你不也神魂颠倒了吗！'

"'滚！我认识你，奥勒·彼得斯！'姑娘昂了昂头，答道。可那家伙把脸一转，装作没有听见。

"比赛继续进行，黑白两根棍子交替着不断向前挪动。轮到豪克扔第二次时，他的球一下子滚得老远老远，那只刷上白灰当作终点的大木桶已经清晰可见。如今他已长成个结实有力的小伙子，再说从前当娃娃的时候，他不是每天都练习算算术和扔石块嘛。

"'嗬嗬，豪克，'人群中有谁喊道，'真不赖，就像天使长米歇尔亲自扔的似的！'

"一位老大娘提着烤饼和烧酒挤过人群，来到他跟前，斟了满满一杯酒敬给他。

"'来，'她说，'咱俩和好吧！你今天的表现比上次捏死我那老猫好得多啊。'

"豪克仔细一瞧，认出是特琳·杨斯。

"'谢谢，老妈妈，'他说，'可我不会喝这个！'说时，从口袋里掏出一块新银币来，塞在老大娘手中。'请收下并且自己把

酒喝掉，特琳，这样子咱俩就算和好啦！'

"'你说得有道理，豪克！'老婆婆一边回答，一边照他的话办，'有道理！对于我这么个老婆子来说，这样也许更好些。'

"'你那些鸭子现在怎样了？'在她已挎着篮子转身走开以后，豪克又大声问她。她只是摇摇头，拍了一下手，没再转过脸来。

"'很糟，很糟，豪克，水沟里头老鼠太多了。上帝保佑，得找另外的活路啊！'她一边念叨，一边挤进人群中，又兜售起她的烧酒和蜜饼来。

"太阳终于沉落到大堤后面，从下往上射起来道道紫红色霞光，不时地有一群乌鸦从坝顶上飞过。身子在一刹那间似乎变成了金色。黄昏降临了！沼泽地上的黑压压的人群朝着大木桶的方向慢慢移动，离背后的黑色村舍越来越远了。这当儿，只要好好扔一下，木球就可以抵达目标。又轮到了沼地村的选手们这边，大伙儿推豪克去扔。

"暮色中，在大堤投下来的阴影的映衬下，那只刷着白垩的木桶显得分外清晰。

"'这回他们又得败在咱们手下呐！'教堂村的一名选手得意地说。他们比对手占先了至少五步。

"被叫到号码的豪克从人群中走出来。他身材瘦长，在典型的弗里斯兰人的长脸上，一双灰色的眼睛直视前方，往下垂着的手中握着木球。就在这当口，他在耳边听见了奥勒·彼得斯那刺耳的声音：'这目标也许太大了吧，要不要把它换成一只灰色的瓦

罐子？'

"豪克转过身来狠狠地瞪着他：'我这是为咱沼地村扔！可你到底是哪一边的人啊？'

"'我想我也是沼地村的，而你大概只为艾尔凯·福尔克尔兹那小妞儿扔吧！'

"'滚开！'豪克吼了一声，重又站好架势。谁知奥勒这家伙却把脑袋向他逼得更近了。可冷不防，还在豪克本人做出反应之前，从背后就伸过来一只手，抓着这个死皮赖脸的家伙猛地一拽，拽了他一个趔趄，逗得同村的小伙子都哈哈大笑起来。这只手并不粗大，豪克回过头来一瞧，看见艾尔凯正在他身后整理衣袖，通红的小脸上一双浓眉紧紧地拧在一起。

"霎时间，豪克的胳膊像钢浇铁铸似的有了力量。他微弯下身子，把木球在手中掂了几掂，然后猛一挥臂。两方的观众都一派死寂，所有人的眼睛都跟着飞行的木球，可以听见它划过空气时发出的吱吱声。突然，在离投掷点很远很远的前方，一群从堤上飞来的惊叫着的银白色海鸥遮住了它，但也就在这一瞬间，人们听见远处的木桶发出了'轰隆'一声巨响。

"'乌拉！豪克乌拉！'沼地村的人们顿时欢呼雀跃起来。人群中七嘴八舌地嚷着：'豪克！豪克·海因赢啦！'

"大伙儿把胜利者团团围住，可他呢，却只伸出手去握他旁边的那只手。甚至当人们对他喊'还站着干什么，豪克？你的球掉在桶里啦'，他也只是点点头，一步都不肯离开原地，直到他感到那只小手也紧紧握着他的手时，才说：'你们讲得对，我想

我确实胜利了！'

"人们接着都往回走，艾尔凯与豪克被挤开来，让人流卷着走上了通往教区酒馆的大路。在经过土丘上的堤长住宅时，他俩都从人流中溜了出来。艾尔凯走进自己的房间；豪克则站在屋后厩舍门前的高处，目送着慢慢向酒馆走去的人群。在那儿，布置有一间供大伙儿跳舞的屋子。夜色渐渐笼罩广阔的原野，四周一片静寂，只在他身后的厩里时时传来牲口动弹的声音。一会儿，他觉得已从高地上的酒馆里传来竖笛的吹奏声。突然，他听见在屋子里的转角处有衣裙窸窣作响，接着，一阵轻捷坚定的脚步走下坡去，上了通往酒馆的大路。朦胧中，他看见一个远去的人影。是艾尔凯，是她也去跳舞啦！一股热血冲上豪克的脑袋，他是否应该追上她，跟她一块儿去呢？然而，在姑娘们面前豪克却不是英雄，他这么站在那儿考虑来考虑去，艾尔凯早在暮色中走得没有影儿了。

"等赶上她的可能性已不存在以后，豪克才循着同一条路朝酒馆走去。到了教堂旁边的高坡上，站在酒馆外面，他立刻让挤在门口和过道里的人们的吵嚷声以及小提琴和竖笛的演奏声给淹没了。他不声不响地挤进'会场'，里边地方不大，人到处塞得满满的，使他很难看清一步开外的情景。他静静地站在门边，观察着兴奋的人群。在他眼里，他们一个个都像傻瓜一样。他不用担心有人还会想到今天下午的比赛，想到在一小时前是谁赢得了胜利。人人都只盯着自己的姑娘，都搂着她在尽情地旋转。他的眼睛也只寻找一个人，并且终于找到了！她正和她的堂兄，那位年轻的委员跳着舞，可一眨眼又看不见她了，从眼前晃过的只是另外一些他漠不关心的姑娘，有沼地村的，也有高地上的。突然间，小提琴和竖笛戛然而止，一轮舞就算结束了，但紧跟着又开始了新的一轮。蓦地，豪克脑子里闪过一个念头，想看一看艾尔凯对他是否守信用，是否会与奥勒·彼得斯一块儿跳着舞打他面前经过。想到这儿，他几乎叫出声来，要真那样——是的，要真那样他又能咋办呢？然而，艾尔凯看来根本没参加跳这一轮舞。终于又结束了，接下去跳的是一种刚在本地时兴起来的'快两步'。疯狂的音乐一奏出，小伙子们都急不可耐地冲到姑娘面前，墙壁上的灯光显得更加闪烁不定。为了认清那些跳舞的人，豪克把脖子伸得几乎脱了臼。可瞧，那第二对，那男的不正是奥勒·彼得斯吗？然而那女的又是谁呢？一个沼地村的宽肩膀的小伙子站在她前面，挡住了她的脸。人们继续狂舞着，奥勒·彼得斯同他的舞伴从人丛中转了出来。'福莉娜！福莉娜·哈德尔斯！'豪克几乎叫出了声，随即便松了一口气。可艾尔凯，艾尔凯又在哪里呢？难道她没有舞伴，或者她为了不跟奥勒跳，因此也就拒绝了其他所有的人？音乐再次停下来，随后又开始跳一种新的舞，但他仍然看不见艾尔凯！这时奥勒又从对面跳过来了，胳臂里搂着的仍旧是那个胖女子福莉娜！

"'喏，喏，'豪克自言自语说，'这下耶斯·哈德尔斯就快把自己那二十五亩地让给人家，自己去养老啦！可艾尔凯究竟上哪儿去了呢？'

"他离开门口，挤到舞场里边去，想不到，他突然就站在了艾尔凯面前。她正与一位年纪大一些的女友坐在屋角里聊天。

"'豪克！你来了吗？'她抬起头来望着小伙子，惊喜地叫着，'我可是没看见你跳舞呀！'

"'我压根儿不跳舞。'豪克回答。

"'为什么呢，豪克？'姑娘一边站起身，一边继续说，'愿意和我跳吗？我没有接受奥勒·彼得斯的邀请，这家伙不会再来了！'

"可豪克仍然没有准备跳舞的样子。

"'我感谢你，艾尔凯，'他说，'我对这事不大在行，人家会笑你的，那样反倒……'他顿住了，只是用自己那灰色的眼睛深情地望着她，仿佛他不得不让它们来代自己述说藏在心中的话。

"'反倒什么，豪克？'姑娘低声问。

"'我是说，艾尔凯，那样一来，今天这一天对于我就反倒不圆满啦。'

"'不错，'她说，'你得到了比赛的胜利。'

"'艾尔凯。'小伙子温柔地唤着姑娘，声音轻得不能再轻。

"姑娘的脸颊陡然升起一片红云，同时垂下了眼睑。

"'去！你想讲什么？'她说。

"这当儿，女友给一个小伙子请去跳舞了，豪克才放开嗓门儿说：'我想艾尔凯，我得到的是更宝贵的东西！'

"姑娘的两眼继续盯了一会儿地面，随后慢慢抬起来，把一道深沉有力的目光射到豪克的眼睛中，使他如夏日里感到清风的吹拂一样，顿时心旷神怡。

"'说吧,豪克,你怎么想就怎么说好了!'姑娘对他讲,'我想,我们会相互理解的!'

"这一晚艾尔凯没有再跳舞,当两人走回家去的时候,便你拉着我的手,我拉着你的手。夜空中繁星闪烁,沼泽地里一派宁静,从东方刮来的阵阵夜风仍夹带着料峭寒意。可两人慢慢走着,既未包头巾,也未裹披肩,仿佛春天突然已经降临。

"豪克考虑到了一件东西,虽然这东西要到将来才派得上用场,可他仍想用它私下里使自己高兴高兴。因此在接下来的那个礼拜天,他就进城去找老金匠安德逊,请他重重地打一只戒指。

"'把指头伸过来,让我量量!'老金匠说,同时抓住豪克的无名指,'喏,还不像你们那地方的人通常那么粗!'

"可豪克却告诉他:'老师傅,请您量小指头!'说着便把小拇指伸过去。

"金匠怔怔地望着他,不过,这些小乡巴佬的异想天开与他无关,因此说:'这么小的尺寸,在我们准备给姑娘戴的戒指里边准有!'

"豪克臊得一下子脸红筋胀,不过确实选到了一只挺合适的戒指。他急忙接过来,付了现钱,心怦怦跳着,郑重其事地把戒指揣进了背心口袋里。随后就这么每日每时地把它带在身上,心里既充满不安,又怀着骄傲,仿佛那只背心口袋专为准备来藏这戒指似的。

"他这么把它藏在怀中有一年多,是的,身上的背心也已换过一件了，可是仍然找不到使它得见天日的机会。不错，他偶尔也在脑子里闪过一个念头，想直截了当地去向东家提出这件事，他父亲不也是本地一个有根有底的人吗？然而，当冷静下来，他心里便明白，老堤长肯定会笑话他这个小长工的。豪克和堤长的女儿于是只好照老样子过下去，她呢，也保持着做姑娘的矜持。只是两人都心照不宣，恰似永远手牵手地走在一起。

"上次比赛过后一年，奥勒·彼得斯便辞去堤长家的差事，与福莉娜·哈德尔斯结婚了。果不出豪克所料，老头子被打发养老去了，如今骑着那匹黄色母马跑下地的已不是胖小姐福莉娜，而是洋洋得意的新姑爷。据人讲，他每次回村时也是一下子冲上堤坡。豪克升任了大长工，他的位置则由一个更年轻的小伙子接替。起初堤长可不愿意这样做。

"'他还是当小长工好些，'老头子嘟囔说，'我这儿记账的事少不了他啊！'

"谁知女儿却站出来表示异议：'要这样，豪克也会走掉的，爸爸！'

"老头子一听害了怕，豪克被提升成了大长工。尽管这样，他仍一如既往地帮着料理堤上的事。

"又过了一年，豪克开始对艾尔凯谈起他父亲体弱多病的情况，说光是夏天由东家放他回去帮几天忙已经解决不了问题，父亲苦撑着，他不能一直看着不管啊。——那是一个夏天的傍晚，薄暮中，两人站在家门前那棵高大的梣树下。姑娘抬起头，呆呆地望了一会儿树顶的枝丫，然后回答说：'我也不想叫你这么做，

豪克，我想你自个儿会有正确的主张的。'

"'那么，我就得离开你们家，'他说，'再也不能来了。'

"两人沉默下来，遥望着那慢慢沉浸到堤后海中去的晚霞。

"'你得知道，'过了半响姑娘才又开了口，'今天上午我去看过你父亲，发现他坐在椅子里睡着了，一手捏着绘图笔，一手拿着绘图规，面前的桌子上摊着一张画了一半的图。——他醒来后，吃力地和我拉了半个钟头话。我要走了，他战战兢兢地拉着我的手留住我，好像担心这是最后一次似的，可我……'

"'可你什么，艾尔凯？'豪克见她欲言又止，便问。

"一串泪珠顺着姑娘的脸颊滚下来。

"'我只想着我的父亲，'她说，'相信我，他很难没有你啊！'接着，她像是又鼓了鼓勇气，继续说：'我经常感到，他的日子看来也不多了。'

"豪克没有回答，他突然感到，他背心口袋里的戒指仿佛动了一下。可还在他克制住对这种下意识的冲动的不快之前，艾尔凯又讲了：'不，不要生气，豪克！我相信，你是不会这样就离开我们的！'

"听到这儿，他激动地抓住她的手，她也任他抓着。两个年轻人在沉沉暮霭中相傍而立，好半天才松开手，依依不舍地分别了。——突然刮起一阵风来，梣树的叶簇发出沙沙的响声，屋子正面的护窗板更是哗啦哗啦响。风过后，夜幕慢慢合拢来了，辽阔的平野上万籁俱寂。

"在艾尔凯帮助下,豪克得到了辞工回家去的允许,只不过老堤长没有让他马上走。如今,堤长家已新雇了两个长工。——又过了几个月,特德·海因死了。临终前,他把儿子叫到病榻前。

"'坐到我这儿来,孩子,'老人家声音微弱地说,'靠近点!别害怕,在我身边只有上帝的黑天使,来召唤我到他跟前去。'

"儿子深为震惊,一边紧挨着床边坐下来,一边说:'爸爸,您老人家要是还有什么话,就只管讲出来吧!'

"'是的,孩子,还有几句话,'说着,老人把双手从被盖上伸了过来,'当你还是个半大娃娃时,就上堤长家扛活去了。那时你脑子里想的是,有朝一日也要当个堤长。这想法传染了我,我渐渐也认为,你是块当堤长的好材料。可是,要干这么大的差事,我能给你的遗产却太少了啊!在你当长工这些年,我省吃俭用,想把……想把给你的遗产增加一些。'

"豪克激动地抓住父亲的双手,老人极力想坐起来,以便看清儿子的面孔。

"'是的,是的,孩子,'他说,'在那边小柜子最上头一个抽屉里,放着一份文书。你知道,安捷·沃勒尔斯老婆子有五亩五分地,可她光靠这点地的租金养不活自己那把老骨头,因此我每年圣马丁节都给她一笔钱,在手头宽裕时甚至还多给这个可怜人一点。这样,她便把地过户给了我,一切都按法律手续办好了。——眼下她也离死不远,得了我们沼泽地的人常得的恶症,往后你不需要再付给她钱啦!'

"老人闭了一会儿眼睛,然后又说:'不多啊,只是比你在家那会儿总算多了点儿,但愿够供你在尘世上受用!'

"听着儿子感激的话语,老人安然睡去了。他没有什么可操心的了,几天以后,上帝的黑天使就使他永远合上了眼。豪克于是继承了父亲的产业。

"下葬后的第二天,艾尔凯来到他家。

"'谢谢你来瞧我,艾尔凯!'豪克这么招呼她说。

"可她却回答:'我不是来瞧瞧的,我要把你这地方整理整理,让你在自己家里生活得像个样子!你父亲只知道他的数字和图,顾不上自己的生活,死神来了更把一切搞得乱糟糟的。现在我要把这个家弄得稍微能住人一点!'

"豪克望着她,灰色的眼睛里充满信任。

"'你就尽管整理吧!'他说,'我也高兴能这样。'

"艾尔凯于是动起手来:掸掉了仍然摆在桌上的绘图板上的灰尘,捡到了阁楼上去;绘图笔、铅笔、粉笔收拢来了,集中放进小橱柜的一只抽屉里;然后唤来年轻女用人,由她帮着把整个房间里的家具摆设调整了位置,这一下房间就显得明亮宽大了。艾尔凯微笑着说:'这种事只有我们女人才办得到!'豪克呢,尽管心中带着丧父的哀痛,眼里却闪着幸福的光芒,在需要的时候也亲自动手帮助艾尔凯一下。

"傍晚——当时是9月头上——一切都如艾尔凯希望的那样就绪了,她便拉住豪克的手,用黑色的眼睛望着他说:'走,到我家里吃晚饭去,我答应过爸爸一定带你去的。吃完饭,你要回来

就随你的便！'

"当他俩踏进堤长那宽敞的起居室的时候，护窗板已经关好了，桌子上点着两支蜡烛。老头子想要站起来，但沉重的身躯不听使唤，刚欠起一半又倒回到椅子里。

"'很好，很好，豪克，'他大声对自己过去的长工说，'你想到来看你的老朋友！走近点儿，再近点儿！'豪克走到他的椅子前，他用自己那双圆滚滚的手抓住豪克的手，继续说：'喏，喏，孩子，别难过，我们大家谁都免不了要死的，何况你父亲并非一个坏人！——我说，艾尔凯，这就去把烤鹅端上来吧，咱们也该加点油啦！工作多得很喽，豪克！秋季视察即将开始，修堤建闸的账目堆积得有山那么高，西边的一段新近又出了问题，忙得我一塌糊涂，昏头昏脑。可你，感谢上帝，却年轻得多。你是个好小伙子，豪克！'

"讲完这一长串话，老头子心里的负担全没了，便把身子靠到椅背上眯缝着眼睛，满怀期待地瞅着房门；这当儿，艾尔凯端着一大钵烤鹅走进来。豪克面带微笑地站在堤长旁边。

"'快坐下吧，豪克，'老头子说，'别磨蹭，凉了可不好吃喽！'

"豪克于是坐下了，对他来说，帮助艾尔凯的父亲工作就像过除夕一样有意思。秋季视察开始后没过多久，他已帮着完成了相当一部分工作。"

讲故事的教员停了下来，环视着四周的听众。窗外传来一声海鸥的啼叫，走廊上有谁在跺脚，像是想把粘在他那沉重皮靴上的泥土蹭掉。

堤长和委员们都转过头去望着房门。

"什么事？"堤长高声问。

一个头戴水手帽的高大汉子跨进门来，回答道：

"先生，我和尼克尔斯，我俩看见那个骑白马的人冲下沼泽地去啦！"

"在什么地方？"堤长问。

"在那片池塘，在杨森家的地旁边，就是豪克·海因大堤开始的地方！"

"就看见一次吗？"

"就一次，而且仅只是个影子，可这并不等于说先前没来过。"

堤长站起身。

"请原谅，"他对我说，"我们得出去看看那祸害想上哪儿去！"说完就带着送信的汉子出了房门，其他人也纷纷起身跟着他走了。

空荡荡的屋子里只剩下我和教员两人，没挂帘子的窗户再没有坐在前边的人的脊背挡着，透过它可以清清楚楚地看到外面的情况，只见狂风驱赶着乌云在空中飞奔。

老教员仍然稳坐在自己座位上，嘴上挂着轻蔑，或者甚至可以说是悲天悯人的微笑。

"这屋子太空旷啦，"他说，"可以邀请阁下到我房里去吗？

我就住在这所屋子里,请相信我,我了解海边的气候,对于咱俩来说,没什么值得担心的。"

我感激地接受了他的邀请,因为在这大屋子里,我身上已经开始觉得冷。我们端着灯爬上楼梯,来到教员住的阁楼中。他的卧室尽管也朝着西面,窗上却挂着深色的厚毛毯。一个书架上满满地摆着书,旁边挂着两位老教授的相片,桌前立着一把高背椅。

"请自便吧!"热情的主人对我说,同时添了几块泥炭在仍然燃烧着的小火炉里,火炉上边蹲着一只铁锅。"还稍稍等一会儿水就开了!然后咱们冲杯混合酒喝喝,它会使您提起精神来的!"

"不必吧,"我说,"和您的豪克在一起,我不会打瞌睡的。"

"是吧?"他用自己那双机灵的小眼睛瞅着我,等我在他的靠背椅里舒舒服服地坐好了便问,"喏,咱们刚才讲到哪儿啦?哦,哦,想起来了!想起来了!"

"话说豪克继承了父亲的遗产,不久后,安捷·沃勒尔斯也病死了,使他的产业又有所增加。可自从他父亲去世,或更确切地说,自从他临终前对他讲了那一席话以后,少年时代就在豪克心中播下的种子便发芽开花了。他反反复复地告诉自己,等到要选新堤长时,那就一定该是他。可不是吗,他父亲是全村最聪明的人,对这些事很在行,他都这么嘱咐儿子了还会错得了!还有亏他为他挣来的那份沃勒尔斯的地产,这块地将成为他豪克爬上堤长职位的第一块垫脚石！因为，当然，一个堤长是必须有一些土地的！可他父亲那些年一个人硬撑硬挨、节衣缩食，才为他弄到了这点地啊！他自己也能这样干，他能挣到更多的产业。要知道，他父亲已经耗尽了精力，而他呢，却还能苦干许许多多年！自然，他要这么硬干下去，要像他在帮助老堤长管理堤坝时那样严厉无情，村里人是不会有谁对他有好气的。再说他那个老对头奥勒·彼得斯，这家伙最近也继承了一份遗产，当起阔人来啦！豪克的面前闪过一张又一张面孔，全都拿眼睛恶狠狠地瞪着他，他对这些人也恨之入骨，竟下意识地伸出两条胳膊，像是想抓住他们似的。要知道，这些人竟想把他从一个唯有他才配担任的职位上挤掉啊。——这样一些念头死死缠着豪克，任他怎么赶也赶不走。如此一来，他年轻的心中除去诚实和爱情以外，也滋生着嫉妒和仇恨。只不过，他把后两种情感深藏在内心里，甚至连艾尔凯也丝毫不曾察觉。

　　"新年到来的时候，村里举行了一场婚礼，新娘子是海因家的一个亲戚。豪克和艾尔凯都应邀去做客。宴席上碰巧有一位近亲没有来，他俩的座位就紧挨在一起，但只有脸上掠过的一丝丝笑意，流露出了他俩因此感到的欣喜。席上笑语声喧，酒杯碰得叮当直响，艾尔凯静静坐在那里，显得情绪不高。

　　"'你不舒服？'豪克问。

　　"'噢，没什么，我只觉得这儿人太多了。'

　　"'可你的样子看上去闷闷不乐的哩！'

　　"她摇摇头。两人随即又不讲话了。

"蓦地，对于她的沉默像产生了嫉妒似的，豪克忍不住伸出手去，在长长拖着的桌布底下抓住了她的手；她呢，也不声张动弹，而是充满信赖地紧紧握着豪克的手。大概她近来突然遭到一种孤寂感的袭击吧？她不得不眼睁睁地看着自己的父亲一天天地衰老啊。——豪克想不到向自己提出这样的问题，可在他把那枚金戒指从口袋里掏出来的当儿，他的呼吸却几乎停止了。他一边把戒指套到她那小手的无名指上，一边声音颤抖地问：'能让它戴着吗？'

"席对面坐着牧师太太，她突然放下手中的叉子，转过脸去对她的邻座说：'上帝保佑，瞧那姑娘！脸白得跟个死人似的！'

"可艾尔凯的脸上很快恢复了血色。

"'等一等好吗，豪克？'她低声问。

"'为什么？'聪明的弗里斯兰小伙子稍稍沉吟了一下，问。

"'你知道的，不需要我告诉你。'

"'你说得对，'豪克应道，'行，艾尔凯，我可以等——只希望有个期限！'

"'啊，上帝，我怕已经很快了！别这么讲，豪克，你这是在想我爸爸死哩！'她边说边把另一只手搁在胸口上。'在那以前，'她说，'我把你的戒指藏在这儿，你不用担心在我活着的时候会把它收回去！'

"这当儿两人都露出了笑容，而且相互把手握得如此之紧，要换个场合姑娘一定会疼得叫起来的。

"牧师太太一直盯着艾尔凯的眼睛，发现它们现在在那锦缎花边软帽底下闪着光,犹如两朵黑色的火焰。席上闹得越来越厉害,牧师太太却什么都没听清,她也不再掉转脸去对邻座讲话。要知道处于萌芽状态的姻缘——她觉得桌子对面正是这么回事——在开花结果时必定带给她丈夫一笔进款,所以她总是看在眼里,喜在心上。

"艾尔凯的预感果然成了事实,复活节后的一天早晨,家里人发现特德·福尔克尔兹堤长死在了自己床上。从脸相看,他获得了善终。近几个月来,他已多次表现出活得不耐烦的样子,甚至他最爱吃的烤鹅和鸭子,嚼在嘴里都不再有滋味。

"村子里于是隆重地举行了一次葬礼。在上边教堂旁的公墓里,朝西有一座用铁栏围起来的坟墓。墓前种着棵白蜡树,正对这棵树立了块宽宽的青石碑,碑上刻着腮帮子显得格外结实的逝者像,像下是大大的这样几行字:

> 死亡将吞噬一切,
> 包括你的知识和本领;
> 一个聪明人去世了,
> 愿上帝赐给他永生!

"这是前任堤长福尔克尔特·特德逊的墓,如今在它旁边又新挖了一个坑,准备把他的儿子,已故的特德·福尔克尔兹堤长埋进去。这当口,送殡的队伍已从下边的沼泽地出发。从本教区的各个村子集中了无数的马车,打头的是一辆巨大的灵车,由堤长家两匹毛色光亮的黑马拉着,已经来到了坡下。在强劲的春风中,马鬃毛和马尾巴不住飞扬。教堂周围的墓地里已经挤得水泄不通,就连围墙上也蹲着一些大娃娃,怀里还抱着小弟弟小妹妹。人们谁不想开开眼界呢。

"在下边沼泽地的家中,艾尔凯在正房和起居室里摆好了丧宴,陈年的葡萄酒已经搬上桌子,并在为总堤长——他今天也不会缺席的——和牧师预备的座位前各单独放了一瓶。一切准备停当了,艾尔凯便穿过马厩走到门外。她在路上没遇见任何人,长工们驾着两辆马车送葬去了。她站在门前,身上的丧服在春风中飘飘荡荡,她遥望着最后几辆马车爬上对面的墓地。不一会儿,从那边传来杂沓的人声,接着又是一片死寂。大概人们已将灵柩放进坑里,艾尔凯下意识地合起掌来,口里念道:'主要你重新化为泥土!'她觉得,从墓地那边也传来了同样的祷告声。接着,她满眼泪珠,捧着的双手垂了下去,更加热诚地祈祷着:'我们在天的圣父啊!……'祷文念完了,她仍一动不动地站了半天。在偌大一所住宅面前,如今她已是唯一的主人!想到这里,死与生的念头在她心中斗争开了。

"远远传来的车轮滚动声惊醒了她。她睁眼一看,马车一辆接一辆地进村了,正朝着她的家驶来。她直一直身子,再定睛看了看远方,然后就像来时一样穿过马厩,退回到已经布置得肃穆庄严的内室里去。里边也阒无一人,只能透过墙壁,听见女仆们在厨房中嘀嘀咕咕的声音。宴席摆在那儿,显得如此寂静,如此孤孤单单。窗户之间的那面镜子盖上了白绸,火炉两边的铜环也一样,屋子里没有任何东西再闪亮发光。艾尔凯看见她父亲最后睡的那张嵌在墙里的大床的两扇门开着,便走过去把它们关上。在大床门上画着的玫瑰和丁香当中,写着两行金字,艾尔凯下意识地把它们念了出来:

日间勤干活,
夜来睡觉香。

"这还是祖父遗留下来的啊!她瞅了瞅壁橱,里边几乎空空如也,但透过玻璃门仍可看见那只精致的高脚杯。父亲生前总是津津乐道,说这是他年轻时在一次赛马会上赢得的奖赏。艾尔凯把奖杯取出来,放在总堤长的餐具旁边。接着她便走到窗前,听见马车爬上坡来了。马车一辆接一辆停在房前,客人们纷纷从车上跳下,神情比刚才来时欢快得多。他们搓着手,聊着天,一窝蜂挤进屋子,顷刻间全坐上了摆着热气腾腾的美馔佳肴的筵席。总堤长和牧师坐在正屋里,豪克同奥勒·彼得斯以及其他一些小地主则在起居室中入了座。席上顿时你一言我一语,十分热闹,好像死神从不曾使这房里变得冷清怕人似的。艾尔凯眼睁睁望着她的这些客人,默默地带着女仆在席间转来转去,在丧宴上可不能有什么差错啊。

"吃完饭,又从屋角里取出一些陶土烟斗来点上,请客人们抽。艾尔凯忙着一杯一杯给客人端咖啡,在今天这样的日子什么都不能节省。总堤长、牧师和满头白发的耶维·马涅斯委员,三个人一块儿站在起居室中已故主人的办公桌旁边谈话。

"'一切顺利,先生们,'总堤长说,'咱们总算隆重地把老堤长给安葬啦。可现在的问题是,从哪儿去找一位新堤长呢?我考虑,马涅斯,一定得由阁下来承担这个光荣的职责了!'

"马涅斯老头笑嘻嘻地揭下黑绒软帽,露出自己的满头白发。

"'总堤长阁下,'他说,'这角色叫我还能演几天呢?还在已故的特德·福尔克尔兹接任堤长那会儿,我就当上了委员,到今天已经四十年啦!'

"'这不算缺点,马涅斯,你因此对业务更熟悉,干起来不会有困难嘛。'

"可老委员直摇头:'不,不,大人!我过去干什么现在仍让我干什么吧,这样没准儿还能多凑几年热闹!'

"牧师也附和他。

"'是啊,'牧师说,'为什么不让近些年实实在在干着堤长工作的人来顶这个缺呢?'

"总堤长怔怔地望着他说:'我不明白您的意思,牧师先生!'

"牧师用手指了指正屋,豪克正在里边慢条斯理地对两位年长者解释什么。

"'就是他,'牧师说,'这个高高的弗里斯兰汉子,他长着一对聪明的灰眼睛,鼻梁突出,脑袋上有两个旋儿!从前他是老堤长的长工,现在已经自己当家,虽然年纪还轻了点儿!'

"'他像三十出头吧?'总堤长打量着牧师介绍给他的这个

人,问。

"'还不满二十四,'马涅斯委员插进来说,'不过牧师先生讲得对,近几年老堤长所提的所有筑堤建闸方面的好建议,全都是他给想出来的,老人家到最后确实是一点不中用了。'

"'是吗?是吗?'总堤长非常惊讶,连声问道,'而您是否也认为,他是接替老堤长职位的合适人选呢?'

"'合适倒合适,'耶维·马涅斯回答,'只不过,他缺少人们所说的"立足的根基"啊!他父亲过去有十五亩地,他眼下有近二十亩,可凭这点儿地产还从来没谁当上过堤长哩。'

"牧师张开嘴巴想要反驳,这当儿已在屋里站了好久的艾尔凯突然走到他们面前。

"'大人允许我也讲句话吗?'她冲着总堤长说,'我只是希望,误解不要造成错误!'

"'请讲吧,艾尔凯小姐!'总堤长回答,'从漂亮姑娘嘴里产生的智慧,任何时候都是动听的!'

"'不是什么智慧,大人,我只想讲真话!'

"'那也同样会很动听,艾尔凯小姐!'

"姑娘的黑眼睛扫视了一下周围,像是想看看有没有不相干的人在旁边偷听,然后才开了口。

"'大人,'说时她的胸脯激动得剧烈地一起一伏,'我的教父耶维·马涅斯老爹刚才告诉您,豪克只有二十亩地产,这在眼下当然是不错的。不过呢,他很快又可以称我父亲的这些地——这些如今归我所有的地产——为他自己的了。这么两下加在一块

儿，对于一位堤长来说总该够了吧！'

"马涅斯老头把白发苍苍的脑袋冲她伸过去，像是先得看清究竟是谁在讲话。

"'什么什么？'他问，'你这是讲些啥啊，孩子！'

"艾尔凯却从内衣底下搜出一条黑带子来，带子上系着枚亮晃晃的金戒指。

"'我已经订婚了，马涅斯教父，'她说，'喏，订婚戒指在这儿，豪克·海因就是我的未婚夫。'

"'啥时候——这我总可以问问吧，艾尔凯·福尔克尔兹，是我抱你受的洗嘛——啥时候你已订了婚来着？'

"'好久以前了。不过我已经成年，马涅斯教父，'她回答，'当时我爸爸的身体已很衰弱，由于我了解他，便没拿这事去烦他的心。眼下他到了上帝身边，会明白自己的女儿找到了一个稳妥的丈夫。本来我打算在守丧的一年内都不讲这件事，可现在为了豪克，为了堤内这一大片土地，我不得不讲了！'她转过脸来望着总堤长，补充道：'大人，请您原谅！'

"三个男人面面相觑。随后，牧师笑了起来，老委员'唉唉唉'地直叹气，总堤长摸着自己的额头，像是要做出什么重大决断似的。

"'好，可爱的姑娘，'总堤长过了好半天才说，'可是，对于夫妻间的产权问题，你们这儿是怎么规定的呢？我得承认，我一下子给搞得糊里糊涂，对这事没有把握了！'

"'这个您也不用操心，'艾尔凯把话接了过去，'我准备在

结婚前就把财产移交给我的未婚夫。再说,我还有那么点子虚荣心,'她笑了笑,补充道,'希望能嫁给全村中最有钱的男人嘛。'

"'喏,马涅斯,'牧师又开了口,'我想,现在你这位教父也不会反对我为这位年轻堤长和老堤长的闺女举行婚礼了吧!'

"老委员轻轻摇了摇头,严肃地说:'上帝保佑!'

"总堤长老爷却握着姑娘的手道:'你讲得又诚恳又聪明,艾尔凯·福尔克尔兹小姐。我感谢你使事情得到了很好的澄清,并且希望将来也像今天一样,当然是在更愉快的情况下,到你家里来做客。不过——由一位这么年轻的姑娘支持起来的堤长,到底是有些稀罕的啊!'

"'大人,'艾尔凯再次目光严肃地望着这位和气的大官,回答道,'一个好样儿的丈夫总该可以得到妻子的帮助吧!'说完,她便走到隔壁房中,默默地把手伸给了豪克。

"一些年过去了。如今在特德·海因的房子里,住着一名健壮的长工和他的老婆孩子。年轻的堤长豪克·海因搬进了岳父的宅子,与妻子住在一起。夏日,门外那棵大梣树仍如以前似的风一吹过就沙沙作响,只是眼下摆在树下的那条长凳上,傍晚时分人们多半只见到年轻的主妇独自一人做着手工。小两口一直还没有孩子,丈夫又忙着别的事,没工夫来门前闲坐。当初他尽管帮着老堤长干了不少事,但有些事连他自己也认为还是暂时不碰为好,就拖了下来。如今他可得一件一件把它们全清理掉,因此非猛干不可。再说,他自己的那份地加进来以后,农事经营也繁重多了，同时他又力图省掉一个小长工。这么一来，小两口除去礼拜天一道赶弥撒，通常都只在吃豪克匆匆张罗的午饭时以及一早一晚见见面。生活是无休无止的辛劳，但也令人满足。

"然而不久闲话就出来了。在一个礼拜天做完弥撒以后，一伙比较年轻因此也不那么沉得住气的地主，在教区的酒馆里喝开啦。三四杯一下肚，便开始品评起区里和上头的那些大官来。还不是品评皇上和政府，那年头儿人们的眼睛还望不到这么高。特别是讲到了本地区的财政开支和负担，他们越讲越觉得一无是处，尤其对新增的堤坝费用更是一肚子火：所有的池塘、所有的水闸，本来好端端的，现在突然都需要修理；大堤上也总发现一些新的地方必须把几百几百车的土填进去，真是鬼才晓得是怎么回事！

"'这得怪你们那位聪明的堤长，'住在坡上的一个地主说，'他一天到晚都在动脑筋，然后便啥事都来插一手！'

"'可不，马尔登，'坐在他对面的奥勒·彼得斯连忙接过话头，'你说得完全对，这小子鬼名堂可多啦，净想讨总堤长的好儿，结果咱们就遭了殃！'

"'你们干吗让他蹲在自己脖子上啊？'另一个说，'这叫自作自受不是！'

"奥勒·彼得斯笑了起来：'唉，马尔登老兄，我们那儿就是这个样子，一点办法也没有。从前老头子当堤长靠的是他爸爸，而今这一位，靠的是他老婆呗！'

"全桌的人哄堂大笑，表明奥勒这两句话说得够俏皮的。

"就这么在酒馆中说说还不算,在上上下下的村子里也很快传开了,豪克本人同样听见了这件事。气愤之下,他眼前又晃过一张张居心险恶的面孔,耳畔同时听见了比那酒馆中更令人难堪的讪笑。

"'这些个狗!'他大叫一声,眼睛射出怒火,活像要叫人狠狠地鞭打他们一顿。

"艾尔凯把手抚在他的胳膊上说:'随他们去,为你现在的地位,他们谁会高兴呢!'

"'问题也就在这里!'豪克怒冲冲地回答。

"'可是,'她继续说,'奥勒·彼得斯自己不也讨了个有钱老婆吗?'

"'他是这样,艾尔凯,只不过,他讨福莉娜所得到的,还够不上使他成为堤长啊!'

"'你应该说,他本人够不上当堤长!'艾尔凯边说边使丈夫转过身去对着镜子,因为当时他俩正好站在房中的两扇窗户间。'瞧,'她说,'镜子里边这位就是堤长!只有谁管得了堤长的事,谁才配有这个称呼!'

"'你说得不错,'豪克若有所悟地说,'不过……喏,艾尔凯,我必须看看东边的水闸,最近门又关不上了。'

"妻子握着他的手说:'来,先看看我,豪克!怎么回事儿,你的眼睛怎么没精打采的?'

"'没什么,艾尔凯,你刚才讲得对。'

"豪克出了家门,可他没走多远,就把修闸门的事忘了。另外一个他考虑多年然而并不成熟的想法,过去一度让繁忙的事务给挤到一边去了,这会儿突然重新闯进他脑子里,使他像长上了翅膀似的迅速有力地向前迈去。

"不知不觉间,他已来到海堤上,往南朝进城的方向走出了老远的一段。坐落在同一方向上的海堤边的村子,早已消失在他左边。他仍然不停地往前走啊,走啊,眼睛盯着紧临海水的宽宽的滩头。这当口谁要在豪克堤长身旁,一定能从他的眼神中看出他在多么紧张地绞尽脑汁。他终于停住了。在他面前,宽宽的滩头已经消失,变成了紧贴在堤下的窄窄的一条。

"'一定得这么办!'他自言自语着,'干上他七年,让这帮家伙再不能讲我是靠老婆当上堤长的!'

"豪克仍旧站在那儿,用他锐利而深邃的目光扫视着绿色的海岸,然后他又往回走,一直走到面前大片滩头也为一条狭窄的牧地代替的地方。在这儿,一股巨大的海水紧贴着堤根横流而过,把整个牧地和大陆分隔开来,形成了一个涨潮时就会淹没的孤岛。一座粗陋的木桥通到岛上,以便农民们牵着牧放的牲口、驾着装草料和谷物的车辆来来去去。眼下是退潮季节,金色的9月的阳光,闪耀在那块宽约百步的牧地以及从中横过的水沟上。就连目前,大海仍不停地把海水灌入沟中。豪克把眼前的情况观察了一阵以后,自言自语说:'可以把它堵住!'说完他便抬起头来。这当儿,他脑子里已出现一条从南到东的长长的弧线,打他脚下开始,横穿过面前的水沟,沿着孤岛的边沿一直延伸,最后又在另一端横过水沟,最后连接到大堤上。这条豪克在想象中画出的线，可就是一道新的堤坝啊。说它新，是因为它的截面设计前所未有，至今仅仅存在于豪克的脑子里。

"'这一来又可围出一千亩左右的土地，'他微笑着对自己说，'多是不算多，不过……'

"这时他脑子里又涌现了另一些数字：这片滩头地属于全村共有，各人按其在村中土地的大小或其他合法收入的多寡，分别占有一定的份额；他开始把他因本人原有地产而占有的份额，因承继岳父的地产而占有的份额，以及因婚后才添置的土地而占有的份额，三者加在一起，心中已隐隐约约地对将会得到的好处感到喜悦，仿佛正看见自己的羊群在不断增加。所有的数字加在一起也真够可观的，因为他把奥勒·彼得斯的全部份额都买过来了。这家伙运气不好，在去年部分地段遭淹时，他最好的公羊给淹死啦。可那次水灾也够奇怪的，就豪克记忆所及，连潮头最高的时候不是都才淹着那些边沿地带吗。而一旦他想象中的新堤完工，又会围出多少富饶的牧地和庄稼地，又会创造多大的价值啊！豪克感觉有些飘飘然了。不过他马上用指甲掐了掐手心，强迫自己冷静下来，好好看一看眼前的现实：在他前面是一片没有堤坝保护的滩头，一群肮脏的绵羊正在最靠外的岸边慢慢移动着，吃着草，谁知往后一些年这儿将遭到怎样的风暴和洪水袭击呢？而对于作为堤长的他来讲，还会有一大堆的工作、斗争和不快！可尽管如此，当他走下堤坝，循着小路越过沼泽，向他家所在的土坡走去的时候，他仿佛已经带回来了巨大的财富。

"艾尔凯在过道上碰见他，问：'水闸修得怎么样了？'

"他脸上露出神秘的微笑,望着她回答:'我们将会很快有另一条水闸、另一些闸门和一道新堤!'

"'我不明白你的意思,'艾尔凯与他一边往里走一边问,'你想干什么啊,豪克?'

"'我想,'他慢吞吞地开了口,接着又停了停,'我想,在咱们地头正对面向西延伸的那一片海滩,可以围起来,变成一劳永逸的可耕地。洪水已经好几十年没有侵扰咱们,可一旦再涨一次大潮冲毁旧堤,美好的一切统统都得完蛋,只有哪个老懒鬼才能让这种情况一直拖到今天。'

"艾尔凯瞠目结舌地望着他。

"'你这是在骂你自己哩,豪克!'她过了一会儿说。

"'我是骂我自己,艾尔凯。不过,在这之前我也干了不少别的事呀!'

"'不错,豪克,你确实干得够多的了!'

"他在老堤长的椅子里坐下来,双手紧握两边的扶手。

"'你有足够的勇气吗?'他妻子问他。

"'我有,艾尔凯!'他急急地回答。

"'别急躁,豪克,这可是一桩关系着生死的工程啊。而且几乎所有人都将反对你,谁也不会对你的辛劳和操心表示感激!'

"'我知道。'豪克点点头说。

"'要是一旦不成功可就更糟!'艾尔凯嚷起来,'我从小就听说,那条水道是堵不得的,因此谁都不敢去碰一碰!'

"'这只是懒汉们的借口!'豪克说,'为什么就不能堵这条

水道呢？'

"'为什么我没听说，也许，也许它是直着穿过牧地的，海水的冲力太猛了吧。'说到这里她回忆起了一件事，严肃的眼睛闪动着近乎狡黠的笑意，说，'当我还是个孩子的时候，有一次听长工们讲过这条水道。他们认为，要想在那儿筑坝，除非扔一个活人下去当牺牲，让他一块儿堵住海水才成。说在一百多年前筑另外一边的堤坝时，就扔了一个花大价钱从他母亲手里买过来的吉卜赛娃娃下去！可现在还有哪个母亲肯卖掉自己的孩子呢！'

"豪克听得直摇头：'好在咱们没有孩子，要有，那些家伙没准儿还会要咱们拿他去当牺牲呐！'

"'我绝不给他们！'艾尔凯说，同时恐怖地用双手紧紧抱住自己的身子。

"豪克微微笑了，艾尔凯却继续问：'还有那巨大的费用呢？这你考虑过吗？'

"'我考虑过，艾尔凯。我们在那儿获得的利益，将大大超出所用的经费，何况节省下来的维修旧堤的钱可以抵去相当一部分。而且，我们将自己动手干，全村有八十辆大车，年轻劳动力也不缺。你至少不是平白无故地让我当上堤长的吧，艾尔凯！咱要让他们瞧瞧，咱真正是个堤长！'

"她在丈夫面前弯下腰来，满怀忧虑地望着他，然后一边站起来，一边叹了一口气。

"'我得去接着干我的活儿了，'她说，同时用手轻轻摸着他的脸颊，'你也干你的吧，豪克！'

"'阿门,艾尔凯!'豪克严肃地笑了笑说,'对,咱俩都有的是工作啊!'

"是的,他俩的工作都够多的,不过,最重的担子,仍然落在丈夫肩上。一个又一个礼拜日的下午,常常在人家都休息以后,豪克还和一位能干的土地丈量师一起坐着,专心致志地要么计算,要么绘图。剩下他一个人也同样地干,而且经常干到午夜以后。干完他才轻轻摸进与妻子同住的卧室——自从豪克当家起,起居室里那个又粗又笨的床就取掉了。他的妻子呢,为了让丈夫能得到休息,就闭着眼睛装睡,其实心仍怦怦地跳着,一直在等着他。进屋后他有时也吻吻她的额头,说几句温存的话,接着便躺下来,可往往一直要躺到鸡叫头遍才睡得着。冬天里,他顶着风暴跑到堤上,手握着铅笔和纸,站在那儿不断地画,不断地记。风不止一次刮跑他头上的帽子,使他灰色的长发围着灼热的面颊飘来飘去。只要冰还没有把路封死,他就常常驾着船,带着一名长工到浅海里去,在那儿用测锤和长竿测量他还没有把握的水流的深度。艾尔凯总是为他提心吊胆,但他只有重又回到家中,才能从她那紧紧与他相握的手,或者从她那一贯十分宁静的眸子里射出的炽热目光中感觉到妻子多么为他担心。

"'拿出耐心来,艾尔凯!'有一次,他觉得妻子像是不打算再放他走了,便说,'我必须自己先把情况摸得一清二楚,才好提出建议来啊!'

"妻子听了点点头,让他去了。另外,他进城见总堤长的次数也不少。在这一切以及为家务和农事操劳完以后,经常还得接着熬夜。在工作和业务关系以外，他几乎与别人断绝了一切交往，就连跟自己妻子打交道的时间也越来越少了。

"'这是一些可怕的日子，而这样的日子还会持续很久很久啊。'艾尔凯常常一边暗自叹息，一边干着家务。

"终于，太阳和春风唤醒了冰封的大地，最后的准备工作完成了。要呈报总堤长以便他拿到上头去请求批准的种种文书，其中包括为促进公众福利以及政府税收而在上述海滩建造新堤的建议——要知道不出数年，就可增加近千亩良田啊——都已经誊写清楚，并连同一大批附件——有关地段目前和将来的变化对比图，一系列水渠和闸门的设计方案，以及其他诸如此类的种种图表，统统捆成结结实实的一捆，最后盖上了堤长的大印。

"'成啦，艾尔凯，'年轻的堤长对妻子说，'现在你给它祝福吧！'

"艾尔凯把自己的手放在丈夫手里。

"'让咱俩齐心合力坚持下去。'她说。

"'一定坚持下去！'

"紧跟着，他就派人快马加鞭地将文书送进了城。"

"请您注意，亲爱的先生，"教员中断了自己的故事，用他那对小小的眼睛和蔼地望着我说，"我在此之前所告诉您的一切，都是我在这滨海地区执教近四十年来，从一些明达之士及其子子孙孙世代相传的故事中概括出来的。为了使您理解这一切怎么会产生下面那样的结局，我现在还得把另一些说法告诉您。过去如此，眼下依然如此，一当万圣节前后北风开始呼呼地吹刮，整个村子便十分玄乎地讲开了。

"从堤长住宅所在的土丘往北走大约五六百步，站在大堤上当时可以看见在离岸约一千来米的浅海里有一个小岛。它离对面的沼泽还稍稍远一点，本地人称它为'耶维尔斯沙丘'，也叫它'耶维尔斯岛'。在豪克的祖父一辈，岛上绿草如茵，因此还用来放牧过羊群，但后来在涨潮季节接连让海水淹过几次，草都衰败了，也就不再当作牧场。如此一来，除去海鸥之类在岸边飞行的鸟儿和偶尔停留的一只鱼鹰以外，其他生物在岛上便绝了迹。月色清朗的夜晚，从堤上看去就只能见到一片片或浓或淡的雾气在那儿缓缓飘动。而在明月从东方照着岛子的时候，有人说还能看见一些被淹死了的绵羊和一匹死马的白骨，可这马是怎么去到那岛上的，自然又谁都说不清楚。

"那是3月末的一个晚上，住在特德·海因小房里的农民和年轻堤长家的长工干完活儿，并排着站在大堤上，望着对面朦胧月色中几乎无从辨认的小岛出神。突然，他们像是发现了什么稀罕的东西。农民把两手插进衣袋里，浑身哆哆嗦嗦。

"'走，伊文，'他说，'那不是好兆头，咱们快回去吧！'

"'哎，怕什么，一头大牲畜罢啦！鬼晓得是谁把它赶到那岛上去的！你瞧你瞧，还朝咱们伸它的脖子哩！不，是低下头去吃草！可我想，那上边没草可吃呀！到底怎么回事儿？'

"'这跟咱们屁相干！'另一个说，'再见，伊文，你要不想走，我可自个儿回去啦！'

"'去，去，你有老婆，可以钻进你那热被窝！可我那房里也跟外边一样，有的只是东北风！'

"'回头见！'农民转过脸来嘟囔一声，沿着堤坝朝家里走去。伊文忍不住瞟了他远去的身影好几次，但到底还是让好奇心给留住了。这当儿，从村子方向朝着他移动过来一个矮而壮实的黑影，原来是堤长家的小长工。

"'你干啥，卡尔斯滕？'大长工迎着他问。

"'我？——不干啥，'小伙子回答，'只是东家叫你去一下，伊文·约翰！'

"伊文眼睛已经转过去望着小岛，嘴里却说：'马上，我马上就去！'

"'你在这儿瞅什么哟，这么专心？'小伙子问。

"长工抬起胳臂，一声不吭地指着岛上。

"'嗨！'小伙子压低了嗓门，说，'一匹马在走来走去——一匹白马——想必是魔鬼骑的吧——马怎么上得了耶维尔斯岛呢？'

"'不知道，卡尔斯滕，可那真是一匹马吗？'

"'真的，真的，伊文！你只瞧瞧，它完全跟匹马似的在吃草哩！可谁把它弄到那岛上去的呢？咱们村里可没这么大的船啊！没准儿只是一只羊吧？彼得·欧姆不是讲，在月光下十块土坯看上去就有一座村子那么大。不，不！瞧，它还在跳——肯定是一匹马啊！'

"两人默默地站了好半天，一直目不转睛地盯着面前岛上那影影绰绰地移动着的东西。月儿高高挂在空中，照耀着广阔的浅海区,潮水正在慢慢上涨,开始冲刷熠熠闪光的海岸。只从茫茫的海上传来轻轻的水声,一点儿听不见羊叫马嘶。堤后的沼泽地里也一片寂静,所有的牛马都已在圈里。万物全不再活动,只有那个被他俩当作白马的怪物,还在耶维尔斯岛上游来游去。

"'现在亮一些了,'长工打破了寂静,'我看得清清楚楚,那些死羊的骨头闪着白光!'

"'我也是,'小家伙边说边伸长脖子,可突然,他像恍然大悟似的猛拽起长工的衣袖来,凑近他耳朵说道,'伊文!那原来躺在地上的马骨头到哪儿去了?我看不见!'

"'我也看不见!真怪啊!'长工说。

"'并不很怪,伊文。等等,我记不起是在哪个晚上,人家说白骨也会站起来,就跟活了似的!'

"'真的?'伊文问,'这恐怕只是老娘儿们的迷信吧。'

"'没准儿是,伊文。'小伙子回答。

"'可我说,你是来叫我的吧?走,咱们得回去了!在这儿看来看去还是那么回事。'

"可小家伙还不想离开,直到大长工强迫他转过身去,拖着他上了路。

"'听着,卡尔斯滕,'伊文在离开那幽灵出没的小岛很远以后才说,'我可一直认为你是个好样儿的,我想,你一定很愿意亲自过去看个究竟吧!'

"'嗯,'小家伙应着,可仍然有些胆战心惊,'是的,我希望这样做,伊文!'

"'真的吗？——那好，'在小伙子使劲与他拍了一下手表示说话算话以后，长工又讲，'明晚上咱们把船解开，你划着去耶维尔斯岛，我一直站在堤上等你。'

"'好，'小伙子回答，'就这样！我将带上我的鞭子！'

"'带着吧！'

"然后，两人慢慢爬上土丘，向着东家的房子走去。

"第二天晚上，也是这个时候，长工坐在厩舍门前的大石头上，小伙子一边抽着响鞭，一边向他走来。

"'这鞭子真带劲儿！'长工说。

"'当然带劲儿！'小伙子回答，'可你得当心，我还在皮条里编了一些钉子呐。'

"'走吧！'长工说。

"月亮跟昨天一样高挂在东边的天空，洒下来一大片银辉。两人很快又到了外边的大堤上，眺望着大海中那雾气缭绕的耶维尔斯岛。

"'你瞧又来啦，'长工说，'下午我到过这儿，岛上并没有马，相反，我却清清楚楚地看见了地上马的白骨。'

"小伙子伸长了脖子，声音很低地说：'眼下可没有哩，伊文。'

"'喏，卡尔斯滕，怎么样？还想过去瞧瞧吗？'长工问。

"卡尔斯滕考虑了一会儿，然后把鞭子在空中抽得啪地一响，说：'只管解缆吧，伊文！'

"这当儿,那边岛上一个走来走去的东西却像昂起了脖子,向着大陆探出了脑袋。可是他们已经走下堤坝,到了拴船的地方,因此再也没有看见。

"'喏,上去吧!'长工解开船缆后说,'我留在堤上一直等你回来。你必须从东边靠岸,那儿经常总是好停船的!'

"小家伙默默地点点头,摇着船,带着他的鞭子,闯进月夜里去了。长工慢慢踱回到堤跟前,爬到了他们刚才站的那个地方。不一会儿,他就看见小船在一条宽水流尽头的黑色峭岩边停住了,紧接着,船里的一个矮小人影便跳上了岸。——听,不是小家伙在抽响鞭的声音吗?但也可能是正在上涨的潮水的喧嚣。在离小家伙登岸处往北几百步远的地方,他又看见了他们当成是一匹白马的怪物,而此刻!啊——小家伙的影子正冲着它走去!突然,那怪物抬起头来,像是愣住了似的,同时传来小家伙甩响鞭的噼啪声——这次听得非常清楚。可是不知怎么搞的,他沿着来路退回去啦!那边的怪物继续游动着,听不见一声嘶鸣。在它的头顶上,时时飘过一条条白色水雾似的带子。长工目不转睛地看着,完全给迷住了。

"小船靠岸的声音惊醒了他,很快,他就看见小家伙的身影出现在堤下的夜色中,朝着他慢慢爬上来。

"'喏,怎么回事,卡尔斯滕?'他问。

"小家伙摇摇头说:'啥也没有!在快上岸之前,我还看见它来着,可后来,我到了岛上——鬼知道这畜生藏到哪儿去了!——月光够明亮的,我走到那儿一看,除了几头死羊的骨头

一无所有,再往前一点,仍旧躺着那具马骷髅,脑袋又长又白,月光射进了它仅剩一对空腔的眼窝。'

"'唔,'长工哼了一声,然后问,'你看清楚了?'

"'看清楚了,伊文,我站在跟前嘛!一只蹲在马骨头后边过夜的该死的老鹰突然叫着飞起来,吓了我一大跳,我接二连三地抽了好几个响鞭。'

"'全部就这些?'

"'是的,伊文,再没别的了。'

"'这也够啦,'长工说,同时把小家伙拽到自己面前,指着对面的小岛让他看,'那儿,瞧见了吗,卡尔斯滕?'

"'当真,它又出来啦!'

"'又出来啦?'长工抓住他的话头诘问,'我可一直瞅着那边的,它压根儿就不曾离开过,你走上去的方向也是正对着这怪物的!'

"小家伙痴呆呆地望着他,倏然间,在这从来不知畏惧的傻大胆的脸上,也出现了恐怖的神色,长工看在眼里,便急忙说:'走,咱们回去吧!从这儿看过去活灵活现,在那边却只剩下一些白骨——这事太蹊跷了,不是你我闹得明白的。只是别声张,这样的事可不好拿去到处乱讲!'

"两人转过身,并排着往回走去。一路上谁都不言语,在他们旁边,整个沼泽地一派死寂。

"然而,在月亮又缺了、夜晚又变得幽暗起来以后,却发生了另一件事。

"一天,在马市开市期间,豪克骑着马进城去了。他进城并非为赶马市,谁知傍晚回家时却在身后牵着另一匹马。而且这匹马的毛乱糟糟的,身上瘦得每根肋骨都清晰可见,两只眼睛死气沉沉,深深陷在头腔中。艾尔凯跑出门来接自己的丈夫,一见这情形不禁失声叫了:

"'我的天!咱们弄这么匹老白马来干啥哟?'——要知道,当豪克牵着它走到屋前,在椴树下收住缰的时候,她发现那可怜的畜生甚至连腿也是瘸的。

"可是年轻的堤长却笑嘻嘻地从他骑的棕色骟马上跳下来,说道:'没关系,艾尔凯,反正非常便宜!'

"'便宜?你不是不知道,最便宜的往往是最贵的!'聪明的妻子反驳说。

"'并非总会这样,艾尔凯。这匹马顶多只有四岁,你仔细瞧瞧好了!它是给饿成了这个样子,遭到了主人的虐待。咱们的燕麦会使它健壮起来,我准备亲自喂养它,免得他们给我把它撑坏了。'

"说话间,那畜生耷拉着脑袋站在树底下,鬃毛从颈上纷披下来。艾尔凯趁丈夫呼唤长工的空子,走过去围着那白马仔细看了看,看完直摇头:'这样的孬马咱们圈里还从来没养过一匹哩!'

"这会儿,小长工从屋角转出来,突然一下子吓得睁大两眼,脚下像生了根似的。

"'我说,你得了啥毛病,卡尔斯滕?'堤长冲他喝道,'不

喜欢我这白马怎么的？'

"'喜……啊，喜欢，东家，怎么能不喜……喜呢？'

"'那就把牲口牵进厩里去吧，可别喂它们，我一会儿就来。'

"小家伙战战兢兢地拾起白马的笼头，然后急忙一把抓住棕马的缰绳，像在想让它来保护自己似的。豪克呢，却搂着妻子进房去了，妻子已为他烧好咖啡，面包和黄油也都端到了桌子上。

"他很快吃饱喝足了，然后站起身来，和妻子一起在室内踱步。夕阳的斜晖照在墙壁的瓷砖上，显得挺有生气。

"'让我告诉你吧，艾尔凯，'豪克提起话头，'告诉你我是怎么买到这匹马的。我在总堤长那儿待了大约一个钟头，他告诉了我很好的消息——我的设计虽然这儿那儿的还得修改一下，但主要部分，即大坝的新型截面，却获得了批准，再过几天，就要下达建造新堤的命令啦！'

"艾尔凯情不自禁地叹了一口气，忧心忡忡地问：'啊，真的吗？'

"'嗯，亲爱的，'豪克回答，'往后工作会非常艰巨，不过我想，上帝正是为此才让咱俩碰到一块儿的！好在咱们的农庄眼下已管理得有了条理，大部分事情你都可以承担起来。你只要设想一下，再过十年——咱们那时又会有大片新的田产了。'

"当他说头两句话时，艾尔凯温存地把丈夫的手拉过来握在了自己的双手里，可等他说到最后一句，她脸上却露出了不快之色。

"'挣这么多财产来给谁哟？'她说，'你想必打算再讨个老

婆了吧。我是不会给你生孩子了。'

"热泪涌进了她的眼眶,丈夫却把她紧紧搂在怀里,说:'这种事由上帝去安排吧。不过咱们现在都还年轻,到那时也不会老,有足够的时间去享受自己的劳动果实。'

"她从他怀里抬起头,用自己那黑黑的眼睛久久注视着他。

"豪克低下头来吻了吻她,说:'你是我的妻子,我是你的丈夫,艾尔凯!其他一切都是多余的。'

"艾尔凯激动得紧紧搂住丈夫的脖子。

"'你说得对,豪克,今后不论发生什么事,咱俩都一起承担。'说完,艾尔凯红着脸从丈夫的怀里挣脱出来,温柔地问:'你不是想给我讲你那匹马吗?'

"'是的,艾尔凯。我已经告诉你,从总堤长那儿得到的好消息使我满心高兴,整个人都感到飘飘然了。我就这么骑着马出了城,走在码头后边的大堤上,不想迎面碰见一个衣衫褴褛的汉子,说不清楚是个流浪汉呢,还是个补锅匠或者别的什么。只见此人身后牵着一匹白马。走近了,这马昂起头来,凄凄然地望着我,活像有求于我似的。再说,我正好口袋里也有的是钱,便唤住那人问:"喂,老乡!你把这匹驽马牵到哪儿去?"这家伙和他的白马都站住了,回答说:"卖呗!"说时还狡黠地冲我点点头。

"'可别卖给我啊!'我打趣地大声道。

"'这可不一定!'他说,'这是匹挺不错的马,少说也得值一百塔勒哩。'

'"我冲他哈哈大笑。"

'"喏,当心别把下巴颏儿笑掉啦,"他说,"又不要您来付钱!不过嘛,这马我实在是不需要了,它在我手里会毁了的,可一到您家,要不了几天就会变个样!"到这时,我才从自己的棕色阉马上跳下来,走过去看了看白马的岁口,发现它还很年轻。这马呢,又像哀哀求告似的望着我。于是,我大声问:"喂,究竟想卖多少?"

'"先生,给三十个塔勒就牵去吧!"那家伙说,"还有笼头都白送给您!"就这样,艾尔凯,我拍了一下他伸出来的那只简直就像鸟爪的黑手,算是成了交。白马于是归我所有,我想是够便宜的吧!奇怪的是,当我骑上马正要离开时,身后却传来一阵笑声。我回头一看,正是那个流浪汉。只见他叉开双腿站在路上,倒背着手,冲我狂笑得像个魔鬼!'

"'呸!'艾尔凯大声啐了一口,说,'但愿这匹白马别带给你它那旧主人的什么晦气才好!但愿它在你手里能长得壮实,豪克!'

"'至少它自己会这样,只要我能够亲自养它!'豪克说。随后,他就如刚才告诉小长工的那样,到马厩里去了。

"可他并不只那天晚上才亲自喂这匹白马,而是从此以后天天如此,眼睛时时刻刻注意着它。他想让妻子看看,他做了一笔合算的交易,至少不能出现任何差错是吧。——没过几个星期,那马的架势确实也威武起来,身上的乱毛渐渐褪去,换出了一身光滑洁白的毛皮。有一天,豪克牵它到场院里遛腿儿,跑起来已经噔噔噔的。豪克想起了卖马的那个流浪汉，不禁自顾自地嘀咕起来：'这小子不是个傻瓜，就是个无赖，马准是他偷来的！'——而且还有，这马如今在厩里只要一听见他的脚步声，立刻就会转过头来，像迎接他似的冲着他鸣叫。而他发现，这畜生就跟阿拉伯人所讲究的那样，脸上是没有肉的，并且长着一对明如闪电的褐色巨眼。接着，豪克把它牵出厩来，给它配上了一副很轻的鞍子。可等他刚刚一骑上去，这畜生就如欢呼似的长啸一声，驮着主人扬鬃奋蹄，冲下土坡，上了大路，向着海堤飞驰而去。它背上的骑手却坐得稳稳当当，直到登上坝顶，它才放慢了速度，头偏向大海，四蹄轻捷得好像踩着舞步。豪克骑着它在堤上往北走了一大段以后，才轻轻拨转马头，返回自己的田庄。

"长工们站在坡道口，等着东家归来。

"'喏，约翰，'豪克在跳下马时喊道，'把它骑到地头上去，让它和别的马在一起。骑在它背上活像坐摇篮一般舒服！'

"可当长工从它背上卸下鞍镫，由小卡尔斯滕送回马具间去的时候，白马却猛晃脑袋，在灿烂的阳光下引颈长鸣，随后，它把头靠在自己主人的肩上，任他轻轻抚摩。可是，一等长工想跨到它背上时，它却猛地一跳蹿到了旁边，站在那儿又一动不动，只是拿它那对漂亮的眼睛盯着自己的主人。

"'嘀嘀，摔着你了吗，伊文？'豪克说着便准备从地上扶他的长工起来。

"伊文使劲揉着自己的臀部，说：'没事儿，东家，没事儿，可这匹白马只有魔鬼才骑得！'

"'还有我呐！'豪克笑着补充说，'既然如此，就牵着它上地头去吧！'

"长工照主人的话做了，虽然显得有点不好意思；那马呢，也规规矩矩跟在他背后。

"几天后的一个傍晚，长工和小卡尔斯滕一起站在厩舍门口。堤外晚霞已经消散，堤内的沼泽地里更是暮色沉沉。远方偶尔传来一声受惊的牛儿的哞叫，或者一只遭到鼬鼠或水鼬袭击而性命垂危的云雀的哀鸣。长工倚在门柱上抽他的短烟斗，夜色浓重得他连自己吐出的烟圈也看不见了。到此为止，两人还未曾搭话。可小家伙有点什么憋在心中，只是不知道如何对这位沉默寡言的长工讲起才好。

"'我说，伊文！'他终于开了口，'你知道吗，耶维尔斯岛上的马骷髅……'

"'马骷髅怎么啦？'长工问。

"'对，伊文，马骷髅怎么啦？已经压根儿不在那儿了，白天也好，月光下也好，我跑到堤上去看过足足有二十次！'

"'恐怕是那些老朽的骨头垮架了吧？'伊文说，说完又不声不响地抽起自己的烟斗来。

"'可是有月亮时我也到堤上去过，耶维尔斯岛上仍然毫无动静！'

"'嗯，'长工回答，'骨架既然散了，也就站不起来了！'

"'甭开玩笑，伊文！我现在已经知道啦，可我不能告诉你，

它在什么地方!'

"长工忽然转过身来望着他:'喏,在什么地方?'

"'什么地方?'小家伙加重语气重复道,'在咱们的马厩里!自从那边岛子上见不到它以后,它就进了咱们的马厩。东家总是亲自喂它,该不是没有缘故的吧。我非常清楚啰,伊文!'

"长工凝视着漆黑的夜空,吧嗒吧嗒地抽了半晌烟斗。

"'别自作聪明,卡尔斯滕,'他说,'咱们的白马,你看看它那活蹦乱跳的劲儿,啥时候还有过更活生生的马哟!看不出,你这个机灵小伙子,怎么竟跟老娘儿们似的迷信哩!'

"可是小家伙仍然想不通,为什么这匹白马是匹鬼马,它就不可能活蹦乱跳的?正相反,正因为它是匹鬼马,所以才格外活泼吧!所以,他每次在天快黑的时候走进厩舍——夏天里白马有时也关在里边——那畜生猛地向他扭过头来,两眼像电光似的射向他,他都会吓得魂不附体。'见鬼!'他过后嘟囔说,'咱俩绝不能在一块儿待下去!'

"他果然悄悄地寻找起新的东家来,万圣节后就辞了工,转到奥勒·哈德尔斯家干活儿去了。在这儿,他那关于堤长家那匹鬼马的故事,可算找到了虔诚的听众,胖婆娘福莉娜和她的糊涂老子——前堤坝管理委员耶斯·哈德尔斯听得又惊又喜,随后又把它讲给了所有对堤长心存怨恨的人,以及对这类故事感兴趣的人。

"再说,还在3月底,修建新堤的命令就由总堤长转下来了。

豪克立刻召集管理委员们进行磋商。一天，全体委员都聚在高地上的教区酒馆里，听豪克宣读有关各种文件的要点，包括豪克递的申请，总堤长向上打的报告，以及上边对于整个工程，特别是对他建议的新型堤坝的审批意见。也就是说，新堤不像从前那么直上直下，在靠海的一边将渐渐地倾斜下去。可是，与会者听来听去，脸上却无丝毫喜色，简直连一丁点儿满意的表情也没有。

"'唔，唔，'一位老委员嘀咕起来，'这下咱们可热闹了，反对顶个屁用，总堤长给咱们这位堤长撑着腰呐！'

"'说得对，德特勒夫·温斯，'另一位委员接过话茬儿，'春耕眼看就到，这下却又来修一条几千米的长堤——所有的活儿通通只好扔下了呗！'

"'这些活儿你们可以在年底前赶完，'豪克说，'也不会说干就干，立马就动工嘛！'

"有少数人已经准备同意豪克的意见。

"'可是那新型堤坝！'第三位委员又挑起另外的话茬儿来，'它靠海的那一面不会宽得没个边吧！这么多材料到哪儿去换？何年何月才能完工？'

"'今年完不成就明年，这主要取决于咱们自己！'豪克回答。

"会场中响起一阵讪笑。

"'可是这样白费劲儿干什么？新堤用不着比老堤高嘛，'又有一条嗓子嚷起来，'我说，那老堤不是好端端地立着已经三十多年了！'

"'说得不错,'豪克应道,'旧堤是在三十年前才决过一次,上一次又往前推三十五年,再上次更是四十五年前的事了,最近三十年来堤虽然那么陡,那么不合理,却仍然立在那儿,连最大的洪水也没把咱们怎么样。可是要知道,新堤将会一百年又一百年地保护我们,使我们不遭洪水的危害啊,因为它朝向大海的一边是如此平缓,使海浪失去了冲击的对象,所以就牢不可破了。这样一来,你们就给自己和你们的孩子们开拓出了一片安全的土地,就为此,上边和总堤长才支持我的建议嘛!就算为各位自身的利益着想,我看你们也应该认识到这点才是!'

"所有与会者都一下子不知说什么好。这当儿,一外围的白发老人吃力地从座位上站了起来,大伙儿一看原来是豪克太太的教父耶维·马涅斯,他是应豪克的请求,同意继续当这个委员的。

"'豪克·海因堤长,'他说,'你这又要花费咱们许多的力气和金钱啦,我真希望,你能等上帝召我去安息以后再来办这件事。不过嘛,你是对的,只有失去了理智的人才会说你不对。我们真是每天都得感谢上帝,感谢他尽管我们疏忽懒惰,却仍然把村东那块滩头地给我们保留住了,没让狂潮巨浪给吞掉。现在可是再不能这么得过且过,而必须自己动手,凭自己的知识和能力去保住它,光靠上帝的耐心已不成了!我自己,各位乡亲,是个上了年岁的人,修堤和决堤都见过不止一次。可豪克·海因凭着上帝赐予的智慧,设计成功并已为你们争取到了上峰批准的新堤,各位在活着的时候是谁都见不到它会决口的。即使你们现在

不愿意感谢他，你们的子孙后代将来也不能不给他戴上荣誉的花冠哩！'

"耶维·马涅斯老爷子坐下了。他从口袋里掏出一条蓝色手帕，揩去了额头上的一颗颗汗珠。他在村里仍被视为一位明智的长者，具有不可侵犯的权威，与会的委员们既然不想附和他，就继续保持沉默。豪克·海因却开始发言，然而大伙儿发现，这时候他的脸变得煞白煞白的了。

"'我感谢您，耶维·马涅斯老爹，'豪克说，'感谢您出席委员会会议，并且讲了上面的话。你们其他各位委员先生，希望你们把建造新堤这件事——它当然由我来努力承担——至少看成是不可更改的，因此，就让我们来对眼下必须进行的工作做出决定吧！'

"'请教！'一位委员说。

"豪克于是把新堤的设计图摊开在桌子上。

"'刚才有一位问，那么多土从哪儿去弄呢？'他开始解释，'你们瞧，在将来的新堤外边，在靠近浅海的地方，还有一条长空下来的滩头地，往南北两方一直延伸开去，我们所需的泥土就可以从这儿取。在临水的几面，我们筑上结结实实的黏土，靠里边及中间也可以填进沙子！——眼下首先得聘请一位土地丈量师，让他去给滩头地上的新堤线插上标志！曾经帮我制订方案的那一位看来非常适合。此外，为了运送黏土和其他材料，还必须向几家车铺定做些一马双杠、底儿能抽动的大车。我们需要几百车的麦秸，我暂时还说不清到底要多少，也许比这儿沼泽地里自己拿得出来的还多一点吧,用在拦断水道和权且用沙子充当黏土的内侧,掺进坝体里去!——让咱们先合计合计,怎么首先办到这一切,然后,西边靠海的那道新闸门,还得交给一位可靠的木匠去做。'

"委员们围在桌子四周,漫不经心地瞅着桌上的图纸,渐渐说起话来。不过瞧那德行,也纯粹是为了说说而说说罢了。当谈到聘请丈量师时,一位比较年轻的委员就讲:'堤长您既然已经考虑过,那您自个儿一定知道谁最适合。'

"可豪克回答:'因为你们都是宣过誓的委员,就必须发表自己的意见,不能我怎么说怎么好呀,雅可布·迈因!要是你们的意见更好,我就放弃自己的意见。'

"'好好,就这样行啦。'雅可布·迈因说。

"但是在一位老委员看来并不完全行,这位老先生有个内侄,据称在整个沼泽地也找不出像他那样的丈量师,没准儿他比堤长的父亲,比已故的特德·海因还要高出一头呐!

"于是大家就对这两位丈量师展开了讨论,决定把任务交给他俩去共同完成。接下去,定做大车、收购麦秸以及其他问题的讨论情况,也差不多如此,弄得豪克很晚才能骑着他那匹当时仍然骑的棕色阉马精疲力尽地返回家里。但等他一坐在那把他的前任——这位前任身体比他重,日子却过得比他轻松——遗留下来的老圈椅里,他的妻子就来到了他的身边。

"'看样子你挺累啊,豪克。'她用小手轻轻把掉在丈夫额头上的长发拢上去,说。

"'有一点儿吧！'他回答。

"'成了吗？'

"'还成，'他苦笑了笑，说，'不过，我必须自己拼命干，他们能不拖后腿就算万幸了！'

"'可也不是所有人吧？'

"'不，艾尔凯，你的教父耶维·马涅斯老爹是个好人。我真希望他能年轻三十岁啊！'

"几个星期以后，修堤的线插出来了，定做的车辆大部分也已交货，堤长就把村里的地主们——他们同时也就是将要围出来的新地的占有者——统统召集到教区的酒馆里，向他们提出分配给各人的劳务和费用的计划，听取他们可能提出的异议，因为新堤和新闸建成后旧堤的维持费就减少了，对新堤的建造他们便不能不承担部分义务。制订这个计划花了豪克老大的劲儿，要不是总堤长给他弄到一个听差和一位书记，他是不能这么快就制订出来的，哪怕他现在又在夜以继日地工作。每天深夜，当他困得要死地摸到床上时，他妻子已不像前些时候那样假装睡着了等他，扎扎实实地忙了一整天家务，夜里她睡得也像在古井底下一般沉，怎么吵也吵不醒了。

"豪克宣读完他的计划，并把另一些自然是三天前就已在教区酒馆里公布了的文书摊在桌子上。尽管在座有一些严肃正派的人，他们对堤长的认真努力怀着敬意，在冷静考虑了一下以后便表示服从堤长公平的安排，但其他的大多数人却不这样：他们有的是自己或者是他们的父辈已经把滩头地上拥有的份额卖掉了，因此抱怨连天,不肯负担用来开拓与他们毫不相干的新围地的费用,根本不考虑事成以后他们原有地产的负担也会渐渐减轻;有的虽然将从新围地中分到好处,却偏偏大喊大叫,说是宁肯把自己应得的份额贱价出让,也不愿承担不公平的摊派,说什么承担了就根本活不下去。奥勒·彼得斯满脸怨恨地倚在门框上,这时更跳出来火上加油。

"'嗨,你们好生想想,想好了再相信咱们堤长吧!他那算盘可是精着呐。他本人占有的份子最多,还想方设法把我的也给买了去。这下倒好,他又决定要来建什么新围地啦!'奥勒拼命嚷嚷。

"'奥勒·彼得斯,你心里很清楚,你是在诽谤我。尽管如此,你仍然这样做了,因为你也知道,你向我泼的污水总会有一部分留在我的身上!事实是,你当时自己想卖掉你在滩头上的牧地,而我养的羊群又正好需要它。如果你还想知道点别的什么的话,那我告诉你,正是你在这酒馆里对我做过的污蔑——说我豪克是全靠自己的老婆才当上了堤长什么的,才把我给提醒了,我现在要让各位看看,我凭着本人的能耐大概也可以当个堤长。因此嘛,奥勒·彼得斯,我就干了这件我的前任本来早就该干的事。你尽管怨恨我好啦,奥勒,因为你的份子归我所有了——可你听一听呀,不是有那么多的人眼下还打算贱价出让自己的份额,说什么要承担的义务太重了吗!'

"从一小部分参会者中传来啧啧称赞之声,站在他们中间的耶维·马涅斯老爷子更是大声欢呼:'说得好,豪克·海因!上

帝会帮助你取得成功的！'

"可是，问题并未解决，尽管奥勒·彼得斯没再开腔，其他人也是到吃晚饭的时候才散，到了第二次会议上一切才定下来，而且是豪克自己先答应了下个月在原该他出的三辆车以外再多出一辆车。

"终于，在圣灵降临节的钟声响彻四乡的日子里，修堤工作正式开始了：一辆辆马车从海滩上拖来黏土，倾倒在筑坝的线上；同样数量的空车朝着相反的方向奔去，以便重新装上黏土；成群的男人挥动铁锹和镐头，把卸下来的黏土挪到确定的位置上，并且刨平；一满车一满车的麦秸运来堆在地上，不只用于覆盖沙和松土这些比较轻的材料，还编成草帘用以保护一些已经建成的地段上的草皮，使其不受海浪的咬噬。监工在工地上来回巡视，一遇风暴就张大嘴巴声嘶力竭地叫喊，指挥人们采取措施。堤长经常也来工地视察，现在他只骑他那匹白马了，这畜生驮着他来往飞驰，一会儿在这里迅速而坚决地发出指示，一会儿在那里夸奖干活儿的工人们，要不就把某个懒惰或者笨手笨脚的家伙毫不留情地解雇掉。

"'这可不行！'他过后总大声说，'绝不能由于你的懒惰毁了咱们的堤坝！'

"每次他从下面的沼泽地跑上来，工人们老远就听见他那匹白马喘粗气的声音，这时候谁都干得更加带劲儿。

"'快加紧干，骑白马的人来啦！'

"逢着吃早饭的时间，工人们一堆堆地蹲在地上啃面包，他便骑着马去巡视空无一人的工地，发现哪里的活儿干得马虎，目光就变得十分严峻起来。他有时也到工人面前，给他们解释工作必须怎样做，工人们尽管也抬起头来望着他，耐心地继续啃自己的面包，可是他却从来听不到有谁表示赞成或者哪怕随便发表一点看法。一次在快吃完早饭的时候，他发现有一处工地的活儿干得特别干净利落，便跑到一堆在旁边吃饭的工人面前，从马上跳下来，兴致勃勃地询问那地方的活儿是谁干的。不料工人们却变得惶恐不安，眼神阴郁地望着他，好半天才勉勉强强地说出几个名字。他把自己那安静得像头绵羊似的白马交给一个人牵着，这人双手捧着缰绳，目不转睛地瞅着那对如往常一样始终盯在自己主人身上的马眼睛，样子害怕得要命。

"'我说，马尔登，你这是什么毛病，怎么两条腿哆哆嗦嗦，像站不稳似的？'豪克大声问。

"'先生，您这马，它这么一动不动，准是要出祸事吧！'

"豪克哈哈大笑，一把夺过了马缰，那畜生立刻又亲亲热热地把脑袋靠在他肩膀上磨蹭开了。工人中有的畏畏缩缩地在一旁瞅着白马和它的主人，有的装出漠不关心的神气，只顾默默地啃着自己的面包，时不时地还扔一块给在头顶盘旋的海鸥。鸟儿们记牢了这个吃食的地点，有时几乎将自己长长的翅膀擦到了工人们的脑袋。堤长心不在焉地瞅着乞食的海鸥，看它们如何用喙儿迅速而敏捷地捕捉抛到空中的面包屑，过了一会儿，他便跃上马鞍，对那些人瞧也不瞧地走了。他听见，人家在背后似乎讲着嘲讽他的话。

"'怎么回事呢?'他自己问自己,'难道艾尔凯说得对,他们真的都全体反对我?怎么连这些工人和贫穷的人也一样,我的新堤不是将给他们中的许多家庭带来福利吗?'

"他用马刺猛刺了一下胯下的坐骑,那畜生就疯了似的朝堤坡下冲去。对于自己过去的那个小工给他身上蒙上的神秘色彩,这位白马骑者一无所知。幸亏人们还没有看见他眼下的这个样子,没有看见他瘦脸上那对呆滞的眼睛,没有看见他的斗篷如何在身后飘飞,以及他的白马如何跳跃狂奔、风驰电掣!

"夏季和秋季就这么过去了,工程一直进行到了11月末,随后就让严寒和大雪给阻止住啦。堤坝尚未竣工,人们决定暂时不封闭围地。新堤已高出地面八英尺,只在西侧临海一边准备建闸的地方还留着一个缺口。另外,上面老堤跟前的水道也还没有动。这样,潮水仍可像三十年来一样地流经围地,不会在围地里或新堤上造成大的损害。也就是说,这人类的双手的劳动成果,眼下是托付给了伟大的主,由他保护着,要一直等到春天的温暖阳光给它最后完成的可能。

"这期间,堤长家里也有了一件喜事:在婚后的第九个年头,一个婴儿终于呱呱坠地!是个小黄毛丫头,跟所有新生儿一样,红通通的嫩皮肉,满脸皱纹,足有七磅重。只是那哭声显得颇为异样,令她的母亲不怎么开心。更糟糕的是第三天,艾尔凯突然发起高烧来,一个劲儿地说胡话,连自己的丈夫和那个老接生婆也全都不认识了。豪克看见婴儿落地时的狂喜一变而为忧愁。从城里接来的大夫坐在产床边上,摸了脉,开了处方,但看上去仍旧是一筹莫展的样子。豪克直摇头,嘴里嘀咕着:'他也没办法,只有上帝能给予帮助啊!'他默默祈祷上帝,但上帝似乎也并未听见他的祷告。老大夫离开以后,豪克独自站在窗前,望着外面飘飘的雪花出神。这当儿,病人又在梦中发出惊叫,他于是自动合起掌来,本身并不清楚这样做是出于虔诚,还是仅仅为了使自己在巨大的恐怖中不致丧失理智。

"'水!洪水!'病人喃喃着,'抓住我!'她突然高叫起来,'抓住我哟,豪克!'接着,她的声音又低沉下去,恰似在嘤嘤啜泣,'在海里?到海上去了吗?啊,仁慈的主,我再也见不到他啦!'

"'艾尔凯,艾尔凯!'他呼唤着,'睁眼看看我吧,我在你身边呀!'

"艾尔凯睁大烧得通红的眼睛,目光茫然地四处瞅着,像个绝望的落水者。

"豪克把妻子放回枕上,然后双手痉挛地绞在一起,喊叫道:'主,我的上帝,千万别给我夺走她啊!你知道,我不能没有她!'接着,他便像堕入了沉思,压低嗓门继续说:'我现在知道了,你并非永远想做什么就能做什么,你也不是万能的啊。你是极端富有智慧的,你必须按照你的智慧行事——主啊,你哪怕只对我发出一声叹息也行,让我明白你的意思吧!'

"突然间,房里似乎一下子变得十分宁静,只能听见轻轻的呼吸声。豪克走到床前一看,妻子已安安稳稳地睡着了。只有接生婆睁大眼睛惶恐地盯着他,同时传来开门的声响。

"'谁？'他问接生婆。

"'先生，是女仆安娜·格莱特出去了，她刚送烘笼进来。'

"'您干吗这样奇怪地瞪着我，勒福凯太太？'

"'我吗？我只是让您刚才的祈祷吓了一跳，靠这样的祈祷，您是救不活谁的哟！'

"豪克用犀利的目光注视着她，问：'您是否跟咱们家的安娜一样，也经常去那个荷兰裁缝家参加秘密集会？'

"'去的，先生，我俩都非常非常虔诚！'

"豪克没再说什么。那年头儿，分裂的秘密教会团体在弗里斯兰也遍地开花。破落的手工业者或因酗酒被撤职的教员一流的人，在其中起着主要作用。娼妓、老少娘儿们、形形色色的懒汉和孤独者，都积极热心地参加他们的秘密聚会，在会上人人都可以充当祭师。堤长家的女仆安娜和迷上了她的那个小长工，晚上没事儿就常去参加这种聚会。自然，艾尔凯也把对这种事的忧虑告诉过豪克，可是他却认为在信仰问题上用不着谁去说服谁。再说了，他们也不碍着任何人，上那种地方去总比蹲酒馆还强一些吧。

"事情也就这样下去了，所以，他眼下也不再吭声。然而，人家对他的情况却不肯保持缄默。他刚才祈祷时说的话，很快便挨家挨户传开了：他竟然否认上帝的万能！要不是万能的，上帝又何以成为上帝？他是个不信上帝的人，看来有关那匹鬼马的事，到底一点都不假！

"豪克呢，对这些风言风语全然不知道。这些天，他听见看见的只有他的妻子,就连那初生的婴儿似乎也不存在于这个世界上。

"老大夫又来了,他每天来,有时甚至一天两趟。一次,他在堤长家守了一个通宵,然后又开出一张处方,由约翰·伊文骑着飞马进城拿药去了。接下来,他的面孔变得开朗了一些,亲切地对堤长点着头说:'行了!行了!上帝保佑!'

"一天,不知是他的医术战胜了病魔呢,还是仁慈的上帝听了豪克的祷告,给了病人一条生路。当老大夫单独和病人在一起的时候,他俩竟聊起天来啦。只见老大夫眉开眼笑道:'太太,现在我可以很欣慰地告诉您:今儿个乃是我这个医生的节日,您的病情曾经非常严重,但现在已好了,您又回到了我们活人中间了!'

"蓦地,艾尔凯黑色的明眸光芒四射,朗声叫着:'豪克!豪克!你在哪儿?'当丈夫应声奔进房来,扑到她床上的时候,她就紧紧搂住他的脖子,继续说:'豪克,亲爱的,我好啦!再也不离开你啦!'

"老大夫从口袋里掏出他的绸手帕来擦拭额头和脸颊,点着头走出了房间。

"两天以后,荷兰裁缝家里又在晚上秘密聚会,由一个虔诚的宣讲者——他是一个让堤长从工地上给开除了的制拖鞋的工匠——对会员们解释上帝的品格。他说道:'可是,是谁否认上帝的万能,是谁在那儿讲"我知道,你并非想做什么就能做什么"——我们大伙儿不都了解这个祸害吗?他像块大石头似的压在我们教区身上。他背离了上帝，去找上帝的敌人做他的安慰者，找罪孽的朋友做他的安慰者，因为人无论如何总得有个依靠啊。可你们，你们得当心，一个像他那样祈祷的人，他的祈祷等于诅咒！'

"这些话也很快传得家喻户晓。在一个小小的教区里又有什么能不家喻户晓呢？不久，豪克自己也风闻了这件事。可他什么也没说，甚至对自己妻子都如此，他只是偶尔紧紧地搂住她，把她贴在自己胸前，说：'要永远忠实于我啊，艾尔凯！永远地忠实于我！'

"艾尔凯抬起头来仰望着他，眼里充满诧异：'忠实于你？不忠实于你还忠实于谁呢？'可过一会儿，她明白了丈夫的意思，又说：'是的，豪克，我们是相互忠诚，而且，并不仅仅因为我们相互需要。'

"随后，两人又各自忙自己的事情去了。

"至此，整个情况应该说还是好的。只不过在终日忙忙碌碌的生活中，豪克感到包围着自己的却是一片孤寂。久而久之，他心中便对世人生出了反感和隔阂，只有对自己的妻子，他始终还是老样子，而且一早一晚都要跪在自己小女儿的摇篮旁，仿佛他永恒的幸福就在这里。可对待用人和工人，他却变得严厉了。从前，他还能轻言细语地指出那些笨蛋和拆烂污者的过失，现在却动不动就训人家、吓唬人家，弄得艾尔凯事后常常悄悄去给人说好话。

"春天来了，堤坝工程重新开始。为了保护即将建成的新闸，在大堤西侧筑起了一条向内向外同样呈半月形凸起的护堤,封住了缺口;跟水闸一样,主堤的高度也越来越快地在增加着。可是,堤长的担子并未减轻。去年冬天,耶维·马涅斯老爹死了,补选进委员会里来的正是奥勒·彼得斯。豪克并未设法阻挠此事发生,结果,他不但再不能从自己妻子的老教父嘴里听到亲切地拍着他肩膀说的鼓励话,反而常常要遭受新委员的明枪暗箭、吹毛求疵,不得不和他进行许多无谓的争论。奥勒在村里虽然是个举足轻重的人物,对修堤建闸一类的事却不甚在行,再说,豪克这个'动笔杆的长工',很久以来就挡着他的道。

"在大海和沼泽地上面,眼下又铺展着最灿烂、明净的天空。新围地重新牧放着肥壮的牛羊,远看显得斑斑驳驳。牛群不时发出哞叫,打破了旷野上的沉寂。云雀不住地在高空鸣啭,但只有在工地上的歌声停下来的短暂间歇,人们才能听见它们的歌喉。工程没有一天因坏天气而中止,还未上漆的新闸门的桁架已经竖立起来,而且一次也不曾需要临时堤坝的保护。上帝看来非常照顾这项新工程哩。每当看着豪克骑着白马从堤上归来,艾尔凯也总眉开眼笑,不止一次拍着光亮的马脖子说:'嘿,瞧你真变成匹宝驹啦!'豪克呢,常常一下马就从妻子怀里接过那个小东西,让她踩在自己胳臂上跳跳蹦蹦。要是这时白马也用它那褐色的眼睛望着孩子,豪克准会说:'来吧,你也该有这个荣幸!'说着便把温凯——小女孩就叫这个名字——放到马鞍上,牵着马在坡上的院子里兜起圈子来。还有那棵老梣树也没被忽视,豪克让孩子坐在它柔韧的枝丫上,扶着她一跷一跷地玩儿。母亲倚门站着，眼睛笑成了一条缝。可孩子却不笑，她那一对中间长着个秀气小鼻子的眼睛，微显呆滞地凝望着前方。她爸爸递给她小树枝什么的，她也不知道伸出小手来抓。豪克没留意到这种情况，他对小娃娃的事一窍不通；只有艾尔凯，每当看见和她同时坐月子的那个女仆抱着蓝眼睛的小温凯，她就会难过地说：'我这个长得不如你那个好啊，施蒂娜！'

"施蒂娜往往粗手重脚地把自己身边的胖儿子推搡几下，得意地说：'是的，太太，孩子跟孩子就是不一样，这小东西还不满两岁，就晓得去我房里偷苹果吃啦！'

"艾尔凯伸手把耷拉在那胖小子眼睛上的鬈毛拢开，然后偷偷把自己不出声的小女儿紧紧搂在心口上。

"10月间，西侧的新闸已经竖立起来，牢牢夹在从两边合拢来的主坝中间；主坝临海的一面缓缓地倾斜下去，坝顶却高出平时的潮头达十五英尺左右，眼下仅在水道出入的地方留着个豁口。站在大坝的西北角上，可以放眼眺望耶维尔斯岛外的浅海区。当然，在坝顶上风势也猛得多，刮得人头发乱飞，一不留神就会把帽子给你掀掉。

"11月末，当暴风和大雨突然袭来时，剩下要做的仅仅是封闭紧靠旧堤的一道深涧了。这道深涧在新围地北侧，两边耸立着高高的坝壁，海水就是通过它底上的沟穴灌进围地中来的。眼下必须把深涧填死，否则一场已经开始的暴风雨就可以毁掉整个工程。虽然在干燥无雨的夏季，这工作做起来要容易得多，但眼前仍然非完成不可。而为达到这个目的，豪克更倾注了全力。大雨如注,狂风呼啸,可他那骑在矫健白马上的瘦长身影,却时而在这儿,时而在那儿,不断地从那些紧张繁忙地工作在深涧边上的黑压压的人群中突现出来。人们看见他眼下正在指挥那些从很远的滩头地拉来黏土的马车。刚好到达的一些车辆挤在一堆,争先恐后地想把土卸到深涧中去。透过唰唰的雨声和呼呼的风声,不断传来今天要在现场亲自指挥一切的堤长斩钉截铁的命令。他按号码把大车一辆辆喊上去,喝退其他硬往上挤的车。他嘴里只需吐出一个'停'字,涧下的工作立刻不再继续。'草!倒一车草!'他冲坝顶上喊,准备在上边的麦秸立刻就倾倒下来,堆在了潮湿的黏土上。涧边的人当即跳下去,一边把草推扒开,一边冲坝顶上嚷,叫人家当心别把他们给活埋啦。随后又驶来另一些马车。

"这当儿豪克已上了坝顶,从白马背上俯瞰深涧,看工人们在底下如何刨的刨,挖的挖。接着他又抬起头来遥望海上。风刮得更猛了。他看见堤根上的水位慢慢往上爬,海浪打得越来越高;他还看见,风如何刮得工人们几乎连气都透不过来,雨如何淋得他们简直就跟落汤鸡似的,工作变得非常非常困难了。'加油啊,伙计们!坚持到底!'他冲下面的工人们喊,'只需再高一英尺,就不怕这场洪水啦!'暴风雨咆哮得尽管厉害,却掩盖不住人们劳动的声音。噼里啪啦倾倒黏土进涧中的响声,车轮滚动的辚辚声,从上往下推麦秸的嚓嚓声,仍然响个不停。在所有这一切声音当中,不时地传来一只小黄狗尖厉刺耳的哀鸣。这畜生冷得哆哆嗦嗦,像丢了魂儿似的在人和车中间窜来窜去。蓦然间，从深涧中传来这小狗的绝望惨叫。豪克往下一看，发现它让人给扔到涧里去了。一股热血顿时冲上他的脑袋，豪克勃然大怒地冲着下边的大车吼道：'停下！快停下！'要晓得，潮湿的黏土正一个劲儿地往涧里掉啊。

"'为什么？'一条粗嗓门在底下问，'该不是为救那条该死的畜生吧？'

"'停下，我命令，'豪克又开始吼叫，'把狗给我弄上来！在咱们的工程里不应该夹杂任何一桩罪恶！'

"然而谁也不肯动手去救，只有一铲一铲的泥土仍在朝那哀叫着的小狗身边飞去。这时他猛地一刺胯下的坐骑，白马长嘶一声冲下堤来，所有的人全闪到了旁边。

"'狗！我要那狗！'他咆哮着。

"这当儿，后边伸过一只手来轻轻拍了拍他的肩膀，就跟耶维·马涅斯老爹还在世似的。豪克扭头一看，却是老人的一位朋友。

"'当心啊，堤长！'这人悄声地劝他说，'他们中间没个对您有好气儿的，那狗就让它去吧！'

"风号叫着，雨唰唰唰地抽打着大地。工人们把铁锹插在地上，有的更远远地扔到了一边。豪克弯下腰问老人：'您能替我牵住马吗，哈克·延斯？'哈克·延斯刚接过缰绳，他已跳下涧去，抱起那只哀叫的小狗迅速爬出坑来，跃上马背，一阵风似的又奔到堤上去了。他的眼睛扫视着站在大车旁边的人们，厉声追问：'是谁干的？是谁把这小畜生扔下去的？'

"一时间谁都不吭声了,只见堤长的瘦脸上充满怒气,人们出于迷信,都十分畏惧他。终于,一个赶大车的牯牛似的鲁莽汉子走上前来,一边不慌不忙地把刚咬下来的半截嚼烟塞进嘴里,一边对豪克说:'这不是咱干的,堤长。可不管是谁干了,他都做得对,您这堤想要立得住,就必须筑进去一个活东西!'

"'什么活东西?哪本教义问答里像这样讲过?'

"'哪本也没讲,老爷!'那汉子回答,同时从喉咙里迸出一串冷笑,'这道理咱们的爷爷都已经了解,他们该比老爷您更多地懂得一些教义吧!最好用小孩,没小孩用狗也成啊!'

"'住嘴!少宣传你那些异端迷信!'豪克冲他喝道,'我看要是把你给摔下去,堤更会滴水不漏哩!'

"'嗬——!嗬——!'突然响起一阵吆喝声,这声音来自十多条喉咙。堤长看见自己周围尽是愤怒的面孔和握紧的拳头,他明白了,这些人的确对他是不友好的。一刹那,他想到自己的堤坝,心中猛然一惊:此刻要是所有的人都扔下铁锹,他可怎么办?接着他又朝堤下望去,又看到了耶维·马涅斯老爹的那位朋友,只见他正在工人中间走来走去,一会儿冲这个赔赔笑脸,一会儿亲切地拍拍那个的肩,一会儿又对另外几个讲着什么。工人们慢慢地又一个接一个地操起工具来,不多时,大伙儿又紧张地干开了。——他还有什么好要求的呢?水沟必须堵住,小狗已经安全地藏在他的斗篷底下。他突然果断地转过马头去对着旁边的一辆车,威严地吼道:'那边棱上再放些干草!'赶车的工人迅速执行他的命令,只听麦秸唰唰唰地掉到涧中,人们又从四面奔上去，七手八脚地把草扒开。

"这么继续干了一小时，就已是傍晚六点过了，沉重的暮色笼罩了一切。当雨停下来的时候，豪克把监工们唤到马前，吩咐道：'明儿早上四点，全都给我上工地。月亮一定还没有落，咱们正好和上帝一起把工作结束！另外还有一件事！'他把已经转身准备离开的监工们唤住，从斗篷下拽出那只颤抖着的小狗来，问：'你们认识是谁家的吗？'

"大伙儿回答不认识，只有一个说：'这狗在村里乱窜了好几天，看样子是没有主人的吧。'

"'那么我要！'堤长立刻接过来说，'别忘了，明天早上四点！'说完便策马奔去。

"豪克回到家，正碰上安娜走出门来。见她穿着一身干净衣服，豪克脑子里立刻一闪：她准是又要到荷兰裁缝家里去参加秘密聚会了。

"'把围裙兜起来！'他冲她大声说。安娜不假思索地照主人的吩咐做了，他便把那只浑身污泥的小狗扔进她的衣兜里：'把它送给小温凯，让它做她的伙伴！不过先得洗洗它，使它暖和暖和。你这样做上帝也会高兴的，这小畜生快冻僵啦。'

"安娜没法子，只好服从主人的命令，结果那天没能去参加聚会。

"第二天，新堤坝最后竣工了。这时风已经停息，在围地和大海的上空，一群群海鸥和鹬鸟自由自在地飞来飞去。从耶维尔斯岛方向，传来迟迟尚未南迁的千百只野雁的啼鸣。笼罩着辽阔沼泽地的白色晨雾慢慢散尽了，一轮金色的太阳升起在秋日的晴空中，辉耀着人类的双手的新创造。

"几个星期后的一天，总堤长陪同上边的专员们参观来了。在堤长家里，举行了自特德·福尔克尔兹老堤长出丧以来的第一次盛大宴会，本村的堤坝管理委员会委员和有重要关系的人也全部应邀出席。宴会以后，客人们的车和堤长家的车统统套好了马。艾尔凯由总堤长搀扶着，登上了那辆由棕色阉马拉的轻便马车，随后总堤长也跳上去，抓住缰绳：他今天要亲自为能干的堤长太太驾车。一行人就这么兴高采烈地下了土坡，拐进大路，沿着倾斜的便道驶上新堤，在新堤上绕着刚开拓出来的围地转了一大圈。当时正微微地刮着西北风，在新堤的北侧和西侧，潮水不断涌来，可显而易见的是，那平缓的堤坡已经使海水的冲击力小多了。政府的专员们口里不停发出对堤长的称赞，这一来，那些开始时还从本村某几位委员嘴里听得见的怀疑论调，很快便完全没了声息。

"视察也过去了。可紧接着，豪克还遇见一桩令他满意的事。一天，他骑着白马在新堤上慢慢走着，不知不觉堕入了沉思。也许他脑子里突然出现了这样一个问题：为什么这片没有他便不存在的围地，这片浇灌着他的汗水和夜以继日的辛劳的围地，到头来却要用一位公主的名字来命名，叫什么'卡洛琳娜新围地'呢？可事实就是如此，在所有有关文书上都写着这个名字，而且有几份还印成了红色的尖角花体字。想着想着，他一抬头看见迎面朝自己走过来两个长工，一个落在另一个背后约二十步光景，手里都拿着干农活儿的工具。

"'喂，等着我！'豪克听见落在后面的那个喊。

"可另一个已站在通到下边围地去的便道上，转过头来回答说：'下次吧，延斯！已经很晚了，我还得在这儿刨刨地哩！'

"'你说在哪儿？'

"'还有哪儿？豪克·海因围地呗！'

"他一边向围地走去，一边大声叫喊，仿佛想让堤后整个沼泽地的人都听见似的。这在豪克耳里，可是无异于一首献给他的赞美诗啊！他在马鞍上挺了挺身，目光坚定地扫视着他左边的茫茫原野，一夹腿，胯下的白马便飞驰起来。他轻声地反复念叨着：'豪克·海因围地！豪克·海因围地！'好像它从来就叫这个名字、永远也只能叫这个名字似的。那帮人尽管跟他捣蛋，尽管心里不愿意，临了不是还得用他的名字吗？而那位公主的名字，它不是很快就只能在故纸堆中让虫去蛀了吗？他那匹白马迈着骄傲的步伐，他的耳畔不断回响着：'豪克·海因围地！豪克·海因围地！……'在他自己想来，这道新堤简直称得上世界第八奇迹，在整个弗里斯兰，不是没有可以与它媲美的吗！他让自己的白马像跳舞似的漫步前进，他觉得，他正置身于所有弗里斯兰人之中，比起他们来他都要高出一个头。他的目光俯视着自己的同胞们，既严厉又带着同情和怜悯。

"光阴荏苒，新堤建成已经过去三年了。工程经受住了时间的考验，维修费用微乎其微。而在围地里面，到处都盛开着白翅摇花，人走在这片无灾无害的牧场上，夏风拂来，便会淹没在甜美醉人的香雾里。现在，就到了把迄今只是理想中的份额落实下来、分派给有关人员一定数量的永久性地产的时候啦。豪克没有偷懒，在分配之前又弄到了几份地。奥勒·彼得斯躲在一旁不吭气，他从新围地里啥也捞不到。自然，分配会上并非没有麻烦和争吵，但是毕竟分下来了。很快，这一天也被堤长抛到了脑后。

"自此，豪克就与世无争地生活着，管理他的农庄，当他的堤长，关心着自己的亲人。老朋友都去世了，交新朋友吧，他却没有心思。可在他的小家庭中，生活却非常宁静，连那老不吭声的小女儿也不曾破坏它的安宁。

"说起这孩子，她话少得出奇。一般懂事的小孩那种滔滔不绝的问题，她很难得提，而一提问题，又多半叫人不知如何回答是好。尽管如此，她那张憨厚可爱的小脸儿几乎总带着满意的表情。她如今已有两个小伙伴，对她来说也就够了。每当她在院子里玩儿，那只死里逃生的小黄狗总围着她跳来跳去，而不管小狗跑到什么地方，小姑娘也总跟在旁边。另一个伙伴是只赤鸥，被取名叫克劳斯，小黄狗被叫作佩里。

"克劳斯是一位白发老人带到这个家庭里来的。特琳·杨斯已满八十岁，在村外堤上那所小茅屋里再也熬不下去了，艾尔凯于是向丈夫提出，可以让她祖父的这位老用人来他们家度几天晚年，最后给好好送个终。这样，老太婆就让她和豪克半带强迫地接到家里来，住在了新粮仓朝西北的那间小屋里。几年前，田产增加后，堤长不得不在正屋旁边建了这座仓库。如今在老太婆隔壁还住着几个女佣，以便她夜里有事时随时能去帮忙。在她房中的四壁前，摆着她的那些旧家什：一只用糖果包装箱做成的小橱柜，上方挂着她死去了的儿子的两幅彩色画像，一架久已不用的纺车，一张带幔子的异常干净的木床，床前立着个结结实实的矮凳，面子是用她从前那只安哥拉老猫的白色皮毛蒙起来的。但除去这些，她身边仍有一个有生命的东西，并且把它也一块儿带过来了：这就是跟她相依为命多年，一直由她饲养着的赤鸥克劳斯。当然啰，当寒冬到来，它也会跟其他海鸥一道飞往南国，直等到海滨上苦艾草又吐放清香的季节，再飞回老太婆的身边。

"新仓房在坡上靠里一点，老太婆坐在窗前看不见堤后的大海。一天，豪克来她房中，她便伸出自己弯弯扭扭的手指指着下边的沼泽地说：'你这是把我关进牢房啦，堤长！耶维尔斯岛究竟在哪儿啊？在那头红牛或者黑牛后边是不是？'

"'你找耶维尔斯岛干吗？'豪克问。

"'唉，耶维尔斯岛！'老婆子喃喃着，'唉，我只不过想看看它，看看我那孩子当初去见上帝的地方！'

"'要是你想看它，'豪克回答，'你就得坐在院子前边的树底下，打那儿你看得见整个大海！'

"'是啊，'老太婆应道，'是啊，我要像你腿脚那么年轻就好喽，堤长！'

"在一个相当长的时期，这就是对堤长夫妇给予她帮助的报答，可后来，情况一下子突然变了。一天早上，温凯的小脑袋伸

进她那半掩着的门往里瞅，这时正手握着手坐在木头椅子上的老太婆问她：'喏，有什么事吗？'

"小姑娘却不声不响地走上去，睁大眼睛久久地、漫不经心地望着她。

"'你是堤长的孩子吗？'特琳·杨斯问。孩子像是点了点小脑袋，她于是继续说：'那就坐在我这矮凳上！从前这是只安哥拉猫——这么这么大！可你爸爸把它给打死啦。它要还活着，你就可以把它当马骑。'

"温凯默默地看着那白色的皮毛，然后跪下来，伸出小手去像孩子们经常抚弄活猫活狗似的轻轻抚摸着。

"'可怜的猫！'她低声说，说完又继续对那皮毛表示爱抚。

"'好！'老婆婆等了一会儿说，'够啦。今天你同样还可以坐在它身上，你爸爸也许就为这个才打死它的吧！'随后她把孩子抱起来，放到矮凳上。发现孩子坐在那儿既不吭声也不动弹，只是呆呆地望着她，老婆子便摇起头来。'你这是惩罚他喽，上帝！是的，是的，你惩罚他啦！'她嘀咕道。可是，她像是一下子又可怜起这小女孩来。只见她伸出自己那瘦骨嶙峋的手，去抚摸温凯稀疏的头发，使小家伙的眼睛里微微发出了亮光，似乎这样做使她很喜欢。

"从这以后，小温凯每天都到老太婆房里来，并且立刻自动坐到了安哥拉老猫皮上。特琳·杨斯呢，就递给她一些随时都准备着的肉屑和面包屑，让她扔在地板上。这当儿，那只海鸥就嘎嘎叫着，张开翅膀，从不知哪个角落里跑出来吃食了。头一回看见这来势汹汹的大鸟,小姑娘吓得叫了起来,但很快也就习以为常了。而今她的小脑袋瓜只要探进门缝,这鸟儿就迎着她冲过去,并且飞起来蹲在她的脑袋或肩膀上,直到老婆婆来解围,给它东西吃。从前,特琳·杨斯可是不容许任何人,哪怕用指头儿碰一碰她的克劳斯;而今呢,却心甘情愿地看着小姑娘慢慢地把她这鸟儿给完全夺过去。它现在任随小姑娘捉它,她抱着它到处走,还把它裹在围裙里。有不少次,小黄狗在院子里围着她跳跳蹦蹦,想要蹿起来攻击这只它嫉妒的鸟儿,小温凯总会大声说:'不抱你,走开,佩里!'同时用小胳膊把海鸥举得高高的,结果鸟儿便挣脱身子,飞下土坡去了。紧接着,小黄狗便欢蹦乱跳地来讨好,极力想取代克劳斯的地位。

"偶尔,当豪克和艾尔凯的目光落在这棵仅仅由于同样的缺陷而生长在一块儿的四叶草①上,他们注视着小女儿的眼睛便会格外温柔起来。可是当他俩转过身去时,脸上留下的却只是一些沉痛,各自又都默默隐忍着,相互间从未讲过一句安慰的话。后来,一个夏天的上午,温凯同老婆婆带着两只动物坐在仓房门前的大石头上,正遇上她爸爸妈妈打面前经过。堤长身后跟着他的白马,缰绳搭在他的胳臂上。他想到堤上去看看,适才亲自去地里把马牵回来了。妻子挽着他的手,走在他旁边。太阳照得暖洋洋的,几乎可以说有点闷热,偶尔从东南偏南的方向刮来一股一股的凉风。小姑娘大概坐在那儿感到不舒服吧,她把海鸥从怀中

---

① 四叶草在此为小女孩、老太婆、小黄狗和海鸥四者之间亲密关系的象征。

抖下去,一边伸出手来拉父亲的手,一边嚷:'温凯要去嘛!温凯要去嘛!'

"'要去就来吧!'父亲回答。

"母亲艾尔凯却叫起来:'风这么大!她会掉下马去的!'

"'我会抓住她,再说今儿个天这么暖和,海这么高兴,她会看见它跳舞哩!'

"艾尔凯却仍跑回屋去,为女儿拿来一条小围脖和一顶小帽子。

"'可天会变的,'她说,'现在走吧,早去早回啊!'

"豪克笑着回答:'变天也挡不住咱们!'说着便把女儿抱上马鞍。妈妈艾尔凯还在院子里站了一会儿,手挡着阳光,目送父女俩上了大道,朝着海堤驰去。特琳·杨斯坐在石头上,枯萎的嘴唇嗫嚅着,听不清叨叨些什么。

"小女儿一动不动地躺在父亲怀里,豪克觉得,闷热的空气似乎使她呼吸困难,便低下头问她:'喏,怎么样,温凯?'

"孩子凝视了父亲一会儿,然后说:'爸爸,你能的!你不是什么全都能吗?'

"'我能够什么来着,温凯?'

"可她又愣住了,好像并未弄懂自己提的问题。

"正是涨潮时节。父女俩到了堤上,阳光被大海反射到了小女孩的眼里,旋风卷起排空的巨浪,不断地向前涌来,击打在岸边上发出哗哗的喧嚣声。女儿吓得用两只小手抱住父亲握缰的拳头,把白马惊得一下子蹿到了旁边。小姑娘仰头望着父亲,淡蓝色的眼睛凄凄惶惶地大张着,连声喊:'水,爸爸!水!'

"豪克轻轻掰开女儿的手,说:'安静点,孩子,爸爸抱着你,水不会淹着你的!'

"温凯把耷在额头上的淡黄色头发拢开,重新怯生生地望着海上。

"'水不会淹着我,'她声音颤抖地说,'不会的,你讲啊,爸爸,水不会伤害咱们。你能够讲的,你讲了,水也就不会伤害咱们啦!'

"'不是我能够这样,孩子。'豪克严肃地告诉她,'是我们走在上面的这道堤坝,它能够保护咱们不给淹着。这堤呀,是你的爸爸想出来的,是我让人建造的。'

"温凯的眼神又茫然了,似乎并未完全听懂,接着便把她那异常小的脑袋藏在父亲宽大的上衣底下。

"'干吗藏起来呢,温凯?'父亲轻声问她,'是你还害怕吗?'

"从上衣底下发出来一点点颤抖的稚嫩的声音:'温凯不想再看了,可你是什么都办得到的,爸爸!'

"远方响起一声沉雷。

"'哟嘀,'豪克嚷道,'真来了呐!'于是扭转马头,往回走去。'喏,咱们这就回妈妈那儿去吧!'

"孩子长长地呼了一口气,但直到到了坡上的家门口,她才把小脑袋从父亲怀里伸出来。接着,当妈妈艾尔凯在房中替她摘下风帽和小围脖时,她站在妈妈跟前还像个小木偶似的不出一点儿声音。

"'喏，温凯，'艾尔凯轻轻摇晃着她问，'你喜欢大海吗？'

"只见小姑娘张大眼睛，说道：'它嚷嚷，温凯害怕！'

"'海不是嚷嚷，它只是在喧嚣，在咆哮！'

"小姑娘茫然凝视远方，又问：'海有腿吗？它能跑到堤里边来吗？'

"'不会的，温凯，你爸爸管着它，不让它出来。爸爸是堤长。'

"'嗯，'小姑娘应着，拍着小手，脸上带着傻笑，'爸爸什么都能——什么都能！'随后，她蓦地转过身去，叫着：'让温凯到特琳·杨斯那儿去，特琳·杨斯有红苹果！'

"艾尔凯只好开开门让她出去了，可在她重新关上房门以后，她便猛然抬起头来望着自己的丈夫，从她那往常总是带给丈夫安慰和勇气的眼睛里流露出了深沉的哀痛。

"豪克伸出手来握着她的手，仿佛他俩之间用不着再讲任何别的话。可艾尔凯轻轻说道：'不，豪克，让我讲吧，这个我在结婚多年以后给你生的孩子，她将永远是个孩子。仁慈的上帝啊，她是个低能儿！我必须把这个告诉你。'

"'我早就知道啦。'豪克回答，同时紧紧握着妻子的手，她却企图把自己的手抽回去。

"'像这个样子，我们将仍旧是孤孤单单的啊。'她又说。

"豪克摇了摇头回答：'我可是爱她的，她用小胳膊搂住我的脖子，紧紧偎在我胸口上，就算有谁给我世间所有的珍宝，我还是不愿失去这幸福哩！'

"妻子目光阴郁地望着前方，自语着：'可为什么呢？我这可

怜的母亲究竟作了什么孽呢？'

"'是啊，艾尔凯，我自然也这样问过，问过那位唯一能知道为什么的主。可你也明白，万能的上帝不给人任何回答——也许，因为我们理解不了他的回答吧。'

"豪克又抓住妻子的另一只手，把她温柔地拉到自己面前：'别胡思乱想了，像现在一样继续爱你的孩子吧。你应该相信，她是懂得的！'

"艾尔凯一头扑在丈夫怀里，痛痛快快地大哭了一场，如今她不需要再独自忍受她的痛苦了。她突然抬起头来望着丈夫笑了笑，用力握了握他的手后便跑出门去，把女儿从特琳·杨斯的房间里抱了回来，让她坐在自己怀中，一个劲儿地逗她，吻她，直到她终于结结巴巴地叫着：'妈——妈，我亲爱的——妈妈！'

"堤长一家就如此安安静静地生活在一起，要是没有这个孩子，也许还会感到一大欠缺哩。

"夏天慢慢逝去，南迁的候鸟已飞过头顶，空中不再听得见云雀的歌唱，只在仓房外的打麦场，偶尔有几只来捡食麦粒，还时不时地可以听见它们惊叫着飞走的声音。一切都冻硬了。一天下午，特琳·杨斯跑到堤长的住宅中来，坐在厨房里靠近灶火的一架木楼梯上。最近几个礼拜，老婆子像是活得年轻了，很喜欢到厨房里来看艾尔凯忙这忙那。自从有一天小温凯抓着她的围裙把她拽来这儿以后，她再不讲她那两条老腿驮她不动了什么的。孩子这时就蹲在她身边，睁大了两只眼睛，静静地望着从灶孔中吐出来的火舌出神。她的一只小手抓着老婆婆的袖管，另一只插在自己那淡黄色的头发中。特琳·杨斯冷不丁儿地给她讲起故事来。'你知道，从前我是你爷爷的女用人，'她说，'后来，我又不得不喂猪，可它比所有的猪都聪明。那可是很久很久以前，在一个月光明亮的晚上，他们突然叫人把闸门关起来，于是她再也回不到海里去。啊，她叫得真凶，还用像鱼鳍一样的手抓自己头上又硬又乱的头发！是的，孩子，我亲眼看见的，还亲耳听见了她的叫喊！在一块块庄稼地中间的沟渠里全是水，月光照在上面，像银子似的闪闪发亮，她就从一条水沟游进另一条水沟，举起胳膊和手——如果那也算手的话——来乱打，使人老远就听得见她的声音，仿佛她想要祷告似的。不过，孩子，这些东西根本不会祈祷。我那会儿坐在房门前一堆运来建房子的木头上，看得见整个沼泽地。那水妖还一个劲儿地在沟里游啊，游啊，胳臂高高地举起，也跟银子和钻石一般亮晶晶的。最后我瞅不见她了，刚才一直无声无息的野雁和海鸥什么的，这当口又重新发出嗯哨，嘎嘎嘎地叫着，从空中飞过。'

"老婆婆不吱声了。小姑娘抓住她的一句话，问道：'她会祷告吗？你讲的是什么呀？她是谁？'

"'孩子，'老婆婆回答，'她是水妖，是坏东西，所以得不到永生。'

"'得不到永生！'小姑娘重复着，然后从小胸脯中发出一声深深的叹息，仿佛她也明白这意味着什么似的。

"'特琳·杨斯！'冷不防从厨房门口传来一声低沉的呼唤，把老婆子吓了一跳，是豪克·海因站在门口，'你又在给孩子胡

叨些什么？我不是告诉过你，叫你把你那些故事记在心中，要不就讲给你的鸡呀鹅呀听吗？'

"老婆子抬起头来气呼呼地望着堤长，从身边推开了小女孩。

"'这不是故事，'她嘟嘟囔囔地说，'这是我舅公给我讲的。'

"'你的舅公，特琳？你刚才不是还讲是你的亲身经历吗？'

"'反正一样！'老婆婆说，'不过你是不相信的，豪克·海因，你大概还想说我的舅公是个骗子吧！'说完她走到灶前，把双手伸到灶孔吐出的火苗上去。

"'走，温凯！'他说，同时把自己的傻女儿拉到身边，'跟爸爸到堤上去，到那儿我给你看有趣的东西！只是咱们得走着去，白马送到铁匠铺打掌去了。'随后他就牵着孩子回到卧室，艾尔凯给小女儿围上了厚厚的羊毛头巾和披巾。不一会儿，父女俩就沿着旧堤朝西北走去，经过耶维尔斯岛，直到面前出现几乎一望无际的浅海。

"他一会儿把小女儿抱起来，一会儿又牵着她让她自己走。暮色渐渐增长，远方的一切都已消失在朦胧的雾霭中。可是，在目力能及的前边，浅海的汹涌潜流崩开了冰壳。正如豪克在年轻时见过的那样，从冰的裂隙中升起滚滚的水雾，在旁边又出现了一些古怪怕人的形象。只见它们跟小丑似的乱蹦乱跳，相互碰撞，蓦然间又膨胀开来，变成狰狞可怖的庞然大物。

"小姑娘吓得紧紧搂住自己的父亲，拉起他那大手来挡着自己的小脸。

"'海怪！海怪！我怕！我怕！'透过爸爸的指头缝，她声音颤抖地说。

"豪克摇着头安慰她：'别怕，温凯！不是水妖，也不是海怪。世上没有这样的怪物，是谁给你讲这些的？'

"女儿呆呆地仰望着他，没有回答。他慈爱地抚摸着女儿的小脸蛋儿，说：'你再看看吧！那只是些可怜的饥饿的鸟儿！你瞧，那只大的张开了翅膀，它在抓捕游到冒气儿的冰隙中来的鱼呐。'

"'鱼！'温凯重复着。

"'是的，孩子。它们也全都跟我们一样地活着，除此以外什么都没有。当然啰，亲爱的主无所不在！'

"小温凯的两眼死死盯着地上，屏住呼吸，恰似正凝视着一个可怖的深渊。也许真是如此吧。父亲长时间地注视着她，弯下腰来端详她的小脸，但从这脸上丝毫也捉摸不到她那神秘的灵魂的活动。他抱起她来，把她那两只冻僵的小手插进他自己的一只厚羊毛手套里。

"'这就好啦，我的温凯，'——孩子显然没听出她爸爸话音中包含着多少内心的激情——'这就好啦，你就到我身上来暖和暖和吧！你可是咱们的孩子！咱们唯一的孩子啊！你爱我们……'豪克的嗓音喑哑了，小女儿也把自己的小脑袋温柔地贴在他那满是胡茬儿的脸上。

"就这样，父女俩心平气和地走回家去。

"过完新年，堤长家又遭了不测，沼泽地流行的寒热病把豪克本人给撂倒了，使他差点儿进了坟墓。后来，他在艾尔凯的精心护理下好不容易起了床，可是几乎变成了另一个人——瘦骨嶙峋，没精打采，对什么都不感兴趣，叫艾尔凯看着十分忧虑。终于，到3月底，他才有了要骑着他的白马再到堤上去走走的愿望。那是在一天的午后，早上还露了露脸的太阳早已躲到浓云背后。

"冬季里曾经涨过几次潮，只不过都未造成什么影响罢了。仅仅在对面离岸不远的小岛上淹死了一群羊，卷走了一块滩头地，在这边和新围地附近造成的损失简直微不足道。然而在昨天夜里，风暴却来得更加凶猛了，现在堤长必须亲自到堤上去看看整体情况。他从东南角出发已将新堤巡完一遍，一切都完好无损，可是走到西北角新堤与旧堤衔接的地方，他发现新堤虽然还好好的，旧堤那从前水道接触和流经的地方却被冲掉了老大一块草皮，坝体中还留下了一个潮水激成的空穴，穴内露出来了田鼠刨成的横七竖八的通道。豪克下马仔细察看着堤上的毛病，显而易见，这种田鼠打成的暗道一定还有许多许多。

"他大吃一惊，这一切在修建新堤时也该注意到才是，当时却忽略了，今天还能不出问题？——牲畜还不曾放到地里来，草生长得异常慢；极目望去，到处空无一物，一片荒凉景象。他重新骑上马，沿着海岸走来走去。眼下正赶上退潮，他清清楚楚地看见潮流在灰色的淤积地中冲出的一条新壕沟，从西北方一直延伸到了旧堤上；新堤呢，由于坡度平缓，却抗住了潮水的冲击。

"堤长脑子里立刻涌出一大堆新的麻烦和工作：不但有必要加固这儿的旧堤，而且还得把它外侧的倾斜度也改得平缓起来，但最要紧的，是必须建造新的堤坝或者打一些防波栅，把那股重新又变得危险起来的潮流排开。豪克骑着马沿新堤再一次走到西北角，到那儿后又往回走，但眼睛始终盯着他旁边没有水的淤积地上那条清清楚楚的壕沟。白马急于前进，不耐烦地喷着鼻息，举起前蹄来猛击地面，主人却死死拽住它，希望它走得慢一些，想以此抑制自己内心中越来越厉害的不安。

"要是再来一次狂潮——一次像1655年那样吞没了无数生命财产的狂潮，要是这样的狂潮像它已来过多次那样又来了……豪克突然浑身感到一阵寒栗——这旧堤，它是经不住这样的冲击的啊！那么怎么办呢？怎么办呢？只有一个办法，唯一的一个办法，这办法也许还救得了旧围地和围地里的生命财产。豪克感到自己的心脏似乎停止了跳动，他那一贯十分冷静的脑袋也开始眩晕起来。他没有把这唯一的办法讲出声，可在自己心中却大声叫喊着：你的围地，豪克·海因围地必须牺牲掉！新堤必须凿穿！

"眼前，他仿佛已看见汹涌的怒潮长驱直入，用含着盐碱的泡沫盖住了绿色的牧草和白色的翘摇。他猛刺了一下白马的软肋，白马长嘶一声飞驰过堤坡，向着堤长家所在的土丘奔去。

"一路上他思绪如麻，惶悚不安，一跨进门就倒在了圈椅里。但当艾尔凯牵着温凯走进来的一瞬，他又陡然立起，紧接着举起小女儿来吻了又吻。随后，他给了小黄狗儿下子，把它赶了出去。

"'我得再到上边酒馆里去一趟！'他说，同时抓起刚刚才挂在门后衣钩上的帽子。

"妻子忧心忡忡地望着他：'你打算干啥呢，豪克？天马上就

黑了！'

"'还不是堤坝的事儿！'他心不在焉地说，'我得去找找那些委员们。'

"说着豪克已走出门去，艾尔凯赶上他，握了握他的手。豪克·海因，这位一贯独断独行的堤长，现在竟急于听听那些他从前认为不屑一顾者的意见了。在酒馆里，他碰见奥勒·彼得斯跟另外两位委员以及一个沼地村的地主在一起玩扑克。

"'你大概是从堤上来吧，堤长？'奥勒一边继续发牌，一边问。

"'嗯，奥勒，'豪克回答，'我到堤上去过了，情况很糟糕啊。'

"'糟糕？——嗨，充其量不过重新铺几百块草皮，下午我也到堤上看过了。'

"'没那么便宜，奥勒，'堤长反驳说，'那股水流又出现了，虽然不再是从正北方冲向旧堤，却仍从西北冲向它！'

"'你本来就该让它原来怎么流就怎么流嘛！'奥勒说。

"'你的意思是说，'豪克驳斥他道，'新围地与你不相干，因此压根儿不应该存在。这可得怪你自己哟！请想想，为了保住旧堤，如果说我们不得不破费打些排浪栅的话，那么，新围地茂盛的翘摇带来的收益却会多得多喽！'

"'您说什么，堤长？'几位委员一起嚷起来，'排浪栅？多少道呢？您总喜欢怎么费钱怎么干啊！'

"扑克牌都摆在桌上不动了。

"'我想告诉你,堤长,'奥勒·彼得斯双手撑在桌子上,说,'你那块新围地可是桩赔钱买卖,是你硬把它塞给了我们!为修你那条宽堤坝,大伙儿吃够了苦头,如今旧堤因它而受到损害,你又要咱们把旧堤重新修过!——幸好情况不像你讲的那么糟,它这次顶得住,将来也还会顶住!明天你再骑上你那白马,去仔细看看吧!'

"豪克从宁静的家中来到这里,可在刚才他听见的这些总算还有节制的话语背后,却隐藏着他怎么也不会看不到的顽强的敌意。他呢,已感觉自己似乎再没有从前那种与之对抗的力量了。

"'好吧,我接受你的建议,奥勒,'他说,'只不过我担心,我明天看见的情况还会和今天一个样。'

"接着到来的是一个不安的夜晚,豪克在床上翻来覆去睡不安稳。

"'你怎么啦,豪克?'因替丈夫担忧也失眠了的艾尔凯问,'心里憋闷就讲出来吧,咱俩可是一直都这么做的啊!'

"'没事儿,艾尔凯,'丈夫回答,'只是堤上和闸门有些地方要修理。你了解,我总是在夜里来考虑这些问题。'豪克再没讲什么,他希望保留自己行动的自由。他下意识地感到,对于眼下软弱无力的他来说,妻子敏锐的洞察力和坚强的意志乃是一种障碍,他情不自禁地想避开这种障碍。

"第二天上午,豪克又来到堤上,然而眼前的世界与昨天相比真叫大不一样了。虽然又是退潮的时间,但新的一天还充满朝气,春天的灿烂阳光几乎是直射着无垠的大海,无数白色的海鸥在海面上静静地飞来飞去；在海鸥之上那碧蓝碧蓝的高空中，几只看不见的云雀在唱着它们永远唱不完的歌曲。豪克不了解大自然有用自己的魅力欺骗我们的本领，他站在新堤的西北头，极力想找出那条昨天叫他担惊受怕的水流冲出的新壕沟，可是在从碧空直射下来的阳光照射下，一开始这条壕沟压根儿就不见了。直到后来，豪克举起手去遮住耀眼的阳光，才发现了它。然而，想必是昨天黄昏时的阴影使他产生了错觉吧，眼下的壕沟只显现出来那么浅浅的一条；相比之下，那些裸露的田鼠通道倒肯定会给堤坝造成更大的危害。当然啦，办法还是得想，但这不过是小心翼翼地挖开堤坝，如奥勒·彼得斯说过的那样铺上一些新草皮，并且用几十张草帘子盖它一盖罢了。

"'情况并不那么糟糕，'豪克松了一口气，对自己说，'昨天你完全是庸人自扰啊！'

"豪克召集委员们开会，破天荒地在毫无异议的情况下便把要采取的措施决定下来了。堤长感觉自己虚弱的身体力量又在增加，心里便恢复了镇定，没过几个礼拜，一切都干净利落地完成了。

"日子一天天过去，新铺的草皮不断抽芽上长，已透过盖在上边的草帘现出绿意。这时候，或步行或骑马从旁边经过的豪克也越来越不安了。他常把眼睛转到别处，或骑着马走在紧贴内侧的边沿上。有几回，他本该去那儿巡视，却临时变了卦，让长工把已装好鞍镫的马牵回厩里去了。反过来，当他在那儿无事可做的时候，却又说走就走，突然步行前往，好像只是为了迅速而不为人留意地离开自己的家。有时他走着走着又半路折回，鼓不起勇气重新去观察那个不祥的地方，临了却又恨不得用手把那段旧堤整个扒开来。要知道，它就像一个在他体外获得了形象的良心上的愧疚，时时刻刻出现在他的眼前。然而，他的双手事实上已不可能再去碰它了，而且对任何人，甚至连他妻子在内，他都不能再提起它。就这样到了9月。一天夜里，起了不怎么大的风暴，最后风向突然转为了西北。第二天上午，天气阴沉沉的，豪克又赶在落潮时骑马来到堤上。当目光扫过浅海区的一刹那，他的心中突然一惊：面前，朝着西北方向，他又发现了那条让潮流冲成的鬼壕沟，而且已变得更深、更明显了。任随他怎么拼命睁大眼睛，壕沟仍然是一个样子。

"他回到家，艾尔凯拉住他的手问：'你怎么啦，豪克？'她望着丈夫阴郁的脸，说："可并没出什么新问题啊！咱们现在这么幸福，我觉得，你眼下跟他们所有人也相处得挺好了嘛。'

"听了这几句话，豪克更不能把自己的惶恐不安明说出来啦。

"'不，艾尔凯，'他应道，'现在谁也不反对我，只不过，要保护全区的生命财产，使其不受咱们主的大海的侵袭，这差使责任重大啊。'

"为了逃避爱妻的进一步追问，豪克脱身走了。他到厩舍和仓房中东站站，西站站，好像必须亲自去检查一切似的，实则对周围任何东西都视而不见。他只是努力想使自己的良心安定下来，想使自己相信，他心中的内疚只是一种病态的过度担忧的表现。"

"我现在给您讲的那一年,"歇了一会儿,我好客的主人继续说,"是1756年。在本地区,这一年将永远不会被忘记。也是在这一年,豪克家死了一个人。9月底,在腾给特琳·杨斯住的那间库房小屋里,年近九十的老婆婆已经奄奄一息。按照她的愿望,人们扶她起来坐在床上。只见她两眼透过那几块用铅条嵌牢了的窗玻璃,凝视着远方。在那儿的天空中,想必是一个稠密的大气层之上叠着一个比较稀薄的大气层,因而产生了回光返照现象。于是,堤坝顶上呈现出的一线海水被映照得亮闪闪的,宛如一条银带,光芒甚至射进了小屋,叫人连眼睛都睁不开。还有耶维尔斯岛的南端,此刻也历历可见。

"在木床的脚旁,趴着小温凯,她的手紧紧拉着站在旁边的父亲的手。这当儿,垂死者的脸上刚好也开始回光返照。小姑娘屏住呼吸,呆呆地望着这张并不好看但对她十分亲切的面孔,看见它出现的奇异而不可理解的变化。

"'她怎么啦?她干吗这样,爸爸?'小姑娘悄声问,手指甲几乎掐进了父亲的肉里。

"'她快死了!'堤长回答。

"'死!'小姑娘重复着,看样子莫名其妙,因此竭力思考起来。

"谁知这当口,老婆子却突然动了动嘴唇,迸出一声沙哑的呼救似的喊叫：'京斯①！京斯！帮帮我！帮帮我！你可是在水里……上帝宽恕别的人吧！'她一边喊，一边冲着闪光的大海伸出了两条骨瘦如柴的胳臂。

"她的胳臂终于沉下来，木床轻轻嘎吱一声，老婆婆断了气。

"小温凯深深叹口气，抬起暗淡的眼睛来问父亲：'她死了吗？'

"'她已经死啦！'堤长说着抱起了自己的女儿，'她已经远远离开咱们，到亲爱的上帝身边去了。'

"'上帝身边！'小女孩重复着，随后沉默了片刻，好像必须认真琢磨琢磨这话似的。临了又问：'在亲爱的上帝身边好吗？'

"'好，再好不过。'

"可在豪克心里，老婆子最后那句话引起了巨大的反响：'上帝宽恕别的人吧！''上帝宽恕别的人吧！'——'这老巫婆她想讲什么呢？难道人临死时便成了预言者不成？……'

"刚刚把特琳·杨斯在上边的教堂旁安葬完毕，各种各样的天灾和怪事便在北弗里斯兰出现了。人们惊慌失措，谣传越来越厉害。可以肯定的是，在复活节后的第三个星期日，教堂塔尖上的金鸡②让一阵旋风给刮下来了；而且，大热天里，一些东西从天而降，像下了一场雪，密密麻麻的，叫人眼睛都睁不开，积在地头上足有拳头厚，确实是过去谁也不曾见过的。再说9月过去

---

① 老太太葬身大海的儿子叫这个名字。

② 风向标。

后的一天，大长工和女仆安娜分别运送麦子和黄油进城去赶集，回到家从车上爬下来时真叫吓得面无人色。

"'怎么啦？你们两个怎么啦？'听见车轮滚动声迎出门来的其他用人们问。

"安娜衣服没换就上气不接下气地跑进了厨房。

"'喏，快讲呀！哪儿出了事？'女仆们大声催促她。

"'唉，但愿仁慈的上帝保佑保佑咱们哟！'安娜嚷起来，'你们知道，那边那个住在坡上的，住在那个齐格尔村的老玛利肯，我和她每次总一块儿站在转角的药房旁边卖咱们的黄油来着，是她告诉我的，而且伊文·约翰也这么讲。"那会带来祸害的！"他说，"一个叫全北弗里斯兰都遭殃的祸害，相信我，安娜！"'说到这儿她压低了嗓门儿，'而且，归根到底，堤长他那匹白马也不对劲儿不是！'

"'嘘——！'其他女仆发出警告。

"'是的，是的，跟我屁相干！可那边，那对面，情况比咱们还要可怕得多哩！不只苍蝇多得出奇，还落了血雨啊！紧接着，在礼拜天一大早，牧师端起他的洗脸盆来一瞅，里边竟有五个骷髅头，都跟豌豆那么小。这下子瞧稀奇的人才叫多哟！8月间，铺天盖地地飞来了些红脑袋毛毛虫，样子十分怕人，麦子也好，面粉也好，面包也好，不管碰到啥全吃个精光，你拿火烧也赶不跑它们！……'

"安娜讲着讲着突然不吱声了，女仆们全没发现，太太早已站在厨房中。

"'你们在这儿讲些什么啊?'艾尔凯低声说,'可别让东家听见!'当女仆们一齐争着要告诉她时,她又道:'没必要,我已经听得够多了。干你们的活儿去吧,这会对你们更有好处!'说完她便领着安娜回房间去,让她结赶集的账。

"这样,那些迷信的胡说八道在堤长家里便未占上风,可在其余的人家则不然,而且随着夜晚越来越长,情况也越来越严重。所有人的心上都压着一块大石头,谁都暗暗对自己讲:一场灾难,一场巨大的灾难,就要向北弗里斯兰袭来了。

"10月里,万圣节前夕,白天猛刮了一整天西南风,晚上天空挂着半个月亮,浓黑的云涛飞驰着,翻卷着,大地上云影和夜雾混杂在一起,格外昏暗:风暴眼看就要到来了。在堤长的房间里,吃剩的晚餐还摆在桌上。长工们到厩里照看牲口去了,女仆们必须楼上楼下检查一遍,看门窗是否都已关严,免得风暴刮进来损坏家里的东西。豪克和妻子并排站在窗前。他刚刚把面包吞下去。他已到堤上去过了,是中午过后不久就步行去的。他叫人在堤上显得薄弱的地方集中放了一些木尖桩和装满黏土或泥沙的草袋。他还在各处安排了守堤的人,以便哪儿的堤开始受到潮水损坏,就赶快在哪儿打上木桩,然后把草袋堆到前边去。在西北角新堤与旧堤的衔接点,他布置了最多的人力,并指示他们非万分紧急绝不可离开指定的地方。做完这一切,他才在一刻钟前浑身湿透、头发蓬乱地回到了家中。眼下,他听着那将用铅条嵌起来的玻璃窗撼得哗哗响的飓风,望着窗外的沉沉夜色出了神。壁上玻璃罩里,钟正好打八点。站在母亲身旁的小温凯吓得哆嗦了一下,连忙把小脑袋藏在母亲的衣褶里。

"'克劳斯!'她喊着,'我的克劳斯在哪儿?'

"她之所以这样问,是因为和去年一样,那只海鸥今年也没再飞回南方去过冬。父亲没有听见她的问题,母亲却抱起她来,对她说:'你的克劳斯在仓里,它在那儿挺暖和哩。'

"'为什么?'女儿问,'这样好吗?'

"'是的,这样好。'

"站在窗前的父亲冷不丁儿地开了口:'再这么下去可不行,艾尔凯!快叫一个女仆来,飓风对玻璃压得太厉害,必须把护窗板关上!'

"太太一叫,女仆便跑到院子中,从屋里看得见她的裙子如何给风吹得乱飘乱飞。可她刚一取掉挂钩,狂风就从她手里刮掉了护窗板,把它猛地一下砸在窗户上,好几块玻璃都碎了,飞溅到了房里,一支蜡烛随即被风刮灭。豪克不得不亲自跑出去帮忙,费了九牛二虎之力才把护窗板一扇一扇关上。当他们拉开门回房来时,一股风随之窜入,壁橱里的杯盘刀叉叮叮当当响成了一片。在他们头上,屋梁和椽子也颤抖着发出嘎嘎嘎的声音,仿佛狂风要揭掉屋顶似的。可是豪克没有回房里来,艾尔凯听见他走过晒坝,朝马厩去了。

"'白马!白马,约翰!快点!'艾尔凯听见丈夫喊。随后,他走进屋来,头发蓬乱,灰色的眼睛却炯炯发光。'风向转了!'他嚷道,'转成西北风了!狂潮即将到来。这不是一般的暴风——这样的飓风咱们还没经历过!'

"艾尔凯脸色苍白:'难道你还要到坝上去吗?'

"豪克抓住她的双手,痉挛地握在自己手中,说:'我必须去,艾尔凯。'

"她慢慢抬起黑色的眼睛来望着丈夫,两人相互注视了几秒钟,但这几秒钟叫人感觉长得没完没了。

"'是的,豪克,'妻子说,'我明白,你必须去。'

"这当儿,门外响起了马蹄声,艾尔凯一下搂住丈夫的脖子,在一瞬间仿佛她再也不能放开他似的,但也仅仅是一瞬间。

"'这是对咱俩的考验!'豪克说,'你们在这儿是安全的,洪水还从来没有哪次涨到过这幢房子跟前。祈祷祈祷上帝,求他也与我在一起!'

"豪克穿好斗篷,艾尔凯取出一条围巾来,仔仔细细替他围在脖子上。看上去她还想说什么,然而颤抖的嘴唇不听使唤。

"白马在门外引颈长嘶,在狂风的吼叫中听起来就如声声号角。艾尔凯送丈夫走到院子里,那株老桦树嘎吱嘎吱叫着,快要散架了一样。

"'上马吧,东家!'长工说,'这畜生像是疯了,缰绳差点儿没挣断!'

"豪克拥抱了妻子,最后说:'太阳升起时我就回来啦!'

"说完他便跃上了马背。只见那白马高举前蹄直立起来,然后就像一匹战马冲向战场似的驮着它的骑手奔下土坡,消失在了黑夜和呼啸的狂风中。

"'爸爸!爸爸,我的爸爸!'豪克听见身后传来孩子哭叫的声音。

"小温凯在黑暗中追着他跑了一百来步，就让土堆给绊倒在了地上。

"长工伊文·约翰把哭叫着的孩子抱回母亲身边，艾尔凯身子靠在树干上，失魂落魄地瞪着吞没了她丈夫的黑夜。在她头上，树枝让风刮得哗哗哗响。蓦地，刹那间，风也不再狂吼，海也不再喧嚣，使她浑身不由得一惊。她觉得，仿佛一切都是为了毁掉她的丈夫，一当把他抓住了，便立刻无声无息。她的膝头哆哆嗦嗦，头发散开了，在风中飘来飘去。

"'孩子，太太！'长工大声对她喊，'抱住了啊！'同时把小温凯塞进她怀里去。

"'孩子？——啊，我把你给忘了，温凯！'她叫道，'上帝宽恕我吧！'同时慈爱地把孩子紧紧搂在胸前，双膝跪到地上，'上帝啊，还有你——耶稣，求求你们，别让我和我的孩子成为寡妇和孤儿吧！仁慈的主啊，请你保护他，要知道只有你和我，才真正了解他啊！'

"风暴又起来了，风在怒吼，雷在轰鸣，仿佛整个世界全要在轰隆隆的巨响中垮掉一样。

"'进去吧，太太！'约翰劝她，'来！'他边说边扶她俩从地上站起，领着她们回到房中。

"堤长豪克·海因骑着他的白马直奔大堤。因为连日大雨没有停过，狭窄的小路已经又滑又软。然而烂泥黏土似乎都阻挡不了白马飞速前进，它仍像疾驰在夏天结实的平地上一般跑得飞快。乌云在空中疯狂奔逐，下边的沼泽地黑影幢幢，变成了一片潜藏着不安与恐怖的黑色荒漠。堤外的海啸声越来越响，越来越可怕，仿佛就要把其他声音统统吞没似的。

"'快，白马！'豪克大喝，'这是咱俩最糟糕的一次出行！'

"突然间，马蹄下迸出一声垂死的惨叫。他勒住缰绳，掉头一看，只见一群嘎嘎嘎怪叫着的白色海鸥，一半是飞，一半是受着狂风的驱使，紧贴地面从他旁边蹿过，想在陆地上找一个藏身之所。它们中的一只，让乌云之间暂时透过来的一束月光照着，躺在路边，已经给马蹄踩死了。骑手恍惚看见，它的脖子上有一条红绸带在轻轻飘动。'克劳斯！可怜的克劳斯！'豪克情不自禁地叫出声来。

"这是他女儿的那只鸟儿吗？它认出了白马和骑手，因而想来寻求他们的保护吗？——这些问题豪克想不清楚。'上！'他又喊道。白马已举起前蹄，准备重新狂奔。可谁知就在这一瞬间，风暴突然停了，四周变得死一般沉寂。这沉寂不过维持了一秒钟，接着狂风便更凶猛地吹刮起来。然而也就在这一秒钟里，豪克耳畔蓦地听见嘈杂的人声和惊慌的犬吠声。他回头一望村子，只见在偷射下来的月光里，一座座土丘上，一幢幢住宅前，人们正在已经装得高高的马车旁边忙来忙去；同时，他看见另一些马车已飞快地驶向高地上的教堂村。一些刚从温暖的厩舍赶出来的牛羊的叫声，也传到了他耳朵里。'感谢上帝！他们在救自己的牲口！'他心里说。可接着，他惊恐地叫出声来：'啊，

我的老婆！啊，我的孩子！——不，不，洪水是淹不到我们坡上去的！'

"但这一切都发生在一瞬间，只像一个幻影似的打他眼前一闪而过。

"一阵可怕的飓风号叫着从海上扑来，迎着它，白马和骑手沿着陡窄的便道直冲上大坝。到了上面，豪克猛地勒住马。可大海在哪儿？耶维尔斯岛在哪儿？堤外的海岸又在哪儿啊？——在他眼前唯有一道高过一道的浪峰、一条深似一条的波谷，争先恐后，前推后拥，向着夜空狂啸，向着陆地猛冲！浪峰的尖头戴着白色的王冠，身体发出千百种怪声，恰似世间的野兽全集合在一起齐声嗥叫。白马用前蹄踢着地面，鼻孔冲喧腾的大海喷着粗气，豪克却突然感到，好像此时此地，人类的力量已化为乌有，黑夜、死亡、毁灭必将统治一切。

"他定了定神，想起这是在涨大潮，只不过他自己还从未见过它来势如此凶猛罢了。他的老婆，他的孩子，她们都安安稳稳地坐在高高的土丘上，待在自己坚固的房子里。可是他的堤坝——他胸中突然充满了自豪——大伙儿所谓的豪克·海因大堤，眼下就会向世人证明，堤坝究竟该怎样建造才是！

"可到底是怎么回事啊？!——他来到新旧堤坝衔接的地方，发现他派在这儿护堤的那么多人这时一个都不见了！他再往北朝旧堤上看，那儿本也安排了少数人守着，同样一个人影也没有。他骑着马走了一段，仍然碰不见任何人，只有风暴的呼啸和大海的咆哮，震得他头脑发昏。他掉转马头，回到新旧堤坝衔接处，视线扫过新堤的外侧，很明显，这儿的波浪要缓慢得多，也不那么凶猛，仿佛面前是另一个大海。

"'它会站住的！'豪克低声自语，同时好像笑了。

"可是当他的目光继续沿着新堤移动，他再也笑不出来了。在西北角上，挤着拥着，不停地蠕动着的，那是什么？——毫无疑问，那是一大堆人！可他们想在那儿干吗？对他的新堤干什么呢？——不等脑子转完，他已猛刺胯下的坐骑，白马便驮着他疾驰而去。飓风是从侧面刮来的，几次差点儿把他连人带马掀进围地中，只不过马和骑手都很有经验，知道如何前进。豪克已经看清楚，有好几十个人在一起拼命干活儿，而且已在新堤上挖出了一道豁口。他猛地一下勒住马，大喝道：'住手！住手！你们在这儿搞什么鬼名堂！'

"堤长的突然出现，吓得众人停住了手中的工具。由于顺风，他喊的话也给他们听见了。外边的风非常厉害，人让它刮得经常跟跟跄跄的，所以工人们全紧紧挤在一起。他们全站在豪克左边，答话的声音给风一刮就散了，他只看见有几个人在拼命向他打手势，却一点儿也不明白他们想告诉他什么。他的眼睛迅速地打量了一下那道已挖成的豁口，然后再看了看脚下的水位。尽管这儿的堤坡平缓，潮水也涨得离坝顶不远了，激溅起来的水花已经淋到白马和骑手的身上。只需再干十分钟——他看得分明——潮水就会涌过豁口，将这片新围地——豪克·海因围地整个淹没！

"堤长向一名工人招招手，让他走到马前。

"'喏,快讲,你们到底想在这儿干什么?'他大声问工人。

"这人同样拉大嗓门冲他喊道:'我们奉命掘开新堤,先生,以免旧堤崩掉!'

"'你们奉命什么?'

"'掘——开——新——堤!'

"'把围地淹掉?——哪个魔鬼叫你们这样干的?'

"'不,先生,不是魔鬼,奥勒·彼得斯委员来过,是他命令我们干的!'

"豪克气得眼睛里喷出火来。

"'你们认识我吗?'他吼道,'有我在,奥勒就没资格发任何命令!快给我离开,回到我派你们的岗位上去!'

"众人迟疑着,他便驱马冲进他们中间:'快给我滚,要不叫你们见鬼去!'

"'老爷,你给我当心!'人群中一个汉子怒喝一声,抡起铁锹向他胯下狂蹦乱跳的白马砍来。谁知白马飞起一蹄,铁锹就脱出那人的手,再踢一蹄子,他便倒在地上了。然而也就在这一瞬间,从其余的人中突然发出一声恐怖的嘶叫,这样的嘶叫,是只有突然面对死神的人的喉咙中才可能迸发出来的!一霎时,所有的人,包括堤长和他的白马,都呆住了。唯独有一个工人,手臂像路标似的一动不动地伸着,指着西北角新堤与旧堤衔接的地方。四周只听得见呼呼的风声和轰轰的水声。豪克坐在马上转过头去看发生了什么事情,不看则罢,一看眼睛顿时变大了:'上帝啊!决口啦!旧堤决口啦!'

"'你的罪孽，堤长！'人群中一个声音冲他喊道，'是你造的孽啊！你就带着它接受上帝的审判去吧！'

"豪克原本气得通红的脸一下子变得煞白了，那照着他的惨淡月光，也不可能把它变得更加苍白。他的两条胳臂无力地垂下来，压根儿忘记了手里还握着马缰。不过这也仅是一瞬间的情况，他很快又挺起腰板，嘴里重重叹了口气，然后一声不响地勒转马头，白马便驮着他，喘息着在堤上往东驰去。他那双锐敏的眼睛迅速四面张望，脑子里却翻来覆去地想同一些问题：他到底有什么罪孽要到上帝面前去交代？掘穿新堤？不错，他要是不叫停下来，他们也许已把它掘穿了；但是，还有一点，还有一件他深感内疚的事——他知道得太清楚了，而且早在去年的夏天就知道了，当时要是奥勒·彼得斯那张狗嘴不反对的话——问题正在这里！只有他豪克一个人看出了旧堤岌岌可危，他本当不顾一切地把它重修一下呐！

"'上帝啊，是的，我承认，我不是一个尽职尽责的堤长！'他突然对风暴大叫起来。

"在他左边，近在马蹄底下，就是翻滚的海水；在他前方，旧围地淹没在深沉的黑暗中，一座座高丘看不见了，高丘上具有乡土特色的房舍也看不见了。暗淡的月光已全然消失，穿过浓黑的夜幕，只从一处地方射过来了一线灯光。就是这灯光，在豪克心中简直成了莫大的安慰。这灯光，必定是从他自己的家里射出来的，恰似他的妻子和女儿对他发出的问候。感谢上帝，她俩还安然无恙地坐在那里的高坡上！其他人显然都逃到上边的教堂村去了，村里闪闪烁烁的灯火比他见过的任何时候都多。是的，甚至在高高的夜空中，也许是教堂的钟楼上吧，也有一盏灯在放射光明。

"'他们全都走了，全都走了！'豪克自言自语说，'当然哪，有一些高坡上的房屋会遭到毁坏，给海水淹过的土地今后几年收成也好不了，不少池塘和水闸也得修理！我们必须承受这一切啊，而我也愿意帮助大家承受这一切，包括那些曾经坑害过我的人。上帝啊，求求你，可怜可怜我们人类吧！'

"这当儿，他又瞅了瞅旁边的新围地，只见四周海水翻腾得像开了锅似的，但在围地里边却异常宁静。从白马骑者的胸中情不自禁地发出一声欢呼来：'豪克·海因大堤将岿然屹立！一百年后仍将岿然屹立！'

"脚下轰隆隆一阵巨响，从幻梦中惊醒了他。白马不肯再往前走了。怎么回事？——白马猛地往回一跳，他也感觉出来，面前的一段堤坝塌下去了。他睁大眼睛，晃了晃脑袋，使自己不再想来想去。他发现自己站在旧堤前，白马的两只前蹄已经踏上去了。他下意识地把马拉了回来。这当儿，裹在月亮身上的最后一件云衣脱掉了，与柔和的星光一起照临可怕的人寰。在豪克面前，一股洪水翻卷着，咆哮着，奔腾而过，倾泻进下边的旧围地里去了。

"豪克呆呆地凝视着面前的景象，这不就是一次新的要吞没一切人畜的太古洪荒吗？这当口，他的眼睛又感到一线灯光的闪耀，仍是他刚才看见的那灯光，它始终还在那儿亮着，还在他家所在的高丘上亮着！这给了他勇气，使他敢于去看脚下的旧围地。他看清楚了，在湍急狂乱地飞泻的洪流下面，被淹没的土地还只不过一百来步宽，旁边清晰可辨的是那条直抵堤下的大道。而与此同时，他还看见了一点别的什么：一辆大车，不，一辆二轮轻马车，正向着堤坝狂奔而来，车上坐着一个女人，是的，还有一个孩子。而且，那在呼啸的狂风中隐约可闻的不是一只小狗尖厉的吠声吗？全能的上帝啊！是他的妻子，是他的女儿，是她娘儿俩！马车已经快到堤下，而咆哮的潮水也向它涌去。'艾尔凯！'一声喊叫，一声绝望的喊叫，从豪克胸中迸发出来。'艾尔凯！回去！回去啊！'他叫着。

"但风暴和洪水是无情的，它们的喧嚣声淹没了豪克的喊声，狂风还抓住他的斗篷，差点儿没把他从马上掀下来。马车仍一个劲儿向汹涌的洪水跟前猛冲，突然，他看见妻子向他伸出了双手。她看见他了吗？是对他的想念和为他的生命的担忧，驱使她离开那所安全的房子的吗？此刻，她是在对他喊出最后的嘱咐吗？这一系列问题闪电似的出现在他的脑子里，他还来不及回答，耳朵里就天塌地陷般一声轰响，其他的一切声音，他对妻子的呼唤也罢，妻子对他的嘱咐也罢，都统统消失了。

"'我的孩子！啊，艾尔凯，我忠实的妻子！'豪克对着风暴嚎叫。突然，他面前又有一段堤坝崩塌了，海潮随之轰鸣着漫涌过去，豪克看见马头和车轮在下边可怕的洪水中浮了几下，最后终于旋转着沉没了。白马骑者孤单单地立在坝顶上，两眼呆滞，对周围的一切已视而不见。'完啦！'他低声自语说，然后把马带到堤坝边沿上。在他脚下,洪水气势汹汹地喧嚣着,吞没着他故乡的田园。他家里的灯光仍在闪亮,然而对于他已经失去了意义。他挺直腰板,猛刺了一下坐骑的软肋,那白马一下子直立起来,几乎仰面翻倒过去。豪克拼命勒住了它。'上!'他又像经常为鼓励白马疾驰似的大喝一声,'上帝啊,把我带走,但宽恕其他的人吧!'

"他再刺了一下马肋,白马长啸一声,把风暴和海潮的吼叫都盖过了。紧接着,堤下奔腾的洪流中扑通一响,白马在潮水中挣扎了几下子。

"月亮从高空俯瞰着大地,但下边的堤坝上已了无生息,唯见一片已经很快将旧围地几乎淹完了的茫茫洪水。只有豪克·海因家所在的那道土丘还突出在水面上,从那儿发出的灯光也仍在闪亮着。上边教堂村的房舍一幢一幢地变黑了,仅剩下教堂钟楼上的一盏孤灯,仍向汹涌澎湃的大海投射出闪烁颤抖的光芒。"

讲故事的教员不作声了。我伸手去端已摆在面前好半天的一满杯酒,但是我并不能端起它来饮掉,我的手不由自主地停在了桌子上。

"这就是豪克·海因的故事,"我的主人又开了口,"我是尽自己的了解,一五一十地给您讲了出来。当然,要让咱们堤长家那位管家婆给您讲,必然又是另一个样子。从她口里你会听到:洪水退去以后,耶维尔斯岛上又像从前一样出现了一具死马的白骨,在月光下它又会站起来跑跑跳跳,而且据称这次是全村的人都亲眼看见了的。不过，可以肯定的是，豪克·海因和他的老婆孩子都在那次洪水中丧了生。我在上边的公墓里连他们的墓穴都未找到，他们的尸体让退走的潮水卷着通过缺口，漂进大海，在海底渐渐化成了泥土。——他们就这样比其他人更早地得到了安息。然而，豪克·海因大堤在一百年后的今天，仍然屹立着。明天，您在进城时要是不怕多走半个小时的路，就可以骑着您的马从它上面走过。

"当初，耶维·马涅斯曾向它那位建造者预言，说他将得到子孙们的感谢，而事实是如您所见，并非如此。因为，先生，世道就是这样：人们给苏格拉底喝毒药，把我们的主耶稣钉到十字架上！时至今日，要如法炮制自然是不十分容易了，不过，把一个专横霸道的权贵或者阴险顽固的教士说成圣人，把一个聪明能干的汉子说成鬼怪——仅仅因为他高出咱们一头——却是司空见惯的事。"

矮小的教员郑重其事地讲完这几句话，便站起身来倾听着窗外。

"情况看来有了些变化。"他一边说一边拉开羊毛窗帷，窗外的月光变得更明亮了。"您瞧，"他接着说，"委员们回来了，不过他们已分散开，向自己家里走去——对岸必定是决了堤，潮水已经落下去了。"

我站在他身边往外张望。这儿的窗户刚好临着大堤的边沿，可以清楚地看见情况果然如他所料。我端起酒杯来，一饮而尽。

"感谢您，为了今天这个晚上！"我说，"我想，咱们可以睡个安稳觉了吧！"

"是的，"小个子教员回答，"我衷心希望能好好地睡他一夜！"

在走下楼去时，我在过道上碰见了堤长，他来取一张遗忘在店堂里的地图。

"一切都过去了！"他说，"我们的老师大概使您相当满意吧，他是位开明的人！"

"他看来是挺开明的！"

"可不，可不，毫无疑问。不过，您总不会怀疑自己的眼睛，在对岸那边，正如我早已说过的，堤坝又塌啦！"

我耸耸肩膀："那边的人想必是打瞌睡了吧！晚安，堤长先生！"

"晚安！"他笑着回答。

第二天早上，在朝阳投射到辽阔荒原上的灿烂金光中，我沿着豪克·海因大堤骑着马朝城里走去。

附：抒情诗选

十月之歌

雾气弥漫,枯叶飘零,
快快斟满葡萄美酒!
我们要给灰暗的日子,
镀上黄金,镀上黄金!

哪管基督徒和异教徒
还在外边拼命争吵,
然而世界毫发无损,
世界仍然如此美好!

即使有时心生忧戚 ——
也把酒杯碰得叮当响!
咱们可是胸有成竹:
正直的心绝不会沦亡。

雾气弥漫,枯叶飘零,

快快斟满葡萄美酒!
我们要给灰暗的日子,
镀上黄金,镀上黄金!

不错,秋已来临;然而
请你稍待,请你稍待!
春来时天空又会含笑,
紫罗兰又会开遍世界。

天空蔚蓝,白日晴朗,
趁时光还没有流走,
我快活的朋友啊,快
抓紧享受,抓紧享受!

圣诞之歌

天空洒下明亮柔和的星辉,
万千幽谷、深涧喜气盈盈;
浓郁的芳香从枞林间升起,
一阵一阵飘进严寒的空气;
夜色朗朗,蜡烛吐放光明。

蓦然间我心中又惊又喜:
可爱的圣诞夜业已来临!
远方隐隐传来教堂的钟声,
像是召唤我远方的游子,
快回返儿时的童话美境。

心中充满神圣奇妙的感觉,
我愕然站立,虔诚祷告;
一个金色的童梦重新出现,
我身不由己合上了眼睑;
只是奇迹已发生,我感到。

边 城[1]

灰色的海滨,灰色的岸上,
静静躺着一座边城;
雾霭压迫着它的屋顶,
大海围绕着它咆哮,
单调地划破了寂静。

四周听不见林涛喧嚣,
五月没有鸟儿不倦鸣叫;
只有南迁的野雁在秋夜
飞过,嘎嘎嘎发出哀啼,
岸边衰草在寒风中飘摇。

可我整个的心系挂着你哟,
你这大海边灰色的城;

---

[1] 施笃姆的故乡胡苏姆濒临北海。

在我心中你青春焕发，
永永远远地青春焕发，
你这大海边灰色的城。

白玫瑰

一

你紧咬细嫩的朱唇,
咬得它鲜血淋淋,
你这样干啊,我明白,
是因为我曾将它亲吻。

你让你的金发褪色,
任随它雨淋日又晒,
你这样干啊,是因为
我曾用手将它抚爱。

你在灶旁任烟熏火燎,
细软的双手开了裂口,
你这样干啊,我明白,
是我曾瞧它没个够。

二

你打从我身边走过,
对我不理又不睬,
我痛苦难当啊,你手儿
多白,脸庞多可爱。

对我说一句温存的话吧,
像过去似的,哪怕一句!
伤口仍在悄悄流血哩,
而你也已将安宁失去。

我多么痛苦,而今你
闭紧嘴,对我默默无语,
要知道我曾无数次吻它,
我曾吻它不知多少次。

曾使我无比幸福的一切,
而今令我心儿破碎;
你的眼睛对我不屑一顾,
它啊曾令我销魂陶醉。

三

街市上一片昏暗,
秋风一个劲儿猛吹,
别了,我的宝贝心肝儿,
我的妻子,我的白玫瑰!

花园中了无声息,
当我离家流浪远方
它不会告诉你哟,
我再不能返回家乡。

路途中是那么孤单,
没有任何人同行;
与我一道赶路的
唯有天空中的白云。

我真疲倦得要命啊,
恨不能仍待在家里,
恨不能睡个死去活来,
把欢乐痛苦通通抛弃。

再 次

激情再次燃烧胸膛,
如同红红的玫瑰;
我再次迷上姑娘的
美目,如痴如醉;
一颗年轻的心再次
狂跳,紧靠我的心;
于是我的额头再次
被夏日暖风亲吻。

时辰已到

时辰已到,你的手
哆哆嗦嗦停在我手里,
你的唇已羞羞答答,
与我的唇贴在一起。

从满盈的酒杯里面,
已抽动着电的火花;
鼓起勇气,不要逃避,
要一口将它全喝下。

如此紧贴我的嘴唇,
它已不再是你的嘴唇;
只要你还活在世上,
它就不能不让我亲吻。

曾经如此紧贴的嘴唇,

已经终生沦为俘虏；
不论或迟或早，它们
总会忍受相思之苦。

我清楚感觉到生命在流逝

我清楚感觉到生命在流逝，
感觉到我终将与世长辞；
感觉到终将给你最后一吻，
终将唱起最后一首歌曲。

我的唇还紧紧贴着你的唇，
带着忧惧、痛苦与渴慕；
你给了我青春的最后一吻，
把最后一朵玫瑰给了我。

你从那只富有魔力的杯中
给我斟了最后一口琼浆；
你是从奇妙的童话世界里
照耀我的最后一抹霞光。

悬挂夜空的最后一颗星啊，

别三心二意,犹豫踟蹰;
我渴望跪倒在你的脚下啊,
因为你是我最后的幸福。

请赶在我的星星痛苦呻吟
沉落进茫茫的夜空之前,
再次让那生命的疾风骤雨
再次吹拂涤荡我的心田。

女性的手

我十分明白,你的嘴里
不会流露出半句怨诉;
你呀尽管默默无语,
苍白的手却将一切吐露。

这只我瞧不够的手啊,
显示出深沉的哀伤,
它总是压着我患病的心,
在一个个无眠的晚上。

月　光

眼前的整个世界
躺卧在月光里；
周围一片宁谧，
多么甜美的宁谧！

月光多么柔和，
风儿必须停息；
一阵窸窸窣窣，
风儿终于睡去。

白昼烈日炎炎，
花儿睡眼紧闭，
入夜蓓蕾绽放，
四野芬芳馥郁。

我已经久违了

这月下的宁谧！
在我的生命中，
可爱的月亮就是你！

定 律

阳光明媚,快别谈情说爱!
爱情像那最害羞的女子,
她怕见自己的本来面目,
宁愿始终是个谜,要么死去。
然而一当夜幕轻轻落下,
温柔的想法便纷纷走近;
苍茫暮色慢慢弥漫开来,
世间万象全部一片混沌,
于是手儿口儿都容易迷路,
胆儿也大了,没啥事干不成。

小女友

她挽着我手臂叽叽喳喳,
对世事还只道懂不懂;
我却即将告别青春年华,
虽说还不曾老态龙钟。

我俩走过来又走过去,
在菩提树的浓荫下面;
她热情、快活地瞅着我,
不想想也会把爱火点燃。

她全然想不到有此可能,
想不到只需说出一个字,
就会诱使我跃过最深的
鸿沟,全然无所顾忌。

谁曾生活在爱的怀抱中

谁曾生活在爱的怀抱中,
他一生都不会变得贫穷;
就算客死异乡,孤苦伶仃,
他仍将回味那幸福时刻,
想当初曾与她拥抱亲吻,
即使死了她仍是他的人。

请合上我的眼帘

请合上我的眼帘,
用你温柔的双手!
我的一切痛苦哟,
将从此化为乌有。

像波浪逐渐减弱,
痛苦会慢慢平息,
随心脏最后一跳,
我心中将只剩你。

命　名
——一种评估

人的名字意义重大,
命名之前要好好思量;
这就犹如你的肖像
必须配上合适的画框。
名字与人是否相配,
人与名可能相得益彰,
这些啊,我的朋友,
都常令我疑惑、猜想。
可有一点我太清楚,
名字对于人大有意义!
因此太太适合叫伊丽莎白,
小姐宜于叫丽丝蓓蒂。
就像鱼儿吞食钓饵,
求婚者常迷惑于名字,
悦耳动听的女士芳名
同样能钓起来大鱼。

复活节

我站在故乡的海堤上,
纵目朝着地平线眺望,
远方飘来复活节钟声,
勾起我心中无限向往。

阳光下大海银光闪烁,
岛屿在明镜上边浮荡,
海鸥穿梭如长空闪电,
白色的翅膀划破碧浪。

从低洼的围地到海堤边,
碧绿的草地跟绒一样,
春天已经向大地预告:
又将是花开莺飞草长。

大自然奋力挣脱束缚,

大地复苏,春水流淌;
万物萌生、勃发、创造,
生之脉动在耳际震响。

海潮送来馥郁的气息,
长空洒下金色的阳光;
春风让大气充满乐音,
于飞舞中脱去了寝装。

继续吹吧,春风!吹得
百花盛开,长夏来到;
尽情照吧,骄阳!让我
故乡的沃土更加丰饶。

十一月我常来此伫立,
每当夜里大海白浪滔天,
每当夜空中狂风大作,
用鹰隼的铁翼拍打堤沿。

冷眼向洋,看狂浪磨牙,
在磐石般坚硬的坝壁,
最后只得悻悻退回大海,
我欢呼,为我们永远的土地!

慰　藉

让要发生的都发生吧！
只要你在，就没啥可怕。

故乡再远，世界再大，
你在哪里，哪里有我家。

望着你可爱的面庞，
未来对于我光亮无瑕。

四十岁生日

常言说,男儿四十正当年!
岂知四十已挨着五十的边。

如同清晨一般的爽朗时光,
远离我,落在了黑暗深渊,

偶然回首送去匆匆的一瞥,
禁不住啊,我心惊又胆颤。

远远飘来秋天木犀的气息,
从那荒野中的土坑里面。

无　眠[1]

从恐怖的噩梦中醒来，
不知百灵干吗深夜啼叫！

白昼已逝去，早晨尚远，
枕上唯剩下星光照耀。

可我仍听见百灵在歌唱，
这白日之声令我心焦。

---

[1] 1857年5月22日作于海利根施塔特城。

茵梦湖[①]

从书页间飘出紫罗兰的芳香,
这朵我故乡原野生长的小花;
年复一年,没谁知道它的来历,
走南闯北,我也再不曾找着它。

[①] 1856年圣诞节前夕,在由友人路德维希·皮契作插图的小说《茵梦湖》上,施笃姆亲笔提写了这四行诗。